HELEN GILTROW

Identity

GOLDMANN
Lesen erleben

Buch

Charlotte Alton ist attraktiv, reich, und sie verkehrt in den besten Kreisen der Gesellschaft. Doch der Schein trügt. Charlotte hat eine zweite Identität unter ihrem Decknamen Karla. Und Karla verdient ihr Geld mit der Beschaffung und Manipulation von Informationen. Als sie eines Abends im Foyer der Royal Opera ein Glas Champagner trinkt, sieht sie plötzlich ein Gesicht aus ihrer Vergangenheit. Simon Johanssen ist ein Auftragskiller, dem sie vor acht Jahren eine neue Identität verschafft hat. Nur so konnte er überleben, nachdem bei einem seiner Auftragsmorde etwas völlig aus dem Ruder gelaufen war. Karla hatte geglaubt, Johanssen nie mehr wiederzusehen. Doch nun hat er einen neuen Job für sie. Er soll einen Auftrag erledigen, und zwar in einem Hochsicherheitsgefängnis, einem staatlichen Experiment des Strafvollzugs namens »Das Programm«. Karla weiß, dass es sich um ein Himmelfahrtskommando handelt. Sie lässt sich jedoch auf den Job ein, zu sehr ist ihr Leben mit dem Johanssens verbunden. Als Karla Informationen zur Zielperson beschaffen will, kann sie diese jedoch nicht im Programm ausfindig machen. Spielt Johanssens Auftraggeber ein falsches Spiel? Aber Karla und Johanssen können nicht mehr zurück. Sie sind bereits mittendrin in einem mörderischen Komplott. Und sie wissen nicht, wer ihre Gegner sind …

Informationen zu Helen Giltrow
finden Sie am Ende des Buches.

Helen Giltrow

Identity

Thriller

Aus dem Englischen
von Gunnar Kwisinski

GOLDMANN

Die Originalausgabe erschien 2014
unter dem Titel »The Distance« bei Orion Books,
an imprint of Orion Publishing Group Ltd, London.

Dieses Buch ist auch als E-Book erhältlich.

MIX
Papier aus verantwortungsvollen Quellen
FSC® C014496

Verlagsgruppe Random House FSC® N001967
Das FSC®-zertifizierte Papier *Pamo House* für dieses Buch
liefert Arctic Paper Mochenwangen GmbH.

1. Auflage
Taschenbuchausgabe Dezember 2015

Gestaltung des Umschlags: UNO Werbeagentur München
Umschlagfoto: FinePic®, München
Redaktion: Sigrun Zühlke
BH · Herstellung: Str.
Satz: omnisatz GmbH, Berlin
Druck und Bindung: GGP Media GmbH, Pößneck
Printed in Germany
ISBN: 978-3-442-48365-5
www.goldmann-verlag.de

PROLOG

25. Tag: Samstag

Karla

Ich habe Blut in den Haaren. Zwölf Stunden danach, und ich habe immer noch Blut in den Haaren.

»Alles okay?«

Die Polizistin, die an der Tür Wache steht, starrt mir über den Toilettenspiegel ins Gesicht. Missachtet die Befehle: Sie hat Anweisung, nicht mit mir zu reden. Vielleicht glaubt sie, ich würde in Ohnmacht fallen.

Gestern hatten sie mir am Tatort meinen Mantel abgenommen: Er war bis aufs Futter mit Blut durchtränkt. Auch mein Gesicht war voller Blut gewesen, und meine Hände, wo es sogar bis unter die Risse in der Nagelhaut gelaufen war – das meiste davon hatte der Arzt abgewaschen, als er mich untersucht und daraufhin für vernehmungsfähig erklärt hatte. Um den Rest hatte ich mich selbst gekümmert, sobald ich konnte. Ohne auf den Schmerz zu achten, hatte ich mich abgeschrubbt, bis meine Haut rot und wund war.

Von den Haaren hatte mir keiner etwas gesagt.

Mit der unverletzten Hand pule ich darin herum. Ein bräunlicher Klumpen verklebt ein paar Strähnen. Ich wünschte, ich hätte eine Schere. Dann würde ich ihn herausschneiden.

Denk nicht daran. Nein.

Es ist Samstagmorgen, zehn Uhr früh. Das steht jedenfalls auf meiner Uhr. Ohne die hätte ich absolut keine Vorstellung. Das letzte Mal, dass ich ein paar Stunden unruhigen Schlaf bekommen habe, war am Donnerstagabend gewesen. Donnerstag … da hatten wir noch einen Plan. Ich hatte schon aufgehört, mir einzubilden, die Situation im Griff zu haben, aber zumindest hatten wir noch einen Plan. Wir sahen Licht am Ende des Tunnels.

Jetzt bin ich allein in der Toilette des Polizeireviers, pule mir in den Haaren herum, versuche, den Druck auf meiner Brust nicht zu beachten, mich zu sammeln und auf meine Geschichte zu konzentrieren. Wie oft bin ich diese Situation schon im Kopf durchgegangen? Aber es ist vollkommen anders, als ich es mir vorgestellt hatte.

Seit ich erwachsen bin, beschäftige ich mich mit der Informationsbeschaffung, der Analyse von Mustern, Daten und harten Fakten. Und dies war doch auch nur ein Fakt, oder? So würde ich hier durchkommen, mit professioneller Distanz.

Aber es tut weh. Ich hätte nie erwartet, dass es so wehtun würde.

Die Polizistin betrachtet immer noch mein Spiegelbild.

»Alles okay«, sage ich. »Wirklich. Danke.« Ich versuche, sie schräg durch den Spiegel anzulächeln, aber mein Gesicht ist ausgemergelt und verhärmt.

Sie wendet den Blick ab. »Wir müssen zurück«, sagt sie.

Im Vernehmungsraum hat sich ein grün-weißlicher Schaum auf dem kalten Kaffee an meinem Platz gebildet. Ich würge kurz und schiebe den Plastikbecher zur Seite. Sofort fragt die Polizistin: »Möchten Sie einen frischen?«

»Nein …« Zu harsch: Sie will nur freundlich sein. Noch ein Versuch: »Danke, nicht nötig.«

Sie nimmt den Becher, geht hinaus und schließt die Tür hinter sich. Draußen im Flur höre ich Stimmen, dann Stille. Ich bin allein.

Am liebsten würde ich den Kopf auf den Tisch legen und weinen.

Aber sie werden jeden Moment zurückkommen mit ihren Fragen: *Ein letztes Mal noch, Charlotte, von Anfang an.* Was ich gesehen hätte? Was gehört? Sie prüfen meinen Bericht immer noch aus den unterschiedlichsten Blickwinkeln, suchen nach irgendwelchen Details, die nicht passen. Weil sie hundertprozentig sicher sein müssen, wie viel ich weiß – oder wie wenig.

Also fange ich noch einmal am Anfang an, an *ihrem* Anfang, mit dem die Geschichte ordentlich und beherrschbar erscheint, in der ich nur eine unschuldige Nebenrolle spiele. Es gibt allerdings auch andere Anfänge.

Vor acht Jahren: Ein Fremder auf dem Stuhl in einem Lagerhaus, dem grelle Scheinwerfer ins Gesicht scheinen. Ein Fremder, der vollkommen verängstigt hätte sein müssen, es aber nicht war.

Oder der achte Dezember vor etwas über einem Jahr: Als eine Frau in einem dunklen Mantel mit undurchdringlicher Miene einen Flur entlangging.

Oder ein Mittwoch im Januar vor nicht einmal vier Wochen, als Simon Johanssen mich fand und ich von der Mission Impossible erfuhr.

1. TEIL

1. Tag: Mittwoch – 2. Tag: Donnerstag

Karla

Ich habe immer gewusst, dass die Vergangenheit mich einholen könnte – trotz all meiner Vorsichtsmaßnahmen, den falschen Spuren, den erfundenen Erlebnissen und allem anderen, was ich unternommen habe, um auf Distanz zu gehen.

Aber nicht so.

Es geschieht in der Pause in einer Bar im Royal Opera House, als ich höflich zuhöre, wie ein stattlicher Banker sich über die angemessene Inszenierung des letzten Akts der *Götterdämmerung* auslässt: Ich blicke auf, und in der Sekunde reiben sich meine beiden Leben – zwei Leben, die ich mit größter Sorgfalt voneinander getrennt hatte – wie zwei tektonische Platten aneinander und bringen den Raum zum Beben.

Er steht am Rand einer Gruppe, allerdings etwas von ihr abgewandt: Er gehört nicht dazu, obwohl man sich da leicht täuschen könnte. Der hübsche Anzug, die Krawatte, das Sektglas, das er locker zwischen den Fingern der rechten Hand hält, selbst die Frisur und die Haltung erwecken den Anschein, dass er hierher gehört. Nur ich weiß, dass er das nicht tut.

Zwei Jahre. Zwei Jahre, und er kann nur aus einem einzigen Grund hier sein. Meinetwegen.

Ein kurzer Schock – ich schlucke ihn herunter –, dann wende ich mich wieder meinem Begleiter zu, lächle und gebe ihm die richtige Antwort. Doch währenddessen konzentriere ich mich auf mein äußeres Blickfeld: Ich muss ihn im Auge behalten wie ein unberechenbares, potenziell gefährliches Tier. Ich will mich umdrehen und ihn anstarren. Aber hier, in diesem Moment, bin ich Charlotte Alton – die höfliche, wohlhabende Müßiggängerin Charlotte Alton –, und die kann den Mann, den ich gerade gesehen habe, keinesfalls kennen. Stattdessen versuche ich mich so zu positionieren, dass ich über die Schulter des Bankers hinweg die Menge überblicken kann. Als ich so weit bin, ist er verschwunden.

Verstohlen lasse ich den Blick durch den Raum schweifen. Die Vorstellung ist ausverkauft, und die Bar – die größte im Opernhaus, die an ein riesiges, viktorianisches Gewächshaus mit hohem Gewölbe-Glasdach erinnert – ist rappelvoll, die Tische auf der Nord- und Südgalerie sind belegt, und viele Menschen drängen sich um den langen zentralen Kupfertresen. Zu viele Männer in dunklen Anzügen, die er sein könnten, es aber nicht sind. Die nicht ganz ebene Spiegelwand lässt den Raum größer erscheinen, verdoppelt den kunstvoll gearbeiteten Eisenrahmen des riesigen, halbrunden Fensters und macht aus der Menschenmenge Menschenscharen. Er und sein Spiegelbild sind darin verschmolzen. Am oberen Rand der gespiegelten Wand scheint die Glaseinfassung des rechteckigen oberen Balkons über uns zu schweben: Die Menschen, die am Geländer lehnen, sehen aus wie Exponate in einem Museum. Ich betrachte sie. Er ist nicht darunter.

Aber irgendwo muss er sein, und er hat mich gefunden. Natürlich hat er das. *Und wer ist daran schuld?*

Das erste Läuten. Fünf Minuten. Um mich herum werden die Gläser geleert. »Hier, lassen Sie mich …« Der Banker nimmt mir das Glas ab, doch als er sich abwendet, legt mir ein anderes Mitglied unserer Gruppe, ein Anwalt mit einer Kanzlei in der *City*, die Hand auf den Arm. »Charlotte, ich würde Sie gern kurz sprechen – hätten Sie mal einen Moment?« Also bleibe ich an seiner Seite, als wir uns mit allen anderen geduldig in den Zuschauerraum schieben, lächle und sehe ihn an, während das Blut in meinen Schläfen pocht.

Obwohl ich nach ihm Ausschau halte, sehe ich ihn erst, als er direkt neben mir steht. Er sieht mich nicht an, aber seine Hand findet meine. Dann ist er wieder verschwunden, abgetaucht in der Menge, die uns umgibt.

Der Anwalt und ich gehen weiter den Korridor entlang zu den *Grand Tier*-Logen: Der Anwalt ist im Vorstand einer Wohltätigkeitsorganisation, die eine Auktion veranstaltet, ob ich da womöglich …? Der Gegenstand schmiegt sich in meine geschlossene Hand. Als ich ihn beim Hinsetzen in die Handtasche stecke, ist er warm und schweißnass.

Es ist eine winzige dunkelrote Weihnachtsbaumkugel, von der ein paar glitzernde Farbsplitter in meiner Handfläche haften bleiben.

Das Licht wird dunkel. Der letzte Akt fängt an. Wagners Erzählung über vorgetäuschte Identitäten, gebrochene Versprechen, Betrug und Mord stürmt auf ihr Ende zu. Ich bekomme kaum etwas davon mit.

Die Weihnachtsbaumkugel ist eine Nachricht, ein Zeichen in einem Code, den wir uns vor Jahren auf die Schnelle ausgedacht hatten. Simon Johanssen will ein Treffen. Aber nicht mit der diskreten, gebildeten Charlotte Alton. Johanssen will mit Karla reden.

Sofort fallen mir ein paar banale Ausreden ein. *Du hattest seit zwei Monaten keinen direkten Kontakt mehr mit Klienten. Du arbeitest nicht mehr an vorderster Front. Schick Craigie. Der kümmert sich darum. Dafür bezahlst du ihn schließlich.*

Ein sinnloses Selbstgespräch. Ich werde sowieso hingehen.

*

Frühmorgens am Tag darauf. Die Kälte brennt wie Sand in meinen Augen.

Weiter oben auf der Hauptstraße in diesem Teil von Ost-London stehen Bürogebäude mit Glasfassaden, und in der Ferne glitzern die Türme der Docklands – darunter auch das Haus mit meinem Apartment – wie Märchenschlösser, aber von hier unten sind sie nicht zu sehen, als lägen sie in einer ganz anderen Welt: Neben der Zufahrt zerfällt ein ausgebrannter Lieferwagen auf seinen Felgen, und die Rinnsteine ersticken im Müll.

Ein Jahrmarktsunternehmen nutzt den Hof als Lager unter anderem für altersschwache Karussells und schäbige Straßendekorationen. Defekte Maschinen liegen wie versteinerte Überreste prähistorischer Ungeheuer auf dem Hof: ein riesiger, in seine Tentakel gewickelter Krake, ein Schienenstrang, der an die gekrümmte Wirbelsäule eines Tyrannosaurus erinnert. Im Lagerhaus tauchen leistungsschwache Neonröhren die Gänge in schmutzig graues Licht, präsentieren so einen ausgeweideten Autoskooter samt Stromabnehmern und einem handgemalten Schild mit der Aufschrift *DER ULTIMATIVE THRILL*.

Es ist Januar. Ich bin seit zwanzig Minuten hier und friere. Vielleicht übersehe ich ihn deshalb.

Keine Bewegung. Sonst würde ich ihn sehen. Er muss einfach irgendwo in der Dunkelheit warten und mich beobachten.

»Tut mir leid«, sagt er, aber ich schnappe trotzdem erschreckt nach Luft.

Es ist, als wäre er schon die ganze Zeit hier gewesen, zwischen den grinsenden Plastikweihnachtsmännern und den ziehharmonikaförmig gefalteten, chinesischen Neujahrsdrachen, aber erst durch eine Änderung des Blickwinkels sichtbar geworden. Oder als hätte er sich allmählich entwickelt wie Gras, das wächst, oder Staub, der sich sammelt – ein Schatten, der sich zu einer menschlichen Gestalt verdichtet.

Er ist achtunddreißig Jahre alt. Gut eins achtzig groß und schlank, mit den flachen Muskeln eines Ausdauersportlers. Der schicke Anzug ist verschwunden. Seine Kleidung ist schlicht und unauffällig, die Armbanduhr Massenware. Die vernarbten Fingerknöchel treten stark hervor.

Wie immer bin ich verblüfft, wie leise er ist.

»Ich wollte sichergehen, dass wir allein sind«, sagt er. Er spricht höflich und leise. Die flachen Vokale sind der einzige Hinweis auf seine Herkunft aus dem Norden.

Und warum jetzt, nach so langer Zeit? Warum ist er jetzt zu mir gekommen? Stattdessen sage ich: »Sie haben es nicht über die Nummer versucht«, und klinge ganz ruhig.

Er sagt: »Ich kannte den Mann nicht, der sich da gemeldet hat.«

»Er arbeitet für mich. Er ist sicher.«

Er nickt, sein Blick wandert jedoch zur Seite, von mir weg.

»Zwei Jahre«, sage ich. »Ich dachte, wir hätten Sie verloren.«

»Ich habe mich bedeckt gehalten.«

»Gab's einen Grund?«

Er zuckt nur die Achseln

Was will er? Bis vor zwei Jahren bedeutete ein solches Treffen einfach, dass er eine neue Identität oder Informationen für einen Job brauchte. Aus diesen Gründen wandten sich die Leute an Karla: für illegale Informationsbeschaffung, egal ob durch Bestechung, Erpressung, Hacken von Computern oder schlichten Diebstahl; zur Vernichtung von Daten, die, wenn sie erhalten blieben, den Vollstreckungsbehörden nutzen könnten; zur Erschaffung falscher Identitäten oder ihrer Löschung.

Es kann nicht nur so etwas sein. Nicht nach zweijährigem

Schweigen. Aber vielleicht ist er auch nicht mehr im Geschäft – vielleicht hat er aufgehört, der Mann zu sein, der …

»Erzählen Sie mir vom Programm«, sagt er.

Eine Schrecksekunde, mehr nicht. Aber ich habe lange und gut genug trainiert. Abgesehen von dem kurzen Schweigen merkt man mir nichts an.

Man könnte es als Gefängnis bezeichnen, aber es ist vollkommen anders als alle anderen Gefängnisse, abgesehen von der Mauer und dem Stacheldraht.

Vor zwei Jahren, als Johanssen verschwand, existierte es noch nicht. Es entstand erst nach den Gefängnisrevolten. Die auf die Rezession, die Verbrechenswelle und die Überfüllung in den Gefängnissen folgten … Fünftausend Bewohner, die aus überfüllten Gefängnissen der Obhut eines privaten Sicherheitsdienstes übergeben wurden, der sie – vorübergehend – in einer Ansammlung heruntergekommener Vorortstraßen unterbrachte, die genau zu der Zeit für eine Sanierung geräumt worden waren, als die Wirtschaft zusammenbrach. Sicherlich nur ein Notbehelf, aber ein Notbehelf, der jahrelang in Betrieb bleiben könnte, also hatten sie ihn mit einem zackigen amerikanisierten Namen versehen und eine Internetseite ins Netz gestellt, die die zugrunde liegende Theorie pries.

Und so entstand das Experiment.

»Und worin besteht dieses Experiment?«, fragt Johanssen, obwohl er die Antwort kennen muss. Schließlich steht sie im Internet.

»Kriminellen beizubringen, in einer selbstverwalteten Gesellschaft zurechtzukommen.«

»In einer von anderen Kriminellen selbstverwalteten Gesellschaft?«

»Genau.«

»Und als Gegenleistung für ihre Teilnahme bekommen sie …?«

»›Größere persönliche Freiheiten und Verantwortung in einer sicheren Umgebung.‹«

Schlüssel für ihre Wohnräume. Fernsehen und Zeitungen. Die Chance, in Selbstverwaltungsgremien mitzuarbeiten und Regeln auszuarbeiten. Unterrichtsangebote, berufliche Aus- und Weiterbildung, Betriebsgründerinitiativen. Krankenversicherung, Sportanlagen, sogar ein Restaurant. So steht es auf der Internetseite.

»Klingt zu schön, um wahr zu sein.«

»Dann ist es das wohl auch.«

»Ist es sicher?«

»›Regelmäßige Patrouillengänge bewaffneter Polizeikräfte sorgen für Ordnung und garantieren die Sicherheit und das Wohlbefinden der Bewohner.‹« Andererseits: »Charlie Ross ist gleich nach der Eröffnung reingegangen. Mit dem ersten Schub. War nach drei Monaten tot. Kam in Einzelteilen wieder raus.«

Er verzieht keine Miene. Natürlich wusste er auch das bereits.

»Wer sitzt da so drin?«, fragt er.

»Vor allem Berufsverbrecher. Diebe, Hehler, Zuhälter, Dealer, Menschenhändler, Mörder … aber keine Kinderschänder und keine Terroristen.«

»Psychopathen?«

»Offiziell nicht, weil man sich nicht darauf verlassen kann, dass sie regelmäßig ihre Medikamente nehmen. Inoffiziell? Mindestens ein paar Dutzend, wahrscheinlich Hunderte. Und alle lernen sie, anständige Bürger zu werden.«

»Kennen Sie Leute dort?«

»Kannte.« Ich muss lächeln. Frostig. »Wir haben keinen Kontakt mehr.«

»Interne Überwachung?«

»Kameras.«

»Kommunikation?«

»Ein Festnetz-Telefonsystem für die Bewohner. Sämtliche Gespräche werden aufgezeichnet. Keine Handys.«

»Sicherheit?«

Die Frage wurde mir schon so oft gestellt, dass die Antwort wie aus der Pistole geschossen kommt.

»Äußere Doppelwand: lichte Höhe zwölf Meter, neun Meter tief in den Boden. Elektrozaun, NATO-Draht, Wärme- und Bewegungssensoren. Die Mauerkrone ist rund um die Uhr mit Wachposten besetzt. Der Luftraum darüber ist gesperrt. Alle unterirdischen Verbindungen mit Ausnahme des Hauptabwasserkanals sind versiegelt. Der Inhalt dieses Abwasserkanals wird unterhalb zerkleinert. Da würde nicht mal eine Ratte heil rauskommen.«

»Und rein?«

»Rein will da niemand.«

»Was wäre, wenn ich reinwollte?«

Ich sage: »Es gibt begrenzt Zutritt für Besucher.«

»Ich brauche mehr.«

»Mehr? Einen Dienstausweis? Irgendwas, womit Sie als Aufseher reinkommen? Als Wachmann?«

»Noch mehr«, sagt er und sieht mich an.

»Als Bewohner?«

»Und dann wieder raus.«

Also geht es um einen Auftrag. Eine Enttäuschung mit einem schmerzlichen, ironischen Seitenhieb: ein Auftrag, nur ein Job, für den er einen Ausweis braucht. Aufseher – Wachmänner – arbeiten in Teams nach strikten Dienstplänen. Zivile Mitarbeiter werden schwer bewacht. Nur Bewohner können sich drinnen frei bewegen. Für das, was er vorhat, muss er als Bewohner durchgehen …

Ein plötzliches Angstgefühl.

»Nicht machbar«, sage ich.

Er sieht mich an. »Sicher?«

Beende es sofort, mach einfach Schluss. »Wir haben keinen Zugriff auf die Betreibergesellschaft und können uns nicht in die Systemdateien des Gefängnisses hacken. Zu gut abgesichert. Versucht wurde es, das können Sie mir glauben.«

Er sagt: »Von Leuten, die rauswollten. Nicht rein.«

Ich schüttle nur den Kopf.

Wir schweigen, als gäbe es noch mehr zu sagen. Ich beende es schließlich. »Ist das alles?« Ein angedeutetes Nicken. »Also, falls Sie mich noch mal brauchen, nutzen Sie die hier.«

Ich gebe ihm eine Visitenkarte, auf der kein Name sondern nur eine Telefonnummer steht. Er liest sie ein Mal, dann ein zweites Mal und gibt sie mir zurück. Wir sind fertig. Zwei Jahre sind vergangen, und mehr haben wir uns nicht zu sagen.

Ich stecke die Karte wieder in die Manteltasche. »Ich muss jetzt los.«

Er verabschiedet sich nicht.

Der Wagen – nicht der Mercedes, den Charlotte Alton die letzten Jahre benutzt hat, sondern eine Limousine mit dem Kennzeichen einer Briefkastenfirma – wartet eine Straße weiter. Robbie steht daneben und hält Wache, die Arme über der breiten Brust verschränkt, den Kopf mit den grau melierten Haaren leicht schief gelegt, lauscht er auf jedes Geräusch, während sein Atem in der kalten Luft dampft.

Vor einem Jahr habe ich ihn das letzte Mal angerufen, um ihn für einen ähnlichen Auftrag einzusetzen, aber er hat von Anfang an für das Netzwerk gearbeitet und kennt die Regeln. Ohne ein Wort zu sagen oder mich anzusehen, öffnet er mir die Tür.

Ich setze mich auf den Beifahrersitz, und da spüre ich ihn,

den kurzen, heißen Stich. *Du hättest bleiben müssen, hättest noch was sagen müssen, du hättest ihn fragen müssen, ob …*

Ich beende es. Verdränge auch das Bild von Johanssen, der im Schatten steht und horcht, wie ich wegfahre. Ich weiß nicht, ob er nicht schon längst weg ist.

*

Wir ergreifen die üblichen Vorsichtsmaßnahmen. Erst um vier Uhr morgens bin ich wieder in den Docklands.

Das Haus, in dem ich wohne, bietet einen Blick auf ein Becken der West India Docks im Norden von Canary Wharf. Früher wurde hier Zucker entladen. Das Einzige, was von der industriellen Vergangenheit übrig geblieben ist, sind jedoch die beiden gigantischen Kräne auf dem Kai, das Dock selbst – ein rechteckiges Becken, in dem sich das Wasser kräuselt, von dem in schöner Regelmäßigkeit Zigarettenkippen und Pappbecher abgeschöpft werden müssen, und eine Reihe niedriger Backstein-Lagerhäuser, die zu Bars für Touristen und Büroangestellte umgebaut wurden. Alles andere ist neu, und mein Haus gehört zu den neuesten. Es wurde für die von Ängsten geplagten Reichen errichtet: überdimensionierte Zimmer, strenge Sicherheitsvorkehrungen in Verbindung mit einer exklusiven Videoüberwachungsanlage. Die Bewohner können sich hermetisch von der Außenwelt abkapseln. Daher bekomme ich nie Überraschungsbesuch. Selbst zu dieser Tageszeit steht ein uniformierter Wachmann vor dem Haus, und drinnen sitzt der Nachtportier vor einer Reihe Überwachungsmonitore und Tasten. Ich nicke ihm kurz zu, er nickt zurück, und ich schreite durch die Lobby zum Lift.

Aus der einundvierzigsten Etage hat man eine wunderbare Aussicht – die Bürohäuser der Docklands, die umgebauten Lagerhäuser in Limehouse Reach, den Themsebogen und die

Skyline der *City of London* –, aber heute Nacht nehme ich das alles kaum wahr.

Hat Fielding ihn in irgendeinem verborgenen Winkel der Welt aufgespürt? *Ich hätte da was für dich, mein Junge. Wie für dich gemacht.* Oder war Johanssen aus eigenem Antrieb zurückgekehrt und hatte festgestellt, dass dieser Auftrag auf ihn wartete? Ein Auftrag in einem Gefängnis. Scheint unmöglich zu sein.

Wieder packt mich diese Angst: Natürlich wird er versuchen, das zu machen.

Ich gehe in den kleinen Raum, den ich als Büro nutze. Fahre den Computer hoch und stöpsele eine Festplatte ein. Passworte eingeben, Entschlüsselung und eine Datei öffnen, in die ich seit einem Jahr keinen Blick geworfen habe.

Der erste Klick zeigt mir fünf farbige Ringe, einen im anderen – äußere Sicherheitszone, innere Sicherheitszone, die erste Mauer, ein schmales Niemandsland und die zweite Mauer –, die ein leeres, dunkles Zentrum umfassen. Ich klicke auf die Leerstelle in der Mitte, worauf ein nummeriertes Gitter erscheint. Ich schiebe den Cursor auf ein Quadrat, klicke noch einmal, das Quadrat vergrößert sich und füllt sich mit Details: Straßen und Gebäude, eine Kantine, ein Berufsbildungszentrum, ein Fußballplatz. Ein weiterer Klick bringt ein feines Geflecht aus Abwasserrohren und Kabelschächten zum Vorschein, die unter den Straßen wie Adern unter der Haut verlaufen. Nach dem nächsten erscheinen diverse Symbole auf dem Plan: eine scheinbar willkürliche Anordnung kleiner blauer Rauten, grüner Punkte und gelber Quadrate. Einige sind Einsatzzentralen und Beobachtungsposten, andere zeigen Überwachungskameras und Abhöreinrichtungen. Den Rest können wir einfach nicht entschlüsseln.

Wir hatten begonnen, Daten über das Programm zu sammeln, und diese Karte erstellt, als es sich noch im Planungsstadium befand. Auch jetzt, seit es seine Tore geöffnet hat, fragen Klienten danach. Sie kommen allerdings nicht mehr zu mir, sondern wenden sich an Craigie – und eigentlich wollen sie nicht die Karte, sondern eine Antwort auf die Frage: *Kommt man da irgendwie raus?*

Seit das Programm in Betrieb ist, lautet die Antwort: Nein.

Aber das war nicht Simon Johanssens Frage. Er wollte etwas anderes wissen.

Trotzdem rufe ich Craigie nicht an, obwohl ich das eigentlich müsste. Ich rufe Fielding an.

Der Anschluss, den ich verwende, kann nicht zurückverfolgt werden. Der Angerufene meldet sich nur mit einem kurzen Grunzen, aber er ist es.

»Hallo Fielding.«

Eine Pause, die sich bis auf zehn lange Sekunden dehnt. Dann: *»Karla.«*

Nur ein Wort, dennoch gelingt es Tony Fielding, außerordentliche Überheblichkeit und Geringschätzung hineinzulegen.

Er konnte mich noch nie leiden – er bevorzugt jüngere Frauen, die sich dankbar zeigen. Was bin ich doch für ein kaltherziges Miststück! Auf gewisse Weise ist das befreiend.

Fielding sagt: »Tja, jetzt geht es wieder los.« Seine Stimme knarzt rostig. Also raucht er noch. »Ich nehme an, dass Sie Besuch hatten.« Er klingt selbstgefällig.

»Warum lassen Sie ihn das machen?«, frage ich.

Er schnaubt. »Warum nicht? Haben Sie Angst, dass er aus der Übung ist? Ich glaube, das hat er schnell wieder drauf.«

»Ein Auftrag im Programm?«

Fielding sagt mürrisch: »Hören Sie, er will arbeiten. Ich habe ihm schon gesagt, dass es nicht machbar ist. Aber das ist genau sein Ding, oder? Das Unmögliche möglich zu machen. Sie können viel Geld darauf setzen, Karla, er wird den

Auftrag annehmen. Die Frage ist nur, ob Sie ihn dabei unterstützen?«

Beende es. Mach sofort Schluss. Wieder die gleiche Begründung. Knochentrocken. »Sie kennen das System. Wir kommen nicht in deren Rechner.«

»Sind Sie da ganz sicher, Karla? Na ja, Ihre Entscheidung. Es gibt noch andere, die so etwas planen können. Und die kriegen ihn da rein. Natürlich sind die nicht so *vorsichtig* wie Sie, aber in der Not frisst der Teufel Fliegen.«

Die Worte sind heraus, bevor ich darüber nachdenken kann. »Sie können ihn da nicht reinstecken.«

»Warten Sie's ab.«

»John Quillan ist der Boss im Programm.«

Fielding sagt nur: »Ist er das, Karla? Der gute, alte John Quillan? Ich werde Johanssen davon in Kenntnis setzen.«

*

Nach Beendigung des Telefonats gehe ich zurück ins Wohnzimmer meines Apartments, stelle mich vors Panoramafenster und blicke nach unten: Das schwarze Wasser im Dock kräuselt sich nachdenklich.

Verschwinde. Verschwinde einfach. Du hast dein altes Leben hinter dir gelassen. Du bist nicht mehr Karla, und du bist Simon Johanssen nichts schuldig.

Aber ich kann nicht einfach so verschwinden.

Man glaubt immer, man würde seine eigenen, freien Entscheidungen treffen. Man glaubt, es handle sich um bewusste und geplante Schritte. Aber manchmal werden einem die Entscheidungen vorgegeben, und man merkt es erst, wenn es viel zu spät ist. Die Grenzen sind nicht zu erkennen, manchmal übertritt man sie in der Dunkelheit.

Bevor Johanssen mir von dem Auftrag erzählte. Schon bevor ich das Lagerhaus betreten habe …

In dem Moment als ich im Opernhaus aufblickte und ihn sah, war die Zukunft schon vorgegeben.

Irgendwo im Sicherheitssystem des Programms muss es ein Schlupfloch geben, und das werde ich nutzen, um ihn da reinzuschleusen. Denn wenn ich es nicht tue, wird es jemand anders tun, und der wird nicht alles daransetzen, ihm den Rücken freizuhalten.

John Quillan – Berufsverbrecher, Gangster, Mörder – ist der Boss im Programm.

John Quillan will ihn tot sehen.

2. Tag: Donnerstag

Johanssen

Donnerstagmorgen, 3:13 Uhr. Eine Straße in Nord-London, ein sogenanntes aufstrebendes Viertel, in dem Bars und Maklerbüros allmählich die alten Ein-Pfund-Shops und die billigen Kleidungsketten verdrängen. Einen Teil der Strecke war er mit dem Taxi gefahren, dann im Nachtbus, und jetzt ist er zu Fuß unterwegs: Das übliche Prozedere. Im Geist eines Scharfschützen reduziert sich die Welt auf Distanzen.

Drei Meter links von ihm kauert ein Teenagerpärchen eng umschlungen an einer Bushaltestelle, ihr Atem taucht sie in flüchtige Wolken. Acht Meter rechts von ihm torkelt ein Betrunkener in Schlangenlinien den gegenüberliegenden Fußweg entlang, unempfindlich gegen die Kälte bleibt er kurz stehen, stützt sich mit einer Hand gegen die Wand und beugt sich vor. Johanssen geht weiter. Nach sechs Schritten ist der Mann aus seinem Blickfeld verschwunden. Er hört, wie er sich übergibt, und die Überwachungskamera über ihm schwenkt leidenschaftslos zu dem Mann hinüber, um das Geschehen festzuhalten.

Auf ihn achtet keiner.

Er hat sie wiedergesehen. Er hat mit ihr gesprochen. Diese Erinnerung trägt er jetzt durch die gelbliche Dunkelheit mit sich, trägt sie fast wie einen Gegenstand mit Form und Gewicht in den Händen. Die Erinnerung ist manchmal flüchtig, wertvoll – das Licht in ihrem Haar, wie sie den Kopf dreht –, bleibt aber auch nie lange. Er überquert eine Straße, geht an einer Häuserreihe entlang, und schon verwandelt sie sich in etwas Scharfes oder gar Ätzendes, wie der Blick in ihren Augen, als sie ihn entdeckte.

So kann man sich täuschen, was? Er hatte es sich anders vorgestellt, aber das war wohl nichts.

Er geht eine Seitenstraße entlang, biegt nach rechts ab und geht weiter, bis er das erste der großen viktorianischen Reihenhäuser erreicht. Keine fünf Minuten von hier stehen die Straßen voller Wohncontainer für Bauarbeiter, aber diese Ecke hier hat die Gentrifizierung noch nicht erreicht. Hier sind zu viele Knöpfe an den Klingelanlagen, stehen zu viele Mülleimer, kaputte Fahrräder und alte Sofas in den Vorgärten, und wenn man die Tür zur Souterrainwohnung öffnet, schlägt einem der Geruch feuchter, abgestandener Luft entgegen.

Die Wohnzimmervorhänge sind offen und draußen brennt das Nachtlicht. Hinter der Glastür sieht man fast überdeutlich den Schatten eines Gartenstuhls und eines toten Rosenstrauchs. Er zieht den Vorhang zu, öffnet Badezimmer- und Schlafzimmertür, schaltet das Licht an, prüft die Fenster, sucht nach irgendwelchen Zeichen von Veränderung. Nichts zu sehen.

Er setzt sich gegenüber dem Fernseher in den einzigen bequemen Sessel und denkt wieder an Karla in der Bar des Opernhauses: Karla in ihrem grünen Kleid, die mit leicht zur Seite gelegtem Kopf dem dicken Mann zuhörte und vorgab, sich nicht zu langweilen, direkt bevor sie aufsah und ihn erblickte.

Und da ist es wieder, derselbe Knoten in seiner Magengrube, so rau und unvermittelt wie eh und je.

Und nichts hat sich geändert.

Vor acht Jahren. Das erste Treffen, wenn man es denn so bezeichnen kann: Er auf einem Stuhl, grelles Scheinwerferlicht im Gesicht, und sie nur eine Stimme dahinter, die sagte: *Ich kann Sie in Sicherheit bringen.* Hatte das schon gereicht? Sie hatte es in einem Moment gesagt, als er alles verbockt hatte – als er die Einschätzung der Army bestätigt, die Nerven verloren und einem schreienden Mann beim Sterben zugesehen hatte –, als er auf der Straße übernachtete, sich in öffentlichen Toiletten rasierte, sich aus Supermarkt-Müllcontainern ernährte, das Tageslicht mied und sich nicht traute, eine Straße entlangzugehen, weil er fürchtete, John Quillans Leute könnten ihn entdecken und ihm das antun, was sie den anderen angetan hatten. Als das Überleben nicht mehr als ein Reflex und das Ergebnis seiner Ausbildung war …

Ich kann Sie in Sicherheit bringen.

Und sie hatte es getan: Sie hatte sämtliche Hinweise auf seine Vergangenheit ausgelöscht – sein Leben ausgelöscht –, und dann hatte sie ihm eine neue Identität verschafft, ihm ein Flugticket in die Hand gedrückt und gesagt, er solle abhauen und nie wieder zurückkommen.

Nur dass er zurückgekommen ist, allerdings erst als die Männer, die wussten, was er in der Nacht getan hatte, als Terry Cunliffe starb, im Gefängnis saßen oder tot waren. Er ist zurückgekommen, weil es die einzige Möglichkeit war, der Dunkelheit zu entkommen: indem er für Fielding arbeitete, die ganzen schwierigen Aufträge übernahm, alle ordentlich, sauber, sachlich, ohne raue Kanten, lose Fäden oder unnötige Schweinereien. Auch ohne Zögern – jeder Auftrag ein Beweis dafür, dass er es doch konnte, dass die Ausbilder bei den Spezialeinsatzkräften unrecht gehabt hatten, dass Cunliffe ein Einzelfall gewesen war, ein schlechter Abend, an dem man ihn auf dem falschen Fuß erwischt hatte, nichts, worüber man sich groß Sorgen machen müsste. Dass er nicht der Mann war, den es dort zerlegt hatte.

Für jeden Auftrag war er zu ihr gegangen, um sich die notwendigen Informationen zu holen.

Eines Tages war sie hinter den Scheinwerfern hervorgetreten.

Und eines Tages hatte sie ihn mit einem ihrer flüchtigen Beinahe-Lächeln bedacht, und für einen Augenblick schien alles möglich zu sein, doch dann hatte sie sich abgewandt.

Er konnte es nicht. Er konnte es nicht. Die Ausbilder hatten es gewusst, und Cunliffe war die Bestätigung gewesen. Sie hatte es vor acht Jahren mit einem Blick erkannt. Und sie würde es nicht vergessen.

Bis ihm eines Tages nichts anderes mehr übrig geblieben war, als zu verschwinden. Er hatte nicht damit gerechnet, dass er so lange wegbleiben würde. Aber er konnte nicht zurückkommen, solange er sie noch im Blut hatte, wie eine Droge – während er noch so an sie dachte, wie er es tat, während er noch von ihr träumte. Also war ein halbes Jahr vergangen, dann ein ganzes, dann noch ein halbes. Langsam war sie aus seinem System herausgespült worden, bis er wieder nur noch von den alten Sachen träumte: ein Mann am Schreibtisch, ein Dach in der Nacht, das Farmhaus. Da wusste er, dass er zurückkommen musste.

Als Erstes – nachdem er sich vergewissert hatte, dass es sicher war – hatte er versucht, sie zu erreichen.

Unter der alten Telefonnummer hatte sich ein Mann gemeldet, ein Schotte, dessen Stimme er nicht erkannte. Er hatte aufgelegt, ohne etwas zu sagen. Unter ihrer alten Adresse hatte er sie auch nicht gefunden. Aber er hatte noch den alten Code für ein Treffen, einschließlich Ort und Zeit. Er brauchte sie nur zu finden.

Und jetzt hatte er sie gesehen. Und es war okay, oder? Es war rein beruflich gewesen.

Aber sicher doch, das redest du dir die ganze Zeit ein. Ihr all diese Fragen zu stellen, obwohl du die Antworten schon wusstest, als ob sie das nicht merken würde. Reden, nur damit sie bleibt. Und bei der letzten, großen Frage hast du sie noch hingehalten, weil du Angst hattest, die Antwort könnte Nein lauten, und es gäbe dann nichts mehr zu reden.

Was hatte er sich dabei gedacht? Dass er zurückkam und plötzlich alles anders sein würde? Dass seine Gefühle sich in Luft aufgelöst hätten?

Oder dass sie sich *freuen* würde?

Sie hatte ihn nicht einmal gefragt, wo er gewesen war.

Und was folgt für ihn daraus? Für den Auftrag? Einen Auftragsmord im Programm?

Selbst sie kann ihn nicht dort hineinbringen.

Als er einschläft, ist die Nacht dem Morgen gewichen, und er hat wieder einen der alten Träume. Wobei es eigentlich weniger ein Traum ist als vielmehr eine Erinnerung.

Er steht vor einem Schreibtisch stramm. Hinter dem Schreibtisch sitzt ein Mann in Uniform, die Hände gefaltet auf einer Akte abgelegt.

»Das soll keine Kritik an Ihren Fähigkeiten sein«, sagt der Mann, und in diesem Moment wacht er mit dem wohlbekannten Druck auf der Brust und dem Geschmack des Versagens auf der Zunge auf.

Sein Handy klingelt. Er geht ran, »Hallo?«, und Karla sagt: »Ich glaube, ich sehe eine Möglichkeit«, und schon beim Klang ihrer Stimme spürt er etwas im Magen.

»Eins noch«, sagt sie, und er errät, was noch kommt. »John Quillan ist der Boss im Programm.«

»Er weiß nicht, wer ich bin.«

Nach einem kurzen Moment der Stille sagt Karla: »Ich melde mich.«

»Und?«, sagt Fielding. Er ist wütend – angespannte Schultern unter dem teuren Kaschmirmantel, die Fäuste unter den Manschetten geballt, das siebzigjährige Gesicht noch zerklüfteter als sonst. Offenbar ist er gekommen, um Antworten zu bekommen, es gibt aber keine. »Und?«, wiederholt er. Dann: »Arschloch.«

Johanssen vergräbt die Hände in den Jackentaschen. Sie stehen östlich von Woolwich am Themseufer. Es ist kalt und grau. Der trübe Fluss fließt schnell an ihnen vorbei: ablaufendes Wasser. Die Baustelle hinter ihnen ist mit einer Bretterwand abgetrennt, darauf ein Schild mit einem Bild von neonerleuchteten Glastürmen. Kräne recken sich in den Himmel. Der Ort liegt ungeschützt: Nichts bremst den flussaufwärts blasenden Wind, und über ihnen ist zu viel Himmel.

»Das soll doch wohl ein Witz sein«, sagt Fielding. Der alte Klassiker. »Ein schlechter Witz.«

Johanssen sagt: »Es ist nur eine Sondierung. Ich geh rein, guck mich um, komm wieder raus. 48 Stunden. Fertig.«

»Das ist doch einfach unglaublich«, sagt Fielding. »John Quillan zieht da drin die Fäden.« Als hätte er das nicht schon gewusst, als er ihm das erste Mal Zigarre rauchend in einem dunklen Hinterzimmer in Soho mit vor Selbstgefälligkeit triefendem Lächeln davon erzählte.

Der Auftrag wird Ihnen gefallen: Ist eine verdammte Mission Impossible, der Klient muss völlig übergeschnappt sein.

Johanssen wendet den Blick ab.

Aber Fielding starrt ihn immer noch unverwandt an. »Ach, und Sie glauben wohl, da drin gäbe es so was wie Verjährung? Oder dass Quillan an Amnesie leidet? Nach allem, was mit Terry Cunliffe passiert ist, glauben Sie, er hätte es *vergessen*?«

»Er weiß nicht, wer ich bin«, wiederholt Johanssen: »Es ist nur eine Sondierung. Wenn es gefährlich wird, ziehe ich mich zurück.«

Fielding sagt: »Wenn es gefährlich wird? Natürlich ist es da drin gefährlich. Und wie wollen Sie sich da denn bitte *zurückziehen?* Das ist ein Gefängnis, ein verdammter *Knast*. Daraus können Sie nicht so einfach abhauen.«

Zwei Möwen fliegen kreischend über sie hinweg, und auf der Baustelle hinter dem Zaun fängt irgendeine Maschine an zu rattern und Dieselabgase auszustoßen.

Fielding murmelt: »Wir sollten das mit internen Kräften regeln. Da sitzen genug Mörder ein, das kann doch einer von denen machen. Man sucht sich einen frisch Verurteilten und tritt an ihn heran, bevor er reingeht – jemanden mit Kindern draußen –, wir schnappen uns eins, machen ihm klar, wie weit wir gehen würden ...«

Ihm wird übel bei dem Gedanken, aber das spielt sowieso keine Rolle. Es wird nicht passieren. »Ich mach das«, sagt Johanssen.

Natürlich macht er es. Er hat noch nie einen Auftrag verpatzt. Trotzdem fährt Fielding alles auf, was er hat, erinnert ihn daran, wie schwierig es ist, und tut so, als wolle er es ihm ausreden, weil er es dann nur noch mehr will, oder? Irgendwann wird er sagen: *Sie können jetzt aufhören. Ich habe mich entschieden.* Doch bisher hat er das noch nicht getan.

»Und Karla? Kann die Sie da reinbringen?«

»Sie guckt sich das an.«

Falls Fielding erfreut ist, will er es nicht zeigen. Er wendet den Kopf ab.

Hinter dem Bauzaun schlägt eine Ramme Träger in den Schlamm. Durch eine Lücke im Zaun sehen sie einen Moment lang zu.

Schließlich sagt Johanssen: »Haben Sie es?«

Aber Fielding ist noch nicht fertig. Er sagt: »Warum sollte ich es Ihnen geben? Sie müssen diesen Auftrag auslassen. Das kriegen Sie nicht hin, und das wissen Sie auch ganz genau. Jeder hat seine Grenzen, mein Junge. Selbst Sie. Aber das wollen Sie nicht hören, stimmt's?«

Die Ramme hinter ihm stoppt.

»Haben Sie es?«, wiederholt Johanssen.

Fielding greift in die Manteltasche, zieht einen Umschlag heraus und drückt ihn Johanssen in die Hand. »Was ist nur los mit Ihnen?«, fragt er verbittert. »Was zum Teufel soll der Scheiß?« Dann sagt er, als widere es ihn an, dass sich jemand Anstand und Vernunft gleichermaßen widersetzt. »Ihnen geht es ja nicht mal ums Geld.«

Der Umschlag ist schlicht, braun und unbeschriftet. Johanssen öffnet ihn nicht.

»Was haben die getan?«, fragt er.

Fielding sagt nur: »War übel.«

Er öffnet den Umschlag erst, nachdem er die Haustür abgeschlossen und die Vorhänge ordentlich zugezogen hat.

Darin ist nur ein einziges Blatt: ein Foto, auf normalem Papier mit einem billigen Farbdrucker ausgedruckt. Er starrt es lange an. Dann steckt er es wieder in den Umschlag. In spätestens zwanzig Minuten wird es nicht mehr in seinem Besitz sein.

Aber er hat das Bild mit allen Einzelheiten im Kopf.

Aus irgendeinem Grund hatte er nicht mit einer Frau gerechnet.

2. Tag: Donnerstag – 5. Tag: Sonntag

Karla

Am Donnerstagabend muss ich zu einer Abendgesellschaft – beziehungsweise Charlotte Alton, wobei sie an diesem Abend allerdings keine besonders geistreiche Gesprächspartnerin ist. Als ich gegen elf zu meinem Apartment zurückkehre, wartet der Umschlag schon auf mich. Beim Betreten der Lobby winkt der Nachtportier mich zu sich und streckt ihn mir entgegen.

Zwei Gläser Wein verdunsten aus meinem Blutkreislauf in der Zeit, die der Fahrstuhl bis in meine Etage benötigt. Kaum habe ich die Wohnungstür hinter mir geschlossen, reiße ich das Siegel auf und ziehe das Blatt heraus.

Sie ist etwa dreißig, schlank, ihr Haar hat die Farbe heller Butter, und auf dem Foto trägt sie ein bis zum Hals zugeknöpftes graues Kostüm. Es sieht teuer aus, genau wie ihre Frisur. Sie könnte eine Firmenanwältin sein: kultiviert und verschlossen. Ihr Lächeln schützt sie wie eine Rüstung.

Ich könnte schwören, dass ich das Gesicht kenne.

Ich finde weder einen Namen noch irgendwelche Hintergrundinformationen: Nur das Foto.

Was hat sie getan, diese verschlossene, reiche Frau? Warum will jemand, dass sie stirbt?

Aber es ist ganz einfach: Sie ist eine verurteilte Kriminelle, genau wie alle anderen im Programm, und vermutlich war ihr Gesicht irgendwann in sämtlichen Boulevardzeitungen und diversen Fernsehmagazinen zu sehen. In nicht einmal einer

Sekunde hat meine Fantasie eine Titelseite erzeugt: Neben ihrem Foto steht in riesigen Buchstaben MONSTER!

Es muss ein Rachemord sein. Vergeltung für einen Unterweltbetrug? Oder ein Auftrag von der Familie eines Opfers? Eins von beiden. Trotzdem eigenartig, dass Fielding uns keinen Namen gegeben hat. Eigentlich brauchen wir mehr als nur ein Bild.

Die Finger auf der Tastatur. Vom Absender getrennt saust unser Dialog über Proxyserver auf drei Kontinenten. Meine mangelhafte Kenntnis des aktuellen Internetjargons kennzeichnet mich als Außenseiter, aber das stört mich nicht, und wenn es Finn stört, sagt er es nicht.

<finn>

Die Antwort kommt praktisch sofort.

<K?>

Ich lese Überraschung aus seiner Antwort heraus. Wie so viele Leute aus meinem Netzwerk hat Finn sich im Lauf des letzten Jahres daran gewöhnt, mit Craigie zu kommunizieren.

<privatauftrag. geld wie üblich. programminsasse details namen gesichter background, antw nur an mich>

Eine Pause. Entweder denkt Finn nach, oder die Server lahmen.

<wann?>

<baldmöglichst>

<melde mich>. Finns Standardantwort. Früher habe ich mich darüber geärgert. Aber das läuft nicht wie im Film: Es kann Tage oder Wochen dauern, bis er etwas erfährt ... Finn weiß es auch nicht. Mehr als *melde mich* werde ich nicht aus ihm herausbekommen.

Ich trenne die Verbindung und lehne mich zurück.

Am Nachmittag habe ich noch einmal mit Fielding gesprochen, weil ich mehr über den Klienten erfahren wollte, aber auch der ist namenlos: Was Anonymität betrifft, hat Fielding strenge Regeln. »Sie hatten Referenzen«, war alles, was er sich entlocken ließ. Jemand anders, jemand, mit dem er Geschäfte macht und dem er vertraut, hat sich für ihn verbürgt. Auch darüber verriet er nichts. Dann fragte er mich, ob ich schon wüsste, wie ich Johanssen ins Programm bekäme, und ich mauerte ebenso wie er: Ich sagte, ich würde daran arbeiten. Informationsaustausch basiert auf gegenseitigem Vertrauen, und das besteht zwischen uns nicht. Tatsächlich habe ich den Tag mit der Suche nach einem Mann verbracht, der meine Schlüsselfigur in dieser Angelegenheit werden soll, was er allerdings nie erfahren wird. Das Bild des Hauptanwärters starrt mich gerade von meinem Bildschirm an. Später werde ich mir sein Leben weiter ansehen und nach Gründen suchen, ihn aus der engeren Wahl zu streichen, aber fürs Erste bin ich ganz zufrieden mit ihm, obwohl er Verbrechen begangen hat, über die ich nicht nachdenken möchte ... Wieder denke ich an die Frau auf Johanssens Foto. MONSTER! Die beiden wären ein schönes Paar.

In diesem Augenblick springt die Digitaluhr im Büro von 23:59 auf 00:00 um. Es ist Freitag.

Zeit, dass ich mit Craigie spreche.

Ich hatte nie vor, dieses Leben zu führen. Manche Dinge geschehen einfach.

Ich hatte mich auf Thomas Drew eingelassen, bevor ich wusste, was er war oder tat. So etwas kann passieren, wenn man dreiundzwanzig und unschuldig ist. Er war clever, hatte sanfte Hände, die strahlenden Augen eines Scharlatans und eine Selbstsicherheit, wie ich sie weder zuvor noch danach je bei einem Menschen gesehen hatte. Wir hatten uns bei einer Party in Kensington kennengelernt, zwei Stunden später lagen wir im Bett.

Eine Woche verging, bevor ich ihn fragte, was er machte. Auf dem Schild vor seinem Büro stand nur DREW. »Ermittlungen«, hatte er nur lächelnd erwidert.

Erst nachdem ich einen Monat für ihn gearbeitet hatte – Routineüberwachungen, ein bisschen Computerarbeit und Telefondienst –, wurde mir klar, was er wirklich machte: Was für ein Netzwerk er für welche Klientel aufbaute.

Ein Jahr später kannte ich es besser als er selbst.

Er hatte einen Buchhalter: Alex Craigie. Anfang dreißig, schweigsam, verschlossen und stets im dunklen Anzug wie ein Fünfzigjähriger. Ich hatte immer das Gefühl, dass er mich nicht sonderlich mochte. Mein Verbündeter war Robbie, ein Staffordshire-Terrier von einem Mann: Kräftig gebaut, von Natur aus loyal, brandgefährlich, wenn's zu einer Rauferei kam. Er war ein kleines Licht in einer der alten Verbrecherdynastien aus dem East End gewesen, hatte dieses Leben aber aufgegeben, als seine Frau starb und ihn mit seinem siebenjährigen Sohn zurückließ. Er war Drews Mann für Fahrten und Beschattungen, und gelegentlich wurde er auch als Schläger eingesetzt. Wir hatten uns einmal bei einer Beschattung im Auto geküsst – in der Anfangszeit aus rein beruflichen Gründen, doch wenn ich ihn in Verlegenheit bringen will, erinnere ich ihn daran.

Eines Tages konnte ich Drew nirgends finden. Die von ihm zusammengestellten Informationen über eine Bank hatten sich als falsch erwiesen, weshalb jetzt zwei Männer tot waren – von der Polizei erschossen – und ein bedeutender Londoner Gangster sich auf den Weg gemacht hatte, um über die Konsequenzen zu reden.

Drew war abgetaucht.

Robbie hatte mir geraten, auch zu verschwinden. Ich schickte ihn nach Hause zu seinem Sohn. Ich hatte erwartet, dass auch Craigie untertauchte – ein Bündel Wertpapiere einsteckte und ging –, aber zu seiner Ehre muss gesagt werden, dass er blieb, als ich verkündete, die Stellung halten zu wollen.

Wir waren nicht immer einer Meinung, weder damals noch heute, aber vor einem Jahr, als ich die Entscheidung traf, jemand anders mit dem Alltagsgeschäft des Netzwerks zu betrauen – um das Risiko zu minimieren und selbst mal ein bisschen zu leben –, war nur er da. Er kennt meine Quellen, bezahlt die Informanten, schottet mich von den Klienten ab. Er sorgt dafür, dass ich unsichtbar bleibe, mir die Hände nicht schmutzig mache, sicher bin. Hält mich von Leuten wie Simon Johanssen fern. So weit zumindest die Theorie.

Als ich am Freitag auf der Rückseite des Lagerhauses ankomme, ist es dunkel, aber ich kenne mich aus. Ich kenne jede unserer Örtlichkeiten, ich habe sie selbst ausgewählt. Also gehe ich am Wachposten vorbei und trete fast geräuschlos ein – nur ein leises Türquietschen und sehr leise Schritte. Trotzdem dreht Craigie sich zu mir um und runzelt die Stirn. Als er mich sieht, legt er den schmalen Kopf etwas auf die Seite – Neugier? Nachdenklichkeit? –, sagt aber nichts. Jetzt wird erst einmal jemand anders befragt.

Abgetrennt durch eine Reihe heller Scheinwerfer, die ihm direkt ins Gesicht leuchten, sitzt ein großer Frühsechziger mit gesenktem Kopf vor uns, die Arme auf die Knie gestützt, die Hände schlaff herabhängend. Er ist schlank, trägt teure Freizeitkleidung und hat gut frisierte, graue Haare. Auf eine Weise attraktiv, die an einen Raubvogel erinnert. In einem Fernsehdrama würde er den aufrichtigen Patriarchen spielen, den alternden General, der seine Männer ins letzte Gefecht führt. Aber dieser Ort und alles, was nötig war, um hierherzukommen – die Haube, der Transporter, die Leibesvisitationen –, haben seiner Würde geschadet: Er hat dicke Tränensäcke im von tiefen Falten durchfurchten Gesicht, außerdem schwitzt er stark. Trotz des teuren Aftershaves rieche ich seine Verzweiflung.

»Ich bin zurückgetreten«, sagt er. »Ich hatte einfach das Gefühl, es wurde Zeit, etwas anderes zu machen.« Aber seine Stimme zittert.

»Sie sind zurückgetreten, Mr Hamilton? Sie wurden also nicht aufgefordert, ihren Posten zu räumen, während irgendwelche Unannehmlichkeiten unter den Teppich gekehrt wurden?«

Craigie spricht weiter in dem ihm eigenen Pastorensohn-Tonfall mit schottischem East-Kilbride-Akzent. In solchen Augenblicken ist es schwer zu glauben, dass sich auch nur das kleinste Fünkchen Mitleid in seinem steinernen Herz verbirgt. »Da werden Sie uns schon noch was Besseres bieten müssen.«

Der Mann sagt nichts. Ihm muss klar werden, dass das der Preis ist, den er zahlen muss. Aber Craigie tut das nicht aus Grausamkeit. Offenheit: Wir bestehen immer darauf, dass mit offenen Karten gespielt wird. Wir müssen wissen, womit wir es zu tun haben.

Craigie sagt: »Gehen wir die Geschichte noch einmal durch, okay? Sie sind ohne jegliches Fehlverhalten von ihrem Posten zurückgetreten, haben keinerlei Schuld auf sich geladen, keine Flecken im Lebenslauf und erhalten obendrein eine ordentliche Pension. Sie haben keine schmutzigen Geheimnisse und werden nicht erpresst. Trotzdem sind Sie hergekommen und haben uns viel Geld für ein neues Leben geboten. Erfahrungsgemäß tun Menschen so etwas nur, wenn sie auf der Flucht sind, Mr Hamilton. Die Frage lautet nun, wovor flüchten Sie?« Er macht eine Pause. »Und?«

Ich höre die Antwort nicht einmal.

Vor acht Jahren war ich in einem ganz ähnlichen Lagerhaus, aber der Mann auf dem Stuhl mit den Scheinwerfern im Gesicht war Simon Johanssen.

Glatt rasiert, braune Haare. Graue und schwarze Freizeitkleidung. Gepflegt: Man wäre nicht darauf gekommen, dass er auf der Straße gelebt hat. Man konnte sehen, dass er in eine Schlägerei verwickelt gewesen war – Schorf an den Fingerknöcheln, Überbleibsel von blauen Flecken im Gesicht –, aber nichts vom aufdringlichen Macho-Gehabe selbst ernannter vermeintlich harter Kerle. Auch sonst nichts, was irgendwie ins Auge fiel. Ein Niemand. Man würde ihn keines zweiten Blickes würdigen.

Wir hatten ihm eine Haube über den Kopf gestülpt, ihn durchsucht, in den Laderaum eines unauffälligen Transporters mit gefälschten Kennzeichen geworfen und eine Weile in London spazieren gefahren. Auf ihn war ein Kopfgeld ausgesetzt. Er hätte schwitzen müssen, tat das aber nicht.

»Sie müssen uns alles erzählen«, sagte ich. »Absolute Offenheit ist unerlässlich.«

Wobei er mir natürlich nicht zu erzählen brauchte, wovor er floh. Ich wusste es schon. Alle wussten es.

Natürlich hatte ich seine Akte gelesen.

Geboren in Salford in einem Arbeiterviertel, Sohn eines ehemaligen schwedischen Seemanns, der gerne trank und die Fäuste sprechen ließ – es gab Festnahmen wegen Trunkenheit und ungebührlichen Benehmens und auch »familiäre Zwischenfälle« in dem feuchten, kleinen Haus, in dem er aufgewachsen war, bis seine Mutter beschloss, dass es ihr reichte. (Er war sechs, als sie ging, sie nahm ihn aber nicht mit.) Dann unregelmäßige Schulbesuche mit schlechten Noten. Eigentlich hätte es auch eine Akte mit Jugendstrafen geben müssen – mit Bagatelldelikten wie Diebstahl und Ähnlichem –, aber offenbar war er schon damals klug genug gewesen, sich nicht erwischen zu lassen.

Dann die Armeeakten. Erst einfacher Soldat, dann Scharfschütze. Einsatz im Nahen Osten. Belobigung für Mut unter

Beschuss. Die Army hatte ihn gerettet, oder? War Familienersatz, hatte ihn Disziplin und Ordnung gelehrt, ihm Selbstachtung gegeben. Hatte ihm gezeigt, was aus ihm werden konnte, wenn er etwas unbedingt wollte. Und er wollte unbedingt.

Schließlich wurde er für eine »weiterführende Fortbildungsmaßnahme« empfohlen. Eine verdeckte Bezeichnung für einige Abteilungen der Spezialeinsatzkräfte in der Grauzone zwischen britischem Geheimdienst und Verteidigungsministerium – diverse Leute werden dorthin abgeordnet, nicht alle kommen wieder heraus. Johanssen schon. Nach fünfmonatiger Abwesenheit von seiner Einheit – seine Akte enthielt eine Ansammlung rätselhafter Einsatzcodes – war er ohne weitere Erklärungen wieder in den normalen Kampfeinsatz zurückgekehrt. Ohne Begründung – er sagte, er wüsste nicht, warum.

Kurz nach seiner Rückkehr hatte er gekündigt.

Die Aufzeichnungen enden mit seiner Entlassung. Nichts über die Monate, die er auf der Straße gelebt hat. Nichts über den Drink mit dem Freund eines Freundes in einem Londoner Pub. Nichts über seine Rekrutierung in die Privatarmee des Gangsters Charlie Ross. Und nichts über den ersten Auftrag, zu dem man Johanssen geschickt hatte, in Begleitung dreier weiterer Männer: Sie sollten einen Mann namens Terry Cunliffe entführen und dessen Boss eine Nachricht zukommen lassen.

Als ich Johanssen fragte, was passiert ist, sagte er nur: *Es ist schiefgegangen.* Aber zum ersten Mal, seit sie ihm die Haube abgenommen hatten, sah ich eine Gefühlsregung in seinen Augen und seinen Mundwinkeln, einen Anflug von etwas, das Scham sein könnte.

Es reichte nicht, um wiedergutzumachen, was mit Terry Cunliffe geschehen war. Ich sah ihn an und dachte: *Du wirst sterben.*

»Unterschlagung«, sagt Craigie und schüttelt den Kopf. Er glaubt ihm kein Wort.

Wir haben uns in einen kleinen Raum mit verrammelten Fenstern zurückgezogen: Drinnen stehen zwei unbequeme Stühle und ein Schreibtisch. Hamilton ist wieder weg, wurde mit der Haube über dem Kopf zurückgebracht. Ich höre das leise Klirren und Klappern vom Abbau der Lampen.

»Wer ist er?«, frage ich.

»William Arthur Hamilton. Hat für Hopeland gearbeitet, den Pharma- und Medizingiganten. Er war für die Verträge zuständig. ›Leiter der Abteilung für Joint Ventures und Kooperationen‹. Vier Millionen Grippeimpfungen? Regierungseigene Quarantäneeinrichtungen für die Opfer biologischer Kriegsführung? Dafür war er der Richtige. War viel im Ausland unterwegs, viele Verträge mit Privatunternehmen, aber auch Regierungsjobs.« Craigies Gesicht ist streng und ernst.

»Das bietet eine Menge Gelegenheiten für Unterschlagung.«

Wieder schüttelt Craigie knapp, aber entschieden den Kopf. »Es steckt mehr dahinter. Er hat nicht nur in die eigene Tasche gewirtschaftet und Hilfsgelder für nicht existente Impfstoffe genommen. Dafür hat er zu viel Angst.« Er lächelt kurz und höhnisch. »Vielleicht hat er Bestechungsgelder von ein paar unangenehmen, kleinen Regimes angenommen, damit er ihnen etwas besorgt, was er nicht besorgen durfte. Vielleicht konnte er dann nicht liefern. Egal, was er getan hat, er glaubt jedenfalls, dass sie ihn verfolgen werden. Warum sollte er sonst ein sicheres Haus verlangen?«

»Er ist nicht sehr mitteilsam.«

»Das wird er sich noch anders überlegen. Geben Sie mir eine Woche, bis dahin habe ich es aus ihm heraus.« Craigie hat eine skrupellose Ader: In seinem dunklen Anzug und dem Mantel sieht er aus wie der Leichenbestatter einer Kleinstadt, aber in Wahrheit ist er ein Raubtier. Dann sieht er mich mit seinen harten schwarzen Augen an. »Sie wissen, dass ich es vorgezogen hätte, wenn Sie nicht gekommen wären.«

Wir treffen uns einmal die Woche ausnahmslos jeden Freitag, um die neuesten Geschäftsentwicklungen zu besprechen. Normalerweise findet dieses Treffen in meinem Apartment statt, wo Craigie mich mit seinem Aktenkoffer voller gefälschter Unterlagen besucht, um die Story zu stützen, dass er als eine Art Finanzberater für mich arbeitet. Doch gelegentlich bestehe ich darauf, an einer Vernehmung teilzunehmen. Bloß um nicht aus der Übung zu kommen? Oder aus Langeweile? Ich weiß es nicht. Charlotte Alton ist mein richtiger Name, der Name, den man mir bei meiner Geburt gegeben hat. Doch lange Zeit war das nur ein Deckname, und selbst jetzt bin ich, trotz all meiner Bemühungen, nicht wirklich überzeugt, dass er echt ist. Charlotte lebt gerade einmal so viel, wie erforderlich ist, um die Fiktion ihrer Existenz aufrechtzuerhalten. Sie bewegt sich unter Menschen, die nur Äußerlichkeiten sehen und nie auf die Idee kämen, eine persönliche Frage zu stellen. Sie ist eine angenehme Begleiterin und eine gute Gesprächspartnerin. Sie spendet regelmäßig und großzügig für wohltätige Zwecke, und man kann sie bei Benefizveranstaltungen neben schwierigen Gästen platzieren. Doch wie vielen Menschen würde es auffallen, wenn sie von heute auf morgen vom Erdboden verschwände?

Ich hatte mich aus der Leitung des Netzwerks zurückgezogen, um mir ein normales Leben aufzubauen. Ein Jahr ist seitdem vergangen, und ich habe es noch immer nicht geschafft. Also komme ich manchmal vorbei und stelle mich hinten hin – unsichtbar hinter den Scheinwerfern und ohne ein Wort zu sagen. Craigie gefällt es trotzdem nicht.

»Gute Arbeit«, sage ich.

»Aber Sie wollten sich mal wieder persönlich davon überzeugen.«

»Nichts dergleichen.«

»Und Hamilton kennen Sie auch nicht?«

Tatsächlich könnte Hamilton problemlos zu Charlotte Altons Bekanntenkreis gehören – wir könnten uns aus dem Theater oder dem Konzertsaal kennen. Er ist so ein Typ: wohlhabend, gute Beziehungen … aber ich kenne ihn nicht. Ich schüttle den Kopf. »Dies ist nur eine Ortsbegehung.«

Craigie schürzt die Lippen. »Wenn Sie herkommen, steigt die Gefahr …«

»Wenn es sicher genug für Sie ist, ist es auch für mich sicher genug.«

Craigies Blick sagt mir, dass er das anders sieht. Er trifft mich wie ein leichter Schlag. Aber bezahle ich ihn nicht genau dafür? Vorsichtig, konservativ und risikoscheu zu sein? Vermeintlich unwichtigen Details ebenso viel Aufmerksamkeit zu schenken, wie ich selbst es tun würde? Trotzdem ärgere ich mich darüber.

Ich schlucke. Wir müssen übers Geschäftliche reden.

»Also, was haben Sie für mich?«, frage ich, als es losgeht.

Anfang der Woche war eine russische Gruppe an uns herangetreten: gute Kapitaldecke, aber die internen Sicherheitsvorkehrungen beruhten offenbar fast ausschließlich auf exzessiver und blutiger Gewalt. Wir werden sie abweisen. Ein neuer japanischer Informant aus Geheimdienstkreisen, der sicher zu sein scheint: Craigie wird ihn überprüfen. Eine neue, verbesserte Firewall bei einer europäischen Großbank, aber wir haben Kontaktleute unter den Software-Entwicklern. Und so weiter, und so fort … Craigies schmales Gesicht ist vor Konzentration tief zerfurcht, als er die Fakten aus seinem Gedächtnis hervorkramt: potenzielle Klienten, potenzielle Informanten, potenzielle Gefahren. Er hat es sich jahrelang antrainiert, niemals Notizen zu machen.

Erst als wir fertig sind – als Craigie aufsteht und sich den

Staub vom Mantel klopft –, sage ich: »Erinnern Sie sich an Simon Johanssen?«

Sein Gesichtsausdruck sagt alles. Natürlich tut er das.

»Er hat sich gemeldet«, sage ich.

Seine Augen verengen sich. »Bei Ihnen? Wie hat er Sie kontaktiert?«

Ruhig, als gäbe es nichts, worüber wir uns Sorgen machen müssten: »In der Oper. Gestern Abend.«

»Er ist an Sie herangetreten? In der Öffentlichkeit?«

»Wir waren vorsichtig. Niemand hat etwas gesehen.«

»Aber er wusste, dass er Sie da findet.« Und dann, ruhiger, fast zu sich selbst: »War ja klar, dass das irgendwann …«

Er bricht ab. Er hat genug gesagt. Schon jetzt liegt der alte Streit wieder in der Luft. Über alle, die mein Gesicht gesehen haben, jede Person, die mich identifizieren kann, haben wir belastendes Material gesammelt und sichergestellt, dass sie darüber Bescheid wissen. Über alle außer Johanssen.

Schließlich fragt Craigie: »Und was wollte er?«

»Das Übliche. Eine Identität für einen Auftrag.« Ich warte einen Moment. »Im Programm.«

Craigie starrt mich an.

»Er hat gefragt, ob ich ihn da reinbringen könnte. Als Bewohner. Vorübergehend.«

»Sie haben abgelehnt.«

»Ich habe gesagt, ich würde es mir ansehen.«

»Er bräuchte einen Bewohnerausweis. Das geht nicht.«

Ich lasse einen Moment verstreichen. »Es geht nicht«, wiederholt er. Also erzähle ich ihm, wie es geht.

Ryan Jackson ist fünfunddreißig, sieht auf dem Foto, das ich habe, aber älter aus. Er wurde in England geboren und ist mit siebenundzwanzig in die USA übergesiedelt – aus lauter falschen Gründen hatte es ihn nach Los Angeles verschlagen. Er ist mit einer Amerikanerin zusammengezogen, einer Kellnerin, und konnte so der Aufmerksamkeit der US-Einwanderungsbehörde entgehen. Das ging so lange gut, bis die Frau ihn satthatte und wegen eines anderen Typen vor die Tür setzte, worauf er in ihr Haus eindrang, den Typen erschoss, ihm den Kopf absägte und die Leiche mit dem Rücken zur Tür in einen Stuhl setzte und dann auf die Frau wartete. Als sie hereinkam, ging sie direkt zu dem Stuhl, ohne zu ahnen, was sie erwartete.

Später schoss er auch auf sie. Es dauerte sechs Stunden, bis sie tot war. Er blieb die ganze Zeit dabei und sah zu. Der Polizei sagte er hinterher, sie hätte es verdient.

Als sie ihn nach dem Typen fragten, zuckte er nur die Achseln.

Er musste einen guten Anwalt gehabt haben: In Kalifornien gibt es die Todesstrafe, aber er sitzt lebenslang im Victorville Penitentiary.

Ryan Jackson ist übelster Abschaum. Aber er ist im richtigen Alter, hat die richtige Größe und sieht Johanssen halbwegs ähnlich.

Craigie schüttelt den Kopf. »Und was will er im Programm?«, fragt er. »Alte Freunde besuchen?«

»Unsere Story wird lauten, dass er Verbindungen zum amerikanischen organisierten Verbrechen hat. Er hat Informationen. Die er unter der Bedingung preisgeben will, dass er aus den USA ins Programm verlegt wird. Die amerikanischen Behörden werden in dieser Angelegenheit bei ihren britischen Kollegen wegen einer Kooperation anfragen: Sie schicken ihren Mann drei Wochen lang ins Programm, um zu prüfen, ob er redet. Offiziell bleibt er in dieser Zeit jedoch ein amerikanischer Häftling in der Verantwortung der US-Justizbehörden, der sich aus freien Stücken im Programm aufhält. Offiziell ist er also ein Freiwilliger. Daher erscheint er auch nicht in den Bewohnerlisten des Programms. Ryan Jackson bietet uns alles, was wir brauchen: warum Johanssen dort reinmuss, warum er während seines Aufenthalts mit uns in Verbindung bleiben muss, und warum er am Ende wieder geht.«

»Weil Ryan Jackson am Ende doch wieder nach Kalifornien zurückkehrt.« Einen Moment lang klingt Craigie gleichermaßen indigniert wie beeindruckt.

»Es wird sein, als wäre er nie dort gewesen.«

»Und Jackson hat keine Komplizen in England?«

Ich schüttle den Kopf. »Soweit ich bisher feststellen konnte nicht. Ich suche aber noch weiter.«

»Er braucht eine Eskorte.« Dann leuchten seine Augen kurz auf. »Whitman. Sie haben ihn angerufen, bevor sie hergekommen sind. Deshalb waren Sie zu spät.«

Mike Whitman ist ein freiberuflicher Mitarbeiter verschiedener Nachrichtendienste, ein groß gewachsener, mürrischer Amerikaner mit einem leicht näselnden Alabama-Einschlag in seinem Akzent und dreißig Jahren Erfahrung im US-Justizsystem, von denen er fünfzehn hinter einem Schreibtisch der CIA verbracht hat. Er kennt mich unter dem Namen Laura Pressinger, schon seit Jahren, weiß aber nicht genau, was für Leute hinter Laura stehen – sie verteilt keine Visitenkarten –, hält sie aber eindeutig für eine Geheimdienstkollegin. Sie ist zwar legitimiert, braucht aber gelegentlich Unterstützung von jemandem mit US-Pass und Insiderkenntnissen der dortigen Geheimdienstlandschaft, der bereit ist, auch mal ein Auge zuzudrücken.

Whitman bewegt sich in einer Grauzone, in der sich mit den richtigen Kontakten und plausiblen Unterlagen alles einrichten lässt und ein gewisses doppeltes Spiel zum gängigen Geschäftsgebaren zählt. Dazu kommt seine späte erste Hochzeit vor acht Monaten mit einer hübschen Französin und der

Umzug nach Paris – auf ihr Betreiben – und damit eine Abnabelung von den Honigtöpfen dieses Tätigkeitsbereichs in Washington und Langley. Er braucht Geld. Er will den Job. Als ich ihm erzählte, was ich wollte, sagte er trocken: »Sie machen also immer noch solchen James-Bond-Kram, Laura«, und als ich erwiderte: »Sie wären doch enttäuscht, wenn ich es nicht mehr täte«, lachte er – klang allerdings nicht, als ob er es wirklich lustig fände.

Er steigt heute am Pariser Gare du Nord in den Eurostar.

»Wenn irgendjemand der Sache ein offizielles Erscheinungsbild geben kann, ist das Whitman«, sage ich.

»Und Washington?«, fragt Craigie. »Das US-Justizministerium spielt einfach mit? Das fliegt doch beim ersten Anruf auf.«

»Wir versorgen Johanssen mit so vielen britischen Dokumenten, dass die Beteiligten es nur noch abnicken müssen. Am Montag wird das alles auf sämtlichen relevanten Schreibtischen vorliegen. Bei so etwas wollen alle nur sicherstellen, dass sie nicht den Kopf dafür hinhalten müssen. Und dafür ist gesorgt. Johanssen wird mit Eskorte erscheinen, und sie werden ihn erwarten.«

»Drei Wochen, haben Sie gesagt. Wieso das?« Wie immer die kluge Frage.

»Mehr brauchen wir nicht.«

Er sagt: »Oder es ist die Zeit, die Sie zu haben glauben, bevor jemand in Washington anruft. Kennt Johanssen die Risiken? Wenn sich jemand die Sache genau ansieht – oder jemand in Washington anruft, während er da drin ist …«

»Natürlich werde ich es ihm sagen.«

»Aber er wird es trotzdem machen, oder?« Er schüttelt den Kopf. Dann fährt er etwas ruhiger fort: »Ein Mord in einem Gefängnis, Karla«, und ich weiß genau, worauf er hinauswill. Es könnte eine Falle sein.

»Fielding hat den Klienten überprüft. Und Fielding ist zwar ein Drecksack, aber ich glaube nicht, dass er seinen besten Mann aufs Spiel setzt. Ich habe auch die Londoner Metropolitan Police überprüft: Falls jemand aus dem organisierten Verbrechen eine Undercover-Aktion angezettelt hat, um sich an einem Auftragsmörder zu rächen, hat niemand was davon gehört. Außerdem – sieht das für Sie nach einer Undercover-Aktion aus? Wenn man jemanden in eine Falle locken will, macht man es ihm doch normalerweise nicht so schwer wie möglich hineinzutappen.«

»Und Sie? Was ist mit Ihrem Risiko?«

»Ich gehe kein Risiko ein.«

»Karla, vor einem Jahr haben wir uns darauf geeinigt …«

Ich weiß, worauf wir uns geeinigt haben. »Es ist nur ein einziger Job«, sage ich bestimmt. »Mehr nicht, nur ein einziger.«

Einen Moment lang blickt Craigie schweigend zu Boden. Dann sagt er ruhig: »Sie können nicht daran mitarbeiten.«

»Das tue ich schon. Er ist zu mir gekommen. Ich bin für ihn verantwortlich.«

»Warum, Karla? Was macht ihn so besonders?«

Doch darauf habe ich keine Antwort.

Ich denke, dass er fertig ist, aber an der Tür – mit der Aktentasche in einer behandschuhten Hand, die andere auf dem Türknauf – dreht er sich noch einmal mit missbilligender Miene zu mir um.

»Denken Sie noch mal genau über Simon Johanssen nach«, sagt er. »Ist er nicht unzuverlässig?«

Ich weiß, warum er das sagt. Seitdem hat er allerdings sämtliche Aufträge sauber erledigt. Abgesehen vom ersten. Abgesehen von Terry Cunliffe.

Terry Cunliffe: Mittvierziger, etwas übergewichtig, rundes Gesicht, immer fröhlich. Ein anständiger Kerl. Er hat für John

Quillan gearbeitet, Gelegenheitstäter, der etwa vier-, fünfmal im Jahr mit kleineren Geschäften zu mir kam – wenn er Informationen brauchte oder etwas verkaufen wollte. Er war weder hart noch mutig, ließ die Erniedrigungen unserer Sicherheitsmaßnahmen aber mit gutmütiger Gelassenheit über sich ergehen. Ich mochte ihn. Ich mochte ihn wirklich, trotzdem habe ich ihm nie mein Gesicht gezeigt.

Er war ein Niemand, bis John Quillan Charlie Ross den Krieg erklärte und Terry ins Fadenkreuz geriet.

Auch Simon Johanssen war damals ein Niemand, ein Exsoldat, der auf der Straße lebte, bis Charlie Ross ihn dort wegholte und auf Terry ansetzte – wobei er nur dabei war, um für ein ausgeglichenes Kräfteverhältnis zu sorgen, falls es Ärger gab.

Es gab keinen Ärger. Terry war allein.

Sie steckten ihn in einen Wagen und fuhren zu einem abgelegenen Bauernhof. Dort geriet das Ganze außer Kontrolle. Terry war noch vor Sonnenaufgang tot. Es war allerdings kein sauberer Tod, nicht einfach eine Kugel im Kopf.

Als Johanssen schließlich bei mir erschien, hatten die Dinge ihren vorhersehbaren Lauf genommen. Die drei anderen Männer, die mit Terry zum Bauernhof gefahren waren, waren ebenfalls tot – zwei lagen in einem Steinbruch, einer in einem ausgebrannten Wagen auf einem Feldweg. Ermordet auf Befehl von Terrys Boss John Quillan. Alle drei waren vor ihrem Tod gefoltert worden.

Johanssen würde der Nächste sein.

Er wusste nicht, dass ich Terry gekannt hatte. Er war einfach zu mir gekommen, um unterzutauchen. Er hatte keinen Grund zu lügen, brauchte nicht zu wissen, dass ich mich mit dem Satz *»Absolute Offenheit ist unerlässlich«* darauf vorbereitete, etwas über die letzten, furchtbaren Stunden eines Menschen zu hören, den ich gekannt und gemocht hatte. Aber ich musste Bescheid wissen. Zu wissen, was geschehen war, würde alles Weitere rechtfertigen – weil ich ihn mit den Worten: *Tut mir leid, wir können Ihnen nicht helfen* wegschicken würde. Ihn ungeschützt lassen, während Quillans Männer ihm auf den Fersen waren. *Absolute Offenheit ist unerlässlich.* Natürlich dachte ich, ich wüsste schon alles. Wie sich herausstellen sollte, hatte ich mich geirrt.

Wir haben ihn verschwinden lassen. Wir sind sein Leben Schritt für Schritt durchgegangen: seine Sozialversicherungsnummer, die Krankenversicherungsnummer, die Steuernummer, alle Orte, an denen er je gewohnt hat, alle Schulen, die er je besucht hat, alle Aufträge, die er je übernommen hat. Wir haben seinen Pass, seine Kontodaten, seine Kreditkarten, seinen Führerschein genommen und alles aus den Datenbanken gelöscht.

Craigie hat nie verstanden, warum wir das taten. Fast paradox, wo er doch den entscheidenden Hinweis entdeckt hatte, als wir die letzten greifbaren Beweise vernichteten, jedes noch so kleine Fitzelchen von Simon Johanssens Vergangenheit löschten: ein Memo des Verteidigungsministeriums, das auf eine Reihe psychologischer Tests ganz am Ende seiner Ausbildung für die Spezialeinsatzkräfte Bezug nahm. Das Memo selbst war in einem unverständlichen Militärjargon gehalten, allerdings hatte jemand ein Wort an den Rand gekritzelt: »Unzuverlässig«.

Craigie hatte das Wort gesehen und gedacht: *Der Mann ist ein Psycho, eine tickende Zeitbombe.* Aber Craigie war an jenem Abend nicht dabei gewesen. Er hatte die Geschichte nicht gehört. Er weiß nicht, dass es andere Formen von *Unzuverlässigkeit* gibt, unter die auch Johanssen fällt.

Es macht ihn nicht weniger gefährlich. Manche Leute würden sogar sagen, es macht ihn sogar noch gefährlicher. Ich habe das schon damals verstanden. Trotzdem musste ich ihm die Chance zum Überleben geben.

Ich habe Johanssens Vergangenheit gelöscht und eine Nachricht an den Unterschlupf geschickt, in dem wir ihn festgehalten haben. In weniger als einer Viertelstunde war er verschwunden, und es sah aus, als wäre er nie dort gewesen. Innerhalb von vierundzwanzig Stunden hatte er mit einem falschen Ausweis, den er kurz darauf in Tunis vernichtete, das Land verlassen. Und damit wäre die Sache erledigt, dachte ich.

Ich wusste nicht, dass er zurückkommen würde – als ein anderer Mensch zurückkommen würde.

Um 21:54 Uhr am Samstagabend klingelt mein abhörsicheres Telefon.

Robbies East-End-Akzent: »Er ist unterwegs. Müsste in sechs Minuten bei dir ankommen.« Er klingt etwas pikiert, versteht nicht, wie jemand unentdeckt so nahe herankommen konnte.

Punkt 22:00 Uhr steht Johanssen vor meinem Apartment. Ich hatte gezögert, bevor ich ihm die Adresse gab, aber er kannte sie schon. Natürlich kannte er sie.

Heute strahlt er die Desinfektionsmittelreinheit eines Mannes aus, der nicht viel Zeit auf Äußerlichkeiten verschwendet. Doch das täuscht. Er hat lange daran gearbeitet, sich in ein unbeschriebenes Blatt zu verwandeln und sämtliche Elemente aus seinem Erscheinungsbild zu eliminieren, die sich ins Gedächtnis einprägen könnten. Die Anonymität ist perfekt. Er könnte irgendjemand sein.

Und innerhalb von nicht einmal vierundzwanzig Stunden wird er wieder jemand anders sein: andere Kleidung tragen, eine andere Vergangenheit mitschleppen und auf einen anderen Namen hören.

Nur sehr wenige Leute sind zu dem in der Lage, was er gerade plant. Den meisten fehlt die erforderliche Disziplin, sie leiden unter dem Verlust der Kontakte zu ihrem früheren Leben. Sie werden unruhig und verstoßen gegen die Regeln, ob nun aus Frustration oder Sorglosigkeit. Für Männer wie ihn scheint das kein Problem zu sein. Er springt von einem Leben ins nächste, als bräuchte er nur eine Jacke auszuziehen und in eine andere zu schlüpfen.

Zum Teil beruht das auf reiner Willenskraft. Zum Teil liegt es auch an seiner Einsamkeit. Schon vor Jahren hat er alle Verbindungen zu seiner Familie gekappt. Er hat nur wenige Gefährten und keine engen Freunde. Er schläft allein.

Vielleicht fällt es ihm deshalb so leicht: weil es in seinem Leben nur so wenig gibt, was er vermissen würde.

*

»Sie gehen als Ryan Jackson hinein, geboren in England, wohnhaft in den USA, nämlich lebenslänglich in der Justizvollzugsanstalt in Victorville, Kalifornien. Doppelmord. Wir leihen uns seine Identität aus.« Ich schiebe eine Akte über den Kaffeetisch zu Johanssen. Er fängt sofort an, darin zu blättern. Sie enthält alles, was ich über Jacksons Leben zusammentragen konnte. Es gibt sogar Fotos von seiner Freundin, sowohl aus der Zeit, als sie Jackson kennenlernte, als auch von hinterher, nachdem die Polizei sie gefunden hatte. Die Wunden sind schockierend, doch er blinzelt nur dreimal schnell hintereinander, dann blättert er wortlos weiter. Er hat so etwas alles schon gesehen.

»Ihre Eskorte ist ein amerikanischer Verbindungsmann namens Whitman. Er weiß, dass Sie nicht Jackson sind. Mehr weiß er nicht. Auch nicht, warum Sie hineingehen. Er wird auch nicht fragen. Wie lange brauchen Sie für eine Sondierung?«

Johanssen hebt den Blick nicht von der Akte. »Achtundvierzig Stunden.«

»In Ordnung. Nach achtundvierzig Stunden wird Whitman Sie für ein kurzes Gespräch rausholen. Da können Sie entscheiden, ob Sie draußenbleiben oder wieder reingehen.«

»Wie viel Zeit haben wir alles in allem?«

»Vom ersten Zutritt bis zum letzten Abgang? Drei Wochen, würde ich sagen, dann zieht er Sie komplett raus. Reichen drei Wochen?«

Er zuckt ganz leicht die Achseln: muss wohl.

»In der Zeit müssen Sie sich so bedeckt wie möglich halten. Wenn irgendjemand unruhig wird oder anfängt, Fragen zu stellen, holen wir Sie raus, aber eine gewisse Gefahr besteht immer in diesen ...«

»Ich weiß«, sagt er.

»Whitman wird Ihnen auch eine Telefonnummer geben, unter der Sie ihn Tag und Nacht erreichen können. Wenn es Probleme gibt, rufen Sie ihn an und sagen, Sie sind bereit zu reden, worauf er Sie herausholen lässt.«

»Es wird keine Probleme geben«, sagt er.

Ich schiebe ihm eine zweite Akte hinüber. »Das Programm«, sage ich. »Offiziell unter der Leitung einer privaten Sicherheitsfirma, faktisch unter der Herrschaft von John Quillan.« Ich beuge mich vor, will, dass er mich ansieht, mir in die Augen sieht. »Er wird sich fragen, wer Sie sind.«

Er blickt nicht einmal auf. »Ich bin Ryan Jackson«, sagt er. Als gäbe es dazu nicht mehr zu sagen.

Natürlich. Nur Charlie Ross könnte ihn identifizieren. Und Charlie Ross ist tot.

Er fängt an zu lesen. Ich beobachte ihn dabei.

Mein forschender Blick scheint ihn nicht zu stören, obwohl er sich dessen bewusst sein muss. Aber er ist ein Scharfschütze mit der überentwickelten Fähigkeit eines Scharfschützen, sich konzentrieren zu können, und in diesem Moment konzentriert er sich ganz auf den Mann, zu dem er werden wird, und den Ort, an den er gehen wird. Ab und zu lehnt er sich zurück, schließt die Augen und geht die Informationen noch einmal durch, wiederholt sie im Kopf. Ab und zu bewegen sich seine Hände dabei ganz leicht, und die Narben auf seinen Fingerknöcheln glänzen im Licht.

Ein anderer leerer Raum mit denselben Scheinwerfern. Wieder Simon Johanssen, aber zwei Jahre später. Terry Cunliffes schrecklicher Tod ist nur noch Narbengewebe in der Erinnerung. John Quillan und Charlie Ross sind hinter Gittern, praktisch ohne Chance, jemals wieder herauszukommen.

Johanssen hatte einen anderen Namen. Er arbeitete für Fielding und wollte Informationen. Wir haben ihn unter den üblichen Sicherheitsvorkehrungen reingebracht: Der Transporter innen verdunkelt, eine Haube über dem Kopf. Dieses Mal haben wir die Haube auf seinem Kopf gelassen.

Ich stellte mich vor seinen Stuhl und fragte: »Erinnern Sie sich an mich?«

Zehn Sekunden lang rührte er sich nicht. Dann sagte er: »Beim letzten Mal habe ich Ihren Namen nicht erfahren.«

»Karla«, sagte ich. »Sie können mich Karla nennen.«

»Der Name eines Spions«, sagte er.

»George Smileys Nemesis.« Ich hatte ihn mir nicht als Le-Carré-Leser vorgestellt.

»Wessen?«, fragte er.

»Nichts«, sagte ich. »Also, Sie brauchen Informationen.«

Informationen für einen Auftragsmord.

Das war unser Neubeginn, wobei wir uns für weitere zwei Jahre nur in leeren Räumen mit den Scheinwerfern zwischen uns trafen: Ich unsichtbar im Schatten, er vom grellen Licht geblendet – trotzdem saß er immer ruhig, geduldig, zurückhaltend und höflich da, stellte nur die nötigsten Fragen, überschritt nie die Grenzen unserer Beziehung, setzte nie etwas voraus.

Vor vier Jahren habe ich ihm mein Gesicht gezeigt.

Er hat sich auf die schwierigen Aufträge spezialisiert, Aufgaben, für die Sorgfalt und Geduld erforderlich sind und die ein hohes Risiko bergen: Seine Erfolgsbilanz ist makellos. Und er hat Regeln, wobei es eine Weile gedauert hat, sie herauszuarbeiten. Er spricht nicht darüber.

Manche sehen sich gern an, was sie getan haben. Sie warten die übliche viersekündige Schockstarre ab, um zu sehen, wie sich der Schrecken auf den Gesichtern der Zuschauer ausbreitet, die Münder sich zum Schreien verziehen, sie sich aneinander klammern, während sie mit wild rudernden Armen versuchen, in Deckung zu gehen. Zu denen gehört Johanssen nicht.

Manche akzeptieren Kollateralschäden – die Verletzung eines unbeteiligten Zuschauers, etwas zusätzliches Blut auf dem Asphalt – als Berufsrisiko. Auch zu denen gehört er nicht.

Und manche schießen sogar noch eine zweite Kugel ins Getümmel, obwohl der Auftrag ausgeführt ist. Einfach aus Spaß. Als kleines Bonbon. Die findet er krank. Johanssen geht behutsam mit dem Leben anderer Menschen um.

Seine Zielpersonen wissen nichts und leiden nicht, selbst diejenigen nicht, die es vielleicht verdient hätten: Der Gangster, der Spaß am Foltern hatte, die Frau, die Kinder für Sex verkaufte, der Kinderschänder, der nur aufgrund eines Formfehlers freigesprochen wurde. Darauf beschränkt sich Johanssens Moral: nicht ob die Leute sterben – das müssen andere entscheiden –, sondern wie.

Ist er deshalb ein guter Mensch oder ein Heuchler? Ich kann es nicht beurteilen. Ich lebe in einer Welt, in der es nur wenige gute Menschen gibt. Vielleicht fehlt mir der Maßstab.

Craigie verblüfft er immer noch. Mehr als einmal hat er

gesagt: »Jeder normale Mensch würde übelste Albträume bekommen, wenn er das mit Cunliffe miterlebt hätte. Simon Johanssen ist einfach nur besser geworden.«

Er hat recht: Sechs Jahre lang war Johanssen jederzeit effizient, systematisch, professionell und hat sämtliche Aufträge sauber und perfekt ausgeführt.

Ich frage mich aber immer noch, ob der Mann, der nach Terry Cunliffes Tod aus dem Farmhaus geflohen ist – der Mann, den die Army als *unzuverlässig* abgestempelt hat –, vor mir sitzt.

Er zeigt es mir einfach nicht.

Er hat eine Version der Landkarte des Programms vor sich – er muss sich Orientierungspunkte einprägen, Zufluchtsorte, die er brauchen könnte falls etwas schiefgeht – und sucht nach weiteren Details, als ich sage: »Wenn Sie ein Problem bekommen, suchen Sie sich ein Telefon. Rufen Sie Whitman an. Er lässt Sie so schnell wie möglich rausholen. Es gibt allerdings Einschränkungen. Die Patrouillen?«

Ohne den Blick von der Karte zu nehmen, sagt er: »Land Rover Snatch. Dreiköpfige Besatzung. Bewaffnet.«

»Offiziell sind sie Tag und Nacht unterwegs. Nachts wird das Programm allerdings abgeriegelt. Die Tore werden geschlossen. Die Patrouillen ziehen sich in ihre gesicherten Stützpunkte zurück und bleiben da auch.« Ich beuge mich vor. »Wenn Sie ein Problem haben, müssen Sie vor achtzehn Uhr raus. Danach sitzen Sie bis zum nächsten Morgen fest.«

Johanssen nickt, blickt aber immer noch nicht von der Karte auf.

»Was die Zielperson betrifft, so arbeiten wir immer noch am Zugriff auf die Bewohnerakten. Wir könnten ihn in den nächsten Tagen haben, das ist aber keineswegs sicher, es wäre also möglich, dass Sie reingehen, ohne zu wissen …«

»Spielt keine Rolle. Ist nur eine Sondierung.«

»Hat Fielding gesagt, was sie getan hat?«

»Nur dass es ziemlich übel war.«

»Mehr nicht?«

Er zieht die Schultern hoch.

Ein Mord war es jedenfalls nicht. Sonst hätten wir sie längst gefunden: Sie wäre in den Nachrichten gewesen, hätte einen schmuddeligen Kondensstreifen in den Medien und im Internet hinterlassen. Bei Frauen ist das unvermeidlich. Aber ich habe sämtliche Gerichts-Webseiten, Fahndungslisten und sogar die True-Crime-Webseiten für Spezialisten durchsucht, ohne etwas über sie zu finden.

»Ich habe nichts über sie gefunden«, sage ich. Er antwortet nicht.

»Johanssen, es ist einfach ein Gebot der Sorgfalt, sie zu überprüfen.«

Zum ersten Mal hebt er den Blick und sieht mich an. Seine Augen – die in diesem Licht nordseegrau aussehen, obwohl ich weiß, dass sie blau sind – sind sehr klar.

»Es ist nur eine Sondierung«, sagt er.

Als er geht, ist es schon Sonntagmorgen, nach drei. Direkt nachdem er die Wohnung verlassen hat, fange ich in meinem Büro an, die Akten zu vernichten. Ich habe heimlich das Überwachungssystem des Gebäudes angezapft, daher sehe ich auf dem Monitor, wie Johanssen die Lobby durchquert und dem Portier kurz zunickt. Er verschwindet durch die Haustür in die Nacht: eine anonyme Gestalt in einem dunklen Mantel. Mister Nobody. Man würde ihn keines zweiten Blickes würdigen.

Ich gehe wieder zum Panoramafenster und blicke hinunter in der Erwartung, die dunkle Gestalt auf dem Gehweg zu entdecken, doch er ist schon verschwunden.

Das Telefon klingelt. Robbie. »Soll ich ihn beschatten?«
Ich sage: »Vergiss es.«

Jemand will, dass eine Frau stirbt. Es ist ihm so wichtig, dass er bereit ist, dafür einen Haufen Geld auf den Tisch zu legen. Offenbar hat er die Berichte im Internet gelesen – über die Sporteinrichtungen und Trainingsmöglichkeiten, die Betriebsgründerinitiativen und das Restaurant – und alles für bare Münze genommen. Jetzt will er, dass sie dem Verbrechen entsprechend bestraft wird, ganz egal, was es war … Ich habe das Bild wieder in den Umschlag gesteckt, mir ist aber noch, als hinge es vor mir in der Luft: die junge Frau mit dem Lächeln, das man nicht wieder vergisst. In Gedanken bin ich schon wieder bei der imaginären Titelseite mit der grellen Schlagzeile. Was hat sie getan? Und warum finde ich sie nicht?

Das Telefon klingelt ein zweites Mal. Dieses Mal ist es Craigie auf einer abhörsicheren Festnetzleitung. Er benutzt keine Handys – wieder Risikominimierung. Einen kurzen Augenblick frage ich mich, ob womöglich nicht nur Robbie Wache gestanden hat, sondern Craigie mein Haus überwachen lässt, und nachdem er erfahren hat, dass Johanssen gegangen ist, einen letzten Versuch startet, mir die Kontrolle über diese Aktion zu entreißen.

Als er dann aber »Karla?« sagt, verrät mir die Anspannung in seiner Stimme, dass es um etwas ganz anderes geht.

Die meisten meiner Klienten mögen Kriminelle sein, aber im Großen und Ganzen schließen wir ein Abkommen und halten uns daran: Ich beschaffe ihnen, was sie wollen, und sie bezahlen mich dafür. Nur sehr wenige sehen mein Gesicht, und bei denen achte ich darauf, dass ich genug gegen sie in der Hand habe, um ihr Leben vollständig und endgültig zu zerstören. Trotzdem basiert unsere Beziehung auf so etwas wie Vertrauen.

Doch seit fünf Jahren und acht Monaten arbeite ich für einen anderen Klienten: einen Klienten, dem zu vertrauen ich mir nicht leisten kann, einen Klienten, dem ich nie begegnet bin, mit dem ich nie gesprochen habe und mit dem ich nie direkt, sondern nur auf nicht rückverfolgbare Art kommuniziert habe. Ein Klient, der mich nicht einmal als Karla kennt und der mich nie bezahlt hat.

Er heißt Peter Laidlaw, arbeitet für den britischen Geheimdienst, und durch die Nebelschleier meines eigenen Schocks erzählt Craigie mir, dass er sich vorgestern Nacht mit der Diagnose einer unheilbaren Krankheit in der Tasche vor einen Zug geworfen hat.

5. Tag: Sonntag

Powell

Zuhause, aber ohne das Gefühl, nach Hause gekommen zu sein.

Der Anruf am Samstagmorgen. *Es ist etwas passiert. Wir haben einen Flug für Sie gebucht.* Thea, als Elfe verkleidet, die mittags zu einer Party musste, befand sich in komplizierten Verhandlungen mit ihrer Mutter, ob sie zu ihrer Jacke Flügel tragen konnte. Als sie ging, umarmte er sie, sog ihren Erdbeerduft tief ein und überlegte kurz, wie lange er wohl wegbleiben würde. Versprach sich selbst: *Nicht lange*, obwohl er wusste, dass er dieses Versprechen eigentlich nicht geben konnte.

Die Maschine um 18:15 Uhr ab Dulles Airport, der kurze transatlantische Nachtflug – gut sieben Stunden, dann Landung um 6:20 Uhr im winterlich dunklen Heathrow, mit blinkenden Lichtern an der Landebahn, düsteren, grau beleuchteten Flughafengängen, während der Geruch des Flugs an ihm haftete wie die Spätfolgen einer Krankheit. Seine innere Uhr war noch auf die amerikanische Eastern Standard Time eingestellt, und außerdem hatte er keine Minute geschlafen.

Ein Fahrer erwartete ihn mit einem Schild. »Ins Hotel?«, fragte er – er hätte gerne noch geduscht, bevor sie loslegten –, doch der Mann sagte: »Direkt ins Büro, wenn Sie nichts dagegen haben, Sir«, was Powell mit einem Nicken quittierte, weil er damit gerechnet hatte.

Jetzt sitzen sie im Long Room, dem Raum mit Ausblick auf den Innenhof, den außen verspiegelten, mehrfachverglasten Fenstern, die Abhörsicherheit gewährleisten sollen, und der schallisolierten Tür, durch die kein Geräusch hineindringt, sobald sie geschlossen ist – und auch keins nach draußen. Nur er und der Sektionsleiter mit einer Kanne Sonntagmorgenkaffee und einem Teller mit künstlich aussehendem Gebäck, das seine Laune heben soll, was nicht gelingt.

»Laidlaw«, sagt der Sektionsleiter. »Peter Laidlaw.« Dann fragte er knapp: »Kennen Sie den Namen?«

Powell schüttelt den Kopf. Der Name sagt ihm nichts.

Der Sektionsleiter schiebt eine Akte über den Tisch: Fünf Zentimeter Unterlagen – entweder ist Laidlaw alt, oder er war ein sehr beschäftigter Mann. Powell schlägt sie auf. *Alt*, verrät ihm das Foto. Anfang siebzig, schätzt er. Er überfliegt die Seite. Secret Intelligence Service. Moskau. Agentenführer. Mitglied der alten Herrenrasse aus dem Ostblock. Im Ruhestand. *Aufgeflogen* – die unwillkürliche Vermutung – dann: *Wie schlimm ist es?* Sehr schlimm, wenn sie ihn deshalb extra aus Washington zurückgeholt haben. Er blickt wieder in die Akte.

Peter Laidlaw ist seit Jahren im Ruhestand. Alle Geheimnisse, die er hätte preisgeben können, waren alt.

Dafür hätten Sie mich nicht zurückgeholt.

Der Sektionsleiter lehnt sich zurück, verschränkt die Arme, dreht den Kopf zum Innenhof. Er wirkt beunruhigt.

Powell fragt: »Was hat er angestellt?«

Der Sektionsleiter fragt: »Wo waren Sie vor fünf Jahren?«

»Hier.«

Hier in einem Büro am Ende des Flurs ohne Namen an der Tür. *Hier*, als einer der Agenten, die in der Welt der Geheim- und Sicherheitsdienste aufräumen: Die Putzkolonne. Seit drei Jahren dabei. Seit einem Jahr verheiratet. Thea war ein erster Schritt in eine leuchtende Zukunft. Alles schien möglich.

»Vor fünf Jahren und acht Monaten stand Peter Laidlaw mit einer Plastiktüte vor der Tür des Thames House und weigerte sich wegzugehen.«

Thames House: Die Heimat des MI5, der britischen Spionageabwehr, an der Lambeth Bridge. *Aber das falsche Haus.* Peter Laidlaw gehörte zum SIS. Aber er war nicht zu seinen eigenen Leuten gegangen, wo sich jemand für ihn verbürgt hätte. »Warum ist er nicht zum SIS an der Vauxhall Cross gegangen? Warum …«

Der Sektionsleiter sagt spröde: »So lauteten seine Instruktionen.«

»Instruktionen von …?«

Der Sektionsleiter sieht ihn an. »Sind Sie sicher, dass Sie nichts darüber wissen?« Und Powell fragt sich – nicht zum ersten Mal –, ob sie ihn nicht deshalb nach Washington versetzt hatten. Weil er einen Fall zu viel bearbeitet hatte? Weil er zu viel wusste?

»Absolut.«

Der Sektionsleiter sagt: »Er hat zwei Stunden lang in einem Büro gesessen und verlangt, mit einem Mitarbeiter der Terrorabwehr zu sprechen. Er hat sich geweigert wegzugehen. Irgendwann haben sie jemanden geschickt, um ihn loszuwerden.« Der Sektionsleiter schweigt.

Bleibt nur eine Frage. »Was war in der Plastiktüte?«

»Das hier.«

Er schlägt eine andere Akte auf und wirft ein Foto über den Tisch. Ein bekanntes Gesicht: Eine Mittvierzigerin mit unnachgiebig starrem Blick.

Eileen Granger. Die Kreißsaal-Attentäterin.

»Laidlaw hat den Hinweis auf Granger gegeben?«

»Ort, Zeit, Identität, alles. Zwar hatten alle Granger auf

dem Schirm – wir, die Amerikaner und auch die anderen. Aber keiner wusste, was sie vorhatte. Außer Peter Laidlaw.«

»Und woher wusste er das?«

Der Sektionsleiter blinzelt kühl. »Ein anonymer Informant.«

Daraus ergeben sich weitere Fragen, aber das hat Zeit. Powell lehnt sich zurück. »Und was dann?«

»Dann ist monatelang nichts passiert. Der MI5 hatte die Überwachungsmaßnahmen inzwischen wieder zurückgefahren: Sie waren es einfach leid, einen alten Mann bei seinen Einkäufen zu beschatten. Sie waren zu dem Schluss gekommen, dass es sich um eine einmalige Sache handelte, als er wieder auftauchte.«

»Wieder mit einer Plastiktüte?«

»Dieses Mal war es ein Umschlag. Ein Hinweis auf Schwarzgeldzahlungen, mit denen eine Terrorzelle in den Staaten unterstützt wurde. Zwei Monate später wusste er, dass ein Informant auffliegen würde. Wieder einen Monat darauf … Und so weiter. Natürlich hat der MI5 ihn inzwischen rund um die Uhr beschattet, weil sie wissen wollten, woher die Infos kamen.«

»Und?«

»Der Informant spielt nach Moskauer Regeln. Alte Schule. Kreidezeichen an Bäumen. Tote Briefkästen. Echtes Handwerk, kaum Technologie.« Der Sektionsleiter verzieht säuerlich das Gesicht.

»Und Laidlaw? Was hat er dazu gesagt?«

»Er hat behauptet, er hätte keine Ahnung.«

»Wie wahrscheinlich ist das?«

Der Sektionsleiter antwortet nicht. Er sagt: »Es muss aus Geheimdienstkreisen kommen. Vermutlich aus Russland und Umgebung.«

»Agentenname?«

»Laidlaw nannte ihn Knox.« Er schüttelt den Kopf. »Der MI5 hat dann seine Mails umgeleitet.«

»Und?«

»Es kam eine Meldung von Knox: ›Umleitung abbrechen.‹«

»Knox wusste Bescheid?«

»Oder er hat gut geraten.«

»Was hat der MI5 getan?«

Der Sektionsleiter schnaubt humorlos. »Hat sich zurückgezogen. Kurz darauf hat Laidlaw mitten in der Nacht angerufen. Ausgerechnet aus einer Telefonzelle. Es würde gleich eine Schießerei im Aiya Napa Club geben.«

»Das war auch Knox?«

Der Sektionsleiter nickt. »Das, und außerdem auch der Hinweis auf das Netzwerk in Birmingham, das sie vor zwei Jahren zerschlagen haben. Und die Rizin-Verschwörung.«

»Das kam *alles* von Knox?«

Wieder nickt der Sektionsleiter. »Obwohl das MI5 es etwas anders verpackt hat, damit es aussah, als stammten die Informationen aus mehreren Quellen. Hätten wir ja genauso gemacht. Hinweise auf die technischen Sachen liefen unter dem Namen Albatross. Der Tipp für den Al-Kaida-Ableger kam von Alchemy. Der für die Geldwäsche von Green Man. Knoxs Tipps laufen unter mindestens sieben verschiedenen Namen. Der letzte spektakuläre Coup war letztes Jahr. Einer der Techniker vom MI5 war offenbar der Ansicht, nicht angemessen bezahlt zu werden. Hat eine Liste mit allen aktiven Überwachungsmaßnahmen zur Versteigerung angeboten. Wer wie überwacht wurde. Al-Kaida hatte das Geld schon bereitgelegt.« Der Sektionsleiter schweigt einen Moment lang. »Knox hat es für uns sichergestellt.«

»Aber wer Knox ist, wissen wir immer noch nicht?«

Der Sektionsleiter schüttelt den Kopf.

»Und wie viele Leute wissen davon?«

»Abgesehen von den hohen Tieren beim MI5? Nur sehr wenige. Laidlaw hatte seinen eigenen Agentenführer – Sie können sich denken, dass es nicht so einfach war, jemanden mit Moskauer Vergangenheit zu führen. Ein paar Analytiker, ein Mann, der die Berichte schrieb …«

»Die Amerikaner?«

»Kannten nur die Ergebnisse. Wussten nicht, dass alles aus einer Quelle stammte.«

»Haben *wir* denn von Knox gewusst?«

Der Sektionsleiter zögert. Ein wunder Punkt. »Nein«, sagt er schließlich. »*Wir* wurden nicht informiert. Die Leute beim MI5 meinten, sie könnten das selbst regeln.« *Oder sie wollten nicht zugeben, dass sie mit einem Informanten gearbeitet haben, den sie nicht verifizieren konnten.* »Leeson – erinnern Sie sich an Leeson? – hat die Versteigerung der Liste der MI5-Überwachungsmaßnahmen bearbeitet. Sie hat den Schuldigen ausfindig gemacht. Allerdings hatte ihr niemand erzählt, dass der ursprüngliche Hinweis von Knox kam. Wir wussten nicht einmal, dass Knox existierte.«

»Und was hat sich geändert?«

Der Sektionsleiter sagt: »Laidlaw hat sich Freitagnacht vor einen Zug geworfen. Selbstmord.« Er ergänzt: »Er hatte Krebs. Hirntumor. Brutal … Die Nachricht wurde unter Verschluss gehalten, aber bei solchen Sachen dringt natürlich immer etwas an die Öffentlichkeit.« Er seufzt. »Als ihnen bewusst wurde, womit sie es da zu tun haben, hat der MI5 uns kontaktiert.«

Er sieht Powell erwartungsvoll an. Powell betrachtet das Foto. Peter Laidlaw hat hängende Wangen, wirkt humorlos … ein Geheimnisträger, detailversessen. Einer aus der alten Garde.

Der Sektionsleiter sagt: »Sie haben nicht die leiseste Ahnung, wer Knox ist. Er war ihr bester Informant, und sie haben ihn verloren.« Er wiederholte noch einmal: »Dahinter müssen doch die Russen stecken, oder? Jemand vom SVR, der die eigenen Infos abschöpft – jemand, der Laidlaw kannte, oder zumindest von ihm *wusste*. Dazu vielleicht anglophil.«

Und der das alles aus reiner Herzensgüte gemacht hat? Powell sagt: »Und Knox hat nie nach irgendwelchen Gegenleistungen gefragt? Geld? Einem sicheren Rückzugsort?«

Der Sektionsleiter schüttelt den Kopf.

Sie sind einfach noch nicht dazu gekommen, ihn zu fragen.

»Und ich soll Knox ausfindig machen.«

»Eine Kontaktmöglichkeit aufbauen. Aber nicht direkt mit ihm kommunizieren, damit das klar ist. Sobald Sie etwas haben, schicken Sie es sofort an mich.«

Powell nickt. Nach dem Grund braucht er nicht zu fragen. Der Sektionsleiter will Knox für sich.

»Oh, und ich erwarte regelmäßige Zwischenberichte.«

Ohne zu überlegen, sagt Powell: »Das ist aber nicht die normale Vorgehens ...«

Der Sektionsleiter unterbricht: »Die *normale* Vorgehensweise ist mir bekannt, aber noch leite ich den Laden hier. Ich weiß, dass Sie *normalerweise* bis zum Abschluss einer Untersuchung keinen Bericht abliefern müssen. Aber bei Knox ist nichts *normal*. Absolut nichts.« Unbehaglich rutscht er auf seinem Stuhl vor, lehnt sich dann aber wieder zurück. »Was die Mittel betrifft, sagen Sie uns einfach, was Sie brauchen.« Der Sektionsleiter nickt, als wäre damit alles geklärt.

»Wissen die anderen, dass ich zurück bin?«, fragt Powell.

»Natürlich nicht.«

»Wer ist noch da?«

»Morris, sie geht allerdings in einem halben Jahr in den Ruhestand, Carter, Leeson, Kingman – der ist aber wohl erst nach ihrer Versetzung gekommen. Von der Staatspolizei.«

»Was werden Sie denen sagen?«

»Das Übliche«, sagt der Sektionsleiter. Er meint: *nichts.*

»Und inoffiziell?«

»Sie sind gekommen, um den Augiasstall auszumisten«, sagt der Sektionsleiter. Er grinst kurz.

Powell sagt: »Und was sollen sie damit anfangen?«

»Was sie wollen«, sagt der Sektionsleiter. »Was sie wollen.«

Wieder ein Büro ohne Namen an der Tür. Ein Sicherheitsausweis auf dem Schreibtisch. Daneben ein Brief mit der Adresse eines Apartments mit Zimmerservice, in dem er bis zum Schluss wohnen wird, wie lange das auch dauern mag.

Er wirft Peter Laidlaws Akte auf den Tisch. Sie landet mit einem dumpfen Knall.

Ins Apartment, ein paar Stunden Schlaf, dann zurück zur Arbeit.

9:35 Uhr Greenwich Zeit. Also 4:35 Uhr Eastern Standard Time in Washington.

Thea liegt seit Stunden im Bett. Er hat ihr nicht Gute Nacht gesagt.

2. TEIL

7. Tag: Dienstag

Johanssen

Johanssen träumt von einem Mann in einem Büro. Der Mann sitzt hinter einem Schreibtisch. Er hat die Hände auf einer Akte verschränkt. Auf der Akte steht Johanssens Name.

Die Lippen des Mannes formen Worte, es kommt aber kein Laut heraus.

Johanssen wacht auf. Natriumgelbes Licht dringt durch die dünnen Vorhänge herein. Der Digitalwecker neben dem Bett zeigt 06:02 Uhr. Draußen auf der Straße fahren Autos.

Sie haben ihn gestern hergebracht, in eine Vierzimmerwohnung in einem privaten Sozialwohnungsgebiet im Londoner Süden. Drei Männer sind bei ihm, arbeiten in Wechselschichten, zwei sind immer im Dienst. Der Amerikaner, Whitman, ist groß, knochig, sieht mitgenommen aus, hat schon alles gesehen. Er schluckt unablässig Säureblocker, möglicherweise bekommt er gerade ein Magengeschwür. Die anderen beiden sind jünger, Ende zwanzig, Briten, erfahrene Leute: Johanssen riecht förmlich, dass sie in der Army waren. Sie beobachten ihn misstrauisch. Kein Wunder, wenn man überlegt, wer er sein soll.

Meistens tut er nichts. Er ist das Warten gewohnt: Tage- oder wochenlang die gleiche Kleidung zu tragen, von Dosennahrung zu leben, zuzuhören, wie andere Menschen ihr Leben leben – Stimmen und Fernsehen und das Wummern eines Lautsprechers … nebenan wohnt eine geplagte alleinstehende Mutter. Er hat sie noch nicht gesehen, aber ihre Stimme und die ihres Kindes sind durch die dünne Wand zu hören. Das Kind – Junge oder Mädchen? – muss drei oder vier Jahre alt sein. Manchmal singt die Frau zum Radio. Sie ist Kettenraucherin, der Geruch dringt von nebenan herüber. Das Kind leidet jetzt schon an Raucherhusten.

Aus der anderen Nachbarwohnung ist nichts zu hören.

Also wartet er. Vierundzwanzig Stunden sind nicht der Rede wert. Oft verscheucht er einfach sämtliche Gedanken, bis sein Kopf vollkommen leer ist. Es ist besser, nicht darüber nachzudenken, was passieren könnte. Bei so einem Auftrag darf man keine Erwartungen haben, sich kein Bild davon machen, wie es ablaufen sollte. Neun von zehn Malen ist dieses Bild falsch. Er konzentriert sich stattdessen auf die Fakten, den Stadtplan, Karlas Informationen …

Im Programm gibt es keine Gasversorgung.

Die Bewohner haben keinen Zugang zu Chemikalien, die in irgendwelchen Kombinationen leicht entflammbar werden könnten.

Er hat versucht, sich in diese Fakten zu vertiefen und sich nicht vorzustellen, wie es dort drinnen aussehen könnte. Fantasie ist – genau wie Erwartungen – eine Schwäche.

Zeitweise denkt er also an Karlas Daten. Zeitweise denkt er aber auch an Karla.

Als er sie angerufen hatte, um Zeit und Ort des Treffens zu besprechen, hatte sie ihn direkt und in scharfem Ton gefragt: »Kennen Sie meine Adresse? Wissen Sie, wo ich wohne?« Und er hatte Ja gesagt, weil es die Wahrheit war, obwohl er diese Information eigentlich nicht haben dürfte. Er hatte nicht damit gerechnet, dass sie sagen würde: »Dann kommen Sie her.«

Zweistündige Antiüberwachungsvorkehrungen sind bei ihm Standard. An dem Abend hat er sich drei Stunden genommen. Für sie.

Sie öffnete ihm persönlich die Tür, und als sie ihn ins Wohnzimmer des Apartments führte – kühl, hell, riesig, seine ganze Wohnung hätte locker in diesen einen Raum gepasst –, war niemand außer ihr da. Zumindest niemand, den er sehen konnte. Vielleicht hatten sie sich in einem Nebenraum versteckt: ihr Fahrer oder der Schotte, der sich unter der alten Nummer gemeldet hatte. Er wusste es nicht. Jedenfalls wollte sie den Eindruck erwecken, dass sie alleine waren.

Doch sie tauschten keine Höflichkeiten aus, es gab keinen Small Talk, nichts, was darauf hindeutete, dass er etwas anderes als ein normaler Klient war … außer dass er ein- oder zweimal beim Aktenlesen zu spüren meinte, wie sie die Distanz zwischen ihnen abzuschätzen versuchte. Als ob sie sie überwinden wollte. Doch kaum hatte er das letzte Blatt beiseitegelegt, begann sie, über die Patrouillen im Programm zu sprechen, und es war genau wie früher in den Lagerhäusern, als sie unsichtbar hinter den Scheinwerfern gestanden hatte.

Viele Jahre hatte er darüber nachgedacht, wo sie wohl lebte. Überlegt, wie es wäre, mit ihr zusammen zu sein – neben ihr in einem sauberen, stillen Zimmer aufzuwachen, während sie noch schlief, mit entspannter Miene, die Haare auf dem Kissen ausgebreitet, ruhig atmend …

Aber dahin gehörst du nicht. Du wirst nie dahin gehören.

Um 6:30 Uhr kommt Whitman herein, führt ihn ins Bad, wo er pisst, dann zurück ins Schlafzimmer zum Anziehen.

In der Küche bekommt er Müsli mit Milch und lauwarmen Tee. Er isst und trinkt das, mehr gibt es nicht. Sie gehen.

Sie würden ihm gern Handschellen anlegen, wollen aber keine Aufmerksamkeit erregen. Also erklärt Whitman ihm noch einmal, was passiert, wenn er zu fliehen versucht.

Ein grauer Morgen. In der Nachbarwohnung läuft das Radio, die Mutter singt dazu, dann dreht das Kind auf, und sie schreit herum. Auf der anderen Seite ist immer noch nichts zu hören: Entweder steht die Wohnung leer, oder die Bewohner haben einen anderen Lebensrhythmus.

Ryan Jacksons Vater lebt in einer Kleinstadt in Lancashire, sie haben jedoch keinen Kontakt. Auch zu alten Freunden hat er keinen Kontakt. Unwahrscheinlich, dass sich jemand die Mühe machen würde, ihn zu befreien. Trotzdem lassen ihn die beiden jüngeren Männer nicht aus dem Auge und behalten die Umgebung ständig im Blick. Einer öffnet die Hintertür. Johanssen steigt ein, und ein Wachmann setzt sich neben ihn.

Wenn zivile Wartungsteams erforderlich sind, arbeiten sie unter dem Schutz bewaffneter Sicherheitskräfte.

Gepanzerte Fahrzeuge patrouillieren in den Straßen. Sie operieren aus gesicherten Einsatzzentralen heraus.

Whitman und der andere Wachmann steigen vorne ein, der Motor wird angelassen, und sie sind unterwegs.

Man merkt, dass man näher kommt, bevor man es sieht. Man merkt es daran, dass plötzlich alles tot ist.

Man sieht es an den ehemaligen Sozialbau-Reihenhaussiedlungen auf der gegenüberliegenden Seite der vierspurigen Straße: Vor den vereinzelten Natursteinverkleidungen und Anbau-Veranden sprießt Unkraut in den Zufahrten, die Farbe blättert von den Wänden, und graue Fensterläden aus Stahl schützen vor Einbrechern und Vandalismus. Alles wirkt vernachlässigt. In der kleinen Einkaufspassage klammern sich ein paar Läden ans Überleben – ein Möbelmarkt, ein Friseur und ein Ein-Pfund-Shop, vor dem bunte Plastikartikel in großen Stapeln liegen –, aber die meisten Schaufenster sind vernagelt. Außer dem indischen Schnellrestaurant wirbt ein hässlicher, scheunenartiger Pub mit billigem Bier und Sportereignissen auf Großbildleinwänden. Der einzige Betrieb, der richtig läuft, ist das Drive-in-Restaurant an der Hauptstraße, das Menschen mit Fast Food versorgt, die etwas essen müssen, hier aber nicht anhalten wollen.

Von der Hochstraße aus wirkt das kleine Industriegebiet wie ein Mahnmal für die verlorene Hoffnung. Die meisten Hinweistafeln sind leer, und auf dem Parkplatz stehen nur zwei Fahrzeuge.

Dann knickt die vierspurige Straße ab, und er sieht es vor sich: Karlas Karte, Wirklichkeit geworden.

Erst kommt das Brachland, das Gebiet, das um das eigentliche Bauland herum geräumt und dann nicht wieder bebaut worden ist: Zwischen den Betonsockeln abgerissener Gebäude sprießen Unkraut und Gestrüpp. Dahinter: Parkplätze, Warenlager, Magazine. Alles noch neu und sauber. Schilder weisen den Weg zur Rezeption, der Verwaltung, der Personalkantine. Auf einem Brett über dem Eingang eines großen, grünen, modernen Gebäudes steht »AUFNAHME«. Ein kleineres blaues Gebäude ist als Unfallstation gekennzeichnet. Daneben befindet sich ein Hubschrauberlandeplatz. Das Ganze könnte ein modernes Gewerbegebiet sein, in dem sich sicherheitsrelevante Firmen angesiedelt haben: Die Straßen sind gesäumt mit Kontrollpunkten, gelben Wachhäuschen, rot-weißen Schranken, und an allen Pfählen hängen Kameras, die jeden Ankömmling erfassen.

Hinter den Gebäuden ragt die Wand in die Höhe.

Sie erreichen die Ausfahrt. Der Wagen biegt ab, fährt hinunter, und das Programm verschwindet aus dem Blickfeld.

An der ersten Kontrollstation halten sie. Wachmänner fordern Whitman auf, ihnen sein Anliegen mitzuteilen, mustern Johanssen auf dem Rücksitz, sehen auf einem Klemmbrett nach und winken sie durch. Sie parken neben dem großen grünen Gebäude und steigen aus.

Schilder leiten sie zu einem Gebäude mit Glastüren. Hinter dem Glas die zweiköpfige Bedienmannschaft eines Metalldetektors. Als die Tür sich öffnet, drehen sie sich um und starren sie an.

Whitman sagt zu den anderen beiden: »Ab jetzt übernehme ich.«

Johanssen atmet tief durch, füllt die Lunge. Adrenalin schießt ins Blut: Plötzlich ist alles heller, härter und klarer. Es geht los.

»Können Sie mir den Zweck Ihres Besuchs nennen, Mr *Jackson?*«, fragt der Angestellte hinter der Panzerglasscheibe ohne jeden Anflug von Ironie. Er ist mittelalt und übergewichtig, hat ein blasses, teigiges Gesicht. Auf dem Plastikschild an seinem Revers steht AUFNAHME BEWOHNER. Er spricht übertrieben deutlich und langsam, als hätte er es mit Idioten oder Leuten zu tun, die schlecht Englisch sprechen, außerdem betont er das letzte Wort eines jedes Satzes.

Johanssens Aufnahmeantrag liegt vor ihm auf dem Schreibtisch.

Johanssen sagt: »Ich will mir das hier mal angucken.« Whitman schnaubt.

Der Mann stutzt verblüfft. Offenbar gibt es auf dem Formular keine Kategorie für Menschen wie Ryan Jackson. Schließlich murmelt er leise: »Prüfung der Lebensverhältnisse der Bewohner.«

Mit einem Kugelschreiber macht er ein winziges Häkchen auf dem Formular. Sie befinden sich in einem fensterlosen Raum, der nach Kunstfaser-Teppichboden riecht.

Sie haben eine Stunde gebraucht, um bis hier zu kommen. Eine Stunde, in der er gestanden oder gesessen hat – in Räumen wie diesem oder auf Fluren, während Schriftstücke gesichtet und Telefonate geführt wurden. Derweil hat Whitman eine matte, sarkastische Geduld zur Schau gestellt. Er macht hier nur seine Arbeit, und früher oder später wird sich alles regeln. Falls er sich Sorgen wegen Karlas Unterlagen macht, lässt er sich das nicht anmerken. Gelegentlich hat er Johanssen einen Befehl gegeben: »Hier rein«, »hinsetzen«, meist aber, ohne ihn dabei anzusehen. Johanssen ist jetzt Jackson, und Jackson ist Abschaum.

Schließlich ist der Angestellte fertig. Er schiebt das Formular unter der Scheibe hindurch, damit Johanssen unterschreiben kann: Drei Unterschriften, alle mit dem Namen Ryan Jackson. Als Johanssen sie zurückschiebt, sagt der Mann mit dem teigigen Gesicht: »Wir empfehlen Ihnen, vor dem Betreten des Programms alle Wertsachen zur Aufbewahrung *abzugeben.*« Er grinst. »Sie neigen dazu, auf Abwege zu *geraten.*« Dann sagt er zu Whitman: »Was ist mit der Einführung? Normalerweise wird ein Video vorgeführt und …«

Whitman sagt: »Ich glaube, darauf können wir verzichten. Das kriegt er mit der Zeit schon mit.«

Ein anderer Raum. Hand- und Fingerabdrücke und ein Netzhaut-Scan. Fotos: Porträt und Profil vor einer Wand mit Größenmarkierung. Eine Blutprobe und eine DNA-Probe von der Innenseite seiner Wange.

Whitman und der teiggesichtige Mann sind Johanssen in den Raum gefolgt. Whitman fragt leise: »Speichern Sie das in Ihrem System?«, worauf der teiggesichtige Mann antwortet: »Vorerst nicht, solange er nicht als Bewohner aufgenommen wird.« Whitman nickt ernst.

Dann bekommt Johanssen eine Metallbox ohne Deckel und wird aufgefordert, seine Taschen auszuleeren. Allerdings sind sie schon leer.

Ein dritter Raum: gefliest mit einem Spülbecken und einem Untersuchungstisch. Drei Männer in Wärteruniform mit Schlagstock am Gürtel erwarten ihn. Als er hereinkommt, zieht sich einer von ihnen schnappend Operationshandschuhe an.

Der Behandschuhte kommt auf ihn zu. »So, Sie wollen also in den Zoo«, sagt er im Plauderton. »Mund auf.«

Johanssen tut, was ihm gesagt wird. Der Mann späht hinein, prüft mit dem Finger. Der Handschuh quietscht auf dem Zahnschmelz. Johanssen starrt auf das rechte Ohr des Mannes. Der Mann grunzt: »Zumachen.«

Dann wird Johanssen aufgefordert, sich auszuziehen. Die Wärter sehen mit verschränkten Armen zu, wie er sich auszieht und seine Kleidung in eine Plastikkiste legt, mit der einer der Männer den Raum verlässt.

Gummihandschuh sagt: »Und woher kommen Sie?«

»Victorville.« Johanssen hält den Blick gesenkt, meidet Blickkontakt. »Ist in Amerika«, sagt er.

»Hm«, sagt der Mann, als hätte er das schon öfter gehört. Dann »Leibesvisitation. Umdrehen, Sie kennen das ja.«

Als die Leibesvisitation beendet ist, verlassen die beiden Wärter den Raum, und der zitternde Johanssen bleibt im leeren Blick der Überwachungskamera zurück.

Schließlich bringen sie die Kiste zurück, fordern ihn auf, sich anzuziehen, und führen ihn zu einer Art Kiosk. Eine junge Frau mit schlaffen braunen Haaren sitzt gelangweilt vor einem weiteren Bildschirm. Über ihrem Kopf hängt ein Schild mit der Aufschrift: AB HIER KEINE NICHT ZUGELASSENEN WAFFEN ODER MEDIKAMENTE.

Auf seiner Seite der Glasscheibe befindet sich ein Handabdruck-Leser und ein Netzhaut-Scanner.

Ohne ihn anzusehen, sagt die junge Frau: »Legen Sie die Hände auf die Platte und sehen Sie auf den Bildschirm.«

Als sie fertig ist, überreicht sie ihm einen Passierschein: Eine rechteckige grüne Plastikkarte im Kreditkartenformat mit einem Chip und aufgedrucktem Digitalfoto.

»Geld?«, fragt sie.

Johanssen sieht Whitman von der Seite an. »Wie viel darf er mitnehmen?«

»Einhundert«, sagt sie.

»Dann geben Sie ihm die Hundert.«

Die junge Frau starrt auf ihren Monitor, tippt ein paar Tasten, worauf sich klappernd ein Strom kleiner roter, blauer und gelber Plastikchips in eine Metallschale vor ihm ergießt. Er holt sie heraus: Sie sehen aus, als stammten sie aus einem Kinderspiel.

Als Letztes nimmt sie einen Plan, auf dem die Außenwand und das Straßenmuster verzeichnet sind, dann markiert sie mit dickem blauem Filzstift ein Gebäude und schreibt in runder Kinderschrift »Grisham 24« daneben. Zusammen mit zwei Schlüsseln an einem Schlüsselring schiebt sie ihn unter der Scheibe hindurch.

Er starrt noch auf den Plan, als Whitman sagt: »Sie haben, was Sie wollten. Gehen Sie rein, überlegen Sie's sich, dann sprechen wir darüber. Übermorgen.« Er nickt, dreht sich um und geht.

Johanssen wird hinausgeführt.

Hinter einem Asphaltstreifen erhebt sich die Außenwand des Programms: Zwölf Meter hoch, oben mit Natodraht versehen. Direkt vor ihm befindet sich ein Metalltor. Über dem Tor steht in glänzenden schwarzen Buchstaben auf weißem Grund: EINGANG WEST BEWOHNER.

Links vom Tor befindet sich ein Wachhäuschen: Der Wärter hält mehrere Monitore im Blick. Auf dem Weg zum Tor sammelt Johanssen Eindrücke: Die Wand, das Wachhäuschen, ein leerer Flur.

Johanssens Eskorte stoppt ihn vor dem Tor. »Name?«

»Ryan Jackson.«

Der Mann im Häuschen sieht auf ein Klemmbrett.

Dann wieder derselbe gelangweilte Befehl: »Legen Sie die Hand auf die Platte und sehen Sie auf den Bildschirm.«

Er tut, was man ihm gesagt hat.

Vor dem Wachhäuschen leuchtet ein grünes Licht auf, und der Wärter sagt: »Genehmigt.«

Direkt vor ihm gleitet das Metalltor zur Seite. Johanssen geht hindurch.

Er kommt in einen weißen Flur aus Gasbetonsteinen mit Zementboden, der von weit oben an der Wand befestigten vergitterten Lampen erleuchtet wird. Zwei Kameras blicken auf ihn herab. Aus der Decke ragen Gasstutzen. Nur zwei Meter vor ihm knickt der Flur rechtwinklig ab.

Hinter ihm schließt sich das Tor, und Bolzen rasten ein.

Er folgt dem Flur, erst nach links, dann nach rechts und wieder nach links. Außer seinen Schritten und seinem eigenen Atem ist nichts zu hören.

Als er um die nächste Ecke kommt, steht er vor einem weiteren Metalltor. Die gleichen Kameras über ihm. Die gleichen Gasstutzen. Er wartet.

Nichts.

Zehn Sekunden vergehen. Fünfzehn … inzwischen zählt er mit. Immer noch nichts.

Dann ein metallisches Klicken, und das Tor gleitet zur Seite.

Ein großer, leerer Raum. Ein paar Überwachungskameras, keine Möbel. Er ist allein. Ein Schild sagt in sechs Sprachen: BITTE WARTEN. Auf der anderen Seite des Raums befindet sich eine Tür mit der Aufschrift AUSGANG.

Als er den Griff herunterdrückt, lässt sie sich öffnen.

Er tritt heraus und blinzelt.

Ein vierzig Meter breiter Streifen Niemandsland. Dahinter beginnt die Bebauung, unter anderem in Form eines Kommandopostens mit einem vor Antennen starrenden Turm, wie man ihn von früher aus dem problemgeplagten Nordirland kennt. Links und rechts von ihm weicht die Innenwand in einem weitem Bogen zurück, der Natodraht auf der Mauerkrone glitzert im blassen Winterlicht.

Wärter sieht er nicht.

Er sieht auf die Uhr. 10:39 Uhr.

Er durchquert das Niemandsland in Richtung des Kommandopostens und der Gebäude. Nach nicht einmal der Hälfte der Strecke spürt er, dass er beschattet wird.

Auf den ersten Blick könnte es eine Straße in einem heruntergekommenen Londoner Vorort sein. Zumindest wenn man vergisst, was man gerade hinter sich gebracht hat: die Leibesvisitation, die Mauer, die geräumten Brachflächen, den Kommandoposten.

Häuser säumen die Straße – abbruchreife Gebäude mit Vorgärten voller Dreck und Schrott, in denen allerdings Menschen leben. Als er weitergeht, verwandeln sich die Reihenhäuser in eine Ladenzeile, dann folgt ein kleines Einkaufszentrum aus den 70ern. Ein paar der Läden sind mit Brettern vernagelt, andere sehen aus, als würden sie genutzt werden, wobei ihm nicht klar ist, was sie verkaufen. Er muss ein paar Dinge besorgen, aber das hat Zeit. Auf der anderen Straßenseite befindet sich ein Pub, der allerdings keiner mehr sein kann. Drinnen wird gehämmert. Davor stehen drei Männer eng zusammen und sprechen miteinander, ohne sich anzusehen, sie beobachten vielmehr die Straße. Sie haben das Sagen. Johanssen wendet den Blick ab. Die Spielregeln hier hat er schon begriffen. *Keine Aufmerksamkeit erregen. Keine Schwäche zeigen. Niemandem zu nahe kommen. Niemandem in die Augen sehen.*

Er geht weiter.

Ein gut vierzigjähriger Schwarzer schlurft in Pantoffeln

vorbei, als wäre er achtzig. Eine jüngere Frau mit blassem Gesicht und dunklen, slawischen Augen bleibt stehen und steckt sich eine Zigarette an. Ein erschöpft wirkender Weißer umklammert eine Plastiktüte … normale Gesichter einer normalen Stadt an einem harten Tag – sie würden einem nicht ins Auge fallen …

Ein weiterer Mann steht in einem Hauseingang und beobachtet die Passanten mit raubtierhafter Wachsamkeit. Johanssen durchzuckt es wie ein Schlag, als der Blick des Mannes an ihm hängen bleibt. Instinktiv spannt er die Muskeln an, bis der Mann sich anderen Dingen zuwendet.

Es gibt keine Autos, keine Busse, keine Kinder.

Er wird immer noch verfolgt. Das ist wenig überraschend. Wenn man einfach unerwartet auf so ein Gelände marschiert, gibt es immer jemanden, der den Grund dafür erfahren will.

An einer Ecke sieht er das erste Anzeichen hoffnungsvollen privaten Unternehmertums: zwei Stände unter einer Plastikplane. Einer verkauft gebrauchte Kleidung, der andere kleine Elektroartikel: Aus einem Radio ertönt blecherne Musik. Ein junger Asiate geht mit einem Kabel und einem Beutel Kartoffeln vorbei – schnellen Schrittes, mit erhobenem Kopf –, seine Geschäfte warten auf ihn. Der Land Rover Snatch einer Patrouille fährt gemächlich vorbei.

Er kommt an eine Kreuzung. Auch hier befindet sich ein Kommandoposten, er ist größer und von einer hohen Mauer mit Natodraht darauf umgeben. Davor parkt ein weiterer Land Rover Snatch. Weiter die Straße hinab stehen alte dreistöckige Häuserblocks mit schmalen Fenstern, in denen früher Sozialwohnungen waren. Die Fassaden sind von Drahtglasfenstern durchzogen, hinter denen sich die Treppenhäuser befinden, aber er biegt nach rechts Richtung Süden ab, um zu dem blauen Kreuz auf dem Plan zu kommen.

Er geht noch einen Block weiter, dann ist er da. Ein Schild

macht das Grisham Hotel kenntlich. Davor stehen ein paar Bäume, die meisten sind jedoch abgestorben – wie Stacheln ragen in regelmäßigen Abständen abgebrochene Stämme aus dem Boden. Das Hauptgebäude wurde so oft umgebaut, dass es im Durcheinander kastenförmiger Anbauten nicht mehr zu erkennen ist. Ein Fenster im ersten Stock ist mit Klebeband geflickt, an einem anderen dienen zerrissene Bettlaken als Gardinen.

Die Eingangstür ist offen. Hinter einer kleinen, in die Wand geschlagenen Luke sitzt eine Frau und raucht. Johanssen zeigt ihr den Plan und die Schlüssel, doch als er zu einer Erklärung ansetzt, unterbricht sie ihn sofort: »Treppe« und deutet darauf.

Das Treppenhaus ist olivgrün gestrichen mit dunklen feuchten Flecken. In der zweiten Etage leiten Schilder ihn einen von 12-Volt-Lampen grau erleuchteten Flur entlang. In Zimmer 24 stehen ein Einzelbett und ein Stuhl. Das Kissen ist fleckig, und das Bett riecht nach Fett. Er geht zum Fenster, probiert den Hebel – es lässt sich öffnen. Immerhin etwas. Zweieinhalb Meter unter ihm ragt das Dach eines Erdgeschossanbaus seitlich aus dem Gebäude. Ein Notausgang, falls er ihn braucht? Daran würden etwaige Beobachter allerdings auch denken.

Durch eine weitere Tür kommt er in ein winziges, schmuddeliges Bad: Dusche, schmutzige Toilette, Waschbecken mit Sprung. Das Türschloss ist billig und schwach: Ein kräftiger Tritt würde reichen.

Er setzt sich aufs Bett. Aus einem anderen Zimmer hört er Musik und leises Stöhnen.

Er wartet eine Viertelstunde, doch nichts geschieht. Schließlich geht er wieder die Treppe hinunter, an der Frau vorbei und auf die Straße. Und sofort nimmt der Schatten seinen Platz wieder ein.

Er geht nach Norden, wieder am zentralen Kommandoposten vorbei, biegt nach rechts ab Richtung Osten, geht an den Sozialwohnblocks vorbei. Er vergleicht die einprägsamen Landmarken mit der Karte in seinem Kopf. Ein paar Werkshallen mit einem Schild, auf dem steht AUSBILDUNGSZENTRUM, vor dessen Türen ein paar Männer herumlungern. Drei weitere kicken auf dem leeren Parkplatz träge mit einem Ball.

Bewohner des Programms haben die Wahl zwischen der Teilnahme an Beschäftigungsprojekten, Ausbildungsprojekten und Studienprojekten.

Weitere Geschäfte und eine Nebenstraße mit zwei Land Rovern an der Ecke. Auf Karlas Plan war das Wohngebiet dahinter als *FRAUENBEREICH* ausgewiesen gewesen. Er versucht nicht, in die Richtung zu gehen, sondern biegt nach rechts ab, geht wieder am Rand der Sozialwohnblocks entlang, bis er sie schließlich hinter sich lässt. In einer Moschee herrscht reger Betrieb, die kleine Kapelle etwas weiter unten ist hingegen mit Brettern vernagelt. Hinter der Kapelle stehen Menschen in mehreren Schlangen an, die bis auf die Straße reichen, zig Leute schlurfen in einer Reihe zur Tür eines rechteckigen weißen Gebäudes: Dem zentralen Verwaltungsgebäude. Ein Kommandoposten, neben dem ein Land Rover steht, überblickt die Straße. Als ein Streit ausbricht, behält die Besatzung das Geschehen im Auge, greift aber nicht ein. Andere Männer – Insassen, Bewohner, Gefangene, suchen Sie sich etwas aus – treten vor und trennen die Streithähne.

Dahinter endet die Bebauung: Er stößt wieder auf eine Brachfläche und die dahinterliegende Mauer. Dieses Mal wendet er sich nach links und folgt ihrem Verlauf. Vor ihm stehen Überwachungskameras auf hohen Stangen, von denen eine ihm folgt. Er hält den Kopf gesenkt.

Er wird immer noch beschattet.

Nach zehn Minuten erreicht er eine umzäunte, matschige Rasenfläche mit zwei auf Betonfundamenten montierten Bänken. Hinter der Rasenfläche ragt ein großes, modernes fensterloses Gebäude aus der Mauer hervor. Er geht hinein.

Es enthält nur einen einzigen, riesigen Raum, der an ein Lagerhaus erinnert, in dem allerdings Stühle und Tische für ein paar Hundert Menschen stehen. Es riecht nach Kaserne – Kohl, Schweiß und Desinfektionsmittel. Die Kantine. Über den Köpfen der Speisenden formt eine nur mit einem winzigen Fetzen bekleidete Sängerin lautlos Worte in die Kamera. Sie hat weiche, glänzende Lippen, ihre Haut ist kaffeebraun, straff, perfekt. An den Tischen und in den Schlangen sehen viele Männer mit starrem Blick nach oben, während das Essen in ihren offenen Mündern abkühlt. Nur eine Handvoll Frauen ist im Raum.

Johanssen stellt sich an einer Schlange an. Er folgt dem Beispiel des Mannes vor ihm, nimmt eine Plastikschüssel und einen Plastiklöffel und schlurft langsam voran, bis er eine Reihe Rüssel erreicht. Als er die Schüssel unter einen Rüssel schiebt, ergießt sich automatisch ein graubrauner Eintopf mit der Konsistenz von Erbrochenem in die Schüssel.

Er sucht sich einen leeren Tisch. Tisch und Stühle sind am Fußboden festgeschraubt. Das Essen ist lauwarm und schmeckt vorwiegend nach Salz.

In Johanssens Kopf lächelt die Frau im grauen Anzug ihr wachsames Lächeln.

Sie ist irgendwo da draußen. Aber sie ist jetzt eine andere – das maßgeschneiderte Kostüm und der abweisende Blick sind Geschichte. Seit das Foto geschossen wurde, ist so viel passiert, was sie für immer verändert hat … Er denkt an sie, stellt sie sich dünner, struppiger, älter vor, verhärmt von diesem Ort – oder gebrochen.

Dann denkt er zum ersten Mal, seit er das Programm betreten hat, an den Auftrag.

Solche Einsätze folgen einem bestimmten Ablauf. Man findet die Zielperson. Man beschattet sie oder lässt sie beschatten. Man forscht ihre Gewohnheiten aus. Man inspiziert ihre Umgebung und sucht den Ort, an dem man den Auftrag sauber ausführen kann. Dann erledigt man ihn und verschwindet.

Dieser Ablauf setzt voraus, dass man selbst nicht unablässig verfolgt und beschattet wird. Er setzt voraus, dass man eine Möglichkeit zum Verschwinden findet – zwischen Käufern, Pendlern oder Gelegenheitsarbeitern, die an einer Ecke auf den Vorarbeiter warten. Das wiederum setzt voraus, dass man als Penner, Drogensüchtiger, Arbeiter oder Müllmann mit Warnweste durchgehen kann. Aber auf jeden Fall irgendwie unsichtbar ist.

Wie lange würde es dauern, hier unsichtbar zu werden? Einen Monat? Zwei? Ein halbes Jahr?

Er hat nur drei Wochen.

Jemand sagt mit hoher, atemloser Stimme: »Alles klar, Kumpel?«, und Johanssen sieht in ein schmales, von strähnigen Haaren umrahmtes Gesicht. Ein Mann steht mit einem Tablett in der Hand vor seinem Tisch. Er lächelt vorsichtig und beschwichtigend. »Okay, wenn ich mich hier hinsetze?« Seine Blicke schießen hin und her. Unter dem Hemd muss sein Puls rasen wie der eines Kaninchens in einer Falle.

Johanssen rührt sich nicht.

»Also gut«, sagt der Mann fröhlich, setzt sich, dann hält er sofort den Kopf über die Schüssel und fängt an zu essen. Seine Fingernägel sind bis zum Nagelbett abgekaut.

Nach gut einer Minute blickt der Mann auf. Wieder lächelt er nervös. »Und woher kommst du?«

Das ist nicht der Mann, der ihm gefolgt ist. Ein guter Beschatter braucht starke Nerven, und die hat er nicht. Aber er weiß, dass Johanssen neu hier ist. Sein Auftraggeber hat es ihm gesagt.

Die Antwort verweigern? Bringt nichts.

»Victorville«, erwidert Johannsen. »Zuchthaus. Kalifornien.«

Das Gesicht des Mannes verzieht sich zu einem verzweifelten Grinsen. »Kalifornien, was? Klingst gar nicht ...«

»Nee, wohl nicht, was?«

»Und wieso bist du hier?«, fragt der Mann.

Wer will das wissen? Aber das würde er noch früh genug herausbekommen.

»Ein Transfer«, sagt Johanssen. »Möglicherweise.«

»Ist netter hier, was?«, sagt der Mann.

»Hm.«

»Und was machst du heute?«, fragt der Mann.

Johanssen sagt: »Ich guck mich um.« Die Miene des Mannes hellt sich auf.

»Ja«, sagt er. »Wie eine Stadtrundfahrt, oder so.«

Er braucht noch zwei Minuten, um den Rest seines Essens herunterzuschlingen, dann lächelt er noch einmal kurz und ängstlich, geht los, schiebt sein Tablett in ein Regal und verschwindet durch die Tür. Den Bericht abliefern.

*

Der Nächste wartet draußen. Er sitzt auf einer der Bänke und beobachtet die Kantinentüren: Ein Mann mit blonden Haaren und dem zierlichen Gesicht eines angeschlagenen Engels. Als er Johanssen erblickt, breitet sich ein strahlendes Lächeln auf seinem Gesicht aus – herzlich, warm und aufrichtig –, er steht auf und legt den Kopf schief. Dann geht er auf eine Lücke zwischen zwei Gebäuden zu. Er dreht den Kopf und sieht über die Schulter nach hinten, um zu prüfen, ob Johanssen ihm folgt. Dabei lächelt er noch einmal ermutigend.

Johanssen zögert. Er hat jetzt zwei Möglichkeiten: folgen oder warten. Oder gar fliehen, wobei Flucht nur etwas brächte, wenn er einen Ort hätte, an dem er Zuflucht finden könnte.

Johanssen folgt ihm, weil das, was jetzt geschehen wird, vermutlich sowieso irgendwann geschehen wird.

Es ist jetzt zwei Uhr nachmittags, und das fahle Januarlicht fängt schon an zu schwinden. Die Lücke zwischen den Gebäuden liegt im Schatten.

Der Mann hat seinen Schritt beschleunigt. Er ist jetzt fünf Meter vor Johanssen. »Warte auf mich«, ruft Johanssen, aber der Mann bleibt nicht stehen, dreht sich nicht um und blickt nicht nach hinten. Er verschwindet in der Lücke zwischen den Gebäuden.

Johanssen hat die Lücke gerade erreicht, als links von ihm eine Tür aufspringt und sich ein Fremder mit gesenktem Kopf und fliegenden Fäusten auf ihn stürzt.

Der Mann verrät seinen ersten Schlag, bevor er trifft: Johanssen täuscht an, weicht aus und landet ein paar Treffer, aber jetzt ist auch hinter ihm jemand, und ein Dritter kommt von vorne aus der Lücke – Anfang zwanzig, pockennarbiges Gesicht, gelbe Wolfszähne. Ein Vierter, mager und dunkelhäutig, schießt aus dem Eingang auf ihn zu. Zuschlagen oder versuchen zu fliehen? Aber der Erste ist schon wieder auf den Beinen, und der Magere – es könnte auch eine Frau sein – hat ein Messer.

Er dreht sich etwas zur Seite, tritt nach dem Messer, als ein Schlag von hinten ihn umwirft.

Innerhalb weniger Sekunden sind sie auf ihm, zerren ihn durch die Tür und drücken ihn zu Boden. Er liegt auf dem Bauch, emsige Hände leeren seine Taschen. Sie haben seinen Ausweis. Eine Stimme – die Stimme des blonden Mannes? – sagt freundlich: »Mr Ryan Jackson … willkommen im Programm.«

Danach stülpen sie ihm eine Haube über den Kopf.

Allerdings hat er ihre Gesichter schon gesehen. Es muss um etwas anderes gehen.

Sie fesseln ihm die Hände hinter dem Rücken und die Beine so, dass er nur kleine Schritte machen kann, dann stellen sie ihn hin. Als er Luft durch die Haube einzieht, schmeckt er den Speichel eines anderen Mannes – und dessen Blut.

Der Mann, der eben schon gesprochen hat, sagt: »Passt auf ihn auf.« Eine Tür wird geöffnet und wieder geschlossen.

Er schwankt leicht in der Dunkelheit, horcht angespannt in die Stille, versucht, die Größe des Raums abzuschätzen, wie viele Personen zurückgeblieben sind und ob sie auf ihn zukommen.

Der erste Schlag ist nicht hart, eher ein Klaps. Der nächste ist schon härter. Sie sind ganz nah bei ihm, haben ihn eingekreist: Wenn sie lachen, riecht er ihren Atem durch die Haube. Jemand tritt ihn, und er fällt hin – auch das finden sie komisch, also treten sie noch etwas weiter auf ihn ein, dann sagt einer: »Hey, hebt ihn auf«, und sie stellen ihn wieder auf die Beine und stoßen ihn gegen die Wand. »Scheiße, steh auf, du Kretin, wofür hältst du dich? Verdammter Kretin.« Und dann lachen sie wieder.

Er drückt sich mit dem Bauch an die Wand. Die Fesseln schneiden in seine Handgelenke.

Mehr Tritte und Schläge, dann drehen sie ihn um und schlagen ihn, bis er zusammenklappt, und noch einmal, sodass er auf die Knie fällt. Eine Hand greift die Haube und reißt den Kopf zur Seite. Ein Flüstern im Ohr – keine Männerstimme, sondern die eines Jungen. »Weißt du, was wir mit dir machen?« Der Mund des Jungen ist nur wenige Zentimeter entfernt. Johanssen kann die wilde, ungezähmte Wut riechen. »Wir werden auf dich pissen, auf dir rumtrampeln, und dann holen wir uns einen großen Stock und ficken dich damit …«

»Ficken dich damit.« Ein atemloses Echo. Es könnte das Mädchen sein.

»Ja, und dann schütten wir Benzin über dich und zünden dich an.«

»Dann brennst du, klar?«

»Ficken wir dich damit«, sagt das Echo noch einmal.

Er schaltet ab. Er ist nicht mehr anwesend. Sie reden mit einem anderen. Ein anderer wird die Schläge abbekommen, aufstehen, wenn sie ihn dazu auffordern, fallen, wenn sie ihn niederschlagen.

Mehr Schläge. Mehr Tritte. Mehr Drohungen. Aber eine bestimmte Grenze überschreiten sie nicht, so gerne sie es auch tun würden. Weil dies nicht die Hauptveranstaltung ist. Dies ist nur der Anfang.

7. Tag: Dienstag

Karla

14:05 Uhr, Dienstag. Johanssen ist inzwischen im Programm. Whitman hat am Morgen angerufen und mich darüber informiert. »Sie mussten noch ein paar Telefonate führen.«

»Natürlich.« Und wir hatten alles abgedeckt: Memos auf Schreibtischen im Innenministerium, im Justizministerium, der Strafvollzugsbehörde und ein Anruf von jemandem in den Staaten, ein hohes Tier, schwer beschäftigt, sehr kurz angebunden – *Er könnte über entscheidende Informationen verfügen … extrem dankbar für Ihre Kooperation … von höchster Stelle genehmigt … dass Sie die Bedeutung der Angelegenheit erkennen … absolute Diskretion erforderlich.* Der Trick besteht darin zu wissen, wer wen anrufen wird, welche Fragen gestellt werden, und dann dafür zu sorgen, dass auf diese Fragen schnell einfache und für jedermann befriedigende Antworten vorliegen. Und vor allem, dass jeder Beteiligte in diesem auf Gegenseitigkeit basierenden Kontrollsystem das Gefühl hat, dass er nicht zur Verantwortung gezogen werden kann, dass auch dann an ihm nichts hängen bleibt, wenn es ans Eingemachte geht. Dass jeder sagen kann: *Ich habe nur meine Arbeit gemacht. Ich habe die Vorschriften befolgt. Die Schuld liegt nicht bei mir.*

»Sie wissen auch, dass es nur vorübergehend ist?«, frage ich.

»Ja. Und dass er in achtundvierzig Stunden wieder rauskommt.«

»Und falls er zwischendurch rausgeholt werden muss …?«

Whitman seufzt. »Ich werde telefonisch erreichbar sein. Besteht die Gefahr, dass er da drin Probleme bekommt, Laura?«

Die Frage gebe ich direkt zurück. »Eigentlich ist es da relativ ruhig.«

»Trotzdem soll ich vor Ort bleiben.«

»Natürlich. Ach, und die Anrufe werden überwacht.«

Wieder seufzt er. Ich warte.

Er sagt: »Jede Kontaktaufnahme lenkt die Aufmerksamkeit auf ihn. Wenn ich ständig mit ihm ein und aus gehe, fangen die Leute an zu reden. Das wissen Sie. Sie werden anfangen, Fragen zu stellen – nicht nur mir, was okay wäre, sondern auch anderen. Ja, schon klar, Sie sorgen dafür, dass Washington außen vor bleibt, Sie wollen es nicht offiziell machen, solange es sich vermeiden lässt …«

Wieder Washington. Whitman weiß, wie es in Washington läuft, er weiß, welche Risiken bestehen, wo da Mist gebaut werden könnte.

»Wir haben drei Wochen«, erinnere ich ihn.

»Das ist nur eine ungefähre Schätzung von Ihnen. Es könnte auch schneller gehen. Und selbst wenn …«

Bis dahin wird Johanssen längst wieder draußen sein, dafür werden wir sorgen. »Ich habe Ihnen doch gesagt, dass wir das abgedeckt haben.«

»Und wenn es nötig wird, klären Sie das mit denen?«

»Das ist doch selbstverständlich.« Es folgt ein Moment Stille, seine Skepsis summt durch die Leitung. »Versprochen, Mike.« Ich frage mich, ob er die Lüge heraushört.

Er hat allerdings nicht gefragt, warum ich einen Mann ins Programm schleusen lasse. Er will es nicht wissen.

Whitman ist also nicht glücklich mit der Situation; ich auch nicht, wenn auch aus anderen Gründen.

Ich wollte einen Aufschub. Bei den Routinesuchverfahren haben wir absolut keinen Hinweis auf die Zielperson gefunden. Finn hat mir die Kopie der Bewohnerdaten immer noch nicht zukommen lassen, und diese Wissenslücke nagt an mir. Eigentlich hätten wir sie schon vor Tagen haben müssen. *Spielt keine Rolle*, hatte Johanssen gesagt, und es stimmt, das tut es nicht. Für ihn nicht. *Es ist nur eine Sondierung.* Und schließlich ist er der Klient und trifft daher die Entscheidung, nicht ich. Also habe ich ihn gehen lassen. Und jetzt kann ich nur noch warten.

Und genau das tue ich, als Craigie bei mir am Haus ankommt. Die Überwachungskamera in der Lobby zeigt ihn in seinem dunkelgrauen Mantel mit Aktentasche, das schmale Gesicht von der Kamera abgewandt.

Ich lasse ihn herein. »Möchten Sie einen Drink?«

»Ein Tee wäre nett.«

Ich habe drei schottische Single Malt Whiskys im Schrank. Craigie hat nie einen angerührt. Ich nehme allerdings an, dass Whisky für ihn eine Art Privatvergnügen ist wie Pornos für andere einsame Männer.

Als ich aus der Küche zurückkomme, steht er am Panoramafenster. Die Wintersonne geht schon unter. Die Bürotürme im Süden sind glänzende bronzefarbene Spiegel, im Westen strahlt der Themsebogen wie poliertes Zinn hinter den Dächern der niedrigeren Gebäude. Doch Craigie bewundert nicht die Aussicht: Er blickt auf das Dock unter meinem Fenster hinab. Einundvierzig Stockwerke unter mir bevölkern Streichholzfiguren die Gehsteige. Der böige Wind zerrt an ihrer Kleidung und wühlt das Wasser im Dock auf. Craigie hat den Oberkörper leicht vorgebeugt. Er hat den Mantel ausgezogen. In seinem dunklen Anzug sieht er aus wie ein Fragezeichen.

Als ich ihm die Tasse reiche, sagt er: »Der Mann, der Laidlaws Akten durchgesehen hat? Wir haben seinen Namen.«

*

Laidlaw ist tot. Laidlaw ist tot, und das dürfte kein Schock für mich sein. Er war ein alter Mann, der sein Leben gelebt und beschlossen hatte, dass seine Zeit gekommen war. Aber in den neunundfünfzig Stunden, seit ich das gehört habe, hat die Nachricht nichts von ihrer Schärfe verloren.

Unsere Allianz hatte sich aus einer Geschichte entwickelt, die eine besorgte kriminelle Kontaktperson mir erzählte, bei der es um Krankenhauspläne und eine Frau namens Eileen ging. Ich hatte mir die Sache angesehen, und je genauer ich sie mir ansah, desto besorgter wurde auch ich. Wir alle haben die Bilder noch vor Augen: ein Londoner Doppeldeckerbus, dessen Dach durch die Wucht der Explosion abgeschält wurde, ein brennender Wolkenkratzer, der zu Staub zerfällt. So etwas will man sich nicht vorstellen: dass man Bescheid wusste, so lange vorher Bescheid wusste, dass man es hätte verhindern können, es aber nicht getan hat.

Ich hatte Peter Laidlaw als denjenigen ausgewählt, dem ich meine Informationen zukommen ließ.

Er war während des zähen Endes des Kalten Krieges Agentenführer gewesen. Ein ruhiger, aufmerksamer Mann, fast übervorsichtig, der Geheimnisse für sich behalten konnte. Er hatte zum engen Kreis derjenigen gehört, die den sowjetischen Maulwurf Gordijewski geführt hatten, hatte Kontakte in die alte MI5-Unterabteilung K3 und seinen Job behalten, als die Mauer fiel und die Russen unsere neuen besten Freunde wurden. Aber damals, als mein Paket auf seiner Fußmatte lag, war er im Ruhestand, las Bücher, trank in dunklen Pubs warmes Bier, vernachlässigte seinen Garten und langweilte sich zu Tode.

Ich hatte ihn ausgesucht, weil ich wusste, dass er vorsichtig, verlässlich und gewissenhaft sein würde – weil ich wusste, dass er keine Ruhe geben würde, bis er jemanden gefunden hatte, der den Inhalt des Pakets zur Kenntnis nahm.

Und ich hatte ihn ausgesucht, weil ich wusste, dass jeder, der sich fragte, wer ich war, Richtung Osten blicken würde, auf Laidlaws alte Kontakte aus der ehemaligen Sowjetunion, und nicht in meine Richtung.

Es sollte eine einmalige Aktion sein. Ich hatte nicht vor, Informant zu werden. Neun Monate und vier Kontakte später hatten wir so etwas wie eine Geschäftsbeziehung – es war zu einer Art Gewohnheit geworden. Vielleicht erleichterte ich mir auf die Art das Gewissen. Oder mir war bewusst geworden, dass ich in der Lage sein wollte, Gefallen einzufordern, für den Fall, dass der Geheimdienst mal vor der Tür stand.

Peter Laidlaw war nicht auf meiner Seite. Das hatte ich auch nicht erwartet. Er hatte sein Leben lang seinem Land gedient, und das würde sich nicht ändern. Aber er war in Moskau gewesen, daher war Argwohn tief in seiner Seele verwurzelt, und als der MI5 sein Haus verwanzte und anfing, ihn zu beschatten, merkte er es, und es gefiel ihm ebenso wenig wie mir. Ich gehe davon aus, dass wir beide den Einsatz gleichermaßen erhöhten – dass wir zu einer Allianz der Wachsamen wurden, ein unausgesprochener Kontrakt zwischen zwei Personen entstand, die sich zwar nicht trauten, aber die Ansicht teilten, dass sie einen gemeinsamen Gegner hatten: die Leute, denen wir helfen wollten.

Aber im Endeffekt hat er mich reingelegt. Ich hatte nicht einmal gewusst, dass er krank war.

»Powell«, sagt Craigie. »Er heißt Lucas Powell.«

Der Name sagt mir nichts. Offenbar sieht er mir das an. Craigie fährt fort: »Er war nach Washington abkommandiert. Sie haben ihn extra zurückgeholt. Haben Sie die Fotos bekommen?«

Groß, schwarz, kräftige Wangenknochen, guter Anzug. Typ Offizier. Ich nicke. »Was wissen wir über ihn?«

Craigie sagt trocken. »Er ist nicht Laidlaw.«

»Das ist ja mal eine Überraschung.«

Männer wie Laidlaw wird es nicht mehr geben. Laidlaw war der Letzte der alten Garde.

»Erzählen Sie mir von diesem Powell.«

»Grundehrlich. Wurde direkt von der Uni übernommen, dann ging es steil bergauf. Karrierist. Ehrgeizig.« Craigies Miene ist streng.

»Putzkolonne?«

»Natürlich«, sagt er.

Einer aus dem kleinen Kreis der Ermittler – Ex-MI5, Exgeheimdienst, Exstaatspolizei, jetzt aber keinem davon mehr unterstellt – die geholt werden, wenn einer ihrer Chefs einen Stein umgedreht und darunter etwas entdeckt hat, das ihm nicht gefällt. Sie arbeiten allein und sind niemandem Rechenschaft schuldig, ihre Arbeit unterliegt der höchsten Geheimhaltungsstufe, sie können Akten einsehen, die den meisten anderen Polizei- und Geheimdienstmitarbeitern vorenthalten werden, und sind unbestechlich. Kein Wunder, dass Craigie so lange gebraucht hat, um den Namen herauszufinden.

»Was sagt die Gerüchteküche?«

»Er sagt, er wäre gekommen, um den Augiasstall auszumisten.«

»Das hat er wirklich so gesagt?«

»So heißt es.« Craigie fährt fort. »Offenbar zu gebildet, um von einem Saustall zu sprechen.« Craigie war auf ein humanistisches Gymnasium gegangen: Er kennt seine Klassikeranspielungen. Powell offenbar auch.

»Hält sich wohl für Herkules, was? Oxford oder Cambridge?«

»Cambridge. Einserexamen. Dann direkt zum Geheimdienst.« Eine Pause, dann sagt Craigie. »Er sucht Knox.«

Ich sage: »Natürlich sucht er Knox. Powell hat es doch selbst gesagt: Er will ausmisten. Feststellen, was passiert ist, aufräumen, einen Bericht schreiben. Solche Leute tappen nicht gern im Dunkeln, besonders nicht, wenn es um ihre eigenen Aktivitäten geht.«

»Zweiundzwanzig Tipps in fünf Jahren …«

»Nicht alle waren zielführend.«

Er sagt düster: »Einige aber doch. Sie haben sich zum Hauptgewinn gemacht, Karla. Ein Hauptgewinn, den Lucas Powell für sich will. Er ist hinter Ihnen her. Er wird so lange in Laidlaws Vergangenheit wühlen, bis er Sie gefunden hat.«

»Dann wünsche ich ihm viel Glück. Ich gehöre nicht zu Laidlaws Vergangenheit. Das ist doch der Trick dabei.«

Craigies Gesicht ist immer noch versteinert. »Wir wissen nicht, was Laidlaw an Aufzeichnungen aufbewahrt hat.«

»Laidlaw gehörte zur alten Garde. Die haben sich keine Notizen gemacht.«

Craigie sagt: »Sind Sie sicher? Er war ein alter Mann. Sein Gedächtnis hat nachgelassen.« Dann: »Was ist mit der Wohnung in Ealing?« Die Laidlaw gehörte, allerdings unter einem anderen Namen, und die er gelegentlich für private Zwecke nutzte.

»Hat Powell die schon gefunden?«, frage ich.

»Noch nicht.«

»Dann lassen Sie die halt beobachten.« Für Craigies Geschmack sage ich das allerdings zu abschätzig.

»Machen Sie sich keine Sorgen?«

»Wenn Laidlaw gewusst hätte, wer ich bin, hätte er mich gefunden. Craigie, wir haben *alles* gesäubert.«

Zweiundzwanzig tote Briefkästen in gut fünf Jahren – keiner wurde ein zweites Mal benutzt. Anrufe von sauberen Telefonen, nach einmaliger Nutzung entsorgt, nicht rückverfolgbare Nummern. Waren und Dienste wurden mit Kreditkarten bezahlt, die auf Strohfirmen liefen. Eine Aktentasche in einer Bar, keine Fingerabdrücke. Einmal haben wir ihm sogar Informationen im Schuhkarton eines Versandhauses geschickt. Ich habe die Geschäfte mit Laidlaw so gemacht, *weil* er zur alten Garde gehörte: Das ganze Setting sollte ihn ansprechen, ihm den Eindruck vermitteln, dass ich auch zur alten Garde gehörte. Craigie hatte es gehasst. Aber es war eine einseitige Angelegenheit, ging alles nur in eine Richtung. Laidlaw konnte mich nicht kontaktieren. Darauf haben wir geachtet.

Jetzt verrät Craigies Miene mir, dass er nicht überzeugt ist.

Einen Moment lang hüllen wir uns in Schweigen. Über dem Profil der Stadt türmen sich graue, regengeschwängerte Wolken auf, und die Themse hat sich von Zinn in Blei verwandelt.

»Und Simon Johanssen?«, fragt er.

»Ist heute Morgen ins Programm gegangen.«

Seine Mundpartie spannt sich, er sagt aber nichts. Kurz darauf geht er.

Um 15:15 Uhr blinkt ein Icon auf meinem Monitor. Endlich: Finn.

Finn mit einer Kopie der Bewohnerdatei des Programms, von einem Regierungsrechner gespiegelt. Namen und Aktenzeichen, Vorstrafenregister, psychologische Profile, DNA-Daten. Und Fotos.

Wir sind im Geschäft.

Ich habe das Bild der Zielperson schon auf die biometrischen Daten reduziert: Für den Computer besteht die Frau nur aus einer Reihe Messdaten. Jetzt muss ich nur meine Daten mit den Bewohnerdaten abgleichen. In ein paar Minuten werde ich wissen, wer sie ist.

Während der Timer rückwärts läuft, gehe ich vom Schreibtisch ins Wohnzimmer. Einundvierzig Stockwerke unter meinem Fenster drücken sich Büroangestellte zum Schutz vor dem kalten Januarwind in Hauseingänge und ziehen an ihren Zigaretten. Vermummte Touristen schlendern über die hellgrüne Metallbrücke, die das Dock überspannt. Ein Kleinkind jagt den Tauben nach. In den Büroblocks hinter den Panzerglasscheiben machen Menschen Geld zu Geld. Nach Westen, Richtung City, ist viel Himmel zu sehen.

Als ich ins Büro zurückgehe, ist das Suchprogramm durchgelaufen. Die Antwort steht mitten auf dem Monitor: keine Übereinstimmung.

In meinen Daten muss ein Fehler sein. Ich rufe den Scan des Originalbilds auf, klicke auf »biometrische Analyse« und auf »exportieren«. Der Timer auf dem Monitor zählt rückwärts. Erledigt. Wieder öffne ich die Bewohner-Datei und klicke auf »Vergleichen«. Dieses Mal bleibe ich am Schreibtisch sitzen.

Keine Übereinstimmung.

Mir läuft es eiskalt über den Rücken.

Es gibt noch eine Liste: Verstorbene Bewohner. Ich öffne sie und starte den Abgleich.

Keine Übereinstimmung. Die Frau auf dem Foto steht nicht in den Bewohnerlisten des Programms.

Aber es gibt noch weitere Erklärungsmöglichkeiten. Vielleicht sitzt sie irgendwo anders ein und steht kurz vor dem Transfer ins Programm … oder sie ist schon im Transit, und ihre Daten hängen in der virtuellen Pipeline auf dem Weg von einem System zum anderen fest …

Oder sie ist ein Niemand, ein zufällig ausgewähltes Gesicht für einen Auftrag, der gar nicht existiert.

<DRINGEND frau in gefaengnis sys suchen, nicht im programm sys, auch andere gefaengnisse und transferdaten, oberste prio alle verl quellen>

Als Anhang füge ich die vom Computer erstellten biometrischen Daten bei.

Nach einer kurzen Pause kommt die übliche Antwort.

<melde mich>

Dieses eine Mal reicht mir das nicht.

Ich rufe Fielding an. Das Telefon klingelt sieben- oder achtmal, bevor er sich meldet. Als er meine Stimme hört, grunzt er. Ich warte nicht auf seine Abfuhr.

»Sie ist da nicht gelistet. Sie sagten, Ihr Klient wäre sauber. Also, haben Sie mich belogen? Oder Ihr Klient Sie?«

Drei Sekunden Stille, die mir nicht gefallen, bis Fielding sagt: »Sie ist da drin.« Wieder völlig ausdruckslos.

»Sie steht nicht auf der Bewohnerliste.«

»Sie ist da drin«, wiederholt er.

»Falsch, Fielding. Wer ist der Klient? Das ist nicht zufällig jemand, der als Strohmann für John Quillan arbeitet?«

Fielding antwortet nicht. Aber die Leitung ist plötzlich tot.

Es ist 15:46 Uhr. Noch gut zwei Stunden, bis die Tore geschlossen werden und das Programm – inoffiziell – abgeriegelt wird. Ich rufe Whitman an.

»Wir haben möglicherweise ein Problem. Sie müssen Ihren Mann da rausholen.«

Whitman schweigt einen Moment. Dann sagt er: »Laura, er ist erst seit …«

»*Jetzt*, Mike. *Sofort*.«

16:00 Uhr kommt und vergeht. 16:15 Uhr. 16:30 Uhr. Zeit. Alles braucht seine Zeit. Ich schreite die 3-Millionen-Pfund-Aussichten meines Apartments ab. Ich setze mich aufs Sofa. Ich koche Kaffee und vergesse, ihn zu trinken, kippe ihn weg. Es wird dunkler. Die Straßenlaternen werden eingeschaltet. Whitman ruft nicht an.

Aber vielleicht ist sie auch gar keine Insassin, sondern eine Ehrenamtliche, eine Sozialarbeiterin oder ein Mitglied des Wachdienstes …?

<Finn prüf andere Programmlisten ua ehrenamtliche u security mitarbeiter>

Wie lange wird es dauern, bis ich ein Ergebnis bekomme?

17:00 Uhr. Auf den Gehsteigen einundvierzig Stockwerke unter mir beginnt der Strom der Büroangestellten zu fließen, kleine dunkle menschliche Flecken, die in Schwaden über das Pflaster nach Hause gezogen werden wie Eisenspäne von einem Magneten.

Whitman ruft immer noch nicht zurück.

Ich stehe am Fenster und versuche, mich auf die Lichter der Docklands zu konzentrieren, aber der Minutenzeiger auf der anderen Zimmerseite am Rand meines Blickfelds scheint zu pulsieren, und die Armbanduhr lastet schwer an meinem Arm.

17:30 Uhr. 17:45 Uhr. Nichts von Whitman. Er hat die Zeit knapp kalkuliert, das ist alles.

17:58 Uhr, 17:59 Uhr, 18:00 Uhr. Die Tore werden geschlossen. Aber vielleicht wird Johanssen gerade abgefertigt, sitzt in einem leeren Raum, während sie noch einmal seine Identität überprüfen. Jeden Moment wird das Telefon klingeln, und Whitman wird mir sagen, dass er draußen ist … jeden Moment …

Das Telefon klingelt, und ich reiße den Hörer hoch.

»Laura«, sagt Whitman.

Ich höre es schon am Tonfall: Wir haben ihn verloren.

»Sie haben in seinem Hotel nachgesehen«, sagt Whitman. »Nichts zu finden.« Dann, gekränkt, als glaube er, ich würde ihn irgendwie – ungerechtfertigterweise – dafür verantwortlich machen: »Die können ja auch nicht jeden im Auge behalten. Das läuft da selbstregulierend, ja? Sie durchsuchen die

Streams der Überwachungskameras nach ihm. Und morgen früh machen sie weiter.«

Morgen ist zu spät.

»Laura?«, sagt Whitman zaghaft.

Aber er wird mich nur fragen, wo das Problem liegt, und das darf ich ihm nicht erzählen.

»Morgen früh«, sage ich und lege auf.

Mein Magen zieht sich vor Angst zusammen. *Bleib ruhig. Die Army hat Johanssen zum Scharfschützen ausgebildet. Er weiß, wie man in Feindesland tagelang unentdeckt überlebt. Eine Nacht im Programm ist ein Klacks für ihn. Ganz egal, was passiert ist, ganz egal, wo er ist, von allen Menschen, die du kennst, ist er am ehesten in der Lage …*

Und die Frau? Die Zielperson, die nicht einmal in den Listen steht? Was ist damit? *Zufall?*

Bei jedem anderen – einfach jedem – wäre meine Angst nach einem anderen Drehbuch verlaufen, hätte andere Bilder produziert. Wurde Johanssen in einem Land Rover verschleppt? Oder aufgefordert, zur Seite zu treten: »Hier entlang, bitte, Mr Jackson«, als er durch das Tor kam? Ich habe meine Fühler ausgestreckt – bei den Spezialeinheiten der Polizei, beim Geheimdienst, selbst bei ausländischen Diensten –, mich nach ersten Hinweisen erkundigt, ob ein hochrangiger Gefangener verhört wird. Und ich frage mich, wie weit er mit seiner fünfmonatigen Ausbildung bei den Spezialeinsatzkräften kommen würde? Ein normales Polizeiverhör wäre kein Problem für ihn. Aber jetzt könnten dieselben Leute, die ihm beigebracht haben, sich einer Vernehmung zu widersetzen, damit beschäftigt sein, ihn zu brechen. Wie gut haben die damals gearbeitet? Inwieweit haben sie seit damals ihre Vernehmungstechniken perfektioniert? Wie gut ist er? Wie lange werden sie brauchen, um seinen Widerstand zu brechen? Wie lange wird es dauern, bis sie auf mich stoßen?

Aber das ist nicht irgendwer. Es ist Simon Johanssen, und er ist ins Programm gegangen.

Vier Männer waren in dem Farmhaus, als Terry Cunliffe starb. Quillan hat sie hinterher verfolgen lassen. Seine Leute haben nur drei von ihnen erwischt. Johanssen war unauffindbar. Bis jetzt.

7. Tag: Dienstag

Johanssen

Er liegt auf der Seite am Boden, als die Tür aufgeht. Er weiß nicht, wie viel Zeit vergangen ist, es könnten Stunden sein. Ein gegrunzter Befehl, dann wird er wieder hochgerissen und auf die Beine gestellt, immer noch an Händen und Füßen gefesselt und mit der Haube über dem Kopf.

Er hat große Schmerzen im Hinterkopf und einen kupferartigen Geschmack im Mund. Sein Bauch tut weh.

Sie zwingen ihn zum Gehen.

Durch eine Tür aus dem Raum. Durch Dunkelheit und das stecknadelartige Glitzern von elektrischem Licht durch die Haube. Es ist Nacht. Sich den Weg merken zu wollen hat keinen Sinn: zu viele Richtungswechsel. Immer wieder bleiben sie stehen, dann geht es weiter. Gespräche im Flüsterton. Sie haben es nicht eilig. Manchmal gerät er ins Stolpern, aber sie halten ihn aufrecht.

Schließlich bleiben sie stehen. Irgendwo in der Nähe entlädt sich knisternd Elektrizität in der feuchten Luft. Ein Metalltor wird entriegelt und quietschend geöffnet. Sie führen ihn weiter und das Tor fällt rasselnd zu.

Jetzt halten sie ihn an den Ellbogen und führen ihn schnell weiter. Noch ein Stopp. Schritte entfernen sich. Vor ihnen wird leise eine Tür geöffnet und wieder geschlossen. Sie warten. Wie lange? Vier, fünf Minuten? Er steht schwankend auf den Füßen. Ferne Stimmen, ein Gespräch gerade außerhalb seiner Hörweite: Er lauscht angestrengt, versteht aber nichts. Dann durch eine Tür, worauf die Qualität der Luft und die Umgebungsgeräusche sich verändern: Sie sind in einem Gebäude.

Seine Sohlen scharren über Beton. Er stolpert und fällt nach vorn: Seine Schienbeine knallen auf Stufen. Hände packen ihn und schleifen ihn die Treppe hinauf. Oben eine halbe Drehung nach rechts. Noch ein Flur, noch eine Tür. Sie stoßen ihn hindurch.

Teppichboden dämpft seine Schritte. Es riecht auch anders, sauber, häuslich, nach Essen und Reinigungsmittel. Es ist warm. Im Hintergrund ist leise ein Fernseher zu hören.

Er wird auf einen Stuhl gedrückt, und sie nehmen ihm die Haube ab.

Er blinzelt ins Licht.

Er befindet sich in einem ordentlichen, altmodischen Wohnzimmer. Heiligenbilder an der Wand: eine Madonna in Blau, eine Hand zum Segen oder zur Anrufung erhoben, und ein jugendlicher, von Pfeilen durchbohrter Heiliger, der traurig zum Himmel blickt, während sich seine blutenden Wunden wie winzige Münder öffnen. Darunter eine Zimmerpflanze auf einem Ständer. Ein Schränkchen mit Mahagonifurnier, eine versteckte Lampe beleuchtet das gute Porzellanservice, Servierplatten, Suppenterrinen und Saucieren. Durch den Torbogen links kommt man in eine Küche, ein kurzer Blick auf glänzende Arbeitsflächen, einen kleinen Holzständer mit Kaffeebechern.

Auf der anderen Seite des Wohnzimmers läuft ein Fernseher. Eine Sitcom, der Ton ist aber so leise gestellt, dass nur unverständliches Brabbeln und zwischendurch Gelächter vom Band zu hören ist.

Ein älterer, kleiner Mann, dessen Haut sich spannt wie bei einer Mumie, sitzt in einem Sessel und sieht fern.

Es war doch von Anfang an klar, dass es so kommen würde, oder? Von Anfang an.

Eine Minute verstreicht, dann sagt John Quillan etwas.

»Willkommen im Programm, Mr *Jackson.*« Seine Stimme klingt ruhig, fast gelangweilt. Er hat den Blick nicht vom Fernseher abgewandt. »Wie gefällt Ihnen unser kleines Sozialexperiment?«

Der lächelnde blonde Mann vom Spielplatz hat hinter Quillans Sessel Position bezogen. Er beobachtet Johanssen mit leicht schief gelegtem Kopf. Er lächelt immer noch. Johanssen sagt nichts.

»Wissen Sie, wer wir sind?«, fragt Quillan.

Etwas hat ihm die Kehle zugeschnürt. Er muss die Worte einzeln herauspressen. »Sie – sind – hier – der – Boss.«

Zum ersten Mal dreht Quillan den Kopf und sieht Johanssen an. Er hat hellblaue, wässrige Augen, das Weiße ist etwas blutunterlaufen, als hätte er Probleme damit. »Ich heiße John Quillan«, sagt er. »Haben Sie den Namen schon einmal gehört?«

Drei Tote, einer in einem Steinbruch, zwei in einem Auto, alle drei vor ihrem Tod gefoltert. Er erinnert sich noch an die Gesichter. »Ja.« Seine Stimme bricht.

Quillans Mundwinkel zucken zufrieden.

»Wir sind hier das Gesetz«, sagt er, als hätte Johanssen nichts gesagt, »und Sie sind in unserem Territorium. Unterstehen unserer *Ju-ris-dik-tion*. Mein *Job* ist es …«, er beugt sich vor, »… hier die Ordnung aufrechtzuerhalten.« Er lehnt sich wieder zurück, als wäre erst einmal alles gesagt. »Halten Sie das für einfach, Mr Jackson?«

Johanssen antwortet nicht. Seine Eingeweide ziehen sich zusammen. Quillan sieht wieder zum Fernseher.

»Die Gewalttätigen, die Süchtigen und die Kranken zu regieren. Sie werden verstehen, dass man da eine feste Hand braucht. Dass man, wenn nötig, auch mal ein Exempel statuieren muss.«

Aus dem Fernseher erklingt wieder Lachen vom Band, ein mechanisches Knarzen.

»So, Sie sind also aus Amerika«, sagt er und lächelt den Fernseher an, obwohl seine Haut dafür zu straff zu sein scheint. Das Lächeln vergeht auch sofort wieder.

»Victorville Penitentiary«, sagt Johanssen. Er hat einen Kloß im Hals.

»Kenn ich nicht.« *Will ich auch nicht kennen.* Quillans Blick wandert wieder zu ihm. »Was führt Sie hierher?«

»Ich habe um einen Transfer gebeten.«

»Ah, wie beim *Fußball.*« Quillan nickt. »Dachten, Ihre Aussichten wären hier *besser.*«

»Ich hab von … Ich hab von dem hier gehört … Ich dachte …«

»Sie dachten, Sie könnten hier ein lockeres Leben führen, Mr Jackson? Wie lautete das Urteil, das sie dort abgesessen haben, im *Victorville Penitentiary*?« Er spie den Namen aus, als wäre er bitter.

Er weiß nicht, wer ich bin.

»Lebenslang. Doppelmord.«

»Aber in den Staaten ist lebenslänglich wirklich lebenslänglich, stimmt's? Was sollte die Verantwortlichen drüben dazu bewegen, Ihrem Wunsch nachzukommen? Ihre Herzensgüte?«, fragt Quillan. »Was haben Sie denen angeboten, Mr Jackson?«

Er hat dich nicht hergelockt. Das ist keine Rache. Er weiß es nicht. Die Erleichterung überwältigt ihn fast.

»Sie meinen, ich hätte Informationen.«

»Und, haben Sie die?«

»Sie glauben es.«

»Verraten Sie Ihre Freunde für ein lockeres Leben im Programm? Sie wären nicht der Erste.« Dann sagt er: »Oder steckt vielleicht doch noch etwas anderes dahinter?«

Johanssen sagt: »Ich wollte nur …«

»Herkommen. Sie wollten herkommen, ein ruhiges Leben führen und niemandem zur Last fallen, genau wie alle anderen hier. Wissen Sie, was ich für ein Problem damit habe? Ich traue Ihnen nicht, weil *ich nicht weiß, wer Sie sind.*«

»Mein Name ist …«

»Ryan Jackson, das sagten Sie schon, und Sie verbüßen eine lebenslange Strafe im *Victorville Penitentiary*, aber hier war noch niemand im Victorville Penitentiary, also kann sich niemand für Sie verbürgen.« Er lehnt sich zurück. »Sind Sie clever, Mr Jackson? Ich halte das für durchaus möglich. Aber warum kommt ein cleverer Mann mit einer Story hier hereinspaziert, die besagt, dass er seine Freunde verpfeifen will? Warum sollte er so etwas zugeben? Falls das nicht nur ein Vorwand ist … Oh, dachten Sie, man würde Sie einfach auf Treu und Glauben aufnehmen? So läuft das hier nicht.«

»Fragen Sie die Wärter. Ich bin heute durch die Aufnahme gekommen, die haben meine Akte …«

»Die Wärter?« Er wirkt fast erfreut. »Nein, Mr Jackson. Wir überprüfen solche Dinge hier auf andere Art.« Er richtet den Blick wieder auf den Fernseher. »Mr Brice.«

Das Gespräch ist zu Ende. Der lächelnde Mann tritt vor.

Der Hoffnungsfunke, den Johanssen verspürt hat, verlischt.

Quillan sagt: »Ab jetzt übernimmt Mr Brice.«

Im Laufschritt zerren sie den stolpernden Johanssen zurück durch den Flur und die Brandschutztüren.

Die Treppe wieder hinunter, den kahlen Flur entlang, dann öffnen sie die Tür und stoßen ihn hindurch.

Das ist der Raum, mit dem er schon die ganze Zeit gerechnet hat. Keine Möbel. Wände aus Gasbetonstein. Nur ein kleines Fenster ganz weit oben. Auf dem Boden sind dunkle, klebrige Flecken.

Der blonde Mann, Brice, kommt nach ihm hereingeschlendert. Er sieht auf Johanssen herab. Sein Lächeln ist jetzt mitleidig. »Ihnen ist schon klar, was wir jetzt tun müssen, oder?«, sagt er leise.

Johanssen antwortet nicht.

Sie zwingen ihn auf die Knie und drehen ihn zur Wand.

Jemand tritt ihm in die Nieren. Er geht zu Boden. Ein weiterer Tritt trifft ihn im Bauch. Er krümmt sich keuchend.

Brice beugt sich über ihn. Sein Blick ist aufmerksam und konzentriert. »Lernen Sie schnell, Mr Jackson?« Als würde es ihn wirklich interessieren. »Ich hoffe es, um Ihretwillen.«

Johanssen sagt nichts.

Brice macht einen Schritt zurück und gibt den anderen ein Zeichen. »Bitte sehr.«

Sie machen weiter, wo sie aufgehört haben, traktieren ihn mit Fäusten und Füßen, schlagen und treten jetzt allerdings härter zu. Nach zwanzig Sekunden lassen sie wieder von ihm ab. Er liegt seitlich auf dem Boden und kann nicht aufstehen. Als Brice vortritt, sind seine Stiefel nur wenige Zentimeter von Johanssens Augen entfernt.

Brice hockt sich hin und streckt eine Hand aus: Sanft streichen seine Fingerspitzen über Johanssens Gesicht. »Sie verstehen das nicht«, sagt er. »Das müsste doch alles überhaupt nicht sein. Also, Sie können es mir sagen: Wer sind Sie wirklich?«

Johanssen schluckt, versucht, die Worte zu sortieren. Man kann bei seiner Story bleiben oder den Mund halten: »Ich hab doch gesagt …«

Brice richtet sich auf. »Es tut mir leid«, sagt er.

Dann schottet Johanssen sich ab, blockiert alles. Er muss nur durchkommen, es überstehen, weiter nichts. Darauf konzentriert er sich. Etwas anderes kann er nicht tun.

Nach einer Weile gehen sie weg. Er liegt auf der Seite im Dreck und versucht zu atmen.

Irgendwie schläft er. Sehr unruhig und rastlos – er muss aber geschlafen haben, weil er von Geräuschen geweckt wird: Stimmen und Türenknallen.

Irgendwann im Schwebezustand zwischen Schlaf und Erwachen kommt das Gesicht von dem Foto ihm wieder in den Sinn: Die Frau im grauen Kostüm mit einem Lächeln wie ein geschlossener Rollladen. Er versucht, es beiseitezuschieben, aber es drängt sich immer wieder in den Vordergrund, wie das Gesicht einer Wasserleiche, die an die Oberfläche treibt.

Schritte von draußen im Flur schrecken ihn auf: schweißnass, wund, mit schmerzenden Eingeweiden. Jeder Muskel in seinem Körper schreit vor Schmerz.

Ein Schloss rasselt. Ein Lichtkeil: Die Tür wird geöffnet.

Auf dem Boden rasselt etwas. Etwas Metallisches.

Er versucht, sich zu sammeln. Jeden Augenblick wird es wieder losgehen. Er muss bereit sein.

Das Licht wird eingeschaltet. Eine nackte Birne, schmerzhaft grell. Brice steht neben ihm. Er hockt sich hin, legt den Kopf schief.

»Sie halten das wohl für einen kleinen Irrtum, was?«, sagt er. Die anderen stehen hinter ihm.

Johanssen rührt sich nicht. Jede Bewegung würde sie provozieren. Er zwingt sich zu erschlaffen und den Schmerz zu schlucken, als sie ihn wieder hochziehen.

Noch mehr Schläge? Doch der Typ mit den gelben Zähnen hat ein Stück Schlauch und einen Trichter in den Händen, und das Metallding auf dem Boden ist ein Eimer mit stinkendem Inhalt.

Er darf nicht dagegen ankämpfen. Er muss locker bleiben. Dann wird es weniger wehtun. Aber als sie ihm den Kopf in den Nacken drücken, den Mund aufdrücken und den Knebel hineinzwängen, gewinnt der Instinkt die Oberhand, und er wehrt sich trotz der brüllenden Schmerzen im Rücken, den Schultern, dem Brustkorb.

Der Schlauch wird durch seinen Rachen geschoben.

Als sie fertig sind, nehmen sie den Eimer, den Schlauch und den Trichter mit und schalten das Licht aus. Sie schließen die Tür, und es ist wieder dunkel.

Er liegt in seinem eigenen Erbrochenen. Die lange Nacht, die ihm bevorsteht, erscheint ihm wie ein unendlicher Ausdauertest.

7. Tag: Dienstag

Karla

Ich habe Fielding noch einmal angerufen. Ich konnte nicht anders. »Ihr Mann ist im Programm verschollen.«

Eine Pause. Ich kann das Schweigen nicht deuten. Also dränge ich ihn. »Nennen Sie mir den Namen des Klienten.«

»Sie können mich mal, Karla.«

»Johanssen ist verschwunden, und die Zielperson ist …«

»Ich habe mit dem Klienten gesprochen. Sie ist da drin.«

»Ist sie nicht.«

»Ist sie doch.«

»Wer ist der Klient?«

Wieder eine Pause. Er überlegt, wie viel er mir sagen soll.

»Fielding, Sie sagten, der Klient hätte Referenzen.«

Ungerührt: »Jedenfalls ohne Verbindungen zu John Quillan.«

»Auf welcher Seite steht er?«

»Zivilist.« Also ein anständiger Mitbürger, der sich nicht verstecken muss. Zumindest gibt er sich dafür aus. »Karla, er hat gute Gründe …«

Ich greife danach. »Was für Gründe? Was hat sie getan? Es war nie in den Nachrichten. Ein Name, Fielding.«

»Träumen Sie weiter.« Und dann sagt er: »Sie ist da drin. Er schafft das schon. Er hat es immer geschafft.«

Es lag an mir, dass er es immer geschafft hat, weil es mir immer gelungen ist, ihm alle erforderlichen Infos zu beschaffen. Nur dieses Mal nicht.

Und im Geiste zähle ich immer wieder alles auf, was ich getan habe, damit ihm nichts passiert, versuche, darin etwas Beruhigung zu finden. *Wir haben seine Identität vernichtet, wir haben alles gelöscht. Niemand weiß, dass er nicht Ryan Jackson ist, denn Charlie Ross ist tot. Ausgeschlossen, dass John Quillan weiß, wer er ist, ausgeschlossen, dass er zwischen ihm und dem Vorfall im Farmhaus eine Verbindung herstellen kann.*

Es ist sinnlos, mir das immer wieder einreden zu wollen. Wenn Quillan Bescheid weiß, ist es egal, woher. Wichtig ist nur, was als Nächstes geschieht. Was jetzt geschieht.

*

Um 20:00 Uhr kommt das Ergebnis der letzten von Finns Suchlisten an. Im Strafvollzugssystem gibt und gab es keine Spur von der Frau.

Und dann, kurz nach 22:00 Uhr, hat Finn Zugang zu der Liste mit den Ehrenamtlichen, die im Programm arbeiten. Es sind nicht viele. Die Frau ist nicht darunter.

Ich kann mich nur noch an Strohhalme klammern.

<personal versuchen>

Finn antwortet: <hab ich schon>

Die Rollos meines Apartments sind hochgezogen. Elektrisches Licht erhellt die leeren Hüllen der gegenüberliegenden Büros. Der Himmel über der City im Westen ist gelbschwarz.

Ich rufe Craigie an und erzähle ihm, was passiert ist. Er sagt sofort: »Ich komme vorbei«, und mir ist klar, dass er nicht an John Quillan denkt. Er hat das andere Szenario im Sinn: eine komplexe Falle der Geheimdienste, bei der Johanssen in einem geheimen Vernehmungsraum in die Mangel genommen wird, wobei sie mühsam die Namen abgleichen … wie viel Johanssen über mich weiß, wieso er in der Lage war, mich zu kontaktieren, wie schwierig es ist, mich ausfindig zu machen.

Er denkt, wir hätten noch Zeit, die Akten zu vernichten, Festplatten zu zerstören und sämtliche Spuren von Karla und Charlotte Alton auszulöschen. Falls das erforderlich ist.

Und ich kann dem nicht widersprechen. Die Frau auf dem Foto ist nicht im Programm. Johanssen weiß, wer ich bin, und ist in eine Falle geraten.

Plötzlich, schlagartig, von einem Moment zum anderen, kippt das Szenario in meinen Kopf.

Die Frau auf dem Foto …

Als Craigie ankommt, sagt er als Erstes: »Schadensbegrenzung«.

Ich weiß, was er meint: Dass ich verschwinden muss, heute Nacht, in der nächsten Stunde, und zwar so, als wollte ich nie zurückkommen. Aber aus einem, und nur diesem einzigen Grund werde ich nicht verschwinden.

Wenn ich Johanssen eine Falle stellen wollte, würde ich davon ausgehen, dass er sie überprüft, und zwar gründlich.

Also würde ich eine echte Gefangene verwenden.

8. Tag: Mittwoch

Johanssen

Er weiß nicht, wie spät es ist, als die Tür aufgeht. Jemand klickt einen Schalter: Das Licht trieft wie eine schmutzige Flüssigkeit auf seine Netzhaut.

»Aufstehen«, sagt eine Stimme, die er nicht kennt.

Aber er ist zu schwach, weil er sich so oft übergeben musste, und am Ende müssen sie ihn hochziehen.

Draußen ist es hell. Der Himmel ist gelblich weiß marmoriert mit grauen Streifen. Halb tragen und halb schleifen sie ihn um das Gebäude in einen schmalen Innenhof zwischen kahlen Wänden, der vor den Kameras verborgen ist. Ein blinder Fleck. Unbeobachtet.

Als Erstes sieht er Quillan. Er sitzt in seinen Mantel gewickelt auf einem Klappstuhl wie ein Behinderter bei einem Picknick. Leidenschaftslos schweift sein Blick über Johanssen.

Brice steht direkt neben Quillan, außerhalb des Blickfelds des älteren Mannes. An der Wand neben ihm lehnt ein Baseballschläger. Er lächelt das Lächeln eines Mannes, der in der Nahrungskette höher angesiedelt ist – er zeigt zu viele Zähne.

In Johanssens Erinnerung wird ihm der Schlauch in den Rachen geschoben, und er beginnt zu würgen.

Ungefähr ein Dutzend weitere Männer befindet sich im Innenhof, unter anderem auch Brice' Leute – und alle sehen ihn an.

»Mr … *Jackson*«, sagt Quillan.

Quillan trägt einen roten Schal im Mantelkragen: Die Farbe scheint im winterlichen Licht zu pulsieren.

Er muss sich zusammenreißen, sich darauf konzentrieren im Hier und Jetzt zu bleiben.

»Dann stimmt es also«, sagt Quillan. »Sie würden für einen Platz im Programm Ihre Freunde verraten.« Dabei lächelt er eins seiner straffen Lächeln, bei dem man fürchtet, die Haut könnte aufreißen. »Mir gefällt das. Ich weiß gerne, welche Prioritäten Menschen setzen. Sie würden alles dafür tun, um hierzubleiben, richtig?«

Alles. So wie er es sagt, ist es kaum als Wort zu erkennen, sondern nur ein trockenes Krächzen. Johanssen schluckt.

»Auch das werden wir natürlich überprüfen.« Quillan dreht den Kopf nach hinten und sagt über die Schulter: »Brice?«

Brice tritt vor, und sein Lächeln wird breiter. »Mr Jackson«, sagt er. »Ich möchte Ihnen einen Freund von mir vorstellen. Jimmy?«

Als der Name genannt wird, tritt ein Mann vor: ein vogelartiger Mittvierziger mit leuchtenden Augen. Er lächelt nervös und aufgeregt, wirkt dabei seltsam sauber und ordentlich, als hätte er sich für ein Bewerbungsgespräch angezogen: die dunklen Haare sorgfältig gegelt, das Hemd unter dem billigen Jackett bis oben zugeknöpft.

Konzentrier dich.

»Nehmen wir uns etwas Zeit, damit wir uns richtig vorstellen können«, sagt Brice. »Mr Ryan Jackson, das ist Jimmy. Jimmy hat uns seine Hilfe angeboten. Das stimmt doch, oder, Jimmy?«

Jimmy nickt – seine Begeisterung wirkt mitleiderregend – und greift in seine Jacke. Er zieht eine Handvoll Fotos heraus, Schnappschüsse von der Familie. »Fotos«, sagt er.

Brice sagt zu dem kleinen Mann: »Nicht die Fotos, Jimmy, heute nicht«, dann leise und vertraulich zu Johanssen: »Er ist nicht ganz richtig im Kopf, unser Jimmy.« Lauter fährt er dann fort: »Jimmys erste Aufgabe besteht darin, uns bei einer kleinen Demonstration zu unterstützen.«

Jimmy lächelt immer noch. Er weiß nicht, was ihn erwartet. Johanssen schon.

Brice tritt vor, versetzt Jimmy einen harten Schlag in den Unterleib, packt, als der zusammenklappt, seinen Arm, reißt ihn herum und kugelt ihn aus. Die Fotos fliegen durch die Luft. Jimmy geht mit einem Aufschrei zu Boden und landet mit dem Gesicht im Dreck. Seine Beine bewegen sich, versuchen, ihn aus der Gefahrenzone zu bringen, aber Brice hat ihm das Knie zwischen die Schulterblätter gestemmt und drückt ihn nach unten. Die Schnappschüsse liegen um ihn herum: ein Mann und eine Frau mit Partyhüten, die der Kamera zuprosten, eine Rasenfläche, auf der ein Kind einem Hund hinterherrennt …

»Verstehen Sie, Mr Jackson«, fährt Brice im Plauderton fort, »wir müssen wissen, wie weit Sie bereit sind zu gehen.«

Die Worte fließen wie Wasser durch Johanssens Kopf. Kalter Schweiß läuft ihm über den Rücken. Alle Farben verschmelzen. *Konzentrier dich, konzentrier dich, konzentrier dich.*

»Sie sagten, Sie würden alles dafür tun, nicht wahr?« Brice sieht Johanssen an, und auf seinem Gesicht bilden sich Sorgenfalten. »Sie sehen nicht gerade gut aus, Ryan – ich darf Sie doch Ryan nennen, oder? Ich hoffe, Ihnen ist diese Situation nicht unbehaglich.«

Johanssens Magen zieht sich zusammen.

Jimmy winselt im Dreck. Brice sieht auf ihn hinunter. Er hält den Arm des kleinen Mannes immer noch hinter dem Rücken verdreht. Er murmelt: »Oder Ihnen ist nicht klar, wie ernst wir es meinen. Vielleicht müssen wir Ihnen demonstrieren, wie ernst wir es meinen.«

Ein Ruck und eine Drehung. Der Arm ragt in einem unmöglichen Winkel nach oben. Etwas knackt, und Jimmy brüllt wie am Spieß.

Brice sieht Johanssen an. »Würden Sie jetzt sagen, dass wir es ernst meinen?«

Johanssen dreht sich der Magen um, seine Augen brennen. Er macht den Mund auf, schließt ihn wieder.

»Entschuldigung, aber ich habe Sie nicht verstanden«, sagt Brice.

»Ja«, sagt Johanssen. Er klingt trocken, brüchig.

»Gut«, sagt Brice. Er lässt Jimmys Arm los, steht auf und wischt sich die Hand ab. »Dann sind Sie jetzt dran. Mr Quillan will sehen, wie ernst es Ihnen ist.«

Die Worte müssen sich durch das Chaos in seinem Kopf kämpfen. Brice will, dass er …

»Also?«, fragt Brice. Seine Augen strahlen sehr blau. Er lächelt immer noch.

Drei Meter vor ihm beugt Quillan sich auf seinem Stuhl vor. Sein Blick schießt zwischen beiden Gesichtern hin und her.

»Ich hoffe, dass wir mit Ihnen nicht unsere kostbare Zeit verschwenden«, sagt Brice freundlich. Als Johanssen sich immer noch nicht rührt, fragt er: »Entschuldigung, haben Sie nicht verstanden? Soll ich Ihnen noch einen Hinweis geben?«

»Nein …«, sagt Johanssen, aber Brice ist schon unterwegs. Jimmy versucht, von ihm wegzurobben, und zieht dabei seinen unbrauchbaren Arm hinter sich her, aber Brice packt seine Schulter, stößt sie herunter, worauf er noch einmal brüllt und dann ein ersticktes Schluchzen ausstößt.

Brice sieht Johanssen fragend an.

»Okay«, sagt Johanssen.

»Entschuldigung?«
»Ich mach's.«
»Sicher?«
Johanssen würgt Galle hinunter und nickt. Er kann nicht sprechen.
»Wunderbar«, sagt Brice. »Gut.« Er tritt zurück. Macht eine einladende Handbewegung: *Seien Sie mein Gast.* »Dann zu Ihnen. Beeindrucken Sie Mr Quillan.« Dann: »Es spielt keine Rolle, wie laut er ist. Das interessiert hier niemanden.«
Johanssen sieht Quillan an. Der leuchtend rote Schal färbt die Luft zwischen ihnen. *Herrgott, konzentrier dich.* Zum zweiten Mal begegnen sich ihre Blicke. Quillans Miene ist undurchdringlich.
Auf dem Boden fängt Jimmy an zu weinen, stößt zwischen Rotz und Speichel unzusammenhängende, flehend sprudelnde Laute aus. Johanssen blendet sie aus.
Er macht einen Schritt auf den kleinen Mann zu. Sein ganzer Körper schmerzt. Der Rücken, die Kehle, die Eingeweide, Schultern, Gliedmaßen. Das Licht wird hell und dunkel. Er geht unsicher, schwankend. Hinter ihm kichert jemand.
Mach es. Mach's einfach.
Kann er es schnell erledigen, sauber? Hat er das noch drauf?
Nimm alles, was du hast. Du weißt doch, wie's geht.
Er kartiert die Situation. Der kleine Mann, der im Dreck schnieft. Brice schräg dahinter, flach atmend mit begierig zusammengepressten Lippen, voller Vorfreude auf das bevorstehende Schauspiel. Quillan, leicht vorgebeugt auf seinem Stuhl, der ihn mit scharfem Blick beobachtet und beeindruckt werden will. Im Zentrum dieses Monstrositätenkabinetts steht Johanssen selbst, das Hemd voller Kotze, leicht schwankend …
Drei tiefe Atemzüge. Bei drei …
… das linke Knie heben, den Fuß sanft auf Jimmys zer-

störte Schulter stellen (kein Gewicht, kein Druck, Jimmy schreit trotzdem), bereit, zuzutreten und ihn umzudrehen, bis er spürt, wie sich die Knochen durch seine Stiefelsohle bohren …

… und Brice beugt sich vor, volle Konzentration auf den Augenblick, in dem der Einschlag erfolgen soll …

Los.

Zwei Bewegungen gleichzeitig. Seitschritt und Schlag. Seine Hände treffen, die Finger in Brice' Augen, die Faust auf den Kehlkopf. Drehung. Den Stiefel in die Nieren. Brice klappt zusammen und fällt gegen die Wand. Johanssen macht weiter, packt zu und knallt den Hinterkopf gegen die Mauer. Mit der Linken schnappt er sich den Baseballschläger und dreht sich so, dass er mit dem Rücken zur Wand steht.

Er ist umzingelt. Fünf Mann: Zwei schneiden ihm den Weg zu Quillan ab, die anderen drei kommen auf ihn zu. Quillan hat eine Hand erhoben. Die Geste besagt: *Halt, wartet* … Johanssen versucht, etwas aus seiner Miene zu lesen. Unmöglich.

Er hat jetzt keine Kraft mehr, ist am Ende. Er fängt an zu zittern, und dieses Mal kann er es nicht aufhalten.

Quillan nickt zu Johanssens linker Hand. »Fallen lassen.«

Der Baseballschläger gleitet ihm aus den Fingern und fällt zu Boden.

»Sie interessieren mich, Mr Jackson«, sagt Quillan. Seine Augen sind klein, kalt und hart wie Glas, wie eine Murmel. »Ein Schlag damit könnte den Schädel eines Menschen wie eine Eierschale zerschmettern … Sagen Sie, hätten Sie ihn gegen mich eingesetzt?«

An der Wand bewegt Brice den Kopf. Sein Gesicht ist blutverschmiert. Seine Augenlider flattern, er hustet, versucht, sich aufzurichten.

»Warum haben Sie das getan, Mr Jackson«, fragt Quillan.

Er müsste eine Antwort haben. Wie lautet sie?

Brice schafft es bis auf die Knie. Er hebt den Kopf und starrt Johanssen an. In seinem Blick liegt rohe, ungezügelte Wut.

»Seien Sie ehrlich, Mr Jackson«, wirft Quillan schnell ein, »solange Sie noch sprechen können.«

Brice steht jetzt, ballt die Fäuste und holt tief Luft.

Johanssen sagt: »Er hat gesagt, ich soll Sie beeindrucken.«

»Ah«, sagt Quillan. »Falls es Ihnen irgendwie hilft ...«, er lächelt traurig, »... ich war beeindruckt.«

Ein einziger Schlag und Johanssen liegt am Boden. Er bekommt einen Stiefel in den Bauch und würgt, hat aber nichts mehr in sich, was herauskommen kann. Nach einem weiteren Schlag verbinden sich alle Verletzungen aus den letzten vierundzwanzig Stunden zu einem glühenden Netz aus Schmerzen.

Brice greift ihm in die Haare und drückt sein Gesicht in den Dreck. Johanssen spürt seinen Atem auf der Wange.

»Wir fangen mit den Fingern an«, sagt er und dann zu einem anderen: »Bolzenschneider.«

O *Gott.*

Er liegt mit dem Gesicht im Dreck. Sie drehen ihm die Arme nach außen, knien sich auf seine Ellbogen und drücken ihn mit ausgestreckten Gliedmaßen flach auf den Boden. Er ballt die Fäuste, aber sie sind viel stärker: Sie öffnen die Hände und breiten die Finger aus.

Er wird Schmerzen haben, große Schmerzen. Er muss sie ausblenden, schafft es aber nicht. In seinem Kopf gibt es keinen Ort, an den er sich verkriechen könnte.

Wieder kauert sich Brice neben ihn, wählt einen Finger aus und streckt ihn. Rechte Hand, Abzugsfinger. Er spürt den kalten Stahl des Bolzenschneiders auf der Haut.

Durch den Dreck hinter den Fotos von Hochzeiten, Grillabenden, Partyhüten und dem lächelnden Gesicht eines Mannes, der beinahe Charlie Ross sein könnte – sieht er Jimmys offene Augen. Kurz begegnen sich ihre Blicke, es wird jedoch nichts übermittelt, kein Verständnis, nichts.

»Da geht er hin, der Erste«, sagt Brice.

Eine schnelle Bewegung – ein Blitz, grell und hastig am Rand seines Sichtfelds.

Eine Stimme. Eine Frauenstimme, ganz nah. »*Verdammt*, Brice, zwingen Sie mich nicht, ich würd's nämlich tun.«

Alle erstarren.

Er sieht nur Jimmy und die Fotos. Er spürt nur den kalten, harten Stahl an seinem Finger und den Druck, den Druck.

»Quillan?« Wieder die Frau. Es klingt wie eine Drohung.

Brice verlagert sein Gewicht auf das andere Bein. Sekunden vergehen. Der Druck auf den Zeigefinger lässt nach. Er holt Luft.

Der Schmerz überwältigt ihn.

Dann wird alles schwarz und still.

Seine Finger. Sie werden ihm die Finger abschneiden.

Er ballt die Fäuste, dreht sie zur Brust, aber sie stemmen sie auf, und dann ist da der kalte Stahl …

O *Gott o Gott o Gott*

Er öffnet die Augen. Das Licht blendet ihn. Er wendet sich ab, als hätte er sich verbrannt. Fuchtelt mit den Armen, schlägt um sich, aber sie drücken ihn zu Boden. Jemand schreit, doch er versteht die Worte nicht.

Kämpf kämpf kämpf

Eine Männerstimme: »… zum Teufel ist das Beruhigungsmittel?«

Über ihm macht ein Junge mit leerem Blick eine Spritze bereit.

Minuten später. Oder Stunden. Er hat keine Ahnung. Er spürt seinen Körper nicht.

Stimmen schweben vorbei. Ein Mann und eine Frau.

Der Mann: »… draußen.«

Und die Frau: »Na und?«

»Er sagt, du musst ihn übergeben.«

»Ich weiß.«

Wie lange starrt er schon die Wand an, und was bedeuten diese Kratzer? Zählen sie etwa mit?

Das Licht verändert sich. Er sinkt wieder in die Bewusstlosigkeit.

Er wacht vor Schmerzen auf.

Er liegt auf einer Matratze auf dem Fußboden. In der anderen Zimmerecke sitzt eine Frau in einem Nest aus Decken und Matratzen. Ihr Gesicht ist hager, und sie hat dunkle Schatten unter den Augen, die wie blaue Flecken aussehen. Sie hat ein Messer in der Hand.

Irgendwie muss er es ihr abnehmen, er kann sich jedoch nicht bewegen.

Er schläft ein.

Hinter einer Farmhaustür brüllt ein Mann.

8. Tag: Mittwoch

Karla

Den ganzen Mittwoch bin ich schweißgebadet.

Um 8:00 Uhr werden die Tore wieder geöffnet, ich bin aber schon lange vorher am Schreibtisch. Über einundzwanzig Stunden, seit Johanssen das Programm betreten hat, vierzehn, seit sie die Tore für die Nacht geschlossen haben. Ich habe vielleicht drei Stunden unruhig geschlafen, und mir ist schlecht vor Müdigkeit.

Aber das Ganze könnte jederzeit zu Ende sein. Er könnte jeden Moment rauskommen.

Whitman ist schon in der Verwaltung, spricht mit den Zuständigen und macht ihnen klar, wie wichtig es ist, dass sie Ryan Jackson finden. Ich warte, als die Uhr auf dem Bildschirm auf 08:00, dann auf 09:00, dann auf 10:00 Uhr springt – warte am Telefon auf den Anruf, der mir sagt, dass er raus ist, dass er in Sicherheit ist. Doch der Anruf kommt nicht.

Gleichzeitig will Craigie mich in Sicherheit sehen: Ich soll auf Nimmerwiedersehen verschwinden. Ich habe abgelehnt. *Wenn sie einen Köder für eine Falle gebraucht hätten, hätten sie eine echte Gefangene genommen.* Craigie glaubt es nicht. Ich höre sogar am Telefon, wie nervös er ist. Er hat sich darangesetzt, Johanssen in den dunklen, verborgenen Ecken der Geheimdienstsphären aufzuspüren, in den Verhörräumen und Hochsicherheitstrakten. Doch da wird er ihn nicht finden, auf keinen Fall. Johanssen ist im Programm. Darauf könnte ich schwören.

An Finn habe ich geschickt: <zugriff internes ueberwachungsnetz programm? DRINGEND>

Obwohl das Programm ein privat geführtes Unternehmen ist, haben sich diverse interessierte Regierungsstellen den Zugriff auf die Streams der Überwachungskameras zusichern lassen. Für die Strafvollzugsbehörde und das Innenministerium werden sie rund um die Uhr eingespeist. Die Londoner Polizei und die Geheimdienste wie auch ein paar ausgewählte hochrangige Staatsbeamte bekommen Zugang »bei Bedarf«. Bei jedem dieser Zugänge könnte es ein Hintertürchen geben. Finn muss eins finden.

Finn antwortet nicht. Auch nicht auf Nachfragen. Doch dann, um 16:00 Uhr, als es draußen langsam dunkel wird, erhalte ich einen Link mit dem Kommentar: <viel einfacher als bewohner akten>.

Finn hat mir einen Zugang zu den Streams der Überwachungskameras des Programms beschafft.

Ich bin jedoch zur Untätigkeit verdammt: Ich kann nur das beobachten, was sie beobachten. Die Kameras schwenken nach Lust und Laune eines anderen, zoomen auf sein Geheiß näher heran und wieder weg. Ein leerer Innenraum, vielleicht ein Klassenzimmer, ein Konvoi wälzt sich eine halbdunkle Straße hinab, ein Mann lungert im Eingang eines kleinen Ladens herum.

Ich mustere alle Gesichter. Johanssen sehe ich nicht.

Soll ich in dieser Richtung weitermachen? Versuchen, den Funkverkehr im Programm abzuhören? Nach einer frischen Leiche suchen, weiß, männlich, eins zweiundachtzig, blaue Augen? Oder nach Körperteilen, die mit dem Abfall herauskommen? Ich darf nicht zimperlich sein. Man muss so etwas in Erwägung ziehen. Schließlich weiß ich, was mit Charlie Ross passiert ist. Sie konnten seiner Witwe nicht einmal die sterblichen Überreste vollständig überbringen, sie mussten über die DNA identifiziert werden. Man hatte ihn zerstückelt.

Um 17:00 Uhr ruft Whitman an.

»Es gibt eine Sichtung«, sagt er. »In der Kantine: Jackson hat mit einem Mann gesprochen, ist aber allein gegangen.«

Ich hake nach: »Heute?«

»Gestern.«

»Und der Mann?«

Meine Hand liegt schon auf der Maus, um auf die Bewohnerlisten zu klicken, aber Whitman sagt: »Sie wollen den Namen nicht herausgeben.«

»Überreden Sie sie.«

»Ich kann doch nicht einfach …«

»Finden Sie eine Möglichkeit«, fauche ich ihn an, zu heftig, aber uns bleibt nur noch eine Stunde, bis die Tore wieder geschlossen werden und das Programm über Nacht abgeriegelt ist. Nur eine Stunde.

Whitman schweigt. Schließlich sagt er: »Mir gefällt das nicht, Laura. Sie wollen beides. Einerseits soll es inoffiziell bleiben, wir leihen uns nur die Identität dieses Typen, Washington braucht nichts davon zu wissen. Okay: Dann halten wir uns bedeckt. Also gebe ich mich besorgt, geh da aber nicht hin und sag den Leuten, wie sie ihre Arbeit machen sollen. Ich sag ihnen, sie würden das prima machen. Ich kann da auch hingehen und die Leute zur Schnecke machen, aber in dem Fall sollten Sie sich schnell jemanden in Washington suchen, der Sie unterstützt, den werden Sie dann nämlich brauchen. Ich kann da kein großes Trara machen und gleichzeitig Ihren Mann unter dem Radar halten. Jedes Mal wenn ich den Mund aufmache, rückt er etwas weiter ins Rampenlicht.« Nach einer weiteren kurzen Pause fährt Whitman offenbar mit einem matten Achselzucken fort: »Suchen Sie sich was aus, Laura.«

Er lässt gerade so viel Zeit, bis er sicher ist, dass ich nicht antworte, dann sagt er: »Ich versuche es morgen noch mal«, und legt auf.

Auf dem Monitor vor mir geht das Programm seinen Gang. Es wird langsam dunkel, die Patrouillen ziehen sich zurück, die Tore schließen.

Jetzt sind zweiunddreißig Stunden vergangen, seit Johanssen ins Programm gegangen ist.

Um 19:00 Uhr kommt Craigie wieder vorbei. Er setzt sich mit sorgenvoller Miene hin, die Teetasse steht zum Abkühlen neben ihm auf dem Tisch. Allerdings hat er keinen Hinweis darauf gefunden, dass Simon sich in den Händen irgendwelcher Behörden befindet.

»Er ist noch da drin«, sage ich, und dieses Mal wiederspricht er nicht.

»Könnte ihn jemand identifiziert haben?«, fragt er.

»Ross ist tot.«

»Vielleicht jemand, der ihn aus der Army kennt?«

Aber ich habe die Bewohnerlisten nach ehemaligen Soldaten durchforstet, die ihn als Simon Johanssen identifizieren könnten. Es gibt keinen. Und auch niemanden, von dem man annehmen würde, dass er den echten Ryan Jackson kannte. Keine der Suchen hat einen Treffer ergeben.

Als Craigie gegangen ist, esse ich am Schreibtisch, während ich die Überwachungsstreams im Auge behalte. Die offiziellen Patrouillen sind nicht mehr unterwegs, aber andere haben ihren Platz eingenommen: kleine Gruppen aus zwei oder drei Männern, die zu Fuß ruhig und entschlossen die Straßen abschreiten. Quillans Leute.

Es gab allerdings keine Berichte über verwundete Zivilisten. Keine Berichte über Tote. Ich versuche, mich daran zu klammern.

Du kennst Johanssen doch, du weißt, wie er ist. Und du hast gedacht, er würde sich irgendwo in Thailand an den Strand legen? Abgeschnittene Jeans tragen, sich einen Bart wachsen lassen, Hasch rauchen und angeln gehen? Einfach alt werden und sich zur Ruhe setzen?

Nein.

Früher oder später erwischt es sie alle. Alle.

Dafür gibt es eine Art Muster: erst ein Anruf, ein Tipp, dann, ein paar Stunden später, ein Bericht in den Nachrichten, eine von der Polizei mit Flatterband abgesperrte Nebenstraße, die Fernsehkamera zoomt auf die Blutreste. So läuft das bei Menschen wie ihm.

Wobei in diesem Fall wohl kein Kontaktmann anrufen würde. Und einen Fernsehbericht würde es ganz bestimmt nicht geben. Vielleicht würde er einfach spurlos verschwinden.

An diesem Abend ereilt Charlotte Alton eine Erkältung. Sie ruft ihre Freunde an und sagt ein paar Verabredungen ab. Ich bleibe am Schreibtisch sitzen.

Ich kümmere mich wieder um die Frau auf dem Foto. Ich sehe sie nicht mehr als Bewohnerin – die Titelseite mit der dicken Schlagzeile, die ich vor Augen hatte, hat sich in Luft aufgelöst. Ihr wachsames Lächeln ist aber noch präsent und auch das Gefühl, dass ich sie schon einmal gesehen habe.

Johanssen meinte, es spiele keine Rolle, wer sie ist. Da hat er sich geirrt.

Ich bleibe bis spät in die Nacht am Schreibtisch sitzen und durchforste die Datenbanken nach der Frau auf dem Foto. Ich durchforste auch meine Erinnerung an das Gesicht, komme aber nicht heran, es huscht immer wieder davon, bleibt immer knapp außerhalb meiner Reichweite.

9. Tag: Donnerstag – 10. Tag: Freitag

Johanssen

Eine andere Stimme, in einem anderen Leben.

»Ryan Jackson.«

Der Schmerz verrät ihm, dass er am Leben ist: Sein Kopf hämmert, und seine Eingeweide brennen.

»Ryan Jackson«, wiederholt die Stimme.

Der Name kommt ihm bekannt vor.

Er öffnet die Augen. Ein Mann mit Stirnglatze und scharf geschnittenen Gesichtszügen blickt auf ihn herab. »Immerhin«, sagt er. »Ihren Namen kennen Sie also noch.«

Johanssen blinzelt verdutzt.

»Sie sind wohl ein echter Glückspilz, was?«, sagt der Mann sarkastisch.

Der Mann hilft ihm, sich aufzusetzen. Der Schmerz im Kopf verdoppelt sich brüllend, und als er zu tief einatmet, sticht ihm etwas Spitzes in die Rippen.

»Hier.« Der Mann hält ihm einen Becher an die Lippen. Er schluckt, der Schmerz zerreißt ihm fast die Kehle, worauf ihm alles wieder einfällt: der Eimer, der Trichter und der Schlauch, der schmale Innenhof, der alte Mann – Quillan – auf seinem Klappstuhl, der brüllende Jimmy auf dem Boden, der Bolzenschneider …

Seine Finger. Er starrt sie an. Ein roter Ring um den Zeigefinger der rechten Hand. Im Handrücken der linken steckt eine Kanüle, von der ein Schlauch zum Tropf läuft, der neben seiner Matratze steht.

»Brice …«, sagt er.

»Scheiß auf Brice«, sagt der Mann. »Trinken Sie.« Er drückt Johanssen den Becher an den Mund und neigt ihn. Er ist Mitte vierzig, abgebrüht, drahtig. Seine Hände sind kraftvoll, die Unterarme dünn und knotig, auf den Muskeln zeichnen sich die Venen deutlich ab, dazu zwei Tätowierungen: »Mom« und »Bagdad«.

Fünf Schlucke, dann schiebt Johanssen den Becher nach Luft ringend zur Seite. »Jimmy?«, fragt er.

Der Mann mit den scharf geschnittenen Gesichtszügen grunzt. »Wurde mit dem Sanitätshubschrauber ausgeflogen.« Er drückt Johanssen den Becher in die Hand: »Nehmen Sie, Sie sind ja kein Kind«, steht auf, verlässt den Raum und schließt die Tür hinter sich. Dann poltert er eine Treppe hinunter.

Der Raum ist in trübes Licht getaucht. Auf den Rahmen des einzigen Fensters ist ein Stück Decke genagelt, um das Tageslicht fernzuhalten, ein paar Strahlen drücken sich allerdings am Rand vorbei. Vor drei Wänden stehen ein paar zusammengetragene Möbelstücke: ein Stuhl, ein wackeliger Picknicktisch mit einer Plastikschale darauf und eine billige Pressspankommode im Kiefer-Design. An der vierten Wand hat jemand Tage gezählt: Markierungen im Putz. Diverse Fünferblocks aus senkrechten Strichen. Dutzende. Manche ordentlich, manche schief und krumm. Manche sehen aus, als hätte man sie mit einem stumpfen Nagel in die Wand geritzt. Auf dem Boden liegen Kleidung, Abfall und Decken.

Das Fenster ist zwei Meter weit entfernt.

Er zieht die Kanüle aus dem Handrücken und steht leise auf, prüft in jedem Stadium, was wie sehr schmerzt. Ein brennendes Stechen, als er tief einatmet. Könnte eine gebrochene Rippe sein. Brust, Arme und Oberschenkel sind voller Blutergüsse – Überbleibsel von Faustschlägen und Stiefeltritten –, und ein Fingerknöchel ist zu einer Masse aus schmutziger, zerfetzter Haut und rohem Fleisch zerrieben worden. Als er den Raum durchquert, tut ihm alles weh.

Er zieht ein Stück Decke vom Fenster.

Draußen ist es hell. Vor dem Fenster geht es nach unten, drei Etagen. Darunter liegt eine Asphaltfläche mit verblassten weißen Parkplatzmarkierungen. Rechts und geradeaus ein niedriger L-förmiger Wohnblock aus rot-schwarzem Backstein. Links von ihm, am hinteren Ende des Parkplatzes, befindet sich ein zweieinhalb Meter hoher Maschendrahtzaun mit einem Tor, vor dem sich eine kleine Menschenansammlung gebildet hat. Hinter dem Zaun verläuft eine Straße, und dahinter fangen die dreistöckigen Sozialwohnblocks an.

Er befindet sich auf einem umzäunten Gelände. Quillans Lager. Schon jetzt schätzt er instinktiv die Entfernungen zwischen den Gebäuden ab, hält Ausschau nach toten Winkeln, nach Stellen, die nicht von den Überwachungskameras erfasst werden, aber es ist ein Gefängnis in einem Gefängnis. Noch kommt er hier nicht raus.

In der Ecke steht ein schmutziger Eimer. Er pisst hinein, dann legt er sich wieder hin.

Nach einer Weile bringt ein anderer Mann – beginnende Glatze, schlaffe, harmlose Gesichtszüge – ihm eine Schale Essen und einen Löffel. Er sagt, er heiße Vinnie. »Ich komm bald raus«, setzt er vertrauensselig hinzu.

»Ehrlich?«

Der Mann nickt selbstzufrieden und geht.

Das Schlucken schmerzt immer noch, aber das Essen bleibt drin. Er kriecht wieder unter die Decke und schläft.

*

Später – nach dem Licht zu urteilen, muss es früher Nachmittag sein – bringt der Mann mit den scharf geschnittenen

Gesichtszügen ihm Kleidung, aber keine Schuhe. »Hier«, sagt er, »ziehen Sie das an.« Er mustert Johanssen lange, dann fügt er hinzu. »Ich heiße Riley.«

»Jackson.«

»Ich weiß.«

»Welcher Tag ist heute?«

»Donnerstag.«

»Jimmy«, sagt Johanssen unvermittelt. »Brice hat ihm den Arm gebrochen.«

»Ich weiß, was Brice getan hat.«

»Warum Jimmy?«

»Hat geklaut«, sagt Riley. »Fotos.« Er geht wieder.

Johanssen zieht sich langsam an, verdrängt den Schmerz. Die Kleidung passt, riecht aber nach jemand anderem.

Auf der anderen Seite des Asphalthofs rattert das Tor. Leute rennen auf das Gebäude zu – vier Männer, nein, drei. Sie tragen etwas. Schreie. Er humpelt zum Fenster, aber sie sind schon drin. Unten knallt eine Tür. Noch mehr Schreie, dieses Mal verschiedene Stimmen. Befehle? Er geht zur Tür, öffnet sie. Draußen führt eine schmale Treppe zu einem Absatz.

Kommen sie ihn holen? Wie viel Kraft hat er noch? Wo liegen seine Grenzen jetzt?

Doch der Lärm verharrt irgendwo unten. Nach kurzem Zögern hinkt er die Treppe hinunter, zuckt bei jedem Schritt vor Schmerz zusammen. Das Schreien wird lauter.

Auf dem Treppenabsatz im ersten Stock bleibt er stehen. Unten, am Fuß der Treppe, steht eine Tür einen Spalt breit offen. Durch den kommen die Schreie. Er wartet. Es kommt niemand heraus.

Er geht zum Fuß der Treppe und späht durch den Spalt.

In einem Krankenhausbett liegt ein blutender Mann. Hände greifen über ihn hinweg, zerschneiden Kleidungsstücke, legen Wunden frei, stillen Blut. Außerhalb seines Sichtfelds sagt Riley: »Was zum Teufel soll der hier? Die Tore sind doch noch offen, oder?« Er bekommt keine Antwort.

»Sie hätten ihn rausbringen müssen«, sagt der Mann einen Moment später etwas ruhiger, als hätte es keinen Sinn, weiter darüber zu reden.

Er ist hier nicht der Boss.

Johanssen dreht den Kopf zur Seite, worauf sie ins Blickfeld kommt: die hagere Frau mit dem Messer. Sie bearbeitet den Körper, schnell, effizient. Jemand stellt ihr eine Frage, und sie antwortet, ohne aufzublicken. Er achtet nicht auf ihre Antwort.

Sie war einmal höflich, kontrolliert und reserviert. Das beweist das Foto, das Fielding ihm gegeben hatte. Ohne dieses Foto wäre man nicht darauf gekommen.

Innerhalb von drei Wochen wird sie tot sein.

Er schleppt sich wieder die Treppe hinauf in das abgedunkelte Zimmer. Ihr Zimmer. Ihre Kleidung, ihr Müll, ihr Schlafnest an der Tür. An der Wand über der Waschschüssel hängt ihr Spiegel – sein Gesicht darin ist voller Schrammen, blutunterlaufen und aufgeplatzt, ein Auge ist immer noch zur Hälfte zugeschwollen. Auch die Strichlisten an der Wand sind von ihr.

Er hockt sich hin, ignoriert die Schmerzen und durchwühlt ihre Besitztümer. Unter einer schmutzigen Jacke in der Ecke entdeckt er ein handgefertigtes Holzkästchen, in das sorgfältig der Name »Cate« geschnitzt ist.

Cate. Sie heißt Cate.

Quillan ist hier der Boss. Quillan leitet das Programm. Und Brice arbeitet für ihn. Wenn Brice zuschlägt, deckt Quillan ihn. Aber diese Frau, Cate, hat auch eine gewisse Macht.

Gestern im Innenhof – gestern, war das gestern? – hätten Brice oder einer seiner Männer sie zu Boden werfen, ihr auf die Hand treten und ihr Messer gegen sie einsetzen können. Aber sie hatte Brice das Messer an die Kehle gehalten und gesagt: »Zwingen Sie mich nicht«, und niemand hatte sie angerührt. Quillans Namen hatte sie wie eine Drohung ausgesprochen, worauf Quillan sie vor seinem eigenen Handlanger beschützt hatte.

Der Lärm unten ist verklungen. Entweder haben sie den Mann verlegt, oder er ist gestorben. Johanssen starrt auf die Markierungen an der Wand, die kleinen Fünferblöcke, als Riley mit Johanssens Stiefeln hereinkommt. »Ziehen Sie die an«, sagt er.

Johanssen tut das. Riley sieht zu, wie er danach aufsteht – er versucht, den stechenden Schmerz zu beherrschen und sich sein Zögern nicht anmerken zu lassen –, und mustert ihn dann von oben bis unten. »Echt harter Bursche, was? Die meisten hätten gewettet, dass man Sie mit der Trage hier rausschaffen muss.«

Er führt Johanssen die beiden Treppen hinunter und unten durch die Tür. Direkt hinter der Tür ist ein glänzender Fleck, der nach Bleichmittel riecht. Dahinter befindet sich eine kleine improvisierte Klinik: Stühle, ein paar Rollwagen, ein durch einen Vorhang abgetrennter Ruhebereich, eine Spüle, ein Schrank, diverse Tropfständer. Regale mit medizinischen Geräten, Kartons mit Gummihandschuhen, Verbänden und Plastikflaschen in seltsamen Größen. In einer Halterung hängt ein relativ neuer Defibrillator.

Riley sieht Johanssens Blick. Er fragt: »Wie gefällt Ihnen unsere *Nachtambulanz*?« Sein Tonfall fasst das Wort in verbitterte Anführungszeichen. »Oh, am Tag ist alles in Ordnung, da gibt es Versorgungszentren, gepanzerte Krankenwagen und alles Mögliche. Aber nachts? Um sechs schließen die Tore, da kommt keiner mehr rein oder raus – abgesehen von absoluten *Notfällen*, aber selbst wenn man mit herausquellenden Gedärmen direkt vor ihnen auf der Straße liegt, interessiert das keinen. Zu *riskant*. Könnte ja eine Falle oder ein Hinterhalt sein. Da ist es sicherer, wenn man einfach nicht hinsieht. Für die jedenfalls. Also …«, er begutachtet den Raum, die billigen Möbel, die improvisierte Ausrüstung, »… bleibt ihnen nur die Wahl zwischen dem hier und dem Leichensack. Und das gibt außerdem Punkte auf der Resozialisierungsliste. Zeigt, dass wir lernen, *soziale Verantwortung* zu übernehmen.« Er sieht Johanssen wieder an. »Glückliche Erinnerungen, was?«, fragt er. Vielleicht hat er die Unschlüssigkeit in Johanssens Gesicht gesehen. »Nicht?«

Johanssen schüttelt den Kopf.

»Sie haben sich gewehrt«, sagt der Mann halb unwillig, halb bewundernd. »Sie haben sich die ganze Zeit gewehrt.«

Auf einer Arbeitsfläche summt und blinkt ein kleines Sterilisationsgerät. Auf einem Mülleimer mit Klappdeckel steht mit schwarzem Filzstift in ungleichmäßiger Schrift OP-ABFÄLLE. Auf einem kleineren steht: SKALPELLE UND SPRITZEN.

»Und diese Ambulanz gehört Quillan?«

»Selbstverständlich. Er ist ein großer Menschenfreund, haben Sie das nicht gemerkt? Vielleicht liegt's aber auch nur daran, dass er so darüber bestimmen kann, wer hier reinkommt und wer nicht. Und wenn Sie morgens um vier vor dem Tor stehen und am Verbluten sind, und er lässt sie nicht rein, sind Sie tot. Keine reine Herzensentscheidung, sondern auch Kopfsache, was? Herz und Verstand.«

»Sie arbeiten hier?«

»Wie ein verdammter Sklave. Uns fehlt ein Mann.« Der Mann zieht eine Grimasse. »Natürliche Fluktuation.«

»Jimmy wurde mit dem Sanitätshubschrauber ausgeflogen«, sagt Johanssen.

»Sie begreifen schnell, was?«

»Ich aber nicht.«

Der Mann zeigt die Zähne. »O nein, mein Freund, Sie nicht. Brice meint, er hätte sich ein bisschen Spaß mit Ihnen verdient.«

»Aber Cate lässt ihn nicht.«

Als er ihren Namen nennt, verfinstert sich Rileys Blick, er sagt jedoch nur: »Tja, bleibt spannend, wer da gewinnt, was?« Er nickt mit dem Kopf Richtung Tür. »Raus.«

Im Nebenraum stehen diverse nicht zueinanderpassende Stühle auf einem dreckigen Plastikboden, und an der Wand hängt ein Münztelefon. Eine weitere Tür bringt sie nach draußen. Der Spätnachmittag geht langsam in winterliche Abenddämmerung über: Die Gebäude um sie herum liegen im Schatten, der Himmel strahlt aber noch in einem fernen Blau. Vor dem Tor im Maschendrahtzaun steht immer noch die Menschenansammlung, Zigarettenrauch steigt daraus durch die kalte Luft nach oben. Eine Frau lacht, das Geräusch schallt hell über den Asphalt.

Riley führt ihn über den Hof. Johanssen geht wie ein alter Mann. Fliehen wird er nicht können.

Am Haupteingang zum Wohnblock steht eine Wache. Sie gehen hinein, eine Treppe hinauf und einen Flur entlang bis zu einer Tür, vor der ein weiterer Wachmann steht, ein kräftiger Kerl mit dem zerschlagenen Gesicht eines Boxers. Er öffnet die Tür, als sie kommen. Riley bleibt stehen. »Rein.«

Durch einen winzigen Windfang gelangt er in denselben Raum wie gestern, mit dem jugendlichen Heiligen und der Madonna an der Wand, Porzellan glänzt sanft im Schrank, die Kaffeebecher am Holzständer hinter dem Bogen. Quillan sitzt im selben Sessel wie am Vortag, aber dieses Mal ist er allein, und der Fernseher ist ausgeschaltet. Johanssen hat sich seine volle Aufmerksamkeit verdient.

Er nickt kurz in Richtung eines Stuhls. Sein blutunterlaufener Blick lässt Johanssens Gesicht nicht los. Johanssen setzt sich. Die Tür wird geschlossen.

Einen Moment lang verharren beide so. Zwischen den Schmucktellern tickt eine Uhr bedächtig. Im Hof schreit jemand. Keiner von ihnen reagiert.

Dann sagt Quillan: »Also, Mr Jackson, was sollen wir mit Ihnen anfangen?«

Johanssen sagt: »Ich will keinen Ärger.«

»Bisschen zu spät dafür, finden Sie nicht auch? Sie haben Brice gedemütigt. In aller Öffentlichkeit. War das klug?«

»Brice hat gesagt, ich soll Sie beeindrucken.«

Quillan lehnt sich zurück. »Brice ist nicht gerade erfreut über das, was Sie ihm angetan haben.« Er macht eine Pause, als warte er auf eine Antwort. Johanssen schweigt.

»Wenn ich zulassen würde, dass er es Ihnen heimzahlt, würde das seine Laune erheblich verbessern. Als kleines Geschenk sozusagen, ein Spielzeug ganz für ihn allein. Sie haben ja gesehen, wozu er fähig ist … Und das war nur der Anfang. Brice tötet nicht, wissen Sie – eine Leiche zu quälen ist einfach nicht besonders unterhaltsam. Aber er wird Sie dazu bringen, sich den Tod zu wünschen. Also, wie machen wir jetzt weiter? Zurück in den kleinen Kellerraum? Zu Brice' Gang mit den Stiefeln und dem Eimer?« Er kneift die Augen zusammen. »Gucken Sie sich nur an, Mr Jackson. Sie können sich kaum auf den Beinen halten. Sie können Schmerzen sehr gut ertragen, nicht wahr? Aber beim nächsten Mal fängt er nicht bei null an. Das Fundament ist gelegt, Mr Jackson. Jeder Bluterguss, jede Schramme … innerhalb von Sekunden würden Sie ihn anflehen. Aber dann wird er nicht aufhören. Nicht nach dem ersten Finger, auch nicht nach dem zweiten. Unser Mr Brice arbeitet gewissenhaft und gründlich. Sehr gründlich.«

Quillan sieht ihn einen ausgedehnten Augenblick abwägend an: Er lässt sich das Szenario durch den Kopf gehen.

Plötzlich fragt er: »Wo haben Sie kämpfen gelernt? In Amerika?«

»Hier und da.«

»Sie wurden ausgebildet.«

»Hab's mir angeeignet, wie ich es brauchte.«

Dann fragt Quillan: »Also, was wollen Sie? Ach, verraten Sie's nicht. Sie wollen, dass Mr Brice so freundlich ist zu vergessen, was Sie mit ihm gemacht haben. Sie wollen ein nettes, ruhiges Leben ...«

»Ich will für Sie arbeiten.«

»Ach ja?« Er schnaubt leise. »Und was wollen Sie für mich tun? Ihre Fäuste einsetzen? Über einen Mangel an gewaltbereiten Männern können wir hier nicht klagen.«

»In der Klinik fehlt jemand.«

»Geht mich das was an?«

»Die Klinik gehört zu Ihrem Gesamtkonzept.«

»Dann kennen Sie also mein *Konzept* ganz genau, ja?«

»Die Klinik hilft Ihnen, die Fäden in der Hand zu behalten. Um so die Herzen und Köpfe der Bewohner zu gewinnen.«

»Und Sie können mir dabei helfen? Sind Sie jetzt auf einmal Arzt?«

»Nein. Aber ich kann eine Wunde verbinden. Ich kann einen Bruch einrichten. Ich kann einen Zugang legen. Ich kann mit einem Defibrillator umgehen und beherrsche die Wiederbelebungsmaßnahmen. Ich kann Hirnblutungen erkennen. Ich kann Lungen entwässern. Ich brauche nicht viel Schlaf und erwarte keine Gegenleistungen.«

»Außer dass ich Ihnen Brice vom Leib halte.«

»Ja, das ist das Einzige.«

Quillan lehnt sich in seinem Sessel zurück, ohne Johanssen aus den Augen zu lassen. »Erste Hilfe haben Sie sich also auch

›angeeignet, wie Sie es brauchten‹?« Dann dreht er sich um und sagt zum Mann an der Tür: »Hol sie her.«

Eine Viertelstunde später kommt sie herein. Sie sieht Johanssen kurz an, streift ihn mit ausdruckslosem Blick, dann dreht sie sich um und starrt Quillan an.

Quillan hebt die Hände: »Was soll ich sagen? Er ist zurückgekommen.«

Bei Tageslicht sind auch die letzten Spuren der Ausstrahlung verschwunden, die sie auf dem Foto hatte. Ihre Haut ist aschfahl, sie sieht so erschöpft aus, wie er es von Menschen aus Kriegsgebieten kennt, ausgelaugt vom Schlafentzug und den unablässigen Adrenalinschüben während der Bombardierungen. Ihre Kleidung ist zu groß, die Haare fransig, als hätte sie sie selbst hastig im Halbdunkel geschnitten. Sie sieht aus, als würde sie die Frage schon kennen und abschlägig beantworten.

Quillan sagt sanft: »Mr Jackson möchte in der Klinik arbeiten. Er meint, er könne dort *helfen.*« Quillan wendet sich an Johanssen. »Erzählen Sie es ihr.«

Er fängt noch einmal an. »Ich kann einen Zugang legen, ich kann Brüche einrichten, ich beherrsche Wiederbelebungsmaßnahmen, ich kann mit einem Defibrillator umgehen …«

Sie schnaubt. »Und Brice?«, sagt sie zu Quillan.

»Ich lege ein gutes Wort für ihn ein.« Quillan lächelt beruhigend, dann wird das Lächeln ironisch. »Falls er die Aufnahmeprüfung besteht.« Er wendet sich an Johanssen. »Sie können viel erzählen, aber Worte sind geduldig, nicht wahr? Sie können nicht einfach behaupten, dass Sie das alles können, und erwarten, dass wir Ihnen glauben.« Sein Blick schnappt zurück zu der Frau: »Er verarztet den nächsten Verblutenden, der reinkommt. Allein, ohne Hilfe.«

Sie sperren ihn in einen Raum mit einem Drahtglasfenster in der Tür. Es steht ein Stuhl darin, manchmal setzt er sich darauf, dann steht er wieder auf und streckt sich, damit die verletzten Muskeln und Gelenke nicht steif werden, die Prellungen seine Bewegungsfreiheit nicht einschränken. Seine Kehle ist trocken und brennt, trotzdem haben sie ihm kein Wasser gegeben. Von Zeit zu Zeit sieht jemand durch die Scheibe, es kommt aber keiner herein.

Draußen verblasst das Tageslicht. Es muss gegen vier Uhr sein, vielleicht fünf. Irgendwo in der Nähe streitet die Frau, die sich Cate nennt, mit Quillan, zieht jedoch den Kürzeren: Ihre Miene verrät es ihm sofort, als sie die Tür aufmacht.

»Kommen Sie?« Dann verschwindet sie, bevor er antworten kann.

Er humpelt ihr nach, zurück über den Hof zu den brettervernagelten Läden. Es ist dunkel, der schwarze Himmel wird durch Straßenlaternen in gelben Dunst getaucht, am Tor strahlen die grellen Scheinwerfer, und an den oberen Rändern der verdunkelten Fenster sieht man helle Streifen, wo die Pappe nicht ausreicht. Sie geht durch den Haupteingang in den Raum mit den Stühlen. Am Fernsprecher steht ein Mann, der gerade eine Telefonkarte in den Schlitz stecken will, nach einem kurzen Blick auf Cate hängt er jedoch sofort den Hörer ein und verschwindet.

Sie dreht sich um und sieht ihn an. »Soll das ein Witz sein?«, fragt sie streng. »Oder was?«

Er richtet sich zu seiner vollen Größe auf, und alle Verletzungen schreien vor Schmerz.

»Ich lach mich tot«, sagt sie. »Sie können kaum gehen. Also, was haben Sie vor? Sie haben doch wohl einen *Plan*, oder?«

»Das war mein Ernst. Ich kann das alles.«

»Oh, das will ich hoffen«, sagt sie. »Wenn Sie nämlich gelogen haben und Mist bauen, überlässt er Sie Brice.«

»Ich werde keinen Mist bauen«, sagt er, aber sie hat sich schon auf dem Absatz umgedreht und geht durch die Tür in die Klinik.

»Moment mal«, sagt er. »Wie oft kriegen Sie hier Leute rein, die am Verbluten sind?«

Ihre Hand liegt an der Tür. Sie dreht sich um und sieht ihn wieder mit dieser ausdruckslosen Miene, dem zusammengekniffenen Mund und kalten Blick an. Sie sagt: »Heute Abend würde ich drauf wetten.«

Drei Personen sind in der Klinik: Riley, Vinnie und ein Junge, der höchstens siebzehn Jahre alt sein kann. Der Junge dreht als Erster den Kopf: Er hat den dunklen, unergründlichen Blick eines Geistesgestörten. Vinnie wischt den Boden. Riley steht am Tresen und legt Operationsbesteck auf blaue Papierblätter. Er blickt auf. Sein Blick trifft Cates Augen.

»Wir haben einen neuen Mitarbeiter«, sagt sie.

Riley sieht kurz Johanssen, dann wieder Cate an. »Er gehört ins Bett und sollte hier nicht so …«

»Sorgen Sie dafür, dass er mit einem Verblutenden zurechtkommt.«

Riley sieht sie mit offenem Mund an. Dann fragt er: »Wann?«

»Woher soll ich das wissen«, antwortet sie.

In dem Moment knallt die Tür hinter ihr auf, und einer von Brice' Männern, der mit der vernarbten Haut und den gelben Zähnen – der mit dem Trichter und dem Schlauch –, schlendert eine Zigarette rauchend herein. Er grinst und nickt Cate zu – sie durchbohrt ihn mit ihrem Blick –, dann wendet er sich träge an Johanssen. »Lassen Sie sich nicht stören«, sagt er. Er lehnt sich mit dem Rücken an die Wand und bleibt mit selbstzufriedener Miene so stehen.

Gleich, denkt Johanssen, und die Spannung in seiner Brust wächst.

»Mit mir ist alles okay«, sagt Johanssen zu niemand Bestimmtem. Gelbzahn kichert.

Riley fragt: »Haben Sie das schon mal gemacht?«

»Ja.« Es war Teil seiner Ausbildung für die Spezialeinsatzkräfte. Und einmal an der Front. Da in echt.

»Hat jemand überlebt?« Riley sieht es seiner Miene an. »Herrgott. Okay. Wissen Sie, was Sie brauchen?«

Johanssen ist noch dabei, Verbandmaterial und medizinische Instrumente aus den Regalen zu nehmen, als Brice hereinkommt.

Johanssen steht mit dem Rücken zur Tür, doch als er hört, wie Cate die Luft einzieht, dreht er sich um.

Sie muss nach einer Spritze gegriffen haben – die Nadel zittert in der Luft –, aber Brice sieht sie gar nicht an. Als er Johanssen entdeckt, lächelt er.

Er sagt: »Mr Jackson … wie ich gehört habe, werden wir eine weitere Demonstration Ihrer Fähigkeiten bekommen.«

Riley sieht aus, als hätte er gerade etwas beiseitegelegt, um die Hände frei zu haben für den Fall, dass er dazwischengehen muss. Vinnie ist bis zur Wand zurückgewichen und umklammert den Stiel des Wischmopps so fest, dass die Knöchel an seiner Hand weiß werden – er kann Streit nicht ertragen, will nur, dass es aufhört. Der Junge mit den leeren Augen steht einfach nur neutral, unergründlich, mit leicht schief gelegtem Kopf da: Es ist gerade interessant geworden. Zwei weitere Neuankömmlinge – Quillans Männer? – stehen auf den Fußballen wippend in der Tür. Gelbzahn löst sich grinsend von der Wand.

Cates Lippen sind schmal und fast weiß. »Alle raus hier. Sofort.«

Brice lächelt unvermindert weiter, sein Blick ist jedoch eiskalt. »Ich bin nur hier, weil ich sehen will, ob alles mit rechten Dingen zugeht. Ist mit Quillan abgesprochen.«

»Raus hier.« Sie tritt einen Schritt vor. Die Nadel in ihrer Hand zittert.

Gelbzahn sagt: »Hau ab, Miststück.«

Quillans Männer rücken langsam vor, doch Brice hebt die Hand. »Immer mit der Ruhe«, sagt er, und hinter ihm wird die Tür aufgestoßen.

Drei Männer schleppen einen leblosen Männerkörper herein. Seine Kleidung ist so blutgetränkt, dass sie fast schwarz aussieht. Er hinterlässt eine klebrige Spur auf dem Fußboden, als sie ihn hereinziehen.

Brice runzelt kurz die Stirn. »Sieht ziemlich übel aus«, sagt er und dreht sich dann wieder lächelnd zu Johanssen um. »Ihr Job.«

Er greift sich ein paar Druckverbände, einen Tropf, einen Beutel mit Blutplasmaersatz. Sie haben den Mann auf eine Krankenliege gelegt. Sein Kopf rollt zur Seite. Johanssen greift dem Mann in den Mund und rückt die Zunge zurecht, prüft den Puls. Er ist kaum spürbar.

Hinter ihm Cates Stimme, hastig und atemlos: »Das kann er nicht alleine machen.«

»Das ist Mr Quillans Bedingung«, sagt Brice ruhig.

Wunde freilegen. Er schneidet die Kleidung auf. Der Unterleib ist aufgeschlitzt, sodass die gelbe Fettschicht zu sehen ist, die Organe schimmern bläulich in der roten Flüssigkeit.

Gelbzahn kichert irre. »Guckt euch das an …«

Johanssen schnappt sich eine Plastikflasche mit Desinfektionsmittel und spült die Bauchhöhle aus, ein Mal, ein zweites Mal. Sucht nach der Ader, aus der das Blut kommt. *Da.* Ein roter Strahl. Er drückt sie mit den behandschuhten Fingern zusammen. *Jetzt klammern.*

Er streckt die freie Hand nach der Klemme aus, greift aber daneben – sie fällt klappernd zu Boden.

Brice murmelt: »Es geht doch nur um seine Finger, Cate.«

Johanssen blinzelt, um den Schweiß aus den Augen zu bekommen, und greift nach der nächsten Klemme. Das Blut pulsiert zwischen seinen Fingerspitzen hindurch. Hinter ihm kichert Gelbzahn. »Gleich ist er hin«, singt er leise. Dann: »Klick, klick.«

Nein.

Vergiss die anderen. Außer euch beiden ist niemand da – weder Cate noch Brice – und auch alles andere existiert nicht – das Lager, der Bolzenschneider … es gibt nur dich und den Mann auf der Liege mit den herausquellenden Gedärmen. *Also komm schon, du Bastard, du stirbst mir hier nicht unter den Händen weg.*

Noch einmal. Dieses Mal hält die Klemme. Der rote Strom lässt sofort nach. Er wickelt noch einen Druckverband herum und klebt ihn hastig fest.

Jetzt einen Zugang legen. Er nimmt die Nadel und legt den Unterarm des Mannes frei. Das Fleisch ist blass und schlaff. Er sticht die Nadel hinein, versucht, eine Vene zu finden. Nichts. Nächster Versuch. Dann noch einer. Die Venen sind kollabiert. *Jetzt komm schon.* Und da – der verräterische Schimmer von Blut in der Nadel. Er schiebt eine Kanüle in die Vene, zieht die Nadel heraus, steckt den Schlauch hinten auf die Kanüle und befestigt den ersten Liter Plasmaersatz am Tropf.

Beatmen.

Cate sagt scharf: »Sie haben genug getan, treten Sie zur Seite«, aber Johanssen blickt nicht auf.

Maske. Beutel.

Jemand tritt hinter ihn. Gelbzahn sagt: »Ach ja?«, und Riley zischt: »Wenn du sie auch nur anrührst …«

Johanssen legt dem Mann eine Maske über Nase und Mund. Cates Hände schieben sich über seine und halten sie fest. »Das reicht«, sagt sie leise. »Sie haben genug getan. Drill? Beatme ihn.«

Johanssen tritt zurück.

Gelbzahn murmelt: »Miststück«, aber Quillans Männer kommen näher, worauf Riley das Skalpell in seiner knotigen Faust hebt. »Willst du mal probieren, wie sich das anfühlt?«, faucht er. »Kein Problem.«

Brice hat sich nicht von der Stelle gerührt.

Er lächelt immer noch: Er lächelt wie ein Gast bei einer Cocktailparty. Nur das leichte Zucken im Augenwinkel verrät ihn.

Dann dreht er sich um und schlendert hinaus, als wäre er nur kurz stehen geblieben, um nach dem Fortgang der Ereignisse zu sehen, und hätte jetzt das Interesse verloren.

Gelbzahn folgt ihm rückwärts: Er lässt Riley und das Skalpell nicht aus den Augen. »Fotze«, ruft er Cate zu, bevor er durch die Tür stürzt. Sie bearbeitet den Mann auf der Liege. Sie blinzelt nicht einmal.

Riley wirft das Skalpell auf eine Bank und schreit: »Vinnie!«, worauf der Mann mit dem lichten Haar mit dem Mopp loslegt und auf den Fliesen eine rote Schmierspur hinterlässt.

Johanssens Augen brennen vom Schweiß, der ihm in die Augen läuft. Als er sich mit dem Unterarm übers Gesicht wischt, klebt seine Haut vom Blut.

*

Als der Mann stabilisiert ist, verschwindet Cate durch eine Tür. Ein paar Sekunden später folgt Johanssen ihr.

Hinter der Tür befindet sich ein kleines Zimmer mit zwei klapprigen Feldbetten aus Metall, einem alten Ventilator und einem Dickicht aus Tropfständern. Cate sitzt auf einem Feldbett und isst einen Keks.

Als er hereinkommt, blickt sie auf, greift in die Brusttasche ihres Kittels und zieht eine kleine Packung Kekse heraus. Nur drei Stück in Zellophan versiegelt, wie sie bei Firmenkonferenzen neben der Kaffeetasse liegen. Sie streckt sie ihm entgegen. Auf ihrem Schoß liegt eine angebrochene Packung. »Nun nehmen Sie schon, verdammt noch mal«, sagt sie.

Er nimmt die Packung, ohne ihre Finger zu berühren, reißt sie auf und fängt an zu essen.

»Wo haben Sie das gelernt?«, fragt sie nach einer kurzen Pause.

In Ryan Jacksons Lebenslauf steht nichts, was eine Sanitätsausbildung erklären könnte. Also zuckt er nur die Achseln.

Sie sieht ihn an. Ihr Blick trifft ihn wie ein Schlag. »Brice hat das arrangiert. Der Mann wurde auf Bestellung aufgeschlitzt. Sie sollten scheitern.«

»Bin ich aber nicht.«

»Und jetzt wollen Sie hierbleiben«, sagt sie. »Warum? Und erzählen Sie mir nicht, dass Sie nur helfen wollen oder zurückgekommen sind, um sich zu bedanken.«

»Ich weiß, was ich tue. Ich bin nicht hier, weil ich den Nervenkitzel brauche oder mich beweisen will. Ich kann mich nützlich machen.«

»*Nützlich.*« Es klingt ungläubig und überdrüssig.

»Sie können sich auf mich verlassen«, sagt er.

Sie isst ihre Kekse auf, zerknüllt die Zellophanhülle, beobachtet, wie sie sich in ihrer Handfläche wieder entfaltet, und steckt sie in die Seitentasche. Ihre Miene ist zur Maske versteinert. Ihre Augen sind eiskalt.

»In Ordnung«, sagt sie, »das läuft hier folgendermaßen: Wir kümmern uns um alle, die zwischen sechs Uhr abends und acht Uhr morgens am Tor auftauchen. Verletzte, die noch gehen können, flicken wir zusammen, kritische Fälle bekommen Wiederbelebungsmaßnahmen und werden stabilisiert. Soweit es uns möglich ist. Wir machen keine schwierigen

Operationen, halten sie nur am Leben, bis die Tore wieder geöffnet werden. Dann schaffen wir sie raus, essen etwas, schlafen, bis es am nächsten Abend wieder von vorn losgeht. Es gibt hier kein AIDS. Sämtliche Neuzugänge werden getestet. Das gilt allerdings nicht für Hepatitis. Passen Sie auf, wenn jemand spuckt. Oh, und manchmal haben die Patienten Waffen in der Kleidung versteckt. Aber das wussten Sie schon, oder?«

»Werden die nicht am Tor gefilzt?«

»Selbstverständlich werden sie das. Aber darauf dürfen Sie sich nicht verlassen. Lassen Sie nichts Spitzes oder Scharfkantiges irgendwo liegen, wo ein Patient es erreichen kann. Drehen Sie niemandem den Rücken zu, solange er nicht festgeschnallt ist. Gehen Sie nie davon aus, dass jemand bewusstlos ist oder auch nur davon, dass er bewusstlos bleibt.«

»Also kann ich hier arbeiten?«

»Ich denke, Sie werden feststellen, dass diese Entscheidung nicht bei mir liegt.«

»Sie haben ihn aufgehalten«, sagt er. »Brice. Im Hof. Bei Jimmy. Was haben Sie da gemacht?«

»Ich habe an Quillans Fairness appelliert.«

»Sie hatten ein Messer.« Der Dreck vom Hof an seiner Wange, Jimmys Blick aus weit aufgerissenen Augen, der kalte Stahl des Bolzenschneiders auf seiner Haut und der plötzliche, grelle Blitz am Rand seines Sichtfelds. *Zwingen Sie mich nicht, Brice.*

Sie sagt: »Ich bin nur ein Meter sechzig groß und ein absolutes Leichtgewicht. In einem Kampf habe ich nur zwei Vorteile: die Überraschung und dass ich genau weiß, wo ich schneiden muss.« Sie beugt sich zu ihm heran. »Und welche Vorteile haben Sie?«

Er zieht die Schultern hoch, dann knallt im Nebenraum eine Tür, und Riley fängt an zu schreien.

»Arbeiten Sie daran«, sagt sie. »Brice ist noch längst nicht fertig mit Ihnen. Die Sache ist erst zu Ende, wenn Sie wieder weg sind.« Sie steht auf.

»Wollen Sie nicht wissen, warum ich hier bin?«

»Doppelmord in den Staaten. Hat Quillan mir erzählt.«

»Es war eine Schießerei.«

»Die leichte Tour. Haben Sie sich hinterher gut gefühlt?«

Ryan Jackson hatte der Polizei erzählt, dass die Frau es verdient hatte. Johanssen antwortet nicht.

»Ich denke, wir sind hier fertig.« Sie geht zur Tür.

Er sagt: »Und Sie? Weshalb sind Sie hier?«

Sie dreht sich zu ihm um. Dolche, Natodraht und Dornen liegen in ihrem Blick.

Sie sagt: »Ich habe jemanden getötet.«

Als er ihr in die Klinik folgt, hat Riley gerade einen Mann auf eine Liege geschnallt. Die Augen des Mannes sind vor Angst weit aufgerissen. Sein Gesicht ist nur eine formlose, blutige Masse. Dann beugt sich der Junge über ihn und fängt an, mit einer Pinzette Glassplitter aus den Wunden zu zupfen.

Gleich nebenan wischt Vinnie: Es riecht nach Pisse.

Ich habe jemanden getötet. Es überrascht ihn überhaupt nicht.

Quillan blinzelt langsam und reptilienhaft. Er sagt: »Sie haben also bestanden.«

Es ist 8:15 Uhr morgens, und im Fernsehen läuft eine Kindersendung: glückliche, bunt gekleidete Gestalten, fröhliche Musik. Die Nachtschicht ist zu Ende, aber der Geruch hängt noch in Johanssens Kleidung: Der Geruch von Blut, Pisse, Scheiße, Desinfektionsmittel, Kotze, Zigaretten, Schweiß, Spiritus, Fäulnis, und einmal, als die Tür aufging, war Essensgeruch hereingeweht. Johanssen ist sehr müde, und sein Körper schmerzt, als hätte man ihn wieder und wieder getreten.

Quillan sagt: »Sie können bleiben.«

Im Fernseher ist ein Feld singender Gänseblümchen zu sehen. Gelb-weiß vor einem unnatürlich grünen Rasen.

»Und Brice?«, fragt Johanssen.

»Ich tu, was ich kann.« Aber die Stimme ist leer, und er hat den Blick wieder dem Fernseher zugewandt. Eine Sekunde später zuckt sein Kopf zur Tür: *Gehen Sie.* Johanssen steht auf, doch bevor er an der Tür ist, sagt Quillan: »Diese Sache mit Jimmy. Brice hat da einen Fehler gemacht. Sagen Sie mir, worin der bestand.«

Brice im schmalen Innenhof mit gefletschten Zähnen, den Blick starr auf Jimmy gerichtet in Erwartung des Schauspiels ... »Brice hat zu viel Spaß an seiner Arbeit«, sagt Johanssen.

»Das hat er. Und Ihr Fehler? Welchen Fehler haben Sie gemacht, Mr Jackson?«

Johanssen sucht noch nach einer Antwort, als Quillan lächelt: »Sie haben ihn am Leben gelassen.«

Als sie wieder in der Klinik sind, haben die gepanzerten Krankenwagen die Verletzten der Nacht abgeholt und in die Unfallstation jenseits der Mauer gebracht. Die anderen räumen auf. Riley sieht ihn an und sagt mit einem kurzen Nicken Richtung Treppe: »Kommen Sie.«

Johanssen folgt ihm nach oben in den ersten Stock. Durch eine Tür gelangen sie in eine Küche – ein paar Elektroplatten, Spüle, ein Tisch mit Stühlen, ein schäbiger, weißer Kühlschrank –, von der eine weitere Tür in einen abgedunkelten Raum führt.

Riley greift in seine Brusttasche und zieht einen Zigarettenstummel heraus, der fast bis zum Filter heruntergeraucht ist, steckt ihn an und zieht heftig daran. Er braucht das Nikotin. Er lehnt sich zurück und stößt eine Rauchwolke aus. Nimmt sich Zeit. Lässt Johanssen dabei nicht aus den Augen.

»Soso«, sagt er. »Amerika.«

»Kalifornien.«

»Lebenslänglich?« Er nickt. »Aber Sie haben einen Deal gemacht, um hierherzukommen.«

»Ich soll reden.«

»Und was ist das jetzt? Eine Probe? Mal gucken, ob es Ihnen gefällt? Ob es sich lohnt, dafür die Leute zu verpfeifen?«, fragt Riley. »Und bis dahin haben wir es mit einem vollkommen Fremden zu tun. Müssen wir jeden Morgen und jeden Abend die Skalpelle zählen, falls Sie auf die Idee kommen, eins mit ins Bett zu nehmen? Wache ich demnächst mit durchschnittener Kehle auf?«

»Es war eine Schießerei«, sagt Johanssen.

Riley nimmt den letzten Zug von seiner Zigarette und drückt sie auf einem schmutzigen Teller aus. »Na, da haben wir ja noch mal Schwein gehabt«, sagt er.

Er geht durch die offene Tür und schaltet das Licht ein.

Es ist ein schmales Schlafzimmer mit vier Stahlrohrbetten, zwei rechts und zwei links, jedes mit einer Sperrholzwand an Kopf- und Fußende, um ein Minimum an Privatsphäre zu bieten. Das Fußende des ersten Betts auf der linken Seite hat jemand mit Fotos von einem Hund zugepflastert, einem übergewichtigen Rottweiler-Mischling mit roten Blitzlichtaugen. Hund im Garten. Hund am Strand. Hund mit speicheltriefender, rosa Zunge, dem ein Kinder-Partyhut vom Kopf rutscht ... Das Bett rechts ist von Ausschnitten aus Wichsmagazinen umgeben: Frauen mit künstlich aufgeblasenen Busen und aufgespritzten Lippen blicken Johanssen schmollend an, während sie sich streicheln.

Weiter zu den nächsten beiden Betten. Am rechten hängen nur drei Gegenstände: ein helles, türkisfarbenes Stück Plastik, der gefiederte Flügel eines kleinen Vogels und etwas Metallisches, das im Dunkeln glitzert.

Das gegenüberliegende Bett ist ungemacht, die Decke am Fußende zusammengerollt, an der Sperrholzwand befinden sich nur ein paar Klebebandreste.

Johanssen entrollt die Decke. Hinter ihm sagt Riley beiläufig. »Passen Sie auf Ihre Sachen auf. Hier wimmelt's nur so von Dieben.«

Er isst mit Riley und Vinnie. Vinnie stellt Johanssen ein paar Fragen. Privates: Ist er verheiratet, hat er Kinder? Er spricht viel über seinen Hund. Er sagt, dass er bald rauskommt.

Riley erkundigt sich nach Victorville und Kalifornien.

Der Junge – sie nennen ihn Drill – isst allein in seiner Koje, die gegenüber von Johanssens liegt, und spricht mit niemandem. Als Johanssen sich später am Vormittag schlafen legt, liegt er schon unter der Decke, hat aber die Augen offen und beobachtet Johanssen, ohne zu blinzeln.

Er musste eingedöst sein, weil er träumt.

Wir werden dich zum Rennen bringen.

Noch ein Traum, der auf Erinnerungen beruht. Vor elf Jahren: drei Monate nach Beginn der Ausbildung für die Spezialeinsatzkräfte – als Versagen noch unvorstellbar war und nur andere aus dem Kurs geschmissen wurden.

Er ist auf einem Dach. Es ist Nacht.

Er weiß nicht mehr, wie oft er schon unglaubliche Angst gehabt hat, doch jetzt beginnt diese Angst von ihm abzugleiten, als hätte er eine Art Schutzschirm aufgebaut oder vielleicht auch nur gelernt, damit umzugehen: Die Angst ist zu etwas geworden, das man toleriert, respektiert, mit dem man sich vielleicht sogar anfreundet. Sie gehört zu seinem Leben.

Heute Nacht ist eine Verfolgungsjagd angesetzt. Er muss von A nach B kommen. Sie – und er weiß nicht, wer oder wie viele *sie* sind – müssen ihn fangen.

Die Straßenlaternen unter ihm, das Gewirr des Verkehrs, der süße Rausch des Adrenalins.

Er ist auf einem Dach und rennt.

Er wacht von dem Geräusch auf. Nicht aus dem Schlafraum, sondern von oben.

Jemand kratzt an der Wand. Nach weniger als einer Minute hört es auf.

In Cates Zimmer waren Kratzer in der Wand: Fünferblöcke, manche ordentlich, manche schief und krumm.

Cate zählt mit.

Er wacht wieder auf, als die Außentür der Klinik gegen die Wand knallt. Schreie, Schritte – dieses Mal kommen sie auch die Treppe herauf. Er ist schon aufgesprungen, das Adrenalin schluckt etwas vom Schmerz. Eine Stimme in seinem Kopf schreit, dass er fliehen soll, aber es gibt keinen Ort, an dem er Zuflucht finden könnte.

Sie kommen durch die Tür ins Schlafzimmer. Drei Männer – er kennt die Gesichter aus dem Innenhof. Riley ist jetzt auch auf den Beinen: »Scheiße, was soll das?« Sie lassen sich nicht stören und packen ihn, und im Moment kann er auch nicht dagegen ankämpfen.

Die Treppe hinunter. Barfuß, halb nackt, vor Schmerz stöhnend, als sie ihn vorantreiben. Unten durch die Tür in die Klinik – Brice, bringen sie ihn zu Brice? Seine Finger verkrampfen, unwillkürlich ballen sich seine Hände zu Fäusten. Weiter durch die nächste Tür in den Raum mit den Stühlen …

Quillan wartet in seinen Mantel gehüllt.

Die Männer bleiben stehen, Johanssen auch, er hängt zwischen ihnen und ringt nach Luft.

»Sieht aus, als würden Sie woanders verlangt, Mr *Jackson*«, sagt Quillan.

Er nickt, worauf die Männer Johanssen durch die nächsten

beiden Türen, über den taghellen Hof des Lagers schleppen, wo der kalte Asphalt in die Fußsohlen beißt, und weiter zu dem Tor im Zaun. Johanssen hört Riley hinter sich schreien und eine Frauenstimme: Cate, das muss Cate sein.

Auf der Straße vor dem Tor wartet ein gepanzerter Transporter mit laufendem Dieselmotor in einer Abgaswolke. Die Flügeltüren am Heck stehen offen. Die beiden bewaffneten Wärter daneben sehen teilnahmslos zu, wie Quillans Männer ihn auf sie zuzerren.

Das Lagertor wird geöffnet. Sie passieren es. Die Männer stoßen ihn in den Laderaum des Transporters. Er knallt auf den Boden, bekommt keine Luft mehr, brennender Schmerz in den Rippen. Die Türen werden zugeschlagen, der Motor dreht hoch, und sie sind unterwegs.

Er bleibt auf dem Boden des Transporters liegen. Die Vibrationen des Motors und der unebenen Straße übertragen sich direkt in seinen Kopf.

Schließlich hält der Wagen. Die Türen werden geöffnet. Sie helfen ihm heraus. Whitman, vor der Außenmauer mit den glitzernden Streifen aus Natodraht, sieht blass aus im fahlen Tageslicht. Als er Johanssens Gesicht sieht, sagt er: »Sieht aus, als hätten wir die Party gerade noch rechtzeitig abgebrochen.« Johanssen braucht einen Moment, um zu begreifen, dass er über seine Blutergüsse spricht.

Dann wendet Whitman sich an die Wärter. Auch der teiggesichtige Angestellte steht hemdsärmelig zitternd dabei. »Besten Dank. Er hat noch mal Glück gehabt.«

Aber so fühlt es sich nicht an. Es fühlt sich an, als hätte er gerade einen Test hinter sich gebracht, eine extrem anstrengende und brutale Prüfung, bei der er das Ende schon vor Augen hatte, und jetzt erzählt man ihm, dass er es nicht zu Ende bringen darf.

10. Tag: Freitag

Karla

Die Arme um den Oberkörper geschlungen stehe ich in meinem Büro. *Er ist raus. Er ist in Sicherheit.*

Ich war mit Craigie im Wohnzimmer, mitten in unserer freitäglichen Routinebesprechung, als das Telefon klingelte, ich mich entschuldigte, ins Büro ging und bar jeder Hoffnung den Hörer abnahm. Drei Tage – mehr als drei – seit Johanssens Verschwinden. Ich hatte ihn wohl schon aufgegeben.

Whitman sagte mir ins Ohr: »Sie haben ihn gefunden. Sie bringen ihn raus«, und für einen Augenblick schien die Welt stillzustehen.

»Lebendig?«

»Ja, er lebt«, sagte er.

»Verletzt?«

»Er war da drinnen in so einer Art Lager, das von einem Mann namens Quillan geführt wurde … Er wurde zusammengeschlagen.«

In meiner Brust krampfte sich etwas zusammen, es gelang mir jedoch, mit ruhiger Stimme weiterzusprechen: »Gut. Vielen Dank fürs Bescheidsagen. Ich muss ihn sprechen.«

Whitman zögerte kurz, dann sagte er: »Mal sehen, was sich da machen lässt.«

Quillan. Ich hatte recht. Ich verspüre keine Genugtuung. Aber wir haben ihn. Dieses Mal haben wir ihn rechtzeitig rausgeholt.

Craigie sitzt immer noch mit seiner Tasse Tee im Wohnzimmer. Wir haben etwa die Hälfte unserer Themen abgearbeitet: Die Russen sind weg, werden aber wiederkommen. Der Kontakt zu den Japanern wird ausgebaut, mit den Programmierern der Banken-Software haben wir uns auf eine Summe geeinigt, den Expharmaboss Hamilton haben wir irgendwo in einem sicheren Haus untergebracht. Er behauptet weiterhin, in Lebensgefahr zu schweben, weigert sich aber beharrlich, Einzelheiten zu seiner angeblichen Unterschlagung preiszugeben. Wir beobachten die Wohnung in Ealing, die meinem alten Geheimdienst-Kontaktmann Laidlaw gehörte. Falls dieser neue Mann, Powell, darüber Bescheid weiß, hat er es nicht für nötig gehalten, sie sich anzusehen. Ein Klient zahlt seine Rechnung nicht: Wann sollen wir anfangen, Druck zu machen?

In ein bis zwei Minuten werde ich wieder ins Wohnzimmer gehen, worauf Craigie aufblicken und fragen wird: »Gibt's was Neues?« Dann will ich einen klaren Kopf haben, konzentriert und professionell reagieren. Im Augenblick kann ich jedoch nur einen einzigen Gedanken denken:

Er ist raus. Er ist sicher.

Fünfundvierzig Minuten später kommt der nächste Anruf. Wieder Whitman, mit leiser Stimme: »Hier ist er«, dann ein kurzes Rascheln, als er ihm das Handy reicht, und das dumpfe Geräusch einer zuschlagenden Autotür.

»Hallo?«, sagt Johanssen.

Gott sei Dank geht es Ihnen gut, darf ich nicht sagen.

»Es war Quillan, richtig?«

Er antwortet nicht. Aber Whitman ist bei ihm – vielleicht kann er nicht frei sprechen.

Ich sage: »Wir haben Zugang zu den Akten. Wir sind sämtliche Listen durchgegangen. Sie ist nicht da drin. Das war eine Falle, aber wir können das regeln …«

»Sie ist da drin«, sagt er. »Ich habe sie gesehen. Ich geh wieder rein.«

Als ich zehn Minuten darauf Fielding anrufe, glaube ich, mit ruhiger Stimme zu sprechen, was natürlich nicht der Fall ist.

Jemand meldet sich. Ein gemurmeltes: »Moment, ich bin gleich für Sie da«, im Hintergrund sind Geräusche von einer Cocktailparty zu hören. Fielding bei der Auftragsakquise?

»Ja? Wer ist da?« Wieder Fieldings Stimme, jetzt aber lauter und wachsamer, argwöhnisch. Die Hintergrundgeräusche sind verschwunden: Er muss in ein anderes Zimmer gegangen sein und die Tür geschlossen haben.

»Er ist draußen. Er sagt, er hat sie gesehen.«

Es folgt Fieldings typisches dreisekündiges Schweigen. Dieses ist hämisch und triumphierend. »Was habe ich Ihnen gesagt?«

»Sie haben ihn aus einem Lager geholt. Er wurde zusammengeschlagen. Von Quillan.« In die folgende Stille sage ich: »Er will wieder rein.«

Noch eine Pause. Dann sagt Fielding: »Der Klient hat sich gemeldet. Der Plan wurde leicht modifiziert ... Die Wartungsteams im Programm – wer sagt denen, was sie tun sollen?«

Was soll das? »Aufseher. Auf Auftragsbasis. Fielding ...«

»Was wäre, wenn wir ein Team bräuchten, um etwas für uns zu erledigen? Könnten Sie einen gefälschten Wartungsauftrag platzieren?«

»Fielding ...«

»Es gibt einen Tank, der ist mit einem Stahldeckel verschlossen. Die Bolzen des Deckels müssten gelöst werden.« Als würde die Sache auch jetzt noch wie ursprünglich geplant ablaufen.

»Fielding, was soll das?«

»Prüfen Sie, ob das geht, machen Sie mir einen Preis und melden Sie sich dann. Oh, und ich muss ihn treffen.«

»Er ist undercover unterwegs.«

»Ein Treffen«, sagt Fielding. »Und behaupten Sie nicht, Sie würden das nicht hinkriegen. Sie haben ihn da reingekriegt, verdammt noch mal, da werden Sie doch in der Lage sein, ein kleines Treffen mit mir zu organisieren.«

Und die ganze Zeit: *Sie kann da nicht drin sein. Unmöglich.*

Irgendwie will ich, dass Johanssen sich irrt.

Dabei weiß ich schon, dass er das nicht tut.

10. Tag: Freitag – 11. Tag: Samstag

Johanssen

Sie treiben ihn durch das Gebäude, in dem die Aufnahme stattgefunden hat. Dieses Mal ganz ohne jede Formalität. Sie besorgen ihm Kleidung und Stiefel. Der teiggesichtige Angestellte zischt besorgt: »Wollen Sie eine Beschwerde *aufgeben*?« Alle wirken erleichtert, als Johanssen den Kopf schüttelt.

Am Ausgang des Aufnahmegebäudes – bei den Metalldetektoren, den Wachmännern und den Glastüren, die mit einem leichten Quietschen in den Schienen aufgleiten, nimmt Whitman ihn am Arm, allerdings nicht so, als fürchtete er, Johanssen könnte fliehen, sondern eher, um ihn zu stützen. Den Ausgang noch vor Augen, sagt er leise: »Sie sind völlig am Ende. Brauchen Sie einen Arzt?«

»Nein.«

Der Wagen steht an derselben Stelle wie bei ihrer Ankunft. Whitmans Männer stehen daneben.

Whitman setzt ihn auf den Rücksitz, reicht ihm das Handy, schließt die Autotür, geht und bedeutet den anderen, dass sie ihm folgen sollen.

Karlas Stimme: »Es war Quillan, richtig?« Ihre Stimme klingt gepresst und grimmig. Wut? Sie erzählt ihm, dass Cate nicht in den Listen steht, er denkt jedoch nur daran, wie er wieder ins Programm zurückkommt.

Sie fahren durch London. Er wacht vor der privatisierten Sozialbau-Reihenhaussiedlung zum Ticken eines abkühlenden Motors mit der flüchtigen Überzeugung wieder auf, dass die Ereignisse der letzten drei Tage nur ein Traum waren. Als er versucht, aus dem Wagen auszusteigen, sind Verletzungen und Muskeln wieder steif.

In der kleinen Küche der Wohnung bekommt er ein halbes Tiefkühlgericht herunter, das in der Mikrowelle zu stark erhitzt wurde, während im Wohnzimmer nebenan der Fernseher plärrt. Durch die Tür sieht er Gestalten bedeutungslos auf dem Bildschirm herumtanzen.

Wie ein Kind legt er sich noch bei Tageslicht zu Bett. Er fällt in einen traumlosen Schlaf.

Als Whitman ins Zimmer kommt, wacht er auf. Der Wecker zeigt 07:14 Uhr. Er hat siebzehn Stunden geschlafen.

»Aufstehen«, sagt Whitman und dann so, dass die anderen es hören: »Das Treffen, das Sie verlangt haben, ist vorbereitet. Aber danach wollen wir endlich was von der versprochenen Kooperation sehen.«

Johanssen richtet sich mühsam auf, zuckt dann aber vor Schmerz wieder zurück. Er fragt nicht, mit wem er sich treffen soll. Karla. Es muss Karla sein.

Er duscht, zieht sich an, isst etwas – das Schlucken bereitet ihm nur noch leichte Schwierigkeiten –, dann quetschen sich alle vier wieder in den Wagen. Die beiden ehemaligen Army-Angehörigen sind wachsam, etwas nervös, scheinen Whitman die Geschichte aber abzukaufen, dass das alles dazu dienen soll, Ryan Jackson zum Reden zu bringen.

Der Weg, den sie fahren, könnte überallhin führen.

Schließlich, es ist gerade 10:30 Uhr geworden, halten sie vor einer Ladenzeile in Lavender Hill.

Whitman sagt zu ihm: »Ab jetzt sind wir beide auf uns allein gestellt.« Der Form halber fügt er matt hinzu: »Machen Sie keine Dummheiten.«

Die Tür liegt zwischen einem Friseur und einem Buchmacher und ist nur an der aufgeklebten 7A in Messingoptik und einem winzigen hervorstehenden Türspion zu erkennen. Whitman klopft.

Karla, es muss Karla sein …

Doch der rundköpfige Mann, der die Tür öffnet, gehört zu Fieldings Leuten.

Er ist Profi, und vermutlich hat er seinerzeit schon Schlimmeres gesehen, viel Schlimmeres: Mit gleichgültiger Miene mustert er Johanssens zerschlagenes Gesicht. Dann nickt er, und Johanssen und Whitman quetschen sich an ihm vorbei, steigen über einen Haufen Gratiszeitungen und Speisekarten von Pizzalieferdiensten. Johanssen riecht Fieldings Zigarre schon.

Er geht allein die Treppe hinauf.

Fielding sitzt im zweiten Stock in einem teppichlosen Zimmer auf einem Klappstuhl in einem schmalen Streifen ranzig gelben Sonnenlichts. Einen Moment lang starrt er Johanssen nur an.

Dann sagt er: »Heilige Scheiße.« Wut und Erleichterung sprechen aus den drei Worten – und lacht gequält auf. »Drei Tage«, sagt er. »Nur drei Tage. Meingottnochmal. Sie müssten sich mal sehen.«

Dann zieht er an seiner Zigarre und stößt den Rauch wieder aus, der in einer Wolke zur Decke aufsteigt.

Johanssen sagt: »Ich hab sie gefunden. Ich krieg das hin.«

Fielding schüttelt den Kopf. »Diesmal nicht, mein Junge«, sagt er. »Es ist vorbei.«

Fielding ist zum Fenster gegangen, hat sich ganz nah davor gestellt und späht auf die Straße hinunter. Er sagt: »Der Kerl, mit dem Sie reingekommen sind, der dünne.«

»Er weiß, dass er keine Fragen stellen darf.«

»Und die beiden auf der anderen Straßenseite?«

Johanssen sagt: »Die wissen nichts.« Fielding grunzt zufrieden. Er wendet sich vom Fenster ab. »Der Klient hat eine zusätzliche Forderung. Er will die Leiche geliefert bekommen. An einen von ihm benannten Ort im Programm. Tolle Idee, was?«

Er macht eine Pause – eine Kunstpause? Damit Johanssen antworten kann? Als Johanssen schweigt, fährt Fielding fort.

»Es muss da eine Werkstatt, eine Tankstelle oder so etwas in der Art geben, die ein paar Immigranten genutzt haben, um Blei aus Autobatterien zu recyceln – die Batteriesäure haben sie in einen im Boden eingelassenen Tank gekippt. Als das Programm das Gebäude übernommen hat, hat sich keiner darum gekümmert, den Tank zu leeren. Er wurde einfach versiegelt. Behauptet der Klient zumindest. Sein Plan sieht folgendermaßen aus: Wenn Sie so weit sind, lassen wir den Tank öffnen, Sie bringen die Zielperson dorthin, erledigen den Job, stecken sie in den Tank und machen, dass Sie rauskommen. Achtundvierzig Stunden nachdem die Bolzen gelöst wurden, lassen wir den Tank wieder verschließen.«

»Die Idee stammt vom Klienten?«

Fielding nickt. »Ja. Und ich habe ihm gesagt, dass Batteriesäure nicht stark genug ist, um eine Leiche aufzulösen, jedenfalls nicht vollständig, falls man nicht sehr viel Zeit hat. Aber das interessiert ihn nicht. Er sagt, das sei die einzige Möglichkeit, die Sache so weit unter den Teppich zu kehren, dass sie nicht wieder hochkommt, was sie vermeiden wollen. Aber das ist alles ein bisschen übergründlich, finden Sie nicht? Es ist zu genau geplant, und das gefällt mir nicht. Also ist es an der Zeit, über Alternativen nachzudenken. Zum Beispiel darüber, einen Subunternehmer einzuschalten. Jemand anderen hinzuschicken. Jemanden, der dort einsitzt. Jemanden, der … abkömmlicher ist. Der Mann, an den ich denke, arbeitet mit einem Messer – und er übernimmt auch Frauen, ist seine Spezialität.«

Das schon wieder. Wenn Fielding einmal den richtigen Knopf gefunden hat, juckt es ihn so sehr in den Fingern, dass er dem Drang nicht widerstehen kann, ihn zu drücken. »Wer ist der Klient?«

Fielding schüttelt den Kopf. »Sie wissen, dass ich Ihnen das nicht sagen kann.«

»Sie sagten aber, er wäre sauber.«

»Ich weiß, was ich gesagt habe.«

»Unsere Seite?«

»Zivilist. Also, Sie werden für Ihre Bemühungen etwas bekommen. Dafür sorge ich. Nennen wir es eine Sondierungsprämie. Sie haben sie gefunden, und damit können wir arbeiten, richtig? Betrachten Sie Ihre Arbeit also nicht als Fehlschlag.«

»Wo ist dieser Tank?«

»In einer Autowerkstatt – woher zum Teufel soll ich das wissen? Ich kenne nur das Planquadrat. Sie haben ja gesehen, wie es da drin aussieht. Sagen Sie mir, wo die Frau zu finden ist, ich leite das dann an meinen Mann weiter, der erledigt es. Sie hatten einen Plan? Okay, jetzt ist es sein Plan.«

»Das wird nicht funktionieren.«

»Wofür halten Sie sich eigentlich? Für unersetzlich? Wenn es mit Ihnen funktioniert, funktioniert's auch mit ihm.«

Johanssen sagt: »Sie ist Quillans Oberärztin. Niemand da drin wird sie anrühren, weil sie wissen, was sonst passiert.«

Fielding sagt: »Quillans *Ärztin?*«

»Sie arbeitet in einer kleinen Klinik. Quillan hat sie in einem Lager eingerichtet. Sagen Sie mir, wo der Tank steht.«

»Quillan«, sagt Fielding. Er betrachtet Johanssens Verletzungen. »Quillan war das?«

»Nein, ein Mann namens Brice. Er arbeitet für Quillan.«

Fielding murmelt: »Herrgott …«

»Er wollte rausfinden, wer ich bin.«

Fielding kneift die Augen zusammen. »Aber er kennt Sie nicht, sonst wären sie in einem Leichensack rausgekommen.«

»Quillan hat mir einen Job gegeben.«

»Was?«

»In dieser Klinik. Ich arbeite für ihn.« Johanssen streckt die Hand aus. »Geben Sie mir die Nummer des Planquadrats. Ich geh wieder rein. Ich guck es mir an und sage Ja oder Nein. Wenn's nicht sicher ist, wird es ein Nein. Wenn ich Ja sage, ist das endgültig, und ich erledige es. Es wird keine Probleme geben.«

Fielding sagt nichts.

Das Sonnenlicht verschleiert den Staub an den Fenstern. Von unten dringen leise Geräusche aus dem Wettbüro und von der Straße herauf: Wieder rumpelt ein Bus vorbei, und jemand stößt einen Schrei aus.

Dann: »Scheiße«, murmelt Fielding. Er greift in die Tasche, zieht einen gefalteten Zettel heraus und hält ihn ihm zwischen Zeigefinger und Mittelfinger hin, doch als Johanssen danach greift, zieht er die Hand wieder weg.

Fielding sagt: »Sie prüfen das und rufen mich an.«

»Die Festnetzleitungen werden überwacht.«

»Wer hätte das gedacht?«, spottet Fielding. »Sie rufen mich an. Und vergessen Sie eins nicht: Wir arbeiten jetzt seit sechs Jahren zusammen. Sechs Jahre, und wissen Sie, was das bedeutet? Es bedeutet, sobald Sie den Mund aufmachen, kann ich jeden verdammten Gedanken lesen, der Ihnen durch den Kopf geht. Wenn Sie also sagen, dass es sicher ist, dann müssen Sie davon überzeugt sein. Gibt es auch nur den geringsten Zweifel …«, er hebt die freie Hand, die schmale Lücke zwischen Zeigefinger und Daumen zeigt den Abstand an, »… kriege ich das mit. Dann erledigt mein Mann das, und Sie sehen zu, dass Sie da rauskommen und draußen bleiben. Einverstanden?«

Johanssen nickt.

»Sagen Sie's.«

»Einverstanden.«

Trotzdem wartet Fielding mit dem Zettel in der Hand und sieht Johanssen eine, zwei, drei Sekunden zu lange an. Dann streckt er ihm den Zettel plötzlich wieder entgegen. Johanssen nimmt ihn, wirft einen kurzen Blick darauf – eine Zeile hingekritzelter Ziffern und Buchstaben –, steckt ihn wortlos ein, und während er das tut, verschwindet die Sonne, und es wird kalt im Zimmer.

»Sie hat jemanden getötet«, sagt Johanssen.

»Hat Sie Ihnen das erzählt?«

Er nickt. »Warum ist das nicht aktenkundig?«

Fielding grunzt: »Der Klient sagt, es wurde vertuscht. Vielleicht hat jemand Freunde in wichtigen Positionen. Wer weiß das schon bei solchen Sachen?« Dann sagt er: »Sie war also Ärztin, ja? Das passt.«

»Was?«

»Ärzten vertraut man. Wegen des hippokratischen Eids und so. Man würde davon ausgehen, dass es schnell und sauber abläuft, wenn ein Arzt jemanden umbringt. Aber …« Er schüttelt den Kopf. »Der Klient hat mir davon erzählt. Sie hätten sehen sollen, in welchem Zustand die waren.«

Er macht eine Pause, überlegt. »In unserer Branche können wir es uns nicht leisten, groß darüber nachzudenken, was richtig und falsch ist. Aber bei der?« Sein Blick ist matt. »Die hat's verdient.«

11. Tag: Samstag – 12. Tag: Sonntag

Karla

Am Samstag um 14:00 Uhr stehe ich mit einem Schlüssel in der Hand in einer Gasse in Wandsworth. Als ich ihn ins Vorhängeschloss stecke und umdrehe, sagt eine Stimme hinter mir zweifelnd: »Sie sollten da lieber nicht reingehen.«

Ein älterer Mann mit gewebter Kunststoffeinkaufstasche schlurft auf mich zu. »Das Haus wird von üblen Typen benutzt«, sagt er. »Seien Sie vorsichtig.« Die Gasse ist schmal, und seine Einkaufstasche kratzt an der Backsteinmauer entlang. Drüben auf der Hauptstraße ist ein Markt, auf dem illegale DVD-Kopien, billige Reinigungsmittel und Riesentüten mit Süßigkeiten verkauft werden. Vielleicht will er dahin, vielleicht nutzt er die Gasse als Abkürzung.

Er sagt: »Die Fenster sind vernagelt worden, wissen Sie, aber das hält die nicht ab. Die brechen einfach wieder ein. Das kommt von den Drogen.« Er nickt nachdenklich. »Drogen.«

Er steht direkt hinter mir. Ich trete in den Eingang, um ihn vorbeizulassen, doch er bleibt stehen und starrt erwartungsvoll auf die Tür. »Ich erinnere mich noch, wie das war, bevor es geschlossen wurde.«

Nostalgie kann ich jetzt überhaupt nicht brauchen. Plötzlich liegt Hoffnung in der Stimme des alten Mannes. »Ist Jahre her, dass ich da zum letzten Mal drin war.«

Ich stecke den letzten Schlüssel ins Sicherheitsschloss und drehe mich zu dem alten Mann um. »Es ist gefährlich da drin, Kumpel. Da braucht man so was.« Ich klopfe auf meinen grellen gelben Plastikhelm, der sogar in der düsteren Gasse leuchtet. Ich falle auf, aber manchmal ist das die beste Art und Weise, sich zu verstecken: auffällig zu sein.

»Was wollen Sie denn da?«, fragt der alte Mann, als die Tür aufschwingt. Er blinzelt an uns vorbei in die Dunkelheit. Urin- und Schimmelgestank schlägt uns entgegen.

»Bauaufsicht und Gesundheitsamt, Kumpel«, sage ich fröhlich, als ich eintrete. »Bauaufsicht und Gesundheitsamt.«

Als ich die Tür schließe, späht der alte Mann immer noch an mir vorbei. Seine wässrigen Augen sind das Letzte, was ich im schmaler werdenden Spalt sehe, bevor die Dunkelheit mich umschließt.

In dem Gebäude war früher ein großer edwardianischer Pub, der seit drei Jahren geschlossen und verrammelt ist und mit zunehmender Baufälligkeit darauf wartet, die Aufmerksamkeit eines Investors auf sich zu ziehen. Ich bin durch eine Seitentür hereingekommen, einen Personaleingang, der in einen schmuddeligen, fensterlosen Flur führt. Die Dunkelheit verstärkt die klamme Feuchtigkeit.

Meine Taschenlampe leuchtet auf, der Schein wandert über den Abfall auf dem Boden. Benutzte Spritzen dazwischen reflektieren das Licht. Links von mir führt eine schmale Treppe zum ersten Stock hinauf. Oben müssten Schlafzimmer sein, in denen sich die Tapeten von den Wänden lösen, rostende Bäder, lebensgefährliche blanke Kabel … aber vielleicht ist das inzwischen auch alles herausgerissen worden, und die Bodendielen sind morsch. Ich gehe nicht hoch. Die Absprache war eindeutig: im Erdgeschoss.

Hinter der Treppe ist eine Brandschutztür. Als ich sie aufziehe, bin ich sofort geblendet.

Instinktiv hebe ich eine Hand, und der Lichtstrahl gleitet zur Seite. Der immer noch unsichtbare Whitman sagt: »Laura, wie kommen Sie nur immer auf solche Orte?«

Ich habe seine Leute draußen nicht gesehen. »Sind Sie allein?« Ich glaube, er nickt. »Was haben Sie gesagt?«

Er seufzt: »Er will sich mit ein paar alten Kontaktpersonen treffen, und wir müssen ihn bei Laune halten.«

»Haben sie Ihnen das abgenommen?«

»Dafür werden sie schließlich bezahlt.« Er sagt es aber ziemlich unverbindlich. Er hatte es sich leichter vorgestellt.

Ich habe mir endlich das Funkeln aus den Augen geblinzelt. Whitman nickt mit dem Kopf in Richtung Theke. »Da drin«, sagt er. »Sieht ziemlich mitgenommen aus.« Dann geht er an mir vorbei und schließt die Brandschutztür hinter sich. Er will nicht hören, was wir zu besprechen haben.

Die mit Brettern zugenagelten Fenster gehen zur Hauptstraße hinaus. Von dort dringen gedämpfte Geräusche – Verkehr, Stimmen, der Bass von Bhangra-Musik aus einem vorbeifahrenden Auto – und auch etwas Licht herein. Die Flügeltür in der Ecke, der ehemalige Haupteingang, ist ebenfalls verrammelt. Aus der Innentür davor ist das Glas verschwunden, winzige Splitter glitzern auf den schmutzigen Fliesen. Ich lasse den Strahl meiner Taschenlampe durch den Raum streifen: Alles ist voll mit Müll, leeren Flaschen und noch mehr Drogengerätschaften, die Wände sind mit Graffiti besprüht.

Johanssen hockt auf den Fersen reglos mit dem Rücken zur Wand, als wäre er versteinert.

Die Dunkelheit glättet seine Gesichtszüge zu einer Maske, doch als ich näher trete, steht er auf und begrüßt mich mit einem Nicken, »Karla«, wobei kurz Licht auf sein Gesicht fällt und sich ein Klumpen in meiner Brust bildet.

Die Schwellungen sind weg, aber die Blutergüsse sind noch deutlich zu sehen: schwarzviolett und rot, das langsam zu Gelb und Braun verblasst.

Ich habe genug gesehen. Ich schalte die Taschenlampe aus,

verschränke die Arme, und wir stehen uns einen Moment schweigend gegenüber.

Schließlich sage ich: »Ganz sicher, dass sie das ist?«

»Sie ist es.«

»Sie ist nirgends gelistet. Weder als Bewohnerin noch als Ehrenamtliche oder Mitarbeiterin.« Eine versteckte Bewohnerin im Programm, die jemand tot sehen will. Das gefällt mir nicht. Das gefällt mir ganz und gar nicht.

Er wiederholt nur: »Sie ist es.«

Ich schlucke meine Bedenken herunter. Für den Moment.

»Was ist passiert?«, frage ich. »Wir haben Sie gesucht. In den Streams der Überwachungskameras.«

»Sie haben Zugriff darauf?«

»Inzwischen ja. Hat eine Weile gedauert – wir sind erst am Mittwoch reingekommen. Whitman sagte, sie hätten Sie in Quillans Lager gefunden.«

»Quillan weiß nicht, wer ich bin«, sagt er. Er dreht sich etwas zur Seite. Auch sein Gesicht ist verschrammt – die Lippen, die Ohren, rund um die Augen.

Er erzählt mir die Geschichte – ganz ruhig, als ginge es ihn nichts an – und er erzählt auch nicht alles. Von dem Gespräch mit Quillan und der Nacht in der Zelle, aber nichts von den Schlägen. Von dem kleinen Mann namens Jimmy, aber nicht genau, was sie ihm angetan oder was sie von Johanssen verlangt haben. Auch nicht, welche Strafe ihn für seine Weigerung erwartet hätte, wäre die Frau namens Cate nicht mit einem Messer dazwischengegangen und hätte ihn gerettet.

Ich überlege, ob sich daraus ein Problem für ihn ergibt, er sagt aber nur: »Rangkämpfe, sie hat ihr Revier verteidigt. Gegen Brice, Quillans rechte Hand. Am nächsten Tag hat sie mir damit gedroht, mich auszuliefern.«

»Und sie war Bewohnerin? Sind Sie sicher? Keine Ärztin, die ehrenamtlich tätig ist?«

»Sie hat jemanden umgebracht. Hat sie mir selbst gesagt.«

»Sie hat jemanden umgebracht?« Wozu habe ich eigentlich stundenlang Berichte durchforstet? »Dann wurde es vertuscht.«

Er nickt. »Hat Fielding auch gesagt.«

Aber Ärzte, die Menschen umbringen, werden vor Gericht gestellt und eingesperrt. Nicht versteckt. Was ist so besonders an ihr? Ich mustere Johanssen, der mich aber nur anstarrt. Er hat nichts mehr zu sagen.

Schließlich frage ich: »Und was wollte Fielding?« Obwohl ich vermute, dass ich es schon weiß.

Er wühlt in der Tasche und gibt mir einen Papierschnipsel. Darauf steht eine Zahlenfolge.

Koordinaten: Die gleichen, die Fielding mir vor ein paar Stunden gegeben hat. Ich gebe sie zurück. »Ein mittelgroßer Gebäudekomplex im Südwestsektor des Programms. Houghton Street. Ist nur eine Kamera drin. Ich habe den Stream überprüft: Nicht viel zu sehen. Backsteinbau, halb zerfallen.« Eine Wand mit Graffiti beschmiert, ein riesiges unterteiltes Fenster, in dem jede Scheibe zerbrochen ist.

»Hat er Ihnen von dem Tank erzählt?«

»Das hat er. Es ist möglich, ihn öffnen zu lassen. Gefälschte Arbeitsausweise und eine Geschichte über einen Sicherheitscheck: Wir sagen, es wären giftige Dämpfe drin, dann macht hoffentlich niemand den Deckel auf und guckt rein, bevor er wieder versiegelt wird.« Ich warte. »Aber wenn sie zu Quillans Leuten gehört und einfach verschwindet, wird er anfangen zu suchen. Und irgendjemand wird auf die Idee kommen, den Tank aufzumachen.«

»Bis dahin bin ich weg«, sagt er. Und er hat recht. Es wird nicht sein Problem sein.

»Eine Idee des Klienten, ja?« Er nickt. Natürlich. Die vielen Details sind nicht Fieldings Stil, das muss vom Klienten kommen. »Fielding hat gesagt, dass es Zivilisten sind, aber für Zivilisten wissen die ziemlich viel übers Programm. Haben die vielleicht Kontaktpersonen drinnen? Trotzdem wollen sie, dass Sie das machen.«

»Sie ist Quillans hauseigene Ärztin«, sagt er. »Die rührt da drin keiner an.«

»Trotzdem …« Ich brauche die Risiken nicht zu schildern, die es birgt, wenn der Klient drin Beobachter hat. Sie könnten das Gebäude überwachen. Sie könnten Leute haben, die Johanssen bei seiner Ankunft erwarten. Ein Auftragsmörder gilt oft nicht mehr als geschätzter Mitarbeiter, nachdem der Job erledigt ist. »Was sagt Fielding dazu?«

Er sieht zu Boden. »Fielding sagt, ich soll es lassen.«

Tut er das nicht immer? Die Risiken hochspielen, den Einsatz erhöhen, weil er weiß, dass er Johanssen so immer tiefer hineinzieht, dass eine Absage ihm umso schwerer fällt, je schwieriger der Auftrag aussieht.

»Und wer soll es machen, wenn Sie aussteigen?«

»Ein Mann mit einem Messer.«

Nette Idee, Johanssen so ein Bild in den Kopf zu setzen: den Geist von Terry Cunliffe heraufzubeschwören. *Du Bastard, Fielding.*

»Aber ein Mann mit einem Messer würde nicht an sie herankommen?« Er schüttelt den Kopf. »Und Sie?«

»Ich habe einen Job in der Klinik, in der sie arbeitet.« Er wendet den Blick ab. »Sie haben einen Verletzten eingeliefert.« Er zuckt die Achseln, überlässt es mir, die Details zu ergänzen. Die Ausbildung hat er. Dafür haben sie bei den Spezialeinsatzkräften gesorgt.

Also ist er nah an sie herangekommen. »Und Sie glauben, Sie können sie dazu bringen, mit Ihnen dorthin zu gehen? Mit einem Mann wie Ryan Jackson? Wird sie mit dem einen Spaziergang machen?«

»Ich habe ihnen gesagt, dass ich wegen Doppelmord einsitze. Eine Schießerei. Mehr wissen sie nicht.«

Und als sie ihn sich angesehen haben, dachten sie: Bandenkriege. Er wird ihnen nicht die Wahrheit sagen, wenn er es vermeiden kann. Weil er darauf angewiesen ist, dass sie ihm vertraut.

Was haben wir also? Eine Bewohnerin ohne Akte im Programm. Einen vertuschten Mord. Einen Klienten, Zivilist, der nicht nur ihren Tod will, sondern ihre Vernichtung, sodass man nie wieder etwas von ihr hört. Jemand, der mehr über das Programm weiß, als ein Zivilist darüber wissen sollte.

Ein Klient, der festlegt, wie der Mord ablaufen soll. Der womöglich dabei zusieht …

»Soll ich den Klienten überprüfen? Überprüfen, ob er sauber ist?«

»Fielding gibt mir den Namen nicht«, sagt er.

Dieser verdammte Fielding mit seiner ewigen Anonymität. Und ihn zu beobachten, würde nichts bringen. Dafür ist er zu lange im Geschäft. Wir könnten ihn ein Jahr lang beschatten, jede E-Mail lesen und jeden Anruf abhören, trotzdem würde es Treffen geben, von denen wir nichts mitbekommen, Anrufe, die wir nicht mithören. Außerdem ist alles abgeklärt, er wird also kaum noch Kontakt zu seinem Klienten aufnehmen.

»Also gut, und was ist mit dem Opfer?«

»Fielding meinte, es wäre sehr hässlich gelaufen. Der Klient konnte gar nicht mehr aufhören, davon zu erzählen.«

»Und dann ein solcher Aufwand, um sie töten zu lassen … Es muss was Persönliches sein. Also die Familie oder enge Freunde des Opfers.« Sie haben mitgekriegt, wie sie der Justiz einmal durch die Lappen gegangen ist, und werden das nicht noch einmal zulassen. Das würde erklären, warum die Leiche versteckt werden soll: Sie wissen, dass der Mord auf sie zurückfallen könnte, wenn sie gefunden wird.

Und da liegt unsere Chance.

»Was ist, wenn ich den Namen des Klienten herausbekomme? Falls wir sie identifizieren können und feststellen, wer das Opfer ist, wissen wir, wer der Auftraggeber ist. Falls er nicht vollkommen vertrauenswürdig ist, steigen Sie aus.«

Die Reglosigkeit in Johanssens Miene sagt: *Ich steige nicht aus.*

Er denkt an all die anderen Aufträge. Aber dieser ist anders.

»Jedenfalls«, sage ich, »haben Sie höchstens drei Wochen. Mehr können wir Ihnen nicht verschaffen.«

Er sagt: »Das reicht«, und ich weiß, dass ich entlassen bin.

Doch als ich mich umdrehe und gehen will, sagt er leise: »Karla?«, und ich sehe ihn wieder an. Die Dunkelheit verbirgt seine Wunden, sodass er unverändert, unverletzt aussieht.

»Da hat jemand gesäubert. Was ist, wenn nichts mehr zu finden ist?«

»Irgendetwas findet man immer«, sage ich.

Er schweigt einen Moment lang nachdenklich, dann sagt er: »Sie weiß, worum es geht.«

»Verrät sie es Ihnen?«

Er antwortet nicht, und nach ein paar Sekunden weiß ich, dass er auch nicht antworten wird, also drehe ich mich um und gehe.

Whitman wartet immer noch auf der anderen Seite der Brandschutztür und mustert den Schutt im Strahl seiner Taschenlampe.

»Wir bringen ihn wieder rein, oder?« Er ist nicht dumm. »Ich dachte, es hätte Probleme gegeben«, bemerkt er trocken.

»Anscheinend nicht.«

Ich bin rechtzeitig wieder in meinem Apartment, um auf den Streams der Überwachungskameras sehen zu können, wie Johanssen den Schotterstreifen zwischen der Mauer und dem

Gebäude überquert. Es ist dunkel, und das Flutlicht scheint das Fleisch von seinem Gesicht zu schälen, sodass es aussieht wie ein Totenschädel.

Nachdem ich ihn vier Minuten auf verschiedenen Kameras verfolgen konnte, verliere ich ihn.

Schließlich gebe ich auf, schalte auf eine andere Kamera um: Backsteinwand, Graffiti, zerbrochene Scheiben. Die Werkstatt.

Sagen wir, er kann sie aus dem Lager locken. Sagen wir, er kann sie ungehindert und unentdeckt quer durchs Programm dorthin führen.

Cate, sie heißt Cate. Sie war mal Ärztin …

Stunden später sitze ich immer noch am Schreibtisch und starre auf den Monitor.

Darauf befinden sich Gesichter von Frauen. Ich scrolle Identitäten durch, suche sie – eine distanzierte Blondine mit wachsamem Lächeln, suche nach diesem Hauch von Erinnerung. Noch habe ich sie nicht gefunden.

Waren die Haare anders, als ich sie gesehen habe? Länger? Dunkler? Zum Zopf gebunden oder hochgesteckt? Ich weiß es nicht. Vergiss das Kostüm, vergiss die Assoziation von Wohlstand und Stilsicherheit, schließlich ist es nur ein Kostüm – aber nein, irgendwie passt es, passt zu dem wachsamen Lächeln, ist Teil ihrer Maske.

Weitere Gesichter erscheinen: Passbilder, Fotos von Überwachungskameras und aus Personalakten. Die meisten haben sich die Aufforderung, nicht zu lächeln, zu Herzen genommen. Die Haut ist durch grelles Licht gebleicht, das ihnen die Wärme nimmt – selbst geschminkt wirken sie poliert, unscheinbar und verletzlich.

Sie ist nicht dabei.

Ich habe zu lange in ungünstiger Haltung gesessen. Ich

habe kalte Füße, die rechte Schulter schmerzt, und der Zeigefinger auf der Maus ist starr. Als ich mich zu bewegen versuche, reagieren meine Gliedmaßen träge – sie müssen mit Geduld und guten Worten überredet oder mit Gewalt in Bewegung versetzt werden. Ich schiebe den Stuhl nach hinten, strecke Finger und Wirbelsäule, verlasse das kleine Büro und stelle mich an das große Fenster nach Süden. Vom ölig gekräuselten Wasser im Dock wird Licht reflektiert, unter der Oberfläche liegt jedoch etwas Dunkles, Unbestimmtes und Bedrohliches … Ich versuche, den Kopf freizubekommen, indem ich die Taxis auf den Zufahrtstraßen zähle, werde das Bild des distanzierten Lächelns aber nicht los. Ich kenne sie.

Ich wende mich vom Fenster ab und gehe wieder an den Schreibtisch. Die nächste Datenbank, der nächste Stapel Fotos. In diesem sind lauter Opfer: Frauen mit Blutergüssen, blauen Augen und ausgeschlagenen Zähnen, bei denen die Leere im Gesicht nicht durch schlechtes Licht entsteht. Denen brauchte man nicht zu sagen, dass sie nicht lächeln sollen … Aber dazu gehört sie auch nicht. Ich habe diese Frau schon einmal gesehen, aber sie war nie ein Opfer.

Ich schließe die Datenbank. Gehe ins Internet. Gebe neue Parameter in die Suchmaschine ein. Und …

Treffer.

Ich bin so benebelt von Koffein und Schlafmangel, dass ich im ersten Moment überzeugt bin, dass es nur eine Folge meiner Verwirrung sein kann und mein müdes Gehirn mir einen Streich spielt.

Ihr Gesicht starrt mich an: Clever, distanziert mit diesem wachsamen Lächeln unter einer ein Jahr alten Schlagzeile in einem Blog. Ich habe sie gefunden.

Ich lese den Artikel erst einmal und dann ein zweites Mal. Dann noch einmal.

Ich weiß nicht, was ich erwartet habe, aber das war es nicht.

11. Tag: Samstag – 12. Tag: Sonntag

Johanssen

Er kehrt zurück ins Programm.

Sie vergleichen seine Identität mit den Aufzeichnungen aus der letzten Woche. Die Leibesvisitation. Wieder anziehen. Whitmans Nicken und der eskortierte Weg zum Wachhäuschen – »Legen Sie die Hände auf die Platte und sehen Sie auf den Bildschirm«. Das Metalltor gleitet zur Seite, weiter in den großen Raum dahinter (der immer noch leer ist), dann durch die nächste Tür. Eine Pause am Rand der Schotterfläche, nur fünf Sekunden, lange genug, um Luft zu holen und sie wieder auszustoßen – weißes Flutlicht, harte schwarze Schatten und kalte Luft – dann: *Geh. Geh los.*

Über die Brachfläche zu den Gebäuden und in die erste Straße. Dreißig Meter, schon hat er einen Verfolger. Sein Puls steigt. Quillans Mann? Brice'? Unmöglich festzustellen.

Weiter an den Häusern vorbei, am halb verlassenen Einkaufszentrum, dem Pub, in dem gehämmert wird. Durch die dunklen Straßen von einer Straßenlaterne zur nächsten. Der Verfolger ist noch da, die Stimme in seinem Kopf flüstert: *Hinter dir*. Vor der zentralen Kommandostation – sechs Uhr abends, die Jalousie fährt rasselnd herunter, als sie für die Nacht schließt. In der Mauer werden die Zugänge geschlossen. Die Programme überlassen das Programm sich selbst.

Schatten bewegen sich hinter Glas. Irgendwo in der Nähe knallt eine Tür zu, jemand stößt einen Ruf aus, und vor ihm verklingen rennende Schritte in der Ferne. Er geht weiter. An der Westseite der Sozialwohnblocks entlang – er macht große Bögen um Eingänge und Straßenecken, hält angestrengt Ausschau nach Anzeichen eines Hinterhalts, nach einer Menschenreihe, die die Straße abriegelt mit Brice in der Mitte, der seinen Bolzenschneider schwingt.

Am Ende des Sozialwohnblocks biegt er rechts ab, und da liegt es vor ihm: der elektrische Zaun, die Menschengruppe am Tor. Sie haben ihn entdeckt: Ein Kopf dreht sich, dann der nächste. Jemand löst sich aus der Gruppe und sprintet auf ein Gebäude zu. Wen wird er warnen? Quillan oder Brice? Johanssen kommt näher und versucht, die Gesichter zu erkennen, sucht nach Brice' Crew – dem Kerl mit den gelben Zähnen, dem Mageren, Dunklen, der ein Mädchen sein könnte …

Er erreicht das Tor. Vier Fremde starren ihn an.

Soll er nach Cate fragen? Aber Quillan hatte ihn hinausgeschickt. Also kann nur Quillan ihn wieder hereinlassen.

Quillan sitzt wie üblich in seinem Sessel. Auf dem Tisch neben ihm steht ein Tablett mit den Resten einer Mahlzeit: überbackener Blumenkohl und ein Glas Orangensaft. Krankennahrung. Im Fernseher läuft eine Tiersendung: Schillernde Schmetterlinge füllen das Bild. Quillan sieht nicht hin. Er starrt Johanssen an.

»Soso«, sagt er schließlich. »Ich glaube, Sie schulden mir eine Erklärung, Mr *Jackson.*«

»Die Amerikaner«, sagt er. »Sie wollten mit mir reden.«

»Oh, ja, die sind bestimmt ganz scharf darauf, dass Sie ihre alten Kompagnons verpfeifen. Und, haben Sie das getan?«

»Nein.«

Quillan verbessert ihn. »*Noch nicht.* Und jetzt sind Sie wieder da.«

»Ich will immer noch für Sie arbeiten.«

Tickendes Schweigen. Quillans Blick ist kalt, herablassend.

Dann lächelt er, als hätte er die Berechnung, die er im Kopf durchgeführt hat, zu seiner Zufriedenheit gelöst. Doch das Lächeln verblasst schnell, und er sagt nur: »Worauf warten Sie noch?«

Johanssen geht durchs Lager zur Klinik. Durch den Haupteingang und den Raum voller Stühle – ein Mann sitzt schon da mit einem blutigen Verband um die Hand – in den Behandlungsraum. Vier Gesichter wenden sich ihm zu: Cate, Riley, Vinnie, Drill.

Riley sagt: »Sie kommen gerade rechtzeitig.« Cate sieht zur Seite.

Dann kommen sie. Gebrochene Finger, Brustschmerzen, Verbrennungen. Ein junger Asiate mit Schnittwunden an Brust und Armen, der Narkotika ablehnt und seine Schmerzen stoisch erträgt. Ein Mann, der einen Messerstich in die Schulter bekommen hat: Zwei Männer, Johanssen und Drill, der Junge mit dem ausdruckslosen Gesicht, müssen ihn festhalten, während Cate ihn festgurtet. Er schreit viel – hohe Kiekser, die nicht mit irgendwelchen Schmerzen zu tun haben –, bis die Wirkung des Beruhigungsmittels einsetzt.

Johanssen macht, was man ihm sagt, wenn man ihm etwas sagt, und sucht sich Arbeit, wenn man es nicht tut. Er holt Sachen, hält Sachen, gurtet Patienten an, gibt Schmerzmittel, schient ein Bein, reinigt und verbindet eine Wunde. Er hilft Vinnie, den Raum zu reinigen, den sie als Leichenhalle benutzen, blockt einen Schlag auf Rileys Kopf ab, ignoriert die Müdigkeit und die Schmerzen. Er weiß, dass er auf die Probe gestellt wird.

Von Zeit zu Zeit sieht er, wie Cate, Riley oder Vinnie ihn beobachten – immer mit dem gleichen Blick. Sie fragen sich, was er hier will.

Auch Drill beobachtet ihn. Was er denkt, weiß jedoch niemand.

Kurz nach acht Uhr kommen die gepanzerten Krankenwagen mit der Eskorte an.

Nachdem sie die Verletzten eingeladen haben, stellt er sich an der Dusche an, dann isst er mit Riley und Vinnie. Von Cate ist nichts zu sehen, nur ein schmutziger Teller in der Spüle. Drill isst auf seinem Bett. Vinnie erzählt wieder von seinem Hund: Er kommt bald raus. Johanssen spült seinen Teller ab, dann führt Riley ihn über den Hof zu einem Mann, der ihm vermutlich für das Doppelte des üblichen Preises eine Telefonkarte verkauft.

Johanssen benutzt den öffentlichen Fernsprecher im Wartezimmer. Er ruft eine der sicheren Leitungen an: Die Nummer ist nicht rückverfolgbar.

Er wählt, bereitet sich darauf vor, Karlas Stimme zu hören, wird aber mit einem Anrufbeantworter verbunden.

Er fasst sich kurz. Es geht ihm gut, es ist alles in Ordnung, und er ist unter dieser Nummer erreichbar. »Sag Dad auch Bescheid«, beendet er das Telefonat.

Ryan Jacksons Vater lebt. Sie haben seit Jahren nicht miteinander gesprochen, aber es wird nicht auffallen.

Er geht zurück in die Klinik.

Sie sitzt auf einem Hocker an einem Tresen mit chirurgischen Instrumenten – Arterienklemmen, Pinzetten, Scheren, Sägen, Skalpells, Wundhaken und etwas Gebogenem, dessen Namen er nicht kennt –, die sie vor sich auf einem langen blauen Papierstreifen ausgebreitet hat. Als er hereinkommt, sieht sie nicht auf. Ihre Hand wandert über das Papier: Sie nimmt ein Skalpell und hält es hoch. Die Klinge blitzt im Licht.

»Sie sind also zurückgekommen«, sagt sie tonlos.

»Ich will mich nützlich machen«, sagt er.

»Das haben Sie gesagt.« Sie legt das Skalpell wieder ganz präzise auf den blauen Papierstreifen. »Machen Sie sich keine Sorgen, was Brice mit Ihnen vorhat? Er ist nicht gerade für seine Geduld bekannt.«

»Er wird das vor Publikum machen wollen.«

»Ja, das stimmt wohl.«

Sie nimmt eine Klemme und legt sie wieder weg. Das Gespräch ist beendet.

Er geht hinauf in den Schlafraum. Sein Bett ist links. Er zieht sich schnell aus und kriecht unter die Decke.

Fielding hat gesagt: *Die hat's verdient.*

Irgendwie muss er sie dazu bringen, ihm zu vertrauen, mit ihm zu reden, sich in seiner Gegenwart sicher zu fühlen.

Er weiß nicht, wo er anfangen soll.

Er liegt noch wach, als Cates Schritte an der Tür vorbei die Treppe hinauf ins obere Stockwerk patschen. Ihre Tür wird geöffnet und wieder geschlossen. Ein paar Minuten darauf hört er das Kratzen: langsam, behutsam. Dieses Mal dauert es nur ein paar Sekunden.

Er döst, als er den Schrei von oben hört: einen gellenden, durchdringenden Schrei, der sofort wieder abbricht.

Er ist aufgesprungen, aus dem Schlafraum und schon fast durch die Küche gestürmt, als er eine Stimme hinter sich hört: »Lassen Sie das.«

Riley steht am Vorhang

»Sie hat Albträume«, sagt er. »Lassen Sie sie in Ruhe.«

Johanssen geht wieder ins Bett, liegt wach und betrachtet den Tanz der Staubteilchen im Licht, das an den Rändern der behelfsmäßigen Verdunklung eindringt.

Sie schreit nicht noch einmal.

3. TEIL

12. Tag: Sonntag – 13. Tag: Montag

Karla

Ich rufe ihn am Sonntagmorgen um 4:30 Uhr an. Um die Zeit besteht bei jedem anderen die Gefahr, dass ihm schlaftrunken das Telefon aus der Hand fällt. Bei ihm nicht.

»*Karla*«, sagt er. Gestochen scharf wie immer und schon in diesem gefährlich selbstsicheren Tonfall, der mich immer auf die Palme bringt. Als käme mein Anruf nicht überraschend. Als hätte Detective Inspector Joseph Ellis mich genau da, wo er mich haben will.

»Verraten Sie mir nichts«, sagt er. »Es ist morgens halb fünf, und Sie wollen, dass ich Ihnen einen Gefallen tue. Seltsam, ich hätte schwören können, dass ich noch was bei Ihnen guthabe. Und überlassen Sie solche Dinge nicht inzwischen Ihrem Lover?« Er meint Craigie.

»Es geht um was Privates. Nur für mich. Und es ist dringend. Eine Akte.«

»Tut mir leid, aber unsere Öffnungszeiten sind …«

Ich sage: »Es geht um Vermisstenmeldungen.«

Eine Pause in der Leitung. Damit hat er nicht gerechnet. Schließlich fragt er: »Und was fällt für mich dabei ab?«

Wir treffen uns an einer Reifenwerkstatt in Harringay, im Norden Londons.

Als der Besitzer, ein türkischer Zypriot in den Fünfzigern, am Montagmorgen um 7:30 Uhr aufschließt, steht ein Ford Mondeo mit mir am Steuer davor. Der Besitzer sieht sich die

Reifen des Mondeos mit ernster Miene an – sie genügen gerade noch den Vorschriften –, bestätigt dann, dass er mir helfen könne, wobei er eigentlich nur gekommen wäre, um liegen gebliebene Schreibarbeiten zu erledigen. Wenn ich Reifen bräuchte, müsste ich warten, bis seine Leute da sind. Vorne im Büro stehen zwar ein paar Stühle und eine Kaffeemaschine, aber er schlägt vor, dass ich im Hinterzimmer warte, weil es dort wärmer ist. Er führt mich durch die Werkstatt – die beißende Kälte dämpft den Geruch von Gummi und Öl – in einen kleinen Raum mit ein paar schmuddeligen Sesseln, einem Fernseher, ein paar Boulevardzeitungen aus der letzten Woche, einem alten elektrischen Heizlüfter, den er einschaltet, und ein paar Kalendern von der Sorte, von der ich dachte, dass sie seit Jahrzehnten nicht mehr produziert werden.

Und da bleibe ich mehr als über zwei Stunden sitzen, bis Joe Ellis mit einem orangefarbenen Plastikbecher aus der Kaffeemaschine in der Hand und einer Lederaktentasche unterm Arm hereinkommt.

Für einen Detective Inspector ist er sehr jung, gerade einmal neunundzwanzig Jahre alt. Nicht groß, aber mit dieser trockenen Schärfe, dieser kernigen Aggressivität, die er durch seine makellose Erscheinung (edle Lässigkeit, Designerklamotten) noch betont. Er sieht aus wie jemand, der im Kampf schmutzige Tricks anwenden würde, wenn er dadurch gewinnen könnte, meines Wissen hat er aber noch nie falsch gespielt und jemandem etwas angehängt. Seine Hinweise und Tipps erhält er allerdings aus recht zweifelhaften Quellen.

Schon bei unserer ersten Begegnung hatte er es zum Detective Sergeant gebracht und war auf dem Weg nach oben: »versuchen, weiter voranzukommen«, hatte er es genannt. Und dank der Vielzahl seiner »nützlichen« Kontakte und seiner hohen Verurteilungsquote ist ihm das auch gelungen. Ich bin einer dieser Kontakte, und meine Informationen haben seine

Karriere vorangebracht. Bei ihm ist das jedoch keine Einbahnstraße, und die Tipps, die ich ihm gebe, sind Teil eines größeren Geschäfts. Seinen kometenhaften Aufstieg hat er sich mit Insiderinformationen der Londoner Metropolitan Police erkauft.

Ich habe Aufzeichnungen darüber: Sorgfältige Belege für jedes Detail. Wenn er sich gegen mich wendet, verliert er nicht nur jede Chance, auf schnellstem Weg ganz nach oben zu kommen, sondern er landet auch im Gefängnis. Das ist ein Grund, weshalb ich bereit bin, mich persönlich mit ihm zu treffen, obwohl er mich dadurch als Charlotte Alton identifizieren könnte. Er weiß, was ich ihm antun kann, und er weiß auch, dass ich nicht zögern würde.

Aber ich bin noch aus einem weiteren Grund hier.

Manche Menschen hält man lieber auf Distanz. Nicht Joe Ellis: Er ist ein Feind, den man immer in der Nähe behalten muss. Ich fühle mich am sichersten, wenn ich mit ihm in einem Raum bin ... wenn ich das Weiße in seinen Augen sehen kann.

»Ist hier noch frei?«, fragt er. Als er sich setzt, wirft er die Aktentasche auf den Stuhl neben sich – den Stuhl, der am weitesten von mir entfernt steht. Die Tasche ist schwer, landet dumpf. Er hat die Akte mitgebracht, ist aber schon voller Adrenalin, weil er einen Deal wittert, und die Art, wie er lächelt, seinen Kaffee schlürft und sich Zeit lässt, zeigt mir, dass das Treffen nicht so problemlos laufen wird, wie ich gehofft hatte.

»Also«, sagt er nach einer kurzen Pause. »Lange nicht gesehen. Ich dachte schon, Sie hätten sich zur Ruhe gesetzt. Vielleicht in Südfrankreich.« Er kneift die Augen zusammen. »Nicht in Spanien. Wäre nicht Ihr Stil.«

»Ich habe mich etwas zurückgenommen«, sage ich so unverbindlich, wie ich kann.

»Ja, mal andere machen lassen, wieso auch nicht? Würde

ich auch tun, wenn ich könnte. Also: Ein persönlicher Gefallen, was?« Seine Hand liegt locker auf der Aktentasche.

»So ist es.«

Ich möchte, dass er nach der Tasche greift und mir die Akte gibt, aber er rührt sich nicht. Er beobachtet mich. Er weiß, dass ich keine »persönlichen« Sachen mache, also hat er die Akte gelesen, nachdem er sie heute Morgen aus der Vermissten-Datenbank kopiert hat. Jetzt fragt er sich, worum es geht.

»Weihnachten, was?«, sagt er. »Was haben die Leute immer nur mit Weihnachten?«, fragt er lächelnd und zeigt seine gleichmäßigen weißen Zähne. »Ich glaube, die Werbung ist schuld. Lauter Bilder von glücklichen Familien, lächelnden Kindern, Frieden auf Erden und den Menschen ein Wohlgefallen … Ist wie ein Messerstich in den Unterleib für alle einsamen, deprimierten Gestalten.« Er sieht mich an, als dächte er dabei an mich. »Kein Wunder, dass sich die Leute zu Weihnachten gern mal einen Strick nehmen.«

»Das hat sie aber nicht«, sage ich. »Sie war schon Wochen vor Weihnachten verschwunden. Sie wurde seit dem 8. nicht mehr gesehen.«

Das Datum stand im Zeitungsartikel. Am 8. Dezember vor gut einem Jahr hat Dr. Catherine Gallagher in dem Londoner Krankenhaus, in dem sie gearbeitet hatte, ein paar Wochen Sonderurlaub beantragt, um sich um ihre Mutter zu kümmern, die – wie sie sagte – schwer erkrankt sei. Heiligabend sollte Frau Dr. Gallagher wieder auf Station sein, und als sie am 8. Dezember das Krankenhaus verließ, gingen alle davon aus, dass sie zurückkommen würde.

»Klar«, sagt er, als hätte sie ihm gerade die letzten Argumente für seine Ansicht geliefert. »Vielleicht wollte sie nicht in den Weihnachtstrubel geraten.« Wieder musterte er mich abwartend.

»Erzählen Sie mir von ihr.«

»Was wollen Sie wissen?« Das ist keine Hilfsbereitschaft. Er will wissen, wonach ich suche.

Bleib im neutralen, sicheren Bereich. »Erstens wurde sie erst am 24. wieder im Krankenhaus erwartet, die Vermisstenmeldung ist aber schon am 21. eingegangen.«

Er zuckt die Achseln. Mistkerl.

Ich versuche es noch einmal. »Sie hat einen Termin verpasst.«

Ellis antwortet immer noch nicht. Er findet das unterhaltsam.

»Ellis, vielbeschäftigte Menschen verpassen ständig irgendwelche Termine. Normalerweise gibt niemand deshalb gleich eine Vermisstenanzeige auf.«

Dieses Mal kann er nicht widerstehen. »Doch, das tun sie, wenn es sich um einen Termin beim Psychiater handelt, der diese Person für selbstmordgefährdet hält.«

Das stand nicht in dem Zeitungsartikel. »Ein Psychiater? Sie war in psychiatrischer Behandlung?«

Ellis musterte mich mit prüfendem Blick. Als Polizist rechnet er immer mit einer Lüge. Dieses Mal scheint er überzeugt zu sein, dass meine Überraschung echt ist.

»Ein Ian Graves. Der Termin war am 20. Und sie war eine gute Patientin. Immer pünktlich, hat nie einen Termin verpasst. Als sie dann nicht aufgetaucht ist und sich nicht bei ihm gemeldet hat, um den Termin zu verschieben, hat er sich Sorgen gemacht. Er hat versucht, sie zu Hause und auf ihrem Handy zu erreichen, aber sie ist nicht rangegangen. Er hat bei ihrer Wohnung vorbeigeschaut, aber es war niemand da. Er hätte es auch auf der Arbeit versucht, es stellte sich aber heraus, dass sie ihn da belogen hatte: Sie hatte behauptet, für eine Werbeagentur zu arbeiten. Wollte wohl nicht, dass ihre Chefs erfahren, dass sie eine potenzielle Ritzerin ist.« Ellis schnaubt kurz. »Jedenfalls hat er es dann gemeldet. ›Aus Sorge um die Sicherheit der Patientin.‹ Sagte, es bestünde ein erhöhtes Selbstmordrisiko. Wollte sichergehen, dass wir es ernst nehmen. Sie kennen diese Leute: Ständig in der Angst, für etwas haftbar gemacht zu werden, fürchten immer, jemand könnte ihnen einen Prozess anhängen. Aber sobald sie es melden, ist es unser Problem.« Ellis schweigt und trinkt den Bodensatz aus seinem Becher.

»Wir haben dann schnell rausgekriegt«, fährt er fort, »dass sie Ärztin ist. Haben bei ihr im Krankenhaus angerufen: Die sagten, sie hätte Sonderurlaub, weil ihre Mutter im Sterben liegt. Klang so weit ziemlich plausibel: Ihre nächste und liebste Verwandte steht an der Schwelle des Todes, da kann man schon mal vergessen, in den Terminkalender zu gucken, oder? Mom lebte in einem Altenheim in Kent. Alzheimer. Wir haben im Altenheim angerufen.« Ellis lächelt, wenn auch freudlos. »Und ihr ging's gut. Plemplem, aber sonst bester Dinge. Frau Dr. Gallagher war seit über einem Monat nicht mehr im Altenheim gesehen worden.«

»Und so sind Sie zu ihrer Vermisstenmeldung gekommen.«

»Nein, wir suchen nach einer Leiche.« Er sieht sich nach einem Mülleimer um, findet einen und wirft den Plastikbecher hinein.

»War Graves sich so sicher?«

Er nickt. »Alle haben mit einer Überdosis gerechnet. Würde zu einer Ärztin passen, oder? Bei Bauern sind's Gewehre, bei Pendlern Züge, bei Ärzten Medikamente. Vergiften sich mit einer Überdosis. Meistens zu Hause oder im Auto. Ein Team hat nach ihr gesucht. Sie wohnte allein. In Wapping, einem der neuen Wohnkomplexe. Offenbar eine hübsche Wohnung, wenn auch etwas …«, er sucht nach dem Wort, »… seelenlos. Post der letzten zwei Wochen, aber keine Leiche. Kein Abschiedsbrief, aber soweit wir das feststellen konnten, hat sie auch keine Kleidung mitgenommen, sondern nur die Jacke und ihre Handtasche. Der Pass lag in einer Schublade, der Wagen stand draußen auf der Straße.«

»Bankkonto? Karten?«

»Die Kreditkarte hatte sie am Wochenende vorher zum letzten Mal benutzt. Die letzte Geldabhebung erfolgte am 17. Hundert Pfund, damit wäre sie nicht weit gekommen. Letzte Telefonate vom Handy und ihrem Festnetztelefon am Abend des 7. Am 8. um 20:15 Uhr wurde sie zum letzten Mal gesehen. Am Eingang ihres Hauses befindet sich eine Überwachungskamera. Sie war vom Krankenhaus nach Hause gekommen, hat sich umgezogen und ist wieder gegangen.«

»Haben die Nachbarn irgendwas gesehen?«

»Nichts. Unsere Leute haben die Wohnungen abgeklappert. Die Hälfte der Leute erkannte sie nicht mal auf dem Foto. Sie war eigentlich ganz hübsch, ist aber nicht viel unter Menschen gegangen. Im Krankenhaus das Gleiche – sie hat viel gearbeitet und keine Kontakte geknüpft. Das waren eher Kollegen als Freunde. ›Bekannte‹.«

»Liebhaber?«

»Keine Spur.«

»Familie?«

»Einzelkind. Ihr Vater ist tot, und ihre Mom erkennt sie nicht mal mehr. Außerhalb ihrer Wohnung gibt es keinen Ort, an den sie gehen würde – zumindest haben wir nichts gefunden.«

»Wurden Vermisstenmeldungen herausgegeben?«

»An Krankenhäuser, Obdachlosenunterkünfte und Frauenhäuser …« Wieder zuckt er die Achseln. Gleichgültigkeit ist eine der Posen, auf die er immer wieder zurückgreift. Er nutzt sie, um Gesprächspartner in Sicherheit zu wiegen. »Sie könnte durchgedreht und auf der Straße gelandet sein. Kommt schon mal vor.«

»Dafür war das alles viel zu gut organisiert. Da beantragt man nicht erst Sonderurlaub.«

»Menschen machen manchmal komische Sachen. Vielleicht hat sie auch zu denen gehört, die ihr Leben streng aufteilen und alles in einzelne Schubladen stecken. Arbeit in diese Schublade. Freundschaften und gesellschaftliches Leben in eine andere. Vielleicht hatte sie einen Grund dafür, wie zum Beispiel abartiger Sex mit Fremden, und da will man natürlich nicht, dass die Leute auf der Arbeit davon erfahren. Oh, das haben wir auch überprüft: Internetverbindungen und Webseiten mit Sex- und Kontaktangeboten … Nichts.« Er lehnt sich zurück. »Das Vermisstendezernat hat eine Pressemeldung rausgegeben, die Medien sind dann auch für ein paar Tage darauf eingestiegen. Zwischen Weihnachten und Neujahr passiert ja sonst nicht viel, und wenn eine hübsche blonde Ärztin verschwindet … Die stehen auf so etwas, da lässt sich eine Story draus machen.«

In der Zeit musste ich ihr Foto im Fernsehen oder irgendwo in der Zeitung gesehen haben: *Die Polizei ist besorgt um die Sicherheit von …*

»Gibt es irgendwelche brauchbaren Hinweise?«

»Ein paar. Die meisten konnten wir schnell ausschließen. Die Hilfsbereiten aber Irrenden. Natürlich kamen auch die üblichen Durchgeknallten und nach Aufmerksamkeit Heischenden aus dem Gebüsch gekrochen.«

»Geständnisse?«

»Wie nicht anders zu erwarten.«

»Und dann?«

»Das war's. Jetzt ist sie in der Vermissten-Datenbank. Sobald eine unbekannte weiße Frau irgendwo auftaucht, tot oder lebendig, wird sie durch das System überprüft.« Ellis schnieft. Immer noch im Gleichgültigkeitsmodus. »Richardson glaubt, sie ist tot.«

»Richardson?«

»Der Kollege, der die Ermittlung nach Eingang der Vermisstenmeldung geleitet hat. Ich habe mit ihm gesprochen.«

Schon? An einem Sonntagmorgen? Ich hatte ihn nicht darum gebeten, und normalerweise tat Ellis nichts, solange er nicht ausdrücklich darum gebeten oder dafür bezahlt wurde. Dieser Fall muss es ihm angetan haben.

»Hat er sonst noch was gesagt?«

Er grunzt. »Neurotische Erfolgsfrau, Selbstmordrisiko, aufgeräumte Wohnung, das Bild der Überwachungskamera zeigt, dass sie allein geht, keinerlei Anzeichen für ein Verbrechen, kein Abschiedsbrief, keine Hinweise.« Noch ein Achselzucken. »Er glaubt, sie hat sich umgebracht. Sich irgendwo verkrochen, wo sie nicht gefunden wird, dann eine große Spritze mit Morphium und *Good night, Irene*.«

»Warum sollte sie sich verstecken?«

»Aus Scham. Das ist das Problem bei Ärzten: Man erwartet von ihnen, dass sie immer mit allem zurechtkommen.« Er nickt in Richtung eines der Wandkalender. »Hübsche Titten«, sagt er, und dann, obwohl seine Stimme so beiläufig wie immer klingt, richtet er seinen Polizistenblick auf mich: »Und weshalb interessieren Sie sich dafür?«

»Menschliche Neugier?«

Er schnaubt. »Ja, klar doch. Was haben Sie mit Catherine Gallagher zu tun? Kannten Sie sie?«

»In dem Fall hätte ich Ihnen die Fragen vor einem Jahr gestellt, nicht erst jetzt.«

»Also: Was ist? Wie passen Sie in die ganze Geschichte?«

»Ich pass da nicht rein.«

»Sie wollen die Akte. Sie stellen Fragen.«

»Das ist mein Job.«

»Da sind wir schon zwei.« Er mustert mich immer noch. »Das ist *wirklich* eine persönliche Geschichte, was?« Dann sagt er: »Sie glauben, dass Catherine Gallagher ermordet wurde.« Und dann ist dieser beiläufige Ton vollständig verschwunden. »Erzählen Sie mir, was los ist, Karla. Geben Sie sich einen Ruck.«

Ich schüttle den Kopf. »Sie liegen total daneben.«

»Ach ja?«, sagt er, und dann fast schon als Selbstgespräch: »Sie kannten sie nicht, stellen aber Fragen. Sie ist tot, und wir haben irgendetwas übersehen.«

Ich gehe als Erste. Stelle den Mondeo an einer Parkuhr in Fulham ab – er wird dort innerhalb einer Stunde abgeholt werden –, gehe etwa einen Kilometer zu Fuß, nehme ein Taxi nach South Kensington, dann einen Bus und schließlich die U-Bahn der Jubilee Line nach Canary Wharf. Als die Rolltreppe mich schließlich wieder hinauf ins schwache Sonnenlicht trägt, ist es fast ein Uhr mittags, und die Akte brennt mir ein Loch in die Tasche.

Als ich nach Hause komme, erwartet mich eine Nachricht von Johannssen auf dem Anrufbeantworter, die Nummer gehört zu einem öffentlichen Fernsprecher. »Sag Dad auch Bescheid.« Er spricht leise und klingt erschöpft.

Fielding kann warten. Ich ziehe die Akte aus der Tasche, schlage direkt die Bilder auf und sehe das Foto aus dem Internet vor mir, das gleiche, das Fielding Johanssen gegeben hatte. Catherine Gallagher.

Eigentlich hätte ich sie unmöglich identifizieren können. Der Blogeintrag war ein zufälliges Überbleibsel. Bei allen anderen Internetartikeln über ihr Verschwinden ist der Platz über den Bildunterschriften VERMISST: DR. CATHERINE – KEINE HINWEISE, oder HABEN SIE DIESE FRAU GESEHEN? leer.

Catherine Gallagher war einunddreißig, als sie verschwand. Die Akte spezifiziert ihr Aussehen – den schlanken Körperbau, die blonden Haare. Die Fotos sehen aus wie von Mitgliedsausweisen und in Personalakten. Zwanglose Schnappschüsse, Fotos aus Kneipen, von Partys oder aus dem Urlaub sind nicht dabei. Auf allen – selbst auf denen, auf denen sie lächelt – wirkt ihr Gesicht verschlossen.

Es gibt nur ein Bild, auf dem sie nicht posiert, und das ist die Aufzeichnung der letzten bestätigten Sichtung: ein verschwommenes Bild aus einer Überwachungskamera, das eine junge Frau mit hellen Haaren in einem langen Mantel auf dem Weg durch die Eingangshalle zum Ausgang zeigt. Die Anzeige in der unteren Ecke zeigt: 20:15-08-12. Am 8. Dezember um 20 Uhr 15 marschiert Dr. Catherine Gallagher aus ihrem Leben.

Sie arbeitete auf der Intensivstation eines großen Londoner Krankenhauses für eine Oberarztstelle mit sedierten, passiven Patienten. Sie arbeitete hart und gab sich reserviert. Sie wirkte etwas kühl, etwas distanziert, war aber effizient und zuverlässig. *Professionell.* Keiner ihrer Kollegen wusste von ihrer Depression. Für sie war sie zurückhaltend, Einzelgängerin, Leistungsträgerin. Gut im Job, hart zu sich selbst. Eine Getriebene.

Die einzige Person, die sie in ihren Kopf blicken ließ, war Graves, ihr Psychiater.

Die Polizei hatte ihn recht ausgiebig vernommen. Ich überfliege die Aufzeichnungen: *Fünfzehn Monate, regelmäßige Termine.* (Ellis hatte recht, sie war immer pünktlich, hat keinen Termin verpasst.) *Vorgeschichte der Depression. Niedriges Selbstwertgefühl. Manifestes Selbstverletzungsrisiko.* Konkrete Gründe wurden nicht angeführt.

Weil sie Menschen umgebracht hatte und daran zerbrochen war? Doch davon hätte sie niemandem erzählt. Sie nicht.

Was also war am 8. Dezember passiert?

Ihr war klar geworden, dass jemand Bescheid wusste.

Ich gehe zu dem Bild aus dem Überwachungsstream zurück: Die Frau im langen Mantel auf dem Weg zur Tür. Wohin geht sie? Nicht ins Programm, das hat sie nicht im Kopf, da noch nicht. Sie hat allen erzählt, ihre Mutter sei krank, und versucht zu entkommen. Ihren Gesichtsausdruck kann ich nicht genau erkennen, aber die Körpersprache ist entspannt. Für einen Menschen in voller Fahrt ist sie sehr ruhig.

Dennoch auf der Flucht, nur nicht schnell genug.

Sie haben sie geschnappt und ins Programm gesteckt – sie wie eine Leiche mit einem Betonklotz an den Füßen in dieser trüben Brühe versenkt, die sich ohne jeden Wellenschlag über ihr geschlossen hatte. Und das ist der Punkt: Selbst als die Vermisstenmeldung herausgegangen war – obwohl jemand die Abnahme der Fingerabdrücke, den Netzhaut-Scan und die Leibesvisitation überwacht haben musste –, hatte niemand etwas verraten. Sie blieb eine Vermisste, der Fall ist noch nicht geschlossen, die Polizei ist überzeugt davon, dass sie Selbstmord begangen hat und es nur eine Frage der Zeit ist, bis ihre Leiche gefunden wird.

Wen hast du getötet? Und warum ist das ein Geheimnis?

Und weiter: *Wer will dich tot sehen?*

Manche Menschen unterteilen ihr Leben in kleine Schubladen … Irgendwo gibt es eine Schublade, in der die Wahrheit über diese Sache steckt. Und die muss ich finden.

Wo soll ich anfangen? Bei ihren Freunden? Sie hatte keine. Ihren Kollegen? Dem Psychiater? Aber ich darf mein Interesse nicht offen zeigen: Es muss nach Routine aussehen, zufällig. Eine polizeiliche Ermittlung? Ein letzter schneller Blick auf die Fakten, bevor ich die Akte ins Regal stelle.

Soll ich Ellis fragen?

Aber Ellis hat selbst zu viel Interesse gezeigt. Es wäre ein Fehler, ihn einzubeziehen.

»Was ist denn jetzt schon wieder?«, fragt Ellis. Es ist zwei Uhr mittags, als ich ihn endlich erreiche. Er ist irgendwo in einem schicken Pub, das höre ich an den Hintergrundgeräuschen, den Stimmen und dem Klirren von Gläsern und Besteck, dem tiefen Hämmern von Jazz: »So What« von Miles Davis' Album *Kind of Blue*.

»Catherine Gallagher«, sage ich.

»Einen Moment«, sagt er. Er ist in Gesellschaft – sagt zur Seite: »Entschuldigung, aber das muss ich kurz klären.« Die Hintergrundgeräusche werden lauter, dann verschwinden sie. »Was ist mit ihr?«, fragt er.

»Es war kein Selbstmord.«

»Haben Sie ihre sterblichen Überreste?« Es liegt wieder Schärfe in seiner Stimme.

»Nein.«

»Aber sie ist tot?«

Ich übergehe die Frage. »Da muss etwas passiert sein. Irgendetwas, das mit ihrer Arbeit zu tun hat. Irgendetwas, das sie getan hat, oder etwas, das sie wusste. Und ich glaube, dass deshalb jemand hinter ihr her war. Wenn wir herausbekommen …«

»Wir?«, sagt er.

»Wir.«

Ellis verstummt wieder. Das Angebot liegt auf dem Tisch. Er überlegt, was dahinterstecken könnte.

»Sie wissen mehr, als Sie sagen«, fährt er schließlich fort.

»Ich sage Ihnen so viel, wie ich im Moment kann. Tatsache ist, dass ich nicht sehr viel weiß.«

»Wie kommen Sie darauf, dass es was mit ihrem Job zu tun haben könnte?«

»Sie haben die Akte doch gelesen. Die Arbeit war alles, was sie hatte.«

»Glauben Sie, sie hat irgendwas Schlimmes getan? Was?

Einen Patienten kaltgemacht? Ist sie ein zweiter Shipman?«, fragt er. »Oder wie hieß diese andere, die Krankenschwester?«

Er denkt an Mediziner, die Menschen umgebracht haben. Die Kontrollfetischisten mit Allmachtsfantasien, die ihre Schützlinge vorzeitig aus der Welt entfernen. Oder die Adrenalin-Junkies, die ein Herzversagen verursachen, um die Erregung der Wiederbelebung zu erfahren, sich eine Gelegenheit verschaffen, den Helden zu spielen.

»Möglich«, sage ich. »Aber vielleicht hat sie auch nur einen Fehler gemacht.« Etwas so Banales wie eine Fehldiagnose, eine Fehleinschätzung oder mangelnde Sorgfalt. Aber so war es nicht – es war schmutzig und schrecklich –, der Klient hat es Fielding erzählt.

Ellis sagt: »Unwahrscheinlich, dass es um einen Kunstfehler geht, jedenfalls war in den Akten nichts dergleichen zu finden.« Das verblüfft mich. Also hat er ihre Personalakte schon überprüft. Das ging ja fix.

»Vielleicht ist es nie an die Öffentlichkeit gelangt. Vielleicht wurde es vertuscht. Von ihrer Depression wusste ja auch niemand was. Offenbar konnte sie solche Sachen ziemlich gut geheim halten.«

»Und Sie wollen, dass jemand ins Krankenhaus geht und sich umhört?«

Wenn er unbedingt glauben will, dass sie ermordet wurde, lass ihn halt. »Als Ihr Freund Richardson ihre Kollegen vernommen hat, sind alle davon ausgegangen, dass es Selbstmord war. Selbst Richardson dachte das. Irgendjemand muss die Idee in den Raum stellen, dass ein Verbrechen stattgefunden hat. Feststellen, ob womöglich jemand ein Motiv gehabt haben könnte. Gucken, was dabei abfällt.«

»Und was kriege ich dafür?«

»Das Übliche.«

»Bares für Fragen, was?«

»Sie wollten beteiligt werden. Ihre Entscheidung. Wenn Sie nicht interessiert sind, sagen Sie es jetzt.«

Er grunzt, wird aber mitspielen. Er ist ein Cop. Er kann nicht anders. Genau wie ich.

Und vielleicht ziehe ich deshalb direkt nach Beendigung unseres Telefonats Catherine Gallaghers Adresse in Wapping aus der Akte und rufe noch jemanden an.

Sie wohnte in einer Kopfsteinpflasterstraße mit umgebauten Lagerhäusern und Neubauten einen Block vom Fluss entfernt. Als ich am Montag um zehn dort ankomme, erwartet mich ein junger Makler in einem Anzug und einer Brille mit betont dunklem Rahmen, der zu viel Aftershave benutzt hat. »Mrs Christie? Sollen wir gleich hineingehen?«

Die Überwachungskamera in der Lobby funktioniert heute nicht – dafür haben wir gesorgt –, als ich ihr Blickfeld durchquere, sehe ich vor meinem inneren Auge trotzdem meine verschwommene Gestalt mit einer unten eingeblendeten Zeit- und Datumsanzeige. Wie bei Catherine Gallagher am 8. Dezember, wobei Catherine Gallagher in die andere Richtung ging. Catherine Gallagher war aus ihrem Leben hinausmarschiert.

Die Polizei hatte die Wohnung durchsucht und hat immer noch eine Handvoll persönlicher Gegenstände in Verwahrung – ein Tagebuch, Kontoauszüge, einen Laptop. Aber die Polizei hat nach Hinweisen für einen Selbstmord gesucht, nicht nach Motiven für einen Mord. Also sehe ich eine realistische Chance, dass sie etwas übersehen hat.

Als wir im ersten Stock sind, öffnet der Makler die Tür mit dem Schlüssel: »Ich denke, die Einrichtung wird Ihnen zusagen«, worauf ich eintrete.

Ein winziger Flur. Ein Spiegel, ein unscheinbares Landschaftsaquarell. Der Staub von einem Jahr bedeckt den Rahmen. Die Luft ist ruhig, verbraucht und stickig. Die ganze Wohnung riecht wie etwas, das zu lange in einer Schublade gelegen hat.

Der Makler schließt leise die Tür, während ich Latexhandschuhe aus der Tasche ziehe. »Ich warte hier«, sagt er mit einem leeren, routinierten Lächeln, als wäre das, was ich tue, völlig normal. »Lassen Sie sich ruhig Zeit.«

Er heißt Sean und ist Robbies Sohn, wobei er seinem Dad überhaupt nicht ähnlich sieht – er hat weder den dicken Bullterrier-Kopf noch den breiten Brustkorb. Er ist schlank, leichtfüßig und hat die zarten Gesichtszüge seiner Mutter, einer Frau, die ich nur von Fotos kenne und die schon unter der Erde lag, als Robbie anfing, für Thomas Drew zu arbeiten. Sean war damals sieben, ein kleiner Junge im West-Ham-Trikot. Robbie träumte damals davon, dass sein Sohn als Fußballprofi Karriere macht – er wäre mit einer als Elektriker oder Klempner zufrieden gewesen, aber manche Dinge liegen einem wohl einfach im Blut. Sean ist jetzt einundzwanzig und arbeitet an der Seite seines Vaters im Wachgewerbe. Und sobald ich gestern Robbie das Szenario beschrieb, sagte er: »Nimm Sean.«

Schon vor meiner Ankunft hatte er dem Hausverwalter die Papiere vorgelegt, die ihn als Wohnungsmakler auswiesen. Die Unterlagen hatte ich selbst hastig erstellt, daher sind sie nicht ganz wasserdicht. Aber nach einem Jahr scheint sich kaum noch jemand für Catherine Gallagher zu interessieren. Sean hat das richtige Aussehen, er klingt und riecht richtig, so blieben uns unangenehme Fragen erspart.

Ich öffne eine Tür: Das Licht aus dem Flur fällt in einen kleinen Wohnraum. Die Rollos sind geschlossen. Ich werde sie nicht öffnen. Stattdessen taste ich nach dem Lichtschalter und lege ihn um.

Ein Sofa, ein Tisch, Sessel, Fernseher, Stereoanlage. Ein Regal mit medizinischen Lehrbüchern und ordentlich sortierten Fachzeitschriften. Aber keine Familienfotos, keine gekritzelten Einkaufszettel, schmutzige Kaffeetassen, tote Zimmerpflanzen – nichts von den üblichen, quälenden Erinnerungen an ein aufgegebenes Leben. Es sieht aus wie eine Einrichtung in einem Möbelgeschäft, die Raum für die Fantasie der Kunden lässt, damit sie ihre eigenen Besitztümer im Kopf hinzufügen können: *Sehen Sie, auch Sie könnten so wohnen.* Aber hat sie hier denn wirklich gelebt? Gelebt hat sie doch eher im Krankenhaus, in der Intensivstation. Kein Wunder, dass diese Wohnung wie eine leere Hülle wirkt.

Ich habe die letzte Nacht damit zugebracht, mir Catherine Gallaghers berufliche Laufbahn anzusehen. Alles ist mit strahlendem Glanz überzogen: die tadellosen Examensergebnisse, das Extrajahr auf der medizinischen Hochschule, um einen weiteren Abschluss zu machen, die Anstellungen in Top-Lehrkrankenhäusern, die Publikationsliste, die bis in ihre Studentenjahre zurückreicht – gründliche Studien zum Management neurologischer Probleme in der Intensivpflege, die innerhalb eines Absatzes in Fachchinesisch verfallen. Was steckt hinter dem Ganzen? Die emotionale Unreife der behütet aufgewachsenen Überklugen? Die Berechnung der extrem Ehrgeizigen? Die ununterbrochene Einsamkeit der Arbeitssüchtigen? Aus den Personalakten lässt sich das nicht ersehen, sie stützen allerdings das Bild, das die polizeilichen Ermittlungen ergeben haben: Sie hat für ihre Arbeit gelebt, alles in ihrem Leben drehte sich darum.

Irgendwo in diesem Leben gibt es einen Grund dafür, dass sie sterben muss.

Ich habe mir die Zahlen angesehen. Es gibt keine statistischen Unregelmäßigkeiten, keine auffällige Erhöhung der Sterblichkeitsrate auf einer der Stationen, auf denen sie gearbeitet hat. Aber ein einziger Mord wäre auch nicht aufgefallen unter all den Verstorbenen, den gebrochenen Körpern, die ihr Leben aufgegeben haben, die zu kaputt waren, um gerettet zu werden … also gehe ich die Todesfälle durch, einen nach dem anderen, suche nach dem grausamen Tod, nach dem, der geheim gehalten werden sollte. Bisher habe ich ihn nicht gefunden.

Die Küche geht vom Wohnzimmer ab. Ich ziehe Schubladen und Schränke auf: Dosen und Gläser stehen säuberlich aufgereiht. Die Weingläser passen alle zusammen. Teller und Schüsseln sind ordentlich gestapelt: Wahrscheinlich hat Dr. Gallagher immer nur eins von jedem benutzt.

Dann das Schlafzimmer. Das Bett ist gemacht. Ich gehe zum Kleiderschrank, mache ihn auf und sehe auch in die Schubladen. Kostüme, Hosen, Röcke, Blusen, Pullover, ein paar Jeans, Unterwäsche. Alles hochwertige Marken und in Farben, die zu ihr passten. Aber keine Abendgarderobe zum Ausgehen. Nichts seidig Glänzendes, nichts Glitzerndes. Auch keine Fehlgriffe – nicht Extravagantes, Frivoles oder Überdrehtes, nichts, das aus einer Laune heraus gekauft wurde.

Die Beamten von der Spurensicherung waren vor einem Jahr hier. Sie sind mit ruhigen Händen in Latexhandschuhen über die Regale gefahren, haben Schubladen und Taschen durchwühlt. Sie haben nichts gefunden. Jetzt bin ich an der Reihe.

Ich nehme mir jedes Kleidungsstück im Kleiderschrank vor. Ich durchsuche die Schubladen. Ich verrücke Möbel, spähe mit einer Taschenlampe unters Bett. Im vom Schlafzimmer abgehenden Bad sind die Toilettenartikel ordentlich im Spiegelschrank arrangiert. Etwas Make-up – gute Marken, Naturfarben –, aber kein Parfüm. Pflaster und ein paar rezeptfreie Medikamente, Paracetamol, ein Antiseptikum, nichts Stärkeres.

Zurück im Wohnzimmer. Die Tür zum Flur ist noch offen:

Sean steht regungslos an der Wohnungstür, wartet wie ein Schauspieler am Bühnenrand auf sein Stichwort.

Ich räume das Bücherregal aus – Buch für Buch. Beim Sofa und den Sesseln ziehe ich fast den Stoff ab. Ich öffne und schüttle jede CD-Hülle. Ich hebe die Stereoanlage und den Fernseher an, lege die sauber glänzenden Abdrücke im Staub frei.

Ich finde ein Flugblatt von einem Reinigungsdienst und einen Zwanzigeuroschein, beide zu Lesezeichen umfunktioniert, einen dunkelblauen Knopf, einen Kugelschreiber, der aussieht wie das Werbegeschenk einer Drogeriemarktkette, ein paar Münzen, eine Büroklammer und, zwischen dem Regal und der Wand eingeklemmt, eine verknitterte Visitenkarte. Es ist nicht viel.

Um mich herum senkt sich der Staub, den ich aufgewirbelt habe, schon wieder. Was habe ich erfahren? Dass sie ordentlich, konzentriert und isoliert war? Das wusste ich doch schon aus der Akte.

Jeden Augenblick deines Lebens, seit du ein kleines Mädchen warst, war das Einzige, was du je wolltest, das Einzige, worauf du dich vorbereitet hast, Ärztin zu werden. Du hast jahrelang sechzehn Stunden am Tag gearbeitet. Du hattest kein Privatleben. Wenn du ins Fitnessstudio gegangen bist, gehörtest du nie zu denen, die hinterher bei einem Cappuccino mit den Freundinnen plauderten. Du warst allein, hast dein Training gemacht, bist im Pool deine Bahnen geschwommen, hast geduscht und bist gegangen. Du bist in deine Wohnung gefahren, hast dir das Abendessen heiß gemacht, in den medizinischen Fachzeitschriften gelesen, an deinen Aufsätzen gearbeitet, dich schlafen gelegt, und dann bist du wieder arbeiten gegangen.

Wen hast du getötet, und warum?

Vor meinem inneren Auge starrt die Frau vom Bild mich an. Sie sagt nichts.

Ich bin schon zu lange hier. Ich muss hier raus. Ein letzter Blick noch: Alles sieht so aus, wie ich es vorgefunden habe. Im Flur ziehe ich die Handschuhe aus und stecke sie in meine Tasche. Ich verspreche Sean, ihn morgen anzurufen und ihm meine Entscheidung mitzuteilen. Ich lächle, und er erwidert das Lächeln. Falsches Lächeln. Gott weiß warum, uns sieht ja niemand. Aber ich bin schon so lange vorsichtig, dass es viel mehr als nur Routine geworden ist: ein biologisches Bedürfnis wie das Atmen.

Als ich wieder in meinem Apartment bin, sehe ich mir die magere Beute aus Catherine Gallaghers Wohnung an. Zuerst die Visitenkarte: *Mark Devlin, Personalberater* steht darauf, dann der Firmenname: *MDR*. Auf dem Plastik-Kugelschreiber steht etwas, was ich für den Markennamen eines Medikaments halte.

Eine kurze Internetsuche verrät mir, dass es sich bei dem Medikament um ein Beruhigungsmittel handelt und dass Mark Devlin Headhunter im Medizinsektor ist. Er ist Mitte dreißig und hat ein schmales, glattes Gesicht. Sein Foto lächelt mir von der Firmenwebsite entgegen, darunter rühmt eine Bildunterschrift seine Erfolgsbilanz als die eines Mannes »an der Schnittstelle zwischen hochqualifizierten Medizinern und innovativen Projekten in Behandlung und Forschung«. Sein Lächeln ist intelligent mit einem Hauch Selbstironie, als würde er sein eigenes Profil nicht ganz ernst nehmen. In der Vermisstenakte von Dr. Catherine Gallagher wird sein Name nicht erwähnt.

Hat sie die Karte absichtlich behalten, oder war das Zufall? War er ein Freund? Aber dann wäre er von der Polizei vernommen worden. Vielleicht war er nur eine nützliche Kontaktperson. Vielleicht hatten sie sich bei einer Konferenz mal die Hände geschüttelt. Ich rufe Ellis an und gebe ihm den Namen.

»Seine Karte lag in Catherine Gallaghers Wohnung.«

Er braust gleich auf. »Wollen Sie damit sagen, wir hätten unsere Arbeit nicht gemacht?«

»Ich will sagen, dass sie in ihrer Wohnung lag. Stellen Sie fest, in welcher Beziehung sie zueinander standen und vor allem, ob sie seine Klientin war. Wenn er ihr eine Stelle vermitteln wollte, wird er sie überprüft haben. Vielleicht hat er etwas gehört.«

»Und warum hat er das nicht getan, als sie verschwunden ist?«

»Der Mann ist Headhunter für die Medizin- und Pharmaindustrie. Der lebt von Diskretion. Ihn hat keiner gefragt, also hat er nichts gesagt. Stellen Sie fest, ob sie in einer seiner Listen stand.«

Ich lege auf. Sekunden später klingelt es wieder. Robbie sagt mit heiserer Stimme und reinem, alten East-End-Akzent: »Karla, guck in deine Mails.«

Während sein Sohn mit mir in Catherine Gallaghers Wohnung war, hat sich Robbie Überwachungsstreams aus dem Programm angesehen.

Der Link, den er mir geschickt hat, zeigt ein eingezäuntes Lager mit einer Gruppe Menschen am Eingangstor. Nach drei Sekunden spaziert Simon Johanssen ins Bild. Das Tor öffnet sich, und er geht hinaus. Ein Schnitt, dann ist er ein Stück weiter auf der Straße, dann noch einer, und er ist noch weiter. Er sondiert das Gelände.

Die Kameras folgen ihm Richtung Houghton Street. Aber er ist vorsichtig, vielleicht wird er auch verfolgt, denn zwei Straßen vor der Werkstatt dreht er um und kehrt in großem Bogen zum Lager zurück. Das Tor wird für ihn geöffnet, und er verschwindet aus dem Blickfeld der Überwachungskameras.

Der Bildschirm wird schwarz.

Aber morgen wird er wieder rauskommen, genau wie übermorgen und am Tag danach. Sollen sie sich daran gewöhnen, dass er aus und ein geht, sollen sie glauben, dass sie sich darüber keine Sorgen zu machen brauchen. Irgendwann wird er mit Catherine Gallagher an seiner Seite da rauskommen müssen, ohne dass sich jemand etwas dabei denkt.

13. Tag: Montag

Powell

Seit acht Tagen am Fall.

Wenn man Eindruck schinden will, muss man das in der ersten Ermittlungswoche tun: Bevor der Lack ab ist und sie einen genauer einschätzen können. Aber es war schon alles erledigt, bevor er die Gelegenheit hatte, danach zu fragen. Peter Laidlaws Haus in Shepherd's Bush war gesichert. Die Leiche – was davon übrig war – konnte begutachtet werden. (Er lehnte ab.) Es waren Leichenbeschauer vorhanden, die ihre Entdeckungen erläuterten. (Laidlaw hatte getrunken – 1,9 Promille, der Magen war leer. Keine Einstiche, keine Drogen, keine Hinweise auf Fremdeinwirkung.) Laidlaws Akten lagen zur Durchsicht bereit – einschließlich der Details sämtlicher Einsätze auf der anderen Seite des alten Eisernen Vorhangs. (In den Siebzigern haben die Sowjets seine Identität in Zweifel gezogen, aber danach ist er noch zweimal unter falschem Namen dorthin zurückgekehrt – und hat dabei ein erhebliches Risiko auf sich genommen –, um mit verängstigten Männern zu sprechen, die mit niemand anderem reden wollten.) Eine Liste mit seinen Moskauer Kontaktpersonen und *deren* Moskauer Kontakten war ihm von Laidlaws Agentenführer persönlich überreicht worden – mit einem Blick, der besagte: *Glauben Sie etwa, wir hätten das nicht überprüft?*

Er war die Liste durchgegangen, hatte nach Verbindungen zu aktiven russischen Geheimdienstleuten gesucht – Männer und Frauen vom SVR, die eventuell die Möglichkeit hatten, die Art von Informationen in die Finger zu bekommen, die Knox an Laidlaw weitergegeben hatte. Irgendwo musste es einen Schnittpunkt geben, einen Ort, an dem alles zusammenlief, die Mitte des Netzes ... Er hatte nichts gefunden.

Er hatte sich die Videos von Laidlaws Vernehmungen angesehen. Immer wieder hatte Laidlaw geduldig wiederholt: »Ich habe keine Ahnung, wer Knox sein könnte.« Eine Lüge – es musste eine sein –, aber man konnte sie nicht widerlegen.

Arbeitsmittel: Sie bekommen alles, was Sie brauchen, hatte der Sektionsleiter gesagt. Also hatte er sich sorgfältig eine junge Frau namens Bethany als Assistentin ausgewählt – er findet sie ordentlich, undurchschaubar, irritierend – und einen Techniker, Mitch, der nett, aber nicht immer ganz aufrichtig ist. Sie haben ein Büro neben seinem in dem unscheinbaren Gebäude mit der schmalen Front in Victoria bekommen und versuchen seitdem, ihn zu beeindrucken: Wenn er in ihr Büro kommt, haben sie immer Listen von Dingen vorbereitet, die sie erledigt haben oder abarbeiten wollen, sehen ihm ins Gesicht – mit vermeintlich und vielleicht tatsächlich arglosem Blick – und hoffen auf seine Zustimmung.

Der Rest der Putzkolonne kreist um sie herum und beobachtet sie. Carter, selbst früher beim MI5, rau aber herzlich, von Neugier zerfressen. *Viel zu tun, was? Aber lass uns demnächst mal einen trinken gehen.* Eine ruhige, junge Frau, an die er sich noch aus der Zeit erinnert, als er gegangen war – da hatte sie gerade neu angefangen –, gehört inzwischen selbst dazu: sie muss Leeson sein, diejenige, die nach dem Tipp von Knox den Techniker aufgespürt hat. Morris in ihrem Büro ganz hinten mit Blick auf die Straße, nur sieben Monate vor dem Ruhestand, sieht ihn über die Lesebrille hinweg mit gerümpfter Nase an. Kingman, der, den er nicht kannte, war nach seinem Abgang nach Washington von der Staatspolizei geholt worden – Kingman war auf ihn zugekommen und hatte ihm die Hand geschüttelt. *Ich habe viel von Ihnen gehört* – was er gehört hatte, sagte er allerdings nicht. Alle beäugten ihn misstrauisch. Die Mitglieder der Putzkolonne können in Menschen lesen wie in Büchern, und jetzt versuchen sie, ihn zu lesen. Dass er aus den Staaten zurückgeholt worden ist, bedeutet, dass etwas Ernstes vorgefallen sein muss, etwas Schlimmes … Vielleicht haben sie das Gerücht vom Sektionsleiter gehört, vielleicht glauben sie wirklich, dass irgendwo etwas zum Himmel stinkt und dass er geholt wurde, um der Quelle dieses Gestanks auf den Grund zu gehen. Er vertraut sich ihnen nicht an – so funktioniert das nicht. Mitglieder der Putzkolonne sind Einzelkämpfer, sie arbeiten nicht nur isoliert von den anderen Nachrichtendiensten, sondern auch getrennt von ihresgleichen. Schließlich kann jeder Dreck am Stecken haben.

Nur dass er eigentlich kein Einzelkämpfer ist, oder? Er ist die Ausnahme von der Regel. Drei Berichte hat er bisher an den Sektionsleiter geschickt, in denen jeder Schritt, den er gemacht hat, detailliert beschrieben war, so wenig Schlussfolgerungen wie möglich gezogen wurden – er lehnt es ab, schlecht begründete Annahmen zu machen, Theorien aufzustellen, nur um Lücken zu füllen –, doch nach jedem Bericht ist der Sektionsleiter zu ihm heruntergekommen, »um das zu besprechen«. Der Mann sieht ihm unablässig über die Schulter, während er versucht, nicht zusammenzuzucken.

Meistens arbeitet er bis in den Abend hinein, kommt erst um zehn in sein Apartmenthotel – lange Bürostunden sind unvermeidlich, wenn man die Papiere nicht mit nach Hause nehmen kann –, isst alleine zu Abend, skypt, um Thea noch vor dem Zubettgehen zu erwischen. Sie hat ihm Bilder gemalt, die sie zur Begutachtung in die Kamera hält: sie in ihrem rosafarbenem Feenkostüm bei der Feier, ihn im Anzug, mit Toris deutlicher, sachlicher Handschrift darunter: *Daddy, der Menschen hilft*. Das macht er also, ja?

Er versucht, nicht daran zu denken, dass die Fortschritte ausbleiben. Greift auf naheliegende Klischees zurück: *Wir stehen ja noch ganz am Anfang* … Früher oder später wird es einen Durchbruch geben.

Heute war er noch einmal in Laidlaws Haus in Shepherd's Bush.

Bei seinem ersten Besuch letzten Montag war die Gegenwart des Verstorbenen noch allgegenwärtig gewesen: der Abwasch auf der Spüle, die Socken im Wäschehänger über der Badewanne, ein mit zittriger Hand geschriebener Einkaufszettel in der Küche (Teebeutel, Bleiche). Ein Brief vom Krankenhaus am Kühlschrank, ein Post-it-Zettel an der Haustür. *Dienstags Müllabfuhr*. Oben die neue und sehr schöne Ausgabe der *Ilias* am Bett und der Geruch von Büchern und Feuchtigkeit, der ihn in das Büro seines Tutors in Cambridge zurückversetzte.

Davon war nichts mehr zu sehen. Es waren Löcher für Kameras in die Wände geschlagen und Isolationsschichten herausgerissen worden. Kamine, Leitungen und Abflüsse waren untersucht, Teppiche und Dielen angehoben worden.

»Und was haben Sie gefunden?«

Mitch – in T-Shirt und Overall mit staubigen Haaren – sagte: »Nur das, was der MI5 hier eingebaut hat.«

Powell nickte. *Wir haben das Haus verwanzt. Das wusste Knox oder hat es zumindest vermutet und sich ferngehalten. Genau wie Knox wusste oder vermutete, dass die Post abgefangen wurde. Also fanden keine Treffen statt, wurden keine wichtigen Telefonate geführt, und er hat auch nicht versucht gegenzuhalten: Knox hat der Versuchung widerstanden, seine Beobachter zu beobachten. Vielleicht hielt er es für überflüssig.*

»Was ist mit Papieren? Irgendwelche Aufzeichnungen?«

Mitch deutete auf die zerstörten Wände. »Falls Laidlaw irgendwas aufbewahrt hat, dann nicht hier.«

Bethany stand mit verschränkten Händen neben ihm. Sie war ganz ruhig, achtete aber peinlichst darauf, keinen Staub abzubekommen. »Irgendwelche Ideen?«, fragte Powell.

Ihr blasser, unergründlicher Blick wanderte durch den Raum. Sie zuckte die Achseln. »Er wollte Knox für sich behalten.«

»Weil?«

»Weil er niemandem getraut hat. Er hat mit Verrat gerechnet.« Sie schwieg einen Moment. Ihre Augen strahlten grüngelb, ihr hellbrauner Pferdeschwanz glänzte wie Satin. »Und weil Knox ihm einen gewissen Status verliehen hat. Ohne ihn wäre Laidlaw nur ein alter Mann gewesen.« Sie sah ihn an. Ihr Blick schien zu sagen: *Sind wir hier fertig?*

Jetzt, an seinem Schreibtisch, geht er die Berichte von Laidlaws Beschattungen noch einmal durch. Zweiundzwanzig Tipps in fünf Jahren und acht Monaten. Peter Laidlaw war aus dem Ruhestand zurückgekommen und den Kreidemarkierungen an den Bäumen gefolgt … Bethany hat recht. *Du hast Knox für dich behalten. Du hast dich an ihn geklammert, und als du dich vor den Zug geworfen hast, hast du ihn mit ins Grab genommen.*

Bethany arbeitet bis sieben weiter. Dann steckt sie den Kopf durch die Tür. Eine kurze Inspektion, bevor sie einen schönen Abend wünscht. Bei Vernehmungen wird sie gut sein – man weiß nie, was sie denkt.

In den Protokollen: Laidlaw beim Einkaufen. Laidlaw geht zur Post, in die Bibliothek, trinkt in einem ruhigen Pub ein Bier. Was alte Männer so tun. Wusste Laidlaw von den Beschattern? Die Überwachung des MI5 verlief in Wellen, wurde verstärkt, wenn ein Tipp erwartet wurde oder er gerade einen bekommen hatte, wurde zeitweilig außer Vollzug gesetzt, wenn Knox sich monatelang in Schweigen hüllte, bis ein neuer Tipp die ganze Maschinerie wieder in Gang setzte.

In letzter Zeit war Knox still gewesen. Daher hatte es am letzten Tag, als Laidlaw seinen Plan in die Tat umsetzte, keine Überwachung gegeben.

Schließlich legt er die Überwachungsprotokolle wieder in die Kassette und verschließt sie.

Tori ist heute mit Thea und ein paar Freundinnen zum Schwimmen gegangen. Er stellt sich Thea im Badeanzug beim Hundepaddeln vor, der kleine, kräftige Körper glänzt im Wasser … Der Gedanke verdichtet sich zu einer Faust und verkeilt sich unter dem Brustbein.

Er hat gedacht, er wäre der Einzige im Gebäude, doch als er geht, sieht er Leeson vor sich. Als sie seine Schritte hört, dreht sie sich um. Sie nickt ihm zu, allerdings mit argwöhnischem Blick. Vielleicht spürt sie seine Einsamkeit.

Sie steigt in ihren Wagen, einen kleinen roten Citroen, lässt den Motor an und fährt durch die Schranke.

Der Techniker, der versucht hat, die Fallakten zu verkaufen, war damals doch davongekommen, oder? Das muss gegen sie gesprochen haben. Denkt sie noch daran? Trägt sie das immer noch als einen Makel mit sich herum?

Und was ist, wenn du Knox nicht findest?

Aber Knox wird nicht einfach verschwinden – nicht nach fünf Jahren und acht Monaten. Knox will irgendetwas. Knox ist nur noch nicht dazu gekommen, seinen Wunsch zu äußern.

Irgendwann wird Knox also wieder auftauchen, wenn er etwas mitzuteilen hat. An einem Ort seiner Wahl zu einem von ihm bestimmten Zeitpunkt.

So soll das eigentlich nicht laufen.

Führen Sie die Quelle. Gewinnen Sie ihr Vertrauen. Belohnen

Sie Gehorsam. Steuern Sie die Beziehung. Warten Sie nicht nur darauf, dass die Quelle an Sie herantritt. Das sind die Regeln, aber Knox interessiert das nicht.

Sie haben einen Wagen für ihn gemietet. Er klopft suchend seine Taschen ab, dann fällt ihm ein, dass sein Mantel hinten an der Bürotür hängt …

Ihm fällt eine andere Tür mit einem Post-it-Zettel daran ein: *Dienstags Müllabfuhr.*

Laidlaws Gedächtnis hatte nachgelassen.

Er schrieb sich selbst Notizen, damit er sich erinnerte, und ohne diese Notizen war er verloren.

Er schrieb sich Notizen.

Mitch hatte gesagt: *Falls Laidlaw irgendwas aufbewahrt hat, dann nicht hier.*

Aber vielleicht irgendwo anders?

Irgendwo, wo er hinfahren konnte, später, wenn sich alles wieder beruhigt hatte, die Überwachungsmaßnahmen heruntergefahren und die Beschatter wieder nach Hause gegangen waren?

Es gab keine weiteren Häuser oder Wohnungen auf seinen Namen.

Was war mit den anderen Namen?

Es gibt keine anderen Namen …

Da bricht er ab.

Die Treffen mit den ängstlichen Männer in den 70ern in Moskau. Damals hatte Laidlaw noch andere Pässe.

13. Tag: Montag – 14. Tag: Dienstag

Johanssen

Alle Bewohner haben Zugang zu medizinischer Behandlung, bei Bedarf auch zu einer 24-Stunden-Notfallversorgung und Evakuationseinrichtungen.

Montag um Mitternacht: seine dritte Nacht in der Klinik. Soweit Johanssen das beurteilen kann, kann sie als ruhige Nacht durchgehen.

Ein alter Mann klagt über Brustschmerzen: Er sagt, er wird sterben, allerdings tun diejenigen, die davon reden, es meistens nicht. Zwei Mitglieder rivalisierender Gangs – ein Weißer und ein Schwarzer mit kleineren Verletzungen, keine davon lebensbedrohlich – sind nur anderthalb Meter voneinander entfernt auf Liegen geschnallt und beschimpfen sich immer wieder gegenseitig. Eine Asthmatikerin, die nur noch kurz und panisch nach Luft schnappen kann: Riley pumpt sie mit Sauerstoff voll. Und ein magerer Bursche, der sich selbst die Arme aufgeschlitzt hat. Cates Spritze blitzt im Licht der Glühbirne, doch der Mann verzieht keine Miene: Sein von Beruhigungsmitteln träger und sanfter Blick ist auf einen Punkt weit über ihrem Kopf gerichtet. Zum ersten Mal sieht Johanssen sie mit konzentriertem und friedlichem Gesichtsausdruck.

Dann springt die Tür auf, und sie bringen den Mann herein.

Sein Schädel ist zertrümmert, und zwischen dem Blut und den zersplitterten Knochen ist die grauweißliche Hirnmasse sichtbar. Es sieht aus wie eine Gefechtswunde, die Wirkung einer großkalibrigen Kugel oder einer Bombe. Eigentlich müsste er tot sein. Doch dann bewegt sich sein Mund, und er sagt recht deutlich: »Helfen Sie mir« – als bäte er um eine Kleinigkeit, wie Unterstützung beim Heben eines schweren Koffers oder dass ihm jemand die Tür aufhält. Dann erschlafft sein Gesicht, und sein Körper krampft, ein Mal, ein reiner Reflex. Er übergibt sich, würgt – und einer der Gang-Jungs stöhnt: »Heilige Scheiße«, und Cate sagt: »Säubern.«

Johanssen schiebt dem Mann seine behandschuhten Finger in den Mund, zieht die schlaffe, schwerfällige Zunge zur Seite und schöpft das Erbrochene heraus.

»Beatmen«, sagt Cate. Sie steht an seinem Ellbogen und versucht, einen Zugang zu legen. Während Riley den Tropf vorbereitet, arbeitet sie in fast tranceartiger Konzentration, als könne sie den Mann allein durch die Kraft ihres Willens am Leben erhalten. Doch der Mann krampft noch einmal, sein Rücken krümmt sich, die Gliedmaßen zucken: Ein Mal, noch ein Mal und ein letztes Mal, ein letzter rasselnder Atemzug, dann ist es zu Ende.

Neben ihm streckt Cate die Hand aus, als könne sie noch mehr tun, Wiederbelebungsmaßnahmen einleiten, es noch einmal versuchen – doch Riley sagt: »Cate?«

Ein Blick wie ein Tiefschlag trifft ihn, aber er wiederholt ihren Namen noch einmal, leise, worauf sie nur den Blick abwendet und die Hände sinken lässt.

Ein paar Sekunden rührt sich niemand. Dann sagt Cate: »Macht ihn zurecht, ja?«, und ihre Miene ist wieder verschlossen. Sie zieht die Latexhandschuhe aus, wirft sie in den Mülleimer und geht durch die Tür ins Wartezimmer. Kurz darauf hört man sie die Treppe hinaufgehen.

Riley flucht leise und erschöpft vor sich hin. Er durchquert den Raum und geht durch eine andere Tür ins Lager, in dem die Leichensäcke liegen.

Die Gang-Jungs mustern sie mit bleichen Gesichtern von ihren Liegen, aber der alte Mann, der sich auf dem Bett den Hals verrenkt, wirkt zufrieden, als sich seine Sicht auf die Welt wieder einmal bestätigt, als Drill sich vorbeugt, seine Finger in den Hohlraum im Schädel des Toten schiebt und anfängt, das sich abkühlende Gehirn abzutasten.

Einer der Gang-Jungs würgt. Der andere wimmert. Aber Drills Gesicht wirkt plötzlich extrem jung und voller Staunen, wie das eines Kindes, das zum ersten Mal Schnee sieht.

Riley sagt: »Er hat mehrere Kinder umgebracht. Drei konnte man ihm sicher zuordnen. Jedes Mal eine andere Vorgehensweise. Er hat gerne *experimentiert*. Die Profiler waren total am Arsch. Am Ende haben sie ihn anhand von Labordaten gekriegt. Drill ist nicht so der redselige Typ.« *Schnips* fliegt die Asche von Rileys Zigarette. Er nimmt noch einen Zug und stößt Rauch aus. »Er ist vierundzwanzig, wissen Sie?«

»Sieht aus wie siebzehn.«

»Ja.«

Sie stehen unter der Markise vor der Kliniktür. Am Lagereingang stehen die Menschen in Regenjacken, und die Flutlichtlampen sind von Lichthöfen umgeben.

»Sie nehmen an, dass er schon mit zwölf angefangen hat. Seltsamer Bursche. Neugierig. Will alles über das Leben wissen. Und über Schmerzen. Darum mag er die Arbeit hier. Bekommt jede Nacht die Gelegenheit, den Menschen von außen zu studieren.«

Riley konzentriert sich wieder auf seine Zigarette. Eine Windbö drückt etwas Regen unter ihr Dach, dann stehen sie wieder trocken. Hinter dem Zaun brennen die Lichter in den Sozialwohnblocks, Gestalten bewegen sich hinter den Fenstern. Irgendwo, ein oder zwei Straßen weiter, ruft jemand immer wieder einen Namen.

»Er hat von der Klinik gehört. Ist zum Lager gekommen, hat am Tor herumgelungert und immer wieder darum gebettelt reinzudürfen. Er wollte zugucken. Alle haben ihm gesagt, dass er sich verpissen soll, aber er ist immer wieder zurückgekommen. Irgendwann hat Cate das gehört. Ist rausgegangen und hat mit ihm geredet. Dann hat sie mit Quillan geredet. Ihn überredet, den Jungen reinzulassen. Eine Woche lang war er dann jede Nacht hier, hat still wie ein Stein danebengesessen und zugeguckt. Wir sind damit beschäftigt, einen Kerl zu behandeln, dem die Gedärme aus dem Bauch quellen, und die ganze Zeit guckt uns dieser komische Kerl über die Schulter.« Er schüttelt den Kopf über die Erinnerung. »Dann hat Cate ihn mit anpacken lassen. Er ist gut. Verzieht keine Miene und rastet nicht aus. Man darf ihn nur nicht mit jemandem allein lassen. Er wird auch nie lernen, wie man sich an einem Krankenbett verhält. Aber scheiß drauf …«, seine harten Gesichtszüge verziehen sich zu einem ironischen Grinsen, »… wir werden schon noch ein nützliches Mitglied der Gesellschaft aus ihm machen.« Riley stößt ein leises, bellendes Lachen aus. »Ist Ihnen unheimlich, oder? Ich dachte, Sie würden so was nicht an sich ranlassen.« Noch ein Zug an der Zigarette, ein Rauchstrahl. »Die Sache, wegen der Sie in den Staaten eingesessen haben«, sagt er.

»Das musste einfach getan werden«, antwortet Johanssen. Mehr wird er dazu nicht sagen. Der Mord an dem Mädchen kann noch als Verbrechen aus Leidenschaft durchgehen, aber was Ryan Jackson mit ihrem Freund angestellt hat, macht ihn zu einem hinterhältigen, kranken Unhold, und er ist darauf angewiesen, dass sie ihm vertrauen.

Eine Minute lang stehen sie einfach da und betrachten den Regen im Licht der Scheinwerfer.

»Und wo haben Sie das gelernt?«, fragt Riley schließlich.

Johanssen zieht die Schultern hoch. »Hier und da. So aufgeschnappt.« Rileys Blick sagt: *Ach ja?*, als Johanssen ihm aber in die Augen sieht, wendet er ihn ab. Dann: »Und Sie?«

Riley grunzt. »Bei der Army. Sanitäter. Basra, Helmand – oh, ja, ich bin ein echter Kriegsheld.« Wieder zieht er an seiner Zigarette. »Nach dem Einsatz in Helmand bin ich ausgestiegen. Ein bisschen dies und das. Irgendwann war ich drogensüchtig. Dann das Übliche. Brauchte Geld, hab einen Typen drum gebeten, der wollte nicht mitspielen, da musste ich ernst machen.«

Ernst machen. Brice im Hof: *»Würden Sie sagen, dass wir es ernst meinen?«*

Riley sagt: »Und als ich erst mal angefangen hatte, konnte ich kaum noch aufhören.« Noch ein Zug und Asche wegschnipsen. »Sie wissen, wie das ist. Es packt einen«, sagt Riley in die Dunkelheit. »Es lässt einen nicht wieder los. Das Leben ist verdammt erbärmlich, oder?«

»Ja«, sagt Johanssen.

Wieder vergeht eine Minute.

Riley sagt: »Ich war von Anfang an hier. Die wollten das alles abreißen …«, er deutete kurz in den Regen, »… bis jemand auf die Idee gekommen ist, dass es gut wäre, uns hier reinzustecken. Hat die Bretter von den Fenstern gerissen, alle Leitungen angeschlossen, und schon waren wir drin. Weiß der Teufel, wie die sich das vorgestellt haben. Die Hälfte der Leute hier läuft rum wie Zombies, die andere Hälfte …« Er schüttelt den Kopf.

Johanssen sagte: »Quillan hat es dann zum Laufen gebracht.«

»O ja, er hat's zum Laufen gebracht.« Er schweigt einen Moment. »Es steckt aber ein Trick dahinter, wissen Sie? Er macht gerade so viel, dass es weiterläuft, aber nicht so viel, dass die Bosse es zur Kenntnis nehmen müssten … das kann er gut. Sich auf diesem schmalen Grat bewegen. Und jedes

Problem für sich nutzen. Zum Beispiel die Gangs. Er hetzt sie aufeinander, sorgt dafür, dass sie sich gegenseitig an die Gurgel gehen und damit beschäftigt sind.« Er schweigt und zieht an seiner Zigarette. »Genau wie bei Brice. Brice ist ein krankes Arschloch. Quillan weiß das ganz genau, und er weiß auch, dass man so einem Menschen keine Ruhe lassen darf. Und das macht Quillan. Er sorgt dafür, dass Brice beschäftigt ist. Dafür hängt er ihm auch schon mal eine Karotte vor die Nase. Brice läuft hinterher und lässt ein bisschen Dampf ab.« Noch ein Zug, den Blick strikt nach vorne gerichtet.

»Eine Karotte wie mich, meinen Sie.«

Riley sieht ihn an – mit hartem, undurchdringlichem Blick. »Warum hat Quillan Ihnen wohl erlaubt hierzubleiben? Weil Sie ein Gewinn für die Klinik sind? Und Brice über die Enttäuschung hinwegkommen wird, ja?« Riley schnaubt. »Er will Sie, und er wird Sie bekommen. Und es wird nichts so Banales sein wie ein Messerstich in den Unterleib, wenn niemand hinsieht. Nicht, nachdem Sie ihn in aller Öffentlichkeit gedemütigt haben. Nein, er will eine Show. Und solange er diese Show plant, hat Quillan ihn unter Kontrolle.« Dann wendet Riley sich ab und späht durch den Regen über den Asphalt. »Ich bin dabei nur Zuschauer.«

Rileys Zigarette ist bis zum Filter heruntergeraucht. Er nimmt noch einen letzten Zug, dann wirft er sie auf den Boden: »Scheiß drauf, ich leg mich ein bisschen hin«, und geht durch die Tür in die Klinik.

Gegen Ende der Schicht kommen noch ein paar einzelne Verletzte in die Klinik. Kritisch wird es nicht noch einmal. Der alte Mann mit den Brustschmerzen schläft wohlgemut auf seiner Liege und freut sich auf den Tagesausflug zur Unfallstation außerhalb der Mauern: ein sauberes, modernes Klinikum, wo er beim Warten eine Tasse Tee bekommt und vielleicht sogar ein oder zwei Tage bleiben kann ... die Gang-Jungs sind still geworden, ihr Vorrat an Obszönitäten ist fürs Erste erschöpft. Der Selbstverstümmler döst in seiner narkotisierten Trance. Cate hat ihm die Finger bandagiert, damit er sich nach dem Aufwachen die Wunden nicht wieder aufreißen kann: Mit den dick eingepackten Händen sieht er aus wie ein ausgeknockter Bantamgewichtsboxer. Sie notiert den groben Krankheitsverlauf – Vorgeschichte, Behandlungen, Verordnungen – für die Ärzte auf der anderen Seite der Mauer, befestigt sie mit einer Sicherheitsnadel an seiner Kleidung und reibt sich das müde Gesicht. Ihre Handschrift ist spitz und klein, als fiele es ihr schwer, sich zu konzentrieren.

Am Ende der Schicht nimmt sie ihren Teller mit aufs Zimmer, und später hört er wieder das Kratzen.

Er liegt in seiner Koje, als er am leisen Knarren der Treppenstufen hört, dass sie nach unten geht. Er wartet, lauscht angestrengt, ob die Außentür zufällt. Er hört nichts. Sie muss noch in der Klinik sein. Nach fünf Minuten steht er auf, zieht sich an und folgt ihr.

Wie vorher steht sie am Tresen, die ausgebreiteten Skalpelle vor sich. Was macht sie? Was macht sie? Reinigt sie sie? Zählt sie sie? Als sie ihn sieht, sagt sie: »Gehen Sie wieder raus?« Sie muss ihn gestern beobachtet haben, als er zur ersten Sondierung aufgebrochen ist. Er war umgekehrt, als sein Beschatter nervös wurde, aber so hatte er einen ersten Maßstab gesetzt. Er würde es wieder versuchen.

»Ja.« Er geht zur Spüle, dreht den alten Wasserhahn auf, schöpft sich Wasser in den Mund. Ihr Blick folgt ihm.

»Wohin?«, fragt sie plötzlich.

»Einfach raus.«

»Warum?«

Er schüttelt das Wasser von den Händen und sieht sie an. »Mal gucken, ob Brice versucht, mich umzubringen.«

»Er bringt niemanden um«, sagt sie, allerdings ganz neutral: Es ist nur eine Beobachtung. Mit einer Hand greift sie nach den Instrumenten vor sich. Ihr Gesicht ist wie eine Wasseroberfläche – kleine Wellen zeigen die darunter verlaufenden Strömungen.

»Quillan lässt mich beobachten. Das schützt mich ausreichend.«

Sie mustert nur ein weiteres Skalpell.

Er denkt, sie ist fertig, und wendet sich gerade ab, als sie sagt: »Die Kopfverletzung. Kommen Sie damit klar?« Ihre Augen sind kalt. Von der Frau, die er vorhin in der Klinik gesehen hatte, die, die es nicht ertrug, einen Patienten zu verlieren, die es weiter versuchen musste, ihn wiederzubeleben, ist nichts mehr zu sehen.

»Ich komme klar«, sagt er.

»Alles schon gesehen«, sagt sie. Es ist keine Frage.

»Einiges.«

Sie setzt sich wieder auf den Hocker, verschränkt die Arme. Mustert ihn.

»Auf dem rechten Unterarm haben Sie eine fünf Zentimeter lange Narbe«, sagt sie. »Eine Schnittwunde, wahrscheinlich von einem Messer. An der linken Schulter haben Sie eine Verbrennung. Die ist alt, ich würde sagen, aus der Kindheit. Von etwas Flachem. Ein Bügeleisen? Eine Stichwunde am linken Oberschenkel. Muss damals ziemlich tief gewesen sein. Rau. Ein angespitzter Schraubenzieher? Diverse kleine Schnitte an beiden Schienbeinen. Eine Narbe unter Ihrem linken Ohr und eine weitere über dem Haaransatz. Und eine am linken Kiefergelenk. Und Ihre Fingerknöchel.« Sie macht eine Pause. »Gewalt gehört schon immer zu Ihrem Leben, oder? Und einen Mann mit zertrümmertem Kopf zu sehen, das gehört auch einfach zum Leben dazu.« Sie zuckt die Achseln und greift nach dem nächsten Skalpell.

»Es gibt Schlimmeres«, sagt er.

Ein schreiender Mann hinter der Tür eines abgelegenen Farmhauses.

»Ja«, sagt sie, »das gibt es«, aber ihre Miene ist hart geworden.

Er geht hinaus und über den Hof. Die Menge am Tor beäugt ihn, doch niemand sagt etwas. Das Tor wird geöffnet, er tritt hindurch und biegt nach rechts ab, um am Sozialwohnblock entlangzugehen. Nach zwanzig Metern schließt sich ihm ein Beschatter an. Er geht mit gesenktem Kopf weiter.

Er wandert wahllos umher. Erst nach Nordosten, an der vernagelten Kapelle und der Moschee vorbei bis zum Verwaltungsgebäude mit den lustlosen Menschenschlangen davor. Dann nach Süden und an der Ostseite des Sozialwohnblocks entlang. Musik plärrt von Balkonen, und Leute beobachten ihn. In einem kleinen, dunklen, muffigen Laden, in dem die Waren in einem mit einem Seil abgesperrten Bereich in Kartons stehen, fragt er nach Schokolade und Zigaretten, bezahlt mit Plastikchips und geht wieder raus. Direkt vor ihm ist der Frauenbereich, auf der Kreuzung davor stehen immer noch zwei Land Rover. Er biegt Richtung Südwest ab und geht zurück ins Zentrum, in Richtung der Werkstatt an der Houghton Street.

Es ist eine Woche her, seit er zum ersten Mal durchs Programm gegangen ist. Eine Woche, von der er die meiste Zeit im Lager verbracht hat, trotzdem hat er schon ein Gefühl dafür entwickelt, versteht die Verhaltenscodes. Die Hackordnung und die Machtkämpfe und die beteiligten Personen. Die Organisatoren und die Macher, die Unternehmer mit ihren Projekten, ihren Nebenerwerben, ihren cleveren, kleinen Kniffen. Er kennt die Handlanger, die Opfer, die Gebrochenen und auch die Normalen, die einfach versuchen, das Beste aus der Situation zu machen. Die Patrouillen. Und zwischen den Herumtreibern, wenn auch getrennt von ihnen, Quillans Männer, die auf alles ein Auge haben, die Regeln durchsetzen, sich ihren Anteil sichern.

Was immer er jetzt macht, sie werden ihn nicht aus den Augen lassen.

Und da ist es, genau wie Karla es gesagt hatte: ein leer stehendes Werkstattgebäude aus Backstein, das etwas abgesetzt auf einem geräumten Grundstück fast wie auf einer Insel steht, als sollte es ursprünglich abgerissen werden, bevor man beschloss, dass es doch noch als Ausbildungszentrum oder Mehrzweckhalle taugen könnte. Er umkreist es einmal aus der Deckung der umgebenden Straßen heraus, tut so, als würde er nicht hinsehen, dann kehrt er um. Genug für einen Tag.

Vier Minuten später schöpft er einen ersten Verdacht.

Nur Kleinigkeiten. Ein Gesicht, das auf der Straße vor ihm kurz aufblitzt, dann aber sofort wieder abgewandt wird. Hektisches Treiben in einer Gasse, an der er vorbeikommt, als er aber dorthin zurückkehrt, ist nichts mehr zu sehen. Das sind nicht Quillans Leute. Quillans Beschatter trottet hinter ihm her. Er wird noch wachsamer, schärft seine Sinne, versucht, sie auszumachen, doch es gelingt ihm nicht.

Als er links abbiegt, um wieder hinter dem Grisham Hotel herauszukommen, passiert es.

Es muss ein Zeichen gegeben haben. Plötzlich kommt Gelbzahn von links auf ihn zu, ein anderer Junge schneidet ihm den Weg nach rechts ab, und als er sich umdreht, kommt ein Dritter – der Magere, Dunkle, der ein Mädchen sein könnte – mit einem Messer in der Hand direkt auf ihn zu.

Wieder wirbelt er herum und sieht Brice.

Gelbzahn und der andere packen seine Handgelenke, halten ihn fest, und Gelbzahn versucht, Johanssen den Arm auf den Rücken zu drehen. Dann spürt er das Messer hinten auf seiner Jacke, die Klinge drückt auf sein Rückgrat. Wieder versucht Johanssen, sich wegzudrehen. Die Spitze bohrt sich in die Haut. Er erstarrt.

Gelbzahn greift in Johanssens Jacke, zieht den kreditkartengroßen, grünen Zutrittsausweis heraus und gibt ihn Brice. Brice blickt darauf, lächelt das Foto an und steckt ihn ein. Dann kommt er einen Schritt näher, und noch einen.

Er beugt sich an Johanssens Ohr. Er flüstert.

Der Junge mit dem Messer zieht hörbar die Luft ein. Dann geht es blitzschnell. Brice tritt zurück und wendet sich ab. Die beiden Jungen lassen Johanssen los, als wäre seine Haut giftig. Das Messer wird weggezogen. Sie sind weg.

Zwei von Quillans Männern sind hinter ihm. Einer reckt den Hals und sieht sich um. Der andere fragt Johanssen: »Alles okay mit Ihnen?« Johanssen antwortet nicht.

In der Klinik zieht er seine Jacke aus. Die Rückseite seines Hemds ist blutdurchtränkt, aber als er es von der Haut gezogen hat und sich sein Spiegelbild in der Tür des Stahlschranks ansieht, ist der Schnitt nur einen Zentimeter lang und verkrustet schon. Unbeholfen reinigt und verbindet er ihn, dann spült er das Blut aus dem Futter der Jacke und schmeißt das Hemd in den Müll.

Der Verlust der Ausweiskarte spielt keine Rolle. Die Leute hier verlieren wahrscheinlich dauernd ihre Ausweise. Die Handabdrücke und der Netzhaut-Scan reichen zur Identifizierung.

Aber irgendwo ist er ins Stolpern geraten, ausgerutscht. Brice nimmt ihm seine Identität nicht ab. Und Brice will wissen, wer er ist.

Brice wollte den Ausweis, weil darauf ein Foto von ihm ist.

Brice will Fragen stellen.

Aber hier kennt niemand Ryan Jackson, oder? Und Charlie Ross ist tot.

Im Schlafraum schleicht er an den anderen Betten vorbei und legt sich auf die Seite.

Leises Schnarchen. Jemand murmelt im Schlaf. Von oben dringt ein einzelnes Wort nach unten, ein kurzer, leiser Schrei, ein Winseln. Über seinem Kopf kreisen Staubpartikel im Licht. Er atmet sie ein und zählt.

Aber noch immer spürt er Brice' Atem auf seiner Wange und Brice' Stimme, die mit schmachtender Vertraulichkeit fragt:

»Wie hat sich das angefühlt, als wir dir den Schlauch durch die Kehle geschoben haben?«

Es dauert noch über eine Stunde, bis er einschläft.

15. Tag: Mittwoch

Karla

Der erste von Ellis' Mitschnitten kommt am Dienstag.

Es ist gerade Mittag geworden, als ein Mann mit starkem türkisch-zypriotischem Akzent die »Lady mit Mondeo« zu sprechen verlangt. »Sie haben Paket vergessen!«, verkündet er. »Ich hab für Sie aufgehoben. Hab sicher aufgehoben!« Er klingt gleichzeitig stolz und empört. Ich werde nie verstehen, warum er bei unseren Telefonaten mit diesem Akzent spricht: Sein Englisch ist so gut wie meins.

Ausnahmsweise freue ich mich über die Ablenkung, obwohl sie wieder die übliche, komplizierte Fahrt mit Taxi, Bus und U-Bahn nach sich zieht, ein bizarrer, schizophrener Zickzackkurs durch die Stadt und zurück, während mir die Bilder der morgendlichen Überwachungsstreams nicht aus dem Kopf gehen.

Ein Blick auf die Straße – und Johanssen. Eine Sekunde, höchstens zwei, um die Anspannung in seinem Körper zu erkennen, die Art, wie er den Kopf dreht, dann noch einmal dreht, bevor drei Gestalten aus verschiedenen Richtungen auf ihn zukommen. Der Kampf ist sehr kurz. Johanssen erstarrt. Jemand hat ein Messer.

Eine vierte Person schlendert ins Bild. Einer der anderen zieht Johanssen etwas aus der Jacke und reicht es dem Neuankömmling. Er sieht den Gegenstand an, steckt ihn ein, dann tritt er näher an Johanssen heran …

War's das? Endet es so?

Der Mann wendet sich ab. Die anderen lassen Johanssen los und zerstreuen sich.

Zwei weitere Gestalten rennen ins Bild. Eine starrt Johanssen nur an. Die andere schaut sich erregt um: ruckartige, fast panische Bewegungen.

Der Clip endet.

Nachdem ich ihn das erste Mal gesehen hatte und meine Hände wieder öffnete, sah ich die halbmondförmigen Fingernagelabdrücke in meinen Handflächen.

Stell dich nicht so an. Du wusstest, wie es da sein würde. Und er auch.

Ich sah mir den Videoclip noch einmal an. Wieder wurde Johanssen festgehalten, wieder erstarrte er, wieder nahm der Mann ihm etwas ab, trat näher und dann – was? Jedenfalls kein Schlag. Eine Nachricht? Eine Drohung? Ein Kuss?

Als ich es mir zum dritten Mal ansah, hielt ich das Video in dem Moment an, als sich der Fremde der Kamera zuwandte, und öffnete die Bewohnerliste des Programms.

Ich brauchte nicht lange, um ihn zu finden – die engelsgleichen Züge waren unverkennbar. Er heißt Brice und ist auf Folter spezialisiert. Auf dem Verbrecherfoto lächelt er.

In dem heruntergekommenen Pub in Wandsworth hatte Johanssen seinen Namen genannt. Brice ist der Mann, der ihn hatte verprügeln lassen. Brice ist Quillans rechte Hand.

Das Paket, das beim Reifenservice in Harringay auf mich wartet, ist ein kleiner, gefütterter Umschlag ohne Adresse und Absender. Ich öffne ihn im Oberdeck eines Busses, als der in der Charing Cross Road vor einer roten Ampel steht: Er enthält einen Speicherstick, sonst nichts.

Als ich wieder im Apartment bin, prüfe ich den Stick erst auf Viren und Trojaner, bevor ich den Inhalt öffne. Er besteht aus einer Tondatei namens *Devlin.*

Mark Devlin, dessen Visitenkarte ich in Catherine Gallaghers Wohnung gefunden habe.

Ich habe seinen Background grob überprüft, weiß von der idyllischen, wohlhabenden Kindheit (segeln, reiten, die Familie besaß ein Landhaus in Wales), dem Besuch einer Privatschule (Harrow), dem kurzen Flirt mit einer Karriere als Mediziner (in Edinburgh, er hat nur zwei Jahre durchgehalten) und der Umorientierung zur Personalvermittlung. Seit vier Jahren leitet er mit nicht unerheblichem Erfolg seine eigene Firma. Eine Bildersuche ergibt einen Handvoll PR-Fotos von Premieren, Wohltätigkeitsveranstaltungen und Besuchen in ein paar kleineren, angesagten Galerien und dreimal in der Royal Opera. Auf jedem Foto ist er mit einer anderen schönen Frau an seiner Seite zu sehen, allerdings nie mit Catherine.

Jetzt hat Ellis ihn vernommen.

Zuerst Ellis' Stimme. Mürrisch mit einem Anflug von Ungeduld. *»Es ist spät, also mache ich es kurz. Catherine Gallagher: Woher kannten Sie sie?«*

Ich würde gern Mark Devlins Gesicht sehen. Runzelt er die Stirn? Zermartert er sich das Gehirn? Ist sein Gesicht ausdruckslos? Schockiert?

»Also, Sir?« Das »Sir« benutzt er nur der Form halber. Unsicherheit.

»Wir haben uns bei einer Konferenz kennengelernt.« Devlins Stimme klingt ruhig, etwas heiser. *»Vor zwei Jahren in Prag.«* Er spricht kontrolliert, hat nicht angebissen. *»Ich leite eine Personalvermittlungsfirma für Mediziner, und sie war Ärztin.«* Weiter: *»Wir hatten dann eine Beziehung.«*

Das stand nicht in der Akte.

Aber Ellis stockt keinen Moment. *»Und wie lange dauerte diese Beziehung?«*

»Wir haben uns ein oder zwei Monate lang getroffen – fünf- oder sechsmal.«

»Würden Sie mir erzählen, wie es zu Ende gegangen ist?«

»Wir waren beide beruflich sehr stark eingebunden … es hat sich einfach verlaufen. Mir war nicht klar, dass etwas davon an die Öffentlichkeit gedrungen ist.« Die unausgesprochene Frage lautete: Wie haben Sie das herausbekommen?

Ellis lässt sie offen. *»Haben Sie sich gestritten?«*

»Nein.«

»Sie wissen, dass sie Depressionen hatte?«

»Nein.«

»Sie befand sich damals in psychiatrischer Behandlung.«

Kurze Pause. *»Das wusste ich nicht.«* Es klingt ehrlich.

»Und als sie verschwand? Haben Sie nicht überlegt, zur Polizei zu gehen?«

»Ich hatte sie monatelang nicht gesehen.«

»Sind Sie ganz sicher? Nicht mal ganz kurz? Auf einer anderen Konferenz vielleicht?«

»Ganz sicher.«

»Und wie war sie so?«

»Intelligent … ehrgeizig … eine sehr engagierte Ärztin …«

»Haben Sie sie beruflich vertreten, Mr Devlin? Neben der …«

»Nein.«

»Hat Sie je darüber gesprochen, ihre Klientin zu werden?«

»Nein.«

»Hat sie je irgendwelche Sorgen erwähnt … Probleme im Beruf?«

»Nein. Als ich sie zum letzten Mal gesehen habe, ging es ihr gut. Sie sagen, sie hätte an Depressionen gelitten? Glauben Sie, dass sie …«

»Hatte sie vor etwas Angst?«

Zum ersten Mal klingt Devlin wirklich schockiert. *»Nein, absolut nicht. Worum geht es hier denn?«*

Ich sehe Ellis' trügerisch ruhigen Blick fast vor mir. Gleichgültig wie immer. *»Nur Routine, Sir. Reine Routine.«*

»Prag also. Auf einem Ausflug für Ärzte. Er freut sich über die vielen Begabungen, sie glänzt und ist ehrgeizig. Sie bumsen. Dann kommen sie nach London zurück und bumsen noch ein paarmal.« Er schnaubt am Telefon. »Intelligent, ehrgeizig, engagiert. Herrgott. Klingt eher nach einem Referenzschreiben, oder? Aber vielleicht haben sie auch mehr gebumst als geredet.« Dann sagt er: »Er war's nicht. Ja, schon okay, ich kenne die Statistiken und weiß, dass man sich erst einmal den Lover ansehen muss.« Noch einmal: »Er war's nicht.«

»Wieso nicht?«

»Die Story passt nicht. Sie bumsen, sie serviert ihn ab, elf Monate später bringt er sie in einem Eifersuchtsanfall um die Ecke?«

»Was den zeitlichen Ablauf betrifft, müssen wir uns aber auf seine Auskunft verlassen. Eigentlich sogar, was die ganze Beziehung betrifft.«

»Ach ja? Und warum sollte er lügen? Die Frau ist verschwunden. Durch sein Eingeständnis, mit ihr eine Beziehung gehabt zu haben, setzt er sich auf die Liste mit Mordverdächtigen. Das weiß er genau. Wahrscheinlich hat er deshalb auch am Anfang den Mund gehalten, nicht gut fürs Geschäft, oder? Und dann wären da noch die Verbindungsdaten, die ich überprüft habe: Vor zwei Jahren gab's ein paar Telefonate zwischen ihren beiden Handys. Ging direkt nach der Konferenz in Prag los, verläppert sich dann aber nach ein paar Wochen. Und dann keinen Piep mehr, weder Handy noch Festnetz, weder zu Hause noch bei der Arbeit. Ja, schon klar, nur weil sie nicht miteinander reden, bedeutet das nicht, dass er nicht von ihr besessen sein kann. Aber wie passt ihre Lüge mit der kranken Mutter da rein?«

»Vielleicht ist sie vor ihm geflohen?«

»Und was soll er getan haben? Hat er sie bedroht? Stalker hinterlassen Spuren, darum geht's ihnen doch. Nachrichten auf Anrufbeantwortern, seltsame E-Mails und so weiter. Auch wenn Sie von unserer ersten Ermittlung nicht sehr viel halten, das haben die schon überprüft. Die hätten ihn gefunden. Nein. Nein. Er passt ganz und gar nicht.« Er schweigt einen Moment. »Wie er über sie gesprochen hat«, sagt er. »Als hätte er sie nur flüchtig gekannt.«

Diesen Satz habe ich noch lange nach unserem Telefonat im Ohr.

Ellis ist kein guter Ermittler, aber er ist clever. Ich vertraue seinen Instinkten in diesem Punkt, obwohl er die Wahrheit nicht kennt.

Ich stehe auf, starre eine Weile aus dem Fenster und setze mich wieder an den Schreibtisch.

Ich höre mir die Aufzeichnung der Vernehmung noch einmal an.

»Intelligent … ehrgeizig … eine sehr engagierte Ärztin …«

Ellis hat recht. Es klingt eher nach einem Referenzschreiben. Seltsam, so etwas über jemanden zu sagen, mit dem man Sex hatte, aber vielleicht war es eine dieser kurzen Beziehungen, die ausschließlich durch rohe, körperliche Anziehung befeuert werden, die heiß und schnell brennen und dann vergehen, in ein paar Wochen vom ersten Funken bis zur Asche. So etwas kommt vor, das weiß ich aus eigener Erfahrung.

Oder vielleicht ist er einfach ein Casanova, der die Frauen liebt, sich aber nicht auf sie einlässt. Ich sehe die hübschen Mädchen, die er im Arm hält, an mir vorbeiziehen: nie zweimal dieselbe. Diesen Typus kenne ich auch.

Ich scrolle zurück. Höre es mir noch einmal an.

»Intelligent … ehrgeizig …«

Nein, irgendetwas stimmt da nicht. Dieser Mann schätzt Intelligenz und Ehrgeiz – sie haben ihn dahin gebracht, wo er jetzt ist –, er sagt es aber emotionslos, distanziert, als würde er die Erinnerung auf Abstand halten, als wollte er nicht mehr daran denken.

Ellis: *»Sie wissen, dass sie Depressionen hatte?«* Und Devlin: *»Nein.«* Ellis wieder: *»Sie befand sich damals in psychiatrischer Behandlung«*, worauf Devlin eine kurze Pause macht, bevor er antwortet: *»Das wusste ich nicht.«* Und ich schwöre, dass ich hören kann, wie in Mark Devlins Gehirn etwas klick gemacht hat. Irgendetwas, das er vorher nicht verstanden hatte, ergab plötzlich Sinn. Etwas, das Catherine Gallagher betraf.

Er wird es Ellis aber nicht erzählen. Ellis ist ein neugieriger Bulle. Mit denen spricht Devlin nicht, das ist nicht seine Art.

Würde er mit mir sprechen?

Andererseits geht er an den Orten ein und aus, die auch Charlotte Alton besucht. Er könnte mich vom Sehen bereits kennen. Wir könnten gemeinsame Freunde haben.

Aber dass Charlotte Alton sich einen Tag, nachdem die Polizei bei ihm war, nach Catherine Gallagher erkundigt? Charlotte Alton ist meine Tarnexistenz. Sie darf es nicht riskieren, sich in die Sache hineinziehen zu lassen.

Trotzdem, als die Büroangestellten anfangen, in die Bars unter meinen Fenstern zu gehen, überlegt Charlotte Alton länger als üblich, welches Kleid sie anziehen soll. Sie geht aus.

Die Ausstellung – in einer eleganten Galerie im East End – heißt »Fleischeslust«. Doch jeder, der auf anspruchslosen Nervenkitzel aus ist, würde enttäuscht werden. Die verschlossenen Ausstellungsvitrinen sind voller Fleisch – Tierkadaver, die auf ausgeklügelte Art in Form von Luxus-Konsumgütern gebracht wurden: Geräte, Handtaschen, Armbanduhren und Schuhe. Manche Vitrinen sind gekühlt –, aber nicht alle. In manchen summen Fliegen um das verrottende Fleisch, in anderen winden sich Maden auf den Exponaten. Der Künstler, ein blasser, etwas rundlicher junger Mann, steht schweigend in einer Ecke und hält sich an seinem Bier fest. Neben ihm unterhalten sich ein Kunstkritiker und ein Sammler, als wäre er nicht da. Kellner mit leeren Gesichtern laufen zwischen den Vitrinen hin und her, tragen Tabletts mit Kanapees auf Schulterhöhe, es trauen sich aber nur wenige Verwegene, etwas zu essen. Ich nehme mir ein Glas Wein, das ich nicht trinken will: Es ist ein Requisit, damit ich etwas in der Hand habe. Ein paar von Charlottes Opernfreunden sind da – unter ihnen auch der Anwalt mit der Kanzlei in der City, dieses Mal in Begleitung seiner Frau, die in der Politik ist und knalligen Lippenstift trägt. Wir beginnen eine höfliche Konversation, der ich jedoch nur mit einem Ohr folge. Ich behalte die Tür im Auge. Daher sehe ich das Paar in dem Moment, als es hereinkommt.

Jedem heterosexuellen Mann im Raum – wie auch den meisten Frauen – wäre die Frau zuerst aufgefallen: die langen dunklen Haare, die schier endlosen Beine, natürliche Schönheit. Mir fällt jedoch der Mann auf. Es ist Mark Devlin.

Graue Augen, blasse, keltische Haut. Die Art von Schlaksigkeit, die in italienischen 2000-Pfund-Maßanzügen einfach nur gut aussieht. Seine Haare sind nicht so dunkel, wie es auf dem Internetfoto aussah, sondern kräftig rotbraun. Schon hat er sich einen Kellner geangelt: Er besorgt der Frau einen Drink und leitet sie dann in die Ecke hinüber, in der der Künstler schmollt. Devlin scheint sowohl den Kritiker als auch den Sammler zu kennen. Man stellt sich vor. Ich wende den Kopf ab.

Mit einem Anruf bei den Veranstaltern der Vernissage hatte ich die Bestätigung, dass er auf der Gästeliste stand. Sie hielten mich wahrscheinlich für seine Sekretärin, die noch einmal nachfragte.

Nach einem weiteren Anruf stand auch Charlotte Alton auf der Gästeliste.

Jetzt vertiefe ich mich wieder in Gespräche, mein Blick findet aber immer wieder Devlin und seine Begleiterin. Sie verlassen die Künstlerecke und gehen im Raum umher. Auch ich gehe herum und komme Devlin bei drei voneinander unabhängigen Gelegenheiten so nahe, dass ich seinen Arm berühren könnte. Gesprächsfetzen der beiden dringen an mein Ohr: Er versucht, die Frau zu belustigen, sie reagiert jedoch immer störrischer. Ihr erstes Date? Oder das zweite? Er kennt sie nicht gut. Er dachte, es würde ihr gefallen oder sie zumindest beeindrucken, doch da hatte er sich geirrt: Sie findet es unangenehm und bizarr, was sie ihm auch deutlich zu verstehen gibt. Er ist beschämt. Sie werden bald gehen. Mir bleibt nicht viel Zeit.

Ich gehe in die Lobby der Galerie und telefoniere. »Hallo, Schatz.«

Robbie erholt sich schnell: »Silberner Audi, steht fünfzig Meter hinter deinem, wenn du aus dem Haus kommst links.«

»Ganz wunderbar, ja, danke.«

Robbie sagt: »Bist du sicher?«

»Ist doch nicht das erste Mal.«

»Aber Jahre her«, sagt er.

Als ich auf die Party zurückkehre, geht die junge Frau mit verdrießlicher Miene auf die Toilette. Devlin ist einen Moment allein und starrt den verrottenden Louis-Vuitton-Koffer an, aus dem die Innereien quellen. Ich schlendere hinüber und stelle mich vor dasselbe Exponat – sehe ihn an und habe meinen Standardspruch zum Brechen des Eises auf der Zunge –, als er zu mir aufblickt, kurz eine ironische Grimasse zieht und sagt: »Ja, schon klar, ich hätte mir eine andere Frau für das Date suchen sollen.«

Als würden wir uns seit Jahren kennen. Als wären wir alte Freunde.

»Sie ist sehr schön«, sage ich.

»Und anscheinend Vegetarierin.« Wieder sieht er mich an, neugierig. Er sagt: »Irgendwie vermute ich, dass Sie das nicht sind.«

Ich lache. Es ist nicht gezwungen, und er fühlt sich bestärkt. Er sagt: »Irgendwoher kenne ich sie«, als die Tür der Damentoilette aufgeht, und die junge Frau mit strenger Miene herauskommt. Er sieht sie und zieht sich zurück. »Ich sollte wohl …«

»Natürlich.« Ich sehe auf die Uhr. »Einen schönen Abend noch.« Ich wende mich ab.

Ein kurzes, kokettes Gespräch zwischen zwei mehr oder weniger Fremden, das nur ein paar Sekunden gedauert hat, aber das reicht mir für den Moment.

Ich suche Charlottes Freunde, entschuldige mich und stelle mein praktisch unberührtes Weinglas auf einem Tablett ab. Auf dem Weg zum Ausgang muss ich an Mark Devlin und der jungen Frau vorbei. Sie stehen vor der Tür, wollen auch gerade gehen: Er hält mir die Tür auf – wieder begegnen sich unsere Blicke kurz, und ich bedanke mich mit einem Lächeln. Die junge Frau beachtet mich nicht. Sie runzelt die Stirn: Zwischen ihnen herrscht eine unübersehbare Spannung. Als die Tür hinter mir zufällt, wird ihr der Satz abgeschnitten – nur das Wort *»krank«* dringt bis in die Lobby herein.

Ich hole meinen Mantel von der Garderobe, ziehe mein Handy aus der Tasche und wähle Robbies Handynummer. Die Verbindung wird hergestellt, als ich in die kühle Nachtluft trete.

»Okay?«

»Okay«, antwortet er. Er klingt nicht okay. Ich beende das Telefonat.

Etwas weiter die Straße entlang gibt es eine Ansammlung schicker Bars und Clubs – Bässe wummern aus einer Tür, und Lichter scheinen aus Restaurantfenstern auf die Straße –, ich stehe jedoch an einem ruhigen Flecken: Das Pflaster ist leer und kühl, ein kalter Wind pfeift zwischen den Gewerbebauten aus dem neunzehnten Jahrhundert, den dunklen Designerstudios und den verschlossenen Büros der Werbeagenturen hindurch. Der Mercedes steht etwas entfernt von der Galerie. Als ich mich umdrehe und nach hinten blicke, wird die Tür wieder geöffnet. Devlin und die junge Frau treten auf die Straße. Sie wirkt immer noch verärgert. Er nimmt ihren Arm und geht mit ihr die Straße entlang, in die entgegengesetzte Richtung – er neckt sie, versucht, ihre schlechte Laune zu vertreiben, sie widersetzt sich jedoch und lässt ihn schmoren. Wie stellt sie sich den weiteren Abend vor? Schmollend in einem teuren Restaurant zu Abend essen und dann – falls sie ihm so weit verziehen hat – zu ihm, wo er noch einmal alles geben muss, um den misslungenen Beginn des Abends wiedergutzumachen?

Ich bin beim Mercedes angekommen. Meine Handflächen schwitzen, mein Herz fängt an zu rasen. *Bist du wirklich sicher?*

Devlin und die junge Frau sind unter einer Straßenlaterne neben einem silbernen Audi stehen geblieben. Devlin hat den Autoschlüssel in der Hand. Er lächelt – die junge Frau nicht.

Jeden Moment …

In der Nähe: ein Reifenquietschen.

Jetzt.

Ich trete in dem Moment auf die Fahrbahn, als der Transporter mit schlingerndem Heck um die Ecke rast.

Fünfundzwanzig Meter entfernt drehen Mark Devlin und die junge Frau die Köpfe.

Ich weiß nicht, was dann passiert. Wieder höre ich Reifen quietschen, jemand schreit, ich liege aber schon auf dem Asphalt und bekomme kaum Luft.

*

Als ich mich so weit aufgerappelt habe, dass ich auf dem Boden sitze, ist er schon bei mir.

Er redet. Fragt, ob alles in Ordnung ist. Mir klingeln noch die Ohren. »Mir geht's gut«, sage ich, allerdings mit zittriger Stimme. Ich bin außer Übung. Das war zu knapp.

»Hat er Sie getroffen?«

»Nein. Helfen Sie mir hoch.«

»Sind Sie sicher? Sie sind noch sehr blass.«

Ich strecke eine Hand aus. Sie ist mit Dreck verkrustet. Er ergreift sie und hilft mir auf. Er lässt sie nicht los.

»Er hätte Sie beinahe überfahren«, sagt er.

Genauso hatte ich es auch geplant, oder? Aber auf einmal ist er zu nah, und die Welt dreht sich zu schnell: Ich klammere mich daran. Ein Adrenalinschub – viel zu stark: Mein Puls rast, und die Straßenlaternen leuchten heller, als sie dürften, die dunkleren Schatten winden sich, als seien sie lebendig. »Wollen Sie sich hinsetzen? Oder brauchen Sie einen Schluck Wasser? Soll ich …«

»Danke, mir geht's wirklich gut …«

Dann rettet mich die junge Frau, indem sie an seiner Seite erscheint. Sie würdigt mich keines Blickes. Die elektrisierende, Aufmerksamkeit erregende Schönheit, die sie beim Betreten der Galerie ausstrahlte, ist restlos verflogen: Sie sieht kalt und wütend aus.

»Der hätte dich umbringen können«, sagt sie, allerdings nicht zu mir. Zu ihm.

Da fällt mir der Mercedes ins Auge. Der Seitenspiegel hängt schlaff wie eine gebrochene Hand an einem Kabel. Ich lasse Devlins Hand los, umkreise den Wagen und überlasse Devlin und die junge Frau ihrer geflüsterten Unterhaltung – »bescheuert« ist das Einzige, was ich verstehe. Ich fahre vorsichtig mit der Hand über den herabhängenden Spiegel. Knapp. Sehr knapp.

Als ich mich umdrehe, steht er wieder vor mir. »Ihr Wagen?«

»Es ist nichts.«

»Ich denke, Sie sollten lieber nicht fahren.«

»Mir geht's gut«, sage ich, habe aber angefangen zu zittern. Was ist das? Ein Schock?

»Ich fahr Sie nach Hause«, sagt er.

»Ich kann mir ein Taxi nehmen.«

Aber er sagt: »Ihnen ist doch klar, dass ich Sie nicht einfach so hier stehen lassen kann«, als bestünde zwischen uns große Vertrautheit. Als würde er die ganze Nacht bei mir bleiben.

Als wir das Klacken von High Heels auf dem Asphalt hören, drehen wir uns um. Die junge Frau stöckelt zum Audi. Er muss ihr den Schlüssel gegeben haben: Die Blinker leuchten auf, als sie die Türen entriegelt. »Ich hab ihr gesagt, sie soll sich ins Auto setzen, damit ihr nicht kalt wird«, sagt er.

Aber sie steigt auf der Fahrerseite ein. Eine Sekunde darauf gehen die Scheinwerfer an, und der Motor startet, mit einem ungesunden Knirschen wird der Gang eingelegt, dann macht der Wagen einen Satz vom Kantstein weg und beschleunigt an uns vorbei. Die Miene der jungen Frau hinterm Lenkrad ist verschlossen. Sie sieht uns nicht an.

Mark Devlin blickt ihr nach, bis die Rücklichter verschwinden. Dann atmet er aus, schüttelt den Kopf und lächelt versonnen und selbstironisch. Als er sich zu mir umdreht, bekommt das Lächeln eine verschwörerische Note, als hätten wir uns einen Witz erzählt. Nein, als wären wir Kinder, die gerade eine Mutprobe bestanden hatten und gerade noch einmal davongekommen waren.

»Ich brauch einen Drink«, sage ich.

»Ich kenne nicht mal Ihren Namen«, sagt er.

»Charlotte.« Ich strecke die Hand über den Tisch aus. »Charlotte Alton.«

Er hat einen festen, warmen Händedruck, nur die Fingerspitzen sind kalt vom Glas. »Mark Devlin«, sagt er. Dann sagt er: »Das war nicht nur ein Spruch, wissen Sie? Ich kenne Sie irgendwoher.«

Wahrscheinlich aus der Oper. Kommt er darauf? Charlotte Alton ist optisch unscheinbar, elegant aber nie schillernd, etwas öffentlichkeitsscheu und im Großen und Ganzen unauffällig. Ich wüsste nicht, warum er sie bemerkt haben sollte. Ich zucke die Achseln. »Ich bin öfter bei solchen Vernissagen.« Kurze Pause. »Ich habe Ihnen den Abend verdorben.«

Er lächelt ein etwas schräges Lächeln, bei dem sich nur eine Gesichtshälfte hebt. »Dabei ist es gerade so gut gelaufen.«

»Sie ist doch bestimmt nur nach Hause gefahren?«

»Ich glaube nicht, dass sie mir ihre Adresse gegeben hat.«

»Die Telefonnummer?«

»Daran wollte ich gerade arbeiten.«

»Aber der Wagen ist doch wenigstens mit einem GPS-Tracker ausgestattet«, sage ich.

Er sieht mich an und räumt es mit einem kurzen Zucken der Mundwinkel ein. »Solange sie ihn nicht vorher um einen Laternenpfahl wickelt.«

»Was ist da passiert?«, frage ich. »Vorhin auf der Straße?«

»Sie wurden fast von einem Transporter überfahren.«

»Sagte sie nicht, dass der Wagen Sie hätte umbringen können?«

»Wirklich? Ich dachte, sie hätte mit Ihnen gesprochen«, sagt er. Einen Moment lang ist sein Lächeln hinterhältig, dann wird es ernster, aufrichtiger.

»Ich würde Sie gern zum Essen einladen. Wäre Ihnen das recht?«

Ich hebe die verkrusteten Handflächen. »Heute Abend vielleicht lieber nicht.«

»Einen anderen Abend?«, fragt er. Jetzt mit dem anderen

Lächeln: dem Lächeln, das mich zu einer Mitverschwörerin macht. Er hat ein großes Repertoire verschiedener Lächeln, jedes mit einer anderen Bedeutung. Ich fange an, sie zu sammeln. Dann beugt er sich vor. »Geben Sie mir Ihre Telefonnummer?«

Ich schreibe Charlottes Nummer auf eine Serviette – die Zahlen werden etwas undeutlich und verschmiert –, reiche sie ihm, und er lächelt, als hätte ich ihm eine Riesenfreude gemacht.

Aber ich werde nicht auf seinen Anruf warten. Ich bin am Zug.

Als ich draußen vor der Bar stehe, zerrt der Wind an meinem Mantel. Ich habe mir gerade ein vorbeifahrendes Taxi herangewinkt, als er sagt: »Im Royal Opera House. Wir wurden nicht vorgestellt, deshalb erinnern Sie sich nicht an mich.« Dann leise, fast wehmütig: »Bei *Götterdämmerung* haben Sie Grün getragen. Gute Nacht, Ms Alton.«

Er geht in die Oper. Das wusste ich schon. Und er hat eine clevere Erinnerungstechnik, kann sich gut Gesichter merken, und gesagt hat er es nur in der Hoffnung, dass ich mich herausgehoben fühle, beachtet, als etwas Besonderes …

Das war der Abend, an dem Johanssen wieder aufgetaucht ist. Reiner Zufall, doch so kommt es mir nicht vor. Es kommt mir wie ein Omen vor, und es lässt mich kalt.

Als ich im Taxi sitze, rufe ich Robbie auf dem Handy an.

»Alles in Ordnung?«, frage ich.

»Scheiße, da war Diesel auf der Straße …«

»Mir geht's gut.«

»Und ihm – was für ein Idiot.« Mehr sagt er nicht. Ich muss warten, bis ich mich in meiner Wohnung in die Aufzeichnung der Überwachungskamera vor der Galerie einloggen kann, um herauszufinden, was passiert ist.

Mark Devlin und die junge Frau drehen sich um. Der weiße Transporter, der mir gerade noch ausgewichen ist, rast auf sie zu. Er beschleunigt noch, als Mark Devlin vom Gehweg auf die Fahrbahn tritt und die Hand hebt.

Der Transporter weicht wieder aus, gerät ins Schleudern, hält aber nicht. An der nächsten Kreuzung bremst er scharf und verschwindet mit quietschenden Reifen um die Ecke.

Devlin steht auf der Straße. Seine Miene ist erstarrt, neutral, eingefroren: schockiert von dem, was er gerade instinktiv getan hat. *Der hätte dich umbringen können*. Aus Waghalsigkeit? Dem Glauben an seine Unzerstörbarkeit? Ich weiß es nicht. Dann blinzelt er, als erwache er aus einer Trance, und dreht den Kopf in die Richtung, in der ich liegen muss …

Mein Handy klingelt: eine der sicheren Leitungen, die ich fürs Geschäft nutze. Beim zweiten Klingeln gehe ich ran.

»Karla?« Es ist Craigie. Natürlich: Nur Craigie würde um diese Zeit anrufen. Hat er einen Tipp zu dem bekommen, was heute Abend passiert ist? Er klingt aber nicht streng – er klingt besorgt. »Laidlaws Schlupfloch – die Wohnung in Ealing? Sie haben sie gefunden.«

*

Ein rechteckiges modernes Gebäude aus altrosafarbenem 70er-Jahre-Backstein an der Ecke einer ruhigen Allee. Auf dem Klingelbrett befinden sich zwei Dutzend Knöpfe neben dem Lautsprecher der Gegensprechanlage. Als ich am Mittwochmorgen um 7:21 Uhr einparke, hält eine junge Frau in dunkler Hose und eleganter Jacke einem jungen Mann in Jeans und Arbeitsstiefeln die Haustür auf. Der junge Mann trägt eine große schwarze Reisetasche zu einem unbeschrifteten Lieferwagen und verstaut sie im Laderaum. Der Mann hat kräftige Hände: Er könnte ein Handwerker sein. Die junge Frau könnte eine trauernde Verwandte sein, das ist sie aber nicht, außerdem ist sie zu ruhig, zu konzentriert. Beide sind beruflich hier. Die Tasche, die sie gerade in den Wagen gepackt haben, enthält ihr Tatort-Untersuchungskit: Sie haben alles nach Fingerabdrücken abgesucht. Sie wollen wissen, wer ihn hier besucht hat. Wobei ich vermute, dass Laidlaw der Einzige war – dass dies seine private Zuflucht war, die er mit niemandem geteilt hat. Jedenfalls werden sie keine Spuren finden. Laidlaw mochte ausgesehen haben, als wüsste er nicht, was ein Spiegel ist, doch er hatte seine Lehrjahre im Kalten Krieg verbracht, als jede noch so winzige Nachlässigkeit lebensgefährlich sein konnte. Ich würde wetten, dass die Wohnung sauber ist.

Meine Tasche steht auf dem Beifahrersitz. Ich wühle kurz darin, ziehe mein Handy heraus, drücke eine Taste und fange an zu reden. Die junge Frau hat mich entdeckt. Sie mustert das Kennzeichen lange genug, um es sich einzuprägen. Der junge Mann schlägt die Hecktüren des Lieferwagens zu, und beide gehen wieder ins Haus. Ich halte weiterhin den Kopf gesenkt und tue so, als sei ich beschäftigt. Wahrscheinlich beobachten sie mich.

Craigie wollte nicht, dass ich herkomme. »Wir observieren die Wohnung«, hatte er gesagt. »Sie brauchen nicht dahin. Was soll das bringen?«

Aber Craigie hat nicht so viel Erfahrung mit diesen Leuten wie ich. Mit Kriminellen schon, auch mit Informanten. Aber nicht mit Geheimdienstlern. Diesen Einsatz kann ich nicht delegieren, darum muss ich mich selbst kümmern. Sind sie locker drauf oder ernst? Räumen sie einfach nur auf und haken Punkte auf ihrer Liste ab, oder steckt mehr dahinter? Das muss ich herausbekommen.

Und dazu bin ich durchaus in der Lage. Früher habe ich das ständig gemacht. Aber selbst jetzt, als ich hinter dem Lenkrad meiner unauffälligen Mittelklasselimousine sitze und mit niemandem telefoniere, verschafft mir das noch einen Adrenalinschub. *Du vermisst dein altes Leben, was?*

Powell wird hier sowieso nicht persönlich erscheinen. Ich habe seine Akte gelesen. Er ist nicht der Typ, der selbst Hand anlegt, er geht nicht auf Einsätze: Er schickt sein Fußvolk. Stundenlang haben sie unter Teppichen nachgesehen, Schränke ausgeräumt, Essensschachteln ausgeschüttet, Spülkästen durchsucht. Demnächst werden die Bodendielen dran glauben müssen.

Sie suchen Knox. Sie suchen mich.

Aber sie werden mich nicht finden.

Es sei denn, sie rechnen damit, dass ich herkomme.

Ich wende den Kopf ab. Mein einseitiges Telefongespräch wird hitzig.

Manche Kriminelle kehren an den Schauplatz ihres Verbrechens zurück, oder? Sie stellen sich in die Menschenmenge hinter der Polizeiabsperrung. Sie unterhalten sich mit Polizisten. Manche geben sich freundlich und hilfsbereit – bieten an, lokale Informationen beizusteuern –, manche schauen einfach zu. Aber irgendein Zwang treibt sie dorthin: Sie müssen dort sein.

Hat Lucas Powell mich in diese Kategorie eingeordnet? Passt meine Anwesenheit in das von einem Profiler erstellte Muster? Hat er damit gerechnet?

Ich drücke eine Taste und lege das Handy auf den Beifahrersitz. Zeit zu verschwinden. Ich greife zum Zündschlüssel, als die Haustür wieder von innen geöffnet wird und sie wieder herauskommen …

Nein. Die junge Frau ist dabei, aber dieses Mal ist jemand anders bei ihr, ein Mann, der die ganze Zeit im Haus gewesen sein muss.

Groß – an die eins neunzig – und schlank. Schwarze Haut,

hohe Wangenknochen, gute Haltung, guter Anzug, gute Schuhe. Powell.

Er trägt einen zugeklebten Pappkarton.

Mir stockt der Atem. Ich zwinge mich, den Blick abzuwenden, und nehme das Handy vom Beifahrersitz. *Sprich. Sprich und sieh nicht hoch.*

Was macht er hier?

Lucas Powell, der Herkules der Geheimdienste, frisch aus Washington, D. C. eingeflogen, um den Dreck wegzuputzen. Und er macht es selbst: Sitzt nicht nur am Schreibtisch und wartet, dass man ihm das Zeug bringt, sondern er kommt hier raus und sieht zu, wie sie nach Fingerabdrücken suchen.

Und etwas mitnehmen.

Aber es dürfte nichts zu finden sein. Die Wohnung müsste sauber sein. Wir haben uns darauf verlassen. *Laidlaw gehörte zur alten Garde. Die haben sich keine Notizen gemacht.*

Sie sind zu einem anderen Wagen gegangen, einem Kombi. Powell stellt den Karton aufs Wagendach, greift in die Hosentasche, um den Autoschlüssel herauszuholen, wobei sein Blick in meine Richtung schweift.

Lass den Motor an. Sieh nicht hoch. Fahr. Fahr einfach.

Als ich losfahre, zwinge ich mich dazu, stur nach vorne zu blicken. Obwohl mir bewusst ist, dass der Mann den Kopf in Richtung meines Wagens dreht. Und den ganzen Weg die Straße entlang – noch lange nachdem er hinter den parkenden Autos außer Sicht ist – traue ich mich nicht, in den Rückspiegel zu sehen, als könnte ein einziger Blick mich verraten.

Craigie hatte recht. *Sie haben hart daran gearbeitet, ein Hauptgewinn zu sein, Karla. Ein Hauptgewinn, den Lucas Powell für sich will.*

Und wenn er mit mir ins Geschäft kommen will?

Ich hatte sämtliche Aspekte meiner Zusammenarbeit mit Laidlaw kontrolliert. Er hat nie erfahren, wer ich bin oder wie ich an meine Informationen komme. Er hatte nicht einmal die Möglichkeit, mit mir in Kontakt zu treten. Und er hatte sich damit abgefunden. Am Ende interessierte ihn nur, dass die Informationen stimmten.

Bei Powell wird es anders sein. Er wird die Herkunft der Informationen hinterfragen. Er wird versuchen, die Quelle zu authentifizieren. Er wird wissen wollen, wer ich bin, und ganz egal, wie gut und zuverlässig die Informationen sind, er wird nicht ruhen, bis er mich gefunden hat.

15. Tag: Mittwoch

Johanssen

Mittwochmorgen. Das Ende seiner vierten Nacht in der Klinik. Er liegt auf seinem Bett. Draußen ist es hell, aber nur schwaches Licht dringt durch die Ritzen, und im Schlafraum herrscht die nächtliche Geräuschkulisse: leises Schnarchen und Vinnies leises Murmeln, der im Schlaf spricht. Johanssen weiß nicht, ob Drill wach ist, und er sieht auch nicht nach.

Er setzt sich auf, greift seine Kleidung und tappt an den anderen vorbei in die Küche. Dort zieht er sich an.

Auf der Treppe bleibt er stehen, lauscht einen Moment, ob sich in Cates Zimmer etwas rührt, hört aber nichts.

In der Klinik zieht er die Stiefel an – die Wunde auf dem Rücken juckt unter der Kleidung – und geht durchs Wartezimmer nach draußen.

Als er den Hof überquert, verspürt er ein Kribbeln im Nacken, als würde ihn jemand aus Quillans Gebäude beobachten, aber er dreht sich nicht um.

Durchs Tor. Dann nach rechts, an den Sozialwohnblocks entlang, er merkt genau, wann seine Beschatter ihre Positionen beziehen.

Er führt sie durch die Straßen des Programms, öffnet Türen, wandert in Gebäude hinein und wieder heraus, bleibt an einer Ecke stehen, worauf auch die Beschatter stehen bleiben müssen, dann geht er weiter durch enge Gassen, beschreibt einen Kreis, sodass ihre Wege sich beinahe kreuzen – hält an, um zu einem Fenster hinaufzublicken, zu einem Dachfirst, verschwindet in einen engen Innenhof, achtet darauf, dass seine Handlungen keinem Muster folgen.

Und ein oder zwei Mal hätte er schwören können, dass ihm noch andere folgen, eine Gruppe, die sich parallel zur ersten bewegt, aber nicht mit ihr. Er bekommt sie jedoch nicht zu Gesicht.

Wieder Brice' Leute? Aber Brice wird damit beschäftigt sein, seinen Ausweis herumzuzeigen, den Leuten Johanssens Bild unter die Nase zu halten. *Wer ist der Mann?*

Er wird nichts finden. Charlie Ross ist tot.

Die Nachricht von dem Überfall war gestern Nacht eingegangen. Riley hatte ihn in den Lagerraum geschickt, um Handschuhe zu holen, und als er zurückkam, sah er es in ihren Gesichtern: ängstliche Neugier bei Vinnie, Rileys wissende Miene, Spekulation bei Drill – Drill musste etwas von der Verletzung gehört haben. Er hätte gern gesehen, wie die Klinge eindringt. Nur Cates Gesicht war leer.

Schließlich kommt er an der Werkstatt in der Houghton Street an. Als er über den Schotterstreifen geht, der die alte Werkstatt von den umliegenden Straßen trennt, bleiben zwei Männer an diesem Streifen stehen und beobachten ihn. Johanssen hält Ausschau nach weiteren Gesichtern hinter ihnen, nach den anderen Beschattern. Er findet sie nicht.

Als er die Tür öffnet, steht er in einem Labyrinth aus kleinen, klammen Räumen. Er geht hindurch und kommt in die ehemalige Maschinenhalle. Hier ist irgendwo eine Kamera. Er wird beobachtet. Von Karla? Und von wem noch? Aus einem großen Fenster mit Metallrahmen sind sämtliche Scheiben herausgeschlagen. Glassplitter knirschen unter seinen Stiefeln. Über ihm erstreckt sich ein Stahlträger durch die ganze Halle. Daran ist ein Flaschenzug mit einer Kettenkonstruktion befestigt. In einer runden Öffnung knarrt und quietscht ein Ventilator. Weit oben an den Wänden hängen vergitterte Lampen, die mit gummierten wetterfesten Kabeln angeschlossen sind. Die Birnen glühen schwach im grauen Tageslicht. Die Überwachungskamera befindet sich weit oben in einer Ecke. Er geht ein paar Schritte zurück, um aus ihrem Aufnahmebereich herauszukommen. Sie bewegt sich nicht.

Darum wird er sich noch kümmern müssen.

Mitten auf dem Boden ist eine etwa ein mal anderthalb Meter große Stahlplatte. Er tritt lässig dagegen, sie rührt sich nicht, dann hockt er sich hin – nur fünf Sekunden, mehr wäre zu viel –, dann richtet er sich wieder auf und geht weiter. Die Muttern sind schmutzig und fangen an zu rosten, die hat seit Monaten niemand angerührt.

Auf einer Seite geht eine zweite, kleinere Maschinenhalle ab. Darin hocken ein paar kränklich aussehende Tauben. Als er hereinkommt, fliegen sie laut flügelschlagend auf, ziehen über ihm einen Kreis und verschwinden durch schartige Löcher im Dach. Ein paar Fertigbau-Bürokabinen sind übereinandergestapelt: Sie sacken langsam unter ihrem eigenen Gewicht zusammen, die Ecken sind nicht mehr rechtwinklig, die Wände neigen sich wie bei einem Kartenhaus.

Er kehrt in die große Maschinenhalle zurück, und da ist sie.

Sie steht in eine große Jacke gehüllt an der Tür. Sie beobachtet ihn.

Die zweiten Beschatter: nicht Brice' Crew, sondern sie. Sie ist gut, besser, als er erwartet hätte.

Sie legt den Kopf schief. Ihr Blick wandert nach oben, die vernarbten Wände hinauf zu den Ketten am Stahlträger und dem quietschenden Ventilator, dann wieder nach unten.

»Was machen Sie hier?«, fragt sie.

»Ich … gucke nur.«

Sie sagt nichts dazu. Sie verschränkt die Arme – sie muss trotz der Jacke frieren – und geht weiter in die Halle nebenan, die mit den Fertigbau-Bürokabinen. Er folgt ihr nicht. Er hört leise Geräusche, ein Kratzen, etwas wird zur Seite geschoben, dann kommt sie zurück.

»Sind Quillans Männer noch draußen?«, fragt er.

Sie nickt, sieht ihm direkt in die Augen: »Die rauchen eine.«

»Ich habe es auf zwei gebracht«, sagt er.

»Sind meistens zwei. Sie haben überlegt, ob sie mit reinkommen sollen. Ich hab ihnen gesagt, dass sie das nicht tun sollen.«

»Wie?« Schmerzmittel? Vorzugsbehandlung? Sie ignoriert die Frage.

»Ihnen folgt niemand?«

»Warum sollte man mir folgen? Ich bin Quillans Ärztin. Wer würde mich antasten?«

Wieder blickt sie nach oben, betrachtet die Wände, die Kette, den klappernden Ventilator. Sie steht noch so da, den Kopf in den Nacken gelegt, als sie fragt: »Warum wollte Brice Ihren Ausweis?« Und als er nicht antwortet, fährt sie fort: »Wissen Sie's nicht? Brice denkt, Sie lügen. Er glaubt Ihnen Ihre Story nicht.« Sie senkt den Blick und sieht ihn an. »Wollen Sie wissen, warum?«

Er zieht die Schultern hoch.

»Doch, das wollen Sie. Quillan pflegt eine *ausgezeichnete Kooperation* mit den Behörden. Er hat sich nach Ihnen erkundigt. Wer Sie sind. Was für ein Mensch Sie sind.« Pause. »Die haben ihm gesagt, was Sie getan haben.«

Ist er aufgeflogen? Wie viel wissen sie jetzt? Er setzt eine leere Miene auf und sagt nichts.

»Sie war Ihre Freundin, oder? Die Frau.« Ihre Miene ist immer noch starr wie eine Maske. Ihre Augen glitzern. Dann, heftiger: »Haben Sie sie geliebt? Quillan hat nämlich gesagt, dass sie langsam verreckt ist. Und? Werden Sie mir sagen, dass es nicht stimmt?«

Er schüttelt den Kopf. »Nein.«

»Und den Mann?«

»Ich weiß, was ich getan habe.«

Sie steht da und starrt ihn an, dreht den Kopf ein wenig zur Seite, dann wieder zurück, als versuchte sie, ihn aus einer Distanz von drei Metern einzuschätzen.

Dann sagt sie: »Aber so sind Sie nicht mehr.« Und das sagt sie, als würde sie es nicht verstehen.

Er schweigt.

»Wodurch haben Sie sich verändert? Haben Sie Reue verspürt? Zu Gott gefunden? Oder sind Sie gar nicht Ryan Jackson? Obwohl es wirklich beschissen wäre, sich so eine Tarnung auszusuchen.«

Sie mustert ihn noch einmal, dann wendet sie sich ab und geht durch die Maschinenhalle. Ihre Schuhsohlen knirschen in den Glasscherben. Als sie den Deckel des Tanks erreicht, bleibt sie kurz stehen, tippt mit der Schuhspitze gegen den Rand und geht weiter.

Am anderen Ende kehrt sie um, die Arme immer noch vor der Brust verschränkt, aber ihre Miene hat sich verändert.

»Denken Sie noch an sie?«, fragt sie. »Können Sie deshalb nicht schlafen? Wandern Sie deshalb so ziellos herum?«

»Nein.«

»Und was hält Sie dann wach?« Ihre Stimme wird härter. »Diese Verbrennung an ihrer Schulter, das Bügeleisen, die Narbe aus der Kindheit. Wer war das? Mamas Liebhaber? Dad?«

Sie bohrt weiter, versucht immer noch, ihn aus der Reserve zu locken, aber dieser Schmerz ist ihm so vertraut, dass er sich ihm, ohne mit der Wimper zu zucken, stellen kann. »Dad«, sagt er. »Er war ein Trinker.«

Laut Karlas Akte hat auch Ryan Jacksons Vater getrunken. Allerdings hat Jackson andere Narben.

»Trinken Sie?«, will sie wissen.

»Nein.«

»Aber das haben Sie damals. Als Sie …« Sie bricht ab und guckt ihn dann ein paar Sekunden lang nur an, guckt nur, und er lässt es zu.

Schließlich sagt sie: »Das steckt nicht in Ihnen, oder? Sie schleppen es nicht mit sich herum. Dann haben Sie sich verziehen.«

»Nein. Ich mache nur – ich versuche nur, mein Bestes zu geben. Das Richtige zu tun.«

»Was?«

»Alles.«

»Und bei Ihnen funktioniert das, oder? Das Richtige zu tun. Dadurch wird es … *besser*?«

Wieder einer dieser langen, kalten Blicke, doch dann kräuseln sich ihre Lippen – sarkastisch oder verächtlich? »Mache ich das auch?«, fragt sie. Ihre Stimme klingt bissig. »Glauben Sie, darum geht's mir bei der Klinik? Das Richtige zu tun, etwas wiedergutzumachen? Ich tue es einfach *zum Zeitvertreib*.«

»Sie waren Ärztin«, sagt er.

Sie stößt ein kurzes *Pah* aus. »Oh, ja. Und soll ich Ihnen was sagen? Jedes Leben, das ich gerettet habe, hat bewiesen, wie clever ich war, dass ich das System schlagen konnte. Und ich war wirklich gut, ja. Besser als gut. Ich habe in einer ganz anderen Liga gespielt – da oben, als Entscheidungsträgerin … Es war schwer, es war kompliziert, und ich habe es geliebt. Und meine Patienten *hätten genauso gut einer anderen Spezies angehören können*.«

Sie bricht ab. Der Ventilator quietscht und rattert über ihnen. Draußen brummt ein Motor, eine Patrouille in einem Land Rover.

Sie sagt: »Ich geh jetzt.«

Aber in der Tür dreht sie sich noch einmal um. »Was Brice betrifft.«

Johanssen sagt: »Er sucht nur nach einem Vorwand.«

»Und wenn er genau genug sucht, wird er etwas finden, oder?« Unvermittelt fragt sie: »Hassen Sie ihn?«

»Sollte ich das?«

»Nach dem, was er Ihnen antun wollte? Und Ihnen antun wird, sobald er die Gelegenheit dazu bekommt …«

»Brice bringt niemanden um.«

»Es wird viel schlimmer sein.«

Sie hält seinem Blick einen Moment lang stand. Dann geht sie, ihre Schritte verklingen.

Er steht ganz still in der Werkstatt und lauscht dem Quietschen des Ventilators.

Quillan hat mit den Behörden gesprochen. Und jetzt weiß er, dass der Mann, mit dem er es zu tun hat, sich nicht so verhält, wie Ryan Jackson sich verhalten müsste. Aber er kann fürs Erste mit dem Widerspruch leben, weil er andere Pläne hat.

Brice ist ein krankes Arschloch. Quillan sorgt dafür, dass er etwas zu tun hat. Er ist nur das neueste von vielen Ablenkungsmanövern. Wie lange geht das schon so? Seit Charlie Ross hier war?

Aber Brice bringt niemanden um, und Charlie Ross ist tot.

Der Mann hieß Sully. Seinen Vornamen hatte Johanssen nie gehört. Ein Kamerad bei der Army, ein Liverpooler, mit dem Johanssen im Irak gedient hatte und der an einem Kontrollpunkt in Helmand sterben sollte, hatte den Kontakt vermittelt. Sie hatten sich in einem Pub, dem Elephant & Castle, getroffen. Sully arbeitete im Security-Geschäft und brauchte jemanden, der bei einem Auftrag mit anpackte. Nachdem er ein paar Fragen gestellt hatte, sagte er: »Ist das okay, wenn wir einen Ausflug machen? Es gibt da jemanden, den Sie kennenlernen müssen.«

Sie fuhren auf der M4 aus London heraus, dann auf die A404. Es war inzwischen dunkel und nieselte. Die Scheibenwischer quietschten auf der Scheibe, während Sully ihn die ganze Zeit verstohlen musterte.

Durch Marlow hindurch, durch die ganze mittelenglische Mittelklasse-Heimeligkeit aus rotem Backstein, mit Ziegeldächern und spindeldürren Kirchturmspitzen. Über eine Hängebrücke und am anderen Ende wieder hinaus. Die Bebauung nahm ab, und es ging langsam bergauf. Sie bogen in eine Privatstraße – schmal, gesäumt von großen Villen mit Blick auf den Fluss: Dann ein weißes Miniaturschloss und daneben ein riesiges schwarz-weißes Fachwerkhaus.

Sie hielten vor einem hellen Haus mit Giebeln. Zehn Uhr nachts an einem langen Sommerabend: Verkehrsgeräusche von der Hauptstraße, irgendwo in der Nähe fuhr ein Zug vorbei, und ein Vogel sang noch.

Eine Frau machte die Tür auf. Sie sah Sully an: »Er hat gesagt, dass du kommst.« Johanssen beachtete sie nicht. Als wäre er unsichtbar.

Sully führte ihn durch einen Flur in ein lang gestrecktes Zimmer, wo sie schweigend warteten und in die dunstige Sommernacht hinter den Verandatüren starrten, auf die Treppe hinaus, die zur Rasenfläche und dem dahinter vorbeifließenden Fluss führte, und Johanssen lauschte dem gedämpften Knarren, fernen Stimmen, dann den Schritten mehrerer Männer, die sich näherten – gemurmelte Gesprächsfetzen: *Ja, sehr gut* –, aber als dann die Tür aufging, kam nur einer herein: Mitte sechzig, groß, knapp zwei Meter, Slacks, Oberhemd, eine goldene Uhr am Handgelenk, das matte Lächeln eines Mannes, der wusste, dass alle mitlachen würden, wenn er einen Witz erzählte, ganz egal, ob er gut oder schlecht war.

Der Mann sagte zu Sully: »Wer ist das?«, und Sully antwortete: »Das ist der, von dem ich Ihnen erzählt habe …«

Der Mann sah Johanssen scharf an. Es lag nur ein winziger Hauch von Bedrohlichkeit in der Stimme, als er fragte: »Und was wollen Sie, na?«

Johanssen sagte: »Ich will arbeiten«, und unterdrückte den Drang, ein »Sir« anzuhängen.

»Was können Sie?«

»Was immer von mir verlangt wird«, sagte Johanssen. Weil sein Leben von jetzt an so aussehen würde, oder? Mehr war ihm nicht geblieben.

Der Mann nickte und verließ den Raum. Als er an Sully vorbeiging, hörte Johanssen ihn sagen: »Setz ihn ein.«

Das war Charlie Ross, was er damals allerdings noch nicht wusste.

Sie würden sich nicht wieder begegnen.

Wenige Monate später würde Ross wegen der Geschichte mit Cunliffe verhaftet werden. Ein Jahr später würde er im Gefängnis sitzen. Etwa vier weitere Jahre später: das Programm. Drei Monate danach würde er tot sein.

Als er wieder in die Klinik kommt, sitzt Riley auf einem Stuhl im Hauptraum. Ohne zu lächeln, mustert er Johanssen von oben bis unten an.

»Ich hab davon gehört«, sagt er. »Weshalb Sie verurteilt wurden.« Er nickt. »Also. Hier drinnen fangen Sie als unbeschriebenes Blatt neu an. Wie alle anderen auch. Aber wenn Sie *sie* auch nur anrühren …« Er bricht ab, verschluckt sich an seinem Zorn.

Dann schüttelt er den Kopf, steht auf und geht.

15. Tag: Mittwoch

Karla

Mittwochmorgen. Wieder vor den Überwachungsstreams.

Eine Backsteinwand und ein kaputtes Fenster: die Werkstatt. Zuerst passiert nichts. Dann kommt ein Mann ins Blickfeld der Kamera. Er blickt zu irgendetwas hoch, das ich und die Kamera nicht sehen können, schaut sich konzentriert und pragmatisch um. Dann bleibt er stehen, dreht sich um und sieht einmal kurz in die Kamera, worauf sich Simon Johanssens Bild in meine Netzhaut brennt.

Er läuft in der Werkstatt umher. Hockt sich mitten auf dem Boden kurz hin, richtet sich wieder auf, verschwindet aus dem Bild. Kommt zurück …

Man sieht es ihm an: Es ist noch jemand da, unter der Kamera, nicht zu sehen.

Sein Mund bewegt sich lautlos. Ein Schatten bewegt sich am Rand des Bildausschnitts und verschwindet wieder – er oder sie sind gegangen. Er folgt ihnen nicht. Er wartet mit ruhigem, verschlossenem Gesicht, und kurz darauf kommen sie zurück.

Dieses Mal sehe ich sie.

Wie oft habe ich mir ihr Foto angesehen? Und trotzdem hätte ich sie in dem schwachen Licht womöglich nicht erkannt: die ausgemergelte, blasse Frau mit den dunkelblonden Haaren, die sich in eine viel zu große Jacke gewickelt und die Arme zum Schutz um den Oberkörper geschlungen hat. Als sie den Kopf hebt, sehe ich die Leblosigkeit in ihrer Miene.

Hat er das Treffen mit ihr arrangiert, damit sie den Ort

kennt? Damit sie beim nächsten Mal – und das könnte ab jetzt jederzeit sein – keine Angst hat?

Sie unterhalten sich wieder. Worum geht es? Ich beuge mich zum Monitor, erkenne aber nicht genug. Aber sie reden miteinander. Das muss gut sein: Er bringt sie zum Reden, bringt sie dazu, ihm zu erzählen, was sie warum getan hat.

Sie hören auf, sich zu unterhalten. Sie dreht sich um und geht. Johanssens Miene verrät mir, dass er wieder allein ist.

Was hat sie zu ihm gesagt?

Seitdem bin ich in der Nähe des Telefons geblieben und habe auf einen Anruf gewartet, den ich nie bekommen habe.

*

Mittwoch, Spätnachmittag. Craigie kommt mit dem Aktenkoffer in der Hand, als ich mich zum Ausgehen fertig mache.

»Was war in diesem Karton, Karla?« Der, den Powell heute Morgen aus Laidlaws Wohnung in Ealing mitgenommen hat.

»Wissen Sie das noch nicht?«

»Papiere. Was sonst? Das bedeutet, dass Laidlaw doch Aufzeichnungen aufbewahrt hat.«

»Aufzeichnungen worüber? Wir haben alles gesäubert, Craigie. Das wissen Sie doch. Es war nichts zu finden.« Weil ich das nicht nur ihm, sondern auch mir selbst immer wieder sagen muss, bis wir etwas anderes hören. Panik bringt uns nicht weiter.

Er mustert meine Kleidung. Dezentes Kleid, kaum Schmuck, Absätze. Charlotte Altons Garderobe. »Gehen Sie aus?«

»Abendessen.«

Er nickt. *Wenigstens etwas.* Ich arbeite an meiner Tarnexistenz. Und ihm gefällt es, wenn ich Charlotte bin, er hält es für sicherer. Ein Abendessen kann nicht verkehrt sein.

Er weiß nicht, mit wem.

*

Ich wusste nicht, ob Mark Devlin Zeit hatte. Ich probierte es kurzfristig in der vagen Hoffnung, obwohl es wahrscheinlich zu früh war. »Haben Sie heute Abend schon was vor?«

Als ich bei seinem Büro in Moorgate ankomme, ist es sechs und dunkel. Aus dem riesigen Atrium strömt goldenes Licht auf das Pflaster und die nach Hause eilenden Angestellten. Der dreistöckige höhlenartige Raum wird nur durch glänzende Plexiglasskulpturen strukturiert, die an Drähten von der Decke hängen und sich gleichmütig drehen wie riesiger Weihnachtsbaumschmuck. Links am Fenster stehen hässliche moderne Stühle vor Kaffeetischen, die aus einzelnen Kalksteinblöcken bestehen, auf denen Zeitungen in diversen Sprachen kunstvoll drapiert sind. Neben der Tür sind Sicherheitsleute in Armani-Anzügen postiert. Auf dem Weg zur Rezeption folgen mir mehrere Überwachungskameras.

Das Gebäude beherbergt ein halbes Dutzend exklusive Unternehmen, deren Namen hinter dem Schreibtisch aufgelistet sind: ein Steuerberatungsbüro, eine Anwaltskanzlei für Gesellschaftsrecht, eine Börsenagentur, eine Firma für Computersicherheit, eine Beratungsgesellschaft für Risikomanagement und Mark Devlin Recruitment.

Als ich der herausgeputzten jungen Frau hinter dem Tresen erzähle, dass Mr Devlin mich erwartet, präsentiert sie mir freundlich, aber bestimmt einen Besucherausweis aus Plastik, als wäre er ein Geschenk, das ich unter keinen Umständen ablehnen könnte, und schickt mich zum Wartebereich am Fenster. Die Stühle sind so unbequem, wie sie aussehen.

Zwei Minuten später kommt Mark Devlin aus dem Fahrstuhl, Jacke und Aktentasche in der Hand. Als er den Besucherausweis sieht, nimmt er ihn mir behutsam ab – »Den brauchen wir nicht« –, geht zur Rezeption, lächelt der jungen Frau dahinter strahlend zu, reicht ihr den Ausweis und führt mich aus dem Gebäude.

»Sie dachte, ich hätte einen Termin. Sehe ich wie eine Ärztin aus?«

»Fachärztin für Neurochirurgie«, sagt er. »Absolut. Haben Sie Hunger?«

Wie aufs Stichwort sagt eine Stimme hinter uns: »Mr Devlin?«

Ich kenne die Stimme, Devlin nicht, jedenfalls nicht sofort. Er dreht sich um. Ellis kommt auf uns zu. »Mr Devlin ... ich hatte gehofft, Sie noch zu erwischen.«

Devlin wirft mir einen schnellen Blick zu. Werde ich etwas mitbekommen, was er lieber vor mir verborgen hätte? Zu Ellis sagt er: »Entschuldigung, aber es passt gerade ...«

Ellis beachtet ihn nicht. »Nur eine kurze Frage. Am Abend des 8. Dezember letzten Jahres, Sie können mir nicht zufällig sagen, wo Sie da waren? Wir versuchen, die Aufenthaltsorte aller Bekannten von Frau Dr. Gallagher am Abend ihres Verschwindens in Erfahrung zu bringen.« Er sieht mich kurz an – so wie man eine Fremde ansehen würde, dann wendet er sich wieder an Devlin: geduldig, undurchdringliches Gesicht. Man würde nie darauf kommen, dass es ihm scheißegal ist.

Devlin sagt spitz: »Aus dem Kopf weiß ich das nicht, aber ...« Aber er wird mit der Polizei zusammenarbeiten. Das muss er. Ellis lässt ihm keine andere Wahl.

Devlin zieht sein Smartphone aus der Tasche und tippt darauf herum, als Ellis sagt: »Schon gut, Mr Devlin, es muss nicht sofort sein. Aber wenn Sie mich anrufen könnten? Meine Karte haben Sie doch noch?«

»Selbstverständlich«, sagt Devlin. Seine Stimme klingt immer noch angespannt, jetzt ist er allerdings auch verwirrt. Warum macht Ellis auf einmal einen Rückzieher?

»Alles klar.« Ellis nickt erst Devlin, dann mir zu, wieder mit leerem Gesichtsausdruck. »Schönen Abend noch.«

Wir wollen an ihm vorbeigehen, aber er ist noch nicht

ganz fertig: Er bleibt auf dem Weg stehen, erst als ich um ihn herumgehe, bewegt er sich plötzlich, sodass ich ihn streife. Doch Devlin ist einen halben Schritt vor mir und hat es wohl nicht gesehen.

Wir gehen in ein Restaurant mit Speisesaal im Obergeschoss. Mark Devlin kennt den Oberkellner, und wir bekommen einen Tisch am Fenster. Hinter der Dreifachverglasung zeigt sich der Feierabendverkehr unter uns als langsamer Zug aus Bremslichtern und Abgasen, aber hier oben hört man nur das Klavierspiel und leises Gemurmel. Das Licht ist gedämpft und honiggelb.

Wir reden. Zuerst über den gestrigen Abend: meine Abschürfungen, den Zustand seines Autos, die junge Frau, die Ausstellung und warum er sich vor ein rasendes Auto gestellt hat (»Er hätte Sie umbringen können«, sagt er, als wäre das ein Grund, womit er die Tatsache außer Acht lässt, dass auch er hätte dabei umkommen können), die Absurdität des Ganzen … So machen wir daraus eine komische Anekdote, ein gemeinsam erlebtes Abenteuer, auf das wir amüsiert zurückblicken können. Der Kellner nimmt unsere Bestellungen auf, und danach stellt Devlin mir ein paar Fragen über mich, eine nach der anderen, eher extravagant und etwas kryptisch: Wann ich das letzte Mal im Ausland war? Wo ich war? Ohne was ich nicht leben kann? Was mir an meinem Wohnort am besten gefällt? Wenn ich träume, wovon träume ich dann? Ich antworte schnell, spare mir Ergänzungen und Erläuterungen und stelle ihm die gleichen Fragen. Währenddessen gehen mir allerdings andere Fragen durch den Kopf – *Was wissen Sie über Catherine Gallagher? Warum klang alles, was Sie über sie gesagt haben, so kalt? Und was haben Sie plötzlich verstanden, als Ellis den Psychiater erwähnte?* – doch leider komme ich nicht dazu, sie zu stellen.

Mein kurz gebratenes Steak kommt mit einem so scharfen Messer, dass man damit hätte operieren können. Devlin hat sich einen ganzen Fisch bestellt, den er gekonnt mit feinen Schnitten entgrätet, wobei er die ganze Zeit spricht, sich nach meiner Meinung erkundigt und mich zum Lachen bringt.

Als wir fertig sind, lehnt er sich zurück. Mit einem Finger streicht er gedankenlos am Stiel seines Weinglases auf und ab. Er hat kräftige, männliche Hände mit eckig geschnittenen, sehr sauberen Fingernägeln. Im gedämpften Licht sieht man bernsteinfarbene Strähnen in seinem Haar, die wie dünne Drähte glühen.

»Und jetzt die andere Frage«, sagt er ernst.

»Wie lautet die?«

»Die, die Sie nicht gestellt haben. Ich werde auf der Straße von einem Polizisten angehalten …«

»Vielleicht wäre Ihnen das nicht recht.«

Weil man den Leuten immer die Chance gibt, einen Rückzieher zu machen. Immer. Sie müssen sich hinterher daran erinnern, dass die Entscheidung zu reden ihre eigene war und nicht von dir kam.

Er starrt einen Moment schweigend in sein Glas, reibt weiter am Stilansatz und konzentriert sich auf die Vibrationen. Dann sagt er: »Vor zwei Jahren hatte ich eine kurze Beziehung – ich hatte sie bei einer Konferenz kennengelernt, sie war Ärztin. Es ging nur einen Monat … hat ziemlich schnell an Schwung verloren, Sie wissen schon.« Er schweigt kurz. »Elf Monate danach ist sie verschwunden. Hat die Arbeit Arbeit sein lassen und war auf einmal weg. Sie wurde nie wieder gesehen. Niemand weiß, was passiert ist.« Er breitet die Hände aus.

»Aber das muss dann ja mehr als ein Jahr her sein.« Er nickt. »Warum kommt die Polizei erst jetzt zu Ihnen?«

Er zuckt die Achseln. »Ich vermute, dass sie jeden, der sie

kannte, noch einmal befragen. Wir alle sind potenzielle Verdächtige.« Er verzieht das Gesicht – ohne jeden Anflug von Humor. »Der Inspector hat mir erzählt, dass sie in psychiatrischer Behandlung war. Er sagte, sie hätte an Depressionen gelitten.«

»Dann vermuten die doch sicher …«

»Dass sie Selbstmord begangen hat. Ich weiß.«

»Wie sehen Sie das?«

Wieder zögert er, bevor er antwortet. »Ich bin mir nicht sicher. Sie war eisern, sehr … beeindruckend.« Er schüttelt den Kopf. »Das hätte ich nie erwartet.« Er sagt es auf eine Art, bei der sich mir die Nackenhaare sträuben, ohne dass ich wüsste, warum.

»Auf keinen Fall?«

»Nein. Aber was weiß ich schon?« Wieder einer dieser komplexen Gesichtsausdrücke. »Fünf oder sechs gemeinsame Abende in einem Monat … wie viel erfährt man in so kurzer Zeit über einen Menschen?«

Ich weiß nicht warum, aber ich denke an Johanssen. »Manchmal eine ganze Menge.«

»Bei einigen womöglich schon. Bei Catherine nicht.«

Aber er verheimlicht mir etwas. Ich bin mir sicher. »Dann glauben Sie nicht, dass sie Selbstmord begangen hat?«

Er sieht mich an, dann konzentriert er sich wieder auf sein Glas. Wieder schweigt er. Er denkt über seine Antwort nach. »Manchmal wollen Menschen einfach verschwinden. Menschen, die das Leben, das sie hatten, nicht weiterführen wollen. Sie gehen einfach und lassen alles hinter sich.«

»Also wollte sie ihr Leben nicht weiterführen? Oder ist etwas geschehen, mit dem sie nicht mehr leben konnte?«

Er sieht mich wieder an. Ich habe zu viel verraten.

Dann sagt er: »Ich glaube, sie war zu Dingen fähig, zu denen andere Menschen nicht in der Lage sind. Ich meine nicht clevere Dinge, obwohl sie clever war. Ich meine, dass ihre Grenzen woanders lagen. Als sie dann verschwand …« Er bricht ab.

»Sie dachten, sie hätte etwas getan? Was?«

Er schüttelt den Kopf. »Ist nur so ein Gefühl.« Und ich weiß, dass wir das Ende erreicht haben.

Wieder sieht er mich an. »Sie finden das faszinierend, stimmt's?« Es klingt aber traurig.

Er nimmt die Frauen, wie sie kommen, oder? Ein Opportunist, der sich als Gentleman präsentiert, angenehme Gesellschaft, unkomplizierten Sex und etwas bietet, das man für Intimität halten könnte, der keine heiklen Fragen stellt und die Frauen, mit denen er schläft, nicht besitzen will, aber auch keine Versprechungen macht, die er nicht zu halten vorhat … Plötzlich stehe ich wieder vor der Galerie in der zu hellen Straßenbeleuchtung, und er sagt: *Ihnen ist doch klar, dass ich Sie nicht einfach so hier stehen lassen kann* … Hat er Catherine Gallagher auch so angesehen? Und hat sie gedacht, warum nicht? Eine schnelle, unverbindliche Affäre, nur um den Appetit zu stillen? Um zu vergessen, was sie getan hat?

Und jetzt hält ihn ein Polizist auf der Straße an und stellt ihm Fragen über sie, sodass er sich wie ein Verdächtiger vorkommt – und sich erinnert, dass sie ein Geheimnis mit sich trug, ein dunkles Geheimnis, das er nicht verstehen wollte.

Das hätte ich nie erwartet. Aber das hatte er, oder?

Wir bestellen Kaffee und lassen uns Zeit. Er erzählt ein paar Geschichten über sich, lustige Geschichten, in denen er sich als unglückseliger Trottel darstellt. Wir bringen uns gegenseitig zum Lachen. Schließlich lassen wir die Rechnung kommen und streiten darüber, wer sie bezahlen soll: Am Ende teilen wir den Betrag. Als er mich nach draußen begleitet, regnet es, ein leichter Sprühregen, wie eine alte Erinnerung an Ferien am Meer, dann drängen wir uns unter seinem Regenschirm zusammen und warten auf ein Taxi. Ich spüre seine warme Schulter an der Wange und rieche sein Rasierwasser, eine diskrete Frische unterlegt mit etwas Dunklerem.

Mark Devlin, Headhunter für die Pharmaindustrie, Playboy, Lebemann. Und Catherine Gallaghers Ex. Aber auch ein Mann, der nicht auf seine eigene Propaganda hereinfällt, dessen Lächeln ein ganz eigenes, komplexes Vokabular enthält und der sich heranrasenden Fahrzeugen in den Weg stellt. Ich mag ihn lieber, als ich erwartet hatte. Mehr, als ich es mir erlauben dürfte … In dem Moment sieht er mich an und murmelt: »Oder sollen wir noch woanders hingehen?« Als ich ihn anblicke, lächelt er, und dieses Lächeln ist wie ein geteiltes Geheimnis, das flüstert: »Komm, das wird Spaß machen.«

Ich denke an die vielen jungen Frauen, die ich an seinem Arm gesehen habe, und verstehe.

Er ist kein schöner Mann mit seinen unsymmetrischen Zügen und dem schiefen Lächeln. Aber er wirkt belebend: In seiner Gegenwart fühlt man sich wie an einem windigen Tag auf einer Klippe über dem Meer – wenn man zu tief einatmet, wird einem schwindlig …

Eine Stimme in der Nähe sagt: »Mark?«

Eine Frau steht zögernd etwa zwei Meter entfernt: Anfang dreißig, auf dezente Art gut gekleidet, zierlich und hübsch. »Wie seltsam«, sagt sie, »dich hier zu treffen.« Sie spricht mit silbriger Stimme, in der eine aufgesetzte Fröhlichkeit liegt, die nicht zu ihrem forschenden Blick passt, mit dem sie ihn mustert. Dann sieht sie mich an und lächelt, doch in der Sekunde, die vergeht, bevor das Lächeln erscheint, begutachtet sie mich kalt, und ich weiß, dass sie gern an meiner Stelle sein möchte.

Devlin sagt glatt: »Anna, das ist Charlotte Alton. Eine Freundin aus der Oper.«

»Hallo«, sage ich, und wir alle lächeln falsch. Als sie sich verabschiedet, ist er sichtbar erleichtert.

Er sieht mich an und sagt: »Anna und ich sind ganz alte Freunde.« Als würde das alles erklären. Aber sie hat ihn aus dem Konzept gebracht, der Augenblick ist vergangen, und das weiß er auch.

Ich sitze im Taxi, als Ellis anruft. »Haben Sie bekommen, was Sie wollten?«

»Eigentlich nicht.« Eine halbe Lüge. Jetzt weiß ich, welches Puzzleteil plötzlich an seinen Platz gerutscht ist, als Ellis Devlin gegenüber den Psychiater erwähnte: Es war nicht, dass sie deprimiert war, sondern dass sie eine gebrochene Frau war, auf eine Art gebrochen, die sie gefährlich machte …

»Hab ich Ihnen doch gesagt«, bekräftigte er.

»Und diese Übergabe im Vorbeigehen war erbärmlich.«

»Ach ja? Sah aber aus, als hätte es ihnen Spaß gemacht.« Er legt auf.

Als ich wieder im Apartment bin, hole ich den Speicherstick heraus, den Ellis mir auf der Straße zugesteckt hat. Die Tondatei auf diesem heißt *Roberts.*

Dieses Mal hört man Pub-Geräusche im Hintergrund. Kein spätabendliches Gegröle, sondern leise Gespräche, Musikberieselung, Klirren von Gläsern und Besteck. Es klingt wie beim Mittagessen in einem Gastropub in einer von Londons Mittelklasseenklaven mit sauberen Tischen und Ledersofas.

»Und wie würden Sie Catherine Gallagher beschreiben?« Das ist Ellis.

Dann eine andere Stimme – kultiviert, zurückhaltend, gebildet. *»Oh, sie ist sehr intelligent. Sehr verlässlich. Arbeitet hart. Läuft bei komplizierten Fällen zu Hochform auf. Sie interessierte sich auch für die Forschung – sie könnte was Besonderes er-*

reicht haben, wenn sie nicht …« Die Stimme verklingt. Wenn sie nicht gestorben wäre.

Ich habe kurz in den Akten geblättert und den Namen des Sprechenden herausgesucht: Aylwyn Roberts, Anästhesist, dreiundfünfzig Jahre alt, Vater von zwei Kindern und Catherine Gallaghers letzter Chef.

Ellis: *»War sie eine gute Ärztin?«*

»Sehr sachkundig. Sehr fokussiert. Sehr engagiert. Auf ihre Art.«

»Und was für eine Art war das?«

»Präzise. Sorgfältig. Entschlossen.«

»Und die Patienten mochten sie?«

»Die meisten unserer Patienten sind stark sediert. Den guten Ton muss man also vor allem den Verwandten gegenüber wahren. Und die Verwandten mochten sie. Sie strahlte Selbstbewusstsein aus. Autorität. Daher fühlten sie sich sicher. Und sie hatten allen Grund dazu. Beruflich hatte ich nichts an ihr auszusetzen.«

Ellis stürzt sich sofort darauf. *»Und privat?«*

Roberts zögert einen Moment. Ich warte auf ein Echo von Mark Devlins Einschätzung – ein Anflug von Düsternis, etwas in ihr war gebrochen …

»Sie war eine angenehmen Kollegin. Manchmal etwas distanziert.« Seine Stimme klingt leicht gepresst. *»Ist für sich geblieben.«*

Mehr sagt er jedoch nicht.

Roberts hatte nicht gewusst, dass sie in psychiatrischer Behandlung war. Das hatte er erst erfahren, als die Polizei ihn befragte. *»Schon klar, ich weiß, dass wir es hätten erkennen müssen. Depressionen sind unter Medizinern weiß Gott keine Seltenheit. Selbst wenn es nicht angesprochen wird, spürt man es normalerweise: an einem Mangel an Engagement, dem Gefühl … keine Unterstützung zu bekommen. Für sie galt das nicht. Für uns war* *sie einfach so: distanziert. Verschlossen. Dafür hätte es die unterschiedlichsten Gründe geben können.«* Eine Pause. *»Und selbst als sie sich in Behandlung begeben hat, hat sie dafür gesorgt, dass es nicht in ihrer Personalakte auftauchte. Sie wollte nicht, dass jemand etwas davon erfährt. Die Anstrengung, die es gekostet haben muss, normal zu erscheinen, vorzugeben, dass sie …«*

»Warum hätte sie das tun sollen?«

»Gelten psychische Erkrankungen bei der Polizei nicht als Makel? Dann gratuliere ich Ihnen. In der Medizin ist das anders. Wir denken alle, dass wir zurechtkommen. Und wir geben es nicht gern zu, falls es uns nicht gelingt.«

»Und es hätte ihrer Karriere geschadet, oder? Wenn die Leute von ihrer Depression erfahren hätten.«

Ein Seufzer. *»Offiziell hätte es keinen Unterschied machen dürfen.«*

»Aber das tut es.«

»Aber die Leute glauben, dass es das tut.«

»Und sie war ehrgeizig.«

»Ihre Karriere war ihr wichtig. Sehr wichtig. Dazu kommt die Tatsache, dass sie eine Perfektionistin war: Natürlich hat sie es verheimlicht. Alles andere wäre ein Eingeständnis des Versagens gewesen.«

»Wenn Sie Perfektionistin sagen …«

»Sie hat sehr hohe Ansprüche an sich gestellt. War stolz darauf, keine Fehler zu machen.«

»Gut für ihre Patienten.«

»Ja, aber schwierig für sie selbst.« Er scheint einen Moment lang darüber nachzudenken. *»Vielleicht war das auch ein Teil des Problems. Es ist eine Intensivstation. Da sterben Menschen. Trotz aller Anstrengungen sterben sie.«*

»Hatte sie Probleme damit, dass Menschen starben?«, fragt Ellis streng. *»Oder damit, dass ein bestimmter Patient gestorben ist?«*

»Nein, einen solchen Patienten gab es nicht.« Eine Pause, als überlegte er, wie er es erklären kann. *»Als Ärzte haben wir gern das Gefühl, alles unter Kontrolle zu haben, aber das haben wir nie, ganz egal, wie sehr wir uns auch bemühen. Der Tod eines Patienten erinnert uns daran.«*

»Sie musste also alles unter Kontrolle haben?«

»Ja. Möglicherweise kann man einen Selbstmord als den ultimativen Ausdruck dieses Drangs deuten. Das ist die einzige Möglichkeit, alles unter Kontrolle zu bekommen.« Dann sagt er: *»Ich habe das Foto von der Überwachungskamera gesehen, wissen Sie? Ich denke immer noch daran, wie sie an dem Abend ihre Wohnung verlassen hat. Als ob sie einfach zur Schicht ginge. Aber das tat sie nicht.«* Wieder eine Pause. Schüttelt er den Kopf? *»Ich hoffe, Sie finden sie. Wirklich. Der Gedanke, dass sie irgendwo herumliegt, gefällt mir ganz und gar nicht. Aber es sähe ihr ähnlich, nicht gefunden werden zu wollen. Das würde zu ihr passen.«*

Nach einer langen Pause sagt Ellis: *»Sie hatte Urlaub beantragt. Hatte behauptet, dass ihre Mutter krank sei. Finden Sie das ungewöhnlich?«*

»Ich wusste, dass ihre Mutter gesundheitliche Probleme hatte.«

»Wirkte sie besorgt?«

»Sie wirkte – ein wenig aufgewühlt. Aber sie war überaus fleißig und hat ihre Aufgaben sehr ernst genommen. Ich habe es darauf geschoben, dass sie die Kollegen so kurzfristig bitten musste, für sie einzuspringen. Im Nachhinein ist mir natürlich bewusst geworden, dass sie – na ja.« Aylwyn Roberts Stimme wird leiser, vielleicht hat er den Kopf abgewandt. *»Sie muss es da schon geplant haben.«*

In den Wochen davor war ihm jedoch keine Veränderung in Catherines Verhalten aufgefallen. Weil sie nicht wusste, was kommen würde? Oder weil sie es sich nicht hat anmerken lassen?

Dann stellte Ellis schließlich die entscheidende Frage: »*Fällt Ihnen irgendjemand ein, der ihr womöglich schaden wollte?*«

Roberts klingt entsetzt. »*Wollen Sie damit andeuten, dass jemand sie …*« Er bricht ab.

»*Könnte irgendjemand wütend auf sie gewesen sein? Ein Motiv gehabt haben, ihr etwas anzutun?*«

Schweigen. Hintergrundgeräusche füllen die Stille: Das Stapeln von Tellern, das Abräumen von Besteck, Lachen an einem anderen Tisch.

Roberts fragt: »*Haben Sie eine Leiche gefunden?*«

»*Nein.*«

»*Aber Sie glauben …*«

»*Wir betrachten den Fall nur noch einmal von allen Seiten.*« Wieder schweigen sie. Ellis startet noch einen Versuch. »*Vielleicht ist ein Patient verstorben, die Verwandten konnten den Tod nur schwer akzeptieren, sodass sie nach einem Schuldigen gesucht haben …*«

Roberts sagt: »*Es gab nichts in der Art.*«

»*Sind Sie ganz sicher?*«

»*Absolut.*«

Ellis sagt: »*Also, wenn Ihnen noch etwas einfällt …*« Er muss ihm eine Visitenkarte zugeschoben haben. »*Danke, dass Sie mit mir gesprochen haben.*«

Ein leises Brummen. Ellis' Handy? Was sonst. Eine kurze Pause: vielleicht eine entschuldigende Geste zu Roberts. Dann sagt Ellis zu dem Anrufer: »*Was ist denn jetzt schon wieder?*«, dann bricht die Aufnahme sofort ab, vorher wurde mir aber gerade noch klar, dass im Hintergrund ein Stück von Miles Davis lief.

Er hat mit mir gesprochen.

Das war am Sonntagmittag, als ich ihn gebeten habe, Catherine Gallaghers Kollegen zu befragen. Aber er hatte längst damit angefangen.

»Mit wie vielen, Ellis? Mit wie vielen ihrer Kollegen haben Sie seit Sonntagmorgen gesprochen?«

Er zögert kaum, bevor er antwortet: »Mit allen.« Es klingt wie eine Herausforderung.

»Mit allen.« Natürlich. Ellis lässt sich leicht locken. Einmal die Nase kurz in Catherine Gallaghers Fall gesteckt – als er von meinem Interesse erfuhr –, das reichte einem so ehrgeizigen, hungrigen Mann wie ihm, um Witterung aufzunehmen. Er glaubt, dass Catherine Gallagher ermordet worden ist, und will die Festnahme auf seinem Konto verbuchen, und damit ich ihm das nicht verderben kann, muss er mir immer einen Schritt voraus sein. »Und wann wollten Sie mir das erzählen?«, frage ich.

»Ich erzähle es Ihnen doch gerade, oder?«

»Ich will die Aufnahmen. Alle.«

»Die kriegen Sie«, sagt er. »Ich bin durch damit. Verschwenden Sie ruhig Ihre Zeit, mir blieb ja keine Wahl.« Er klingt etwas verbittert, fast schon vorwurfsvoll. »Ich habe alle von der Station vernommen, und soll ich Ihnen mal was sagen? Ich habe nichts erfahren. Sie war keine Nervensäge, sie war kein Biest, aber keiner von denen hat je ihre Wohnung betreten. Nicht ein einziges Mal. Okay, sie ist ab und zu auf einen Drink mit in den Pub gegangen oder mal ins Kino, aber das war's auch schon. Auf Partys ist sie aufgetaucht, hat ein bisschen geplaudert, ist aber als Erste gegangen und immer nüchtern geblieben. Hat niemanden an sich herangelassen.«

»Aber was ist mit …«

»Der Arbeit? Damit war sie verheiratet. Und sie hat sie gut gemacht. Es gibt nichts, was gegen sie spricht.«

»Sind Sie sicher?«

»Sie haben gesagt, ich soll nach Unachtsamkeiten suchen, ja? Verdächtige Todesfälle, trauernde Familien, Leute, die einen Groll gegen sie hegen. Das habe ich getan. Wissen Sie, was ich gefunden habe? Keine Beschwerden, keine Gerüchte, nicht einmal Klatsch und Tratsch und auch keinen anonymen Brief. Auch keinen vertuschten Skandal oder irgendwelches Getuschel. Ja, es sind Menschen gestorben, während sie Dienst hatte – sie war Ärztin auf einer Intensivstation, natürlich sterben da Menschen –, mit derselben Sterberate wie Menschen auf allen Intensivstationen im Land sterben. Ich habe die Zahlen geprüft, Karla, ich bin ja nicht blöd. Wer sollte ihr also etwas antun? Irgendein Durchgeknallter? Oder vielleicht ein Serienmörder ...« Seine Tonlage erhöht sich ins Sarkastische. »Einen Serienmörder könnte ich brauchen, macht sich immer gut im Lebenslauf.« Dann verschwindet der Sarkasmus, und seine Stimme klingt wieder vorwurfsvoll. »Aber Sie haben mir ja immer wieder erzählt, dass jemand ein Motiv hatte. Was bedeutet, dass es sich nicht um Zufall, sondern um Vorsatz handelt. Also muss es einen riesigen Haufen Scheiße geben, von dem ich bisher nichts gesehen habe. Und von Ihnen kriege ich auch keine Tipps, richtig? Warum haben Sie mich überhaupt darauf angesetzt, Karla? Es gibt weder eine Leiche noch irgendwelche Verdächtigen ...«

»Irgendetwas stimmt da nicht.«

»Ach, und das ist schon alles, ja? Sie haben da so ein Gefühl, was?«

»Ja«, sage ich knapp. »Ich hab so ein Gefühl. Was ist mit dem Psychiater, Graves? Oder haben Sie mit dem auch schon geplaudert?«

»Nein«, sagt Ellis mit aufgesetzter Geduld. »Das habe ich nicht. Er ist der Nächste.«

Wenn Mark Devlin erkennen konnte, wozu Catherine in der Lage war, dann konnte Graves das sicher auch.

Aber Ellis weiß nicht, welche Fragen er stellen muss. Ich kann nicht riskieren, ihm zu sagen, was ich weiß. Ich darf Ellis keinen Vorsprung lassen – und ich darf nicht riskieren, dass er herausfindet, was hinter der ganzen Sache steckt, bevor ich es weiß, und vor allem darf ich nicht riskieren, dass er auf eine Spur stößt, die zu Johanssen führt.

»Gut«, sage ich. »Ich komme mit.«

Ellis sagt: »*Was* wollen Sie?«

Nachdem wir das Telefonat beendet haben, gehe ich zurück ins Wohnzimmer und stelle mich vor das große Fenster mit dem Blick aufs Dock und die Bürohäuser.

Hier oben bin ich sicher – abgeschieden und isoliert sehe ich auf alle anderen hinunter. Aber jetzt gehe ich in Begleitung eines Cops am helllichten Tag zur Vernehmung eines sachverständigen Zeugen. *Du spinnst.*

Hatte ich nicht genau deshalb vor gut einem Jahr Craigie dazugeholt? Um mich von so etwas fernzuhalten? Um meiner eigenen Sicherheit willen?

Ein einziger Fehler könnte das Ganze zum Einsturz bringen. Trotzdem gehe ich hin.

Ich komme mir vor wie einer von Dr. Gallaghers Patienten, der aus einem medikamenteninduzierten Koma erwacht ist. Und ich werde mich nicht gleich wieder schlafen legen.

15. Tag: Mittwoch – 16. Tag: Donnerstag

Johanssen

Mittwochnacht: Wieder sind sie mit Säubern, Verbinden, Schienen, Herzdruckmassagen und Streitschlichten beschäftigt. Riley teilt die Patienten nach der Schwere ihrer Verletzungen ein. Drill tappst mit leerem Blick herum, sagt kaum etwas, beschäftigt sich nicht mit anderen. Vinnie holt Dinge und wischt. Er spricht immer noch davon, dass er bald rauskommt.

Zwei Tote: ein Herzanfall und ein Selbstmord – Letzterer eine junge Frau, deren Haut von vorangegangenen Versuchen gezeichnet war. Sie hatte sich die Pulsadern aufgeschnitten. Sie ist gestorben, kurz nachdem sie in die Klinik gekommen ist, einen Schnappschuss von einem braunäugigen Säugling in den schlaffen Fingern. Cates Blick ist kalt und hart, und Riley behält sie zu genau im Auge.

Riley steht unablässig, ohne jede Reue rauchend vor der Klinik, als am Morgen die Krankenwagen abfahren, den Blick starr nach vorn gerichtet, und sagt: »Sie war fertig, als ich sie gefunden habe. Vollkommen fertig.«

Besonders den Frauen geht's hier oft so. Sie kommen hier rein, wissen nicht, wie es läuft, und haben niemanden, der sich um sie kümmert. Es war nachts, die Tore waren dicht, die Patrouillen hatten sich zurückgezogen, und sie ist einfach da draußen herumgeirrt …« Er schüttelt den Kopf. »Erst dachte ich, jemand hätte ihr was angetan, aber das war's nicht. Es war was anderes … was Psychisches oder so.«

Riley zieht an seiner Zigarette.

»Jedenfalls konnte ich sie so nicht alleine lassen. Ich hab hier schon für Quillan gearbeitet, also hab ich sie reingeholt. Hab sie in ein Zimmer gesteckt, auf sie aufgepasst und die Irren ferngehalten … Aber sie kam da nicht raus. Wochenlang ging das so. Hat kein Wort gesprochen und kaum was gegessen. Die ganze Zeit nur mit diesem Gesichtsausdruck dagesessen. Weiß der Himmel, was ihr passiert ist.«

»Ich hab rumgefragt. Bin zum Frauenbereich gegangen und hab sogar ein paar hergeholt, damit sie sie angucken … Nichts. Keiner kannte sie. Es ist, als wäre sie einfach aus dem Nichts erschienen.«

»Hat Quillan die Wärter gefragt?«

Es ist das Erste, was er sagt, worauf Riley ihn lange von der Seite ansieht, als stände es ihm nicht zu, diese Frage zu stellen. »Zumindest hat er nichts davon gesagt.«

»Eines Nachts haben sie dann einen Verletzten reingebracht, einen von Quillans Männern. Jemand hatte ihm mit einem Metallpfeiler eine verpasst und ihm den Kehlkopf zerschmettert. Brauchte eine Tracheotomie, Sie wissen schon, ein Loch in der Luftröhre, damit man einen Schlauch, einen Kugelschreiber ohne Mine oder sonst irgendwas reinstecken kann. War Jahre her, dass ich so was gemacht hatte, aber es war Nacht, die Tore geschlossen, also hab ich mir ein Messer geschnappt und meinen Kugelschreiber genommen, und meine Hände haben wie verrückt gezittert. Da steht sie plötzlich da, als ich gerade den Schnitt machen will, und sagt: ›Nein.‹ Nimmt das Skalpell und macht es einfach, gleich an Ort und Stelle – macht den Einschnitt, steckt den Schlauch rein, als wär's nichts, als würde sie so was jeden Tag machen. Sagt aber kein Wort dazu und auch nicht, woher sie wusste, was zu tun war, aber zwei Stunden danach hat sie zum ersten Mal richtig gegessen.

In der nächsten Nacht haben sie einen anderen gebracht, den Kumpel von irgendjemandem. Na ja, hatte sich halt rumgesprochen. Und sie fängt an, über den Kerl zu reden, darüber, wie man ihn behandelt. Am nächsten Tag hat sie nach ein paar Zetteln gefragt. Sie hat eine Liste geschrieben: alles, was wir für diese Klinik brauchten. Sie wollte, dass Quillan ihr das besorgt. Was er natürlich getan hat, weil er damit seine eigene Privatklinik hatte.«

»Herz und Verstand«, sagt Johanssen.

»Herz und Verstand. Aber scheiß drauf, die Klinik hat sie am Leben gehalten. Haben Sie die Striche an der Wand gesehen? Sie zählt, wie viele sie gerettet hat.« Mit einem weiteren kurzen Seitenblick sagt er: »Wissen Sie, warum ich Ihnen das gerade erzählt habe? Damit Sie verstehen, was sie durchgemacht hat. Damit Sie verstehen, dass Ihr Leben im Vergleich zu ihrem exakt gar nichts wert ist. Haben Sie das verstanden?«

Johanssen nickt.

Riley sieht ihn noch einen Moment lang an, als wäre es ein Test, den er bestehen müsste … Schließlich wendet er sich ab.

Er sagt: »Für Cate ist die Arbeit hier eine Art Sühne. Aber was machen Sie hier? Ich kauf Ihnen das nicht ab. Dafür sind Sie mir ein bisschen zu solide. Nein, Sie wirken irgendwie entschlossen, sehen aus, als hätten Sie ein Ziel. Das merke ich.«

»Ich hab doch schon gesagt, dass ich …«

»Ja, Sie wollen sich nützlich machen, schon klar. Und Sie halten es für sicherer, direkt unter Quillans Nase herumzuspringen als irgendwo außerhalb seines Blickfelds, womit Sie allerdings falschliegen.«

Danach schweigen sie beide einen Moment lang. Riley raucht seine Zigarette auf, steckt sich mit dem Stummel eine neue an, bevor er ihn austritt.

Johanssen sagt: »Sie hat jemanden getötet.«

»Hat sie Ihnen das erzählt?«
Er nickt.
»Hat sie Ihnen gesagt, warum?«
Johanssen schüttelt den Kopf. »Ihnen?«
Riley sagt: »Sie wurde zu einem Haus gerufen, in dem ein Kerl war, um den sie sich kümmern sollte, aber sie hat ihn getötet. Mehr weiß ich nicht.«
Beide starren über den Hof in Richtung Sozialwohnblock. Hinter dem Zaun schleicht ein Land Rover die Straße entlang.
Riley sagt leise: »Sie wissen ja, wie das ist. Man baut irgendwelchen Mist, dann macht es einen eine Weile fertig, dann klärt man es, weil es geklärt werden muss. So wie Sie's auch gemacht haben – haben Sie doch, oder? Bei ihr ist das anders. Für sie ist es nicht geklärt. Sie hat den Kerl getötet, und seitdem lässt sie das nicht mehr los.«

Später, als er mit seinen Stiefeln herunterkommt, um rauszugehen, steht Cate wie üblich am Tresen und reinigt mit brutaler, mechanischer Präzision die chirurgischen Instrumente, die Lippen fest zusammengekniffen.
Er sagt: »Ich geh raus«, weil ihm nichts anderes einfällt.
Sie sagt kein Wort.

Draußen im Hof wartet Brice' Crew.
Sie haben ihn entdeckt: Gelbzahn kichert und murmelt etwas, das er nicht versteht, worauf jemand anders lacht, aber sie folgen ihm nicht. Vielleicht warten sie auf Brice, um noch einen Tag mit Johanssens Ausweis durch die Straßen zu ziehen, ihre Macht auszuspielen, Leuten die Köpfe einzuschlagen, sie zu zwingen, ihnen einen Namen zu nennen.
Er geht durchs Tor. Nach zwanzig Metern sind die Beschatter wieder hinter ihm.

Wenn es so weit ist – wenn er mit Cate zusammen geht –, werden sie versuchen, ihnen zu folgen. Also sucht er heute nach nicht einsehbaren Stellen, nach Orten, an denen er sich verstecken, sie abschütteln und umkehren kann.

Nach einer Stunde kehrt er zum Lager zurück.

Als er in der Klinik seine Stiefel auszieht, spürt er ein verräterisches Kribbeln im Nacken: Instinktiv sieht er zur Tür des Wartezimmers. Es kommt niemand herein, doch das Kribbeln lässt nicht nach. Er muss die Tür zur Leichenhalle öffnen (Stockflecken, Pappkartons, ein paar Leichensäcke), dann auch die zum Nebenraum. Die Operationsliegen sind leer. Sie fehlt ihm fast ein wenig.

Sie liegt vollständig angezogen in eine Decke gewickelt in der Ecke, die Knie an die Brust gezogen, die Arme verschränkt – sie hat sich zum Schutz vor der Kälte zusammengekuschelt. Sie schläft.

In den paar Sekunden erfasst er alle Einzelheiten. Jede Strähne ihrer dunkelblonden Haare, den Flaum auf ihrer Wange, den kleinen rosafarbenen Halbmond am unteren Ende ihres Daumennagels. Die dunklen Schatten unter ihren Augen – fast wie Blutergüsse. Jede einzelne Wimper.

Er zieht sich leise zurück, ohne sie zu wecken.

Oben im Schlafraum zieht er sich aus und legt sich hin.

Sie wissen ja, wie das ist. Man baut irgendwelchen Mist, dann macht es einen eine Weile fertig, dann klärt man es …

Acht Jahre lösen sich in Luft auf.

An jenem Tag holten sie ihn zu dritt mit dem Wagen ab. Alles Männer von Charlie Ross. Er wusste, dass sie einen gewissen Cunliffe besuchen wollten, wobei sie ihn auf dem Weg fast nur »The Cunt« oder – Sully fand sich besonders clever, als er das sagte – »The Cunt of Monte Christo« nannten. »Cunt Dracula«, sagte ein anderer. Dann waren sie unterwegs und putschten sich gegenseitig auf wie Fußballfans auf dem Weg zu einem Lokalderby, die Lust auf ein bisschen *Action* hatten.

Cunliffe war ein ganz normaler Mann: Mitte vierzig, übergewichtig, billiges, verschwitztes Hemd am schwülen Sommertag in einem Büro, an dem der Name einer Taxifirma stand. Er war allein.

Sie steckten ihn in den Wagen, setzten ihn zwischen Johanssen und einen anderen Mann. Cunliffe versuchte zu reden, dann begann er zu flehen, aber als niemand antwortete, hörte er auf.

Das Farmhaus stand irgendwo in der Walachei. Keine Autos auf dem Hof, keine Tiere. Die einzige landwirtschaftliche Maschine war ein vom Rost paralysierter Heuwender. Sie fuhren mit dem Wagen in eine Scheune, zogen Cunliffe heraus – sein Hemd war inzwischen patschnass – und brachten ihn ins Haus.

Als sie ihm den Raum mit den Plastikfolien auf dem Boden zeigten, schiss er sich in die Hose.

Sully und die anderen beiden schlossen sich mit ihm ein. Ließen Johanssen als Wache im Flur, wo er zu lange stehen blieb und lauschte, wie das Flehen sich in Schreie verwandelte, dann in etwas anderes, während er sich sagte: *Das ist jetzt dein Leben, damit musst du jetzt klarkommen, sonst haben sie die ganze Zeit recht gehabt, oder?*

Dabei wusste er schon, dass er versagen würde.

Als er schließlich die Tür aufbrach, zuckte das Etwas auf den Plastikfolien, die Fleischmasse, die einmal Terry Cunliffe gewesen war, immer noch reflexhaft, und ein Gurgeln kam aus seiner Kehle. Sully und die anderen beiden hatten Einwegoveralls übergezogen, weiß mit roten Spritzern. Er brauchte ein paar Sekunden, bis ihm klar wurde, dass das, was Sully in der Hand hielt, Cunliffes Haut war.

Sully blickte überrascht auf – er musste davon ausgegangen sein, dass es Schwierigkeiten gab – dass Johanssen reingekommen war, um Alarm zu schlagen. Er dachte nicht daran, das Messer, das er in der anderen Hand hielt, zu benutzen, bis es zu spät war.

Johanssen hörte auf, als die drei blutüberströmt auf dem Boden lagen.

Und dann Cunliffe …

Tu was. Tu was, du hast das gelernt. Aber nicht so was.

Die Polizei fand Cunliffes Leiche drei Tage später auf einem Feld: eine Nachricht an Quillan, der Rache übte. Sully und die anderen beiden wurden geschnappt, gefoltert und ermordet.

Aus einer Telefonzelle rief Johanssen den Liverpooler an, von dem er Sullys Namen bekommen hatte. Er gab ihm eine Telefonnummer, vielleicht aus Schuldbewusstsein – *Die sollen angeblich Menschen helfen zu verschwinden, aber es wird dich alles kosten, was du hast, und jetzt ruf mich nie wieder an* –, und diese Telefonnummer brachte Johanssen in einen leeren Raum mit grellen Scheinwerfern und einer ruhigen Frauenstimme: *Sie müssen uns alles erzählen. Absolute Offenheit ist unerlässlich.* Karla, aber da kannte er sie noch nicht: Er wusste nur, dass ein Kopfgeld auf ihn ausgesetzt war, dass der Mann, der *unzuverlässig* in seine Akte geschrieben hatte, recht behalten hatte und es sich nicht lohnte, sich an die dürftigen Reste seines Lebens als Simon Johanssen zu klammern.

Es dauerte Monate, bis er dahinterkam, was falsch gelaufen war – was der Auslöser war. Es war Cunliffe. Cunliffe, der sich in der Diele des Farmhauses in die Hose schiss, als sie die Tür zu dem Zimmer aufgemacht hatten und er die Plastikfolie sah – der Fleck, der sich auf seiner Hose ausbreitete, und der Geruch. Das war es: das winzige Detail, das man nicht sehen will, weil es einen sonst packt. Das winzige Detail, das einen menschlich macht.

Acht Jahre waren seitdem vergangen. Wie viele Aufträge? Weitere Erinnerungen purzeln heraus, doch die sind hell, gedrängt, flüchtig, wirbeln wie eine Handvoll Schnappschüsse durch die Luft. Die bogenförmige Flugbahn eines Leuchtspurgeschosses am Wüstenhimmel. Die Leiche eines Mannes auf einer afrikanischen Straße, von der aus sich eine Blutspur durch den Staub windet. Ein explodierender Schädel. Irgendwo hat er auch eine Zahl im Hinterkopf, eine Summe, an die er sich erinnern kann, wenn er unbedingt will …

Acht Jahre, und bei jedem Auftrag hat er bewiesen, dass er all diese winzigen Details betrachten kann – von Nahem, durch ein Zimmer hindurch oder eine Straße entlang, nah genug, um den Atem der Zielperson zu hören, oder knapp einen Kilometer entfernt, im Fadenkreuz des Zielfernrohrs – dass er sie ansehen kann, ohne dass sie ihn irgendwie berühren.

Aber irgendwo in seinem Kopf schreit Terry Cunliffe hinter dieser Farmhaustür.

Nach einer halben Stunde hört er, wie Cate mit schleppendem Schritt die Treppe herauf und weiter nach oben zu ihrem Zimmer geht. Aber er liegt noch zwei Stunden wach, sodass er es hört: ein Wort, das sie ein ums andere Mal wiederholt. Rhythmisch. Etwas schlägt gegen die Wand. Und den gleichen kurzen, spitzen Schrei, wie ein Kind, das einen Albtraum hat.

16. Tag: Donnerstag

Karla

Ellis ruft am Donnerstagmorgen um 9:35 Uhr an. »Um zwölf vor Graves' Büro«, sagt er nur. Er klingt selbstgefällig, als hätte er gerade jemandem eins ausgewischt, und beendet das Telefonat grußlos.

Ian Graves teilt sich mit drei anderen Psychiatern eine Gemeinschaftspraxis in einem umgebauten, fünfstöckigen Stadthaus in Chelsea. Ihre Patienten stammen aus den Reihen der Banker, Börsenmakler, Anwälte und minder bedeutender Politiker: die unglücklichen Reichen. Ich frage mich, was Dr. Catherine Gallagher zu ihm gezogen hat – sie passt nicht richtig hier herein.

Um Punkt zwölf lungere ich in Sichtweite der schwarz glänzenden Tür herum, sehe aber nichts von Ellis, also gehe ich die Straße entlang. Es ist ein gefragtes Wohngebiet zwischen den exklusiven Geschäften, den Bars an der King's Road und der eingezäunten Grünfläche des Royal Hospital für die Veteranen der Chelsea Pensioners. Das leer stehende Gebäude neben der Praxis ist in Plastikplane gehüllt, heute sind jedoch keine Bohr- oder Hämmergeräusche zu hören: Ein teures Sanierungsprojekt ist in Verzug geraten. Auf meinem kurzen Weg zum Ende der Straße komme ich unter anderem an vier Mercedes, einem exklusiven Lexus, einem Porsche und einem Aston Martin vorbei. Dann kehre ich um und gehe zurück.

Um vierzehn Minuten nach zwölf fährt Ellis in einem Zivilfahrzeug vor. Ich habe mein Aussehen so weit verändert, dass ich für einen oberflächlichen Betrachter nicht zu erkennen bin – festes Schuhwerk, braune, etwas stumpfe Perücke, dunkel gerahmte Brille. Er muss zweimal hinsehen, als ich ihm entgegentrete, dann grinst er.

»Wir sind spät dran«, sage ich unnötigerweise.

»Früh«, sagt er. Wieder strahlt er diese unverkennbare Selbstgefälligkeit aus. Er führt etwas im Schilde.

»Was?«

»Kommen Sie.« Er geht die Treppe hinauf zur Eingangstür, drückt den Klingelknopf und lässt ihn nicht mehr los.

Nach ein paar Sekunden knistert es kurz in der Gegensprechanlage, dann sagt eine Frauenstimme: »Hallo?«

»Mr Ellis für Mr Graves. Er erwartet mich«, bellt er.

Ein Summen ertönt. Ellis drückt die Tür auf und hält sie fest. Über die Schulter sagt er zu mir: »Halten Sie Augen und Ohren offen, aber den Mund geschlossen. Ich stelle hier die Fragen«, dann geht er rein.

In dem Raum, der einmal das Empfangszimmer gewesen sein muss, hebt eine hübsche, konservativ gekleidete Frau mit glänzenden Haaren den Kopf und lächelt uns zu. Kein Lächeln, mit dem man einen Detective Inspector im Zuge einer Mordermittlung empfängt: Sie muss uns für potenzielle Patienten halten. Wahrscheinlich mich.

»Wir haben einen Termin bei Mr Graves«, sagt Ellis.

Sie sieht mich fragend an, doch bevor ich etwas sagen kann, wirft Ellis ein: »Wir sind etwas früh dran. Falls es nicht passt, können wir warten«, in einem Tonfall, der besagt: *Aber lieber nicht zu lange.*

Sie zögert einen Augenblick – als hätten wir sie in Verlegenheit gebracht –, doch dann hellt sich ihre Miene auf: Ob wir eine Tasse Kaffee möchten? Ellis sagt: »Nein«, und dann im Nachklapp: »Vielen Dank.«

»Also dann«, sagt sie, »wenn Sie mir bitte folgen würden«, und führt uns mit einem weiteren Lächeln ins Wartezimmer (moderne Sofas, Zimmerpflanzen, ein Aquarium mit tropischen Fischen). Sie verharrt noch einen Moment in der Tür – »Falls Sie noch etwas brauchen« –, lächelt noch einmal kurz und geht.

Sie wirkt wie die perfekte Ministergattin: schicksalsergebene Zufriedenheit, unerschütterliche Höflichkeit, eine kleine Optimistin, durch und durch konventionell.

Als sie die Tür hinter sich geschlossen hat, sagt Ellis: »Unser Dr. Graves hat gern alles unter Kontrolle und mag keine Überraschungen.«

»Deshalb sind wir also zu spät?«

»Früh.«

»Das sagten Sie schon.«

»Er meinte, er hätte heute keine Zeit für uns, ich hab gesagt, dass wir um elf kommen, er sagt, er hätte um elf eine Sitzung, ich sage, dann um zwölf, er sagt, es ist eine zweistündige Sitzung, also sage ich, dann eben um eins und lege auf.«

»Dann haben wir also keinen Termin.«

»Warum hat sie uns dann reingelassen? Er wird uns schon empfangen. Neugierige Bastarde, diese Psychiater.« Wieder mit diesem selbstzufriedenen Lächeln.

»Er wird uns warten lassen.«

»Seh ich aus wie ein Bulle?«, fragt Ellis. »Die Antwort lautet: Ja.« Und das stimmt, in der Lederjacke und den Designerschuhen: Ein smarter junger Bulle auf dem Weg nach oben. Oder ein Gauner. Er umgibt sich mit einer Aura von Allwissenheit, als wäre er stets allen einen Schritt voraus.

»Die Leute, die hierher kommen, wollen nicht, dass das bekannt wird. Daher werden die Termine versetzt vergeben, sodass keiner im Wartezimmer auf einen anderen trifft. Wann wird also der nächste Termin sein? Um halb? Zwanzig vor?

Der Patient wird jeden Moment auftauchen, und das kleine Fräulein Perfekte Empfangsdame wird nicht wollen, dass er hier im Wartezimmer mit uns …«

Wie aufs Stichwort wird die Tür von einem schmalgesichtigen Mittfünfziger mit ordentlich gestutztem grauem Bart geöffnet. Ellis ist sofort auf den Beinen und streckt ihm seinen Dienstausweis entgegen. »Mr Graves? Detective Inspector Ellis. Wir sind ein bisschen früh.« Er grinst. »Wenig Verkehr.«

Graves sieht Ellis an, als hätte er ihn bei einem hinterhältigen Täuschungsmanöver erwischt, dann wendet er sich an mich: »Und Sie sind?«

Ellis antwortet für mich: »Elizabeth Crow.«

Ich bin vorbereitet: In meiner Tasche steckt ein Ausweis auf diesen Namen, und im Internet findet sich eine Liste mit Publikationen, die ich letzte Nacht eingestellt habe. Ein paar Spuren im elektronischen Schnee. Ich lächle und strecke ihm die Hand entgegen: »Dr. Graves.«

Er ist ein schmächtiger Mann, gepflegt und sorgfältig in Farbtöne gekleidet, an die man sich nur unter größter Mühe erinnern würde. Er schüttelt mir die Hand, sieht mir dabei unverwandt ins Gesicht. »Also keine Polizistin?«

»Eine Beraterin«, sagt Ellis.

Graves lässt mich nicht aus den Augen. »Und Ihr Fachgebiet …?«

»Verschwundene Frauen«, sage ich schnell, bevor Ellis den Mund aufmachen kann.

»Na denn«, sagt er, »bitte folgen Sie mir.«

Keiner von uns verliert ein Wort über den abwesenden Elf-Uhr-Patienten.

Er führt uns in ein holzgetäfeltes Arbeitszimmer mit Blick auf einen winzigen Innenhof. Eine durchscheinende Jalousie ist halb heruntergezogen und versperrt den Blick auf die Gebäude, die den Hinterhof mit diesem teilen. In der Vitrine auf der anderen Seite des Zimmers stehen Fachzeitschriften und Nachschlagewerke hinter rautenförmigen Fenstern und polierten Holzleisten. In einer Ecke stehen mehrere Sessel und ein Tisch mit einer Packung Papiertaschentücher, einem Usambaraveilchen und zwei Kaffee-Tabletts – dort empfängt er offenbar seine Patienten – jetzt begibt er sich jedoch zum großen viktorianischen Schreibtisch, setzt sich dahinter und bedeutet uns, dass wir auf den Besucherstühlen davor Platz nehmen sollen. Er will eine Barriere zwischen sich und uns. Vor ihm auf der Schreibunterlage liegt ein grüner Aktendeckel, auf dem der Name Catherine Gallagher steht.

Als er sich setzt, nimmt er einen Block, den er sich außerhalb unseres Sichtfelds aufs Knie legt, und ergreift einen Stift. Er sieht Ellis direkt an. Mit leiser, ruhiger und melodiöser Stimme fragt er: »Leiten Sie die Ermittlung?«

»Ja.«

»Und wem sind Sie unterstellt?«

Ohne mit der Wimper zu zucken, nennt Ellis den Namen seiner Chefin. Ich glaube, Graves schreibt ihn auf, aber er hat sich, genau wie ich, angewöhnt zu schreiben, ohne aufs Papier gucken zu müssen, außerdem verdeckt der Schreibtisch seinen Block.

»Und wie lautet ihre Durchwahl?«

Mein Herz schlägt etwas schneller. Graves wird anrufen und das überprüfen, er ist so ein Typ. Wird er es jetzt sofort tun, während wir hier sitzen? Wenn er das tut, wird Ellis' Chefin ihn stützen? Was ist dann mit mir? Doch er greift nicht nach dem Telefon und verlässt auch nicht den Raum.

Als ich mein Notizbuch aus der Tasche ziehe, lehnt Graves sich zurück und legt den Kopf schief. »Darf ich fragen, warum die Ermittlungen wieder aufgenommen wurden?« Er sieht uns nacheinander an.

»Der Fall ist nie abgeschlossen worden«, sagt Ellis.

»Aber nach einem Jahr, werden Sie doch sicher …«

»Reine Routine.«

Graves wartet, ob Ellis noch mehr hinzufügt, doch der schweigt.

»Vor über zwei Jahren war sie das erste Mal bei mir.« Graves blickt auf den grünen Aktendeckel vor sich auf dem Schreibtisch, öffnet ihn aber nicht. Dann sieht er uns wieder an. »September, es muss im September gewesen sein.«

»Wer hat den Kontakt hergestellt?«, fragt Ellis. »Wurde sie von ihrem Hausarzt überwiesen?«

»Sie war Privatpatientin, ist von sich aus gekommen.« Er macht eine Pause. »Anfangs war sie sehr zurückhaltend.«

»Inwiefern?«

»Na ja, sie hat sich zum Beispiel unter einem falschen Namen angemeldet.«

»Ist das ungewöhnlich?«

»Es kommt gelegentlich vor.«

»Und warum hat sie das Ihrer Ansicht nach getan?«

Sehr geduldig antwortet Graves: »Niemand sollte erfahren, dass sie Hilfe suchte. Sie hatte Angst, dass es herauskommen könnte. Aus ebendiesem Grund hat sie mir auch nicht gestattet, Kontakt zu ihrem Hausarzt aufzunehmen.«

»Später hat sie Ihnen dann aber doch ihren richtigen Namen genannt?«

»Und, wie sich herausstellte, auch ihre richtige Adresse. Das tun nicht alle.«

»So haben Sie sie also kennengelernt. Hier?«

»Ja.«

Sie muss in diesem Raum gesessen haben: das Kostüm, das wachsame Lächeln … Hat er das Lächeln durchschaut, gesehen, was sich dahinter verbarg? Wenn ja, wird er es uns verraten?

»Beschreiben Sie diese erste Begegnung«, sagt Ellis.

»Der Aufbau ist bei allen Patienten der Gleiche. Das Erstgespräch dauert zwei Stunden. In dieser Zeit versuche ich, die Lebensgeschichte des Patienten in Erfahrung zu bringen. Wir reden über seine Probleme und darüber, inwiefern diese Probleme sein Leben beeinträchtigen.«

»Und worin lagen Catherines Probleme?«

Wieder macht Graves eine Pause, als denke er über seine Antwort nach, obwohl er womöglich nur etwas notiert. Dann sagt er: »Ihnen ist schon klar, dass diese Frage die ärztliche Schweigepflicht berührt?«

»Selbstverständlich«, sagt Ellis. »Sagen Sie, gilt die auch für Verstorbene?«

Graves schürzt die Lippen.

»Oder glauben Sie, dass sie noch am Leben sein könnte?«, hakt Ellis nach.

Graves' Blick sagt, dass er sie für tot hält.

Ellis setzt ihn weiter unter Druck. »Also, was hat sie Ihnen erzählt?«

»Sie empfand es als schwierig zu funktionieren: Sie fühlte sich ausgebrannt, hatte keine Energie. Und sie war sehr besorgt. Vor allem darüber, dass sie Fehler machen könnte.«

»Was für Fehler?«

»Fehler bei der Arbeit.« Als verstünde es sich von selbst.

»Hatte sie vorher schon Fehler gemacht?«

»Diese Frage habe ich ihr gestellt. Sie konnte nur von ein paar Kleinigkeiten berichten, die sie dann sofort wieder korrigiert hat, bevor ein Schaden entstanden ist. Nichts in irgendeiner Form Bedeutsames. Sie hat sich Sorgen über die *Möglichkeit* gemacht, die Tatsache, dass sie Fehler machen *könnte*. Es ging um *Was-wäre-Wenns*.« Wieder macht er eine Pause, um nachzudenken. Langsam gewöhne ich mich an seine Pausen. Das ist sein Stil. Ein professioneller Kniff? Will er den Patienten Gelegenheit geben, etwas zu sagen? Oder schreibt er schon wieder etwas auf?

Graves sagt: »Natürlich dachte ich damals noch, dass sie in einer Werbeagentur arbeitet. Sie hatte mir nicht erzählt, dass sie Ärztin ist.«

»Hätte das einen Unterschied gemacht?«, fragt Ellis.

»Natürlich, als Ärztin muss sie das auch gewusst haben. Sie hatte eine wichtige Position, war für das Wohlergehen schutzloser Patienten verantwortlich. Ich hätte ihren Arbeitgeber informieren müssen.«

»Bestand ein Risiko für ihre Patienten?«

»Im Nachhinein gesehen nicht, nein.«

Ich mische mich ein: »Sind Sie sicher?« Neben mir zuckt Ellis kurz.

Graves sieht mich an. »Eine Depression kann die Konzentration beeinträchtigen. Wie schon gesagt, hatte sie Angst, dass sie Fehler machen könnte … ich hatte allerdings den Eindruck, dass sie in erster Linie ein Risiko für sich selbst war.«

»Hat sie Ihnen das gesagt?«

»Nein. Ich habe sie gefragt, ob sie darüber nachdenkt, sich etwas anzutun – das ist eine Standardfrage –, sie hat das jedoch verneint.«

»Aber Sie haben ihr nicht geglaubt.«

»Ich hatte den Eindruck, dass sie ihre Antworten filtert«, sagt Graves ruhig. »Wenn sie Ja gesagt hätte, wäre eine Einweisung erforderlich gewesen: eine stationäre Behandlung, was sie als Ärztin auch wieder gewusst haben musste. Außerdem fiel es ihr wohl schwer, sich ihren Zustand einzugestehen. Zuzugeben, dass sie nicht zurechtkam.«

»Sie hat Sie um Hilfe ersucht. War das kein Eingeständnis?«

»Rein rational wusste sie, dass sie etwas unternehmen musste. Aber emotional, instinktiv … Sie wissen das über ihre Eltern?«

»Mama ist im Pflegeheim. Papa ist tot.«

»Ich meinte ihre Kindheit.« Wieder eine Pause. Eine weitere Notiz auf seinem Block? »Sie hatte den Eindruck, ihr Vater hätte einzig und allein ihre Leistung bewertet. In ihren Berichten ist er ein fordernder Mann. Ihre Mutter scheint etwas distanziert gewesen zu sein, farblos, anwesend, aber emotional unzugänglich. Vielleicht litt sie selbst unter einer Depression: Oft ist das erblich. Beide waren also, wie wir es nennen, emotional nicht erreichbar. Oder, umgangssprachlich, sie waren ›nicht für sie da‹. Auch sonst gab es niemanden. Diese frühe emotionale Erfahrung hat ihre Erwartungen an andere Menschen geprägt. Sie hat sie auf alle übertragen, die sie kennengelernt hat. Niemand würde ihr helfen: Sie musste alleine zurechtkommen. Das galt auch für mich. Sie wusste, dass sie Hilfe brauchte, aber emotional – instinktiv – glaubte sie nicht, dass ich diese Hilfe leisten konnte. Sie glaubte nicht, dass das irgendjemand konnte. Meine erste Aufgabe bestand darin, diese Position zu erschüttern.«

»Und würden Sie sagen, Sie sind daran gescheitert?«

Ellis will ihn provozieren, doch Graves legt nur mitleidig den Kopf auf die Seite. »Meine Pflicht bestand darin, es zu versuchen.« Seine Stimme klingt bekümmert, aber auch besänftigend. So muss er auch seinen Patienten gegenüber auftreten: eine gütige Erscheinung, gleichzeitig jedoch schemenhaft, unklar … Wieder wandert sein Blick zwischen mir und Ellis hin und her. Er beobachtet uns. Für uns unsichtbar gleitet die Hand mit dem Stift über den Block. Teilweise wirkt es, als würde er uns vernehmen. Wir kommen nicht an ihn heran.

»Sie haben also versucht, ihr zu helfen«, sagt Ellis kategorisch. »Wie?«

»Anfangs wollte sie nur Medikamente. Etwas, das ihr hilft, richtig zu funktionieren.«

»Die Sie ihr verschrieben haben.«

»Nein. Ich wusste nicht, ob sie noch andere Medikamente nimmt. Und aus den Wechselwirkungen können sich Probleme ergeben. Normalerweise hätte der Hausarzt eines Patienten mir eine …«

»Aber dessen Namen hatten sie ja nicht.«

»Richtig, daher hätte ich blind verschreiben müssen. Das war das Risiko nicht wert.«

»Hat es Sie beunruhigt, dass sie so viel für sich behalten hat?«

»Natürlich. Aber das entsprach ihrem Charakter. Es passte zu ihrer Verschwiegenheit. Die Leute sollten nichts davon erfahren.« Wieder eine Pause. »Ich wollte sie für eine Gesprächstherapie zu einem Psychotherapeuten überweisen. Jemand, der ihren Problemen auf den Grund gehen, ihr Verhalten und ihre Ideen modifizieren kann. Sie hat es abgelehnt. Sie war noch nicht bereit, sich so weit zu öffnen.«

»Aber Sie haben sie weiter behandelt.«

»Ja. Normalerweise bestelle ich Patienten drei Wochen nach der Erstberatung wieder, um die Wirkung der Medikamente zu überprüfen.«

»Die sie nicht bekommen hat.«

Graves ignoriert ihn. »Dann geht es im Sechswochenrhythmus weiter. Sie war das, was wir eine ›gute‹ Patientin nennen. Pünktlich. Kooperativ – zumindest insoweit, wie sie es sich selbst gestattete. Sie sagte, die Behandlung helfe ihr. Und ich hatte das Gefühl, dass es irgendwann einen Durchbruch geben könnte. Bis dahin konnte ich als eine Art Sicherheitsventil fungieren: ihr die Möglichkeit geben zu reden.«

Wieder nutze ich meine Chance: »Wie war sie denn so?«

Dieses Mal macht er eine kurze Pause, als versuche er, mich einzuschätzen, bevor er antwortet. »Auf ihre Art eine klassische Depressive. Ihr Selbstwertgefühl war sehr gering, trotz ihrer Erfolge. Sie hat sehr schlecht geschlafen: frühmorgendliche Schlaflosigkeit, ein gängiges Symptom. Wiederkehrende Stimmungsschwankungen im Laufe des Tages: morgens meist düster, was sich im Lauf des Tages besserte, nachts aber sehr schlecht wurde, was wiederum an den Schlafstörungen lag. Sie litt auch an depressiver Psychodemenz – Konzentrationsverlust und damit einhergehend die Befürchtung, das Gedächtnis zu verlieren. Daher auch die Angst, Fehler zu machen.«

Ellis geht wieder dazwischen. »Was war mit anderen Ängsten? Hat sie je Feinde erwähnt? Leute, die sie hassten oder ihr Schaden zufügen wollten?«

Graves runzelt die Stirn. »Wollen Sie wissen, ob sie an einer paranoiden Persönlichkeitsstörung litt?«

»Ich will wissen, ob sie sich bedroht fühlte.«

»Catherine war nicht paranoid. Sie glaubte, dass viele Leute sie nicht mochten, aber das gehörte zu ihrer Depression. Wie ich schon sagte, zeigte sie viele klassische Symptome: Vereinsamung, Appetitlosigkeit, geringe Selbstachtung. Sie kam sich wertlos vor, litt unter Ängsten und Schuldgefühlen. Aber sie war nicht paranoid.«

»Warum hatte sie Schuldgefühle?«, fragt Ellis.

»Sie hielt sich grundsätzlich für nicht liebenswert. Ihr Vater hatte ihr beigebracht, dass Wertschätzung allein auf Leistung basierte, und ihre Mutter hat nichts getan, was diese Sichtweise ins Wanken gebracht hätte. Wenn sie nicht unablässig Leistung brachte, kam sie sich wertlos vor. Jetzt betrachten Sie das im Kontext ihrer Arbeit. Tag für Tag sah sie gute Menschen, Menschen mit Ehepartnern und Kindern, Menschen, die geliebt und geschätzt wurden, in ihrer Obhut sterben, weil sie nicht in der Lage war, sie zu retten. Fragen Sie sich immer noch, warum sie Schuldgefühle hatte?«

Ich wieder: »Sie hatte aber nichts getan, was sie ausgelöst haben könnte?«

Graves formuliert genau: »Sie musste nichts *tun*. Depressive Schuldgefühle sind nicht rational erklärbar.«

»Und was ist mit Dingen, die sie getan haben könnte, wozu sie in der Lage gewesen wäre?«

Graves sieht mich blinzelnd an. »Ich verstehe nicht, was Sie meinen.«

Ellis fragt: »Wie haben Sie sich gefühlt, als Catherine nicht zu ihrem letzten Termin erschien?«

Es ist eindeutig ein Schlag unter die Gürtellinie. Zu eindeutig: Graves wird nicht mit uns über seine Gefühle sprechen. Wieder sieht er Ellis mit diesem Blick an, diesem Verweis mit geschürzten Lippen, der sagt: *Ich kenne all diese kleinen Tricks.*

»Ich habe mir gedacht, dass etwas nicht stimmt«, sagt Graves kühl. »Sie hatte noch nie einen Termin verpasst. Dazu kommt ihr Persönlichkeitstyp: Sie hätte abgesagt, mich irgendwie benachrichtigt. Einen Behandlungstermin zu verpassen wäre in ihren Augen fast schon einem Versagen gleichgekommen.«

»Und sie musste perfekt sein«, sagt Ellis.

»Richtig. Wie schon erwähnt, hatte ich ihre Privatadresse und auch die Telefonnummer. Also habe ich versucht, sie zu erreichen. Als mir das nicht gelang, bin ich direkt zur Polizei gegangen.«

»Weil Sie dachten, sie würde versuchen, sich umzubringen?«, fragt Ellis.

»Ich hielt es für sehr wahrscheinlich, dass sie einen Selbstmordversuch unternommen hatte. Und als ich erfuhr, dass sie Ärztin war …«

»Hat das Ihre Einschätzung verändert?«

»In einer Intensivstation hatte sie Zugriff auf einige extrem potente Medikamente. Diamorphin zum Beispiel: ein sehr starkes Schmerzmittel. Barbiturate: Phenobarbital – ein krampflösendes Mittel, das häufig bei Patienten mit Kopfverletzungen eingesetzt wird. Diese Medikamente werden streng kontrolliert und sind nicht frei zugänglich – sie hätte eine Erlaubnis gebraucht, um sie zu verschreiben –, aber mit ein paar Tricks hätte sie sich über einen gewissen Zeitraum bei minimalem Entdeckungsrisiko einen ordentlichen Vorrat für den Eigenbedarf anlegen können.«

»Glauben Sie, Sie hätten mehr tun können, um sie davon abzuhalten?«, fragt Ellis.

»Ich glaube, ich habe getan, was ich konnte.« Dann verschwindet der bekümmerte Tonfall aus seiner Stimme, und er fragt spöttisch: »Neugierig bin ich aber doch. Sie haben jetzt genau die gleichen Fragen gestellt wie ihr Kollege vor einem Jahr.«

»Und das überrascht Sie?«

»Ich dachte, wenn Sie sich schon die Mühe machen, mich noch einmal zu vernehmen …«

»Dann würden wir andere Fragen stellen? Nicht immer.«

Graves rührt sich nicht, verzieht auch keine Miene, trotzdem liegt jetzt Spannung in der Luft. Ellis hat irgendetwas gesagt, das uns verraten hat. Graves wird Ellis' Chefin anrufen. Und sich auch nach Elizabeth Crow erkundigen? Das könnte interessant werden.

»Also«, sagt Graves, »ist das alles?«

Er steht auf und legt dabei die Hand schützend auf die Akte vor sich.

»Eins noch«, sagt Ellis. »Catherine hat für die Behandlungen bezahlt. In welcher Form?«

»Bar«, sagt Graves und mustert uns mit einem abschätzigen Lächeln.

Und ich weiß: *Das stimmt alles nicht.*

Hinter uns fällt die schwarz glänzende Tür leise ins Schloss, als wir die Stufen der Eingangstreppe hinuntergehen.

»Netter Kerl«, sagt Ellis. »Echt, wenn ich Selbstmordgedanken hätte, würde ein Gespräch mit ihm alles verändern.«

»Wir müssen reden«, sage ich.

Ellis ist zu seinem Wagen gegangen. Er drückt den Knopf am Schlüssel und die Blinker leuchten auf. »Ganz richtig. Steigen Sie ein.«

»Nicht hier.«

»Steigen Sie ein«, wiederholt er.

Ich setze mich auf den Beifahrersitz und schließe die Tür. Im Auto riecht es nach Lufterfrischer. Er hält mir sofort einen Datenstick hin – Aufnahmen von weiteren Vernehmungen? –, als ich danach greife, lässt er ihn aber nicht los und sieht mich mürrisch an.

»Sie schulden mir eine Erklärung«, sagt er. »Und sagen Sie jetzt nicht ›Wozu?‹, das wissen Sie ganz genau. Seit Sie mich angerufen haben, beschäftige ich mich mit Catherine Gallagher. Jede freie Sekunde, die ich habe, schlage ich mich mit ihrem Verschwinden herum. Ich mache die Nächte durch und dreh jeden Stein um, und was ist dabei rausgekommen? Keine Drohungen. Kein Anzeichen irgendwelcher Gewaltanwendung. Kein Motiv – keine Kunstfehler, keine unerklärlichen Todesfälle in ihrem Verantwortungsbereich, keine unglücklichen Verwandten, niemand ist sauer auf sie. Die Kollegen kannten sie kaum. Niemand mochte sie wirklich, aber gehasst hat sie auch keiner. Graves ist ein Mistkerl, der versucht, uns Steine in den Weg zu legen, an seinen Ausführungen ist aber nichts auszusetzen …«

»Graves irrt sich.«

»Oh, tut er das? In welcher Hinsicht?«

Mark Devlins Catherine erscheint vor meinem geistigen Auge: die Frau, die in der Lage ist, Schlimmes zu tun, und keine Grenzen kennt, die sie zurückhalten. Auch Fieldings Catherine: die Frau, die für einen schockierenden, hässlichen

Tod verantwortlich ist – für die das Programm nicht Strafe genug ist.

»Kommen Sie, Karla? Wo irrt er sich? Was habe ich übersehen? Ich habe mir das nämlich genau angesehen, und im Krankenhaus ist nichts passiert. Und abgesehen von einer halbherzigen Affäre mit einem Headhunter war außerhalb auch nichts. Sie war ein einsamer Kontrollfreak mit Depressionen. Karla, ich hab mir alles angesehen, und soll ich Ihnen was sagen? Alles, was ich gefunden habe, deutet darauf hin, dass sie Selbstmord begangen hat. Schluss, Ende und aus. Außer Ihnen. Sie sind die Einzige, die von Mord redet. Warum sind Sie so sicher? Und kommen Sie mir nicht mit Ahnungen, weiblicher Intuition oder solchem Quatsch. Sie wissen irgendwas und verraten es mir nicht. Was ist es?«

Aber ich kann es ihm nicht sagen.

»Nichts von Bedeutung«, sage ich. Ich höre die Enttäuschung in meiner Stimme.

Ellis hört sie auch. »Klar«, sagt er. »Und das soll ich Ihnen glauben? Was haben Sie? Einen Zeugen? Jemanden, der weiß, wo die Leiche begraben liegt? Sie müssen jemanden haben. Wie könnten Sie sonst so sicher sein, dass die Frau ermordet worden ist? Das ist der erste Punkt …«

»Ich bin nicht si …«

»Und damit kommen wir auch schon zum zweiten Punkt. Warum interessieren Sie sich so dafür? Das tun Sie nämlich. Wann haben Sie mich zum Beispiel das letzte Mal zu einer Vernehmung begleitet? Noch nie? Also: Bevor Sie mir nicht etwas mehr geben, mache ich keinen Finger mehr krumm. Dann sind Sie ganz allein auf sich gestellt. Verstanden?«

»Ellis …«

»Ich hab Hunger, Karla. Und ich werde nicht Ihretwegen verhungern.« Er lässt den Datenstick los. »Rufen Sie mich an, wenn Sie mir was zu sagen haben. Und jetzt raus.«

Ich lege meine Verkleidung in einer Toilette im Victoria and Albert Museum ab. Ich will mir die Aufnahmen anhören – es besteht immer noch die Chance, dass Ellis etwas überhört hat, dass die Catherine, die Devlin kannte, doch irgendwo in den Aussagen ihrer Kollegen lauert –, trotzdem muss ich den üblichen, umständlichen Heimweg nehmen, sodass ich mich erst kurz vor vier an den Schreibtisch setze und auf das erste Icon klicke.

Als ich fertig bin, sind fünf Stunden vergangen, die Büros unter meinem Fenster haben sich geleert, und es ist Nacht.

Ellis hat recht. Da ist nichts.

*

Ich ziehe meinen Mantel an und gehe raus zum Fluss.

Ich mag die Themse bei Nacht. Die Dunkelheit verleiht dem breiten Strom etwas Monumentales. Ich lehne mich an das geschwungene Metallgeländer. Die Lichter von Hilton Pier und Columbia Wharf auf der gegenüberliegenden Seite sind weit entfernt. In diesem Moment fällt mir rechts, wo der Fluss hinter den umgebauten Lagerhäusern vom Limehouse Reach aus dem Blickfeld verschwindet, auf dem Wasser ein Licht ins Auge: Ein Polizeiboot kommt flussabwärts auf mich zu. Es kommt näher – die Wellen klatschen unten an den Rumpf, als es vorbeifährt –, dann verschwindet es wieder, doch ich bleibe am Geländer stehen, warte auf das nächste Boot, und das nächste ... Ein Nahverkehrsschiff kommt den Fluss herauf und legt am Pier unter mir an. Die Pendler schieben sich an Bord, dann legt das Schiff ab und fährt in die Flussmitte, während hinten an der Biegung des Flusses ein Partyschiff erscheint, dessen Lichter die Wasseroberfläche mit winzigen Reflexionen zum Funkeln bringen. Ich höre leise Musik.

Was mache ich hier in der Dunkelheit? Catherine jagen? Ich habe sie doch schon gefunden, außer dass sie immer eine andere ist, und je mehr ich von ihr erfahre, desto weniger weiß ich. Wer ist sie? Auf jeden Fall nicht Ellis' Vermisste – er hält sie für tot. Wer dann? Aylwyn Roberts' ehrgeizige, angespannte Privatärztin, die sich nicht eingestehen konnte, dass sie nicht zurechtkam? Ian Graves' Depressive? Mark Devlins clevere Frau, die keine Schranken kannte und daher zu Bösem fähig war? Alles oder nichts davon?

Als ich sie zum ersten Mal sah, dachte ich: *Monster.* Und das ist sie, allerdings nicht das Monster, für das ich sie damals gehalten habe. Sie ist wie ein Virus, das sich selbst reproduziert und dabei weiterentwickelt, sodass jede Version sich geringfügig von ihrem Vorgänger unterscheidet, und immer wenn ich glaube, dass sie sich mir erschlossen hat, dass ich sie verstanden habe, entsteht etwas Neues, verwandelt sie sich in eine andere Frau.

Und ich bin der Antwort auf meine Fragen, was sie getan hat und warum sie sterben soll, kein Stück näher gekommen.

Und mir läuft die Zeit davon.

Also was jetzt?

Ich starre auf den Fluss. Ich warte. Mir fällt nichts ein.

Plötzlich fröstele ich. Es ist eine kalte Nacht, und der Wind hat aufgefrischt. Zeit, nach Hause zu gehen.

Ich wende mich vom Geländer ab, als ich es wieder vor mir sehe – wie einen Schnappschuss: Graves steht an seinem Schreibtisch, vor ihm die Akte, auf die er schützend die Hand gelegt hat.

Einen kurzen Moment stockt mir der Atem. *Was hat er da geschützt?*

Er hat uns alles über Catherines Depression erzählt.

Was ist, wenn in der Akte noch eine andere Story steht?

Soll ich Craigie anrufen? Nein, Robbie. Nicht nur, weil Craigie mir einen Vortrag über die Risiken halten würde, sondern auch weil die Leute, die ich sprechen muss, nicht jedem trauen. Aber Robbie trauen sie.

»Ich brauche eine Akte«, sage ich. »Gesichertes Gebäude.«

»Ein Spezialist?«

»Und es ist dringend.«

Nach kurzem Schweigen sagt Robbie: »Du meinst Louis, stimmt's?«

Und er hat recht, den meine ich. Aber es gefällt mir nicht.

16. Tag: Donnerstag

Powell

Donnerstagabend. Er arbeitet wieder in die Nacht hinein.

Auf seinem Schreibtisch liegen die Unterlagen aus der Wohnung in Ealing ausgebreitet. Aus Kladden herausgerissene Seiten, von Laidlaw handschriftlich mit schwarzer Tinte beschrieben. Wenn er Zeit hatte, hatte er ganze Sätze im Erzählstil formuliert, aber das war nicht immer der Fall gewesen. Teilweise gab es auch nur knappe Notizen in Stichworten. Aber jede einzelne vollständig.

Dinge, von denen wir wussten. Dinge, die wir nicht wussten.

Die Wohnung in Ealing wurde im Überwachungsprotokoll erwähnt – schließlich konnte Laidlaw sich nicht unsichtbar machen –, aber sie war überprüft worden, dachten sie jedenfalls. Im Wahlverzeichnis und auf Rechnungen war der Name des Bewohners angegeben: Arthur Burton, ein Einsiedler in schlechtem Gesundheitszustand, der keinen Kontakt zu den Nachbarn hatte. Sie hatten gesehen, wie das Licht ein- und ausgeschaltet wurde, dass Radio und Fernseher liefen. Und sie hörten, wie Laidlaw gelegentlich mit ein paar vollen Einkaufstüten zu Besuch kam – und rief: *Alles in Ordnung, ich bin's. Ich hab meinen Schlüssel dabei. Setz schon mal Teewasser auf.*

Als Powell durch die Wohnung ging – als Erster, mit Hüllen über den Schuhen, ohne etwas zu berühren –, entdeckte er Zeitschaltuhren an Lampen, dem Radio und dem Fernseher. Die Schränke waren voll mit Lebensmitteln.

Arthur Burton war eine reine Erfindung, der Name stammte von einem Kind, das in den 30ern verstorben war – eine im Großen und Ganzen leere Identität ohne erkennbare Verbindung zu Laidlaws russischer Vergangenheit. Bei seinem Vermieter sah das vollkommen anders aus: Gordon Fox war ein Deckname von Peter Laidlaw aus dem Jahr 1976, den er verwendet hatte, nachdem sein richtiger Name in einer sowjetischen Liste von Verdächtigen aufgetaucht war.

Das hätte jemandem auffallen müssen.

Sie fanden die Aufzeichnungen dreifach in Plastik verpackt an sechs verschiedenen Orten in und um die Wohnung – im Wasserspeicher, mit Klebeband an der Unterseite des Bettrahmens befestigt, unter den Bodendielen, im Eisfach, im Ofen und im Futter einer Jacke – jedes Versteck erstreckte sich über eine andere Phase von Laidlaws Beziehung zu Knox.

Dinge, von denen wir wussten. Dinge, die wir nicht wussten.

Er hatte über sämtliche Vorgänge sorgfältig und detailgetreu Buch geführt: jeder Tipp, jeder tote Briefkasten, jede Übergabe, jede heimliche Nachricht. Und dann, nach jedem neutralen Bericht, Laidlaws Verwirrung, Begeisterung, Verblüffung, Frustration. Die immer mehr zur Gewissheit werdende Ahnung, dass der MI5 ihn beschattete. Aber auch das wachsende Gefühl, mit Knox ein Bündnis geschlossen zu haben. *Dieses Mal hat er mir einen echt Guten gegeben* oder *Die müssen sich mehr Mühe geben, wenn sie uns erwischen wollen.*

Darunter gab es eine weitere Ebene: seine Suche nach Knox.

Die geduldige Analyse jeder Transaktion – nicht nur die der Informationen, die er bekommen hatte, und deren mögliche Implikationen, sondern auch die Methoden und sämtliche Spuren, die sich daraus ableiten ließen. *Toter Briefkasten im Park* oder *Schuhe mit Kreditkarte bestellt – Einzelheiten nicht verfügbar* oder *verdeckte Übergabe im Café, nichts gesehen. Spionagepraxis??? Hintergrund? Ist das ein Doppelbluff?*

Habe den Mann entdeckt, der das Paket abgelegt haben könnte. Habe vergeblich versucht, ihm zu folgen.

Der Textvergleich einer Liste mit russischen Namen: Fragezeichen und Durchstreichungen.

Vor zwei Jahren: *Vielleicht doch nicht aus Moskau???*

Eine Phase des Stillstands: Laidlaws Frustration wuchs. *Obwohl wir auf derselben Seite stehen, traut er mir nicht,* und: *Das führt zu nichts.* Die Notizen werden spärlicher.

Und dann, eine Woche vor Laidlaws Tod: *Habe den Paketboten wieder gesehen. Fast hundertprozentig sicher.*

Einzelheiten über eine Begegnung auf einem Straßenmarkt. Ein Mann mit frettchenartigem Gesicht – *mediterrane Abstammung???* – in einer braunen Jacke, der zwischen den Ständen verschwand. Gefunden und sofort wieder verloren.

Keinerlei Erwähnung von Laidlaws Erkrankung: weder die Tests noch die Krankenhaustermine – außer im letzten, unterstrichenen Satz: *Ich wünschte, ich hätte mehr Zeit.*

Inzwischen ist es zehn. Er verlässt das Büro, schließt gewohnheitsmäßig die Tür hinter sich ab und geht den Flur entlang zur kleinen Küche. Während das Wasser heiß wird, denkt er über die heutige Besprechung mit dem Sektionsleiter nach. Der Straßenmarkt findet ein Mal die Woche am Samstag statt. Sollte er sich den mal ansehen?

Laidlaws Beschreibung hatte sie getroffen. Natürlich gab es kein Foto.

Der Sektionsleiter hatte mit geschürzten Lippen genickt. Die Geste sagte: *Ist das alles, was Sie haben?*

»Wenden Sie sich an die örtliche Polizei. Aber lassen Sie sie im Dunkeln.« Der Hinweis ist vollkommen überflüssig: Hat der Mann vergessen, wie oft er das schon gemacht hat? »Und treten Sie nicht direkt mit Knox in Kontakt, verstanden?«

Als hätte er das vergessen können.

Mit einem Klicken schaltet sich der Wasserkocher aus. Danach hört er noch ein anderes Geräusch, draußen vom Flur. Eine Tür wird geschlossen, fällt ins Schloss? Noch ein Kollege, der bis in die Nacht arbeitet? Er geht zur Küchentür, späht hinaus, aber der Flur ist leer, und alle Türen sind geschlossen.

Ein kurzer Schauer. Paranoia? Wieder denkt er an den Moment vor der Wohnung in Ealing zurück: als er den Karton mit den Unterlagen aufs Autodach gestellt hatte und in der Tasche nach dem Schlüssel wühlte – die Spiegelung des Sonnenlichts von einem vorbeifahrenden Auto …

Das Gefühl, beobachtet zu werden.

17. Tag: Freitag

Johanssen

Heute geht er nicht weit. Böiger Wind bläst Graupel durch die Straßen. Eisige Nadeln prasseln ihm ins Gesicht. Seine beiden Beschatter folgen ihm in sehr geringem Abstand mit hochgezogenen Schultern in ihren dünnen Jacken ohne jeden Versuch von Heimlichkeit. Er erreicht die Läden im Westen der zentralen Wache, wo er Zahnpasta und einen Schokoriegel kauft. Als er herauskommt, stehen die beiden Männer lustlos vor der Tür herum. Er gibt einem von ihnen den Schokoriegel. »Lasst uns umdrehen.« Einen Moment lang sieht der Mann fast wütend aus – als hätte Johanssen eine Regel gebrochen –, doch dann sieht er die Schokolade an und lässt sich erweichen. Mit gesenkten Köpfen und ohne zu reden gehen die drei zurück.

Er ist die erste Treppe über der Klinik hinaufgestiegen und hat gerade die Hand an die Küchentür gelegt, als das Geräusch einsetzt.

Zuerst ein Wort, ziemlich laut und eindringlich. Eine Pause und dann ein hastiger Satz. Darauf ein kurzes, kaum hörbares Wimmern.

Er hält seine Stiefel in der Hand. Er stellt sie ab und geht hinauf in den zweiten Stock, wobei er aufpasst, dass die Stufen nicht knarren. Wieder hört er den Satz – drei Silben.

Er drückt die Klinke. Leise knarrend öffnet sich die Tür.

»Nein«, sagt sie, und dieses Mal klingt es flehentlich.

Der Raum ist verdunkelt. Auf dem Boden liegt haufenweise Kleidung und sonstiger Kram. Auf der anderen Seite des Zimmers bewegt sich ein größeres Bündel auf einer Matratze.

Sie sitzt mit dem Rücken zur Wand. Ihr Kopf zuckt erst nach rechts, dann nach links. »Los, ruf an«, sagt sie, und »Nein, nicht damit.« Ihre Augen sind halb geöffnet, wach ist sie aber nicht.

»Los, ruf an.« Der dreisilbige Satz von vorhin: Er erkennt den Rhythmus. Dann folgt ein weiteres Wort, das er nicht versteht, weil sie es verschluckt ... es könnte »Drache« heißen, aber er ist sich nicht sicher, dann fängt sie leise an zu zählen. »Eins-zwei-drei-vier-fünf-sechs-sieben-acht ...«

»Cate.«

»Er stirbt gleich«, sagt sie. »Gleich.« Sie wimmert wieder.

»*Cate.*« Er geht einen Schritt auf sie zu.

Die Bewegung weckt sie auf. Sie blinzelt. Dann drückt sie sich an die Wand, umklammert die Decke und starrt ihn an. Instinktiv macht er noch einen Schritt – sie zuckt, wühlt nach irgendetwas, dann kommt ihre Hand unter der Decke hervor und darin eine in der Dunkelheit schwach glänzende Klinge.

Er tritt einen Schritt zurück. »Ich werde es benutzen«, sagt sie, und er erkennt sofort, was sie tut: Der Doppelmörder Ryan Jackson versperrt ihr den Weg zur Tür. Er macht noch einen Schritt zurück.

»Sie haben geträumt«, sagt er. »Der Traum ist zu Ende.«

Sie starrt ihn immer noch an: das Messer fest umklammert, schwer atmend, wilder Blick.

Er sagt: »Sie haben geschrien. Aber Ihnen geht's gut. Dann kann ich jetzt gehen. Soll ich gehen?«

Ein paar Sekunden lang rührt sie sich nicht. Dann senkt sie langsam das Messer und sieht nach unten auf die Matratze, als wüsste sie nicht, wie sie hierhergekommen ist.

Er geht nach unten in die Küche, lässt ein Glas Wasser einlaufen und bringt es ihr. Sie hat eine ausgefranste, blaue Strickjacke über ihr T-Shirt gezogen, und als er wieder reinkommt, wischt sie sich mit der Hand übers Gesicht. Die Haut über ihrem Handgelenk ist nur ein dünner Film, durch den Sehnen und Adern durchscheinen.

Er reicht ihr das Glas und weicht wieder zurück. Sie trinkt einen Schluck, erschauert, kauert sich in ihre Strickjacke und blickt zur Seite auf das abgedunkelte Fenster. Hagelkörner prasseln wie kleine Steine gegen die Scheibe.

»Sie haben im Schlaf geschrien«, sagt er.

»Was habe ich gesagt?«

»Sie haben gezählt. Und sie wollten jemanden anrufen. Dann noch was über einen Drachen.«

Sie schweigt einen Moment, dann sagt sie: »Ich bin in einem Raum. Vom Fenster aus kann man ein Tor sehen. Auf dem Tor sind Drachen.«

»Und da ist es passiert? In diesem Raum?«

Sie nickt, dann reibt sie sich die Arme, als wäre ihr kalt. »Ich kehre immer wieder dorthin zurück.« Dann sieht sie ihn an. »Wovon träumen Sie?«

Karla. Ein Dach in der Nacht. Ein Mann an einem Schreibtisch. Das Farmhaus. Cunliffes Schreie. »Von allem Möglichen.«

»Immer dieselben Träume?«

»Manchmal.«

»Gut oder schlecht.«

»Beides.«

Plötzlich sagt sie ruhig und eindringlich: »Erzählen Sie mir von einem guten Traum.«

Der beste Traum – Karla, die ihre dunklen Haare an seine Schultern legt – geht ihm durch den Kopf. *Den nicht.* Dann den zweitbesten. Er sagt: »Es ist Nacht, ich bin oben auf einem Dach. Ich renne.«

»Und das ist alles?« Als hätte sie viel mehr erwartet.

Beide verharren einen Moment lang.

Sie sagt: »Sein Vorname war Daniel. Seinen Nachnamen habe ich nie erfahren. Er war in Ihrem Alter. Vielleicht etwas jünger. Dunkelhaarig. Es hätte nicht schwer sein dürfen. Er war schon …«, sie wählt das Wort sorgfältig: »hilflos. Beide Knöchel gebrochen. Der linke vermutlich bei einem Fluchtversuch, der rechte … später. Außerdem war er natürlich gefesselt und hatte auch schon viel Blut verloren. Daher dachte ich, dass es schnell gehen würde. Aber er hat gekämpft. Trotz allem. Er hat gekämpft. Also hat es … gedauert.«

Sie blickt zu Boden. Sie hat den Saum ihrer Strickjacke in den Händen verknäult. Damit hört sie jetzt auf, lässt ihn aber nicht los.

»Warum haben Sie das gemacht?«

Sie blickt ihn an, und er meint die verwirrte Anspannung in ihren Augen zu sehen. »Weil ich es konnte.«

»Hat er Sie angegriffen? Lag es daran?«

»*Was?* Er hatte mir nichts getan. Ich kannte ihn doch überhaupt nicht.«

»Hat Sie jemand dazu gezwungen?«

Sie lacht – ein harsches, kurzes, verbittertes Lachen wie eine Ohrfeige. »Niemand hat mich dazu gezwungen. Zu nichts. Das ist es ja. *Niemand hat mich dazu gezwungen.* Ich hätte einfach gehen können. Ich hätte ›das Richtige‹ tun können, was auch immer das gewesen wäre. Ich hätte auch einfach nichts tun können, absolut nichts. Aber ich bin geblieben. Vier Tage lang bin ich dort geblieben. Und dann habe ich ihn umgebracht.«

Sie blickt zum Fenster, obwohl es verhängt ist. Sie sagt: »Ich glaube, Sie sollten jetzt gehen.«

Er geht nach unten, dann aber nicht weiter in den Schlafraum. Stattdessen setzt er sich im ersten Stock auf den Treppenabsatz, stellt die Stiefel neben sich und lauscht – eine halbe Stunde, eine Stunde, während sie im Raum über ihm auf und ab geht.

Nach einer Weile wird die Tür neben ihm geöffnet, und Vinnie kommt heraus. »Was machen Sie da?«, flüstert er, dann sieht er nach oben, und sein sanftes, harmloses Gesicht legt sich in Sorgenfalten.

Zusammen lauschen sie den Schritten.

Schließlich verstummen sie. Vinnie sagt: »Sie schläft«, und Johanssen antwortet: »Ja.«

Sie schläft, oder sie sitzt einfach da, das Glas in der Hand und denkt über die scharfen Scherben nach, die entstehen, wenn sie es zerbricht ... Vinnie nickt und geht zurück in den Schlafraum, aber Johanssen wartet noch eine Viertelstunde, um sicher zu sein, bevor er sich auch hinlegt.

Als er in seiner Koje liegt, lässt er sich die Situation durch den Kopf gehen. Der Mann, den sie nur als Daniel kannte, der sich bei einem Fluchtversuch den Knöchel gebrochen hatte, der gefesselt war, damit er es nicht noch einmal versuchte. Dessen anderer Knöchel dann auch gebrochen war. Der geblutet hatte.

Vier Tage war sie bei ihm gewesen. Hatte sie ihn behandelt? Oder gefoltert?

Und dann hatte sie ihn getötet und die Sekunden gezählt, bis er nicht mehr dagegen ankämpfen konnte.

Weil sie es konnte.

Er träumt von Terry Cunliffe. Sie träumt von Daniel.

17. Tag: Freitag

Karla

Freitagmittag. Wir treffen uns in einem hässlichen Pub am Rande der Sozialwohnungssiedlung in Bow: Die Tische sind klebrig von verschütteten Getränken, in einem Nebenraum spielen zwei pickelige Jugendliche Billard. Ich trage ein schlichtes, dunkles Kaufhauskostüm, wenig Make-up und habe die Haare nach hinten gebunden: Ich könnte Sozialarbeiterin, Rechtsanwältin oder vielleicht Mitglied einer Wohltätigkeitsorganisation sein. Robbie sitzt neben mir und trinkt sein Bier. Er lächelt neutral, und seine übliche Fröhlichkeit wirkt nach innen gekehrt. Er hat das arrangiert – sie mögen und vertrauen ihm –, aber jetzt kümmert er sich um seine eigenen Angelegenheiten.

Ich will hier nicht sein.

Louis sitzt mir gegenüber. Er hat ein Glas Limonade vor sich: Alkohol rührt er nicht an. Seine Miene ist ruhig, anspruchslos. Er sieht nicht gut aus, wirkt müde und außer Form: Er hat eine Speckrolle auf den Hüften und schwarzblaue Ringe unter den Augen seiner dunklen Haut. Louis ist eingerostet. Man verliert das Gefühl dafür, oder? Nur zwei Jobs in den vier Jahren, seit wir uns kennengelernt haben. *Und wessen Schuld ist das?*

Morag neben ihm bildet einen erstaunlichen Kontrast dazu: elfenbeinfarbene Haut, die einmal ätherisch durchscheinend gewesen sein muss, die roten Locken hinter die Ohren gesteckt. Sie hat kein Gramm Fett zu viel am Körper.

Sie wirkt fragil, doch das täuscht. Sonst wäre sie längst zerbrochen.

Louis nimmt Spezialaufträge an, und seine Spezialität sind Türen. Also Türen, Schlösser, Bewegungsmelder und Alarmanlagen. Morag ist seine Partnerin, aber auch seine Managerin und Agentin. Sie spielt für ihn die gleiche Rolle wie Fielding für Johanssen. Allerdings liebt Fielding seine Arbeit, das Kontakteknüpfen, die Verhandlungsführung und die Vertragsgestaltung, Morag hingegen scheint sie zu hassen. Missmutig schweigend kauert sie über ihrem Wodka-Tonic, und als sie mich ansieht, sagen ihre Augen: *Miststück*.

Auch sie sieht heute müde aus. Hat sie eine schlechte Nacht hinter sich? Mehr als eine? Eine Woche? Oder gar zwei? Vielleicht ist das kein guter Zeitpunkt, die beiden zu fragen … andererseits gibt es bei ihnen keinen guten Zeitpunkt: Sie stolpern von einer Krise in die nächste, offenbar immer in hektisch zusammengestoppelten Kleidungsstücken in einer unvorhersehbaren Abfolge aus spätnächtlichen Taxifahrten und Nachtwachen in Krankenhauszimmern.

Auch sie wollen nicht hier sein.

»Wie geht's Kyle?«, frage ich.

Louis blickt nicht von seinem Drink auf, lächelt aber schwach in sich hinein.

Morags Blick verätzt die Luft zwischen uns. »Kyle geht's gut«, faucht sie.

»Ist Ihre Mutter bei ihm?«

Ihr Blick sagt: *Was geht Sie das an?*

Kyle ist der Grund dafür, dass sie gekommen sind, der Grund, weshalb sie das tun – aber Kyle ist auch der Grund dafür, dass sie sehr, sehr vorsichtig sind.

Vor vier Jahren sind sie zum ersten Mal in meinen Orbit geraten. Kyle war zwei. Die besondere Kombination seiner Behinderungen – unter anderem Hirnentwicklungsstörungen und Epilepsie – verhindert, dass er je sprechen, gehen, selbstständig essen oder seinen Stuhlgang kontrollieren wird. Sie haben sich gemeinsam um ihn gekümmert, mithilfe der mageren Unterstützung, die ihnen der Staat gewährte, lebten von der Sozialversicherung und den gelegentlichen Aufträgen, von denen Louis einen bis zwei im Jahr annahm, um das Geld hinterher so lange wie möglich zu strecken, weil sie wussten, dass Morag, selbst mit Unterstützung ihrer Mutter, nicht allein zurechtkommen würde, wenn Louis geschnappt würde.

Kyle ist jetzt sechs. Ich habe ihn in den vier Jahren nur ein paarmal von Weitem gesehen, ohne dass sie wussten, dass ich sie beobachtete: aus dreißig Metern Entfernung zusammengesunken hinter dem Lenkrad eines schäbigen Vauxhall, während Louis, Morag oder Morags Mutter ihn in einem speziell für ihn angepassten Rollstuhl herumschoben. Näher komme ich nicht an ihn heran.

»Haben Sie alles?«, frage ich und sehe einen nach dem anderen an. Mit *alles* meine ich: den Grundriss von Graves' Haus, die Serien- und Gerätenummern der Alarmanlage und der daran angeschlossenen Bewegungsmelder, die Typenbezeichnung der Fenster- und Türschlösser, die Grundrisse der Nachbarhäuser, Fotos von Vorder- und Rückseite aller drei Gebäude und einen Umgebungsplan, in dem sämtliche Überwachungskameras markiert sind. Finn und ich haben die ganze Nacht daran gearbeitet, das zusammenzustellen. Die Informationen waren wie abgesprochen heute Morgen in einem nicht adressierten Umschlag an einer Straßenecke in Whitechapel einem blassen Teenager – Morags Nichte – übergeben worden: Morag ließ nicht zu, dass so etwas im Haus geschah. Vorsichtsmaßnahmen, wieder.

Jetzt nickt sie geschäftsmäßig. »Das haben wir.«

»Und?«

»Er braucht eine Woche.« Im Nebenzimmer klicken Billardkugeln, und einer der Jugendlichen flucht.

»Das ist unmöglich. Wir wissen, dass es eng wird, aber das spiegelt sich auch im Honorar.«

Morags Mund spannt sich, und sie schüttelt ganz leicht den Kopf.

Ich tue so, als hätte ich es nicht gesehen. »Das kann nicht warten.«

Doch Morag hat ihr Pokerface aufgesetzt. »Wir brauchen eine Woche«, sagt sie. »Mindestens.«

Ich schüttle den Kopf. »Morgen Nacht. Wenn ich es für machbar gehalten hätte, hätte ich es heute Nacht verlangt. Also spätestens morgen.«

»Dann tut es uns leid.«

Was soll ich jetzt sagen? Dass ich mir dann jemand anderen suchen muss?

Es gibt Alternativen. Dann sind allerdings entweder Leute beteiligt, denen ich nicht vertraue, oder ich brauche Joe Ellis und einen Durchsuchungsbefehl. Im Moment spielt Ellis nicht mit. Und selbst wenn, würde eine Durchsuchung die ganze Sache offiziell machen, und ich will nicht, dass mir die Polizei dauernd dazwischenfunkt. Also gibt es niemand anderen. Ich habe nur Louis und diese kalte rot-weiße Frau, die mir gegenübersitzt.

Ich bin ziemlich sicher, dass sie das weiß.

Ich beuge mich vor und fixiere sie. »Morag, es geht nur um den Zutritt. Schnell rein, gleich wieder raus, sonst nichts. Wir nehmen nichts mit. Wir brauchen nur eine Kopie der Akte.«

»Eine Woche. Sonst eben nicht.« Sie zuckt die Achseln. »Liegt bei Ihnen.«

»Hören Sie. Sie müssen sich ziemlich strecken. Das wissen wir. Deshalb zahlen wir so viel. Wir zahlen den doppelten Satz. So ein Angebot bekommen Sie nicht noch einmal.«

Hinter dem Pokerface regt sich etwas.

»Fünf Tage«, sagt Morag.

Eigentlich müsste ich auf drei hochgehen, das geht aber nicht. Mir fehlt die Zeit. »Morgen, und das Honorar bleibt. Mein letztes Angebot.«

Morag lehnt sich zurück. Sie denkt darüber nach. Ihre fleischlosen weißen Finger klopfen auf das Glas vor ihr, verschieben es ein wenig nach links, dann wieder nach rechts, bis es genau zwischen uns beiden steht, wie die Waffe eines Heckenschützen, der mich ins Visier nimmt.

Dann schüttelt sie den Kopf. »Gefällt mir nicht. Das Risiko liegt allein bei ihm.«

»Ich kann jemanden auf der Straße platzieren, einen Posten dort, wo er hineingeht, und die Streams der Überwachungskameras beobachten lassen.«

»Trotzdem ist er der Einzige, der die Ware berührt.«

»Dann bringt er jemand anderen rein, der die Kopie zieht, und Louis macht nur die Türen auf.«

»Er arbeitet nicht mit Fremden.«

»Und wenn ich es mache?«

Ich spüre den Schock von der Seite, an der Robbie sitzt.

»Morgen Nacht, Morag.«

Sie steht abrupt auf. Louis zuckt zusammen, als hätte er gedöst, dann steht auch er auf und blinzelt schläfrig. War's das? Gehen sie? Sie sagt dann aber nur: »Ich muss eine rauchen.«

Sie gehen zusammen zur Tür. Der Barkeeper – der während der gesamten Unterhaltung außer Sicht und Hörweite war – erscheint unverzüglich und nickt ihnen zu. Er fängt an, die Theke zu wischen, was völlig sinnlos ist, und sieht dabei zu uns herüber. Ich habe den Eindruck, bewacht zu werden.

Robbie lehnt sich zurück, trinkt einen Schluck Bier, ohne etwas zu sagen. Überlegt er, warum Morag mich so hasst? Gefragt hat er jedenfalls noch nie.

Zwei Aufträge in vier Jahren für absurd überhöhte Honorare, weil sie sich weigern, Almosen anzunehmen. Damit Louis nicht für andere arbeiten muss, die weniger vorsichtig sind als ich. Damit er und Morag zurechtkommen. Und die Verhandlungen laufen immer so hart wie diese: weil Morag sich über die Honorare keine Illusionen macht – sie weiß, dass ich weit über Tarif zahle, und sie ist eine stolze Frau. Am liebsten würde sie ablehnen.

Wird sie das tun? Ich habe keine Ahnung. Ich kann nur warten.

Nach fünf Minuten kommen sie nach Zigarettenrauch riechend und mit feuchten Haaren zurück und setzen sich wieder an den Tisch.

Morag sagt: »Wir melden uns bei Ihnen.«

Das ist nicht die Antwort, die ich hören will.

»Gut«, sage ich. »Tun Sie das.«

Sie nickt einmal, dann sagt sie: »Und wenn wir mitmachen und die Sache in die Hose geht, liefern wir Sie ans Messer.«

Ich nehme meine Tasche und stehe auf. »Ich weiß.«

Der Barkeeper erscheint wieder und beäugt uns erschöpft, als wir gehen. In der Tür drehe ich mich noch einmal um. Sie sitzen immer noch auf ihren Stühlen, ohne zu reden: ein erschöpfter Schwarzer und eine zerbrechliche Weiße, die in ihre Gläser starren wie in einen Abgrund.

Im Auto bläst Robbie die Wangen auf. Vermutlich hält er mich für verrückt.

Aber ich muss die Akte sehen. Ich muss es wissen.

Robbie setzt mich in der Nähe eines Vorortbahnhofs ab. Während er sich zur Sondierung auf den Weg zu Graves' Büro macht, mache ich mich allein auf den langen Weg zurück in die Docklands.

Als ich ankomme, ist es 15:55 Uhr, und Craigie erwartet mich schon in der Lobby, von der wir zu einem weiteren freitäglichen Routinetreffen in meine Wohnung hinauffahren.

Die übliche Litanei über Klienten, Quellen, Gelegenheiten und Drohungen. Ein nicht sonderlich bedeutsamer Bandenchef mit gewaltsamer Vorgeschichte will Hilfe bei der Suche nach seiner Tochter. Ein deutscher Klient braucht die Grundrisse eines wichtigen Londoner Hotels. Jemand stellt Fragen nach William Hamiltons Verbleib, die Gerüchteküche erlaubt aber keinen Rückschluss darauf, um wen es sich handelt, und Hamilton, der in einem sicheren Haus sitzt, verrät immer noch nicht, was er getan hat. Dann geht es wieder um Lucas Powell: Was auch immer er in dem Karton aus Ealing mitgenommen hat, hat ihn nicht zu meiner Haustür geführt. (»Noch nicht«, ergänzt Craigie.)

Am Ende der Sitzung fragt Craigie beiläufig im Aufstehen, während er nach seiner Jacke greift: »Und die Johanssen-Sache?« Also erzähle ich ihm von Ellis' fruchtlosen Befragungen von Catherine Gallaghers Kollegen.

Ich erzähle ihm nichts von meinem Abend mit Mark Devlin, dem Treffen mit Graves oder dem Vorschlag, den ich Morag und Louis gemacht habe. Ich kann auf einen weiteren Vortrag über Risiken verzichten.

Es wird sechs Uhr abends. Dann sieben. Dann lese ich Catherine Gallaghers Vermisstenakte noch einmal, höre mir die Aufnahmen von Ellis' Vernehmungen noch einmal an und warte darauf, dass das Telefon klingelt. Tut es nicht.

Um 20:00 Uhr kann ich nicht mehr dasitzen und darauf warten, dass etwas passiert.

Ich ziehe den Mantel an, gehe raus und mische mich unter die nach Hause gehenden Menschen. Was mache ich hier draußen? Wo will ich hin? Wieder auf den Fluss starren? Milch kaufen? Ich weiß es selbst nicht.

Am Nebeneingang einer Firmenzentrale sitzt ein mageres Mädchen in einem blauen Putzkittel mit dem Rücken zu mir und raucht zitternd eine Zigarette. Als ich vorbeigehe, drückt sie sie aus und dreht sich um, wobei ihr etwas aus der Tasche fällt.

Es ist ein billiger Armreif. Ich bleibe stehen und hebe ihn auf. »Entschuldigung …!« Sie dreht sich halb um, sieht mich an ohne ein Zeichen des Erkennens. »Ihnen ist da was runtergefallen.«

»Ah-oh, danke«, sagt Morags Nichte, und dann – ihre dünnen blassen Lippen bewegen sich kaum – haucht sie: »Morgen.«

17. Tag: Freitag – 18. Tag: Samstag

Johanssen

Diese Nacht verläuft ähnlich wie die vorherigen: Brustschmerzen, ein gebrochenes Handgelenk, ein armes Schwein, das Bleiche getrunken hat. Ein gebrechlicher alter Knabe, der auf einer Krankenliege festgeschnallt ist, versucht, etwas vom nächsten Materialwagen zu klauen – Johanssen beugt sich vor, löst die Räder des Wagens und schiebt ihn außer Reichweite des Mannes (»Tut mir leid, Kumpel«), worauf der alte Mann ihn böse anstarrt. Drill sitzt reglos und ohne zu blinzeln auf seinem Stuhl, als hätte ihm jemand den Stecker gezogen, Vinnie isst eine Banane und erzählt, was er alles machen wird, wenn er draußen ist, und Cate lässt sich von nichts beirren, arbeitet mit verschlossener, konzentrierter Miene, als wären sie und der Patient, den sie gerade behandelt, die einzigen Menschen auf der Welt. Sie arbeitet sogar, wenn Flaute herrscht, wenn keine Patienten da sind: Sie holt Dinge aus Schränken, zählt sie, schreibt Listen, füllt die freien Minuten mit Verwaltungsaufgaben und bleibt in ihrem ewigen Kreislauf aus unendlicher Bewegung gefangen. Er hat das bei anderen schon gesehen, eine Weile sogar bei sich selbst. Man arbeitet immer weiter, bis man so müde ist, dass man sich nicht mehr erinnert, bis die Banalität der Gegenwart jeden Quadratzentimeter des Gehirns besetzt hat und kein Platz mehr für die Vergangenheit bleibt.

Am Samstagmorgen geht sie direkt in ihr Zimmer. Er wartet in seiner Koje auf das Geräusch ihrer Schritte auf der

Treppe, aber sie kommen nicht. Schließlich steht er auf, zieht sich an und geht raus. Seine zwei Beschatter warten rauchend am Tor und stampfen mit den Füßen, um die Kälte zu vertreiben. Er nickt ihnen zu, und einer nickt zurück. Sie lassen ihm zwanzig Meter Vorsprung, bevor sie ihre Zigaretten wegwerfen und ihm folgen.

Er macht seinen üblichen, willkürlichen Rundgang.

Auf dem Rückweg zum Lager ist er an einer Kreuzung stehen geblieben, um eine Patrouille vorbeizulassen, als ihm eine Szene auf der anderen Straßenseite ins Auge fällt.

Ein Mann liegt zusammengesackt an einer Wand, schläft oder ist betrunken. Ein anderer – klein, platte dunkle Haare – beugt sich über ihn. Es ist Jimmy, der am ersten Nachmittag im Innenhof war. *Jimmys erste Aufgabe besteht darin, uns bei einer kleinen Demonstration zu unterstützen* … Er versucht gerade, dem liegenden Mann etwas aus der Tasche zu ziehen, was aber dadurch erschwert wird, dass er einhändig arbeiten muss: Sein linker Arm hängt in einer schmutzigen Schlinge.

Als Jimmy sich aufrichtet, hat er etwas in der Hand. Ein Foto. Er steckt es erfreut ein, als sein Blick über die Straße schweift, auf Johanssen trifft und ein oder zwei Sekunden lächelt – ein jähes, hoffnungsvolles Kinderlächeln. Doch dann scheint er sich an etwas zu erinnern, zieht die freie Hand schützend an die Schulter, und das Lächeln verschwindet.

Sie lassen ihn wortlos durchs Lagertor. Er überquert den Hof und geht durch die Tür ins Wartezimmer. Sofort spürt er die kribbelnde Spannung.

Er bleibt stehen, nimmt das Schweigen in sich auf. Cate wird ihn in der Klinik erwarten.

In dem Augenblick überfällt ihn die Müdigkeit, eine bis tief ins Mark reichende Erschöpfung, und auf einmal wünscht er sich, dass alles vorbei ist.

Er tritt in die Klinik und lässt die Tür hinter sich schwingen. Mitten im Raum steht ein leerer Stuhl.

Der Schlag kommt aus dem Nichts.

Sein Schädel schmerzt. Er hat Blut im Mund. Etwas wird abgerissen – laut – direkt neben ihm: Klebeband von einer Rolle. Brice sagt: »Blockiert die Türen«, und jemand lacht, ein heiseres Lachen: die hagere Dunkle. Die mit dem Messer.

Er schlägt die Augen auf. Unterarme und Knöchel sind mit Klebeband an den Stuhl gefesselt. Er kann sich nicht bewegen.

Er muss ein Geräusch von sich gegeben haben. Brice hockt sich vor ihn. Er legt einen Finger auf die Lippen: »Pssst …« Ein anderer, der nicht zu sehen ist, sagt: »Knebeln?«, doch Brice lächelt. Er fragt Johanssen: »Das wird doch wohl nicht nötig sein, oder? Oder doch?«

Kooperation. Brice will, dass er kooperiert. Johanssen schüttelt den Kopf. Blutiger Speichel sabbert aus seinem Mund, weil er sich auf die Innenseite seiner Wange gebissen hat. Brice schnalzt: »Ts-ts. Was für eine Sauerei.«

Johanssen schluckt schwer. *Das ist noch nicht das Ende. Er will Zuschauer. Quillan. Cate …* Doch die Angst dehnt sich in seinem Bauch wie eine sich öffnende Faust. Es sind zu viele Messer im Raum.

Brice hockt noch immer vor ihm und sieht zu ihm hoch. Seine blauen Augen sind klar und strahlend. »Sie sehen müde aus, Ryan – so heißen Sie doch, oder? Und Sie machen Fehler – aber das wissen sie natürlich.« Er wartet. »Darf ich sagen, was ich glaube? Darf ich, Ryan?«

Johanssen nickt. Brice lächelt ermutigend. *Guter Junge.*

»Sie haben hier noch nicht alles bis ins Letzte verstanden. Haben Sie doch nicht, oder? Sie haben Erfahrung, sind viel herumgekommen. Und hier? Hier ist es wie überall, das ist kein Problem, oder? Sie kommen rein, stellen sich gut mit

Quillan, richten sich häuslich ein …« Brice beugt sich ihm ein paar Zentimeter weiter entgegen. »Sie haben nicht genug *nachgedacht*«, sagt er.

Er macht eine plötzliche Bewegung. Johanssen zuckt zurück, um dem Schlag auszuweichen, doch Brice schlägt nicht zu. Er ist aufgestanden, geht mit leichten, lockeren Schritten durch die Klinik. Er streicht mit der Hand über die Arbeitsflächen, öffnet Schränke, blickt hinein, schließt sie wieder, hebt Instrumente auf und legt sie wieder hin. Johanssen reckt den Hals, um ihn zu beobachten, aber er ist an den Stuhl gefesselt, und die Muskeln an seinem Hals brennen.

Nach einer Minute sagt Brice: »Ich habe gesehen, wie Sie die Leichensäcke rausbringen, und wissen Sie, was ich davon halte?« Er nimmt eine Flasche mit Flüssigkeit, liest den Aufdruck und stellt sie zurück. »Es ist Verschwendung. Die reinste Verschwendung, so hier rauszukommen. Oh, Sie werden das nicht. Sie werden das Programm lebend verlassen. Bloß … verändert.« Er nickt, als hätte er lange darüber nachgedacht. »Ja, dieser Ort wird Sie verändern. Fürs Leben verändern. Die Menschen haben Angst vor Veränderungen, oder wie sehen Sie das?«

Er legt die Hand auf das Desinfektionsgerät, klopft einmal dagegen, geht weiter. »Ich meine …«, er hebt den Kopf, sieht Johanssen mit einem Blick an, der echte Neugier vortäuscht: »Wovor haben Sie am meisten Angst? Vor dem Tod? Glauben Sie an die Hölle? Ich nicht.«

Er hat eine Packung mit Plastikhandschuhen entdeckt. Er zieht einen heraus und streift ihn sich über die rechte Hand, wackelt dabei mit den Fingern, als wollte er testen, wie sie sitzen.

»Der Tod ist einfach wie Schlafen. Aber mit einer Veränderung weiterzuleben …«, er kommt zurück, geht an Johanssen vorbei und verschwindet hinter ihm aus dem Blickfeld,

»… sagen wir, ohne etwas weiterzuleben, das man als selbstverständlich ansieht, ohne Augen, ohne Zunge oder ohne Hände … ohne *Ihre Hände.*« Er steht jetzt direkt hinter dem Stuhl. Ein behandschuhter Finger streicht leicht und kalt über Johanssens Wange. Johanssen zuckt zusammen.

Brice murmelt: »Überlegen Sie doch mal: das ganze Leben, das noch vor Ihnen liegt, und Sie können nicht mal wichsen, was? Was, Ryan?«

Johanssen nickt. Was kommt als Nächstes?

Brice beugt sich vor: Johanssen spürt seinen Atem. Er sagt: »Dieser Ort verändert Sie. Sie werden für immer *gezeichnet* sein.«

Brice rammt Johanssen die linke Hand in den Nacken und drückt ihn nach vorne – mit der rechten Hand ergreift er Hemd und Jacke, zieht sie ihm über den Kopf und reißt ihm den Verband vom Rücken.

Ein behandschuhter Finger dringt in die Wunde ein. Der Schmerz durchzuckt seinen Körper. Er schnappt nach Luft.

»Wissen Sie«, flüstert Brice, »nach dem ersten Schnitt ist … der Rest … leicht …«

Der Finger dringt tiefer ein, bohrt sich unter die Haut. Brennender Schmerz. Er beißt die Zähne zusammen, kneift die Augen zu. Lichter tanzen vor seinen Lidern.

»Ich könnte Sie aufmachen«, flüstert Brice. »Ich könnte sie von oben bis unten aufschneiden.« Er lacht leise, zurückhaltend, verschmitzt. »Wir brauchen nur etwas Zeit.«

Plötzlich reißt Brice ihn wieder nach hinten. Seine Wunde knallt gegen die Stuhllehne. Brice legt ihm die Hand um die Kehle und drückt zu. Er bekommt keine Luft, würgt.

»Und das ist nur der Anfang«, sagt Brice und hebt die Faust.

Das Messer. Das Messer sieht er zuerst, sieht, wie es durch das Klebeband gleitet, zuckt, als er darauf wartet, dass es in seine

Haut eindringt, doch das geschieht nicht. Cate steht neben ihm, den Kopf gesenkt, während sie an den Fesseln arbeitet. Sein linker Arm ist frei, dann sein linkes Bein. Sie blickt auf. Ihr Gesicht ist aschfahl.

»Nicht bewegen«, sagt sie, als sie auf die andere Seite hinübertritt.

Der Schmerz in seinem Rücken schwelt und lodert. Es hämmert in seinem Kopf. Wieder schmeckt er Blut.

Du bist ihm direkt in die Arme gelaufen. Hast du gedacht, er würde nichts tun, bloß weil er keine Beweise hat? Du hättest es kommen sehen müssen.

Sein rechter Arm kommt frei, dann sein rechtes Bein. Er holt tief Luft, versucht aufzustehen. Er spürt den Pulsschlag im Kopf …

»Nicht bewegen, hab ich gesagt.« Ihr Mund ist eine dünne, gerade Line. »Was hat er getan?«

»Mein Rücken«, sagt er.

Vorsichtig zieht sie ihm die Jacke aus und hebt das Hemd an. Sie schweigt ein paar Sekunden, dann sagt sie: »Was ist mit Ihrem Kopf?« Sie hat die Wunde nicht berührt.

»Meinem Kopf geht's gut.«

»Blödsinn. Er hat Sie geschlagen«, sagt sie. »Sie waren bewusstlos.«

Sie prüft seine Augen und tastet seinen Schädel ab. Dann sagt sie: »Ziehen Sie das Hemd aus und legen Sie sich hin.«

Als er sich aufrichtet, schwankt der Raum etwas: Er muss sich kurz am Stuhl festhalten.

Er legt sich mit dem Gesicht nach unten auf eine Liege, den Kopf von ihr abgewandt, und spürt den leichten, kühlen Druck ihrer Fingerspitzen am Wundrand. »Die hätten Sie sofort nähen lassen müssen«, sagt sie. Sie sagt nicht: *Das wird jetzt wehtun.*

Ein paar Minuten lang arbeitet sie schweigend. Er schließt

die Augen und wartet darauf, dass der Schmerz abklingt. Schließlich sagt sie: »Wie wichtig ist Ihnen das? Dass Sie hier sind. Wie wichtig ist es Ihnen?«

Er antwortet nicht.

Sie sagt: »Beim ersten Mal war es außerhalb des Lagers, und es ging schnell. Jetzt hier in der Klinik, und er hat sich Zeit gelassen, stimmt's? Was kommt als Nächstes?«

Ich könnte Sie von oben bis unten aufschneiden.

Sie sagt: »Brice wird wiederkommen. Und beim nächsten Mal wird es schlimmer werden.«

Als sie fertig ist, tritt sie zurück, und er setzt sich auf. Der Wundschmerz ist zu einem brennenden Stechen geworden. In seinem Kopf hämmert es immer noch.

Sie zieht die Handschuhe aus und wirft sie in den Abfalleimer. Sie sieht ihn nicht an. »Ich will Sie heute nicht in der Klinik sehen«, sagt sie.

»Mir geht's gut.«

»Nein, tut es nicht.«

Er zieht das Hemd wieder an, ohne die Blutflecken zu beachten.

Sie sieht ihn an. Ihr Blick ist leer. »Ich will mich nicht darum kümmern müssen, was er Ihnen als Nächstes antut. Gehen Sie zurück nach Amerika. Gehen Sie nach Victorville. Verschwinden Sie aus dem Programm, bevor er zurückkommt.«

Er liegt in seiner Koje auf der Seite. Die Wunde am Rücken pulsiert. Wenn er die Augen schließt, spürt er immer noch, wie Brice' Finger sich in sein Fleisch bohren.

Schließlich döst er ein, träumt aber: wieder das Farmhaus, doch dieses Mal hört er nicht Terry Cunliffes Schreie. Es sind seine eigenen.

Er wacht schweißgebadet auf. Er taumelt ins Bad, lässt kaltes Leitungswasser in ein Glas laufen, stürzt es zu hastig herunter. Er steht keuchend am Waschbecken. Der Rasierspiegel reflektiert sein angespanntes, geisterhaftes Gesicht.

Du solltest abhauen.

Seit Terry Cunliffe ist er nicht mehr von einem Auftrag abgehauen. Das ist acht Jahre her. Sie haben gesagt, er sei unzuverlässig, aber sie haben sich geirrt. Er wird ihnen jetzt nicht recht geben.

Die Gewissheit lastet fast körperlich auf ihm, drückt kalt und hart wie ein steinernes Herz von hinten gegen sein Brustbein.

Es ist Zeit, es zu Ende zu bringen.

18. Tag: Samstag – 20. Tag: Montag

Karla

Ein Amateur hätte bis tief in die Nacht gewartet: bis zwei oder drei Uhr morgens, wenn es in den Nebenstraßen selbst in diesem Teil Chelseas ruhig ist. Aber warum sollte eine Frau um drei Uhr morgens ein Bürogebäude betreten?

Also gehe ich um 23:15 Uhr am Samstagabend an den geparkten Autos vorbei auf Ian Graves' Praxis zu. Dreißig Meter von der Haustür entfernt steht ein Taxi am Bordstein, und als ich vorbeigehe, erkenne ich Robbies Profil hinter dem Lenkrad, doch er sieht mich nicht an, und ich bin zu sehr damit beschäftigt, in meiner Tasche nach einem Schlüssel zu suchen – wobei es allerdings nicht der Schlüssel für dieses Haus ist und die Tür sich damit nicht öffnen lässt. Aber der äußere Anschein ist wichtig. Ich befinde mich in einer Wohnstraße. Wenn ein Nachbar im falschen Augenblick aus dem Fenster guckt, darf nichts auch nur im Entferntesten an ein Verbrechen denken lassen.

Also gehe ich, eine anständige Frau, zum Haus und schließe mit meinem Schlüssel die Haustür auf, ohne irgendetwas zu verbergen zu haben. Seht her, wie ich scheinbar den Schlüssel ins Schloss stecke, und seht, wie die schwarz glänzende Tür vor mir aufschwingt, wie ich eintrete und sie behutsam hinter mir schließe. Offensichtlich arbeite ich hier. Offensichtlich habe ich am Freitag etwas vergessen und bin, nachdem ich am Abend unterwegs war, noch einmal hergekommen, um es zu holen. Kein Grund, sich Sorgen zu machen.

Louis hat mir die Tür geöffnet, als ich den Schlüssel vors Schloss gehalten habe. Vor ein paar Stunden ist er in das leer stehende Haus nebenan geschlüpft und hat sich seitdem methodisch hierher vorgearbeitet – hat die Alarmanlage und die Bewegungsmelder ausgeschaltet, behutsam die Fensterschlösser geöffnet und dann die Jalousien heruntergezogen, bevor er sich der Haustür gewidmet hat. Als ich im Flur das Licht anschalte – schließlich schalten unschuldige Menschen das Licht an, wenn sie in einen dunklen Raum kommen –, blinzelt er, sieht mich zweifelnd an, sagt aber nichts. Als ich die Hälfte des Flurs durchquert habe, schaltet er das Licht wieder aus, und ich stehe im Dunkeln, inzwischen habe ich jedoch eine Taschenlampe in der Hand.

Die Akte muss hier irgendwo sein. Ich muss sie nur finden.

Am Ende des Flurs ist eine Tür angelehnt. Ich bleibe ein paar Sekunden lang stehen und lausche – eine Sirene heult die Kings Road entlang –, dann schalte ich das Licht ein.

Vertäfelte Wände, Sessel, Kaffeetisch, Schreibtisch. Zuerst ziehe ich die Schreibtischschubladen auf, eher hoffnungs- als erwartungsvoll. Darin liegen Stifte und Blöcke, ein digitales Diktiergerät, ein Netzkabel, eine Computermaus. Keine Akten.

In der Vitrine gegenüber sind nur Zeitschriften und Bücher.

Ich gehe zurück in den Flur, wo Louis auf mich wartet, und nicke in Richtung des Treppenhauses.

Vom Treppenabsatz im ersten Stock gehen drei Türen ab. Eine führt in ein weiteres Behandlungszimmer, hinter der verbirgt sich eine Toilette, die dritte gehört zu einem Büro mit einem Fenster nach hinten. Louis lässt sofort die Jalousie herunter – zwei Schreibtische mit Computern und Telefonen, ein paar Besucherstühle, ein Fotokopierer, ein Scanner und drei Aktenschränke, alle abgeschlossen. Louis sieht erst die Schränke, dann mich an. Sein Blick fragt: *Aufmachen?* Er würde höchstens eine Minute brauchen. Aber ich schüttle den Kopf. Die Praxis teilen sich vier Psychiater. Die drei Aktenschränke würden nicht einmal für die Patientenakten von einem reichen, erst recht nicht von vieren.

»Es muss noch einen Raum für die Akten geben.« Vom Büro gehen zwei Türen ab, hinter einer befindet sich eine Garderobe, hinter der anderen eine Kochnische.

Wir gehen weiter in die anderen Räume. Es sind zwei weitere Behandlungszimmer, ein Bad und ein Abstellraum mit überschüssigen Möbeln und Büromaterialien. Akten finden wir nicht.

Aber Graves hatte eine Aktenmappe mit dem Namen Catherine Gallagher auf dem Schreibtisch liegen, und er hatte sich Notizen gemacht – handschriftlich …

Ich gehe wieder runter in Graves' Büro im Erdgeschoss. Ich sehe mir die Möbel noch einmal an. Dann betrachte ich den Fußboden.

Es ist ein hochwertiger Teppichboden, der aber schon ein paar Jahre liegt und leichte Nutzungsspuren zeigt: An der Tür, vor den Sesseln und hinter dem Schreibtisch, wo Graves' Stuhl steht, ist der Flor etwas abgewetzt. Doch auch vor einem vertäfelten Wandstück ist er ein wenig heruntergetreten.

Ich gehe rüber, bleibe stehen und drehe mich um. Es gibt kein Bild, keinen Spiegel, keine Aussicht: Nichts, was irgendjemanden dazu veranlassen würde, sich hierhinzustellen.

Ich gehe zurück zur Tür und schalte die Deckenlampe aus, dann gehe ich zurück zur vertäfelten Wand. Dieses Mal leuchte ich mit dem Strahl der Taschenlampe im 45-Grad-Winkel auf die Täfelung.

Über der abgenutzten Stelle verläuft ein gerader, einen Millimeter breiter, senkrechter Spalt zwischen zwei Holzplatten vom Boden bis zur Zimmerdecke.

Ich gehe auf die Knie und leuchte mit der Taschenlampe unten an der Vertäfelung entlang. Zwischen der Unterkante und dem Fußboden befindet sich eine zwei Millimeter breite Lücke.

Etwa einen Meter weiter links entdecke ich einen weiteren Spalt in der Vertäfelung. Auch der reicht vom Boden bis zur Decke. Eine Geheimtür.

Ich stehe auf und drücke nacheinander auf die einzelnen Platten. Keine gibt nach.

Ich trete zurück. Louis steht in der Tür und beobachtet mich. Als ich aus dem Weg gehe, tritt er vor. Ich brauche ihn gar nicht zu bitten, die Tür zu öffnen.

Es dauert jedoch noch eine Viertelstunde, bis ein Knacken ertönt, Louis sich von den Knien aufrappelt und die Tür offen ist.

Der Strahl meiner Taschenlampe tanzt über Hunderte von Hängeregistern mit Akten, die in der Kammer vom Boden bis zur Decke reichen.

Es muss ein Ordnungsprinzip geben: wahrscheinlich alphabetisch … und vermutlich mit einer Trennung zwischen aktuellen und früheren Patienten … G für Gallagher, wo ist sie?

Louis' Handy summt leise, und er verlässt den Raum.

Ich ziehe eine Akte heraus: *Madison*. Dann noch eine: *Kirby*.

Ein Flüstern aus dem Flur, ein kurzes Fluchen: Ich höre nur den Tonfall. Dann das beharrliche Piepen der Alarmanlage.

In einer Ecke von Graves' Büro fängt der Bewegungsmelder zu blinken an, als die Alarmanlage wieder hochgefahren wird.

Was?

Louis' dunkle Silhouette erscheint in der Tür. Ich leuchte ihn an. Er sieht mich mit weit aufgerissenen Augen verzweifelt an.

»Mach die aus«, flüstert er. »Beweg dich nicht.«

Ich schalte die Taschenlampe aus. Die Alarmanlage hört auf zu piepen. Die rote Lampe in der Ecke leuchtet ununterbrochen.

Ich stehe ohne guten Grund in Graves' abgedunkeltem Büro mit einer Taschenlampe in der Hand vor Graves' geöffnetem Aktenschrank und darf mich keinen Zentimeter bewegen, weil sonst die Alarmanlage losgeht.

Ich blicke angestrengt zu der dunklen Tür, in der Louis steht. Ich will ihn fragen, was passiert ist, erkenne aber nicht einmal sein Gesicht.

Dann höre ich ein anderes Geräusch: Ein Schlüssel wird in der Haustür umgedreht.

*

Als die Tür geöffnet wird, setzt das leise warnende Piepen der Alarmanlage wieder ein. Im Flur wird Licht eingeschaltet – ich höre Schritte, dann kichert jemand, und eine Frauenstimme zischt: *»Die Alarmanlage, die Alarmanlage.«*

Wieder Schritte. Jemand muss den Code eingetippt haben: Das Piepen hört auf. Der Bewegungsmelder in Graves' Büro blinkt auf und verlischt dann.

Ich schnappe einmal nach Luft – mit weit geöffnetem Mund, damit es nicht zu laut wird. Mein Herz rast. Louis atmet rasselnd. Das schwache Licht aus dem Erdgeschoss spiegelt sich in den Schweißperlen auf seiner dunklen Haut.

Ich sehe mich im Raum nach einem Versteck um. Es gibt keins.

Die Frau kichert mit hoher Stimme etwas unkontrolliert. Sie ist angetrunken. Sie sagt: »Fick mich jetzt.«

Ich kenne die Stimme. Es ist die Rezeptionistin, deren Stimme nicht einmal Butter zum Schmelzen bringen würde, die Ministergattin mit den glänzenden Haaren, der langweiligen Kleidung und der ruhigen Zufriedenheit. Offenbar hat Robbie sie draußen kommen sehen – die Frau aus der gestrigen Sondierung erkannt, war zu dem Schluss gekommen, dass sie hierherwollte, und hatte Louis gewarnt. Und Louis war klar, dass sie als Erstes den Alarm ausschalten würde, also hatte er ihn wieder angestellt.

»Fick … mich«, wiederholt sie.

»Gleich hier?« Eine Männerstimme, die ich nicht erkenne, aber längst nicht so betrunken wie sie: Er ist der Chef im Ring.

Sie kichert: »Auf dem Schreibtisch.«

Leise Geräusche, die ich nicht zuordnen kann. Dann kratzt ein Stuhl über einen Holzboden, sie keucht kurz überrascht auf, und der Mann lacht – warm, ermutigend –, und sie stöhnt.

Louis und ich sind vor Schreck erstarrt. Die Geräusche werden lauter.

Plötzlich nickt Louis mir zu, dann verschwindet er geräuschlos durch die Tür im Flur.

Soll ich ihm folgen? Nein. Such die Akte. Mach dich bereit zu verschwinden.

Ich schalte die Taschenlampe wieder an. Auf der Akte in meiner Hand steht *Eames*. Ich hänge sie so leise wie möglich wieder in den Schrank, dann sehe ich weiter rechts nach: *Faris. Georghiou.*

Die Geräusche aus der Rezeption bewegen sich langsam auf den Höhepunkt zu.

Gallagher, C. Da ist sie. Ich ziehe sie raus und klappe sie auf. Vorne ist ein Deckblatt: Name, Adresse, Telefonnummer. Ich blättere weiter: Seitenlange Notizen in Schreibschrift. Ich habe das Gesuchte.

In der Rezeption schreit die Frau auf, ein-, zwei-, dreimal, dann keucht der Mann zitternd, und es wird still.

Wo ist Louis jetzt?

Wenn die Sache in die Hose geht, liefern wir Sie ans Messer.

Ist er abgehauen? Ist er schon draußen oder auf dem Weg in das leer stehende Haus nebenan und hat mich hier sitzen lassen?

Ich kann es ihm nicht verübeln. Er muss an Kyle denken.

Noch ein paar Minuten Stille, dann ein Räuspern von unten aus der Rezeption und das Rascheln von Kleidung.

Eigentlich dürften sie nicht hier raufkommen, trotzdem mache ich die Taschenlampe aus. Schritte im Flur: ihre Absätze, seine weichen Straßenschuhe. Sie reden nicht. Vielleicht sind sie befriedigt, fühlen sich wohl. Oder sie haben sich einfach nichts mehr zu sagen.

Die Klinke wird gedrückt. Mit einem leisen Knarren wird die Haustür geöffnet – *Gott sei Dank!*

Dann: »Moment«, sagt sie. »Ich muss die Alarmanlage wieder einschalten.«

Acht Sekunden später fängt die rote Lampe am Bewegungsmelder wieder zu blinken an, und die Alarmanlage piept.

Die Zeit reicht nicht, um die Wohnung zu verlassen. Ich kann mich nur auf Graves' Stuhl setzen, Catherine Gallaghers Akte auf den Schreibtisch legen und meine Hände darauf zusammenlegen.

Dann wird es dunkel im Gebäude, die Haustür wird geschlossen, und die Lampe am Bewegungsmelder leuchtet wieder konstant.

Ich habe jegliches Zeitgefühl verloren. Ich trage eine Armbanduhr, mein Ärmel liegt jedoch darüber, und ich darf mich nicht bewegen. Mein Handy steckt in der Tasche: Es vibriert einmal an meiner Hüfte – ist es Robbie oder Sean? –, ich kann aber nicht drangehen: Ich kann nur auf den Bewegungsmelder starren und versuchen, meine Atmung zu kontrollieren.

Minuten vergehen. Irgendwo auf der Straße ertönt wieder eine Polizeisirene und entschwindet.

Wie lange kann ich in dieser Position verharren? Wann fangen die Muskeln an zu ermüden, sodass ich Krämpfe bekomme? Oder werde ich die ganze Nacht hier sitzen – und auch morgen den ganzen Tag? Wird die Rezeptionistin am Montagmorgen wieder hereinkommen – frisch gekleidet, mit perfekt glänzender Frisur und unverschmiertem Make-up – und mich hier auf dem Stuhl vorfinden?

Das wird Robbie nicht zulassen. Aber Robbie kann mich hier auch nicht rausholen: Dazu braucht er Louis. Wenn Louis verschwunden ist, muss er improvisieren. Irgendwo Hilfe rufen. Craigie anrufen.

Wie lange dauert das? Wie lange halte ich das durch?

Wie lange sitze ich jetzt hier? Eine Viertelstunde? Zwanzig Minuten? Manche Leute können das einschätzen. Ich nicht. Ich wüsste wirklich gern, wie viel Zeit vergangen ist.

Meine Hände liegen schützend auf der Akte. Die Haltung erinnert mich an Ian Graves.

Wenn ich Licht hätte und die Akte offen vor mir läge, wüsste ich jetzt vielleicht, was er verstecken wollte. Zumindest hätte ich etwas zu lesen.

Ich sitze immer noch wie gelähmt auf dem Stuhl, die Hände verschränkt auf der Akte, mit verkrampfter Hals- und Nackenmuskulatur, als ich vom Flur her ein leises Geräusch höre und der Bewegungsmelder sich blinkend ausschaltet.

Louis.

Einen Moment lang bleibe ich einfach erstarrt sitzen. Dann beuge ich mich vor, bis meine Stirn auf den Händen liegt, und schließe die Augen.

Louis' Stimme kommt aus der Tür, als er sich mit einem leisen, unsicheren »Hallo« meldet, hebe ich den Kopf.

Er hat eine Taschenlampe in der Hand und leuchtet mir damit ins Gesicht, dann lässt er sie fallen.

Ich sage nicht: *Du Arschloch, ich dachte, du hättest mich sitzen lassen.* Das ist nicht nötig. Er hat mein Gesicht gesehen.

Am Sonntagmorgen um drei bin ich wieder in meinem Apartment. In Graves' Büro habe ich die Akte mit einer kleinen, hochauflösenden Kamera abfotografiert und jede Seite peinlich genau mit dem Original verglichen, um sicherzugehen, dass ich nichts vergessen habe. Dann habe ich das Original wieder in die Registratur gehängt. Ich bin als Erste und allein gegangen. Robbie und Sean werden vor Ort bleiben, bis Louis in Sicherheit ist, Türen und Fenster verschlossen sind und die Alarmanlage wieder läuft. Wir waren sehr vorsichtig, haben nichts durcheinandergebracht. Niemand wird je erfahren, dass wir dort waren.

Ich kann nicht schlafen, bevor ich die Akte gelesen habe.

Ich stöpsele die Kamera in meinen Laptop, kopiere die Akte, drücke »Drucken« und setze einen Kaffee auf.

Ich komme nicht dazu, ihn zu trinken. Innerhalb von drei Minuten hat die Akte mich in ihren Bann gezogen.

Graves und ich haben etwas gemeinsam. Auch er ist ein Datensammler.

Zuerst das Deckblatt. Name, Adresse, Telefonnummer. Beruf: Kundenberaterin (Werbung). Der Platz für die dienstliche Telefonnummer ist leer, genau wie der für Namen und Adresse ihres Hausarzts. Dann folgen die Mitschriften und Notizen: Jede Sitzung in den letzten fünfzehn Monaten ist detailliert aufgelistet. Die makellose Handschrift hat etwas Unbarmherziges.

Es steht alles genauso da, wie Graves es beschrieben hat: Der distanzierte, fordernde Vater, die emotional abwesende Mutter, eine Kindheit, in der Liebe nur unter bestimmten

Voraussetzungen gewährt wurde – bei Erfolgen, guten Zeugnissen, mit fliegenden Fahnen bestandenen Prüfungen … Ich stelle mir Catherine als ein ernstes Mädchen vor, das, die blonden Haare zu Zöpfen gebunden, noch in der Schuluniform am Abendessenstisch sitzt, nachdem sie eben noch Hausaufgaben gemacht oder beim Klavierunterricht war und sich nach Anerkennung sehnt.

Noch eine Sitzung, dann noch eine und noch eine. Die schlaflosen Nächte. Das Gefühl, nichts wert zu sein. Die Angst, einen katastrophalen Fehler zu machen, als nicht gut genug entlarvt zu werden … Ich kämpfe mich durch das Fachchinesisch, suche nach einem Hinweis auf das Geständnis, das sie Graves gegenüber gemacht hat. Ich finde nichts. Und dann fange ich wieder von vorne an, wobei ich dieses Mal nach einer Lücke suche, einer Überarbeitung, weil Graves vielleicht eine gerichtlichen Vorladung fürchtete und – für den Fall, dass Ellis noch einmal zurückkam – sämtliche konkreten Erwähnungen gelöscht hat.

Es gibt keinen Hinweis. Es gibt auch keine Lücke. Nur die in eine Menge Syndrome zerlegte Verzweiflung einer Frau: viele schlaue Worte für Leiden.

Trotz der sorgfältigen Aufgliederung ihrer Persönlichkeit verraten Graves' Aufzeichnungen mir nichts über Catherine Gallagher.

Ich stecke in einer Sackgasse, oder? *Geh ins Bett. Du bist müde und musst dir das ausgeruht angucken.* Die gute, alte Halbwahrheit, dass am nächsten Morgen alles besser aussieht.

Doch mein Gehirn lässt mich nicht einschlafen: Meine Gedanken halten mich mit ihrem eigenen, beharrlich gleichmäßigen Ticken wach wie ein tropfender Wasserhahn. Trotzdem komme ich immer wieder auf die letzten Minuten von Graves' Vernehmung zurück …

Sie haben jetzt genau die gleichen Fragen gestellt wie Ihr Kollege vor einem Jahr.

Und das überrascht Sie?

Ich dachte, wenn Sie sich schon die Mühe machen, mich noch einmal zu vernehmen …

Dann würden wir andere Fragen stellen? Nicht immer.

… dazu diese seltsame Spannung, die zwischen uns herrschte, die Aggression, die Misstöne … Ich dachte, er hätte Verdacht geschöpft, aber er hatte sich nicht nach uns erkundigt. Was dann? Was hatte Graves' Reaktion ausgelöst? Ich lasse mir das Gespräch immer wieder durch den Kopf gehen. Ich finde nichts. Nichts, außer dass Graves die flache Hand schützend auf die Akte gelegt hatte. Um sie vor mir zu schützen.

Es gibt einen Hinweis. Es muss ihn geben.

Ich kann nur einen Menschen fragen. Stephen.

Ist das wirklich eine gute Idee?

Stephen weiß nichts von Karla. Doch dass ich Karla vor ihm geheim gehalten habe, hat immer wieder zu Spannungen zwischen uns geführt. Denn obwohl ich eine gute Lügnerin bin, ist Stephen der Einzige, der es immer merkt.

*

Er wohnt allein in Strand-on-the-Green, einem schmalen Streifen hübscher Häuser aus dem achtzehnten Jahrhundert am Themseufer in der Nähe der Kew Bridge mit Blick auf den Fluss. Am Treidelpfad, der am Fluss entlangführt, liegen drei Pubs und ein Café. An sonnigen Wochenenden drängen sich die Menschen in den kleinen Biergärten, doch heute ist es feuchtkalt, sodass nur die hartgesottenen Raucher zu sehen sind.

Er öffnet mir strahlend die Haustür. Er ist ein kräftig gebauter Mann, der fast den ganzen Türrahmen ausfüllt.

»Komm rein, komm rein, gibt mir den Mantel. Der Kaffee ist gerade fertig, geh gleich nach hinten durch.«

Hinten liegt die Küche. Man blickt auf einen kleinen Rasen und einen kahlen Apfelbaum. Pergolesis *Stabat Mater* klingt melancholisch und herzzerreißend aus der Stereoanlage.

»Herrje«, sagt er, »ich mach das aus. Vielleicht was Fröhlicheres ...«

»Nein«, unterbreche ich ihn, »lass es an.«

»Natürlich«, sagt er sofort. Er macht dann aber ein ziemliches Theater mit dem Kaffee, fragt, ob ich Milch oder Sahne will, ob wir in der Küche bleiben oder ins Wohnzimmer gehen sollen, ob wir Kekse brauchen, und wenn ja, welche ich gerne hätte. Er nimmt zwei Tassen aus dem Schrank, stellt sie sofort wieder zurück und holt zwei andere heraus. Er weiß, dass etwas im Busch ist. Wann habe ich ihn das letzte Mal aus heiterem Himmel angerufen und gefragt, ob ich sofort vorbeikommen kann? Um bei ihm vor der Tür zu stehen, ohne in der Nacht zuvor eine Minute geschlafen zu haben?

Schließlich hat er alles auf ein Tablett gestellt. Er nimmt es hoch und strahlt mich wieder an. »Sollen wir?« Also gehe ich ins Wohnzimmer, setze mich und lasse ihm sein Ritual, mich zu bedienen, während wir über Dinge plaudern, deren Bedeutungslosigkeit uns beiden bewusst ist.

Ich war fünf, als er geboren wurde: die große Schwester, aufmerksam und sensibel genug, um die Kluft zwischen unseren Eltern wahrzunehmen, eine Kluft, die selbst Stephens Geburt – der seinem Vater wie aus dem Gesicht geschnitten war – nicht überbrücken konnte. Wie ich war er in ein Kriegsgebiet hineingeboren worden, und wie ich war er zwischen die Fronten geraten und wurde von beiden Seiten für ihre Zwecke rekrutiert. Wobei er es leichter hatte: Er hatte mich, die ihm die Gesetze des Schlachtfeldes erklären konnte, als er alt genug war, um sie zu verstehen: wann nickte man, wann log man, wann machte man sich rar. Unsere Kindheit war geprägt von Tricks und Ausflüchten. Kein Wunder, dass wir so geworden sind, wie wir sind.

Wir haben den Umgang mit den Geheimnissen anderer Menschen zu unserem Beruf gemacht. Doch während ich damit Handel treibe, ist mein Bruder Stephen Psychiater geworden – wie Ian Graves. Allerdings stammen seine Klienten nicht aus den Reihen der unglücklichen Reichen – verzweifelte Anwälte, selbstmordgefährdete Banker –, sondern sind vielmehr gestörte Kriminelle, Männer und Frauen, die zu krank fürs Gefängnis sind und erst recht für die »größere persönliche Freiheit« im Programm. Stephen verbringt viel Zeit in Hochsicherheitseinrichtungen, also hinter Gittern, und überredet seine gestörten Beschuldigten in ruhigem Tonfall, ihm ihre verschrobenen Annahmen, ihre kranken Fantasien zu enthüllen. Und sie sehen diesen kräftig gebauten, klugen Mann an, den eine Aura von unvoreingenommener Besorgnis umgibt, und aus irgendeinem Grund erzählen sie ihm davon.

Manchmal frage ich mich, was er mit der Wahrheit über mich anfangen würde.

Natürlich wusste er von Thomas Drew – von der Beziehung und auch, dass ich für ihn gearbeitet habe. Er wusste, dass es mit IT und Security zu tun hatte, dass Drew verschwunden war und einen Haufen Probleme hinterlassen hatte, die ich dann lösen musste. Er wusste, dass ich dabei Gewinn gemacht und diesen geschickt investiert hatte und seitdem keiner regulären Arbeit mehr nachgegangen war … aber er hatte damals Medizin studiert, war in sein eigenes Leben eingebunden, und ich war immer noch die große Schwester, die die Regeln schon kannte, bevor er überhaupt auf der Welt war, und ihm nur das erzählte, was er wissen musste.

Als er so weit war, die wichtigen Fragen zu stellen, wusste ich schon, dass ich sie niemals ehrlich beantworten würde.

Heute unterhalten wir uns über unwichtigen Kram: Konzerte, die wir besucht haben, gemeinsame Bekannte aus vergangenen Zeiten, seinen letzten Urlaub. Er erzählt mir nicht, ob er alleine gereist ist: Er ist schwul, sein Privatleben gehört jedoch wie die Quellen, aus denen ich meinen Lebensunterhalt bestreite, zu den Dingen, über die wir nicht reden.

Ich kann es allerdings nicht ewig aufschieben. Also sage ich schließlich: »Ich muss dich um einen Gefallen bitten.«

Er lächelt, als wäre es das Einfachste auf der Welt, aber hinter diesem Lächeln läuft sein Gehirn auf Hochtouren.

Ich greife in meine Tasche und ziehe Ian Graves' Notizen über Catherine Gallagher heraus.

»Ich muss wissen, was du davon hältst.«

»Was ich davon halte?« Er sagt es leichthin. Ich lasse mich nicht täuschen.

»Was du als Psychiater davon hältst. Diese Notizen …«, ich habe die Akte auf dem Schoß, gebe sie ihm aber noch nicht, »… hat ein Psychiater gemacht. Es geht um eine junge Frau. Ich würde gern deine Meinung darüber erfahren.«

Bei dem Wort *Psychiater* wird er unruhig. Das ist der Fall eines anderen. Er sieht erst die Akte an, dann mich.

»Ich bitte dich um einen Gefallen. Niemand weiß, dass ich mit dir darüber rede, und sofern du es nicht weitererzählst, wird es auch niemand erfahren. Du wirst nicht zitiert …«

Er wischt mit der Hand durch die Luft, als wäre das das Letzte, woran er gerade denkt.

Ich sage: »Ich will einfach wissen … Ich würde mich freuen, wenn du diese Notizen lesen und mir sagen würdest, was du darüber denkst. Am besten jetzt, heute, wenn du Zeit hast. Ich kann aber auch ein andermal damit vorbeikommen. Hierlassen möchte ich sie nicht.«

Ich breche ab. Ich könnte noch mehr dazu sagen, aber das würde nichts an seiner Entscheidung ändern.

Sein Blick wandert wieder auf die Akte und dann zurück zu mir. Schließlich sagt er: »Das ist wichtig, oder? Am Telefon klangst du ziemlich … beunruhigt.«

Ich zucke die Achseln. »Ich hab schlecht geschlafen.«

»Deshalb?«

Ich hatte mir eine Lüge zurechtgelegt, bringe sie aber nicht heraus.

Er sieht mich lange an. Dann streckt er die Hand aus, nimmt die Akte und schlägt sie auf. Er sieht mich an. Das Deckblatt fehlt.

»Ich habe den Namen entfernt. Ich hielt es für besser …«

»Ja«, sagte er, »natürlich.« Wieder zögert er, verkneift sich aber, das Offensichtliche anzumerken: Diese Seiten wurden abfotografiert.

»Kannst du es heute noch machen? Oder hast du heute Mittag schon was vor?«

Er lächelt wehmütig. »Ich hatte vor, mit dir zu Mittag zu essen.«

»Wollten wir weggehen?«

»Ich dachte, ich könnte uns was kochen.«

Ich stehe auf. »Ich kann was machen.«

Er zieht die Augenbrauen hoch. Er weiß, wie schlecht ich koche.

Er nimmt die Akte mit hinauf in sein Arbeitszimmer, einen kleinen Raum im ersten Stock mit Bücherregalen an den Wänden. Ich gehe einmal hoch, um ihn zu fragen, ob er noch Kaffee will, und später noch einmal, um ihm ein Sandwich zu bringen, weil ihm das zum Mittagessen reicht. Beim ersten Mal blickt er von der Akte auf, als würde er aus großer Versunkenheit auftauchen, und antwortet einsilbig. Beim zweiten Mal blättert er hastig zwischen den Seiten hin und her, sucht nach Querverweisen und würdigt mich keines Blickes.

Ich esse allein in der Küche und blicke auf den Garten. Als die CD zu Ende ist, lege ich keine neue ein, und die Stille dröhnt wie elektronisches Summen in meinen Ohren. Der Treidelpfad verläuft direkt vor dem vorderen Fenster am Fluss entlang, und gelegentlich spazieren Leute vorbei, deren Stimmen laut zu hören sind und mir Gesprächsfetzen liefern, die nicht für meine Ohren bestimmt sind. Doch sie sehen nur die Häuser, nicht die Leute darin, und haben keine Ahnung, dass ihnen jemand zuhört.

Schließlich kommt Stephen halb die Treppe herunter: »Charlotte?«

Ich nehme die Kaffeekanne und gehe hinauf. Er sitzt wieder auf seinem Schreibtischstuhl. Die Notizen sind wieder in der Akte, die neben ihm auf einem Tisch liegt. Nervös nehme ich ihm gegenüber Platz.

Er hat die Ellbogen auf die Armlehnen seines Schreibtischstuhls gelegt, die Hände locker im Schoß gefaltet.

»Wer ist sie?«, fragt er.

»Einfach eine junge Frau, die ich … Ihre Mutter ist die Freundin einer Freundin.«

Lügnerin. Aber er lässt es durchgehen. »Kennst du sie persönlich?«

Sicheres Gelände. »Nein.«

»Aber du kennst Leute, die sie kennen.«

»Ich habe mit Leuten gesprochen, die sie kannten.« Eine weitere Lüge, allerdings klein und unbedeutend: Eigentlich hat Ellis das Reden übernommen, und ich habe fast nur zugehört. Das ist nah genug an der Wahrheit.

Es springt sofort auf die Vergangenheitsform an: »Kannten?«

»Kannten.«

Er fragt nicht, ob das heißt, dass sie tot ist. Vielleicht ist das nicht nötig. »Sag mir, mit wem du gesprochen hast.«

»Mit Kollegen. Ihrem Chef.«

»Freunden oder Freundinnen?«

»Einem Exlover, aber das war nur eine kurze Affäre.«

»Hatte sie Freunde oder Freundinnen, mit denen du hättest sprechen können?«

»Ich konnte niemanden ausfindig machen, der ihr nahestand. Die Polizei auch nicht.«

Sein Blick sagt: *Die Polizei steckt da also auch mit drin, ja?*

Er murmelt: »Und natürlich hat sie auch keine Verwandten, wenn wir ihre Mutter nicht mitzählen, und das können wir leider nicht.« Dann: »Was ist mit dem Psychiater, der diese Notizen gemacht hat?«

»Ja, mit dem habe ich gesprochen. Und ich war in ihrer Wohnung.«

»Hat sie mit jemandem zusammengewohnt?«

»Nein, sie wohnte alleine.«

Er lehnt sich zurück und runzelt die Stirn.

»Erzähl mir, was ihre Kollegen über sie gesagt haben.«

»Sie war sehr gut in ihrem Job. Sehr kompetent. Ehrgeizig. Getrieben.«

»Und wie genau hat sich ihre Depression manifestiert? Was haben die Kollegen dazu gesagt?«

»Sie hatten keine Ahnung, dass sie depressiv war. Sie hat es vor ihnen verheimlicht.«

»Überhaupt keine Ahnung?«

»Nein. Sie hat sich niemandem anvertraut. Sie war nicht der Typ dazu.«

»Und sie hat auch nicht eng mit den anderen zusammengearbeitet?«

»Sie hat in einem kleinen Team gearbeitet, teilweise unter großem Druck. Zu ein paar wenigen von denen hatte sie ziemlich viel Kontakt.«

Wieder runzelt er die Stirn. Er sagt: »In der Akte steht, sie hätte Angst gehabt, bei der Arbeit Fehler zu machen. Hat sie das ihren Kollegen gegenüber nicht erwähnt? Sie muss Angst gehabt haben, ihren Job zu verlieren.«

»Sie hat sich niemandem anvertraut«, wiederhole ich.

»Und keinem ist was aufgefallen. Keine Angstzustände? Kein Zorn?«

»Zorn?«

Er tippt kurz auf die Akte. »Das ist eine zornige Frau. Sie wurde im Leben nie bedingungslos geliebt, immer nur aufgrund ihrer Leistung. Ihr Psychiater hat sie als Selbstmordkandidatin eingestuft. Ein Selbstmord ist eine von Zorn getriebene Handlung. Und das ist niemandem aufgefallen?« Ich schüttle den Kopf. »Hat sie sich vielleicht geweigert, sich richtig einzubringen?«

»Auf jeden Fall hat sie sich zurückgezogen. Hat sehr für sich gelebt.«

»Es müsste mehr als das gewesen sein. Sie müsste ablehnend oder vielleicht geistesabwesend gewesen sein: Haben ihre Kollegen sich von ihr zurückgewiesen oder zumindest alleingelassen gefühlt?«

»Ganz und gar nicht. Sie wussten nicht mal, dass es Probleme gab, bis …« Ich breche ab.

Er bemerkt, dass ich zögere. Wie vervollständigt er den Satz im Kopf? *Bis sie sich umgebracht hat? Bis ihre Leiche gefunden wurde.*

»Aber während der Arbeit im Team«, fragte er, »haben die Kollegen da befürchtet, dass sie sie im Stich lassen könnte?«

»Nein. Sie war stolz darauf, nie Fehler zu machen.«

Stephen nickt nachdenklich, doch als er weiterspricht, hat er das Thema gewechselt.

»Der Psychiater hat ihr keine Antidepressiva verschrieben.«

»Sie wollte ihm den Namen ihres Hausarzts nicht nennen.«

Ein langsameres Nicken. Ohne Kommentar. »Hat sie getrunken?«

»Vielleicht zu Hause, allerdings gibt es keine Hinweise darauf. In der Öffentlichkeit nicht. Nicht mal auf Partys. Ein Drink, höchstens zwei.«

»Körperliche Symptome«, sagt er. »Hat sie über Schmerzen geklagt?«

»Sie war nie krank. In ihrem Badezimmerschrank stand nichts Stärkeres als Paracetamol.«

»Was ist mit Ausfallzeiten? Hat sie sich oft kurzfristig krankgemeldet?«

»Nein.«

»Keine Krankheitstage?«

»So gut wie keine.«

»Was ist mit Selbstverletzungen? Gibt es Hinweise darauf?«

»Du meinst, dass sie sich geschnitten oder geritzt hat?«

»Zum Beispiel. Aber erzähl mir erst was über ihren familiären Hintergrund? Mittelklasse?«

»Bildungsbürger, mit Betonung auf Bildung.«

»Dann könnte sie sich durch soziale Verfehlungen bestraft haben. Sozusagen als Ersatzhandlungen: Hat sie den Chef angebrüllt, mit dem Mann einer Kollegin geschlafen. Absichtliche Grenzüberschreitungen mit potenziell katastrophalen Folgen?«

Ich schüttle den Kopf. »Nein.«

»Und geritzt hat sie sich vermutlich auch nicht, oder?«

Sein Tonfall klingt etwas eigenartig, ich kann aber nicht genau sagen warum.

»Sie könnte sich an Stellen geritzt haben, die man nicht sieht.«

»Das wäre bei einer Obduktion aufgefallen«, sagt er. Er schürzt die Lippen und runzelt die Stirn. Es ist, als wäre ihm etwas aufgefallen, auf das er jetzt konzentriert zusteuert.

»Erzähl mir, wie ihre Wohnung aussah«, sagt er.

Die Frage überrascht mich. Sie erscheint mir belanglos. »Sauber, ordentlich. Eher langweilig.«

»Nicht schäbig? Nicht vernachlässigt? Irgendwelche Anzeichen davon, dass sie ihre Umgebung nicht mehr wahrgenommen hat oder ihr nicht mehr wichtig war, wie sie lebte?«

»Sehr ordentlich. Die Konservendosen standen in Reih und Glied in den Schränken.«

»Das könnte auf eine Obsession hindeuten. Wenn sie von Natur aus ein sehr ordentlicher Mensch war, könnte diese Ordnungsliebe durch die Depression verstärkt worden sein. Aber es müsste noch andere Bereiche gegeben haben, die sie vernachlässigt hat. Ein zugewucherter Garten? Ein verdrecktes Auto?«

»Sie hatte keinen Garten, und ihr Auto habe ich nicht gesehen.«

»Was ist mit ihrer äußeren Erscheinung? Ihrer Kleidung?«

»Konservativ. Schlicht. Nichts Extravagantes, aber auf keinen Fall abgerissen. Ich glaube, ihre äußere Erscheinung war ihr wichtig. Sie hat hochwertige Kleidung gekauft und sie gepflegt. Sie hat sich geschminkt. Sie ist ins Fitnessstudio gegangen.«

»Und gegen Ende? Ich gehe davon aus, dass es eine Krise gab …«

»Keine Veränderung.«

Er fährt sich mit der Hand über den Mund. Er überlegt. Dann sagt er: »In der Akte steht, sie hätte Angst gehabt, bei der Arbeit Fehler zu machen – katastrophale Fehler. In einer Werbeagentur?«

»Sie war Ärztin.«

»Aber in der Akte steht …« Er bricht ab, nickt kurz und ordnet die Information ein. *Natürlich. Sie hat gelogen.* »Was für eine Ärztin?«

»Intensivmedizin.«

Er zieht die Augenbrauen hoch. »Und da ist ihren Kollegen nichts aufgefallen? War sie denn bei ihrem Hausarzt? Hat sie mit dem darüber gesprochen?«

»Nein, sie ist direkt zum Psychiater gegangen.«

»Auf eigene Faust?«

»Privatpatientin. Hat bar bezahlt. Er sagte, der Gedanke, dass es jemandem auffallen könnte, hätte ihr Angst gemacht …«

»Weil sie Ärztin war, ja. Und Ärzte verheimlichen eigene Probleme.« Er lehnt sich zurück. »Du hast doch mit ihrem Psychiater gesprochen. Wie war der so?«

»Fürsorglich. Vielleicht auch etwas abweisend. Die Notizen schienen ihm wichtig zu sein, aber als ich sie gelesen habe …«

»Hat sie eine Überdosis genommen?«, fragt er.

»Das weiß niemand.«

»Wie bitte?«

»Sie wurde nie gefunden. Die letzten Bilder stammen von der Überwachungskamera im Eingangsbereich ihres Wohnblocks. Sie hat das Gebäude verlassen und ist verschwunden.«

»Wer hat die Vermisstenanzeige aufgegeben?«

»Der Psychiater.«

Er sieht mich nachdenklich an. »Der *Psychiater* hat die Vermisstenanzeige aufgegeben? Nicht ihre Kollegen?«

»Sie hatte Urlaub, als sie verschwand. Dann ist Sie nicht zu einer Sitzung bei ihm erschienen. Er konnte sie telefonisch nicht erreichen, hatte keine dienstliche Telefonnummer, also ist er zu ihrer Wohnung gefahren …«

»Er ist persönlich zu ihrer Wohnung gefahren? Er hat ihr nicht einfach einen Brief geschrieben?«

»Er hat sich Sorgen gemacht.«

»Und als niemand aufgemacht hat, ist er zur Polizei gegangen?«

»Ja.«

»Und da hat er so etwas gesagt wie: ›Ich verlange, dass Sie diese Frau suchen, sie ist eine Selbstmordkandidatin.‹«

»Ja.«

»Und jetzt versuchst du, sie zu finden.«

»Ich will wissen, was mit ihr passiert ist.«

»Glaubst du, dass sie tot ist?«, fragt er.

»Ich würde lieber nicht darüber reden, was ich glaube.«

»Aber ich soll dir sagen, was ich glaube.«

»Ja.«

Er wendet den Kopf ab, steht auf und geht einmal längs durch den Raum. Der Raum ist klein, und er ist ein großer Mann, also hat er mit drei Schritten das Fenster erreicht. Er starrt ein paar Sekunden auf den Fluss hinab – links von uns überquert eine grau-weiß-rote *District-Line*-Bahn die Kew Railway Bridge, rechts versperren die Hochhäuser von Brentford den Blick auf den Horizont –, dann dreht er sich zu mir um.

»Warum bist du hergekommen?«

»Weil ich wissen muss, was passiert ist.«

»Aber die Notizen erklären doch, was passiert ist. Warum glaubst du nicht, was darin steht?«

Weil sie jemanden umgebracht hat, und zwar auf ziemlich üble Art und Weise. Weil Devlin die Abgründe in ihr gesehen hat und Graves sie auch hätte sehen müssen. Weil ich glaube, dass er das getan hat, es aber nicht beweisen kann. Ich habe keine Lüge parat. »Das kann ich dir nicht sagen.«

»Weil du nicht weißt, warum du ihnen nicht glaubst?«

Oder das. »Das kann ich dir nicht sagen.«

Wieder sieht er mich an: Dieses Mal ebenso verblüfft wie besorgt. Ein anständiger Mensch in einem bösen Universum, der versucht, das Ganze zu begreifen. Er ist besser als ich, so viel besser. Tausendmal besser. Er hat es verdient, mehr von mir zu erfahren.

Ich sage: »Ich muss wissen, was mit dieser Frau passiert ist. Ich dachte, ich würde in diesen Notizen die Antwort finden. Aber das habe ich nicht. Ich habe sie fünf-, sechsmal gelesen. Die Akte verrät mir absolut nichts.«

»Sie liefert dir ein Musterbeispiel für eine Depression.«

»Vielleicht habe ich gehofft, dass noch mehr dahintersteckt.«

»Nicht hier drin.« Er sagt das mit größter Entschiedenheit.

Es ist, als hätte man einen Fels auf mich fallen lassen, der mich auf meinen Stuhl presst. Mein Kopf, meine Brust, mein Bauch und alle meine Gliedmaßen sind schwer. Weil ich mir so sicher war? Oder weil ich, genau wie Ellis, jeden Stein umgedreht habe? Dies war der letzte, und ich hatte mich darauf verlassen, dass ich darunter eine Antwort finden würde, eine Antwort, die mich zu dem Klienten führt, eine Antwort, die Johanssen Sicherheit gibt. Aber da ist keine.

Doch Stephen darf nichts davon merken. Ich versuche, mich zusammenzureißen. »Dann tut es mir leid, dass ich dich um ein gutes Mittagessen gebracht habe …«

Ich hebe den Blick und sehe ihm ins Gesicht.

»Es steht alles drin, was man von einer Selbstmordkandidatin erwartet«, sagt er. »Und genau das ist das Problem. Die ganze Geschichte ist zu glatt, zu … plausibel. Richtige Menschen sind chaotischer. Ganz besonders richtige Menschen, die mit dem Gedanken spielen, sich umzubringen.«

»Dann glaubst du nicht, dass sie eine Selbstmordkandidatin war?«

»Ich glaube nicht, dass sie je bei ihm in der Praxis war«, sagt er.

Ich gaffe ihn mit offenem Mund an.

»Ist dir die Handschrift nicht aufgefallen? Die ist die ganze Zeit viel zu gleichmäßig. Die Tinte ändert sich zwischen den einzelnen Einträgen, aber die Schrift bleibt gleich zwischen dem Ende eines Eintrags und dem Anfang des nächsten. Sie müsste sich aber verändern. Eine Handschrift sieht jedes Mal ein bisschen anders aus, wenn man zum Stift greift – mal schreibt man schnell, mal langsam, man hat verschiedene Unterlagen, es ist früh am Morgen, zwei Uhr nachmittags, du hast es eilig oder eben nicht, du hast gerade zwei Tassen Kaffee getrunken oder kein Mittagessen gehabt … das verursacht Variationen. Graves' Handschrift müsste sich verändern, was sie aber nicht tut. Erst zum Ende hin. Ist dir das aufgefallen? Die Größe der Buchstaben variiert. Und es gibt Sätze, die mehrmals auftauchen – er fängt an, sich zu wiederholen. Teilweise sind es fast schon Klischees. Als wäre er müde geworden. Als hätte er stundenlang am Schreibtisch gesessen, weil er zu einem bestimmten Zeitpunkt fertig sein musste, und irgendwann sind ihm anscheinend die Kräfte ausgegangen.« Er verstummt.

Ich bekomme kaum Luft. »Weiter.«

»Er behauptet, sie sei eine Selbstmordkandidatin. Er behauptet, sie hätte davon gesprochen, sich umzubringen. Aber hat irgendjemand, der sie wirklich kannte, sie für selbstmordgefährdet gehalten?«

»Sie hat es verheimlicht.«

»Was wäre, wenn es nichts zu verheimlichen gab? Wir finden weder Anzeichen für Zorn noch irgendwelche Vernachlässigungen oder Konzentrationsmängel. Sie hat ihre Wohnung in Ordnung gehalten, ist ins Fitnessstudio gegangen, hat auf ihr Äußeres geachtet, war zuverlässig und pünktlich. Wo ist die Depression? Nur in der Akte.«

»Du hältst die Notizen für eine Fälschung?«

»Was haben wir hier? Sitzungen aus einem Zeitraum von fünfzehn Monaten. Ich würde sagen, er hat das alles in einem Stück heruntergeschrieben. Von Anfang bis Ende. Er hatte eine Liste mit Symptomen im Kopf, die er nacheinander abgearbeitet hat. Wie ich schon sagte, findet man alles, was man von einer Selbstmordkandidatin erwartet. Er hat sich ganz darauf konzentriert, seine Botschaft zu übermitteln, die lautet: Diese Frau wird sich umbringen.«

Er breitet die Arme aus: »Charlotte, ich kann das nicht mit hundertprozentiger Sicherheit sagen.« Er lässt die Arme sinken. »Aber auf Grundlage der Informationen, die du mir gegeben hast, war diese Frau nicht selbstmordgefährdeter als du oder ich.«

Plötzlich passt alles zusammen.

Du siehst dir an, was man dir gegeben hat, und es ergibt keinen Sinn.

Weil du ihnen ihre Story abgekauft hast. Wie alle anderen auch: die Polizei, ihre Kollegen, ihre Nachbarn, die Presse. Du hast ihnen ihre Story abgekauft.

Hinter dem Fenster pulsiert das Tageslicht.

Aber was ist, wenn die Story eine Lüge ist?

Was haben wir? Eine vermisste Frau und einen Sachverständigen. Eine Liste von Therapiesitzungen samt den zugehörigen Notizen – eine im Zeitraum von fünfzehn Monaten aufgenommene Darstellung von Catherine Gallaghers Selbstmordgefährdung. Aber keinen Beweis.

Ihre Nachbarn kannten sie kaum. Ihre Kollegen dachten, es ginge ihr gut. Alles andere basiert auf Graves' Aussage. Wenn man diese Aussage – und die dazugehörigen Notizen – aus der Gleichung herausnimmt, was hat man dann? Ein abgekartetes Spiel.

Wiege dich nicht zu schnell in Sicherheit. Glaub es nicht nur, weil du es glauben willst.

Aber es fühlt sich an wie die Wahrheit.

Sie hat keine Verwandten, die lauthals nach Aufklärung verlangen. Es gibt keine Leiche, und es wird keine gerichtliche Untersuchung geben. Man könnte einfach akzeptieren, dass sie irgendwo tot herumliegt … Was hatte Roberts gesagt? *Aber es sähe ihr ähnlich, nicht gefunden werden zu wollen. Das würde zu ihr passen.* Allerdings sind diese Notizen die einzige, schwache Verbindung, und Graves weiß das auch. Seine Geste – als er die Hand mit gespreizten Fingern auf die Akte legte – und die Spannung zwischen uns, die ich für Misstrauen hielt … Das war kein Misstrauen. Er hatte Angst.

Er glaubt, die Polizei sei ihm auf der Spur. Warum sollten sie ihm sonst noch einmal die gleichen Fragen stellen wie ein Jahr zuvor? Weil sie ihn beim Lügen ertappen wollen.

Und was hat er uns gegeben? Die schlüssigen Antworten, das, wovon er weiß, dass wir es nicht widerlegen können. Die Darstellung einer unglücklichen Kindheit, die wir nicht überprüfen können. Dazu eine Liste mit Symptomen: täglich wiederkehrende Stimmungsschwankungen und depressive Psychodemenz, Appetitlosigkeit und niedriges Selbstwertgefühl. *Musterbeispiele wie aus dem Lehrbuch.*

Deshalb hat er Ellis' Chefin nicht angerufen und überprüft, ob mit unserem Besuch alles seine Richtigkeit hat. Er will nicht auffallen. Er hofft, dass die Sache im Sande verläuft, wenn er sich ruhig verhält.

Ich starre ins Leere. Stephen beobachtet mich. Seine Miene zeigt Mitgefühl. »Charlotte«, sagt er.

Ich stütze die Händen auf die Oberschenkel. »Mir geht's gut.« Und das stimmt.

»Du hast gesagt, ihre Mutter wäre …«

Dieses Mal geht mir die Lüge flüssig über die Lippen: »Sie ist in einem Pflegeheim. Und ansonsten interessiert sich niemand dafür. Ich habe versprochen, ihr zu helfen.«

Trotzdem merkt er, dass ich lüge. Er merkt es immer. Ich

sehe die kurze Enttäuschung, bevor er es abhakt. Er will noch einmal nachfragen. Er weiß aber, dass das nichts ändert.

Er sagt: »Du musst damit zur Polizei gehen. Es könnte einen vollkommen nachvollziehbaren Grund dafür geben, warum das passiert ist. Manchmal wollen Menschen verschwinden …« Ein Echo von Devlins Worten. Aber das denkt er nicht. Ich bin mir sicher: Er denkt, dass ein Kollege irgendwie am Verschwinden einer jungen Frau mitgewirkt und es so eingerichtet hat, dass es nach Selbstmord aussieht, damit keine Fragen gestellt werden. Vielleicht ist es noch schlimmer, wenn es jemand aus der eigenen Branche ist.

Er spricht weiter: »Charlotte? Versprich mir, dass du zur Polizei gehst. Du musst ja nicht sagen, dass du die Notizen gesehen hast.« Also vermutet er, dass ich sie nicht haben dürfte und mir mit unlauteren Methoden Zugang dazu verschafft habe. »Erzähl einfach, was die Kollegen gesagt haben. Sag ihnen, dass du einen Experten hast, der bereit ist, die Akte zu prüfen und eine zweite Meinung abzugeben. Machst du das?«

Ich nicke. Glaubt er mir?

Er lächelt ermutigend, als wäre ich ein Patient. »Und ruf mich an. Erzähl mir, was sie gesagt haben.«

Wieder nicke ich, aber als ich ihn angucke, sehe ich immer noch die Mischung aus Enttäuschung und Verblüffung in seinem Gesicht. Er weiß, dass er mich nicht überzeugt hat. Und er hat recht.

Ich werde nicht zur Polizei gehen. Ich werde mich um Graves kümmern.

Die Vernunft holt mich wieder ein, bevor ich mit dem Wagen in Hammersmith bin. Stephens Wort wird nicht reichen. Ich brauche Beweise.

Oh, natürlich gibt es noch mehr Verdachtsmomente: Für Catherine Gallaghers »Barzahlungen« für die Behandlungen gibt es seltsamerweise keine Buchungen auf den Konten der Praxis. Sie wurden erst nachträglich ergänzt. Die Termine lagen immer außerhalb der Sprechzeiten – keiner von Graves' Kollegen, nicht einmal die Rezeptionistin, hat Catherine je zu Gesicht bekommen. Die Sitzungstermine selbst finden sich nur in Graves' privatem Terminkalender … Aber ich habe Graves in Aktion gesehen. Er wird auf alles eine Antwort haben: Ein Buchungsfehler, aufgrund ihres Schichtdienstes wäre es nicht möglich gewesen, die Sitzungen während der normalen Sprechzeiten abzuhalten, oder sie hätte darauf bestanden, zu so ungewöhnlichen Zeiten zu kommen, weil sie fürchtete, sonst erkannt zu werden. Der private Terminkalender? Ich höre ihn fast mit seiner sanften Stimme: *Das war einfach ein Irrtum … Warum? Ist das wichtig?*

Wenn ich von Angesicht zu Angesicht mit Graves reden will, brauche ich etwas, das er nicht widerlegen kann. Ich brauche Beweise. Ich muss einen Beleg dafür finden, dass Catherine Gallagher während einer der vermeintlichen Sitzungen etwas anderes getan hat: Sie kann im Krankenhaus, im Fitnessstudio, in der U-Bahn gewesen sein, ihre E-Mails abgerufen haben oder irgendwo Geld aus einem Automaten gezogen haben – was genau, spielt keine Rolle, aber es muss irgendwo eine Spur hinterlassen haben. Doch wie lange wird es dauern, bis ich etwas gefunden habe? Wie lange kann ich noch warten? Ich muss zwölf verschiedene Termine überprüfen, und eine einzige Unstimmigkeit wird nicht reichen, ich brauche zwei oder drei … Aber was ist, wenn sie das bedacht haben? Was ist, wenn sie nach Leerstellen in ihrem Leben gesucht haben und die Sitzungstermine dort hineingelegt haben?

Soll ich Ellis anrufen? Sehen, was er herausbekommt? Aber wenn Stephens Einschätzung zutrifft, hat Graves Catherines »Selbstmord« arrangiert. Vielleicht hat sie ihn dafür bezahlt.

Oder jemand anders hat ihn dafür bezahlt, und Graves kann mich zu ihm führen. Und wenn ich ihn finde, will ich Ellis nicht in meiner Nähe haben.

Graves hat ein Haus in Hampstead. Ich schicke Sean hin, während Robbie zur Praxis in Chelsea fährt: Graves behandelt vielbeschäftigte Leute, vielleicht empfängt er auch sonntags Patienten. Sean hat weniger Verkehr, aber im Haus am Hampstead Heath ist niemand. Ich sage ihm, er soll dort bleiben. Graves kann jederzeit zurückkommen.

Eine Viertelstunde später ruft Robbie an: Die Praxis ist dunkel, und es macht auch niemand auf, wenn man klingelt.

Ich habe eine Handynummer von Graves. Soll ich ihn anrufen? Ich starre noch auf mein Handy, als es klingelt: Sean noch einmal. Er hat mit einem Nachbarn gesprochen. Graves ist dabei, das Haus seiner verstorbenen Mutter in Buckinghamshire zu räumen.

Ich brauche keine fünf Minuten, um die Adresse herauszubekommen.

Sonntagnachmittag 16:55 Uhr. Vor dem Fenster geht die Sonne unter. »Dr. Graves … Elizabeth Crow.«

Ein kurzes Zögern. »Tut mir leid, ich glaube nicht …«

Jetzt denke ich: *Lügner.* »Ich war mit Detective Inspector Ellis bei Ihnen. Daran erinnern Sie sich sicher.«

»Wie sind Sie an diese Nummer gekommen?«, fragt er spitz.

»Wir haben neue Informationen erhalten. Ich fürchte, wir müssen uns noch einmal treffen. Heute.«

Wieder zögert er. Was denkt er, wenn er die Worte *neue Informationen* hört? Ich wüsste es gern. »Also, es tut mir leid, aber das wird noch warten müssen. Ich bin gerade nicht in London …«

»Wir wissen, wo Sie sind.«

»Sehen Sie«, sagt er, als hätte ich seine Angabe bestätigt.

»Dann wollen Sie nicht wissen, was wir erfahren haben?« *Neugierige Mistkerle, diese Psychiater.*

»Wenn ich ehrlich bin, Ms Crow, finde ich, dass Sie schon genug von meiner Zeit verschwendet haben.«

»Oder Sie von unserer.«

»Ich weiß nicht, was Sie damit …«

Spiel deinen Trumpf. »Sie haben gelogen, Dr. Graves, und wir können das beweisen.«

»Wer sagt das?«

Mir bleibt nur ein Bluff. »Raten Sie mal.«

Manches Schweigen ist hohl und leer. Dieses geht in der Leitung zwischen uns auf, es öffnet sich wie eine Blüte, verteilt sich wie ein Tropfen Tinte im Wasser.

Ich weiß nicht, welche Antwort ihm durch den Kopf geht. Ich weiß nur, dass ich ihn am Haken habe.

»Bleiben Sie bitte, wo Sie sind.«

Wieder schweigt er. Was wird er tun? Auflegen? Fliehen?

»Ein Wagen ist unterwegs zu Ihnen.«

»Kommen hier etwa Polizisten in Uniform?« Plötzlich klingt seine Stimme angespannt, ängstlich. Ich höre, wie er schluckt.

»Wäre Ihnen das unangenehm?« Er denkt an die Nachbarn, die öffentliche Demütigung … »Wir werden sehen, was wir da tun können.«

»Ich brauche Schutz«, sagt er. Er hat Angst. Gut. Lass ihm die Angst.

»Das lässt sich einrichten. Bleiben Sie einfach, wo Sie sind, Dr. Graves.«

Fünf nach fünf. Soll ich Robbie schicken, damit er auf Graves aufpasst? Robbie ist näher dran als ich. Sean auch. Bei guter Verkehrslage könnte jeder von ihnen innerhalb einer Stunde bei ihm sein. Aber Graves wird nicht weglaufen, nicht, wenn er glaubt, dass wir Beweise haben: Graves wird sich entweder fügen oder zurückschlagen. Und ich habe genug gewalttätige Männer getroffen, um zu wissen, wann ich in Gefahr bin. Vielleicht bricht er einen Streit vom Zaun, eventuell droht er mir auch, aber körperliche Gewalt ist ausgeschlossen. Das ist nicht seine Art. Und ich will nicht, dass Robbie oder Sean auffliegen. Wenn das so weitergeht, ist es besser, wenn er uns so selten wie möglich sieht.

Stattdessen rufe ich Robbie an und sage ihm, dass er sich einen Transporter ohne Aufschrift besorgen, die Nummernschilder austauschen und auf weitere Instruktionen warten soll. Möglicherweise müssen wir Graves rausholen und in ein sicheres Haus bringen.

Und die ganze Zeit: *Glaubst du wirklich, dass du damit durchkommst? Was ist, wenn Graves merkt, dass du so gut wie nichts gegen ihn in der Hand hast?*

Zwanzig nach fünf. Ich verlasse das Haus zu Fuß mit einer kleinen Reisetasche: Charlotte Alton fährt Freunde besuchen. Ein Taxi, dann ein fünfminütiger Fußweg zu einer Garage, wo wir immer ein paar Fahrzeuge stehen haben: Der schwarze Geländewagen steht da. Ich schlüpfe in Elizabeth Crows knittrigen Rock, die langweilige Jacke, die flachen Schuhe und setze die dunkle Perücke auf. Ein letztes Täuschungsmanöver ... Die Scharade wird langsam sinnlos. Spätestens heute Abend wird Graves klar geworden sein, dass ich nicht diejenige bin, als die ich mich ausgegeben habe – aber dann wird es zu spät sein.

Es ist 19:17 Uhr und dunkel, als ich durch ein kleines Dorf in den Chiltern Hills fahre. Die Häuser stehen etwas verstreut rechts und links von der kurvigen Landstraße. Ein paar davon sind hübsch wie Postkartenmotive, aber viele sind auch neuer – aus den Dreißigern, Fünfzigern oder auch Neubauten – und nichts Besonderes. Trotzdem sieht man, dass die Leute hier Geld haben: In einer Einfahrt steht ein Jaguar, am Straßenrand ein Porsche Cayenne mit getönten Scheiben. Auf der anderen Seite der Straße erfasst der Scheinwerferkegel des Geländewagens ein abgeerntetes winterliches Feld und einen kahlen Baum. Es gibt keine Gehwege und keine Straßenlaternen.

Ich durchfahre die Ortschaft. Dahinter wird die Bebauung dünner. Die Abzweigung, die ich suche, ist nicht mehr als eine Lücke in einer wuchernden Hecke. Ich fahre langsamer. Hinter der Lücke und einer unkrautbewachsenen Schotterfläche kauert ein niedriges, weißes Haus aus den Dreißigern unter dunklen Bäumen. Wie Augen ragen zwei Mansardenfenster aus dem Dach heraus: Eins ist erleuchtet, sodass es aussieht, als würde das Haus blinzeln. Auch unten brennt ein Licht, doch die Vorhänge sind zugezogen. In der Einfahrt steht ein Wagen. Die Nummernschilder zeigen das Kennzeichen eines auf Graves zugelassenen Autos.

Graves' Mutter ist vor zwei Wochen im Alter von 88 Jahren nach kurzem Krankenhausaufenthalt verstorben. Der Stromverbrauch lässt darauf schließen, dass das Haus seither leer steht.

Ich halte in einer Parkbucht dreißig Meter hinter der Einfahrt. Als ich die dunkle Straße zurück zum Haus gehe, besteht das einzige Lebenszeichen in einer Frau in Barbour-Jacke, die mir mit einem fetten schwarzen Labrador entgegenkommt.

Ich biege in die Einfahrt ein und gehe über den knirschenden Kies. Es ist windig: Die Bäume hinter dem Haus schlagen um sich und fauchen mich an.

Ich drücke die Klingel. Drinnen ertönt ein elektronischer

Gong. Eine Bewegung, war das eine Bewegung? Ich warte darauf, dass Schritte zur Haustür kommen und sich im Riffelglas der Umriss seiner schlanken Gestalt zeigt. Nichts passiert. Nach zwanzig Sekunden drücke ich noch einmal auf die Klingel. Das Haus ist klein: Er muss mich gehört haben. Vielleicht ist er im Bad.

Eine weitere Minute vergeht. Immer noch nichts.

Ich trete zurück und blicke zum erleuchteten Dachfenster hinauf: Ich erkenne nur eine schräge Decke im Schein einer Tischlampe. Da rührt sich nichts. Auch die Vorhänge im Erdgeschoss bewegen sich nicht.

Ich hole die Taschenlampe heraus und schalte sie an. Ein schmaler Pfad führt um das Haus herum. Ich folge ihm. An einem Seitenfenster sind die Vorhänge nur halb zugezogen. Drinnen fällt Licht durch die offen stehende Flurtür auf ein Bett, auf dem allerlei Kleinkram verstreut liegt – kleine blauweiße Steingut-Behälter, Vasen, Schmuckschalen, winzige Blumengebinde aus Porzellan – und ein auf der Seite liegender Pappkarton, der aussieht, als sei er hastig geleert worden. Ich trete etwas zur Seite und blicke von der Seite ins Zimmer, um mehr davon zu sehen. In einer dunklen Ecke steht eine Kommode, die untere Schublade steht offen, und Kleidung quillt auf beiden Seiten herunter, die oberste Schublade wurde vollständig herausgezogen und ausgekippt, als hätte jemand sie in Eile durchwühlt.

Noch ein Geräusch, ganz in der Nähe. Das leise Schließen einer Tür?

Ich greife die Taschenlampe fester und gehe weiter zur Rückseite des Hauses. Niemand zu sehen. Die Bäume rauschen im Wind. Ich starre hin. Nichts. Dann wende ich mich wieder dem Haus zu.

Glastüren mit geschlossenen Vorhängen, der Raum dahinter ist dunkel. Ein erleuchtetes Fenster mit heruntergezogenem Rollo, daneben eine Hintertür, oben mit einer Riffelglasscheibe. Ich lege ein Taschentuch über den Türknauf und versuche, ihn zu drehen. Nicht abgeschlossen.

Die Tür öffnet sich in eine Küche: Schäbige Resopaleinrichtung, PVC-Bodenbelag.

Ich trete ein, schließe die Tür hinter mir. Kein Geräusch. »Hallo? Dr. Graves?«

Durch die Küche in den Flur. Da die offen stehende Schlafzimmertür, und hier muss das Bad sein …

Er liegt eingeklemmt zwischen der Toilettenschüssel und der Wand. Seine Augen sind offen, und sein Gesicht zeigt einen Ausdruck milden Protests. Wer immer ihn getötet hat, hat ein Messer benutzt. Seine Kleidung – nicht mehr farblos – ist mit klebrigem schwarz-rotem Blut durchtränkt.

Die Zeit steht still. Wie lange, weiß ich nicht. Und dann …

Herrgott.

Plötzlich will ich fliehen. Fliehen und mich verstecken. Schnell und weit fahren, so viele Kilometer wie möglich zwischen mich und dies bringen, mich irgendwo verkriechen, wo es mich nicht findet …

Stopp.

Jetzt kommt es wieder. Die vermeintliche Bewegung im Haus, direkt nachdem ich geklingelt hatte. Kurz darauf wird eine Tür geschlossen …

Bist du allein? Hör hin.

Kein kontrolliertes Atmen aus dem Nebenzimmer, keine knarrenden Bodendielen. *Ja.*

Aber sie wussten, dass du kommst.

Haben sie Graves' Handy abgehört? Haben sie gelauscht, als ich ihn angerufen habe?

Ich habe ihm gesagt, dass ich einen Wagen schicke. Als sie geklingelt haben, dachte er wohl, es wäre die Polizei. Wie viele Personen standen vor der Tür, als er aufgemacht hat? Einer?

Zwei? Und er wird eine gewisse Erleichterung verspürt haben: Keine Uniformen, sie haben Zivilpolizisten geschickt.

Armes Schwein. Armes, dummes Schwein.

Oder ist er in Panik geraten? Hat er jemanden angerufen und ihm erzählt, dass alles auffliegt?

Ich hätte Robbie schicken müssen. Nein – ich hätte ihn gar nicht erst anrufen dürfen. Ich hätte einfach herkommen und ihn auf der Türschwelle damit konfrontieren müssen, Beweise hin oder her. Ich hätte ihnen niemals die Chance geben dürfen …

Ein Geräusch durchschneidet das Haus, ein beharrliches Stakkato: Ein Handy klingelt.

Es reißt mich aus meiner Erstarrung. Ich gehe durch den kurzen Flur nach rechts ins dunkle Wohnzimmer. Das blaue Display leuchtet auf dem Fußboden. Ich hebe es auf. Auf dem Display steht eine Handynummer.

Ein Herzschlag, dann drücke ich die Annahmetaste und halte das Handy ans Ohr. Vier Sekunden Schweigen, dann ist die Leitung tot.

Ich nehme das Handy vom Ohr und starre aufs Display.

Konzentrier dich. Du hast nicht viel Zeit.

Ich sehe mir die Anrufliste an. Angenommene Anrufe: Ganz oben steht das letzte Telefonat, 19:34 Uhr von einer Handynummer, sechs Sekunden lang. Darunter auf der Liste: »Unbekannte Nummer«. Um 16:55 Uhr. Mein Anruf vom Festnetz, sicher und nicht rückverfolgbar.

Ich gehe in die Liste der gewählten Nummern, und da ist er: Um 17:08 Uhr – direkt nachdem ich aufgelegt hatte – hat Graves ebendiese Nummer angerufen. Der Anruf dauerte keine zwei Minuten.

Ist er in Panik geraten? Hat er jemanden gewarnt? Hilfe gerufen? Und jetzt hat derjenige, der unter dieser Nummer erreichbar ist, zurückgerufen. Wollte checken, ob es ihm gut geht? Checken, ob es ihm nicht gut geht? Checken, ob der Job erledigt ist? Checken, ob ich da bin?

Sie können von weit weg angerufen haben. Oder hinten aus dem Garten, bei den Bäumen … Ein Anflug von Panik. *Schluss damit.*

Merk dir die Nummer. Wiederhol sie im Kopf. Hast du sie? Gut. Jetzt mach das Handy aus. Lass es nicht liegen. Steck es ein. Im Moment hast du einen Vorsprung vor der Polizei. Vielleicht kannst du den ja halten.

Jetzt los. Beweg dich.

Ich gehe zurück in den Flur. Einerseits will ich nicht hinsehen, will so tun, als gäbe es das Etwas im Bad nicht. Andererseits muss ich ihn noch einmal sehen. Um sicher zu sein?

Alles unverändert. Nur in Albträumen bewegen sich die Toten. Ich kann den Blick noch immer nicht von ihm abwenden: Ich muss rückwärts durch die Küche gehen und bleibe erst stehen, als ich gegen die Spüle stoße.

Mach, dass du rauskommst.

Und wenn sie draußen warten?

Mit dem Taschentuch öffne ich die Hintertür. Auf der Schwelle bleibe ich kurz stehen und starre in die Dunkelheit. Nichts. Keine dunklen Schatten, kein Überraschungsangriff.

Geh raus. Schließ die Tür. *Das ist gut, keine Eile.* Mechanisch, vorsichtig, obwohl mir das Herz bis zum Hals schlägt. Aber es sind die Kleinigkeiten, auf die es ankommt. Es wird keine Fingerabdrücke geben.

Ich drehe mich um. Am hinteren Ende des nassen Rasens wiegen sich die immergrünen Pflanzen.

Ist da jemand?

Geh. Geh einfach.

*

Ich fahre zehn Kilometer auf kleinen Nebenstraßen. Zehn Kilometer, in denen mir das Bild von Graves wie in einer Endlosschleife, die ich mir immer wieder ansehen muss, vor Augen erscheint. Meine Hände am Lenkrad sind verschwitzt. *Du hättest ihn nicht anrufen dürfen. Du hättest ihnen keine Chance geben dürfen.*

Schließlich erreiche ich eine mögliche Stelle: eine Einfahrt zu einem Wäldchen. Die winterlichen Bäume sind kahl, dürr wie Skelette, doch dazwischen steht ein immergrüner Ilex hinter ein paar struppigen Brombeeren in dichtem Unterholz. Der Boden ist weich, die Reifenspuren werden auch morgen noch sichtbar sein. Es lässt sich nicht ändern.

Ich steige aus, hole die Ersatznummernschilder aus dem Geheimfach und fange an, sie auszutauschen. Meine Hände sind kalt und steif und, als ich fertig bin, auch schmutzig, aber Graves' Dorf gehört zu den Ortschaften, in denen pensionierte Beamte sich die Zeit damit vertreiben, die Kennzeichen der Autos von Fremden aufzuschreiben. Die Frau, die den fetten Labrador ausgeführt hat, könnte ein fotografisches Gedächtnis haben. An praktisch jeder Hauptstraße in London stehen Kameras mit automatischer Nummernschilderkennung. Ich werde keine Spur für sie legen.

Dann nehme ich Elizabeth Crows braune Perücke ab und stopfe sie zusammen mit ihrer Jacke und den Schuhen in einen Beutel. Ich bin wieder Karla, mit Lippenstift und hohen Absätzen, obwohl ich gegen das Zittern in meinen Händen ankämpfen muss, als ich den Lippenstift auflege.

Ich werfe einen Blick auf die Landkarte und rufe Robbie an – präzise, sachliche Informationen ohne irgendwelche Erklärungen –, und schließlich durchsuche ich den Wagen – die Fächer in den Türen, unter den Sitzen –, damit ich nichts übersehe, was ich nicht zurücklassen will.

Ich steige wieder in den Wagen und fahre weiter.

Auf der Rückfahrt nach London entfaltet der Schock seine eigentliche Wirkung. Zeitweise ist alles in Ordnung, dann fange ich an zu zittern. Mir ist kalt, doch als ich die Heizung anstelle, ändert das nichts.

Ich will mich zu einer Kugel zusammenrollen. Ich will mich allem entziehen. Dann will ich mit jemandem reden – egal mit wem –, ihm alles erzählen. Natürlich liegt es am Schock, dass ich eine Geschichte daraus machen will, als würde das Ganze dadurch einen Sinn bekommen, mir Sicherheit geben. Ich soll einen Schock erlitten haben. Lächerlich. Dann will ich lachen, und auch das kommt vom Schock. Ich schiebe den Unterkiefer vor. Die Muskeln drohen zu verkrampfen.

Reiß dich zusammen. Reiß dich endlich zusammen, verdammt noch mal.

Ich darf das niemandem erzählen. Robbie, Sean … Je weniger sie wissen, desto besser. Denn wenn man einmal anfängt, etwas zu erklären, wird es zur Gewohnheit oder gar zur Verpflichtung. Und sobald sie Bescheid wissen, hängen sie mit drin und müssen Entscheidungen treffen, die nicht von ihnen verlangt werden dürften. Sie wollen das nicht. Sie machen nur ihre Arbeit.

Stattdessen starre ich durch die Windschutzscheibe auf die Lichter der anderen Fahrzeuge, die mir in codierten Intervallen entgegenkommen. Irgendwo da draußen ist eine Nachricht verborgen, die ich nicht entschlüsseln kann.

Ich will Graves' Gesicht vergessen, aber es gelingt mir nicht.

Ich erreiche die westlichen Ausläufer Londons. Im gelblichen Licht der Straßenlaternen wirken die Gebäude zweidimensional, sehen aus wie ein Bühnenbild aus Pappe.

Schließlich biege ich links ab, halte am Straßenrand, lasse den Motor laufen und steige aus. Robbie erwartet mich, die Hände in den Taschen.

Als wir aneinander vorbeigehen, sage ich: »Schaffen Sie ihn von der Straße. Lassen Sie ihn verschwinden.« Die Ruhe in meiner Stimme kommt nicht von mir.

»Kennzeichen?«

»Schon erledigt.«

Robbie nickt nur, setzt sich auf den Fahrersitz, und der Wagen fährt davon. Aber ich konnte seine breiten, ruhigen Gesichtzüge lesen. Er versucht, nicht zu genau über die ganze Sache nachzudenken, einen Schritt nach dem anderen zu machen, weiß aber, dass irgendwo, direkt außerhalb seines Gesichtsfelds, ein dunkles Geheimnis lauert: Etwas Schlimmes ist passiert, und wir müssen Spuren verwischen. Wie viel kann er erraten?

Morgen wird er Bescheid wissen. Die Fernsehnachrichten werden ihm auf die Sprünge helfen.

Ich eile zurück auf die Hauptstraße. Der Verkehr fließt als gleichmäßiger Strom mit qualmenden Abgasen, drei Spuren stadteinwärts, drei stadtauswärts, durch eine Barriere getrennt: Um auf die andere Seite zu kommen, muss ich durch eine Unterführung. Sie ist gelbgrau beleuchtet, die Luft ist feuchtkalt, und es stinkt nach Pisse. Auf der Treppe an der anderen Seite lungert eine Gruppe Jugendlicher herum, höchstens dreizehn oder vierzehn Jahre alt, die laut reden und sich gegenseitig aufziehen. Dünne Melodien scheppern aus ihren Handys. Sie beobachten mich, als ich um sie herumgehe, suchen nach Schwächen. Ihr Selbstvertrauen ist Furcht einflößend. Einer sagt noch etwas zu mir, als ich davonhusche, aber ich verstehe ihn nicht, und es ist mir auch egal.

Als ich oben bin, fängt es an zu regnen.

Der nächste Wagen wartet in einer Seitenstraße mit eingeschalteten Warnblinkern auf mich. Sean sitzt hinter dem Lenkrad. Er fährt los, bevor ich meine Tür geschlossen habe.

Eins wird mir klar: Sean weiß nicht, in was für einem Schlamassel er steckt.

Wir kreuzen auf größtmöglichen Umwegen durch die Stadt. Ein paar kleine Geschäfte, die Schnapsläden und Pubs sind geöffnet. Die Leute kaufen Lebensmittel, treffen sich mit Freunden, gehen auf einen Drink am Sonntagabend aus ... Mich erschreckt die frühabendliche Normalität des Ganzen. Meine Welt ist aus den Angeln geraten, ich habe die Orientierung verloren. Die letzten beiden Stunden kommen mir vor wie ein fiebriger Traum im Krankenbett: Ich weiß nicht, wie spät es ist, und als ich auf die Uhr sehe, haben die Zahlen und die Zeiger keine Bedeutung.

Irgendwo auf halbem Weg zu den Docklands sage ich plötzlich: »Graves ist tot.«

Sean guckt mich kurz von der Seite an, dann sieht er wieder auf die Straße. Seine Hände umklammern das Lenkrad fester. Er atmet einmal tief aus. Sein Gesicht zeigt keine Regung.

»Er ist vorhin im Haus seiner verstorbenen Mutter ermordet worden. Sie haben mit den Nachbarn gesprochen. Die haben Ihnen gesagt, wo Sie ihn finden. Sie werden verdächtigt werden. Sehen Sie zu, dass Sie den Wagen loswerden, und gehen Sie nach Hause. Craigie wird sich bei Ihnen melden und Ihnen ein Alibi liefern. Gehen Sie sofort zur Polizei, sobald das bekannt wird. Sie werden Sie vernehmen, aber das Alibi wird wasserdicht sein, das verspreche ich. Tut mir leid. Damit hatte ich nicht gerechnet.«

Er schweigt, fährt geistesabwesend weiter, denkt darüber nach. Schließlich fragt er: »Weiß Dad Bescheid?«, und klingt so jung dabei.

Oben in meinem Apartment würde ich am liebsten einen Scotch trinken, mache mir jedoch einen Tee mit zwei Stück Zucker: Das altbekannte Hausmittel gegen Schock. Er ist fast untrinkbar, aber ich würge ihn wie Medizin herunter.

Dann gehe ich ins Internet und schicke Finn die Einzelheiten über zwei Telefonate: das zu dem unbekannten Handy, das andere von diesem Gerät. <handydaten: nutzer? standort? anruf log? DRINGEND>. Wie lange wird es dauern, bis ich eine Antwort bekomme? Die Polizei braucht keinen Durchsuchungsbeschluss, um auf Graves' Verbindungsdaten zuzugreifen. Die Unterschrift eines Inspectors auf einem S22-Formular reicht. Ich muss vor ihnen herausbekommen, wer unter dieser Nummer erreichbar ist.

Als das Telefon klingelt, zucke ich so heftig zusammen, dass mir Tee in den Schoß schwappt.

Es ist Charlottes Telefon, ich gehe aber nicht dran, worauf der Anrufer wieder auflegt. Das Lämpchen des Anrufbeantworters blinkt. Er hat eine Nachricht hinterlassen. Ich drücke auf *Play*, und Mark Devlins Stimme ertönt. Er spricht aber nicht mit mir, sondern mit einer Frau, die seit heute Abend nicht mehr existiert.

Ich rufe Robbie auf einer nicht rückverfolgbaren Leitung an. Es ist kein angenehmes Gespräch. Ich merke es daran, wie oft er schweigt, und an der Modulation seiner Stimme: Er muss gegen seine Ängste kämpfen. Sean bei einer polizeilichen Vernehmung. Seans Gesicht im Gedächtnis einiger Polizisten ... »Er kannte die Risiken«, sagt Robbie. »Früher oder später musste das wohl mal passieren. Manchmal hat man einfach Pech.« Aber der stoische Gleichmut ist hauchdünn, ein einziges Wort könnte ihn durchlöchern.

»Wie war Sean?«, fragt er, und ich sage: »Sean war toll. Er ist ein guter Junge. Wir passen auf ihn auf.« Und das ist mein

Ernst. Koste es, was es wolle, egal, wen ich bestechen oder schmieren muss, ich werde dafür sorgen, dass Sean heil aus der Sache rauskommt. Aber irgendwie reicht das trotzdem noch nicht.

Dann schließlich: Craigie.

Das erste Treffen mit Graves, der Einbruch, um an die Akte zu kommen, die Konfrontation am Telefon, Graves' Tod ... So vieles habe ich ihm bisher vorenthalten. Ich spüre die wachsende Verstimmung am anderen Ende der Leitung, doch als ich auf Seans Alibi zu sprechen komme, sagt er: »Ich setz mich dran.« Erst kommt das Geschäft, dann die Beschuldigungen.

Als ich schließlich den Hörer weglege, fühle ich mich ausgelaugt. Graves hat Catherines Selbstmord vorgetäuscht. Graves hat jemanden angerufen. Graves ist tot.

Ich muss verstehen, was los ist. Ich muss die Sache in den Griff kriegen, und zwar jetzt. Doch das Bild des Mannes zerstört jeden Gedankengang: glasige Augen, blutverschmiert, eingeklemmt zwischen der Toilette und den Fliesen, immer mit diesem milden Protest auf dem Gesicht.

Ich muss Distanz zu dieser Erinnerung gewinnen. Schlafen. Ich muss schlafen.

Ich ziehe mich aus und schlüpfe unter die Decke. Mir ist wieder kalt.

Morgen wird alles anders sein. Morgen werde ich das alles verstehen. Morgen werde ich wissen, was zu tun ist.

Der Schlaf fühlt sich an wie ein Sturz in die Dunkelheit. Irgendwo in dieser Dunkelheit sitzt Graves, beobachtet mich und macht sich Notizen, die ich nicht sehen kann.

Vom Klingeln eines Telefons wache ich mit trockenem Mund auf. Das Mobilteil der abhörsicheren Leitung liegt neben mir auf dem Kissen. Ich kann mich nicht einmal daran erinnern, es dahingelegt zu haben. Der Wecker auf dem Nachttisch verrät mir, dass es erst vier Uhr morgens ist.

»Ja?«

Eine Stimme sagt: »Was zum Teufel ist da los?«

Ellis.

»Ich krieg hier Feuer unterm Arsch. Erinnern Sie sich an Ian Graves? Den Psychiater, der die Vermisstenmeldung für Catherine Gallagher aufgegeben hat? Der, mit dem wir gesprochen haben? Also, der ist tot, und er hat direkt vor seinem Tod Besuch von einer Frau bekommen. Sagen Sie mir, dass nicht Sie das waren.«

Ich richte mich auf, greife nach meinem Morgenmantel. Mir ist schwindlig wie nach einer langen, auszehrenden Krankheit.

»Von wo rufen Sie an? Von zuhause?«

»Herrgott.« Als hätte ich ihm blanke Dummheit vorgeworfen: Sein Festnetzanschluss ist Sperrgebiet. »Nein, von dem Handy, das Sie mir gegeben haben, von dem verschlüsselten, okay?«

Es hat keinen Zweck zu versuchen, ihn zu besänftigen. »Ich musste noch mal mit Graves reden.«

»Dann waren Sie das. *Gott im Himmel.*«

»Er war schon tot, als ich da angekommen bin.«

»Sind Sie sicher?«

»Wollen Sie damit sagen, dass ich ihn umgebracht habe, Ellis?«

»Ach, und wenn Sie ihn im Sterben liegend gefunden hätten, hätten Sie das sofort gemeldet, ja? Ihre Stimme in einer Polizeiaufnahme?«

»Wenn er noch am Leben gewesen wäre, hätte ich ihn nicht einfach liegen lassen.«

Ellis schweigt. Er weiß nicht, ob das stimmt.

»Sie wurden gesehen«, sagt er schließlich.

»Nicht ich. Elizabeth Crow. Und es war stockfinster. Sie hat mich nicht gut gesehen.«

»Sind Sie sicher? Was ist, wenn ein digitales Fahndungsfoto erstellt wird?«

»Dann besteht das Risiko, dass Graves' Rezeptionistin mich als die Frau identifiziert, die Sie zu Graves' Vernehmung begleitet hat. Wie stehen Sie dann da?«

Das trifft ihn wie ein Schlag. »Scheiße«, sagt er. *»Scheiße.«* Er ist ins Schwitzen geraten, das höre ich.

»Sie hat mich nicht gut gesehen«, wiederhole ich frostig.

Er schweigt einen Moment. Als er weiterspricht, hat er sich unter Kontrolle, obwohl die Wut noch direkt unter der Oberfläche lauert. »Und warum sind Sie noch mal hingefahren, Karla?«

Soll ich die Wahrheit sagen? Das geht nicht. Er ist ein Bulle mit Bulleninstinkten, und er ist scharf auf eine Beförderung, immer hungrig, und sobald er das hier zwischen die Zähne bekommt, ist er wahrscheinlich nicht mehr aufzuhalten …

Sei nicht albern. Es ist längst zu spät. Die Lage gerät mir rasend schnell außer Kontrolle. Ich kann höchstens versuchen, irgendwie dranzubleiben, und dafür brauche ich Ellis.

»Mir ist aufgefallen, dass er über Catherine Gallagher gelogen hat.«

»Was meinen Sie damit?«

»Ich habe eine Kopie ihrer Akte in die Finger gekriegt.«

»Also hat sie ihm doch was erzählt. Und er hat es für sich behalten …«

»Ellis, die ganze Akte ist eine Fälschung. Und diese Aussage ist praktisch ein Fachgutachten. Graves hat sich das alles ausgedacht. Catherine war nie seine Patientin. Wo sind die Beweise dafür, dass die beiden überhaupt Kontakt miteinander hatten? Er hat behauptet, sie wäre Privatpatientin gewesen und hätte bar bezahlt. Er hat ihr nie ein Rezept ausgestellt.

Wir haben nur die Notizen, und die habe ich prüfen lassen. Alles deutet darauf hin, dass er sie in einem Stück heruntergeschrieben hat. Sämtliche Sitzungen aus eineinviertel Jahren, alle in seinem Büro, und ich würde wetten, dass keine davon während seiner Sprechzeiten stattgefunden hat. Seine Rezeptionistin könnte Catherine Gallagher nicht aus einer Fotogalerie herauspicken.«

»Und damit haben Sie ihn konfrontiert?«

»Ich habe ihn gestern angerufen. Ihm erzählt, ich wüsste, dass er lügt, und darauf bestanden, dass wir uns treffen. Er war einverstanden. Ich habe um 17:00 Uhr mit ihm gesprochen. Um 19:30 Uhr war er tot.«

»Sie haben ihn angerufen? Kann man den Anruf zurückverfolgen?«

»Ich habe einen sicheren Festnetzanschluss benutzt. Den können sie nicht zurückverfolgen.« Ich sage ihm nichts von Graves' Handy. Soll die örtliche Polizei doch herausfinden, dass es weg ist. Und von dem anderen Anruf erzähle ich auch nichts.

»Was ist mit Fingerabdrücken? Haben Sie der Spurensicherung etwas hinterlassen?«

»Ich hab aufgepasst. Und den Wagen werden sie auch nicht finden. Haben die Kollegen sich schon bei Ihnen gemeldet?«, frage ich.

»Nein, aber das kann nicht mehr lange dauern. Ich hab mir Catherine Gallaghers Vermisstenakte angesehen. Ich habe mit ihren Kollegen gesprochen. Ich habe Graves vernommen. In ein paar Stunden werden sie mich in die Mangel nehmen und fragen, was ich weiß. Aber ich werde ihnen zuvorkommen. Also: Was soll ich ihnen erzählen, Karla?« Der Sarkasmus in seiner Stimme ist ätzend.

»Das Ganze sollte wie ein Raub aussehen«, sage ich. »Als hätte er jemanden beim Durchsuchen des Hauses überrascht, hätte angefangen zu schreien, worauf die Einbrecher in Panik geraten sind, ihn erstochen haben und abgehauen sind. Damit kann die örtliche Polizei ruhig erst mal arbeiten. Sagen Sie denen nichts.«

»Nichts? Obwohl mein Name in Graves' Terminkalender steht? Obwohl ich der Letzte war, der sich Catherine Gallaghers Vermisstenakte angeguckt hat, soll ich nichts sagen?«

»Sie haben Gerüchte gehört, dass es sich lohnen könnte, noch mal einen Blick auf Catherine Gallaghers Verschwinden zu werfen. Das ist alles. Weiter steckt nichts dahinter.«

»Für die Thames Valley Police wäre Graves' Tod also reiner Zufall.« Sein Tonfall verrät, dass er meine Bitte für ungeheuerlich hält. Es wird nicht funktionieren. »Sie wollen, dass ich jeden Zusammenhang mit Catherine Gallagher abstreite?«

»Fürs Erste ja.«

»Warum?«

»Weil wir nicht wissen, wohin uns das führen würde.«

»Nicht zufällig, weil jemand, der sich den Fall näher ansieht, merken könnte, dass Sie überall Ihre Finger drinhaben?«

»Die werden mich nicht finden. Und falls sie es tun, bekommen wir beide Schwierigkeiten, oder?«

Schweigen. Dann sagt er: »Ja, aber wer hat mehr zu verlieren?«, und legt auf.

20. Tag: Montag

Johanssen

Samstagnacht hatte er nicht gearbeitet: Als er um 17:30 Uhr zur Schicht in die Klinik nach unten kam, hatte Cate ihn wieder hochgeschickt. Um drei Uhr morgens war er durch Schreie von unten aufgewacht, aber bis er dort ankam, war schon alles vorbei, der Patient fixiert, Vinnie wischte den Dreck weg … Vinnie sah ihn ängstlich an, als wäre er gekommen, um Ärger zu machen. Drill starrte ihn nur an. Wahrscheinlich dachte er über die Wunde nach: überlegte, was Brice getan hatte und wie sehr es wehtat.

Cate sagte: »Wir brauchen Sie nicht. Gehen Sie wieder ins Bett.«

Eine Stunde später kam Riley hoch, setzte sich auf Drills Bett und rauchte eine halbe Zigarette.

Johanssen sagte: »Dann hat sie es Ihnen erzählt?«

Riley zog an seiner Zigarette und aschte auf den Boden. »Brice. Er prahlt überall damit herum.«

»Was sagt er?«

»Dass er Sie erst markiert hat und dann unter die Haut gegangen ist.«

Markiert. Du wurdest markiert.

Dann, am Ende der Schicht: Schritte auf der Treppe und der stämmige Kerl mit dem Boxergesicht kam herein. »Mr Quillan will Sie sprechen.«

Quillan saß in seinem Sessel im Wohnzimmer, die Hände in den Schoß gelegt. Er hat davon gehört. Natürlich hat er davon gehört. »Sie hatten … *Ärger* mit Mr Brice. Wollen Sie eine Beschwerde einlegen?«

Johanssen sagte: »Nein.«

»Er glaubt, der Ryan Jackson, der diese beiden Menschen umgebracht hat, war ein anderer. Er läuft mit ihrem Ausweis im Programm herum. Das wissen Sie, oder? Sie haben keine Vergangenheit, nicht hier. Haben Sie ernsthaft geglaubt, dass Brice sich damit zufriedengeben würde? Dass er die Achseln zuckt und es gut sein lässt? Sie haben ihn gedemütigt. Und dann haben Sie ihn am Leben gelassen. Ich tue mein Bestes, Mr Jackson, aber selbst ich kann ihn nicht auf ewig in Schach halten.« Quillan beugt sich vor. »Was werden Sie also tun?«

Johanssen sagte nichts.

»Glauben Sie, es funktioniert, ihn einfach zu ignorieren?«

Sie schwiegen. Die Uhr im Porzellanschrank tickte.

Quillan musterte ihn mit einem langen, bedächtigen, kalten Blick. »Sie haben ein Problem, Mr Jackson. Wollen Sie wissen, welches? Ich sag's Ihnen.« Er legte den Kopf etwas schief. »Sie haben Gefühle – damit haben Sie nicht gerechnet, was?«

»Den Hass auf Brice könnte man Ihnen nämlich nachsehen – wenn man bedenkt, was er Ihnen antun wollte … und was er Ihnen antun wird … aber Sie empfinden keinen Hass. Sie spielen den Rationalen, der immer alles unter Kontrolle hat. Und Sie halten das für Stärke. Sie glauben, dass Sie auf diese Art hier drin überleben werden.

Aber ziehen Sie in Betracht, dass Sie unrecht haben könnten. Ziehen Sie den Gedanken in Betracht, dass Ihre rationale Herangehensweise keine Stärke, sondern eine Schwäche ist.

Weil Sie ihn nicht hassen. Aber er hasst *Sie*. Und er träumt davon, Sie leiden zu sehen. Er sehnt sich danach. Und er wird sehr hart arbeiten, sehr weit gehen und sehr viel ertragen, um diese Sehnsucht Wirklichkeit werden zu lassen. Macht ihn das schwächer als Sie? Glauben Sie das wirklich?«

Bring es zu Ende.

Am Sonntag ging er zum ersten Mal seit seiner Rückkehr ins Programm nicht raus. Er blieb im Bett, horchte, während die anderen schliefen, ignorierte den Schmerz in seinem Kopf und das Jucken der Wunde am Rücken, sammelte Kraft und dachte darüber nach, was kommen könnte. Immer wieder spielte er es im Kopf durch. Und die ganze Sonntagnacht in der Klinik, beim Holen, Tragen, Fixieren, Halten und Beobachten, spielte er es weiter durch: Den ganzen Ablauf, mit all den kleinen Abweichungen und möglichen Haken.

Jetzt muss er es nur noch erledigen.

Er braucht nicht noch einmal in die Werkstatt zu gehen. Wenn die Sondierung einmal abgeschlossen ist, geht man nicht zurück. Kehrt man zurück, bildet man ein Muster, und das gilt es zu vermeiden, besonders wenn man beobachtet wird. Aber heute Morgen ist es neblig, sodass alle auf der Straße nur formlose Schemen sind, wie Menschen aus Ton. Ideale Bedingungen, um Beschatter abzuhängen. Die beiden laufen panisch da draußen rum und verfluchen ihn. Lässt sich nicht ändern.

Hier ist er also.

Er steht im Hauptraum und betrachtet das kaputte Fenster.

Einmal noch. Schritt für Schritt. Ganz realistisch.

Mach es, wenn die Klinik geschlossen ist.

Komm vorher her. Setz die Kamera außer Betrieb. (Sie beobachtet ihn von oben. Er sieht nicht hoch.) *Dann zurück zum Lager. Sie ist in der Klinik und reinigt die Instrumente, geht oben in ihrem Zimmer auf und ab oder zählt, wie viele sie gerettet hat.*

Sie muss mitkommen, weil sie es will.

Eine Nachricht wird reichen: Irgendjemand braucht Hilfe … eine schlimme Verletzung … eine, die hier niemand anders behandeln kann. Und eine Frau sollte es sein. Eine verletzte Frau, die sich hier in den zusammensackenden Fertigbau-Bürokabinen versteckt, so verängstigt, dass sie sich nicht heraustraut … In dem Moment wird sie ihre Sachen schon in der Hand haben und sich nach Details erkundigen: Wo ist die Wunde? Blutet sie stark? Ist jemand bei ihr? Weiß diese Person, wie man die Blutung stoppt? Sie wird konzentriert sein, sachlich. Sie vertraut ihm. Es wird ihr nie in den Sinn kommen, dass er lügen könnte.

Sie wird mitkommen, ihn mit schnellen Schritten begleiten. Wenn sie nicht noch mehr erfahren muss, wird sie nicht reden: Ihre Gedanken werden ihr vorauseilen, beim Patienten sein und bei dem, was sie als Nächstes zu tun hat.

Sie werden beschattet werden. Er muss die Verfolger loswerden. Er wird ihr klarmachen müssen, dass es notwendig ist, die Beschatter abzuschütteln.

Das kriegt er hin.

Er wird ganz dicht bei ihr bleiben, doch das wird sie nicht stören. Er beschützt sie nur. Wenn sie hier ankommen, wird sie etwas vor ihm gehen.

Sobald sie eingetreten sind, wird er zu ihr aufschließen – *Warten Sie* – und ihr eine Hand auf die Schulter legen.

Es wird keine Vorwarnung geben, sie wird sich nicht verraten fühlen, kein Entsetzen verspüren und keine Schmerzen haben. Es wird schnell gehen. Sie wird nichts spüren.

Dann wird er sie verstecken.

Stunden später wird das Wartungsteam mit den Werkzeugen kommen und den Tankdeckel wieder verschließen, aber da wird er längst weg sein.

Immer wieder geht er den Ablauf im Kopf durch. Und mit einem Hauch von Besorgnis, einem Anflug von Zweifel – im Augenwinkel blitzt etwas auf, doch als er sich umdreht, ist es verschwunden. Er spürt etwas, kommt aber nicht heran.

Was ist das? Was stimmt hier nicht? Die Kamera? Das Timing? Der Klient? Das Risiko, dass es eine Falle ist?

Karla hat nichts, keine Informationen über den Klienten. Aber Fielding hat gesagt, er hätte Referenzen. Es ist schlicht und einfach ein Racheakt.

Und wenn du herkommst und jemand auf dich wartet?

Dann wird er bereit sein.

Dann leg los. Aber mach es schnell und sauber. Und dann verschwinde.

Der Nebel draußen ist dichter geworden – die Sichtweite ist auf unter vier Meter gefallen – und spielt ihm optische Streiche. Wenn er hineinstarrt, verschwimmt alles und bildet Formen, die sich zu bewegen scheinen. Seine Kopfschmerzen werden schlimmer, verdichten sich zu einem Knoten im Hinterkopf. Die Wunde am Rücken reibt heiß und stechend an der Kleidung. Er ist müde und wird allmählich träge. Brice hatte recht: Er baut ab, macht Fehler. Aber Brice wird heute nicht zuschlagen, selbst wenn er ihn in diesem Nebel finden würde. Brice will ihn noch eine Zeit lang schwitzen lassen, er soll sich noch eine Weile verfolgt fühlen. Manchmal spürt er Brice' Finger, der bohrt, bohrt … Als er die Straße erreicht, materialisieren sich vor ihm zwei Gestalten: Sie wirken in diesem Licht größer und bedrohlicher, sodass er ein, zwei Sekunden erstarrt, aber als sie bis auf zwei Meter an ihn herankommen, sind sie nur noch zwei ganz normale Männer, die sich an die Regeln halten, den Blick abwenden und vorbeigehen.

In einer leeren Straße findet er eine funktionierende Telefonzelle. Als jemand rangeht, herrscht einen Moment Schweigen, dann ertönt ein verschlafenes, gedämpftes: »Mhm?« Er stellt sich vor, wie Fielding nach seiner Rolex greift, eine zerzauste Blondine neben sich im Bett.

»Hab ich dich geweckt?«, fragt Johanssen, und Fielding murmelt etwas Unverständliches.

Hintergrundgeräusche: Fielding kämpft sich aus dem Bett. Die Akustik ändert sich, als er von einem Raum zum nächsten geht. Es hallt. Der Flur? Das Bad?

»Wie geht's, mein Sohn?«, sagt Fielding erwartungsvoll.

»Hier ist alles okay.«

»Bist du sicher?«

»Ja.«

Schweigen. Fielding versucht herauszuhören, ob es eine Lüge ist. Johanssen wartet.

Fielding sagt: »Also gut«, und der Druck in Johanssens Brust lässt nach.

Jetzt Karla. Sag ihr Bescheid. Aber eine andere Telefonzelle, eine andere Leitung. Die Telefone werden überwacht. Er will sie nicht in Gefahr bringen.

Er tritt aus der Zelle. Die Feuchtigkeit hat die Kleidungsschichten und auch seine Haut durchweicht. Er friert.

Links von ihm rumpelt ein Patrouillenfahrzeug mit blinkenden Lichtern und einem dritten Mann als Wachposten oben in der Dachluke an ihm vorbei. Der Mann wirkt angespannt.

Von rechts schlurft eine große Gestalt mit gesenktem Kopf und einer Plastiktüte in der Hand auf ihn zu. Johanssen spürt es, als der Mann – er ist sicher, dass es ein Mann ist – ihn bemerkt.

Jeden Moment wird er den Blick abwenden.

Der Mann bleibt stehen. Aber er wendet den Blick nicht ab.

Er war immer schon groß, wohl an die zwei Meter, und überragt Johanssen immer noch, obwohl er im Programm abgenommen hat, sodass seine großen, grobschlächtigen Hände aus den abgerissenen Ärmeln ragen. Ein grauer Dreitagebart bedeckt sein Kinn, und er hat eine Narbe über dem Auge. Aber er ist es.

Acht Jahre haben sich in Nichts aufgelöst: Es ist dunkel, eine schwüle Sommernacht, und Johanssen ist wieder an dem großen Haus mit Blick auf den Fluss in der Nähe von Marlow …

Was können Sie?

Was immer von mir verlangt wird.

Charlie Ross. Charlie Ross, der drei Monate, nachdem er ins Programm kam, gestorben ist und es in Einzelteilen wieder verlassen hat, die seiner Frau zur Einäscherung übergeben worden waren …

Nur, dass Charlie Ross gerade an ihm vorbeigegangen ist.

Der Nebel wird dichter, quillt in die Nebenstraßen, ballt sich zwischen den Häusern. Er bewegt sich vorsichtig, prüft immer wieder, ob Ross' Schlurfen noch vor ihm ist, und hält auch hinter sich nach einem Verfolger Ausschau.

Menschen lungern in Hauseingängen oder stolpern die Straßen entlang. Sie beobachten ihn mit verstohlenen Blicken, kommen aber offenbar zu dem Schluss, dass er nichts mit ihnen zu tun hat, sodass ihn niemand behelligt.

Als er um die Ecke kommt, überquert Charlie Ross vor ihm eine Kreuzung und verschwindet dann aus seinem Blick.

Ein weiteres Patrouillenfahrzeug kommt ihm langsam entgegengerollt. Wieder starren ihn Männer mit gestressten Blicken an, als er zu nah an ihnen vorbeigeht. Er beachtet sie nicht. Angestrengt hält er nach dem verschwindenden Umriss von Charlie Ross Ausschau.

Ross biegt um eine Ecke. Johanssen merkt sie sich und folgt ihm. Als er in die Straße tritt, verschwindet am anderen Ende eine Gestalt nach rechts.

Johanssen fällt in einen lockeren Laufschritt.

An der Ecke, an der die Gestalt verschwunden ist, bleibt er stehen, stützt sich mit einer Hand an die Wand und sieht nach rechts. Hier war er noch nie.

Die Gebäude verschwimmen im Nebel. Er hört Schreie und Türenknallen, dann fängt jemand an zu weinen. Ein Mann beugt sich aus einem Fenster, brüllt etwas auf die leere Straße herunter. Es stinkt nach Abwässern.

Charlie Ross ist verschwunden.

Der einzige Mensch, der weiß, wer er ist, der einzige Mensch, der ihn mit der Nacht im Farmhaus und Terry Cunliffes Tod in Verbindung bringen kann, lebt … und zwar im Programm. Ein Behördenfehler? Oder ein aberwitziger Zufall: eine perfekt übereinstimmende DNA-Probe, und ein anderer Mann mit Ross' Profil wurde an seiner Stelle eingeäschert? Doch das spielt jetzt keine Rolle. Charlie Ross lebt. Charlie Ross kann ihn identifizieren. Und auf Ross' Gnade kann er nicht zählen. Nur weil man vor zehn Jahren eine Viertelstunde im gleichen Zimmer verbracht hat, ist man dem Gegenüber keinen Gefallen schuldig. Nicht nach dem, was mit Terry Cunliffe passiert ist.

Ross war Quillans Feind. Wenn er hier überlebt hat, kann das nur mit Quillans Erlaubnis geschehen sein. Quillans Wohlwollen, eine Gunst, die jeden Moment widerrufen werden kann. Doch jetzt kann Ross Quillan genau das präsentieren, was Karla ihm vor zehn Jahren genommen hat: das Leben des vierten Mannes, der in der Nacht, als Terry Cunliffe gestorben ist, in dem Farmhaus war.

4. TEIL

20. Tag: Montag

Karla

20:00 Uhr Montagabend. Ich stehe auf der Dachterrasse meines Apartments, 41 Stockwerke über der Erde. Der Nebel, der das Haus den ganzen Tag wie in Watte gehüllt hatte, hat sich endlich verzogen. Die Luft ist kalt und beißend. Die Büros von Canary Wharf hinter den dunkel klaffenden Docks sind noch hell erleuchtet: Finanzinstitute, Börsenmakler, Anwaltskanzleien, Firmenkonglomerate, die Fabriken in Ausbeuterbetrieben der Dritten Welt am anderen Ende der Welt kontrollieren. Die könnten genauso gut in Hongkong, New York oder sonst wo angesiedelt sein.

Zwischen den immergrünen Pflanzen und den Laubholzbänken weben unsichtbare Lautsprecher einen zarten, wohlklingenden Musikteppich: Ein Ensemble für Alte Musik spielt Bach. Ich habe mir eine Stola über die Jacke gelegt und ein Glas Rotwein in der Hand. Mehr als einen Schluck habe ich nicht herunterbekommen. Er schmeckt heute wie Gift.

Heute Morgen war der Bericht in den Nachrichten: In einem ruhigen Dorf in Buckinghamshire ist ein Mann erstochen aufgefunden worden, die Polizei bittet die Bevölkerung um Mithilfe.

Kurz danach kam Craigie. Er sah müde aus, aber schließlich war er auch die ganze Nacht damit beschäftigt gewesen, Seans Alibi auszuarbeiten.

»Sean ist jetzt exponiert«, sagte er. Es klang vorwurfsvoll.

»Ich weiß.«

Ich konnte mich nicht vor der Schuld drücken. Konnte auch sein Misstrauen nicht ins Wanken bringen: Wenn er die Sache geleitet hätte, wäre es nicht so gelaufen.

»Wir können nur noch reagieren, oder?«, sagte er verbittert. »Wir haben die Kontrolle verloren.«

»Die hatten wir nie.«

»Wenn die herausbekommen, dass Elizabeth Crow am Tatort war …«

»Das werden sie nicht. Ich kann sie außer Landes schaffen. Sie durch Osteuropa reisen lassen. Und die Bilder, die online von ihr verfügbar sind, sehen mir überhaupt nicht ähnlich. Ein digitales Fahndungsfoto wird ihnen nicht helfen.«

»Und Ellis?«

»Ellis wird kooperieren.«

»Sind Sie sicher? Was, wenn nicht?«

»Dann kann er seine Karriere vergessen«, sagte ich eisig.

Einen Moment herrschte Schweigen zwischen uns. Dann fragte Craigie: »Und was jetzt?«

»Direkt nach meinem Anruf hat Graves jemanden auf dem Handy angerufen. Ich glaube, er hat ihm gesagt, dass die Polizei auf dem Weg zu ihm ist. Vielleicht war es nur ein Freund. Aber keine drei Stunden später war er tot. Also war es vielleicht doch kein Freund.«

»Sie glauben, sie haben ihn umgebracht, um ihn zum Schweigen zu bringen?«

»Er hat nur diesen einen Anruf gemacht. Als ich im Haus war, hat dieses Handy geklingelt.«

Er schüttelte den Kopf. »Wenn sie Graves gerade umgebracht hätten, hätten sie doch gewusst, dass er nicht rangeht.«

»Was, wenn sie einen anderen geschickt hatten? Vielleicht wollten sie prüfen, ob der Auftrag ausgeführt ist. Oder sie haben es selbst erledigt, waren im Garten, haben gesehen, wie jemand ins Haus gegangen ist, und wollten wissen, wer das ist. Vielleicht wollten sie ihn gar nicht anrufen, sondern mich.«

»Sind Sie rangegangen?«, fragte er streng.

»Ich habe nichts gesagt, Craigie. Wer sie auch waren, Graves hat mit ihnen gesprochen, dann ist er gestorben, und ich glaube, die wissen warum. Ihr Handy muss eine Spur hinterlassen haben. Finn sitzt schon dran.«

»Was ist, wenn es nicht registriert ist?«

»Wir kriegen eine Liste der Telefonate, die mit diesem Handy geführt wurden, und von wo aus sie geführt wurden, dann können wir anfangen, das einzugrenzen. In der Zwischenzeit arrangiere ich ein Treffen mit Fielding. Mal sehen, ob er was über Graves' Ermordung weiß. Vielleicht waren das seine Leute. So oder so, wir müssen wissen, was da los war.«

»Wollen Sie sich jetzt mit Fielding treffen?« In beißendem Tonfall.

»Okay, Sie reden mit ihm.«

Schweigen. Craigie sah mich nur an. Ich meinte – bin mir aber nicht ganz sicher –, ein ganz leichtes, ungläubiges Kopfschütteln erkannt zu haben.

Im Überwachungsstream aus dem Programm kam Johanssen allein in die Werkstatt und ging dann wieder. Ein letzter Check, bevor er den Auftrag erledigt? Ich versuchte, ihm auf dem Rückweg zum Lager zu folgen, aber dort war es auch neblig, sodass auf den Außenkameras nur flächiges Weiß zu sehen war. Seitdem warte ich auf seinen Anruf mit der verschlüsselten Nachricht, damit ich die Bolzen am Tank lösen lassen kann. Bisher ist er nicht gekommen.

*

In den Mittagsnachrichten wurde die Identität des Mordopfers bekannt gegeben. Graves wurde als exzellenter Psychiater bezeichnet. Seine Kollegen aus der Gemeinschaftspraxis gaben eine Erklärung ab, in der sie ihrem Schock Ausdruck verliehen und seine ausgezeichnete Arbeit besonders mit »anfälligen und gefährdeten Patienten« hervorhoben. Die Nachbarn sprachen von einem hingebungsvollen Sohn, der seine alte Mutter regelmäßig zu Hause besucht hatte, den sie aber seit ihrem Tod nicht mehr oft gesehen hatten.

Innerhalb einer Stunde meldete sich ein Sean Wilson bei der Polizei, ein Zimmermann, der Graves in seinem Londoner Haus aufgesucht hatte, um über einen Kostenvoranschlag zu sprechen.

Um drei hielt die Polizei ihre Pressekonferenz ab. Eine Veranstaltung der örtlichen Thames Valley Police, von Ellis war nichts zu sehen, und es gab auch sonst keine Hinweise auf eine laufende Ermittlung der Londoner Metropolitan Police, aber das hatte nichts zu sagen: Vielleicht wollten sie ihr Pulver noch trocken halten. Der Detective, der die Leitung des Falls hatte, appellierte an eine Frau, die ungefähr zum Todeszeitpunkt in der Nähe von Graves' Haus gesehen worden war, sich bei der Polizei zu melden. Er betonte, dass sie keine Verdächtige sei: Sie wollten diesen Aspekt der Ermittlung schnellstmöglich abhaken. Würde die Polizei sich im Zuge der Ermittlungen auch mit früheren Patienten von Graves beschäftigen? Der Detective antwortete ausweichend: Es gäbe Hinweise darauf, dass das Haus durchsucht worden sei. »Vorerst müssen wir jedoch alle Möglichkeiten offenhalten«, sagte er.

Kurz darauf klingelte das Telefon, und dieses Mal war es Ellis.

»Lassen Sie uns noch mal ganz vorne anfangen.« *Und wo ist das?* »Sie war also nicht depressiv. Sie war nie bei Graves in Behandlung. Und die Kollegen, die sich selbst geißeln, weil sie es hätten merken müssen? Die haben sich geirrt. Aber irgendwas muss da doch passiert sein. Wissen Sie, woher ich das weiß? Die Tatsache, dass Catherine Gallagher über ihre kranke Mutter gelogen hat. Sie wusste, dass jemand hinter ihr her war, oder? Sie wusste, dass irgendjemand hinter ihr her war, dachte aber, sie hätte ihn abgeschüttelt. Als sie am 8. Dezember ihre Wohnung verließ, ist sie geflohen. Aber sie war nicht schnell genug. Ist das so weit richtig?«

»Ich weiß es nicht.«

»Was wissen Sie, Karla?«

»Es gibt Hinweise darauf, dass jemand Catherine Gallaghers Tod wollte.«

»Was für Hinweise?«

Ich sage nichts.

»Hören Sie. Ich habe mich nicht selbst in diese Lage gebracht. Sie haben gesagt, ich soll mir die Akte ansehen. Sie haben mich auf ihre Kollegen gehetzt. Sie haben mich gebeten, Sie zu Graves mitzunehmen. Ich spiele nur das Blatt, dass Sie mir gegeben haben. Ich will also die Festnahme, und Sie wollen wissen, wer dahintersteckt.« Dann sagte er: »Außerdem brauchen Sie Informationen über die Ermittlungen der Thames Valley Police, weil die nach Ihnen suchen.«

»Ich bin entweder eine neurotische Patientin oder eine verheiratete Geliebte. Vielleicht beides. Ich will nicht, dass mein Name in der Presse erscheint. Niemand rechnet damit, dass ich mich melde.«

»Was ist, wenn jemand merkt, dass diese Frau Elizabeth Crow ist?«

»Die Frau, die bei Graves' Haus gesehen wurde, sieht ganz anders aus als Elizabeth Crow. Sie können das im Internet überprüfen, falls Sie mir nicht glauben. Außerdem ist Elizabeth Crow im Ausland. Irgendwo in Osteuropa, glaube ich.«

Er schüttelt den Kopf. »Sie halten sich für so verdammt clever. Sie wurden gesehen. Sonst niemand, nur Sie.«

»Da war noch jemand. Ich bin ganz sicher. Und die wussten, dass ich komme. Sie wussten, dass er alles ausplaudern würde.«

Für einen Moment lässt er sich erweichen. »Sein Handy ist verschwunden. Vielleicht haben sie es verwanzt. Und dann haben sie es mitgenommen, nachdem sie ihn umgebracht haben.«

»Die Auswertung der Telefonate?«

»Nichts, was uns weiterbringt.«

Lügt er? Oder hat die Thames Valley Police ein paar Einzelheiten für sich behalten?

»Was ist mit der Kriminaltechnik?«

»Die arbeitet noch daran. Oh, ich glaube nicht, dass die Sie finden. Dafür sind Sie zu vorsichtig. Aber die örtliche Polizei wird weitersuchen, und solange sie das tut, müssen Sie sich bedeckt halten. Sie brauchen mich«, sagt er. »Und früher oder später werden Sie merken, dass Sie diese Sache nur mit meiner Hilfe aufklären können. Also reden Sie mit mir.«

»Und wenn nicht?«

»Dann erzähle ich Ihnen nichts mehr. Und Sie erfahren aus den Fernsehnachrichten, was als Nächstes passiert, genau wie all die anderen anständigen Bürger.«

»Sie werden nichts rausbekommen. Graves wurde ermordet, damit er nicht redet, was aber nach hinten losgegangen ist, weil seine Mörder damit Aufmerksamkeit auf sich gezogen haben, was ihnen nicht gefallen wird. Sie werden sich ruhig verhalten. Wenn bei der Spurensicherung nichts gefunden wird und auch sonst niemand gesehen wurde, sind sie Ihnen durch die Lappen gegangen.«

»Sie ist uns beiden durch die Lappen gegangen«, sagt er.

»Ich muss allerdings keinen Erfolg vorweisen.«

»O doch, das müssen Sie«, sagt er. »Ich habe zwar keine Ahnung warum, aber Sie brauchen den Erfolg. Sie wollen wissen, was dahintersteckt, Karla. Es zerfrisst Sie förmlich. Wenn ich nichts rausbekomme – na und? Graves ist nicht mal mein Fall. Catherine Gallagher hat Selbstmord begangen. Aber Sie – wenn Sie kein Ergebnis vorweisen können, was passiert dann?«

*

Danach, es fing an zu dämmern, meldete Finn sich mit Neuigkeiten über die Nummer, die Graves angerufen hatte.

<alle daten getilgt. nummer existierte nie>

Jemand hat den Account gelöscht.

Sämtliche Einzelheiten über das Handy – der komplette Account und alle technischen Daten, die uns verraten hätten, von wo diese Anrufe gekommen waren, die Standorte der Sendestationen – sind aus den Aufzeichnungen der Mobilfunkgesellschaft verschwunden.

Die wussten, dass wir danach suchen würden. Also haben sie ihre Spur verwischt. Deshalb sucht die Thames Valley Police auch nicht nach der Person, mit der Graves telefoniert hat. Was sie betrifft, gibt es diese Person überhaupt nicht.

Daten löschen sich nicht von selbst. Irgendjemand muss ein paar Knöpfe gedrückt haben.

<wer war das Irgendwer muss was wissen>

Allmählich klinge ich verzweifelt.

Und schließlich ruft Stephen an. Ich habe neben dem Telefon gesessen und gewartet, während der Anrufbeantworter die Nachricht aufnahm. Er hoffe, dass es mir gut gehe. Er frage sich, wie ich vorankomme. Die Polizei erwähnte er nicht. Er klang etwas beunruhigt, aber nicht furchtbar besorgt, also hatte er nicht zwei und zwei zusammengezählt: Er hat keine Verbindung zwischen den Notizen, die ich ihm gezeigt hatte, und dem ermordeten Psychiater hergestellt. Vielleicht hat er noch keine Nachrichten gesehen? Oder er bekommt bei seiner Arbeit genug von den Schrecken der Welt mit und sucht nicht noch extra danach: Sie kommen schon von selbst zu ihm.

Die Gehwege unter meinem Haus sind fast menschenleer, die Bars ruhig. Ich nippe an meinem Wein – er schmeckt sauer und beißend –, atme die kalte Nachtluft und versuche, mich auf die Aussicht zu konzentrieren, aber heute erscheint sie mir vordergründig, ohne Tiefe, wie auf eine Glasscheibe aufgeklebt.

Gestern Nacht hatte ich nur Graves vor Augen. Heute habe ich sein Bild verdrängt, dafür ist jemand anders an seine Stelle getreten: Catherine Gallagher. Aber weder die verschwommene Flüchtende vom Foto der Überwachungskamera noch die Frau aus den Programm-Überwachungsvideos – mager, leeres Gesicht, immer die Arme verschränkt, um sich vor der Kälte zu schützen. Nein: Ich habe die junge Frau mit dem wachsamen Lächeln und der unverkennbaren Selbstkontrolle vor Augen.

Was hatte ich gleich am Anfang gedacht? *Ich habe diese Frau schon einmal gesehen, aber sie war nie ein Opfer.* Trotzdem habe ich ihnen – genau wie alle anderen – die Story abgekauft: Catherine Gallagher kam nicht zurecht.

Ich hatte mir das so zurechtgelegt: Sie hat jemanden umgebracht, und obwohl man es ihr nicht anmerkte, belastete die Sache sie, worauf sie in eine Depression fiel und zu Graves ging. Vielleicht wollte sie es ihm nicht sagen, er hatte es aber trotzdem verstanden. So hatte ich mir das vorgestellt. Aber es stimmte alles nicht.

Wer hatte Graves also angeheuert? Diejenigen, die Catherine ins Programm gesteckt hatten, um sicherzugehen, dass sie ihr Verschwinden erklären konnten?

Oder hatte sie es selbst arrangiert?

Du willst einen Selbstmord vortäuschen: deinen eigenen. Aber von ein paar Kleidungsstücken am Strand lässt sich niemand mehr foppen. Die Leute wollen Beweise sehen. Und wenn das nicht geht, einen Zeugen, am besten einen Sachverständigen. Und den hast du ihnen besorgt.

Hattest du etwas gegen ihn in der Hand, oder hast du ihn einfach dafür bezahlt? Es gibt keine Zahlungsbelege, aber du bist klug genug, um so etwas zu verbergen. Du wusstest, dass irgendwann jemand nach dir suchen würde. Du hast deine Spuren verwischt.

Du hast seine Kooperation gekauft: Er hat die Notizen für dich gefälscht. Er hat dir den Background geliefert, den du brauchtest. Er hat dich als selbstmordgefährdete Frau dargestellt.

Auf der Arbeit hast du nicht den amateurhaften Fehler gemacht, deine Rolle übertrieben deutlich darzustellen: Weil die Kollegen dich durchschauen könnten, hast du nicht die Deprimierte oder Verängstigte gespielt. Reserviertheit – eine gewisse Gefühlskälte – entspricht deinem Naturell: Also hast du dich daran gehalten.

Am 8. Dezember um 20:15 Uhr hast du deine Wohnung verlassen und bist nie wieder zurückgekommen.

Du dachtest, du hättest alle hereingelegt.

Und dann … was?

Catherine Gallagher lächelt mir wachsam zu. Sie sagt nichts.

Ich wende mich von der Aussicht ab und gehe zurück in mein Apartment. Schalte den Fernseher an: Er ist direkt auf einen Nachrichtensender eingestellt. In einem Bericht über Graves' Tod werden die Entwicklungen und Erkenntnisse des Tages zusammengefasst. Eine Einstellung zeigt den lang gestreckten Ort bei Tageslicht, eine andere das Absperrband vor der kiesbedeckten Einfahrt zu dem niedrigen weißen Haus:

Auf der Veranda vor dem Haus hat die Spurensicherung ein blaues Zelt errichtet, das Beamte in Schutzanzügen mit eingetüteten Beweismitteln verlassen. Dann erscheint ein Foto von Graves auf dem Bildschirm. Schnitt zur Pressekonferenz: dieselben Sprecher, derselbe Appell an die Frau, die Graves kurz vor seinem Tod besucht hat, sich zu melden. Kein Phantombild. Dann steht eine Reporterin mit dem Rücken zum Haus in der Dunkelheit und spricht ihren Text in die Kamera. »Der ganze Ort steht heute Abend unter Schock«, sagt sie.

Mein Telefon klingelt: der Portier mit der Nachricht, dass mein Finanzberater mich heute zum zweiten Mal sprechen möchte.

Als er hereinkommt, sehe ich sofort, dass es schlecht aussieht.

»Wir haben ein Angebot bekommen«, sagt er mit vom Stress gezeichneter Miene. »Von Lucas Powell.«

»Wir haben getan, als wäre es nur ein Spiel«, sagt Craigie ausdruckslos. Ich habe ihm eine Tasse Tee gemacht, die jedoch unberührt vor ihm auf dem Tisch steht und kalt wird. Sein schmales, kluges Gesicht ist vor Sorge spitz, und auch seine Gesten wirken strenger. Selbst sein schottischer Akzent tritt stärker hervor.

Ich sage: »Laidlaw hat das Spiel geliebt. Und es hat sie an Moskau denken lassen.«

Außerdem haben wir alles gründlich gesäubert. Aber offenbar nicht gründlich genug. Irgendwo haben wir Mist gebaut, oder? Wir müssen etwas übersehen haben.

»Was ist passiert?«, frage ich.

»Sie haben Isidore benutzt.« Als er es sagt, weiß ich nicht, ob es sich um eine Frage handelt.

Isidore ist ein Kleinkrimineller, ein Mischling nordafrikanischer, französischer und spanischer Abstammung, der in einer Marktbude im Londoner Norden sitzt und sich einen hübschen Nebenerwerb durch den Handel mit Sozialversicherungsnummern aufgebaut hat: ein gerissener Mann mit frettchenartigem Gesicht, den wir gelegentlich als Kurier eingesetzt haben. Er kennt mich nicht. Ein Gauner, aber andererseits habe ich für vollkommen ehrliche Menschen nicht viel Verwendung. Er kennt sich aus auf der Straße, weiß, wie alles läuft, und ist vertrauenswürdiger, als er aussieht, wenn auch vielleicht nur, weil man ihm zu verstehen gegeben hat, dass sein Leben nicht mehr lebenswert sein wird, wenn er ein Paket aufmacht oder nicht ausliefert. Er kennt mich nicht. Es gibt auch keinen Grund, das zu ändern. Er wird von einem Buchmacher namens Paulie eingesetzt, der wiederum der messingfarbenen Chefin eines Bräunungsstudios in Kilburn unterstellt ist. Ein, zwei oder vielleicht drei von zweiundzwanzig Malen, als ich Informationen an Laidlaw weitergegeben habe, hat Isidore die Sendung übergeben oder ihm den Weg zum toten Briefkasten beschrieben. Aber Laidlaw kann seine Spur nicht aufgenommen haben. Isidore war immer sehr vorsichtig. *Ich* war immer sehr vorsichtig …

»Isidore wurde Sonntag auf der Straße verhaftet.«

»Sonntag?«

»Ich habe es erst vor einer Stunde erfahren. Er wurde von der Polizei festgenommen. Die haben ihn in einen Transporter gesteckt und direkt in den Vernehmungsraum verfrachtet. Sie haben nicht viel gesagt, waren aber nett zu ihm, daher hat er angenommen, dass sie ihn entweder weichkochen oder einfach allgemein ein bisschen mit ihm plaudern wollten. Ein paar Infos sammeln. Aber dann ist ein Mann in den Raum gekommen. Kein Polizist, sagt er. Groß. Schwarz. Guter Anzug.«

Powell. Herrgott.

»Er hat Isidore allein verhört, wenn man es denn ein Verhör nennen will. Keine Zeugen, kein Video.«

»Soweit Isidore weiß.«

»Genau. Die meiste Zeit haben sie nur rumgesessen. Tee getrunken. Keine Drohungen, kein Versuch, Daumenschrauben anzusetzen. Dann, ganz am Ende, ging es um Laidlaw. ›Sie arbeiten für Knox. Ich muss ihm eine Nachricht übermitteln.‹«

»Und Isidore hat gesagt …?«

»Er hat alles abgestritten. Ihn mit leerem Blick angesehen.« Natürlich hat er das. Isidore hat nie von Knox gehört. »Powell hat nicht weiter Druck gemacht. Hat ihm seine Karte gegeben und ihn gehen lassen. Isidore hat sich bedeckt gehalten. Er wusste, dass er beobachtet wird. Hat sich nicht getraut, irgendjemanden zu kontaktieren. Heute Vormittag hat er zufällig Paulie gesehen. Paulie hat mit Deborah gesprochen, und Deborah hat mir die Nachricht übermittelt.« Er sieht meinen Gesichtsausdruck. »Glauben Sie mir, alle sind sehr, sehr vorsichtig.«

Ich nicke. Das glaube ich ihm.

Craigie sagt: »Ich vermute, Laidlaw hat alles ordentlich notiert und versucht, sämtliche Nachrichten, die Sie ihm geschickt haben, zurückzuverfolgen. Aber er wollte Sie nicht verschrecken. Er hat gute, wenn nicht gar sehr gute Tipps von Knox bekommen. Wenn er Knox verschreckt hätte, wäre er ihn los gewesen. Aber er hat weitergesucht, einfach weil er nicht anders konnte. Isidore muss ein Mal – nur ein einziges Mal – unvorsichtig gewesen sein.«

Und das hatte gereicht: Laidlaw – der Mann der alten Garde, der seine Lehrzeit im Kalten Krieg verbracht hatte – hatte ihn heimlich ausfindig gemacht.

»Dann hat Laidlaw Isidore identifiziert«, sage ich.

»Aber er hat diese Information nicht genutzt. Ist ihr nicht

nachgegangen. Und er hat sie auch nicht weitergegeben. Er hat sie zu den geheimen Akten gelegt, und dort ist sie geblieben.«

»In der Wohnung in Ealing.« Vor meinem inneren Auge sehe ich Powell den Pappkarton in den Wagen laden.

»Möglicherweise in der Wohnung in Ealing, vielleicht aber auch woanders. Es würde nichts ändern, wenn wir es wüssten.«

Er sieht mich freudlos an.

»Wir brechen den Kontakt ab. Lassen Sie Isidore, wo er ist. Holen Sie Paulie da raus. Wenn Powell Druck auf Isidore macht und Isidore plaudert, kann er ihnen nur Paulie verraten. Schaffen Sie Paulie für eine Weile in Sicherheit. Deborah auch. Heute Abend noch.«

Wenn wir die Nerven behalten, wird alles gut.

»Und Powell?«

»Wir halten uns von ihm fern. Er hat nur Isidore, und Isidore weiß nichts. Kein Problem.«

Er blickt auf seine Tasse Tee, als sähe er sie jetzt erst. Seine Miene ist angespannt. Er sagt: »Powell hat sich darein verbissen. Er wird es weiter versuchen. Er will Knox für sich.«

Er sieht müde aus. Letzte Nacht hat er nicht geschlafen, weil er Seans Alibi klarmachen musste, und heute dann das … Ich sehe vermutlich noch schlechter aus.

Dann sagt er: »Ich habe mit Fielding gesprochen. Persönlich. Er hat nicht reagiert, als ich Ian Graves erwähnt habe. Er hat den Job jedenfalls nicht gemacht. Aber noch etwas: Ihr Alter Ego, Elizabeth Crow? Ich habe gestern Nacht einen Online-Posten auf die von ihnen eingestellten Referenzen angesetzt. Drei Stunden später hat sie sich jemand angesehen. Ich hätte es früher entdecken müssen, aber Seans Alibi …« Er bricht ab.

In der Nacht … Da hatte ich die falsche Fährte nach Osteuropa noch nicht gelegt. Und die Fotos noch nicht gepostet, die mir nicht ähneln.

»Die Polizei ist es nicht«, sage ich. »Das hätte Ellis mir erzählt.«

Eine Bewegung in diesem Haus, nachdem ich geklingelt habe. Das Einrasten einer Tür. Das Gefühl, von den Bäumen aus beobachtet zu werden …

Craigie erkennt es auch. »Es war Graves' Mörder. Aber wer ist das? Fieldings Klient? Oder die Leute, die Catherine Gallagher ins Programm gesteckt haben? Sofern es nicht dieselben sind.«

»Ich weiß es nicht.«

»Was Neues von Finn?«

»Die Verbindungsdaten wurden gelöscht.«

Craigie sieht mich an. »Karla«, sagt er leise. »Wir wissen absolut nichts, oder?« Er wendet den Kopf ab und presst die Lippen zusammen.

»Wir kommen schon noch drauf.«

»Sind wir nicht allmählich weit genug gegangen? Seit wann besuchen Sie Tatorte? Seit wann setzen wir einundzwanzigjährige Burschen, die Sie kennen, in Vernehmungsräume der Polizei?«

»Sean schafft das schon.«

»Es geht nicht um Sean. Sie haben mich vor einem Jahr geholt, damit ich Sie schütze. Aber jetzt gehen Sie ein Risiko nach dem anderen ein …«

»Craigie …«

»… als gäbe es kein Morgen, als würde niemandem etwas auffallen. Jetzt sucht Lucas Powell nach Ihnen. Sie müssten sich bedeckt halten. Und Sie dürften sich nicht um Simon Johanssen kümmern, Sie dürften gar nicht in seiner Nähe sein, weil er …«

»Weil er was?«

Ein paar Sekunden lang sagt er nichts: Craigies fahles Gesicht zeigt keine Regung, aber irgendwo weit hinten in seinen Augen sehe ich etwas, das ich von ihm niemals sehen wollte: Mitleid.

Leise sagt er: »Weil er Ihnen zu viel bedeutet.«

Ich halte sofort dagegen. »Wollen Sie damit sagen, dass mein Urteilsvermögen eingeschränkt ist?«

»Wollen Sie etwa behaupten, dass es das *nicht* ist?« Er starrt mich an, spricht aber mit sanfter Stimme. »Überlassen Sie ihn mir. Ihr Blick ist getrübt. Ich werde alles in meiner Macht Stehende tun, um dafür zu sorgen, dass er sicher …«

Aber das werden Sie nicht. Das werden Sie nicht.

Es ist ein Patt, und das weiß er. Schließlich erhebt er sich steif und greift nach seinem Mantel. Er sagt: »Dann tut es mir leid, Karla, aber ich glaube, wir müssen Sie für eine Weile isolieren.«

»Mich isolieren? Wie soll das gehen?« Ich geh hier nicht weg. Nicht, solange Johanssen noch da draußen ist.

Er schweigt, blinzelt. »Meiner Ansicht nach sollten wir beide uns etwas mehr an die übliche Routine halten.«

An die übliche Routine halten? Einen Augenblick lang begreife ich es nicht, dann fällt der Groschen.

Craigie hat angefangen, auf Distanz zu mir zu gehen.

Als er weg ist, gieße ich meinen Wein in die Spüle. Ich bin so müde, dass mein ganzer Körper schmerzt, weiß aber, dass ich nicht einschlafen werde, weil ich nicht aufhören kann, und ich habe keine Lust mehr, am Telefon zu sitzen.

Der Fahrstuhl bringt mich in die nasskalte, grell erleuchtete Tiefgarage. Ich vergrabe die Hände in den Manteltaschen und gehe mit klickenden Absätzen über den Betonboden an den Autos meiner Nachbarn vorbei – ein Luxuswagen neben dem anderen – zu meinem Parkplatz. Eine Kamera dreht sich auf ihrer Halterung und folgt mir: Offensichtlich beobachtet der Portier mich.

Der Mercedes glänzt wie schwarzes Glas in der Parkbucht. Ich betrachte kurz den Seitenspiegel – er ist repariert –, dann setze ich mich auf den Fahrersitz, schließe die Tür – sie fällt mit einem befriedigenden, satten Klonk zu – und lege die Hände aufs Lenkrad. Innen riecht er immer noch neu, chemisch, ein wenig giftig.

Als ich die Zündung des Mercedes betätige, erwacht der Motor schnurrend zum Leben. Ich fahre zur Rampe und bewege die Schlüsselkarte am Sensor vorbei. Das Sicherheitsgitter fährt hoch, und ich bin weg.

Ziellos fahre ich durch den nächtlichen Verkehr, wechsle immer wieder von einer Spur auf die andere, schneide Busse, fahre willkürlich rechts oder links. Zuerst durch die Glasschluchten von Canary Wharf. Dann die Commercial Road entlang: heruntergekommene Nebenstraßen, verrammelte Geschäfte, 24-Stunden-Lebensmittelläden beim Sonntagabend-Verkauf. Dann fahre ich nach Nordwesten, wo die Mehrzahl der Neureichen ihr Glück versucht. Weiter ins angesagte East End mit Restaurants und Bars, Medien Startups und Grafikdesignern und der Galerie mit den Vitrinen mit gammelndem Fleisch, der blauen Neonwerbung eines Boutique-Hotels. Eine Großbaustelle, schlafende Kräne hinter Bretterzäunen. Dann nach Süden: die City of London, nachts vereinsamt, mit leeren Pubs und geschlossenen Cafés, wo Papier- und Plastikreste hinter den Autos herwirbeln. Der Mercedes gleitet durch das Netz der Verkehrsüberwachungskameras. Wenn sie meine Bewegungen protokollieren wollen, können sie das. Ich habe immer darauf gezählt, dass ich mich unter dem Radar bewege und unbemerkt bleibe. Ich frage mich, ob ich jetzt zu sehen bin.

Graves wusste, worum es bei der ganzen Sache ging. Jetzt ist er tot. Derjenige, der ihn angerufen hat, weiß auch Bescheid. Die Datei ist gelöscht. Ich werde an jeder Abzweigung blockiert, und sie sind gut. So gut, dass sie eine Telefondatei an der Quelle löschen können. Wie ich, aber einflussreicher, mächtiger.

Jetzt wissen sie, dass Elizabeth Crow hinter ihnen her ist. Natürlich. Die Identität ist schwach ausgearbeitet. Es wird nicht lange dauern, sie zu knacken. Sie werden schnell herausbekommen, dass sie reine Erfindung ist.

Ein Trost: Sie wissen nicht, dass ich dahinterstecke.

Und wenn sie dich in Graves' Garten gesehen haben?

Es war dunkel. Die Verkleidung war gut genug.

Und Simon Johanssen? Wissen sie von ihm?

Ich weiß nicht einmal, wer sie sind.

Irgendwo unter diesem Auftrag gibt es eine verborgene Struktur, eine Art Architektur mit Scheintüren und Geheimgängen, Fluren, die ins Nichts führen, Fenstern von Zimmern, die nicht aufzufinden sind. Catherine Gallagher steht hinter einem dieser Fenster, brillant, reserviert, aber sie ist nicht allein. Andere Leute befinden sich im Gebäude. Sie hinterlassen Spuren – Schatten, Schritte, das Schließen einer Tür auf der anderen Zimmerseite, das Gleiten eines Bolzens –, aber sosehr ich mich auch bemühe, ich bekomme sie nicht zu Gesicht.

Zum ersten Mal kommt mir der Gedanke, dass es mir womöglich niemals gelingen wird.

Johanssen hat noch nicht angerufen, doch das wird er tun. Er wird mit Catherine Gallagher in diese Werkstatt gehen. Ganz egal, ob wir eine Rückversicherung haben, ganz egal, wie groß das Risiko ist. Er hat sich festgelegt. Er wird es auf jeden Fall machen. Er hatte sich schon in dem Moment festgelegt, als Fielding ihm von dem Auftrag erzählt hatte.

Nicht sicher, flüstert eine Stimme in meinem Kopf immer noch. *Es ist nicht sicher.* Aber genau darin liegt die Ironie bei der Geschichte: Er wusste es von Anfang an, und er hat seine Entscheidung getroffen. Ich kann ihn nicht aufhalten. Weil Sicherheit ihn nicht interessiert. Ihn interessiert nur das *Unmögliche,* die *Mission Impossible.*

Also verzieh dich. Verzieh dich einfach. Ruf Craigie an. Übergib ihm den Auftrag. Werde wieder Charlotte Alton. Charlotte Alton führt doch ein schönes Leben, oder?

Und genau in diesem Moment – als ich auf dem Embankment Place vor einer roten Ampel halte – sehe ich zur gegenüberliegenden Straßenseite hinüber, und dort steht Mark Devlin.

Er wohnt in einer schicken, farbigen Villa in Notting Hill, für die mindestens eine siebenstellige Summe aufgerufen wird. Drei Klingeln an der Gegensprechanlage, sein Name steht auf der mittleren. Das Wohnzimmer ist ein teuer gestalteter Raum mit eleganten Möbeln, der trotzdem etwas von einer Junggesellenbude hat: der riesige Bildschirm eines Heimkinosystems, ein Paar an die Wand gelehnte Ski, ein E-Book-Reader neben der Armlehne der italienischen Designercouch. Er verschwindet durch den bogenförmigen Durchgang in die Küche, öffnet eine Flasche Rotwein, gießt mir ein Glas ein – mehr nicht, ich bin mit dem Auto da – und reicht es mir.

»Hübsche Wohnung.«

Er lächelt. Dieses Mal wehmütig. »Ein Erbstück. Ich verdiene gut, aber so gut auch wieder nicht.« Dann: »Gucken Sie sich ruhig um, ich weiß, dass Sie das wollen.«

Ich gehe zu einem Bücherregal am Fenster. Ich ignoriere die zerfledderten Krimis und die Reiseführer. Ich konzentriere mich auf die Fotos.

Mark Devlin, ungeheuer jung in Universitätsrobe vor einem grauen Granitgebäude mit ein paar anderen Studenten, die in die Kamera lachen. Ein lebensgroßes Skelett gehört auch zur Gruppe. Ein anderes Foto: Er ist älter und Teil einer Gruppe männlicher Freunde in Morgenmänteln – eine Hochzeit. Ein Skiurlaub, eine gemischte Gruppe, die vor einer Hütte herumalbert – er steht grinsend, mit geröteten Wangen neben einer elfenhaften, dunkelhaarigen Frau.

Ich blicke auf. Der echte Mark Devlin lehnt im Türrahmen, hat die Jacke ausgezogen, die Krawatte gelockert und die Ärmel aufgekrempelt. Er spielt mit seinem Weinglas und lächelt kurz. Er wirkt sauber und fit.

Ich wende mich wieder den Fotos zu. Devlin als Mittzwanziger mit einer jungen Frau im Arm. Nicht Catherine Gallagher. Aber warum auch? Die ausgemergelte, erschöpfte Catherine, die die Arme verschränkt, um nicht zu frieren, mit abgezehrtem Gesicht … aber sie war eine andere gewesen, als sie sich kennenlernten, sie war die vornehme Frau von Johanssens Foto, deren undurchschaubares Lächeln sich einem einprägte …

Denk nicht an sie. Hör auf.

Wieder sehe ich mir die Fotos an. Devlin und die junge Frau im Freien vor dunklen Bäumen, alten Mauern und Gittern aus Schmiedeeisen. Und die junge Frau …

»Sie war vor dem Restaurant.« Ich suche nach dem Namen. Hannah. *Anna.* Genauso zierlich und hübsch. Jetzt verstehe ich, warum sie mich so angesehen hat. »Sie sehen sehr jung aus.«

Sein Lächeln verändert sich. »Anna und ich sind ganz alte Freunde.« Der gleiche Satz wie damals. Und auch das gleiche Gefühl von Peinlichkeit.

Soll ich das Thema wechseln? Die idyllische Kindheit, das Haus in Wales … »Ist das Ihr Landsitz?«

Es war als Scherz gemeint, er sagt aber: »Lassen Sie sich nicht täuschen, das ist ein ganz gewöhnliches Haus.«

»Noch in Familienbesitz?«

»Ich sollte es verkaufen. Ich fahr nicht oft hin. Keine Zeit.«

Wieder sehe ich mir ihre Gesichter an. Die beiden waren einmal zusammen – glücklich. Und was dann? Es war vorbei. Wahrscheinlich ist er fremdgegangen. Aber das Foto hat er behalten ...

»Sie will mit Ihnen zusammen sein.«

Das kommt zu früh, zu schnell. Ich bin sofort bereit, mich zu entschuldigen, doch er lächelt, wieder ein anderes Lächeln ... »Aber das beruht nicht auf Gegenseitigkeit?« – Ein Lächeln mit leichtem Trauerrand. Er sieht sich das Foto an. »Vier Monate nachdem es geschossen wurde, hat sie mich sitzen lassen.« Dann wird das Lächeln reumütig. »Es hat mir das Herz gebrochen.«

»Aber Sie haben noch Kontakt ... Sie stehen sich immer noch nah.« Schon der Gedanke an sie beschwört es herauf, dazu der Blick, mit dem sie mich angesehen hat, die Missbilligung ... der Blick einer Frau für ihre Rivalin. »Sind Sie sicher, dass sie nicht ...? Wie sie mich angesehen hat, als dächte sie ...«

Er schüttelt den Kopf. »Sie irren sich. Wir sind nur Freunde. Wir stehen uns nah – sie braucht mich, hat Probleme, würde allein nicht zurechtkommen –, aber wir sind nur Freunde. Bitten Sie mich nicht, das zu erklären, das kann ich nicht.« Dann sagt er: »Und Sie? Was ist mit Ihnen? Ich dürfte eigentlich nicht sagen, dass Sie müde aussehen, oder?«

»Nein, dürften Sie nicht.«

Er blickt kurz auf sein Weinglas hinab, dann sagt er leise: »Bei *Götterdämmerung* haben Sie Grün getragen. Sie sind eine ausgezeichnete Begleitung und haben viel Geduld mit Langweilern. Sie sind wohlhabend, aber nicht selbstgefällig: Es gab

Zeiten, in denen Sie nicht viel Geld hatten. Sie sind extrem klug. Sie mögen Leute nicht, die persönliche Fragen stellen. Also versuche ich, das zu vermeiden. Aber Sie sehen aus, als hätten Sie seit Tagen nicht geschlafen … Schon in Ordnung«, sagt er plötzlich, »ich weiß, dass Sie sehr darauf *achten*, welche Menschen Sie näher an sich heranlassen. Ich will nicht neugierig sein. Aber … wollen Sie mit ihm zusammen sein?«

Liegt es am Wein? An der Müdigkeit? Ich weiß es nicht. Ich frage nicht: *Mit wem?* Ich sage: »So ist das nicht.«

»Sind Sie sicher?«

Ich bin mir gerade über gar nichts sicher. Trotzdem sage ich: »Es ist etwas anderes.« Als ich mit Craigie im Apartment war und er mich aufforderte, ihm meinen Platz zu überlassen: »Ich kann ihn nicht in Stich lassen. Er braucht mich.«

»Sie haben Angst, dass alles zusammenbricht, wenn Sie nicht mehr da sind.«

Ich nicke. Plötzlich kann ich nicht mehr sprechen.

Er sagt: »Wir sind uns ähnlicher, als wir denken.«

Ich beiße mir auf die Lippe und starre aus dem Fenster. Er tut so, als interessiere er sich für seinen Wein.

»Und was machen wir jetzt?«, frage ich.

Er sagt: »Was wir tun müssen.«

Der Satz klingt mir den ganzen Rückweg zu den Docklands in den Ohren.

Ich parke den Wagen in der Tiefgarage, nehme den Fahrstuhl nach oben, schließe auf, mache die Wohnungstür zu und bleibe einfach in der Dunkelheit stehen und lausche dem Geräusch leerer Zimmer, dem schwachen elektronischen Summen des Gebäudes … Ich strecke die Hand zum Lichtschalter aus, als das Handy surrt.

Eine SMS von Finn. Nur ein Wort. <ERGEBNIS>

Zwei Tage sind vergangen, seit Graves kurz vor seinem Tod jemanden unter der unbekannten Nummer angerufen hat – und der ihn zurückgerufen hat. Zwei Tage, seit sämtliche Details des zu der Nummer gehörigen Mobilfunkaccounts – sämtliche Hinweise darauf, dass er je existierte – aus den Datenbanken des Mobilfunkanbieters gelöscht wurden.

Aber ich betrachte die Protokolle eines Prepaidhandys, die Identität des Besitzers ist nicht feststellbar, keine Anrufliste bis vorgestern. Ein Handy, das nur einem einzigen Zweck diente, immer geladen, leer und steril war: Sie wussten, dass es irgendwann passieren könnte, dass Graves' Story eines Tages infrage gestellt werden könnte, also haben Sie Graves eine Nummer gegeben, die er in diesem Fall anrufen sollte.

Am Sonntagnachmittag hat er das getan.

Ich habe die Daten des Telefonats, in dem er ihnen gesagt hatte, dass ich unterwegs war, dass ich wusste, dass die Akte eine Fälschung und die Geschichte geplatzt war. Und hinterher der Anruf um 19:34 Uhr auf Graves' Handy. Um zu prüfen, was mit ihm war. Oder mit mir.

Zwei Telefonate. Zwei Datensätze. Aber mit demselben Standort.

Sie könnten unmittelbar nach dem zweiten Telefonat geflohen sein. Die Spur könnte mich zu einem verlassenen Gebäude führen, zu einer leeren Straße. Aber warum sollte man sich dann die Mühe machen, die Daten zu löschen? Wieso sollte man sich die Mühe machen, wenn dort nichts zu finden ist?

Ein Standort, und ich bin unterwegs.

Bitten Sie mich nicht, das zu erklären.

20. Tag: Montag

Powell

Montagabend. Spät. Wieder im Büro. Weitere Überwachungsprotokolle. Dieses Mal neue. Die Wege eines Mannes namens Isidore.

Am Samstag haben sie ihn gefunden – überraschend einfach, und genau wie Laidlaw ihn beschrieben hatte – schlank, frettchenartiges Gesicht, mediterraner Typ, dunkle Haare, selbst die braune Jacke trug er noch – bei einem Marktstand, wo er Handyzubehör verkaufte, zusammen mit einer Frau mit gebleichten Haaren und unreiner Haut. Sie haben ihn den ganzen Tag bis in den Sonntag hinein beschatten lassen und ihn dann von der Straße geholt. Es ging nur um eine zwanglose Unterhaltung: Powell war es locker und entspannt angegangen, hatte ihn nicht bedroht. (Klassisches Vorgehen bei der Putzkolonne, um die Leute unvorbereitet zu erwischen. Vergebene Liebesmüh in diesem Fall.) Isidore Maksoud kaute Kaugummi, trank Tee, bewunderte seinen Anzug – *der ist echt cool, wo haben Sie den her?* – und hatte den Namen Knox noch nie gehört. Sie ließen ihn gehen, aber erst nachdem Mitch bestätigt hatte, dass seine Wohnung jetzt verwanzt war.

Seitdem beschatteten sie ihn rund um die Uhr. Der Sektionsleiter hatte das veranlasst, und die Berichte gingen auch direkt an ihn. Aber das ist Zeit und Energieverschwendung: Isidore ist auf einmal ziemlich rastlos, geht von einem Ort zum anderen und grüßt praktisch jeden, den er sieht – hier ein paar Worte, dort ein Handschlag, dazu ein paar leise gemurmelte Worte … *Er weiß, dass wir ihn beobachten. Er beschäftigt uns*. Es sind zu viele Kontaktpersonen, als dass man allen nachgehen, alle identifizieren könnte. Und beschatten schon gar nicht. Und jede dieser Personen könnte die Verbindung zu Knox sein.

So werden wir Knox nicht finden.

Wie dann? Warten? Wie lange? Er weiß nicht einmal, ob Isidore die Nachricht überbracht hat. Weiß Isidore überhaupt, wer Knox ist? So wie er Knox einschätzt, würde er das bezweifeln. Aber andere Hinweise hat er nicht.

Und die ganze Zeit lauert die gleiche Frage in seinem Hinterkopf: *Was ist, wenn du Knox nicht findest?*

Es gibt Fälle, die werden nie abgeschlossen. Der Maulwurf, den man nie findet, der Verräter, dessen Namen man nicht herausbekommt, das Leck, das man nicht lokalisieren kann, diese Dinge tröpfeln von einem Jahrzehnt ins nächste. Er hat solche Fälle gesehen. Auch wenn er selbst noch nie so einen gehabt hat, weiß er doch, dass sich solche Fälle in einem festsetzen, einen wie Parasiten aussaugen, einem den Schlaf rauben, die Ehe zerstören, den Kindern die Kindheit nehmen und einen alt und vor Reue stinkend zurücklassen … Er hat noch nie so einen Fall bearbeitet, und er wird jetzt nicht damit anfangen. Ganz sicher nicht.

Aber was, wenn du Knox nicht findest?

Sein Tee ist kalt. Er steht auf, verlässt den Raum, schließt die Tür ab, geht zur Küche. Es ist spät, doch als er den Flur entlanggeht, geht hinter ihm eine andere Tür auf. Er sieht sich um. Leeson folgt ihm mit einer Tasse in der Hand zur Küche. Sie lächelt ihm kurz zu – so wie man einem höflichen Fremden zulächelt, der einem die Tür aufhält.

Heute Abend ist es Leeson, aber es könnte jeder von ihnen sein. Sie belauern ihn alle. Carter, rau, aber herzlich wie immer – *Wir waren immer noch keinen zusammen trinken.* Kingman von der Nationalen Sicherheit, respektvoll, eifrig, der es wie früher versucht – *Ich habe schon so viel von Ihnen gehört* –, indem er andeutet, dass er gerne von Powells Erfahrung profitieren würde. Morris beobachtet ihn über ihre Brille hinweg, hexenartig. Sie kommt der Frage, woran er arbeitet, am nächsten. Leeson ist zurückhaltender, aber auch sie wartet und arbeitet bis tief in die Nacht. Viel Arbeit? Ein kräftiger Stoß?

Oder weil die Lüge des Sektionsleiters über seine Aufgaben an ihm hängen geblieben ist.

Er ist hergekommen, um auszumisten. Was denken sie darüber? Dass er ihre Akten durchgeht? Er kann sie nicht beruhigen. Mitarbeiter der Putzkolonne arbeiten nicht zusammen, und alles über Knox steht unter Verschluss. Trotzdem wäre es nett, mit jemandem zu sprechen. Er denkt an Mitchs aufgesetzte Freundlichkeit, Bethanys unterkühlten Blick, während sie seine Missgriffe für den Tag der Abrechnung notiert … Wieder ein massiver Anfall von Einsamkeit. Er geht darüber hinweg.

Er hat sich zu sehr an die Normalität gewöhnt, oder? Reine Schreibtischarbeit, normale Bürostunden. In Washington ist er Sicherheitsberater, schreibt Memos, prüft Vorgänge und schult jüngere Mitarbeiter. Er arbeitet in einem Team. Abends geht er nach Hause zu Tori und Thea – *Thea* … Die Jahre waren vergangen, und er hatte vergessen, was zu diesem Job dazugehörte: die langen Arbeitsstunden, die Einsamkeit und was das mit einem macht. Als er vom MI5 zur Putzkolonne gewechselt ist, hatte man ihm erzählt: *Die Mitarbeiter der Putzkolonne sind die Einsamsten bei den Nachrichtendiensten. Keine Projektgruppen, niemand, bei dem man sich mal was von der Seele reden kann. Gewöhnen Sie sich dran.*

Er geht in die Küche. Füllt den Wasserkocher am Hahn.

Hinter ihm kommt Leeson mit der Tasse durch die Tür. Der Raum ist winzig, nicht viel mehr als ein Schrank. Er stellt den Wasserkocher an und dreht sich zu ihr um. »Sie machen auch Spätschicht?« Halb Frage, halb Aussage.

Sie antwortet lächelnd mit einem Gemeinplatz: »So läuft das halt«, und stellt ihre Tasse neben seine. Ein Teebeutel ist schon drin. Der Wasserkocher fängt an zu rauschen. Er verschränkt die Arme, lehnt sich an den Tresen. Sie warten.

Was ist, wenn du Knox nicht findest?

Soll er Isidore noch einmal herholen? Ihn unter Druck setzen? Wie viel weiß er? Nicht viel, Knox' Identität gewiss nicht, aber irgendetwas muss er wissen. Irgendjemand hat ihn beauftragt, das Paket abzuliefern. Und dieser Jemand hat einen Namen und ein Gesicht … Er sagt, er kann sich nicht erinnern, aber das wird nicht stimmen, und wenn man nur das richtige Druckmittel anwendet … aber was ist das richtige Druckmittel?

Er kann es sich nicht leisten zu versagen.

Er ist müde … Er reibt sich das Gesicht. Neben ihm steht Leeson gedankenverloren, mit gesenktem Kopf und sieht ihn nicht an. Der Wasserkocher wird lauter, fängt an zu dampfen.

Er sagt: »Ich habe eine Zielperson, die nicht redet«, und spürt Leesons Überraschung. Sie hebt den Kopf leicht.

»Er weiß etwas. Wie viel, kann ich nicht sagen.« Er schüttelt den Kopf.

So hat er noch nicht mit ihr geredet. Mit niemandem im Haus, nicht einmal mit dem Sektionsleiter. Es ist aber in Ordnung: Er verrät nichts.

»Wir haben uns ein bisschen unterhalten. Er ist clever. Die Cleveren sind immer die Schlimmsten, oder?«

Sie antwortet nicht, aber es ist auch keine echte Frage. Sie guckt ihn auch nicht an, und dafür ist er dankbar, weil sie ihm Raum zum Reden gibt.

Er sagt: »Und ich brauche dringend Ergebnisse. Wie auch nicht? Dadurch erhöht sich die Neigung, die Daumenschrauben anzusetzen.« Leeson tritt von einem Fuß auf den anderen – ist ihr das unangenehm? –, aber sie haben bisher kaum ein Wort gewechselt, also kann sie seinen Humor vielleicht nicht einschätzen. »Sollte nur ein Witz sein.«

Der Wasserkocher schaltet sich aus. Er dreht sich um und gießt das heiße Wasser in ihre Tassen. Leesons Teebeutel färbt das Wasser grün und riecht nach Pfefferminz.

Aber wenn wir ihn zu hart rannehmen, und Knox davon erfährt …

Er nimmt einen Teelöffel, schiebt seinen Teebeutel ein paarmal hin und her, dann drückt er ihn am Tassenrand aus, holt ihn raus und wirft ihn in den Mülleimer. Er macht den Kühlschrank auf und holt die Milch heraus.

Knox muss wissen, dass er dir vertrauen kann. Übertreib es nicht. Sonst kannst du nur verlieren.

Er sagt: »Man kann besessen werden von der Angst vorm Versagen, oder? Und Versagen ist einfach ein schmutziges Wort.«

Er blickt sie an. Sie blickt ganz ruhig zurück. Dann lächelt sie behutsam, es ist aber gestellt. Sie greift nach ihrer Tasse. Sie sagt: »Das ist es.« Ihre Selbstbeherrschung verblüfft ihn – und plötzlich fällt ihm der andere Fall wieder ein: Die Liste mit den MI5-Überwachungsmaßnahmen, die zur Versteigerung angeboten worden war, wo Knox den Tipp gegeben hatte, der Techniker, dessen Namen sie zu spät erfahren hatte, als er schon auf der Flucht war … Die Wunde ist noch nicht ganz verheilt. Er will schon sagen: *Wir versagen alle mal.* Da fällt ihm ein, dass er das gar nicht wissen dürfte.

Als er wieder in seinem Büro ist, schlürft er seinen Tee.

Isidore zu bedrohen bringt nichts. Also: abwarten und

hoffen? Jedenfalls fürs Erste, bis ihm etwas Besseres einfällt. Morgen trifft er sich wieder mit dem Sektionsleiter. Mehr Erfolgsdruck. Und wieder die Mahnung: Er soll keinen direkten Kontakt zu Knox aufnehmen. *Spielt keine Rolle, solange wir nicht wissen, wer er ist.* Aber das Thema macht den Sektionsleiter ziemlich nervös, als würde Knox an einer Krankheit leiden, mit der er ihn anstecken könnte, wie er es mit Laidlaw getan hatte: ein geheimes Leben aufnehmen, versteckte Akten führen und sich mit der Quelle gegen seine Bosse verbünden.

Er sieht auf die Uhr. In Washington ist es eine halbe Stunde vor der Schlafenszeit. Thea hat ihren Pyjama an, ihre Milch steht bereit, sie wartet auf Daddys Anruf und dann auf eine Geschichte … Er nimmt den Hörer ab, um die Nummer zu wählen, aber dann kommt ihm ein anderer Gedanke – er stellt sich Leeson in ihrem Büro vor, die übers Versagen nachgrübelt –, und er hat ein schlechtes Gewissen.

21. Tag: Dienstag

Johanssen

Abhauen. Du hättest abhauen müssen.

Eine klare Entscheidung, kein Herumlavieren: Entweder bleibst du hier und erledigst den Auftrag, oder du ziehst dich sofort zurück. *Und er hat dich gesehen, oder? Er weiß, wer du bist. Also verschwinde. Verschwinde jetzt. Ruf Whitman an. Lass dich rausholen. Geh zur nächsten Patrouille und stell dich …*

Und was dann? Fielding anrufen? Ihm mitteilen, dass du ausgestiegen bist?

Wie viele Aufträge waren das in den letzten sechs Jahren? Und alle sauber, alle gut, jeder davon hat Terry Cunliffe etwas tiefer begraben. Aber wenn er diesen jetzt einfach sausen lassen würde, was würde dann passieren?

Was würde dann passieren?

Den Auftrag würde einfach jemand anders übernehmen. Weil es immer jemand anderen gibt. Ganz egal, was er zu Fielding gesagt hatte, irgendjemand würde eine Möglichkeit finden. Jemand, der nicht so sorgfältig, so schnell arbeitet. Ein Mann mit einem Messer. Ein Mann, der keine Regeln kennt. Einen Moment lang hat er sie vor Augen – misshandelt, blutüberströmt, sich vor Schmerzen windend … *Hör auf. Das ist nicht dein Problem.*

Aber er ist nicht abgehauen.

Gestern ist er ins Lager zurückgekehrt und hat wach in seiner Koje gelegen – *Hat er dich erkannt? Bist du sicher?* –, während er nach Schritten auf der Treppe lauschte, nach Quillans Männern, die ihn schließlich doch noch holen kommen würden, Charlie Ross im Schlepptau, der auf ihn zeigt: *Ja, das ist er.* Bis die Tore für die Nacht geschlossen wurden und die Sache sich damit erledigt hatte, saß er in der Klinik fest und starrte auf die Tür, während die Gedanken in seinem Kopf umeinander kreisten. Die Antwort hingegen blieb immer gleich. *Du hättest abhauen sollen.*

Mitternacht, dann 1:00 Uhr, 2:00 Uhr, 3:00 Uhr. Riley raucht unter dem Vordach im Hof. Vinnie moppt den Boden und erzählt von dem ersten Essen, das er sich gönnen wird, wenn er rauskommt, und natürlich von seinem Hund, er liebt seinen Hund, er wird seinen Hund wiedersehen – aber sein Blick wandert immer wieder besorgt zu Cate … Cate, die reglos und geistesabwesend mit zusammengekniffenem Mund und schläfrigem Blick dasitzt. Und Drill auf seinem Stuhl, dessen Blick zwischen ihren Gesichtern hin- und herhuscht, den Kopf leicht schief gelegt, als hätte er Johanssens Angst gewittert und würde jetzt versuchen, sie zu ihm zurückzuverfolgen.

Du kannst den Auftrag abbrechen, weil deine Sicherheit gefährdet ist.

Oder du gehst das Risiko ein, rufst Karla an und machst trotzdem weiter.

Erst um 4:00 Uhr morgens fällt ihm die dritte Möglichkeit ein.

Charlie Ross finden und ihn umbringen.

Er zieht die Stiefel erst unten an der Treppe an. Cate ist noch oben in ihrem Zimmer. Der Hof ist leer. Er geht zum Tor. Es ist offen, und er geht hinaus.

Johanssen geht, und seine Beschatter folgen ihm. Wenn er stehen bleibt, bleiben auch sie stehen. Er versucht nicht, sie abzuschütteln – das würde sie nur misstrauisch machen –, aber heute spürt er sie die ganze Zeit wie eine drückende Last.

Einen Tag hat er sich zugestanden. Einen Tag, in dem er das Programm auf der Suche nach Charlie Ross durchkämmt, obwohl die Männer hinter ihm das nicht merken dürfen: Es muss ziellos und willkürlich aussehen, und er darf auch keine Fragen stellen, weil diese Fragen wie alles andere Quillan zugetragen werden würden. Also: Mach Ross ausfindig, schüttle die Beschatter ab, erledige ihn. Dann ruf Karla an, bestätige den Auftrag und geh zurück zum Lager, als wäre nichts geschehen.

Oder scheitere, ruf Whitman an und verschwinde, bevor die Tore geschlossen werden.

Er geht eine Stunde. Ein Stück hinter dem Ausbildungszentrum wirft ein Trupp Müllmänner mit bewaffnetem Wachschutz Müllsäcke hinten in einen Presswagen. Ein Land Rover bildet die Nachhut. Auf dem Gehweg vor dem weißen Verwaltungsgebäude handeln Quillans Männer mit Zigaretten. Am Himmel ziehen Regenwolken auf.

Charlie Ross ist nirgends zu sehen. Er steht nicht vor der mit Brettern vernagelten Kapelle herum. Sieht seinen Kumpeln nicht beim Fußballspielen auf der Brachfläche zu. Kauft keinen Tabak im kleinen Laden, schaufelt sich in der Kantine kein Essen herein, lungert nicht in den Ausgabeschlangen herum. Charlie Ross hat aufgehört zu existieren. Doch wer war dann der Mann im Nebel? Ein Geist? Es gibt keine Geister: Wenn es sie gäbe, hätten sie längst angefangen, ihn heimzusuchen.

Nein: Das Programm hat Charlie Ross komplett verschluckt.

Es hat ihn verschluckt, könnte ihn aber auch jederzeit wieder ausspucken.

*

Es ist 11:00 Uhr. Wenn er rauswill, bevor die Tore geschlossen werden, muss er Whitman spätestens um 16:00 Uhr anrufen.

Er hat noch fünf Stunden, um Ross zu finden. Er spürt es schon – das langsame Abgleiten in die Niederlage.

Terry Cunliffe grinst ihn gleichgültig an.

Sieh das nicht als Versagen, sagt er.

21. Tag: Dienstag

Karla

Die Docklands erwachten schon, als ich das Apartment um vier Uhr morgens verließ, Lichter bewegten sich die Straße entlang, Taxis setzten Börsenhändler vor ihren gläsernen Festungen ab, die Frühschicht kam rechtzeitig zum fernöstlichen Nachmittagshandel von Nikkei und Hang Seng. Ich nahm ein Taxi ins Zentrum, um dann zur Garage mit den Ersatzfahrzeugen zurückzukehren, alles unter Beachtung der üblichen Antibeschattungsregeln. Weil der Tank voll war, nahm ich den kleinen blauen Kompaktwagen, unseren Ersatz für den schwarzen Geländewagen, den wir nach Graves' Tod ausrangieren mussten.

Ich habe zwei Stunden gebraucht, um herzukommen, dann noch mal anderthalb Stunden, bis ich auf Position war. Seitdem sind zwei weitere Stunden vergangen. Ich habe nur beobachtet.

Ich stehe in einem feuchten Kirschlorbeergestrüpp. Zwanzig Meter von mir entfernt, hinter einem winterlichen Rasen, schlummert ein edwardianisches Haus. Es steht in einem exklusiven Wohngebiet bei Wentworth an der Grenze zwischen Berkshire und Surrey. In der Nähe kauern korpulente Villen von Börsenhändlern hinter hohen Mauern, doch dieses Haus ist kleiner und nicht so stark geschützt. Es liegt zusammen mit drei anderen Häusern am Ende eines überwachsenen Privatwegs. Alte Häuser auf großen Grundstücken. Die anderen Häuser sind nicht zu sehen und still, die

Bewohner sind zur Arbeit, auf dem Golfplatz oder liegen auf einem Massagetisch. Gelegentlich rascheln die ledrigen Blätter, die mich umgeben, oder eine Amsel schlägt in einem benachbarten Garten Alarm, Stimmen oder Schritte sind jedoch nicht zu hören.

Von meinem Aussichtspunkt kann ich nur die Rückseite des Hauses sehen: Im Erdgeschoss befinden sich ein Fenster und eine Hintertür, die in eine Küche oder einen Wirtschaftsraum führt, eine zweiflügelige Glastür und ein weiteres Fenster. Über die gesamte Breite des Hauses erstreckt sich eine Veranda, auf der abgedeckte Gartenmöbel stehen. Am fernen Ende, hinter der Küchentür, stehen ein paar Schuppen und Gerätehäuser aus dunklem grünstichigem Holz.

Drinnen brennt kein Licht, und in den letzten beiden Stunden hat sich nichts gerührt. Bin ich vielleicht schon zu spät? Sind sie schon abgehauen, haben alles geräumt und kommen nicht zurück? Allerdings ragen unter den Simsen Überwachungskameras heraus: Ich wage es nicht, über den Rasen zu gehen und in die Fenster zu sehen. Ich hoffe, dass sich diejenigen, die sich hier aufhalten, immer noch für unauffindbar halten, weil die Daten der Telefonate gelöscht wurden. Ich kann es mir nicht leisten, sie wissen zu lassen, dass dem nicht so ist.

Meine letzte Beschattung ist Jahre her. Ich bin außer Übung, friere und habe Hunger. Die morgendliche Tasse Kaffee ist nur noch eine ferne Erinnerung, und die Flasche Wasser, die ich mitgebracht habe, ist seit neun leer. Seit einer Stunde werden meine Füße nicht mehr durchblutet, die unteren Gliedmaßen sind eingeschlafen. Trotzdem warte ich weiter. Diese Adresse ist das Einzige, was ich habe. Das Haus, das im Besitz einer Briefkastenfirma ist, die auch die Rechnungen bezahlt: Die Vorstände sind Strohmänner, Marionetten, die dafür bezahlt werden, ihre Namen unter ein Stück

Papier zu setzen. In dem Haus ist kein Festnetzanschluss angemeldet, es steht auch niemand im Wählerverzeichnis. Die Spur fängt hier an und endet auch hier aufgrund der schlichten Tatsache, dass die Anrufe in diesem Haus angenommen, beziehungsweise von hier aus getätigt wurden. Es gibt keinen anderen Ort, an dem ich suchen könnte.

In dem Versuch, mich warm zu halten, trete ich etwas zur Seite und starre weiter auf die Fenster.

Kurz nach zehn geht drinnen eine Lampe an, aber das könnte auch eine Zeitschaltuhr sein, um Einbrecher abzuschrecken. Hinter den Fenstern sind keine Schatten zu sehen.

Gegen 10:30 Uhr fängt es an zu regnen

Ich höre die Tropfen, bevor ich sie spüre, als sie um mich herum auf die harten Lorbeerblätter prasseln. Dann leckt mir das Wasser durch die Blätter hindurch in die Haare und den Nacken. Die Temperatur fällt um ein Grad. Dann um noch eines.

Du bist eine Idiotin. Sitzt hier ganz allein, ohne Unterstützung und beobachtest ein Haus, das wahrscheinlich leer ist. Und selbst wenn sie zurückkommen, selbst wenn du Fotos von irgendeinem Gesicht bekommst, selbst wenn du sie identifizieren kannst – was dann?

Graves hat vor seinem Tod hier angerufen, und sie haben ihn zurückgerufen. Jetzt verwischt er seine Spuren. Das bedeutet aber nicht, dass sie Fieldings Klienten sind. Und solange du diese Klienten nicht aufspüren kannst, bringt dich das kein Stück weiter.

Es hört auf zu regnen. Um mich herum nimmt das Tageslicht ab. Ich verspreche mir selbst irgendetwas, ganz egal was, um noch eine Stunde durchzuhalten, als das Licht in der Küche ausgeht und ganz kurz das Gesicht eines Mannes im Fenster erscheint.

Der Fotoapparat steckt in meiner Jacke. Beim Herausziehen fällt er zu Boden. Meine Finger funktionieren nicht mehr. Ich halte den Atem an.

Komm zurück. Komm zurück, bei allem, was heilig ist, komm zurück.

Eine weitere Minute. Zwei. Nichts.

Soll ich es riskieren, zum Haus zu gehen? Zu gefährlich.

Eine dritte Minute, eine vierte …

Die Küchentür geht auf. Ein Mann kommt heraus. Ich erstarre.

Ich kenne ihn.

Im Dunkeln hinten in einem Lagerhaus. Helle Scheinwerfer. Ein Mann, Anfang sechzig, attraktives Patriarchengesicht, Golfbräune, schwitzend – und Craigies Stimme, ruhig, gemessen, die Fakten stets zur Hand.

William Hamilton. William Hamilton, der Exboss eines großen Pharmaunternehmens, der durchaus zu Charlottes Freundeskreis hätte gehören können mit seinem kultivierten Auftreten im edlen Freizeitanzug. Es ist keine drei Wochen her, dass ich in unserem Lagerhaus stand und nicht richtig zuhörte, während er von seinem Betrug erzählte.

Bei Tag sieht er anders aus, grauer, älter, unbedeutender. Aber er ist es.

Er bleibt einen Moment auf der Terrasse stehen, den Kopf im Nacken, holt tief Luft. Aus der offenen Tür ist Musik zu hören: ein trauriges Klavierstück, das mir irgendwie bekannt vorkommt.

Was macht er hier?

Und im selben Augenblick weiß ich es. Dies ist ein sicheres Haus, und wir haben ihn hier einquartiert.

Ich habe mich nicht bewegt und kein Geräusch gemacht. Trotzdem dreht er sich um und sieht über den Rasen in meine Richtung, und einen ewigen Moment lang scheint er mich direkt anzustarren. Seine Miene wirkt angespannt, er strahlt aber auch Entschlossenheit aus, als würde er es mit jedem Ankömmling aufnehmen. Jeden Moment wird er über den Rasen kommen …

Doch dann fängt es wieder zu regnen an, dicke Tropfen klatschen auf die Blätter über mir und auf Hamiltons unbedeckten Kopf. Er blickt zum Himmel, dann dreht er sich um und geht zurück zum Haus.

Ich trete aus der Deckung des Kirschlorbeers auf den Rasen. »Mr Hamilton. *Drehen Sie sich nicht um.*«

Schock. Instinktiv wappnet er sich gegen einen Schlag, als würde ich ihn angreifen. Für den Bruchteil einer Sekunde rechne ich damit, dass er sich umdreht. Dann sacken seine Schultern nach unten.

Er sagt: »Oh, Sie sind das.« Als würde er mich kennen. Als wäre es unvermeidlich gewesen. Als hätte er mich die ganze Zeit erwartet.

Aber das kann er nicht. Er kann nichts über Karla wissen.

Missdeutet er das Schweigen als Leugnen? Er sagt: »Sie glauben, ich wüsste nicht, wer Sie sind?« Angst, Trauer und eine ironische Verbitterung.

»Für wen halten Sie mich denn?«

Eine Fangfrage. Er antwortet nicht.

Er sagt: »Was haben Sie? Eine Pistole? Ein Messer?« Eine kurze Unsicherheit beim Wort »Messer«.

»Ich habe nichts.«

»Sie lügen.« Dann: »Sie haben mich gefunden. Wie?«

»Graves hat Sie hier angerufen. Ich habe den Anruf zurückverfolgt.«

»Und als ich ihn zurückgerufen habe, waren Sie dran, oder?« Dann, schnell, mit wachsender Wut und Verzweiflung: »Warum haben Sie das getan? Warum haben Sie ihn umgebracht? Er war nur ein Freund, der mir einen Gefallen getan hat. Er wusste nichts.«

»Ich habe ihn nicht umgebracht.«

Voller Wildheit, wie ein Peitschenhieb: *»Haben Sie jemand anderen dazu gebracht, die Drecksarbeit für sie zu erledigen?«* Er richtet sich auf, hebt den Kopf und atmet tief ein. Ich falle ihm ins Wort.

»Ich habe ihn nicht umgebracht. Ich habe ihn gefunden. Er war schon tot. Wer immer das war, hat keinen Augenblick gezögert. Ich nehme an, dass er auch hinter Ihnen her ist und dass Sie sich deshalb hier verstecken. Mr Hamilton. Wenn ich gekommen wäre, um Sie zu töten, worauf warte ich dann? Niemand sieht uns.«

Er sagt: »Sie werden mir nichts antun, bis Sie wissen, wo sie ist.«

»Das weiß ich schon. Sie ist im Programm.«

Ich sehe sein Gesicht nicht, aber ich sehe seinen Körper, sehe, wie er zusammenzuckt. Und ich höre ein Geräusch – ein Stöhnen, ein Schluchzen? –, Verzweiflung, Kummer und etwas, das sich unermesslich tief vor mir auftut.

Er steht es durch. Aber jetzt wirkt er gebeugt, als wäre er durch meine letzten beiden Sätze um zehn Jahre – oder mehr – gealtert.

Ich dränge weiter, jetzt mit harter Stimme. Er muss begreifen, dass er reden muss.

»Ich habe Ihren Freund nicht getötet, Mr Hamilton. Ich begreife nicht einmal die Hälfte von dem, was hier vorgeht. Aber ich weiß, dass Catherine Gallagher da drin ist, weil sie einen Menschen umgebracht hat, und zwar auf eine sehr furchtbare …«

»Sie ist da drin, weil *ich sie dort untergebracht habe.«* Er richtet sich etwas auf. »Wissen Sie nicht, wer ich bin?«

Jetzt fällt es mir wieder ein. Ich habe Craigies Stimme im

Kopf. William Arthur Hamilton, der frühere Leiter der Abteilung für Joint Ventures und Kooperationen bei Hopeland, dem Pharma- und Medizingiganten – ein Mittelsmann, ein Zwischenhändler, der für große Regierungsaufträge zuständig war …

Und Hopeland ist für die medizinische Versorgung im Programm zuständig.

Nicht Hopeland selbst, aber eine hundertprozentige Konzerntochter. Aber sie stellen auch das Personal für die Unfallstation außerhalb der Mauer und sind für die gepanzerten Krankenwagen zuständig. Und Hamilton hat die Verträge erarbeitet: Er hat die Fäden gezogen, kannte jeden. Er konnte etwas arrangieren, wie ich es getan habe, um Johanssen da reinzubringen, konnte sich auf die nationale Sicherheit berufen, seine Autorität spielen lassen, Vorschriften umgehen und Dinge auf dem kleinen Dienstweg erledigen, ohne irgendwelche Spuren zu hinterlassen. Damit hätten wir das Wie.

Das Warum steht auf einem anderen Blatt.

»Ja«, sage ich. »Ich weiß, wer Sie sind.«

»Und Sie wissen auch, was sie getan hat«, sagt er. »Wer sind Sie? Polizistin? Journalistin?«

Ich könnte lügen. Das ist mein Job. Ich muss versuchen, ihn davon zu überzeugen, dass ich auf seiner Seite bin, auf Catherines Seite … Aber mir fällt nichts ein, vielleicht habe ich auch einfach nicht genug Zeit, um mir etwas auszudenken. »Wer ich bin, spielt keine Rolle. Aber ich bin den Hintermännern schon seit Wochen auf der Spur, seit ich weiß, dass ein Kopfgeld auf sie ausgesetzt ist. Ich weiß, was sie getan hat, aber das erklärt es nicht. Ich dachte, Graves könnte mir mehr erzählen, aber ich bin zu spät gekommen. Daher bin ich jetzt zu Ihnen gekommen. Mr Hamilton, wer steckt hinter der Sache?«

Er sagt: »Wollen Sie sagen, Sie *wissen* das nicht?« Dann:

»Was wird denn Ihrer Ansicht nach passieren, wenn ich es Ihnen sage?«

»Ich kann die Sache stoppen.«

Ich sage das mit vollster Überzeugung, doch er lacht nur höhnisch und verbittert. »Sie können die nicht aufhalten. Warum habe ich sie denn wohl im Programm untergebracht? Glauben Sie, die Entscheidung wäre mir leichtgefallen? Glauben Sie, ich wüsste nicht, wie es da drinnen läuft?«

Wieder schweigt er. Dann fährt er matter, aber auch sanfter fort. »Sie stand mitten in der Nacht vor meiner Tür – am 13. Dezember. Vor einem Jahr – und hat mir alles erzählt. *Alles.* Daher weiß ich genau, was sie getan hat. Da mache ich mir nichts vor. Aber ich war mit ihrem Vater befreundet – ich kannte sie schon als Kind –, daher konnte ich sie nicht …« Er bricht ab, sammelt sich, dann spricht er weiter. »Es war der einzige Ort, an dem sie vor ihnen sicher war, der einzige Ort, an dem sie nicht nach ihr suchen würden.« Er schweigt, dreht den Kopf leicht, als könnte er mich so aus den Augenwinkeln sehen. »Wenn ich Ihnen sage, worum es geht, ergeht es Ihnen wie Ian Graves.« Dann sagt er: »Und wenn die rausbekommen, wo sie ist, bringen die sie auch um.«

Ich antworte nicht. Ich weiß nicht, wie ich es ihm sagen soll. Mir wird erst klar, dass er mein Schweigen gedeutet hat, als es schon zu spät ist – als er, mit gebrochener Stimme sagt: »Aber sie wissen es schon, oder?«

»Ja.«

Einen Moment lang erwarte ich, dass er fragt, ob ich sicher bin. Aber er hat meine Stimme gehört und spart es sich.

»Dann ist es vorbei.« Er senkt den Kopf.

Der Regen prasselt auf ihn, sein Hemd ist durchweicht, und die dünnen grauen Haare kleben am Kopf und zeigen die verletzliche rosafarbene Kopfhaut.

»Erzählen Sie mir, worum es geht. Und wer die Leute sind.«

Ich beuge mich etwas zu ihm, als würde das etwas ändern, als könnte ich ihn dadurch zum Reden bringen …

»Warum? *Sie – können – sie – nicht – aufhalten.*«

»Glauben Sie, ich bin sicherer, wenn ich nichts weiß? Bei Graves hat das nicht funktioniert.«

Eine grausame Bemerkung. Er zögert, aber nicht lange. »Ich geh wieder rein.«

»Mr Hamilton …«

»Seien Sie froh, dass ich Ihr Gesicht nicht gesehen habe. So kann ich denen nicht sagen, wer Sie sind, ganz egal, was sie versuchen.« Er überlegt einen Moment: »Es sei denn, sie beobachten uns jetzt.«

Schweigen, wir heben gleichzeitig die Köpfe, lauschen im Regen nach etwas Unhörbarem, als könnten wir so herausbekommen, wer sie sind.

Natürlich ist da nichts.

Dann atmet er einmal tief durch, geht zurück in die Küche und schließt die Tür hinter sich. Das Küchenrollo geht herunter.

Ich stehe vollkommen durchnässt vor dem Kirschlorbeer.

Ich müsste zur Tür gehen und dagegenhämmern, bis er mich hereinlässt. Aber das wird er nicht, oder? Das wird er nicht.

In dem Moment wird mir etwas klar: Jemand hat die Verbindungsdaten gelöscht. Hamilton war es nicht – er hat nicht die Möglichkeiten dazu –, und wir waren es auch nicht. Dann bleibt nur der Klient.

Er hat genau die gleichen Informationen wie ich.

Er kann ihn hierher verfolgen

Und wieder lausche ich dem Regen. Was ist, wenn ich nicht die Einzige bin, die das Haus beobachtet?

Ich schlüpfe zurück ins Gestrüpp und verschwinde.

Ich brauche fünfundzwanzig Minuten, um mich wieder bis zu meinem Wagen vorzuarbeiten, wobei ich mich immer wieder umgucke. Dann fahre ich nach Staines – wieder unter Beachtung aller Antibeschattungsregeln –, parke an einer Straße und rufe Craigie an.

»Hamilton«, sage ich. »Wir haben ein Problem.«

Schweigen. Dann sagt Craigie knapp: »Sie rufen von einem Handy an. Sie wissen, dass wir nicht …«

Ich beende die Diskussion, bevor sie beginnt: »Hamilton hat Catherine ins Programm gesteckt. Nicht zur Strafe, sondern um sie dort zu verstecken. Und die, die ihren Tod wollen, sind ihm auf der Spur. Craigie, er ist aufgeflogen. Die können ihn genauso aufspüren, wie ich es getan habe. Holen Sie ihn da raus.«

Wieder schweigt Craigie. Doch dann sagt er ruhig: »Alles klar. Wo sind Sie?«

»Ich bin auf dem Rückweg. Craigie? Seien Sie vorsichtig.«

Mir ist vor Müdigkeit und Hunger schwindlig. In einem Café kaufe ich einen Kaffee, ein Schinkenbrötchen und einen Schokoriegel. Ich bin klitschnass. Die Bedienung sieht mich mitleidig an. »Sie müssen sich aufwärmen«, sagt sie und scheint zu überlegen, ob ich überhaupt ein Zuhause habe. Ich versuche, ihr zuzulächeln, aber mein Gesicht ist eingefroren. Sie gibt mir mehr Wechselgeld, als mir zusteht. Als ich wieder ins Auto steige, entdecke ich einen Zweig in meinen Haaren.

Ich schütte zwei Tütchen Zucker in den Kaffee und kippe ihn herunter. Er brennt im Mund. Ich verschlinge das halbe Schinkenbrötchen zu hastig und kriege den Rest nicht herunter. Stattdessen esse ich die Schokolade. Damit schaffe ich den halben Weg zu den Docklands, bevor mein Energiehaushalt wieder einbricht. Ich esse den Rest vom Schinkenbrötchen, während ich einhändig fahre. Mir ist schlecht.

Noch mehr Antibeschattungsmaßnahmen. Werde ich verfolgt?

Ich treffe auf Straßenbauarbeiten, dann auf einen großen Verkehrsunfall: Die Polizisten lassen die Fahrzeuge warten, während sie die Straße freiräumen. Insgesamt brauche ich drei Stunden bis zur Garage. Die ganze Fahrt gehen mir Hamiltons Gesicht und seine Worte nicht aus dem Kopf.

Am 13. Dezember. Da war es gerade erst passiert, und sie war auf der Flucht …

Fünf Tage vorher war sie zum letzten Mal auf der Überwachungskamera gesehen worden: Catherine Gallagher marschiert aus ihrem Leben. Ich habe mir das Video angesehen und gedacht: *Diese Frau hat jemanden umgebracht, das hat ihr schwer zu schaffen gemacht, und da hat sie sich davongemacht.* Doch ich hatte mich geirrt. Vielleicht ist die Frau in der Lobby in ihrem Mantel noch unbefleckt. Vielleicht hat sie da noch gar kein Blut an den Händen. Aber sie marschiert in eine Zukunft, wo all die schlimmen Dinge geschehen werden. Ich frage mich, ob sie es weiß.

Ich habe keine Kleidung zum Wechseln in der Garage, nur eine zweite Jacke, die ich über meine nassen Sachen ziehe. Die Feuchtigkeit ist bis auf meine Haut durchgedrungen: Mir ist eiskalt. Ich versuche, vor dem Rückspiegel meine Haare zu ordnen und mein Gesicht in Ordnung zu bringen. Die Haare sind struppig geworden, und als ich den Lippenstift auftrage, sieht meine Haut schneeweiß aus.

Zwei Straßen von der Garage entfernt nehme ich ein Taxi und lasse mich an der London Bridge absetzen. Dann gehe ich zur U-Bahn und fahre mit der Jubilee-Line zurück nach Canary Wharf.

Den letzten Kilometer gehe ich zu Fuß, den Kopf gesenkt, während ich bete, dass ich niemandem begegne, der mich kennt.

Im Bad ziehe ich die nassen Klamotten aus und trete in die Dusche: Das heiße Wasser prasselt auf meine kalte Haut. Ich bleibe zehn Minuten darunter stehen, dann rubbele ich mich halb trocken und ziehe den Bademantel an.

Craigie kann nicht einfach ohne Weiteres ins sichere Haus spazieren. Nicht wenn es unter Beobachtung steht. Wie lange wird er brauchen, um ein Team zusammenzustellen, alle auf ihre Positionen zu bringen und das Gebiet nach anderen Interessenten abzusuchen …?

Aber es hat schon angefangen. Hamilton weiß, was Catherine getan hat, und Hamilton wird reden – dafür wird Craigie mit seiner Skrupellosigkeit sorgen. In ein paar Stunden werden wir alles wissen.

Das Telefon klingelt: der Portier. Ich bekomme Besuch.

Craigie kommt mit hochgeschlossener Jacke. Er umklammert seine Aktentasche, als würde sie ihm Schutz bieten. Er wirkt gequält. Das ist nicht die *Routine,* die er sich vorgestellt hatte.

Trotzdem konnte er nicht widerstehen. Er hat seine Leute zu Hamilton geschickt und ist hergekommen, um zu erfahren, was los ist. Das bläut einem dieses Geschäft ein: den unersättlichen Hunger nach Informationen, die ewige Suche nach Wissen.

»William Hamilton«, sagt er. »Wie haben Sie ihn aufgespürt?«

»Sie haben ihn in ein Haus in der Nähe von Wentworth gesteckt. Erinnern Sie sich an Graves' Anruf kurz vor seinem Tod? Finn ist an die gelöschten Verbindungsdaten herangekommen: Der Anruf wurde in diesem Haus angenommen.«

»Und Sie waren da?«

»Ich habe mit ihm gesprochen – mein Gesicht hat er nicht gesehen. Er hat Catherine Gallagher im Programm untergebracht. Und Graves dazu überredet, als Tarnung die vermeintliche Selbstmordstory zu konstruieren. Craigie, sie ist nicht im Programm, um eine Strafe abzusitzen. Sie hält sich da versteckt.«

Er sagt: »Die Verbindungsdaten wurden nicht von uns gelöscht.«

»Ich weiß. Und Hamilton hat nicht die Möglichkeiten dazu. Also muss es der Klient gewesen sein, der sichergehen wollte, dass er ihn vor uns erreicht. Sie sind hinter Catherine her, sie haben Ian Graves erwischt, sie nehmen jeden aufs Korn, der ihr geholfen hat …«

»Und warum haben sie ihn sich nicht direkt vorgenommen? Sie haben gesagt, der Klient hätte ihn zu diesem Haus zurückverfolgen können. Worauf haben die dann noch gewartet?«

»Ich weiß es nicht. Sagen Sie mir nur, dass er jetzt da raus ist.«

»Oh, er ist da raus«, sagt er, allerdings grimmig, und ich zucke innerlich zusammen.

»Ich habe jemanden hingeschickt, damit er mal klingelt – einen Lieferdienst mit einem Paket, nichts Wichtiges. Er sollte nur nachsehen, ob es Hamilton gut geht und ob das Haus überwacht wird. Die Tür war nur angelehnt. Es brannte kein Licht. Unser Mann ist reingegangen …«

Und Hamilton war weg gewesen.

Es gab keine Anzeichen für einen Aufruhr oder eine körperliche Auseinandersetzung. Außerdem waren Hamiltons Portemonnaie und sein Pass nicht zu finden. Hamilton hatte sich einfach ein paar Sachen geschnappt und war gegangen, allein. Die Überwachungskameras zeigten es.

Und ich war der Anlass dafür – mein Erscheinen im Garten und die Erklärung, dass ich den Anruf zurückverfolgt hatte. Was ihn zu der Erkenntnis gebracht hatte, dass das sichere Haus keinesfalls sicher war. Deshalb ist er geflohen.

Vielleicht ist ihm nicht klar, dass er jetzt vollkommen ungeschützt ist …

Nein. Wenn ich mir vergegenwärtige, wie er den Kopf gesenkt hat, als er sagte *Dann ist es vorbei.* Es ist ihm einfach egal.

Craigie geht, um die Suche nach Hamilton zu organisieren. Ich höre den Anrufbeantworter ab. Johanssen hat sich immer noch nicht gemeldet.

Am späten Montagvormittag ist Johanssen noch einmal in die Werkstatt gegangen. Ein letzter Check, hatte ich gedacht. Inzwischen haben wir Dienstag vier Uhr nachmittags, der Abend nähert sich. Er hätte inzwischen anrufen müssen. Warum hat er das nicht getan?

Plötzlich geht mir ein altes Überwachungsvideo durch den Kopf: Johanssen auf der Straße, der lächelnde blonde Mann – eine Nachricht, eine Drohung, ein Kuss …

Mein Rückgrat kribbelt. Heute hat keiner die Streams der Überwachungskameras beobachtet.

Dann ruf ihn an.

Ich rufe die Kontaktnummer auf, die der Klinik, die er mir gegeben hat. Schon versuche ich, mir die Worte zurechtzulegen. Die Telefonleitungen des Programms werden überwacht: Es könnte jemand mithören. Aber ich will ihm gar nichts erzählen. Ich will nur seine Stimme hören.

Ich wähle.

Es klingelt – einmal, zweimal, dreimal.

Es ist noch hell. Die Klinik ist geschlossen, aber Johanssen ist in der Nähe, vermutlich im Halbschlaf …

Jemand nimmt ab.

Drei, vielleicht vier Sekunden lang ist etwas zu hören. Länger nicht.

Belfernde Männerstimmen aus einem nahe gelegenen Raum.

Ein Mann schreit.

Die Verbindung wird unterbrochen.

21. Tag: Dienstag

Johanssen

Drei Uhr nachmittags. Er ist diverse Male im Zickzack durchs Programm gelaufen, trotzdem kehrt er immer wieder zurück an den Ort, wo er den Mann zum letzten Mal gesehen hat.

Die Wohnungen hier sind die schlechtesten im Programm. Die Fenster sind zersprungen, die Dachrinnen hängen durch, es riecht nach ungeklärten Abwässern. An den Ecken stehen wenige von Quillans Männern, die auch deutlich desinteressierter wirken, und die Patrouillen fahren mit leeren Blicken vorbei. Mitten auf der Straße liegt ein großer Haufen menschlicher Scheiße, und aus einem Fenster sind Schreie zu hören. Er lehnt sich an eine Wand. Als seine Beschatter das sehen, warten sie an der Einmündung einer Gasse. Nach ein paar Minuten kommen noch zwei und stellen sich dazu. Manchmal blicken sie zu ihm herüber wie zu einem Ausstellungsstück, einem Tier im Zoo – als fragten sie sich, was als Nächstes mit ihm geschehen wird.

Er schließt die Augen. Es hämmert in seinem Kopf.

Vierundzwanzig Stunden sind vergangen, seit ihre Wege sich im Nebel gekreuzt haben. Wenn Ross vorhätte, aus seinem plötzlich gewonnenen Wissen bei Quillan Kapital zu schlagen, hätte er es doch längst getan, oder?

Aber vielleicht tut er das gerade jetzt – vielleicht steht er in diesem Augenblick vor dem Lagertor und verlangt, Quillan zu sprechen. Und Brice. Brice würde auch da sein und Ross seinen Ausweis vor die Nase halten, beobachten, wie Ross nickt …

Dann verschwinde jetzt. Warte nicht. Du findest ihn sowieso nicht. Ruf Whitman an und raus hier. Dann triff dich mit Fielding. Erklär ihm, was passiert ist.

Er spürt schon, wie sich die Scham wie Speichel in seinem Mund sammelt. Er schluckt sie herunter.

Komm klar damit. Es ist vorbei.

Jemand hat sich neben ihn gestellt, nur rund einen halben Meter von ihm entfernt. Er sieht ihn an. Es ist Jimmy.

Plötzlich ist er so müde wie noch nie in seinem Leben, und ihm ist alles egal.

»Hallo Jimmy«, sagt er.

Jimmy lächelt scheu mit gesenktem Kopf.

»Alles okay?«

Jimmy nickt.

»Das ist gut. Pass auf dich auf ...«

Jimmy steckt eine Hand in die Tasche – es ist schwierig mit der schmutzigen Schlinge –, zieht einen Stapel Fotos heraus und streckt sie Johanssen entgegen.

»Fotos«, sagt Jimmy ernst. »Fotos.«

Er nimmt sie. Das erste ist ein Schnappschuss von einem Caravan-Park. Das zweite – ein anderes Format – zeigt einen kleinen Jungen in Manchester-United-Trikot, der im Wohnzimmer auf die Kamera zuläuft. Das dritte ist ein Hochzeitsbild.

»Woher hast du die, Jimmy?«

Jimmy sagt stolz: »Meine.«

Johanssen zeigt ihm den Jungen in dem Fußballtrikot. »Ist das dein Sohn?«

Jimmy nickt. Er zeigt auf ein anderes Foto, das aus dem Stapel in Johanssens Hand hervorragt. »Mein Haus.«

Dasselbe Haus. Das Haus in Marlow.

Es ist neu, aber auf alt getrimmt: drei breite Giebel und ein Türmchen dahinter, an einer Seite ein teures Gewächshaus mit Holzrahmen, Buchsbaumhecken und eine Treppe, die zum Rasen hinunterführt. Er ist sicher, obwohl er es nur einmal vor zehn Jahren im Dunkeln gesehen hat – und obwohl der Fluss auf dem Foto nicht zu sehen ist. Auf dem Foto steht ein Paar auf der Treppe. Die Frau trägt ein hellblaues Kleid. Sie hat ihm damals die Tür geöffnet. Sie hat ein nettes Gesicht, obwohl sie ihn bei ihrer letzten Begegnung gar nicht beachtet hat. Sie hat nur Sully angesehen.

Der Mann neben ihr auf dem Foto ist Charlie Ross.

»Kennst du den Mann, Jimmy? Ist das ein Freund von dir?« Jimmy starrt das Foto nur an. »Weißt du, wo er jetzt wohnt?« Jimmys Blick wandert ab, und er öffnet den Mund. »Du darfst niemandem erzählen, wo er wohnt, Jimmy. Weder mir noch sonst irgendjemandem. Ist das klar?«

Jimmy sieht ihn verunsichert an.

»Hier … hier.« Er gibt Jimmy das Foto zurück. »Kümmer du dich mal wieder um deine Fotos.«

Jimmy nickt zufrieden: »Meine Fotos.« Er ergreift sie und schiebt sie ungelenk wieder in seine Jackentasche.

»Bye bye«, sagt er und geht.

Johanssen sieht ihm nach.

Jimmy ist fast aus dem Blickfeld verschwunden, als er volle zehn Sekunden stehen bleibt, ein gegenüberliegendes Gebäude betrachtet und seine Lippen sich bewegen, Worte formen. *Niemandem erzählen.* Dann nickt er zufrieden, dass er es sich richtig gemerkt hat, und geht weiter.

Johanssen wartet sechs lange Minuten, bevor er sich in Bewegung setzt. Als er das tut, löst sich die Zuschauergruppe auf, seine Beschatter scheren aus und folgen ihm wieder.

Er geht in die entgegengesetzte Richtung, biegt dann in eine gut zehnminütige Schleife ab, die ihn zurück zu dem Gebäude führt, vor dem Jimmy stehen geblieben ist.

Als er in die Straße einbiegt, sind seine Beschatter zehn Sekunden hinter ihm.

Ein kleiner Schnappschuss des Elends. Eine schluchzende Frau, ein Handgemenge am Eingang der Gasse, ein Mann, der ihn finster anstarrt, als sie vorbeigehen – Johanssen wendet den Blick ab, meidet die Konfrontation. Der allgegenwärtige Geruch von Abwässern und Exkrementen.

Die Beschatter müssen jeden Moment hinter ihm einbiegen, als er die Stelle erreicht, wo Jimmy stehen geblieben ist, und nach links blickt.

Es ist der mieseste Block im miesesten Viertel. Unkraut sprießt aus der Betonfläche vor dem Gebäude, Risse durchziehen die fleckigen Betonfertigteile, aus denen die Außenwand besteht, und neben den Fenstern klaffen Spalten. Hier stinkt es am stärksten aus den Gullis. Auf der kleinen Treppe am Hauseingang kauert ein Mann mit leerem, ausdruckslosem Blick und käsiger Haut.

In der Tür hinter ihm erkennt er ein Gesicht.

Eine Sekunde, höchstens zwei. Johanssen geht mit unverminderter Geschwindigkeit weiter.

Hinter ihm kommen die Beschatter um die Ecke, und Charlie Ross tritt zurück in den dunklen Flur, aber Johanssen spürt die ganze Straße entlang, wie er ihn von hinten beobachtet.

Mach es jetzt. Warte nicht. Mach es jetzt.

Er biegt in eine Seitenstraße, geht dann durch ein leer stehendes Gebäude und wieder zurück, während seine Beschatter immer noch auf der Suche nach ihm herumirren. Es wird Verdacht erregen, wenn er sie abhängt, aber das lässt sich nicht ändern. Hiervon darf niemand etwas erfahren.

Er versteckt sich so lange, bis er sicher ist, dass die Luft rein ist, dann geht er zurück zu dem Gebäude, in dem Charlie Ross lebt.

Er hat keine Waffe dabei. Ohne Waffe muss man schneller und konzentrierter sein und näher herankommen, das ist alles. Ross ist groß und kräftig, aber er ist älter, und das Programm fordert seinen Tribut: Solange er allein ist, wird es kein Problem geben.

Der gebrochene Mann kauert immer noch in derselben Haltung wie vorher am Eingang. Als Johanssen über ihn steigt, rührt er sich nicht, wimmert aber.

Drinnen fällt schwaches Licht durch schmutzige Fenster. Der Gestank wird intensiver.

Charlie Ross, der ein wichtiger Mann war, in so einem Loch …

In der Diele des Hauses in Marlow standen Lilien, ein ganzer Armvoll Blumen in einer großen Vase auf einer Säule: Er sah sie über die Schulter der Frau, als sie die Tür öffnete, dann stieg ihm ihr unangenehm süßlicher Geruch in die Nase, als er über den gebohnerten Boden ging. Er weiß nicht, warum er sich jetzt ausgerechnet an die Lilien erinnert.

Zwei Männer mit undurchdringlichen und finsteren Gesichtern stehen im Dämmerlicht am Fuß der Treppe und unterhalten sich leise. Einer raucht, die glühende Zigarettenspitze leuchtet wie ein Leitstern. Ihre unerschütterliche Ruhe verrät sie: Sie wohnen hier nicht. Sind es Quillans Männer? Er kennt sie nicht. Sie reichen die Zigarette hin und her und beachten ihn nicht, als er vorbeigeht.

Schnell steigt er die zwei Stockwerke hinauf.

Oben erstreckt sich der Flur zu beiden Seiten. Die Brandschutztür links wird von einem Keil aufgehalten, der unten eine Furche in den Boden gefräst hat. Der Türrahmen ist verzogen. Dahinter ist der Flur durch eine Barrikade aus Holz und Schutt praktisch versperrt. Er geht nach rechts – aus dem einfachen Grund, weil dort kein Hindernis zu überwinden ist.

Er öffnet jede Tür, ohne zu klopfen. Hinter der ersten liegt ein alter Mann auf einem provisorischen Bett, der nichts als ein dreckiges Hemd trägt. Die zweite Tür ist von innen blockiert: Als er sie mit der Schulter aufbricht, drängen sich sechs Frauen – die jüngste etwa zwanzig, die älteste Mitte fünfzig, alle mit verlebten Gesichtern – an die Wände und halten die Luft an.

Hinter der dritten Tür huschen Kakerlaken über vergammelnde Lebensmittel auf Plastiktellern. Sonst ist niemand zu Hause.

Die vierte Tür ist abgeschlossen. Er dreht sich zur Seite und will sie mit der Schulter aufdrücken, als sich Schritte nähern und das Schloss rasselt. Die Tür wird einen Spaltbreit geöffnet.

In der schmalen Öffnung erscheint das Auge von Charlie Ross.

»Sie sind's«, sagt er nach einer kurzen Pause. »Ich dachte mir schon, dass Sie kommen.«

Und Sie haben gewartet? Sie wussten, dass ich komme, Sie wissen, warum ich hier bin. Wieso sind Sie nicht geflohen?

Offenbar ist das Dach undicht. Die Deckenplatten haben Wasserflecken, hängen herunter, und die Wände sind nass. In einer Zimmerecke steht ein altes, durchgelegenes Sofa mit Bettzeug. In einer anderen Ecke gibt ein Radio knarzende Geräusche von sich. Ross schaltet es aus.

»Wie lange ist es her?«, fragt er.

»Acht Jahre.«

»Acht Jahre.« Er wartet ein paar Sekunden, als ließe er die Jahre vor seinem inneren Auge vorbeiziehen, dann sagt er: »Ich würde Ihnen einen Stuhl anbieten, aber …« Er deutet aufs Zimmer. Außer dem Sofa, einem kleinen Tisch und einem Pappkarton gibt es keine Möbel.

Damals in dem Haus in Marlow hatte er Johanssen keinen

Stuhl angeboten – aber damals war alles anders. Jetzt trägt er Kleidung, die eine Nummer zu klein für ihn ist. Graue Stoppeln sprießen aus seinem Kinn. Die meisten seiner Vorderzähne fehlen. Er muss sechzig sein, sieht aber aus wie achtzig.

Einen Moment lang stehen sie sich schweigend gegenüber. Dann sagt Charlie Ross: »Die haben nach Ihnen gesucht. Sie sind verschwunden. Ich hab gedacht, sie hätten Sie gefunden.«

»Nein.«

»Die anderen drei haben sie gefunden.«

»Hab ich auch gehört.«

»Aber Sie nicht. Es war damals schon klar, dass Sie anders sind. Freut mich, wissen Sie? Dass sie Sie nicht erwischt haben. Wenn jemand das Recht gehabt hätte, Sie umzubringen, dann wäre ich das gewesen.« Ross lächelt, als teilten sie eine gemeinsame Erinnerung, über die sie heute Witze machen konnten. Dann fragt er: »Wohin sind Sie gegangen?«

»Einfach weg.«

»Aber Sie sind wieder ins Geschäft zurückgekehrt, oder? Sonst wären Sie jetzt nicht hier.«

Einen Moment lang sehen sich beide im Zimmer um. Das Fenster ist nicht richtig eingebaut, und kalter Wind zieht durch den Spalt neben dem Rahmen. Ross sagt: »Tief gefallen, was?«

»Sie könnten es besser haben«, sagt Johanssen, weiß aber sofort, dass es nicht stimmt.

Ross sagt: »Wenn man's hier besser haben will, muss man darum kämpfen, es zu behalten. Irgendwann hat man die Schnauze voll.« Und er sieht müde aus, hundemüde. »Ich hätte nie erwartet, Sie hier zu treffen.« Doch dann scheint er zu sich zu kommen und stellt sich etwas gerader hin. »Ich habe nicht geredet, wissen Sie? Wer immer Sie verraten hat, ich war's nicht.«

»Ich weiß.«

»Wie lange sind Sie schon hier?«

»Ein paar Wochen.«

»Dauert eine Weile, bis man sich eingelebt hat. Aber Sie arbeiten für Quillan.« Er nickt.

Johanssen fragt zu aggressiv: »Wie meinen Sie das?«

Ross sieht ihn an. Er sagt: »Die Art, wie Sie hier reingekommen sind. Als wären Sie unantastbar. Dann leben Sie wohl im Lager?«

»In der Klinik«, sagt er.

Ross sieht ihn einen Moment lang interessiert an. »Sie haben eine medizinische Ausbildung? Nachdem das passiert ist?«

»Vorher.«

»Also retten Sie Leben.« Ross sagt es, als ergäbe es für ihn einen Sinn. Wieder nickt er.

Johanssen sagt nichts.

»Er ist fair. Quillan meine ich. Er lässt mich jetzt in Ruhe.« Ross sieht ihn mit klarem Blick an. Er steht auch wieder mit erhobenem Kopf, als wäre in Ruhe gelassen zu werden etwas, worauf man stolz sein kann, etwas, das von einem edlen Charakter zeugt. Obwohl beide wissen, dass das nicht der Fall ist.

Er lässt Sie in Ruhe, weil Sie gebrochen sind. Er lässt Sie in Ruhe, damit die Leute auf Sie zeigen und fragen können: War das nicht mal Charlie Ross?

Dann sagt Ross: »Er weiß es nicht, oder? Er weiß nicht, dass Sie das waren.«

Johanssen schüttelt den Kopf.

»Dann sollten wir es wohl dabei belassen, was?«

Mach endlich hin.

Sie stehen höchstens anderthalb Meter voneinander entfernt. Johanssen atmet langsam einmal tief durch, füllt die Lunge, sammelt sich. Ross steht nur da und wartet: Eine alte, müde Vogelscheuche, ein Mann, dem die Hälfte der Zähne ausgeschlagen wurde und der nichts hat, worum es sich zu kämpfen lohnt.

Ross sagt: »Das war der Anfang vom Ende damals, wissen Sie? Als Sie das damals gemacht haben. Natürlich haben wir hinterher gründlich aufgeräumt, aber trotzdem war's das. Der Anfang vom Ende.«

Johanssen atmet das zweite Mal ein. Beim dritten Mal wird er zuschlagen.

»Für Sie aber nicht.«

Der dritte Atemzug, doch dann atmet er wieder aus. Plötzlich ist er auch müde, hat das alles satt.

»Wenn jemand nachfragt, kennen Sie mich nicht«, sagt Johanssen.

Ross braucht einen Moment, bis er es versteht. Dann nickt er und senkt den Kopf leicht. »Ich kenne Sie nicht«, sagt er.

»Sie haben mich auf der Straße angeguckt, weil Sie mich für jemand anders gehalten haben.«

»Natürlich«, sagt Ross. »Aber dieser andere …?«

»Der ist tot«, sagt Johanssen.

Ross schweigt einen Moment, dann nickt er.

Johanssen dreht sich zur Tür um.

Ross sagt: »Deshalb sind Sie aber nicht gekommen, stimmt's?« Dann ergänzt er: »Machen Sie sich keine Sorgen. Ich wollte Sie nie an Quillan verraten. Wenn er davon ausgehen würde, dass ich etwas weiß … na ja, Brice sind Sie bestimmt schon begegnet. Er würde *gründlich* sein wollen. Ist nicht so mein Ding.«

»Nein.«

»Also kommen Sie nicht wieder.«

Nachdem die Tür hinter ihm zu ist, bleibt Johanssen noch einen Moment im Flur stehen und lauscht, wie Charlie Ross leise schlurfend ins Zimmer zurückgeht.

Ross wird ihm nicht schaden. Niemand kann eine Verbindung zwischen ihnen herstellen.

Charlie Ross ist kein Risiko. Er muss nicht sterben.

Als er die Treppe hinabgeht, geht ihm der Satz wie in einer Schleife immer wieder durch den Kopf. *Charlie Ross ist kein Risiko …*

Das nachmittägliche Licht ist trübe und kalt wie stumpfes Metall. Es fängt an, dunkel zu werden.

Der Mann, der das Lagertor öffnet, wendet sofort den Blick ab, als er ihn sieht, als wüsste er etwas, das er nicht erzählen darf. Auf dem Hof stehen noch mehr Leute in Zweier- und Dreiergruppen: Auch sie drehen sich um und mustern ihn, aber niemand spricht ihn an.

Furcht ballt sich in seinen Eingeweiden zusammen, verleiht ihm einen klaren Blick und beschleunigt seinen Atem. Er rennt los.

Durch den Haupteingang, weiter durchs Wartezimmer – ein Mann, einer von Quillans, sitzt auf einem Stuhl. Er hat einen Baseballschläger auf den Beinen liegen. Er springt nicht auf, als er Johanssen sieht.

Johanssen rennt weiter in die Klinik.

Mit weit aufgerissenen Augen steht Riley vor ihm: Sein Mund bewegt sich, aber es kommt kein Laut heraus.

Mitten im Raum liegt ein Stuhl: An der Rückenlehne und den Beinen hängt Klebeband. Eine lange Blutspur verläuft über den Boden der Klinik. In einer Zimmerecke lehnt eine halb nackte, männliche, dünne Gestalt, mittelalt mit weichen Gesichtszügen wie eine kaputte Puppe an einem Schrank. Die Gelenke sind in falsche Winkel abgeknickt. Drill beugt sich darüber. Zum ersten Mal sieht er verblüfft aus.

Vinnie.

Riley gelingt es, die Fäuste zu ballen. Dann kehrt seine

Stimme zurück. »Verdammte Scheiße, die haben uns ausgeschlossen, wir konnten nur zuhören …« Das letzte Wort klingt erstickt. Riley weint.

Die Tür zum Nebenraum ist nur angelehnt. *Nein, bitte, nein, nein …*

Johanssen durchquert den Raum und stößt die Tür auf.

Sie hat sich in eine Ecke hinter eins der kaputten Feldbetten gequetscht. Ihr Atem rasselt laut, als würde bei jedem Luftholen etwas in ihr zerreißen. Ihr Gesicht ist weiß wie Porzellan, die leeren Augen starren ins Nichts, und sie schaukelt unablässig vor und zurück.

Er hockt sich neben sie auf den Boden.

Alles verändert sich.

Sie waren zu fünft gewesen, einschließlich Brice, und hatten die Türen verrammelt, sodass niemand eingreifen konnte. Aber dieses eine Mal war sie nicht allein in der Klinik. Vinnie war bei ihr. Nur deshalb haben sie Vinnie genommen, einfach, weil er zufällig da war.

Und sie muss gewusst haben, was passieren würde, weil Riley, der gegen die Tür hämmerte, gehört hat, wie sie Brice anflehte, sie zu nehmen und nicht Vinnie – er hat sie immer wieder sagen hören: »Ich habe es verdient, ich habe es verdient«, und er hat auch Brice' Antwort gehört: »Nein, Sie haben es verdient zuzusehen.«

Sie haben sie geknebelt und mit Klebeband an den Stuhl gefesselt.

»Sehen Sie sich seine Augen an«, sagte Brice. »Sehen Sie sich seine Augen an.«

Später, nachdem sie sie ruhiggestellt haben, wird er sich in ihrem kleinen Zimmer an die Tür setzen und auf die Markierungen an der Wand starren – sie zählt, wie viele Leute sie rettet – und mit dem Gedanken kämpfen. Er wird sich noch einmal dazu zwingen, es im Kopf Schritt für Schritt durchzugehen, sich alles zu vergegenwärtigen: *Durch die Straßen, über die Brachfläche, direkt hinter der Tür kurz stehen bleiben, ihre Silhouette vor ihm, seine Hand greift nach ihr.* Immer wieder probt er die Situation, bereitet sich auf den Ernstfall vor und auf die Nachwirkungen, weil er keine andere Möglichkeit hat: Er muss einen Auftrag ausführen, sonst geht alles noch einmal von vorne los wie bei Terry Cunliffe …

Er wird ihm zu schaffen machen, aber dann wird es zu spät sein.

22. Tag: Mittwoch

Karla

Ich habe Whitman angerufen. »Um Himmels willen, holen Sie ihn raus.«

Es ist vier Uhr nachmittags, und die Tore schließen um sechs. Eigentlich ist es schon zu spät, aber Whitman musste etwas in meiner Stimme gehört haben, denn er sagte: »Ich versuche es.« Er scheiterte.

Die ganze letzte Nacht hatte ich vor den Überwachungsstreams des Programms verbracht und hatte nach Johanssen und dem viersekündigen Schrei gesucht – dem Schrei eines Mannes –, der mir die ganze Zeit in den Ohren lag. Ich war mir sicher, dass er tot war. Oder zumindest unwiderruflich gebrochen.

Um sechs Uhr morgens klingelte das Telefon. Meine nicht zurückverfolgbare Leitung.

Ich schwöre, dass ich seine Stimme nicht gleich erkannte.

Jetzt stehe ich auf dem Tower Hamlets Friedhof zwischen den Toten des viktorianischen East End: Eisengießer und Getreidehändler, Geschäftsleute mit ihren Frauen, Vikare, Ärzte und Lehrer. Die Grabmäler stehen dicht gedrängt unter kahlen Bäumen auf frostigem Untergrund: steinerne Grabtruhen, Obelisken und gotische Fialen, offene Bibeln, Engel und jede Menge Grabsteine, meist *In stillem Gedenken* für die *Von Herzen Geliebten*. Inzwischen wird hier niemand mehr begraben: Der alte Friedhof ist ein Ort der Ruhe und Besinnung, ein öffentlicher Park, der gelegentlich sogar als Freiluft-Klassenzimmer dient – im Sommer kommen Grundschüler aus der Umgebung, entnehmen in mitgebrachten Gläsern Wasser aus den Teichen und suchen Schmetterlinge. Aber heute, um elf an einem Mittwochvormittag Anfang Februar, ist niemand hier. Niemand außer mir und einem Mann, der zusammengesunken mit gesenktem Kopf auf einer Bank sitzt.

Ich treffe mich nicht gern in der Öffentlichkeit mit ihm. Da gibt es zu viele Überwachungsmöglichkeiten. Also habe ich mich wie die Mitarbeiterin einer Wohltätigkeitsorganisation oder eine Kirchenangestellte gekleidet: eine praktisch denkende Weltverbesserin mit Sandwiches und der Adresse einer nahe gelegenen Obdachlosenunterkunft in der Umhängetasche.

Ich bleibe ein paar Meter vor dem Mann auf der Bank stehen. Er könnte betrunken oder voller Drogen sein. Oder schlafen. »Hallo?«

Er bewegt sich nicht, seine Augen sind aber offen.

Ich trete einen Schritt näher. »Alles in Ordnung mit Ihnen?«

Aber ich weiß, dass es das nicht ist.

»Ich mach's nicht.«

Er steigt aus? Ausgeschlossen, so etwas gibt es nicht. Aber plötzlich habe ich wieder dieses viersekündige Telefonat im Ohr: die lauten Männerstimmen – den schreienden Mann …

»Sind Sie verletzt?«

Ich habe mich ans andere Ende der Bank gesetzt. Er wendet mir den Kopf zu und sieht mich an, als spräche ich eine ihm unbekannte Sprache.

»Nein.«

»Ich habe gestern versucht, Sie zu erreichen. Ich habe die Nummer angerufen, jemand hat abgenommen … Ich habe gehört, wie …«

»Das war ich nicht.«

Einen Moment lang schweigen wir beide.

»Vinnie«, sagt er. »Er hieß Vinnie.«

Und Sie kannten ihn. »Ist er tot?«

»Ja.«

»Ihretwegen?«

»Ja.« Dann sagt er: »Sie haben sie gezwungen zuzusehen.«

O mein Gott.

Der lächelnde Mann mit den engelsgleichen Gesichtszügen, dessen Spezialität die Folter ist ... Genau wie bei Terry Cunliffe. Und alles wegen Johanssen. Er weiß, dass er abbrechen muss. Deshalb ist er hier. Er ist in einem furchtbaren Zustand, und das Risiko ist einfach zu hoch. Aber er taumelt unter der Last dieser Entscheidung. Er übernimmt einen Auftrag und setzt alles daran, ihn auszuführen. Wenn er jetzt aussteigt, hat er versagt, oder? Schuld, Scham und das Gefühl von Unzulänglichkeit vereinen sich.

»Weiß Fielding Bescheid?«

Er wendet den Kopf ab und starrt auf den Weg. »Noch nicht.«

Ich atme tief ein, halte die kalte Luft einen Moment in der Lunge, bevor ich sie langsam wieder ausströmen lasse.

Ich weiß schon, was ich tun muss. Ich muss Johanssen sicher in die Süd-Londoner Wohnung schaffen. Dann mit Fielding sprechen – er wird sauer sein, aber das lässt sich nicht ändern. Muss er sich halt jemand anders suchen. Den Mann mit dem Messer ... Ich verdränge den Gedanken. Morgen: anfangen, Johanssen langsam aus Ryan Jacksons Identität zu lösen, ihn behutsam wieder in sein eigenes Leben einfügen und dann weg ...

»In Ordnung«, sage ich. »Wir kriegen Sie da raus.«

»Nein«, sagt er. »Ich muss wieder rein.« Dann, ganz einfach: »Ich muss sie da rausholen.«

O mein Gott, sie hat dich umgedreht. Du bist ihr zu nah gekommen, und sie hat dich umgedreht.

Ein Paar kommt den Weg entlang auf uns zu. Sie sehen uns an, neugierig: Der Penner auf der Bank und die Frau mit der Umhängetasche. Vielleicht spüren sie die Spannung zwischen uns. Sie gehen vorbei, aber nach fünf Schritten dreht sich die Frau noch einmal zu mir um. Ich nicke ihr beruhigend zu: Schon gut, alles okay.

Ist es nicht.

Wieder die Streams der Überwachungskameras: Johanssen und Catherine Gallagher, die sich in der Werkstatt unterhalten. Ich habe mich gefreut, als ich das gesehen habe, oder? Ich dachte: *Das ist gut, sie vertraut sich ihm an, und so werden wir die Wahrheit erfahren.* Mir war nicht klar, dass er da allmählich in ihre Welt hineingezogen wurde.

Es spielt keine Rolle, wie nah er der Zielperson steht, solange er die andere Distanz wahrt, jene kalte, psychologische Distanz, die es ihm erlaubt, seine Arbeit zu machen, ohne schreiend aufzuwachen. Diese professionelle Distanz ist ihm abhandengekommen. Sie hat ihn umgedreht.

»Weiß sie, dass Sie ihretwegen reingeschickt wurden?«

»Nein.«

»Hat sie Sie gebeten, sie rauszuholen?«

»Nein.«

»Aber Sie haben ihr gesagt, dass Sie das tun werden?«

»Nein.«

Aber sie ist ehrgeizig und clever. Und sie würde alles tun, um ihr Ziel zu erreichen. Sie war nie ein Opfer, und dabei soll es auch bleiben.

»Wir wissen nicht mal, was passiert ist.«

Es herrscht Schweigen. Er sitzt ganz still, den Blick starr nach vorne gerichtet. Und ich weiß es: *Sie hat es dir erzählt.*

Er sagt: »Er hieß Daniel. Seinen Nachnamen hat sie nie erfahren. Er war in meinem Alter, vielleicht etwas jünger. Dunkelhaarig. Es hätte nicht schwer sein dürfen. Er war verletzt: gebrochener Knöchel und noch ein paar andere Verletzungen. Sie war gerufen worden, um ihn zu behandeln. Er wurde in einem Raum festgehalten. Aus dem Fenster konnte sie ein Tor mit Drachen darauf sehen. Vier Tage ist sie bei ihm geblieben. Ich glaube, dass er in dieser Zeit gefoltert wurde.«

»Von ihr?«

»Weiß ich nicht.«

»Und dann hat sie ihn getötet?«

Er sieht zu Boden. *Ja.* »Er hat sich gewehrt. Es hat gedauert und ist schmutzig geworden. Blutig.«

»Hat sie Ihnen gesagt, warum sie das getan hat?«

»Weil sie es konnte.«

Ich starre ihn an. Er wendet den Kopf ab.

»Sie hat gesagt, ihre Patienten hätten ebenso gut einer anderen Spezies angehören können.«

Seit sechs Jahren. So viele Aufträge, und nie hat eine seiner Zielpersonen gelitten, ganz egal, wie krank oder pervers sie waren, ganz egal, was sie getan haben. Darauf achtet er. Aber diese Frau … Ich verstehe es nicht.

»Warum?«, frage ich. »Warum wollen Sie sie rausholen?«

Er antwortet nicht. Er kämpft mit sich. Schließlich sagt er: »Sie hat Albträume.«

Ich weiß nicht, was ich sagen soll. Ihm geht es wohl ebenso. Er schüttelt den Kopf, als wäre ihm das alles zu hoch – als würde er sich selbst nicht verstehen. Plötzlich setzt sich ein Gedanke in meinen Kopf fest: *Sie bedeutet dir etwas.*

»Ich muss es tun«, sagt er. Er dreht den Kopf und sieht mich an. »Sie können alles, Karla. Helfen Sie mir, sie da rauszuholen.«

Sie sind zusammen, oder? Er liebt sie. Und er wird alles für sie riskieren, sein Leben, seinen Ruf, seine perfekte Bilanz der letzten sechs Jahre, nur um sie da rauszuholen. Damit sie am Leben bleibt.

Er liebt sie. Ein Tiefschlag: *Er liebt sie.*

Ich will gehen. Ich will durch das Friedhofstor auf die Straße zum Mondeo gehen, zur Garage zurückfahren … ich kann ihn nicht hierlassen. Was würde er tun? Wieder da reingehen? Um sie zu beschützen? Während Brice …

Das darf ich nicht zulassen.

»In Ordnung«, sage ich. »Ich überleg mir was.« Der Teil meines Gehirns, der für so etwas zuständig ist, arbeitet bereits, geht die Abläufe durch, ignoriert meine *Gefühle.* Als wäre ich in einen Verkehrsunfall geraten, einen Zusammenstoß, und würde einfach weggehen: Ich weiß, dass etwas in mir gebrochen ist und dass es schlimm ist, bin aber so betäubt vom Schock, dass ich auf den Beinen bin und herumlaufe. Manchmal ist es nicht gut, zu viel nachzudenken. Wenn ich einfach weiterlaufe, wird alles gut.

»Kriegen Sie das hin, Karla?«

Ehrlich gesagt, weiß ich das nicht.

Gestern hätten wir Hamilton unter Druck setzen können. Er hatte sie im Programm untergebracht. Er hat die erforderlichen Kontakte. Vielleicht kann er etwas arrangieren. Und er läuft noch irgendwo da draußen rum. Wir suchen ihn. Auf der Flucht kehren Menschen oft dahin zurück, wo sie aufgewachsen sind, in Häuser, in denen sie sich einmal sicher und geborgen gefühlt haben. Oder sie suchen die Anonymität von Großstädten. Er war Chef von Hopeland. Vielleicht hat er noch einen Ersatzschlüssel für eine betriebseigene Wohnung. Finn sucht die entsprechenden Adressen heraus. Und Craigie hat Suchteams hingeschickt. Ich habe sogar Ellis angerufen und ihm den Namen genannt – »Und wer zum Teufel ist das jetzt wieder? Oder wollen Sie mir das auch nicht sagen? Herrgott noch mal!« Bisher haben wir nichts.

Aber was ist, wenn wir ihn nicht finden?

Catherine Gallagher ist eine Ausnahme. Eine Insassin ohne Akte. Ein Tipp an die Behörden würde reichen – dadurch würde sie rauskommen. Das Problem ist, hinterher ihre Sicherheit zu gewährleisten. Wir wissen nicht, wer der Klient ist, aber er hat auf jeden Fall Macht und Einfluss. Nach spätestens einer Stunde würden sie wissen, dass sie das Programm verlassen hat, und könnten reagieren.

»Gehen Sie wieder rein. Versuchen Sie, sie zu schützen. Verlassen Sie die Klinik nicht und achten Sie auf das Telefon. Ich melde mich, sobald wir einen Plan haben. Wahrscheinlich über Whitman. Er wird ein Treffen verlangen. Es gibt Besuchsräume, die kann er nutzen. Wir holen sie raus, sobald wir können. Hinterher …« Das tut weh. *Beachte es nicht.* »Müssen Sie beide ein für alle Mal verschwinden.« Es klingt härter, als ich erwartet habe. »Wir kriegen das hin. Das ist unser Job.« Ein neues Leben, weit weg von diesem. Gemeinsam. *Komm damit klar.* »Sie werden so schnell wie möglich mit ihr zusammen sein wollen, aber das braucht Zeit …«

Er sagt: »So ist das nicht.«

Du musst dich nicht verstellen. Der älteste Fehler: sich in eine Zielperson zu verlieben. Er streitet es aus Stolz ab. Ich wünschte, er würde es nicht tun. Ich will zu ihm sagen: *Bitte belüg mich nicht. Ich hole sie raus, aber bitte belüg mich nicht.* Ich schaffe es nicht. Meine Kehle ist zu.

Ich schlucke. *Komm damit klar.* »Es spielt keine Rolle.«

»Doch«, sagt er. »Das tut es.«

Ganz sanft umschließt seine Hand meine. Er hält den Kopf gesenkt, sieht mich nicht an. Dann flüstert er: »Schon gut. Ich weiß, dass Sie mich nicht wollen.«

Er öffnet die Hand. Gibt meine frei. Zieht seine weg. Er sieht mich immer noch nicht an. »Entschuldigung«, sagt er.

Zuerst nichts. Absolut nichts. In meinem Kopf ist etwas explodiert, so laut, dass es mich betäubt hat. Mir ist schwindlig vom Schock wie von einer Gehirnerschütterung. Sekundenlang, minutenlang – ich weiß nicht, wie lange es dauert – sitze ich nur da und weiß nicht, was ich sagen soll.

Er sagt: »Sie haben gesehen, wie es mir nach der Sache mit Terry Cunliffe ging. Ich wusste, dass Sie nie …«

Ich will sagen: *Ich kannte Terry Cunliffe* und *Sie haben versucht, ihm das Leben zu retten* und *Deshalb habe ich …*

Und in ein paar Minuten werde ich das vielleicht auch tun, aber im Moment kann ich das nicht. Also nehme ich nur seine Hand in meine Hände, halte sie fest und warte … warte.

*

Eine Viertelstunde später lasse ich Johanssen auf der Bank mit einem in Frischhaltefolie gewickelten Sandwich neben sich zurück. Ich drehe mich noch einmal zu ihm um, bevor mir die Bäume den Blick versperren. Er hat sich nicht von der Stelle bewegt.

Ist er da drinnen sicher? Er sagt, er wäre es. Eine offensichtliche Lüge, die ich ihm aber nicht verdenken kann. Er muss wieder rein und sie beschützen, sie retten, weil er Terry Cunliffe vor acht Jahren nicht retten konnte. Weil er glaubt, dass er das tun muss. Weil er es nur so wieder in Ordnung bringen kann.

Eine Brise kommt auf, weht über den Friedhof. Das Gestrüpp um mich herum erzittert. Vor meinem inneren Auge geht eine Frau in einem dunklen Mantel durch die Lobby ihres Hauses. Ihren Gesichtsausdruck kann man nicht erkennen.

Ich darf ihr nicht trauen, aber irgendwie muss ich sie retten.

Whitman steht auf einem der Wege. Seine Männer sind auch irgendwo in der Nähe, außer Sichtweite, bewachen die nächsten Ausgänge. Als ich mich ihm nähere, führt er sein

Handy zum Mund. »Okay«, sagt er. »Holt ihn jetzt ab.« Er beendet das Telefonat. »Und jetzt?« Sein Gesicht ist blass und angespannt.

»Bringen Sie ihn zurück.«

Er sagt: »Die Verwaltung wird allmählich nervös. Die Papiere reichen nicht mehr lange.«

»Einmal noch.«

»Rufen Sie Washington an, Laura. Das ist mein Ernst«, sagt er. »Sonst sind wir am Arsch.«

Ich habe den Mondeo direkt vor dem Haupttor abgestellt. Sobald ich die Tür geschlossen habe, rufe ich Craigie an, es gibt aber noch nichts Neues. Ich sage ihm, dass er weitersuchen soll und lege auf, bevor er mich fragen kann, wie es mit Johanssen gelaufen ist, dann lasse ich den Motor an und fahre los. Sofort bin ich in der Antiüberwachungsroutine. Nach drei Kilometern werde ich den Wagen stehen lassen und zu Fuß gehen. Ein Bus, die U-Bahn, umziehen, ein anderes Auto …

Johanssen ist schon wieder auf dem Weg zurück ins Programm. Der Folterer Brice lächelt von seinem Polizeifoto. Dann ist da noch Catherine. Wieder einmal läuft alles bei ihr zusammen.

Dieser Daniel, was hat er durchgemacht? Aber irgendwie ist Catherine da rausgekommen. Hat erst Hamilton und jetzt Johanssen überredet, ihr Leben zu riskieren, um sie zu retten. Wozu ist sie fähig?

Wenn man einmal einen Menschen getötet hat, verändert es einen. Vergiss die Albträume, vergiss, wie sehr es ihr vielleicht zu schaffen macht. Sie weiß, dass sie die Grenze überschreiten kann. Und sie kann es wieder tun.

Mein Handy klingelt. Im Display sehe ich, dass es Ellis ist. Er sagt: »Wir müssen uns treffen.«

Zehn Minuten später erfahre ich von Craigie, warum. Hamilton ist tot.

*

Ich brauche Stunden, um nach Harringay zu kommen. Ein Auto stehen lassen, ein anderes holen, dann ein Taxi, ein Bus, die U-Bahn, immer im Zickzack. Trotzdem ist es erst drei, als ich ankomme: Eigentlich hat die Reifenwerkstatt geöffnet, aber jetzt ist niemand da, und an den großen Garagentoren hängt ein handgeschriebenes Schild: GESCHLOSSEN – STROMAUSFALL. Eine Lüge, die mich einen ganzen Batzen Geld kostet. Der Besitzer sitzt zwischen Papieren am Schreibtisch. Ich gehe durch ins Hinterzimmer, schalte den Heizlüfter und den Fernseher ein, setze mich auf einen schmuddeligen Sessel und fange an zu zappen – ein schlechter Spielfilm, ein Quiz, die Wiederholung einer alten Serie. Ich stehe auf, strecke die Beine, nehme einen anderen Sessel, drehe den Heizlüfter, dann drehe ich ihn noch einmal. Ich gehe nach vorne ins Büro und hole mir einen hellbraunen, eklig schmeckenden Kaffee, den ich unter dem künstlichen Starren der Glamour Models trinke. Ich bin fast bis zur Verzweiflung müde, komme aber nicht zur Ruhe und kann auch nicht weg.

Es ist schon fast halb vier, als die Tür aufgeht und Ellis hereinkommt.

»Wie?«, frage ich, und er sagt: »Wissen Sie das etwa nicht? Ich dachte, Sie wüssten alles, Karla. Ich dachte, Ihr Freund arbeitet schon seit Stunden daran?«

»Die Polizei hat noch keine Einzelheiten bekannt gegeben.«

»Ach, ja?« Er wirkt erfreut. Hat er ein paar Fäden gezogen und es vertuschen lassen, damit er die Neuigkeit für sich hatte? *Du Bastard, Ellis.*

»Also, William Hamilton«, sagt er. »Wie passt er da rein? Und erzählen Sie mir jetzt nicht, dass Sie es nicht wissen. Oder ist es ein Geheimnis?«

Ich kann das jetzt nicht brauchen. »Erzählen Sie mir einfach, was Sie wissen.«

Er rattert es herunter: »William Arthur Hamilton. Ehemaliger Leiter der Abteilung für Joint Ventures und Kooperationen, was immer das heißen mag, bei Hopeland. Im Ruhestand. Wohnhaft in einem Dorf in East Sussex. War ein paar Wochen weg, wir wissen noch nicht wo. Gestern Abend brannte Licht in seinem Haus. Wurde heute Morgen in einem Wald in der Nähe seines Hauses gefunden. Tot. Keine sichtbaren Verletzungen. Obduktion ist heute Abend.«

Hat er einfach aufgegeben, ist nach Hause gefahren und hat auf sie gewartet? Oder ist er mit einer Tasche voller Pillen in den Wald gegangen und ist ihnen zuvorgekommen? Ich würde mir gern einreden, dass er nicht gelitten hat, aber ich habe ihn gestern in dem sicheren Haus in Wentworth gesehen: plötzlich gealtert und von Kummer gezeichnet. Er sorgte sich um Catherine, oder? Er hat versucht, sie zu schützen, und dann bin ich aus dem Kirschlorbeer gekommen und habe ihm gesagt, dass ihm das nicht gelungen ist.

Ellis beobachtet mich.

Ich stehe auf, greife nach meiner Tasche. Wir sind fertig. »Und wozu das Treffen? Das hätten Sie mir auch am Telefon erzählen können.«

Ellis stellt sich zwischen mich und die Tür. Er geht hier nicht weg. »Ich dachte, wir sollten mal miteinander reden.«

»Worüber?«

»Über all das, was Sie mir immer noch nicht verraten.«

Dafür habe ich keine Zeit.

»Am 8. Dezember verlässt Catherine Gallagher ihre Wohnung und verschwindet. Sieht aus, als hätte sie Selbstmord begangen. Ein Jahr vergeht. Plötzlich rufen Sie mich um vier Uhr morgens an. Sie wollen die Vermisstenakte sehen. Sie wollen, dass ich mit ihren Kollegen rede, und sie bedrängen den Psychiater, der behauptet, sie behandelt zu haben, und beschaffen sich seine Unterlagen … Sie wollen sich allein mit Graves treffen, der wird aber vorher ermordet, und Sie erzählen mir, dass die Selbstmordgeschichte eine Fälschung war. Sie wollen diesen Hamilton sprechen. Jetzt ist der auch tot. Und das alles für eine Frau, die Sie angeblich nie gesehen haben. Warum? Warum, Karla?« Er sieht mir in die Augen. »Mitten in dieser Geschichte klafft ein riesiges Loch. Füllen Sie es, Karla. Sagen Sie mir die Wahrheit. Überzeugen Sie mich.«

»Das kann ich nicht.«

»Warum nicht?«

Ich antworte nicht. Er hält meinem Blick stand. Ich bleibe reglos stehen. Er mustert mich noch einmal, flucht, dreht sich um und geht.

Nachdem er weg ist, zwinge ich mich, noch fünf Minuten zu warten, bevor ich die Werkstatt verlasse. Vorne im Büro sitzt der Besitzer immer noch über seine Papiere gebeugt, tippt seine Zahlen mit einer gewissen Wut in einen Tischrechner. Er wünscht mir keinen schönen Abend, und ich verabschiede mich nicht.

Es kommt mir vor, als schwebe der Klient am Rand meines Sichtfelds. *Wie ich, aber einflussreicher, mächtiger.* Catherine muss bezahlen, aber nicht nur Catherine – auch Graves und Hamilton. Sie mussten sterben, weil sie versucht haben, ihr zu helfen, aber jetzt habe ich Hamilton auf dem Gewissen: Ich habe ihn zur Verzweiflung getrieben und dadurch in die Öffentlichkeit und damit in den Tod. Jammern bringt nichts: *Ich wusste nicht, dass es so weit kommen würde.* Eine erbärmliche Ausrede.

Und ich kann es wiedergutmachen, indem ich Catherine Gallagher rette. Die einen Mann namens Daniel umgebracht hat und dann geflohen ist. Als mir die Ironie der ganzen Sache bewusst wird, verziehe ich das Gesicht – mehrmals: Ich tue das für Simon Johanssen – und wie viele Menschen hat der umgebracht?

Wilde Gedankensprünge.

Daniel, kein Nachname, in den Dreißigern, dunkelhaarig. Verletzt, bevor Catherine Gallagher überhaupt auf den Plan tritt. Dann gefoltert. Um Informationen zu erlangen? Wer ist er? Soll ich Ellis nach Vermissten suchen lassen, nach möglichen Opfern? *Dafür ist es jetzt zu spät.*

Und Johanssen geht, aus ihm selbst unerklärlichen Gründen, zurück ins Programm, um sie zu retten. *Sie hat Albträume …*

Ich muss sie da rausholen. Und ich habe keine Wahl mehr. Mir bleibt nur eine Person, die sie rausholen kann.

Mir bleibt nur Lucas Powell.

Ein Deal: Informationen für Catherines Sicherheit …

Er will einen Erfolg. Er wird versuchen, dich zur Strecke zu bringen.

Er wird versuchen, das Netzwerk in die Hand zu bekommen. Über mich. Oder ganz ohne mich. Und was dann?

Das ist der Preis, den ich dafür zahlen muss. Für Graves. Für Hamilton … Für Johanssen. Und für alles andere.

Ich blicke auf. Zwanzig Meter vor mir wendet eine Frau im Regenmantel den Kopf ab. Ich sehe ihr Gesicht nicht, aber etwas an ihrer Bewegung erinnert mich an diese Frau. An Anna: die Frau vor dem Restaurant, die Frau auf Mark Devlins Foto.

Es trifft mich wie ein Blitz aus heiterem Himmel.

Devlin im Vordergrund, den Arm um Annas Schultern gelegt, beide so jung. Alte Mauern und schmiedeeiserne Gitter, fantastische gotische Formen. Dahinter Bäume, irgendwo auf dem Land. *Das Haus ist ein ganz gewöhnliches Haus.* Das Haus, das er nicht mehr besucht.

Auf jedem Torpfosten ist ein Drache.

»Ellis?«

Ein kurzes Zögern, bevor die Feindseligkeit erwacht: Er fragt sich, ob ich es mir anders überlegt habe. »Und?«

»Mark Devlins Alibi für den Abend des 8. Dezember?«

Ellis sagt: »Das soll doch wohl ein Witz sein …«

»Bitte legen Sie nicht auf. Sie haben ihn vor seinem Büro abgefangen und nach einem Alibi gefragt, an das er sich aber nicht erinnern konnte. Sie haben gesagt, es wäre nicht dringend. Er hat Sie später zurückgerufen.«

Schweigen. Ellis denkt nach. »Was soll das? Wollen Sie mich verarschen, Karla? Wollen Sie mich ärgern?«

»Ich muss es wissen, Ellis. Sein Alibi.«

Schweigen. *Bitte, bitte sag's mir.*

Er sagt knapp: »Er war in seiner Wohnung mit einer Frau namens Anna. Ich hab mir ihre Adresse besorgt und das überprüft. Das Alibi ist wasserdicht. Außerdem ist er überhaupt nicht das, was wir suchen.«

Erst um 18:00 Uhr bin ich wieder in meiner Wohnung. Drei Nachrichten auf Charlotte Altons Anrufbeantworter: Eine Nachfrage wegen einer Wohltätigkeitsveranstaltung, eine Einladung zu einer Dinnerparty und Mark Devlin: Was ich heute Abend vorhätte.

Direkt ins Büro. Einloggen. Die Finger auf die Tastatur – ein Haus in Wales, Familienbesitz … Ich arbeite mich durch sämtliche Daten. *Devlin Devlin Devlin …*

Da ist es. Eine Adresse im Brecon Beacons Nationalpark. Ich kopiere die Postleitzahl, gebe sie in der Karte ein und habe es, ein kleines rosafarbenes, von Bäumen gesäumtes Quadrat in der Nähe eines Stausees. Das Satellitenfoto präsentiert ein anderes Bild: Zwei Gebäude auf einer Lichtung. Das Haupthaus und ein weiteres, kleineres Gebäude, das im rechten Winkel dazu steht – eine Garage, eine Werkstatt, Stallungen? Die Tore sind nicht zu erkennen.

Das nächste Haus ist fast einen Kilometer entfernt.

Ist Devlin mit Catherine dahin gefahren, als sie diesen einen Monat zusammen waren? Und hat sie sich daran erinnert, als es so weit war? Ein Haus im Wald, abgelegen, normalerweise leer stehend …

Es ließe sich unschwer feststellen, ob Devlin am 8. Dezember in London war.

Und nachdem Daniel tot und sie wieder verschwunden war …

Devlins Stimme: *Das hätte ich nie erwartet.*

Aber er hatte etwas gesehen, als er später wieder zu dem Haus gefahren war.

Blutflecken? Herrje, die Leiche? *Sie war zu Dingen fähig, zu denen andere Menschen nicht in der Lage sind.*

Trotzdem ist Mark Devlin nicht zur Polizei gegangen. Er hat hinter ihr aufgeräumt. Noch einer auf der Liste mit Hamilton und Johanssen: noch ein Mann, der versucht, sie zu retten. Ich hoffe, ich treffe sie eines Tages: Ich würde gern erfahren, wie sie das macht. Obwohl die Sache bei Devlin anders liegt. Ihm bedeutet sie nicht so viel wie den beiden anderen. Ihr Einfluss auf ihn ist vollkommen andersgeartet.

Ich lasse die Karte ausdrucken und gehe mich umziehen. Auf halbem Weg wird mir etwas klar: Wenn der Klient weiß, dass Mark Devlin Catherines Tat vertuscht hat, sind sie auch hinter ihm her.

22. Tag: Mittwoch

Johanssen

Im Aufnahme-Block trödelt derselbe Angestellte, der auch vor gut zwei Wochen seinen ersten Zutritt ins Programm bearbeitet hat, hinter derselben Panzerglasscheibe in demselben Raum ohne Tageslicht mit einem Bewerbungsformular herum und wirft ihm finstere Blicke zu.

Sieht der Mann die Veränderung in ihm? Er dachte, darum hätte er sich gekümmert.

Während der ganzen Rückfahrt im Wagen mit Whitman und den beiden anderen hatte er es gespürt: Als wäre eine Reihe Schalter in seinem Kopf umgelegt worden – das Licht war anders, die Farben strahlten mehr. Er dachte nur noch an Karla.

Aber so kann er da nicht wieder reingehen, also hat er es in eine Box gesteckt – eine stabile, innen mit Blei ausgekleidete Box –, den Deckel geschlossen, sie versiegelt und dann tief vergraben. Und jetzt muss er das vergessen: den Friedhof, ihre Hand, die sich um seine schließt, ihr Atem …

Draußen. Der Asphaltstreifen, der Blick auf die Mauer, das Wachhäuschen. Das Tor gleitet zur Seite. Er geht hindurch. Es schließt sich hinter ihm.

Die Box ist irgendwo tief in ihm vergraben. Trotzdem verrät ihm das leise Geigerzählerticken der Gefühle, dass sie da ist.

Um kurz vor 18:00 Uhr ist er wieder im Lager. Vor der Kliniktür steht eine Wache, eine weitere im Wartezimmer. Beides Quillans Männer. Sicherheit, aber eben zu spät.

Und wo ist Brice jetzt?

Er geht ohne ein Wort zu sagen an ihnen vorbei.

Drill isst allein in der Küche des Schlafraums. Als Johanssen kurz in der Tür stehen bleibt, blickt er auf. Seine Miene ist leer, teilnahmslos. Er wartet ab, wie sich die Dinge entwickeln, hofft, dass es wieder interessant wird. Johanssen geht weiter nach oben.

Riley sitzt oben am zweiten Treppenabsatz mit dem Rücken zu Cates geschlossener Zimmertür und raucht. Der Schlafmangel hat sich tief in sein Gesicht gegraben.

»Wo waren Sie?«, fragt er leise, als stünde die Tür offen und er könnte sie stören.

»Draußen.«

Riley grunzt. »Draußen«, wiederholt er leise und verbittert. »Ach ja, Sie arbeiten an ihrem Deal mit Ihren Amerikanern.«

»Schläft sie?«, fragt Johanssen.

»Ist noch sediert.«

»Ich muss mit ihr reden.«

»Und das hilft ihr dann, ja? Dadurch wird Vinnie wieder lebendig?« Riley sieht Johanssen ernst an: »Wissen Sie, was ich glaube? Es wäre besser gewesen, wenn Sie gleich am Anfang gemacht hätten, was Brice von Ihnen verlangt hat und diesen Dieb fertiggemacht hätten. Und wenn Sie das nicht gekonnt hätten, hätten Sie halt den Mumm haben müssen, Ihre Strafe über sich ergehen zu lassen. Dann hätten Sie halt ein oder zwei Finger verloren. Immer noch besser als das hier, oder? Sie, an einen Stuhl gefesselt, während Brice dem armen Schwein sämtliche Knochen bricht.« Die Zigarette zittert in seiner Hand, als er daran zieht. »Er war Ihretwegen hier – das wissen Sie doch, oder? Er wollte warten, bis Sie wieder zurückkommen. Aber sie ist da unten gewesen, und Vinnie …«

Riley bricht schwer atmend ab. Das Leid steht ihm im Gesicht geschrieben.

Eine Minute lang warten sie schweigend nebeneinander auf der Treppe.

Johanssen fragt: »Waren Sie den ganzen Tag hier?«

»Ja.«

»Irgendwas von Quillan?«

»Nur die beiden Schläger unten. Zu spät«, sagt Riley. »Er hätte es wissen müssen. Erst lässt er Sie hierbleiben und erlaubt Ihnen, Brice bis aufs Blut zu reizen, und dann lässt er Sie auch noch von seinen Aufpassern bewachen, sodass Brice nicht an Sie rankommt – was hat er denn erwartet? Dass Brice die ganze Sache auf sich beruhen lässt?«

»Quillan hat ihn einfach in Ruhe gelassen?«

»Genau. Gut gemacht. Und er wird wieder zurückkommen, um Sie zu holen. Nicht heute oder morgen, dafür ist Brice zu klug – er weiß, wann er aufhören, wann er sich zurückziehen muss, damit Sie richtig ins Schwitzen kommen und sich fragen, was Sie hinter der nächsten Ecke erwartet. Er wird warten, bis er wirklich so weit ist. Aber er wird zurückkommen. Also.« Er sieht Johanssen an. »Sie wissen, was als Nächstes passiert.«

»Was soll passieren?«

»Sie machen, dass Sie hier rauskommen.«

»Ich kann sie nicht alleine lassen.«

»Verstehen Sie das nicht? Sie sind der Nächste. Wenn Sie hierbleiben, kommt er wieder, um Sie zu holen, und sie wird einschreiten, weil sie nicht anders kann. Und es wird schlimmer werden als bei Vinnie. Auch für Sie wird es schlimmer, aber Sie sind mir scheißegal, Sie treffen Ihre eigenen Entscheidungen. Aber auch für Cate wird es schlimmer. Und das werde ich nicht zulassen. Also werden Sie verschwinden. Morgen, sobald die Tore geöffnet werden. Und wenn es das Einzige ist, was ich für Cate tun kann. Sie sind hier raus.«

Johanssen sagt: »Wenn ich Cate hierlasse, wird sie sterben.«

»Brice wird Cate nicht umbringen. Scheiße, er würde selbst Sie nicht umbringen: Er will Sie leiden sehen. Auch Jimmy sollte nicht sterben. Bei Jimmy ist ein *Fehler* passiert.«

»Ich meinte nicht Brice.«

»Wen denn sonst? Es sei denn, Sie meinen die ganzen Irren da draußen …« Riley deutet mit einer Kopfbewegung zum Tor. »Wenn Sie Cate fragen, würde sie es vermutlich drauf ankommen lassen.«

Johanssen sagt: »Essen Sie ein bisschen was. Dann legen Sie sich hin. Ich übernehm hier für eine Weile.«

»Sie sehen genauso fertig aus wie ich«, sagt Riley.

Johanssen zuckt die Achseln.

Als Johanssen an ihm vorbeigehen will, packt Riley ihn an der Schulter. »Vinnie wäre wirklich bald rausgekommen. Er hatte seine Zeit abgesessen. Er hatte nur noch einen Monat. Ich mein's ernst«, fährt er fort. »Sie verschwinden hier.«

Johanssen öffnet die Tür: einen Fingerbreit, drei Zentimeter, dann eine Handbreit. Sie liegt auf der Matratze. Die Beruhigungsmittel wirken: Ihr Gesicht ist schlaff, die Beine liegen still. Er tritt ins Zimmer, schließt die Tür, geht zu ihr, hockt sich hin. Ihr narkotisierter Atem geht langsam.

Er wird sie rausbekommen. Er schafft das. Karla wird eine Möglichkeit finden …

Aber Brice ist immer noch da draußen. Warum hat Quillan nichts gegen ihn unternommen? Worauf wartet er?

22. Tag: Mittwoch – 23. Tag: Donnerstag

Karla

Es dauerte eine Weile, bis ich alles zusammenhatte, was ich brauchte. Das Auto – ein frisierter, zehn Jahre alter BMW – aus einer Garage holen, die Ausrüstung aus einer anderen. Craigie rief an, als ich dabei war, die Rucksäcke zu packen. Er muss es vorher auf der abhörsicheren Festnetzleitung versucht haben, denn er wusste, dass ich nicht zu Hause war. »Wo sind Sie?«

»Ich musste noch etwas überprüfen«, sagte ich.

Er konnte nicht fragen, was es war, nicht am Handy, nicht Craigie. Er sagte nur: »Karla …«

»Ich bin vorsichtig.«

Und ich rief Devlin auf dem Festnetzanschluss an, nur zur Sicherheit. Als er sich meldete, lief Musik im Hintergrund, und er sagte. »Sie haben meine Nachricht bekommen? Wir müssen uns treffen«, auf eine Art, die mir verriet, dass er Besuch hatte. Es war keine zwei Stunden her, dass er bei mir angerufen hatte. Eine andere Frau – Anna? – muss ans Telefon gegangen sein. Das ist gut: Wenn er nicht allein ist, ist er sicher. Ich lachte, sagte, dass ich mich demnächst wieder melden würde, legte auf und schaltete Charlotte Altons Handy aus.

Noch vor 21:00 Uhr war ich unterwegs.

Über die M4 und die zweite Severnbrücke ist man eine halbe Stunde schneller, aber auf der Brücke sind Kameras, die einen von vorne, also auch die Gesichter der Fahrer fotografieren. Also habe ich die andere Strecke genommen, die M40 durch die Chiltern Hills und dann die A40. Kurz hinter Oxford habe ich an einer Raststätte auf einen Kaffee gehalten und Charlottes Handy wieder angestellt. Es brummte kurz: noch eine Nachricht von Devlin, die gegen 22:00 Uhr eingegangen war. »Morgen haben Sie nicht zufällig Zeit, oder?« Ich schaltete das Handy wieder aus und fuhr weiter.

Nach Westen an Ross, Monmouth, Abergavenny, Ebbw Vale vorbei – fest schlafende Orte, in denen nur vereinzelt Fenster im Obergeschoss den bläulichen Schein des Spätfilms zeigten, mit verlassenen Straßen und leeren Gehwegen. An einem Kreisel in Merthyr beäugten zwei Polizisten in einem Streifenwagen den BMW, sahen, dass ich eine Frau war, und wandten sich ab.

Dann nach Norden in die Beacons: die schwarze Hügelkette vor dem Abendhimmel. Die Straßen schrumpften. In Kurven erfassten die Scheinwerferkegel Landschaftsfetzen: Nadelwald und Moorland, buschiges Weideland mit grünlich leuchtenden Augen von grasenden Schafen und Rindern.

Schließlich rechts von mir der blass schimmernde Stausee. Links von der Straße erhebt sich Wald. Ich fuhr langsamer, suchte nach der Einfahrt. Da war sie: eine enge Kurve. Ich bog langsam ein und schaltete sofort die Scheinwerfer aus. Ich fuhr weiter zwischen den Bäumen hindurch, bis ich die Torpfosten sah. Auf beiden hockten düstere Fabelwesen, die Drachen. Die überwachsenen, schmiedeeisernen Tore standen offen. Dahinter lag die Lichtung und in der Dunkelheit dahinter das Haus.

Ich parkte den Wagen und stieg aus. Hier bin ich also.

Die Luft ist feuchtkalt und weich. Sie riecht nach alten Blättern. Irgendwo plätschert ein Bach zum Rauschen und Knacken der Bäume – einen Moment komme ich mir vor wie in Graves' Garten, aber dieses Mal werde ich nicht beobachtet. Ich drehe mich einmal langsam um die eigene Achse und gebe meinen Augen Zeit, sich an die Dunkelheit zu gewöhnen. Der Wald schirmt mich in alle Richtungen ab. Man hat keinen Blick auf den Stausee oder die Straße. Es sind keine Lichter zu sehen.

Ich drehe mich zum Haus.

Devlin hat recht: Es ist groß, aber nichts Besonderes. Ich gehe hinüber, spähe durch die Fenster hinein, dann drehe ich mich zur Einfahrt, doch der Wald steht im Bogen um die Lichtung herum, sodass man das Tor von hier aus nicht sehen kann.

Das andere Gebäude ist zweistöckig, genau wie das Haus. Es hat Garagentore, und im Erdgeschoss befindet sich eine Art Werkstatt. Am Ende ist eine Glastür, hinter der eine Treppe nach oben führt. Auf einem handgeschriebenen Schild neben der Tür steht: DIE DEPENDANCE. Es sieht aus, als hätte ein Kind es gemalt.

Ich ziehe Latexhandschuhe an.

Ein einfaches Schloss, aber ich bin außer Übung. Ich brauche zwei Minuten, um es zu öffnen. Drinnen ist es stockfinster. Auf der Türschwelle hole ich Überschuhe aus der Tasche und ziehe sie an, dann halte ich die Hand über die Taschenlampe, um den Großteil des Lichts abzuschirmen, schalte sie an und gehe nach oben.

Die ersten beiden Türen: ein Küchenkabuff und ein kleines Bad mit Toilette. Außerdem noch ein Flur. Das erste Zimmer geht rechts ab, das zweite ist am Ende. Beide sind vollkommen leer: keine Möbel, kein Teppichboden, nur nackte Dielen und gestrichene Wände. Die Zimmer wurden ausgeräumt und sind sehr sauber.

Ich gehe zum Fenster des hinteren Zimmers. Am Rand der dunklen Lichtung schimmern die steinernen Torpfosten.

Ich gehe wieder runter, ziehe an der Schwelle die Überschuhe aus und gehe weiter, um ein paar Sachen aus dem Wagen zu holen.

Thomas Drew hat mir die Spurensicherung am Tatort beigebracht. Er hielt das für unverzichtbar. Man müsse wissen, welche Spuren man hinterlässt, und in der Lage sein, anderer Leute Spuren zu finden, entweder um sie zu vernichten oder um jemanden zu erpressen. Also habe ich das alles gelernt: Wie ein Zugang sauber bleibt, wo man Fasern findet, Fingerabdrücke nimmt, wie man Spermaspuren auf schmutziger Bettwäsche sichert. Und natürlich, dass man nach Blutflecken sucht.

Ich muss zweimal gehen, um alles vom Auto zu holen. Bevor ich die Türen abschließe, trinke ich noch einen Schluck Kaffee aus der Thermosflasche und lausche, aber von der Straße ist nichts zu hören.

Dieses Mal lege ich unten an der Treppe einen Einwegoverall an.

Im Küchenkabuff ziehe ich die Rollos herunter, dann hole ich ein kleines batteriebetriebenes Nachtlicht heraus, stelle es auf die Arbeitsplatte und schalte es an. Dann gehe ich durch die Wohnung. Sämtliche Fenster sind mit Rollos ausgestattet, die ich alle herunterziehe. Das Nachtlicht leuchtet nur schwach, ich will aber nicht, dass es in der dunklen, leeren Nacht zu sehen ist.

In der Küche bereite ich die Luminol-Lösung vor, drücke die Bluestar-Tabletten aus der Folienverpackung und mische die Lösungen an. Zwei Behälter, die Sprühflasche für die Türen und die Spritzpistole mit der höher konzentrierten Lösung für die Wände. Vielleicht brauche ich nicht beide, aber es ist hilfreich, sie zur Hand zu haben. Ich schwenke sie, damit sich alles vermengt, dann gehe ich damit ins hintere Schlafzimmer. Danach kehre ich zurück und stelle das Nachtlicht ein Stück weiter in den Flur, sodass das Licht bis zur Schlafzimmertür reicht. Die Kamera mit dem Stativ lasse ich noch in der Küche stehen. Ein Spurensicherungsteam würde Fotos machen, aber ein Spurensicherungsteam würde auch nicht nur aus einer Person bestehen, und ich will keine Zeit damit verschwenden, die Kamera aufzustellen, wenn hier nichts zu finden ist.

Ich gehe zurück und bleibe direkt vor der Schlafzimmertür stehen. Das schwache Glimmen des Nachtlichts ist die einzige Beleuchtung, aber meine Augen haben sich daran gewöhnt, und es muss hierfür auch sehr dunkel sein.

Ein kleines Zimmer. Groß genug für ein kleines Doppelbett, eine Kommode und einen Stuhl, mehr aber auch nicht. *Nimm an, dass vor einem Jahr mitten im Zimmer ein Bett stand, sodass man von allen Seiten herankam …*

Ich fange in der hinteren Ecke auf dem Fußboden an, arbeite mich zum Fenster vor und sprühe dabei, wie man es mir beigebracht hat, in gleichmäßigen Zügen aus einem halben Meter Entfernung. Ich warte auf das verräterische Leuchten einer Luminol-Reaktion, das dreißigsekündige blaue Leuchten, das einem das Vorhandensein von Blutresten verrät. Es passiert jedoch nichts.

Ich gehe einen Schritt zurück und sprühe wieder.

Und da ist es, das erste hellblaue Leuchten: ein Spritzer, von links nach rechts, ein Bogen aus leuchtenden Tropfen.

Noch ein Schritt zurück. Wieder sprühen. Ein weiterer glühender Bogen leuchtet auf. Dieser reicht bis zur Fußleiste. Ich nehme die Sprühpistole und sprühe weiter, verfolge den Bogen die gestrichene Gipswand hinauf. Er erstreckt sich einen Meter über dem Boden. Zum Teil ist er verschmiert, weil ihn jemand wegwischen wollte.

Es ist hier passiert.

Eine Stimme in meinem Kopf – es könnte Drews sein – sagt mir: *Geh systematisch vor. Du brauchst Beweise. Hol jetzt die Kamera. Stell sie auf. Sprüh noch einmal. Mach Bilder.* Aber ich kann mich nicht losreißen. Ich kann nicht aufhören zu sprühen. Die leuchtenden Spuren glühen vor meinen Augen, leuchten und glühen hypnotisierend – die Brutalität des in Spritzern und Strahlen aus blauem Licht aufgezeichneten Todes. Einer windet sich bis hinauf zur Decke. Ein anderer führt Richtung Tür – bricht ab – eine deutlich erkennbare Lücke – dann ein dicker, heller Fleck – ein Klecks.

Und dann, ganz sonnenklar, ein Handabdruck. So groß wie meine Hand, vielleicht etwas kleiner. Eine Frauenhand. Catherine.

Ich starre darauf, während er langsam ins Nichts verblasst.

Sprüh noch mal. Mach Fotos.

Weil das womöglich die einzigen Beweise sind, die ich bekommen werde. Weil es das Einzige sein könnte, was von einem Mann namens Daniel übrig geblieben ist.

Und in diesem Augenblick wird mir etwas klar. Ich werde die Frau aus dem Programm herausholen, aber ich werde nicht ignorieren, was sie getan hat. Nicht bevor ich alles weiß.

Ich wende mich zur Tür. Im Flur dahinter flackert das Nachtlicht.

Schritte, dann blockiert die Silhouette eines Mannes die Tür. Er hat ein Gewehr in der Hand.

Er sagt: »Charlotte, was machen Sie da?«

Ich schwöre, dass ich kein Auto gehört habe. Er muss irgendwo an der Straße geparkt haben und von dort zu Fuß gegangen sein. Aber nicht mit dem Gewehr, das Gewehr kommt aus dem Haus. Er ist reingegangen, hat das Gewehr geholt, es geladen und ist hier raufgekommen, alles ganz leise – ein spätes Geschenk der Kindheitsferien, des Versteckspiels, dass er genau wusste, welche Stufen knarrten …

Ich sage: »Hier hat sie ihn umgebracht, oder? Ich versprühe

Luminol – es macht verborgene Blutspuren sichtbar.« Dann, lächerlicherweise: »Wollen Sie es sehen?«

Natürlich nicht. Er hat es schon gesehen.

Ich sage: »Ich weiß, dass Sie das nicht waren«, und er sagt: »Wenn ich irgendeine Ahnung davon gehabt hätte, dass sie …«, dann schweigen wir beide und blicken zusammen die Wand an, aber die Flecken, Bögen und Spritzer sind verblasst. Wir stehen wieder in einem finsteren, leeren Zimmer.

Er sagt: »Es war so eine Sauerei. Er war …« Er bricht ab, schluckt. Er hat Daniel gesehen.

»Und das Putzen hat sie Ihnen überlassen.« Die Wände, die Leiche, alles … Ich frage mich, wo Daniel jetzt ist. In einem flachen Grab unter den Bäumen?

»Ich hatte keine Wahl. Sie war weg. Ich konnte nicht zur Polizei gehen …« Wieder bricht er ab. *Was hatte sie gegen dich in der Hand?* Aber das kommt später. Das kann ich später noch klären. Jetzt muss ich mich um Wichtigeres kümmern.

Was habe ich getan, das ihn heute Nacht hergeführt hat? Irgendwann muss ich mir in die Karten gucken gelassen haben. Ein zu offensichtliches Interesse an Catherine? An dem Foto? Oder war es nur der Anruf? Habe ich mich verplappert?

Aber er ist mir gefolgt, und jemand könnte ihm gefolgt sein. Und jetzt steht er da mit einem Gewehr und weiß nicht mehr, wer ich bin und ob er mir vertrauen kann.

Er dreht sich um und sieht mich an. »Sie sammeln Beweise. Warum, Charlotte?«

»Weil ich sichergehen musste.« Ich klinge ruhig, obwohl mein Herz rast. »Und weil ich Sie dazu bringen musste, mit mir über das, was passiert ist, zu reden. Ohne Beweise hätten Sie es einfach abgestritten.«

»Warum sollte ich mit Ihnen darüber reden?« Er steht mit dem Rücken zur Tür, zum Flur und zum Nachtlicht. Ich kann sein Gesicht nicht erkennen. Also kann ich nur seine Stimme deuten. Und darin hat sich etwas verändert.

»Alle, die was damit zu tun haben, sind in Gefahr – alle, die ihr bei der Flucht geholfen haben. Zwei Leute sind schon tot.« Ich will nicht sagen: *Sie könnten der Nächste sein.* »Warum sind Sie heute Nacht hierhergekommen?«

Er sagt: »Sie sind gesehen worden«, und wieder höre ich die Veränderung in seiner Stimme, aber dieses Mal ist es, als wäre ein Rollladen heruntergegangen, als würde Mark Devlin sich verschließen, und zum ersten Mal habe ich Angst.

Gesehen? Bei Ian Graves' Haus? Hat Mark Devlin mich beobachtet? Aber in dem Fall …

Devlin hat Graves ermordet.

Ich habe die Geschichte falsch herum gedeutet. Mark Devlin ist nicht Catherines Beschützer. Mark Devlin ist der Klient.

Du musst die Situation sofort unter Kontrolle bekommen.

»In Ordnung«, sage ich fest und geschäftsmäßig. »Wissen Sie, wer ich bin?«

»Vermutlich nicht Charlotte Alton«, sagt er. Er klingt etwas sarkastisch. Ich ignoriere es.

»Ich bin nicht von der Polizei, und ich verurteile niemanden aus moralischen Gründen. Catherine hat einen Menschen umgebracht. Es war furchtbar. Sie sind zu spät gekommen, also konnten Sie es nicht verhindern. Sie konnten nur hinterher sauber machen. Aber dann haben Sie sie verfolgt. Sie wollten wiedergutmachen, was sie getan hat. Und am Ende haben Sie sie gefunden. Sie haben jemanden beauftragt, das zu erledigen, stimmt's? Weil Sie da, wo sie ist, nicht an sie herankommen.«

Devlin schweigt einen Moment. Dann sagt er: »Ich mochte Sie. Ich mochte Sie wirklich gerne.«

Ein weiterer Panikschub. Ich unterdrücke ihn. »Wir können das immer noch wieder einrenken.«

Er sagt: »Man hat mich gewarnt, dass Sie das sagen würden.« Er hebt das Gewehr. Nur ein ganz kleines bisschen. »Ich muss jemanden anrufen.«

Mir stockt das Herz.

»Wir gehen jetzt zum Haus«, sagt er und richtet das Gewehr auf mich.

Wenn er Graves umgebracht hat, wird er es benutzen.

Wie viele Chancen habe ich auf dem Weg nach draußen? Treppenhaus und Flur sind schmal. Wir werden hintereinander gehen: ich vorne, er hinten. Oben auf der Treppe: Ich werde vor ihm abbiegen, die Küche ist links von mir, wo die Kamera mit dem Stativ in Reichweite steht, aber ich werde nicht genug Platz haben, um richtig auszuholen. Er wird abdrücken, bevor ich es die Treppe hinunter geschafft habe und zur Tür hinaus bin.

»Okay«, sage ich und mache einen Schritt nach vorn, um an ihm vorbeizugehen. Er muss kurz zurückweichen und das Gewehr senken. Ich habe die Luminol-Spritzpistole noch in der Hand.

Ich sprühe ihm in die Augen.

Er heult auf. Hinter mir klappert etwas, aber ich bin schon im Flur. Ich trete gegen das Nachtlicht – das Plastikgehäuse knallt gegen die Wand, und es geht aus. Am Ende des Flurs um die Ecke und die Treppe hinunter. Wie lange dauert es, bis ihm klar wird, dass er nicht geblendet ist? Ich bin durch die Tür und laufe zum Wagen. *Schlüssel, Schlüssel.* Sie sind in der Tasche unter dem Overall. Ich muss ihn loswerden. Einen Moment lang verknäult er sich um meine Knöchel. Dann bin ich raus, habe den Schlüssel in der Hand und stürze zum Wagen.

Schlüssel ins Zündschloss. Der Motor springt an. Ein Blick zum Gebäude – die Tür springt auf, und Devlin kommt mit dem Gewehr in der Hand herausgestürmt. Ich lege den Rückwärtsgang ein, setze zurück, werfe das Lenkrad herum – wo ist er? –, lenke in Richtung des Tors, trete das Gaspedal durch und spüre, wie ich in den Sitz gedrückt werde, als die Hinterräder des BMWs sich in den Schotter krallen …

Peng. Die Windschutzscheibe zerreißt vor mir, es entstehen tausend kleine Risse und Splitter. Ich sehe nichts mehr nach vorne, halte das Gaspedal aber immer noch durchgetreten. *Peng.* Noch einmal. Ein Splitterregen – dann ein Aufprall. Das Auto bebt heftig, springt, ich werde nach links geschleudert – dann bin ich wieder in der Spur und beschleunige weiter – und dann …

Ich sehe sie durch den unbeschädigten Rand der Windschutzscheibe in der Sekunde, bevor ich hineinkrache. Bäume.

Ich weiß nicht, wie lange ich da gesessen habe. Der Motor ist ausgegangen, aber die Scheinwerfer brennen noch. Das Licht spiegelt sich in den irren Mustern auf der Windschutzscheibe. Es sieht seltsam schön aus.

Ich kann mich nicht bewegen: Alles ist blockiert. Dann kratzt etwas neben mir am Fenster. Ich drehe den Kopf zur Seite, aber es ist nur ein Zweig. Ich drehe den Kopf zur anderen Seite und ziehe probeweise die Schultern hoch. Ich löse die Hände vom Lenkrad. Meine Finger sind wie Haken.

Der Fahrerairbag ist nicht aufgegangen. Interessant.

Devlin Devlin Devlin

… hatte ein Gewehr …

Im Rückspiegel wird das verwüstete Unterholz von meinen Rücklichtern rot angeleuchtet.

Dahinter ist die Lichtung, auf der eine dunkle Gestalt liegt.

Ich bleibe noch eine Minute sitzen, ohne den Spiegel aus den Augen zu lassen. Die Gestalt rührt sich nicht.

Steig aus. Steig aus. Das musst du.

Gestrüpp drückt gegen die Tür. Ich muss sie mit Gewalt aufdrücken und mich dann an der Karosserie entlangschieben. Die Zweige zerkratzen mich, bis ich am Auto vorbei bin. Es hat eine Wunde in den Wald gerissen. Abgebrochene Schösslinge schimmern blass. Die Luft riecht grün und beschädigt.

Ich komme an den Waldrand.

Er liegt da wie eine Lumpenpuppe in zerrissener Kleidung, die Gliedmaßen an Stellen geknickt, wo sie es nicht sein dürften. Kopf und Brust sind eingedrückt, die Kopfhaut halb abgerissen, die Gesichtszüge zerfetzt und deformiert.

Ich weiß, dass er tot ist, trotzdem muss ich ihn berühren.

Ich fackele den BMW ab. Im Haus sind alte Zeitungen, Feuerzeuge, sogar ein Einweggrill. Ich lege den Einwegoverall drauf. Der Zigarettenanzünder liefert den Funken. Ich schlage das Fenster auf der Fahrerseite ein und warte, bis das Feuer richtig brennt, dann trete ich zurück.

Das Gewehr liegt vier Meter von Mark Devlin entfernt, beide Läufe sind entladen. Ich lasse es liegen. Ich lasse auch alles im Nebengebäude: die Luminol-Sprays, die Kamera, das kaputte Nachtlicht, alles.

Als ich die Zufahrt entlanggehe, vorbei an den düsteren Drachen, steigen über dem BMW schon ätzende Rauchschwaden auf.

Ich erreiche die Straße, biege rechts ab und gehe weiter. Nach ein paar Hundert Metern komme ich an einen kleinen Parkplatz mit Blick auf den Stausee. Mark Devlins silberner Audi steht unter den Bäumen. Ich wende mich ab und hole mein Telefon heraus. Ein Balken Signalstärke. Ich rufe Craigie an. Nenne ihm einen Code, von dem ich dachte, dass ich ihn niemals brauchen würde. Dann schalte ich das Handy aus, stelle mich in den Wald und warte.

Mark Devlin, wie er in seiner Wohnung am Türrahmen lehnt, ein Weinglas in der Hand, sauber und fit und lebendig und lächelnd. *Wenn man zu tief einatmet, wird einem schwindlig.*

23. Tag: Donnerstag

Johanssen

Um 1:00 Uhr nachts ändert sich ihr Atemrhythmus. Gegen 2:00 Uhr fängt sie an, sich zu bewegen, und schlägt die Augen auf. Zehn Sekunden Ausdruckslosigkeit. Dann bilden sich Falten auf ihrer Stirn, als versuche sie, sich an etwas zu erinnern. Ihr Mund verzieht sich, sie atmet hörbar ein, und ihr Körper verkrampft unter der Decke. »Nein …«

Er ist schon auf dem Weg zu ihr. »Cate …«

Als er bei ihr ist, schlägt sie um sich. Er greift nach ihren Handgelenken, erwischt eins, verfehlt das andere. Ihr Arm fährt herum, ihre Finger krallen sich in seine Wange. Er reißt den Kopf nach hinten und packt ihren freien Arm. Ihr Körper krümmt sich von ihm weg. Er redet auf sie ein, versucht, sie zu beruhigen, aber sie kämpft gegen ihn, kämpft gegen Brice, kämpft gegen alles und jeden. Die Geräusche, die aus ihrem Mund kommen, sind kaum als menschliche Laute zu erkennen. Er kann nur ein einziges Wort ausmachen: *Nein.*

»Cate, ich bin's, es ist …«

Sie wirft sich gegen ihn, rammt ihm den Kopf gegen die Brust. Er lässt die Handgelenke los, schlingt die Arme um sie, zieht sie fest an sich heran und flüstert dabei beruhigende Worte in ihre Haare, während sie versucht, sich zu befreien. Sie ist mager, wie ein kleiner Vogel in einem Netz oder eine verhungerte Katze in einem Sack. Ihm war nie bewusst, wie mager sie ist: nur Haut, Knochen und Sehnen.

Plötzlich hört sie auf, sich zu wehren. Vom Adrenalin zitternd presst sie sich an ihn und ringt nach Luft.

Eine Etage unter ihnen knallt eine Tür. Füße stampfen die Treppe herauf – ein Mann im Laufschritt. Die Tür springt auf: Riley, außer sich mit weit aufgerissenen Augen.

Cates Kopf dreht sich vor Johanssens Brust. Er lockert den Griff etwas. Aus ihrem Mundwinkel tropft etwas Speichel. Er wischt ihn mit dem Daumen ab.

»Wo waren Sie?«, wimmert sie. »Wo zum Teufel sind Sie gewesen? Sie hätten …«

Ihre Miene erschlafft, und sie fängt an zu weinen. Er zieht sie wieder fester an sich heran.

Riley dreht sich um, verlässt das Zimmer und zieht die Tür bis auf einen schmalen Spalt zu. Er setzt sich mit dem Rücken zu ihnen auf die Treppe. Kurz darauf stützt er den Kopf in beide Hände.

Sie weint eine Weile. Dann könnte sie ein bisschen geschlafen haben, er ist sich aber nicht sicher. Als er wieder zu ihr hinunterblickt, hat sie die Augen geöffnet, und etwas spiegelt sich auf ihrem feuchten Augapfel.

»Vinnie«, flüstert sie tonlos.

»Ich weiß.«

»Hat er nicht verdient«, sagt sie. »Das hat er nicht verdient.«

Sie starrt ins Nichts. Eine weitere Erinnerung ist dazugekommen: das Tor mit den Drachen darauf, Daniel, das viele Blut. In ihrem Kopf reihen sich die Bilder in einer Endlosschleife aneinander. Und sie werden weiterlaufen … wochenlang … monatelang … Selbst nach Jahren, wenn sie ganz woanders ist, ein anderes Leben führt, werden die Erinnerungen noch die Kraft haben, unerwartet über sie herzufallen. Er kennt das. In seinem Kopf schreit immer noch ein Mann hinter einer verschlossenen Tür in einem abgelegenen Farmhaus.

Gegen vier Uhr morgens streckt sie sich, steht auf und sagt ihm, dass sie mal muss. Er wartet vor der Tür, während sie in einen Eimer pinkelt. Er ist allein: Riley hat seinen Posten auf der Treppe verlassen.

Vom Fenster oben an der Treppe kann man den Hof überblicken. Draußen nieselt es. Unter den Scheinwerfern am Tor lungert ein halbes Dutzend Männer herum. Ihre durch die Entfernung und die Scheibe gedämpften Stimmen hallen über den Hof. Wenn er das Fenster öffnet, könnte er ihre Zigaretten riechen, aber er rührt sich nicht.

Quillan hat Brice in Ruhe gelassen. Was bedeutet das?

Durch die Tür hört er Cate auf und ab gehen und herumkramen. Er geht wieder ins Zimmer. Sie ist jetzt angezogen, hat aber noch ein Bündel Kleidung im Arm. Sie legt es weg und reibt sich geistesabwesend mit einer Hand übers Gesicht.

»Ich muss zurück in die Klinik«, sagt sie. »Ich muss arbeiten.«

»Die Klinik ist geschlossen.« Dann sagt er: »Ich werde Sie hier rausbringen.«

Sie starrt ihn nur dumpf an.

»Sie müssen das Programm verlassen«, sagt er. »Die wissen, dass Sie hier sind, und sind hinter Ihnen her. Ich werde Sie rausschaffen. Draußen gibt es Leute, die Sie in Sicherheit bringen werden.«

Sie hebt den Kopf ein paar Zentimeter. »Sie sind hinter mir her? Um mich zu töten?«, fragt sie. Es klingt nicht ängstlich. Aber sie reagiert mit einer gewissen Verzögerung, die Worte erreichen sie mit Verspätung und haben ihre Wucht verloren. Sie hat sie noch nicht verstanden.

»Ja«, sagt er, »um Sie zu töten.«

Sie runzelt die Stirn. »Woher wissen Sie das?«

»Ich bin der, den sie geschickt haben.«

Nach längerem Schweigen sagt sie: *»Dann erledigen Sie Ihren Job.«*

»Nein«, sagt er – sie kann ihn nicht verstanden haben. »Sie müssen mir vertrauen. Wir können Sie hier rausholen. Ich habe mit jemandem gesprochen – die haben Möglichkeiten. Die schaffen das: in ein oder zwei Tagen. Wir müssen nur aufpassen, dass Ihnen nichts passiert, dann holen wir Sie raus. Sie bekommen ein neues Leben, eine neue Identität.« Es klingt so einfach, so klar. *Wir machen das, dann das, dann dies* … Wie ein Kindermärchen mit Zauberei und einem Happy End.

»Nein«, sagt sie. Ihre Stimme klingt flach. »Ich gehe nirgendwohin. Machen Sie Ihren Job.«

»Ich kann nicht«, sagt er.

»Warum nicht? Bei Ihrer Freundin …« Sie bricht ab, und ihre Miene verändert sich, ihr wird etwas klar. »Sie sind nicht Ryan Jackson …« Sie lächelt kurz peinlich berührt. »Dann hatte Brice recht.«

»Ich kann es nicht. Dieses Mal nicht.«

Sie öffnet die Augen. »Warum nicht? Sie wissen, was ich getan habe. Hab ich es nicht verdient?«

Als ob der Tod etwas wäre, das sie verdient hätte, weil sie einen Menschen, Daniel, getötet hat. Als gäbe es irgendwo eine einfache Bilanz, die besagt, dass ihre Schulden fällig sind … Plötzlich denkt er an Terry Cunliffe, an eine andere Bilanz, eine andere Schuld, dieses Mal mit seinem Namen im Soll. Er kann es ihr nicht erzählen.

Er sagt: »Sie haben deshalb Albträume. Manchmal fürchten Sie sich vor dem Einschlafen. Sie zählen die Menschen, die sie gerettet haben, aber es werden nie genug sein.«

»Und deshalb ist es in Ordnung?« Sie verschränkt die Arme – eine steife, abweisende Geste, mit der sie sich von ihm abschottet. Ihre Miene ist kalt und angespannt. Er weiß nicht, was er sagen soll.

Sie sagt: »Und was passiert, wenn Sie es nicht tun?«

»Dann schicken sie einen anderen.«

»Dann lassen Sie sie.« Sie wendet sich ab. »Gehen Sie jetzt.«

Er will noch etwas sagen. Er weiß nicht, was.

Aber als er an der Tür ist, fragt sie: »Wenn Sie nicht Ryan Jackson sind, wer sind Sie dann?«, und sieht ihn wieder an. »Werde ich Ihren Namen erfahren?«

Er schüttelt den Kopf. Sie denkt darüber nach, dann nickt sie.

»Sie haben so was schon mal gemacht«, sagt sie. »Menschen getötet. Normalerweise belastet Sie das nicht.« Er sieht zur Seite. Sein Blick bleibt an den Kratzern in der Wand hängen. Er fängt an, sie langsam zu zählen.

Sie sagt: »Wenn ich's mir aussuchen könnte, wär's mir lieber, sie würden es machen. Dann würde es wenigstens schnell gehen.«

Sie wendet sich wieder ab.

Er geht nach unten in den Schlafraum, zieht die Stiefel aus und legt sich hin. Quillans Männer laufen unten im Wartezimmer herum und unterhalten sich leise. Wenn das Telefon klingelt, hört er es.

Kein Geräusch von oben. Kein Kratzen an der Wand.

In der gegenüberliegenden Koje liegt Drill ausgestreckt auf dem Rücken, ruhig wie eine Marmorstatue auf einem Grabmal. Aber auch er ist wach, und das Weiße in seinen Augen glänzt in der Dunkelheit.

23. Tag: Donnerstag

Karla

Kurz nach vier Uhr morgens biegt ein Kombi auf den Parkplatz am Stausee. Das Kennzeichen stimmt mit der SMS überein, die ich vor einer Stunde bekommen habe, als ich das Handy zum letzten Mal angeschaltet habe. Er parkt hinter Devlins silbernem Audi, und ein Mann steigt aus. Er geht nach hinten, macht die Heckklappe auf, schlägt eine Decke zurück, nimmt eine Thermoskanne heraus und trinkt Kaffee, während er übers Wasser blickt. Dann schraubt er den Deckel wieder auf die Thermoskanne, legt sie zurück, geht ein paar Schritte weg, zieht, mit dem Rücken zu mir, den Reißverschluss seiner Hose herunter und fängt an zu pissen.

Die Heckklappe des Autos steht noch offen. Ich klettere hinein und ziehe die Decke über mich.

Schritte. Der Mann kommt zurück. Die Heckklappe schlägt direkt neben meinem Kopf zu. Die Fahrertür wird geöffnet, der Wagen wackelt, die Tür wird geschlossen. Dann wird der Motor gestartet, und wir sind unterwegs.

Zwei Stunden Fahrt. Ich versuche abzuschalten, gar nichts zu denken.

Schließlich hält der Wagen. Der Mann steigt aus und geht weg. Zehn Minuten später öffnet jemand anders die Heckklappe und zieht die Decke weg: eine Frau mit blondierten Haaren, einem herrischen Mund und zu viel Schmuck. Wir sind in einer großen, fast leeren Garage. Ohne ein Wort zu sagen, führt sie mich zu einem Transporter und hilft mir, hinten einzusteigen. Der Laderaum ist bis auf eine andere Decke leer. Als sie die Tür schließt, ist es vollkommen dunkel.

Jemand steigt vorne ein und lässt den Motor an. Die Frau? Jemand anders? Craigie setzt Leute ein, die ich nicht kenne. Für sie bin ich nur ein weiterer Klient: eine arme Sau, die den Boden unter den Füßen verloren und ein Rettungsteam bestellt hat. Es ist nicht weit entfernt von der Wahrheit.

Erst um 9:00 Uhr morgens bin ich wieder in den Docklands. In fremder Kleidung. Durch die Tür, direkt in die Dusche, ich schrubbe mich kräftig ab, Bademantel, ins Wohnzimmer. Fernseher an: Nachrichtensender … auf stumm schalten. Ich bin jenseits von Hunger und Müdigkeit, sogar den Schock habe ich hinter mir gelassen. Ich laufe wie auf Autopilot.

Devlin ist tot, was allerdings nicht bedeutet, dass es vorbei ist. Er wollte jemanden anrufen, jemanden, der noch da ist, der noch im Spiel ist – jemand, der ihn vor mir gewarnt hat, jemand, der weiß …

Also ruf Craigie an, hol ihn her. Dann ruf Powell an. Lass Catherine rausholen. Fang an.

Einen Moment lang leuchten die glühenden Flecken und Spritzer von der Wand, der kleine helle Handabdruck vor meinen Augen auf. Wenn Powell Catherine in die Finger bekommt, werde ich nie erfahren, wer Daniel war und warum er gestorben ist. Aber im Moment kann ich nichts anderes tun.

Ich greife nach dem Telefon, als jemand an meine Haustür hämmert, und ich erstarre. Ich bekomme keinen Überraschungsbesuch.

Ellis' Gesicht wölbt sich in meinem Spion. Aber er dürfte nicht hier sein, er weiß, dass dies hier Sperrgebiet ist, er darf nicht einmal in die Nähe von Charlotte Alton kommen.

Er hebt die Hand und zeigt mir seinen Polizeiausweis. Dieses Mal ist es dienstlich.

Ich öffne die Tür. »Miss Alton?«, sagt er. »Detective Inspector Ellis. Haben Sie was dagegen, wenn ich kurz reinkomme?« Dann blickt er an mir vorbei ins Wohnzimmer und grinst, ein wildes Grinsen, das seine Augen nicht erreicht. »Oh, gut«, sagt er. »Sind wir gerade in den Nachrichten?«

Ich drehe mich um. Durch die offene Tür ist im Fernsehen eine Luftaufnahme zu sehen: Wald, eine gewundene Straße, eine große Wasserfläche: Polizeiautos parken kreuz und quer auf der Straße. Dann die Lichtung. Noch mehr Polizeiautos und ein rotes Löschfahrzeug hinter einem Tatortzelt. Der BMW ist unter den Bäumen nicht zu sehen. Das Haus ist nicht betroffen. Die Dependance ist eine schwarze, qualmende Ruine.

Ich muss jemanden anrufen, hatte Mark Devlin gesagt. Sind sie nachsehen gekommen, als der Anruf nicht kam? Und es herrschte Chaos, als sie ankamen: der ausgebrannte BMW zwischen den Bäumen und Devlin …

Sie hätten aufräumen können, aber das hätte Zeit und viel Arbeit gekostet, außerdem mussten sie damit rechnen, dass ich zurückkomme. Also haben sie sich für die zweitbeste Lösung entschieden, haben die Beweise für Daniels Ermordung vernichtet und sind verschwunden.

Als ich mich umdrehe, beobachtet Ellis mich. »Ich würde Ihnen gern ein paar Fragen stellen, wenn Sie nichts dagegen haben, Miss Alton.« Er gibt der üblichen Phrase eine gemeinen Unterton. »Reine Routine.«

Er folgt mir ins Wohnzimmer. Ich zeige auf einen Stuhl. Er bleibt stehen. Sofort schweift sein Blick durch den Raum, von Wand zu Wand, weiter zum Fenster, wie ein Makler, der den Wert der Einrichtung schätzt. »Eine schöne Wohnung haben Sie hier, Miss Alton – oder darf ich Sie Charlotte nennen?« Dann, blitzschnell: »Danke für die Warnung wegen Mark Devlin, Karla. Ihr Anruf hat mich wirklich ins Grübeln gebracht. Ich wollte sein Alibi lieber noch einmal überprüfen. Also hab ich gleich heute Morgen bei ihm angerufen. Ich war auf dem Weg zu seinem Büro, als die Nachricht rauskam. Sie wissen doch, dass er tot ist, oder? Sie sehen nicht besonders überrascht aus. Oder schockiert.«

Er dreht sich um und geht durchs Zimmer, von mir weg, eine weitere beiläufige Inspektion. Er sagt: »Er wurde von einem Auto überfahren, mit dem der Versuch unternommen wurde, den Tatort zu verlassen. Es wurde eine Schrotflinte gefunden, aus beiden Läufen ist geschossen worden, der Wagen ist in einen Baum gekracht. Wer auch immer in dem Wagen saß, Devlin hat versucht, ihn zu stoppen.« Er dreht sich um und sieht mich an. »Ist irgendwas davon neu für Sie?«

Ich sage nichts.

Er sieht mich an. Dann sagt er: »Sie haben die ganze Zeit versucht, die Wahrheit vor mir zu verbergen. Beim ersten Anruf? Da wussten Sie schon, dass sie tot war. Sie wussten nicht, wer sie umgebracht hat, Sie kannten das Motiv nicht, aber Sie wussten, dass sie tot war.« Er schüttelt den Kopf. »Was haben Sie? Eine Leiche? Aber warum sagen Sie es mir nicht? Oder einen Zeugen? Das ist es, stimmt's? Von Anfang an haben Sie jemanden geschützt. Wen, Karla?«

Ich starre nur mit leerem Blick zurück.

Er mustert mich eine Weile. Dann sagt er: »Ich müsste Sie in einen Vernehmungsraum stecken«, sagt er. »Ich müsste das aus Ihnen herausquetschen.«

»Und warum tun Sie's dann nicht?«

Pause. Dann nimmt seine Stimme einen höhnend offiziellen Tonfall an. »Soweit mir bekannt ist, hatten Sie privat Kontakt zu Mr Devlin. Können Sie mir sagen, wann Sie ihn zum letzten Mal gesehen haben?«

So läuft das jetzt also. »Ich habe gestern Nacht mit Mark telefoniert. Er hatte mir eine Nachricht hinterlassen und vorgeschlagen, dass wir uns treffen. Ich habe ihn zurückgerufen, aber da war er nicht allein. Sie können gern die Verbindungsdaten prüfen.«

»Oh, das werde ich. Und wo waren Sie?«

»Zuerst hier. Später bin ich noch weggegangen.«

»Darf ich fragen, wohin?«

»Freunde besuchen. In London. Nichts Besonderes.« *Übertreib's nicht, Ellis.*

Einen Moment lang sehen wir uns abschätzend an. Dann sagt er: »Das ist noch nicht zu Ende, Karla«, und geht.

Ich gehe in mein Büro. All die unbeantworteten Fragen … daran darf ich jetzt nicht denken. *Powell. Es gibt keine andere Lösung. Kontaktiere Powell, mach einen Deal, hol sie da raus, bring Johanssen in Sicherheit. Zieh einen Schlussstrich unter das Ganze.*

An einem Anrufbeantworter blinkt ein Lämpchen. Ich drücke auf »Anhören«, und Whitman sagt: »Laura, ich hätte wirklich nicht gedacht, dass Sie das tun würden.« Er klingt erfreut.

Die Nachricht ist sofort zu Ende.

Ich rufe ihn zurück. »Dass ich was tun würde, Mike?«

Er sagt: »Dass Sie das mit Washington klären. Ein Mann, den ich aus dem Justizministerium kenne, hat mich angerufen. *Er* hat einen Anruf von jemandem aus Ihrer Abteilung bekommen. Wir haben eins dieser Gespräche geführt – es wurde nichts ausgesprochen, aber er ist im Bilde. Er war ziemlich beeindruckt. Da haben Sie sich ganz schön ins Zeug gelegt. Also ist alles geklärt.«

Jemand aus Ihrer Abteilung? Aber er glaubt, Laura wäre beim Geheimdienst …

O *nein, nein, nein.*

Ich beende das Telefonat. Neue Nummer. Dieses Mal Fielding. Er meldet sich wie üblich mit einem Grunzen.

»Johanssens Klient …«

Er sagt: »Sie gehen mir echt auf den Wecker, wissen Sie das? Wie sind Sie draufgekommen?« Dann, als wüsste er, dass ich nicht antworten werde: »Ja, ich habe die Nachrichten gesehen.«

»Mark Devlin. Sie sagten, er hätte Referenzen gehabt.«

»Stimmt«, sagt er. »Halten Sie mich für blöd? Glauben Sie, ich hätte Johanssen da reingeschickt, ohne …«

»Von wem stammten diese Referenzen, Fielding?« Nichts. Noch ein Versuch. »Sie haben gesagt, Sie kannten den Mann nicht. Aber Sie wussten, dass mit ihm alles in Ordnung war, dass man ihm vertrauen konnte, weil er von jemandem kam, für den wir schon gearbeitet haben.«

Immer noch nichts. Dann, als würde es wehtun, es auszusprechen: »Der Mann hatte einen Code.«

»Und was hat Ihnen dieser Code verraten?« *Bitte nicht …*

»Dass kein Risko bestand. Ich habe es Ihnen doch gesagt … Verdammt, Karla. Manchmal treten Leute an mich heran, deren Beteiligung nicht bekannt werden darf.«

»Geheimdienst?«

Einen Moment lang sagt Fielding nichts. Dann, ruhiger: »Johanssen hat hin und wieder einen Job für die gemacht. Ohne davon zu wissen.«

»Die greifen nicht auf Leute wie ihn zurück. Die haben ihre eigenen. Zum Beispiel die Spezialeinsatzkräfte, die ihn damals abgelehnt haben.«

»O doch, das tun sie«, sagt Fielding. »Sie greifen auf sie zurück, wenn sie ihre eigenen Leute nicht einsetzen wollen.«

»Und wann ist das?«

»Was glauben Sie denn? Wenn niemand zugeben will, wie viel Mist sie gebaut haben. Wenn alles spurlos beseitigt werden soll. Ich hab Ihnen doch gesagt, dass alles okay ist. Er ist sicher. Wann bringt er es unter Dach und Fach?«

»Devlin ist tot«, sage ich. »Sie haben keinen Klienten mehr.«
Er sagt: »O doch, den habe ich.«

Kein Risiko. Das ist der Witz an der Geschichte. Ich wollte ihn die ganze Zeit beschützen. Aber die haben ihn von Anfang an beobachtet: als er mit seinem falschen Ausweis in den Aufnahmebereich des Programms ging, als er durch diese Tore rein- und wieder rausmarschierte, immer bereit einzuschreiten, wenn ihn jemand aufhalten wollte. Sie haben ihn beobachtet, um sicherzustellen, dass er den Job erledigt.

Wie ich, aber einflussreicher.

Und cleverer. Und sie konnten sich besser verbergen. Aber trotzdem wie ich – sie wollten Catherine Gallagher auslöschen, so wie ich eine unbequeme Datei lösche, wollten sie auslöschen, weil das ihr Job ist. Geheimdienst.

Der Geheimdienst hat einen Mann namens Daniel verhört. Wer war das? Ein Terrorist? Ein Verräter? Auf jeden Fall jemand, den sie schnell zum Reden bringen mussten. Aber sie können nicht foltern, also leiten sie die verdeckteste aller verdeckten Operationen ein, mit lauter Zivilisten als Strohmännern, sodass sie später alles abstreiten können. Catherine Gallagher war die medizinische Absicherung: Sie sollte den Mann am Leben halten, ihn immer wieder zusammenflicken, damit sie am nächsten Tag weitermachen konnten, dann am übernächsten, ohne dass er starb, bis sie alles, was sie wollten, aus ihm herausbekommen hatten – denn das konnte die clevere, ehrgeizige Catherine gut: Menschen am Leben halten. Sie wussten genau, welche Knöpfe sie bei ihr drücken mussten. *Setzen Sie Ihre Fähigkeiten ein, helfen Sie Ihrem Land im Kampf gegen den Terrorismus. Wir werden Ihnen sehr dankbar sein* … Dem kann man leicht zustimmen, wenn man seine Patienten für eine andere Spezies hält.

Catherine Gallagher hatte Devlin überredet, das Haus benutzen zu dürfen. Und als es vorbei war, hat Catherine Gallagher Daniel getötet, ist einfach gegangen und hat Devlin das Aufräumen überlassen. Deshalb ist er nicht zur Polizei gegangen. Ich kenne diese Leute von den Geheimdiensten, weiß, wie sie reagieren. *Wenn Sie kooperieren, erledigt sich das von selbst. Wenn Sie reden, sind Sie der Hauptverdächtige.*

Und als sie Catherine im Programm entdeckt haben, wurde Devlin in die Verhandlungen mit Fielding geschickt, wo er sich als einer der Ihren ausgeben durfte …

Und wenn ich Powell jetzt anrufe? Ich habe seine Akte gelesen. Er ist loyal und bei der Putzkolonne. Er ist gut darin, unangenehme Sauereien wegzuputzen, die Scheiße wegzuspülen, genau wie Johanssen. Er ist nicht derjenige, der hinter der ganzen Sache steckt. Er will einen Deal mit Knox und wird alle möglichen Zugeständnisse machen, um ihn zu bekommen. Aber egal, was Powell verspricht, in dem Augenblick, wo Catherine sich in seine Obhut begibt, fängt eine Uhr zu ticken an.

Er wird mir erzählen, dass es ihr gut geht – im Ausland untergetaucht, ein neues Leben. Ich werde das nie widerlegen können. Aber ich weiß: Sobald ich sie in Powells Obhut gebe, ist sie so gut wie tot.

Und das ist wichtig, oder?

Hat sie das nicht verdient? Sie hat einen Deal mit dem Geheimdienst gemacht und dafür die Folter und den Tod eines Menschen überwacht. Ist das nicht einfach Vergeltung?

Kontaktiere Powell. Mach's einfach.

Ich rühre mich nicht.

Ich habe es Johanssen versprochen – dass ich sie in Sicherheit bringe. Weil ihre Rettung irgendwie eine Wiedergutmachung für Terry Cunliffe ist. Eine Stimme in meinen Kopf sagt: *Er wird es nie erfahren,* ich weiß aber, dass ich nicht auf sie hören darf. Ich werde Johanssen jetzt nicht belügen.

Aber da ist noch etwas.

Ich bin wieder in dem dunklen Zimmer mit den blau glühenden Blutspritzern an den Wänden. Ein Mann, von dem ich immer noch nicht mehr weiß als seinen Vornamen, Daniel, ist in diesem Zimmer gestorben. Dafür muss es einen Grund geben. Und den werde ich herausbekommen.

23. Tag: Donnerstag

Johanssen

Er schläft und wacht auf, isst, schläft weiter. Cate ist oben in ihrem Zimmer. Riley bringt ihr Essen, kann sie aber nicht überreden, etwas zu sich zu nehmen. Johanssen geht nicht nach oben. Er horcht auf ihre Bewegungen – Schritte? Kratzen? –, hört aber nichts.

Quillans Männer lungern immer noch unten herum. Wo ist Brice?

Riley kommt herein und sagt: »Ich dachte, Sie hauen ab.«

Er sagt: »Ich warte auf einen Anruf.«

Er schläft wieder. Irgendwann träumt er.

Er ist in der Klinik, Terry Cunliffe wurde gerade eingeliefert. Der Mann besteht nur aus rohem Fleisch, schreit aber nicht. Stattdessen sieht er Johanssen erwartungsvoll an, als wäre es sein Problem, als läge das in seiner Verantwortung, als wäre es etwas, das er in Ordnung bringen müsse – und Johanssen spürt, wie die Panik in ihm aufsteigt, weil es zu spät ist und er nichts mehr tun kann.

Dann ist er wieder da, im Büro, und steht vor dem Mann am Schreibtisch.

»Das soll keine Kritik an Ihren Fähigkeiten sein …«

Als er scharf die Luft einzieht, wacht er auf. Draußen ruft jemand.

Dann hört er es von unten: Ein Telefon klingelt.

Es gibt einen Spielplatz – man kann ihn durch die Fenster des Familienraums sehen. Er liegt in der Abenddämmerung: eine verwahrloste Rasenfläche, ein paar Schaukeln, ein Klettergerüst, ein alter Holzverschlag und ein fleckiges Betonbassin, das im Sommer als Planschbecken dient, in dem sich jetzt eine flache Regenwasserpfütze gesammelt hat. Umgeben ist er von einem zwei Meter hohen Metallzaun: noch ein Gefängnis im Gefängnis.

Das Gebäude, in dem er sich befindet, ist hinter dem Brachland direkt an die Mauer gebaut. Hierher kommen die Besucher, heute Nachmittag eine Handvoll. Angespannte Frauen, die versuchen, sich mit ihren Männern zu unterhalten, verdrossene Kinder, die nicht wissen, warum sie hier sind, ein älteres Paar, das eng zusammengerückt ist, mit hellen, feuchten Augen, das versucht, sich zusammenzureißen und ihren am ganzen Körper tätowierten Sohn zu unterstützen, der wünschte, sie wären nicht gekommen … Johanssen gegenüber sitzt Whitman, der unruhig und unbehaglich wirkt und immer wieder besorgt die Wachen beäugt. Er überbringt die Nachricht, ohne Johanssen wirklich anzusehen. »Sie sagt, es gäbe keine andere Möglichkeit.«

Johanssen nickt und geht.

Quillans Männer warten im Flutlicht am Rand der Brachfläche. Heute sind es vier: Ein Leibwächter. Von Brice' Crew hat er aber niemanden gesehen. Er fragt sich, wo sie sind und worauf sie warten.

Den ganzen Weg durchs Programm hält er nach ihnen Ausschau, aber sie lassen sich nicht blicken.

Schließlich erreicht er das Lagertor. Auch im Sozialwohnblock und in Quillans Haus brennt Licht. Er sieht sich um: eine letzte kurze Begutachtung. Wenn er das nächste Mal rausgeht, muss sie bei ihm sein.

Wird sie zustimmen? Warum sollte sie? *Sie zählt, wie viele sie gerettet hat*. Das ist ihre Abwehrstrategie gegen die Schuldgefühle und die Albträume, und die hat sie ein Jahr lang am Leben gehalten – die Hoffnung, dass sich diese geretteten Leben eines Tages aufsummieren, dass sie die Wand anguckt, die Striche zählt und denkt: *Es reicht*. Und er will ihr auch das noch nehmen. Was bleibt ihr dann? Die Erinnerung an die beiden Toten, Daniel und Vinnie, ohne die Möglichkeit einer Wiedergutmachung?

Trotzdem denkt er wieder fast reflexartig: *Sie irrt sich. So läuft das nicht. Du musst sie hier rausholen.*

Er geht über den Hof, als jemand neben ihm erscheint und ihn begleitet. Der Mann sagt freundlich zu Johanssen: »Entschuldigung, dass ich Sie verpasst habe. Beim nächsten Mal dann, ja?« Brice. Das Licht vom Tor fällt auf sein lächelndes Gesicht, und dann verschwindet er, schlendert über den Asphalt, die Hände in den Taschen, und summt leise vor sich hin.

Leise öffnet er ihre Zimmertür. Sie schläft auf der Matratze unter dem Fenster. Er hört es an ihrem gleichmäßigen Atem. Er schließt die Tür und setzt sich davor. Lässt sich das, was Whitman zu ihm gesagt hat, noch einmal durch den Kopf gehen, dann fängt er an, die einzelnen Schritte zu planen. Es ist kalt im Treppenhaus. Das stört ihn nicht. Die Kälte hält ihn wach.

23. Tag: Donnerstag – 24. Tag: Freitag

Karla

Es ist spät. Ich gehe von einem Zimmer ins nächste. Die Rollos sind hochgezogen: Hinter den Fenstern glitzert die Stadt gleichgültig.

Die Besprechungen sind abgehalten, die Telefonate erledigt. Zuerst Craigie, am späten Vormittag – er wirkte gereizt und widerstrebend, hatte mich aber auch erst ein paar Stunden zuvor von einem Tatort geholt, an dem ein Mann, den Charlotte Alton kannte, getötet worden war. Eigentlich hätte ich mich bedeckt halten sollen, und er hätte nicht zu mir kommen dürfen. Aber wir mussten so schnell wie möglich ein Team zusammenstellen. Wir durften keine Zeit verschwenden.

Ich ging es cool, strikt und pragmatisch an, reduzierte es auf reines Risikomanagement. Brachte all meine Ansichten vor, als gäbe es keine Alternativen: dass morgen nicht viel zu früh sei, dass wir das Risiko und die Möglichkeit des Auffliegens minimieren könnten, dass wir es unter den richtigen Umständen durchziehen könnten – als befänden wir uns nicht weit außerhalb unserer Komfortzone, als würde es unsere Möglichkeiten nicht überschreiten. Als ich fertig war, wurde er ganz still, und sein Gesicht war eigenartig ausdruckslos. Schließlich sagte er: »Wir machen das für ihn.«

»Er ist unser Klient, ja.«

»Und er hat sich gerade den dortigen Gepflogenheiten angepasst.« Ich weiß, was er dachte: *unzuverlässig.* Wenigstens sprach er es nicht aus. Er lehnte sich zurück und sagte: »Sie haben es schon entschieden«, und schüttelte den Kopf. Ich habe den Überblick verloren, oder? Mein Urteilsvermögen ist getrübt. Wir haben nicht die geringste Chance.

»Sie müssen sich nicht daran beteiligen.«

Er sah mir in die Augen. »Sie brauchen mich.«

Er hätte gehen können, als Drew gegangen ist. Jetzt wird er mich nicht allein lassen.

Dann Whitman, am Telefon, mit der Nachricht, die er überbringen musste. Und dann dieses Schweigen am anderen Ende der Leitung: Der Groschen, der langsam fiel, die Erkenntnis, was das bedeuten musste. Er hält mich für Laura Pressinger, die beim Nachrichtendienst arbeitet, sich ins Zeug legen kann, Washington mit ins Boot holt. Trotzdem merkt er, wie es klingt – und es klingt übel.

Und schließlich Ellis. Ich habe gezögert, bevor ich ihn angerufen habe. Aber morgen wird er sowieso mittendrin stecken, und ich brauche ihn auf meiner Seite.

Ellis meldete sich nicht. Ich hinterließ eine verschlüsselte Nachricht.

Bis er zurückruft, kann ich nichts weiter tun, aber ich finde keine Ruhe. Ich habe es mit Musik, Fernsehen und Lesen probiert. Dann mit Routinearbeiten am Schreibtisch. Ich kann mich nicht konzentrieren. Es ist, als wären die Zahnräder in meinem Gehirn glatt geschliffen: Es läuft leer.

Ich bin so müde. Immer wieder gehen mir Bruchstücke aus der Vergangenheit durch den Kopf, wie zusammenhanglose Traumfragmente. Ich bin mit Ellis in Graves' Praxis, wo Graves sich Notizen macht, die ich nicht sehen kann. Ich stehe draußen vor der Galerie mit Mark Devlin unter den zu hellen Straßenlaternen, der so eindringlich sagt: *»Ich kann Sie nicht einfach so hier stehen lassen.«* Ich trete aus dem Kirschlorbeer und zeige mich William Hamilton – »Oh, Sie sind da«, als hätte er die ganze Zeit auf mich gewartet und verstünde nicht, warum ich so lange gebraucht habe.

Ich stehe im Flur des Royal Opera House, und für den Bruchteil einer Sekunde, weniger noch, spüre ich Johanssens Hand in meiner. Ein Signal in einem Code, den ich verstanden zu haben glaubte, was ich aber ganz und gar nicht tat – bis gestern.

Denk nicht an ihn. Du kannst es dir nicht leisten, an ihn zu denken. Du musst arbeiten.

Trotzdem spüre ich sie noch: seine Hand in meiner.

Der Plan wird funktionieren. Das muss er einfach.

Aber dein Gegner ist der Geheimdienst. Was glaubst du, wie lange du sie vor denen schützen kannst? Einen Monat? Eine Woche? Einen Tag? Und wird sie dir in der Zeit die Wahrheit sagen?

Und was machst du, wenn sie es tut?

Schließlich höre ich auf, in der Wohnung herumzulaufen, und gehe ins Bett. Ich muss heute Nacht schlafen. Morgen, übermorgen und vielleicht den Tag danach könnte es sein, dass ich in Doppelschichten arbeite und nur ein paar Stunden Schlaf bekomme, also lege ich mich ins Bett, lasse die Rollos herunter und mache das Licht aus. Aber ich kann nicht einschlafen. Der Teil meines Gehirns, in dem diese Dinge bearbeitet werden, kommt nicht zur Ruhe, sondern geht sämtliche Elemente durch, die wir für diesen Job brauchen.

Und es sind einfach zu viele. Ich bin schon jetzt überfordert, bevor ich überhaupt angefangen habe.

Daher liege ich in den frühen Morgenstunden am Freitag immer noch wach, als das Mobilteil neben mir klingelt.

»Hier ist Ellis.«

Ich versuche, aus diesen drei Worten auf seine Stimmung zu schließen. »Sie haben meine Nachricht bekommen?«

Er grunzt nur.

»Dies ist eine Vorwarnung, Ellis. Schlafen Sie ordentlich aus. Morgen finden Sie Catherine Gallagher.«

Fünf Sekunden Stille. Dann sagt er: »Ich wusste es, verdammt noch mal.«

»Was wussten Sie, Ellis?«

»Sie haben die ganze Zeit gewusst, wo sie versteckt ist. Warum jetzt? Warum haben Sie es mir nicht letzte Woche gesagt? Oder vor vierzehn Tagen? Ich hab die ganze Zeit ...«

»Seitdem hat sich einiges getan.«

»Und warum soll ich dann bis morgen warten? Sagen Sie mir jetzt, wo sie liegt. Dann können wir morgen bei Tagesanbruch anfangen zu graben. Welchen Unterschied macht das für Sie jetzt noch?«

»Wir sind noch nicht so weit.«

»Karla ...«

»Versuchen Sie, einen klaren Kopf zu bekommen, und legen Sie sich hin. Ich gebe Ihnen, so schnell ich kann, alle Informationen. Jetzt können Sie nichts für sie tun. Aber morgen braucht sie Ihre Hilfe.«

»Ersparen Sie mir diesen *CSI*-Scheiß, dass es dem Opfer hilft, wenn der Mörder seine gerechte Strafe bekommt, Karla«, knurrt Ellis. »Ich kenne meinen Job.«

»Der wird allerdings nicht darin bestehen, ihren Mörder zu suchen«, erwidere ich. »Nein, Ellis, ihr Job ist es, sie am Leben zu erhalten.«

Ich habe ihm gesagt, dass ich sie an einen Ort schaffe, zu dem er die Adresse morgen erfährt. Ich habe ihm gesagt, dass ich mich darauf verlasse, dass er sie beschützt. Vielleicht hätte ich ihm noch mehr erzählen sollen. Aber nein: Je weniger er über meine Pläne weiß, desto besser.

Hier sitze ich also, schraube Stück für Stück die Maschinerie zusammen, die Catherine Gallagher retten wird. Aber sobald es losgeht, könnte die ganze Chose außer Kontrolle geraten, und wenn sie das tut, habe ich keine Möglichkeit, es zu stoppen.

5. TEIL

24. Tag: Freitag

Johanssen

Sie hatten die Klinik erst um acht geöffnet, zwei Stunden später als sonst. Bisher war die Nacht ruhig, nur gelegentlich trudeln ein paar Fälle herein. Cate arbeitet schweigend. Aber kurz nach eins, während er ihr bei einem Herzanfall hilft – schwerer Atem, Brustschmerzen –, murmelt sie: »Wie lange noch?« Als wüsste sie, dass er die Zeit im Blick behält. Als würde sie das auch tun. Doch als er versucht, ihr in die Augen zu sehen, wendet sie sich ab.

Er nimmt Vinnies Mopp und wischt den Boden. Irgendjemand muss es ja machen.

Um drei geht er vors Haus, stellt sich vor die Markise und blickt zum Himmel hinauf.

Und wenn sie nicht mitgeht?

Die Männer reden und rauchen am Tor: Ihre Stimmen und der Geruch der Zigaretten wabern über den Asphalt. Gestalten bewegen sich hinter den Fenstern der Sozialwohnblocks hinter dem Zaun. Das alles scheint unendlich weit entfernt zu sein.

Hinter ihm schwingt die Tür auf. Er dreht sich um, erwartet Riley, es ist aber Cate.

Er sieht sie kurz an, dann wendet er den Blick ab. *Die richtigen Worte. Du musst die richtigen Worte finden.*

Sie sagt: »Brice hat mit Ihnen gesprochen.«

»Wer hat Ihnen das verraten?«

»Riley hat's gesehen.«

»Hat Riley auch gesagt, wo Brice jetzt ist?«

Sie nickt in Richtung Zaun, Tor, zu den Sozialwohnblocks, in die Nacht. »Irgendwo da draußen.« Dann: »Er wird wiederkommen, um Sie zu holen. Sie müssen hier weg.«

»Nicht ohne Sie.«

»Und wenn ich nicht will?« Er antwortet nicht. »Wenn Sie bleiben, wird Brice …«

»Ja.«

Sie verschränkt die Arme, wieder diese Schutzgeste, vielleicht ist ihr aber auch nur kalt. Kurz darauf lässt sie den Kopf sinken: Sie steht zwischen Rileys weggeworfenen Zigarettenkippen und starrt darauf, als bräuchte sie dafür ihre volle Konzentration. Er muss plötzlich an den ewig putzenden Vinnie denken – Vinnie hätte sie auffegen müssen …

Sie sagt: »Warum machen Sie das? Warum ist es Ihnen so wichtig?«

Die Vergangenheit läuft in Bildern vor seinem inneren Auge ab: ein Büro mit einem uniformierten Mann hinter einem Schreibtisch, die Lilien im Haus in Marlow, Charlie Ross' goldene Uhr und sein Anzughemd – *Was können Sie? Was immer von mir verlangt wird.* Ein Flur in einem abgelegenen Farmhaus …

Er antwortet nicht.

Sie sagt: »Sie glauben, Sie können mich retten.« Ihre Augen sind riesig und unergründlich im mitgenommenen Gesicht. »Was ist, wenn Sie das nicht können? Was ist, wenn es unmöglich ist?«

Karla auf der Parkbank des Friedhofs. Karla, die seine Hand hält.

»Es gibt immer eine Möglichkeit«, sagt er. *Man muss daran glauben, dass es möglich ist.*

Danach schweigen sie. Er blickt einmal zu ihr herunter. Sie sieht über das Lager, doch ihre Augen sind leer.

Um 7:55 Uhr berührt er sie am Arm. Der Patientenstrom ist versiegt. Die extrem Kranken und die Verwundeten warten auf den ersten morgendlichen Krankenwagen. Sie sitzt mit gesenktem Kopf auf einem Stuhl, bei der Berührung steht sie jedoch automatisch auf, als hätte er einen weiteren Patienten hereingebracht.

»Ich geh jetzt«, sagt er.

Riley scheuert die Spüle. Als er Johanssens Worte hört, dreht er sich um und sieht ihn an.

Cate sagt: »Für immer?« Er nickt. »Dann bring ich Sie raus.«

Als sie nach oben geht, um ihre Jacke zu holen, kommt Riley herüber. »Dann war's das jetzt?«

»Das war's.«

Riley sagt: »Sie haben Ihr Zeug nicht mitgenommen«, und Johanssen erwidert: »Das würden sie mir nur abnehmen. Sie können es haben«, und Riley nickt.

Die Tür zur Treppe wird geöffnet. Sie trägt die dicke, gefütterte Jacke, die ihr zu groß ist.

Er hält ihr die Außentür auf, doch als sie dort ist, dreht sie sich um. »Ich schaff das«, sagt sie zu Riley. Sie hätte auch *Tut mir leid* sagen können.

24. Tag: Freitag

Karla

Kalt und grau hebt sich die Dämmerung am Freitagmorgen. Mein Kaffee schmeckt nach nichts. Aber so ist das, wenn man sich mitten in einer großen Operation befindet: Der Alltag verabschiedet sich aus der Wahrnehmung. Essen, Sex und Schlaf werden belanglos. Man lebt in konstanter Sorge. Es gibt nichts außer dem Job.

Heute wird es geschehen, obwohl es noch zu früh ist: Wir sind noch nicht so weit, haben nicht genug Leute vor Ort, es gibt noch zu viel zu tun. Aber ich spreche das nicht aus, und Craigie tut es auch nicht, als ich mit ihm telefoniere, und genau deshalb habe ich mich damals für ihn entschieden: wegen seiner Entschlossenheit, seiner sturen Beharrlichkeit, der Fähigkeit, sich in eine Aufgabe zu verbeißen. Er hat seine Karten aufgenommen, und dieses Blatt spielt er jetzt.

»Überwachungsvideos?«, frage ich.

»Ich bin drin«, sagt er. »Lagertor.«

Auch ich habe das auf dem Bildschirm: die rauchenden Wachposten im kalten Morgenlicht, die mit den Füßen stampfen, um sich warm zu halten.

»Alle bereit?«, frage ich.

»Auf Abruf.«

Die Uhr auf dem Bildschirm springt auf 08:00.

Die Rollläden der Kommandoposten öffnen sich ratternd, die Land Rover strecken vorsichtig ihre Schnauzen ins frühe Morgenlicht. Auch die Haupttore werden geöffnet, die gepanzerten Krankenwagen hinterlassen dichte Abgaswolken, als sie ins Programm rollen, die Gesichter der Wärter wirken vor Kälte blass und verkniffen.

Bitte, Gott, jetzt passiert es.

Die Überwachungskameras des Programms zeigen sie, als sie durchs Lagertor gehen: Johanssen mit Catherine Gallagher in ihrer übergroßen Jacke. Sie geht wie in Trance.

Ich sage zu Craigie: »Es bewegt sich was.«

»Ich seh's«, sagt er.

Die Posten am Tor sehen sich unsicher an. Mit leichter Verzögerung wird das Tor geöffnet. Sie gehen raus. Dann biegen sie sofort links ab.

Ihr Aufbruch hat jemanden überrumpelt. Die beiden sind schon an der nächsten Ecke, bis zwei Gestalten sich aus der Gruppe am Tor lösen und ihnen folgen.

Johanssen und Catherine Gallagher gehen um die Ecke. Ich schalte auf die nächste Kamera – es dauert nur ein paar Sekunden, bis ich das Bild auf dem Monitor habe, doch als ich es sehe, ist die Straße leer.

24. Tag: Freitag

Johanssen

Nach drei Minuten ist er sicher, dass sie die Verfolger abgeschüttelt haben. Er geht zurück, führt sie durch Nebenstraßen, eine Gasse entlang, durch eine unverschlossene Tür in einen verlassenen Kleinbetrieb. Es brennt kein Licht. Er schaltet es nicht an. Das Tageslicht, das durchs Fenster hereinkommt, reicht aus, um zu erkennen, dass der Raum voller hüfthoher Tische steht. Auf diesen Tischen liegen Haufen aus Plastikspielzeug und Buntstifte, die in Tütchen gesteckt und zusammen mit Fast-Food-Menüs an Kinder verschenkt werden. In den Säcken an der Wand ist vermutlich noch mehr Spielzeug. Hier war seit Monaten niemand mehr. Alles ist mit einem weichen Flaum aus Staub bedeckt.

Der zentrale Kommandoposten mit der gepanzerten Garage ist nur einen Block entfernt.

Sie ist ihm wortlos gefolgt. Als er sich umdreht, steht sie direkt hinter ihm, ihr Atem ist schwach und blass in der kalten Morgenluft zu sehen.

Er sagt: »Haben Sie es?« Sie bewegt sich nicht. »Geben Sie es mir.«

Sie greift in die gefütterte Jacke. Holt eine Spritze, eine noch verpackte Nadel mit Schutzhülle und ein Fläschchen mit Flüssigkeit heraus. Er nimmt sie. Ihre Hände sind kalt.

Er stellt ihr einen Stuhl hin, »Setzen Sie sich«, steckt die Nadel auf die Spritze, zieht sie auf und prüft die Menge. Sie sitzt nur da und beobachtet ihn teilnahmslos. Sie hat aufgehört zu diskutieren oder Entscheidungen zu treffen. Ist jemand anders geworden. Er weiß nicht, ob er Angst haben müsste.

Er sagt: »Ziehen Sie die Jacke aus. Krempeln Sie den Ärmel auf.« Sie rührt sich nicht.

Er sagt: »Die bringen Sie nur raus, wenn Sie bewusstlos sind. Keine Angst.«

»Das ist es nicht«, sagt sie.

Sie streift die Jacke ab und krempelt den Ärmel hoch. Er nimmt ihren Arm in seine Hand, um ihn zu stabilisieren, bereitet die Nadel vor. Muskeln, Sehnen, Knochen. Kein Gramm Fett. Ihre Haut ist weißblau. Als die Nadel eindringt, seufzt sie.

Er tritt zurück. »Sie schaffen das.«

Sie sagt: »Sie sollten mich verletzen. Wenn die Blut sehen, geraten sie in Panik.«

»Nein. Bewusstlos reicht.«

Schritte von draußen. Jemand rennt, kommt näher. Eine Stimme. »Hier vielleicht?« Nur ein paar Meter entfernt. Er dreht den Kopf in Richtung der Stimme. Hält die Luft an. Neben ihm bewegt sich Cate – zuckt unruhig –, einen Moment lang fürchtet er fast, sie könnte schreien. Wie lange dauert es, bis das Medikament wirkt?

Er geht zur Tür. Das Schloss ist schon geknackt, sie müssten sie nur aufmachen. Er ballt die Faust, stellt sich in Positur, wartet, dass sich der Türknauf dreht.

Eine andere Stimme. Weiter weg. Er versteht die Worte nicht.

»Alles klar«, sagt die Stimme vor der Tür. Wieder bewegt Cate sich hinter ihm. »Alles klar.«

Die Schritte entfernen sich.

Noch eine Bewegung hinter ihm. Er dreht sich um. Sie sitzt noch auf dem Stuhl, hat den Stoff ihres Oberteils mit einer Hand hochgezogen, der Bauch liegt frei …

Mit dem Messer in der anderen Hand zieht sie eine gerade, rote Linie darüber.

Er eilt durch den Raum, greift nach dem Messer. Blut spritzt.

Sie sieht ihn an. »Ich müsste etwas spüren«, sagt sie. Sie zittert. Ein flehentlicher Blick. »Ich müsste *irgendetwas* spüren.«

Er zieht sie hoch, stellt sie auf die Füße. Zerrt sie zur Tür, reißt sie mit einer Hand auf, stellt den Fuß dazwischen, hebt sie hoch. Ihr Kopf hängt schlaff herunter.

In der Gasse drehen sich zwei Männer um und treten sofort mit weit aufgerissenen Augen zurück. Er rennt an ihnen vorbei auf die Straße. Blut dringt durch den Stoff ihres Oberteils. *Es ist kein tiefer Schnitt, nur eine oberflächliche Wunde* – aber sie blutet viel zu stark.

Er erreicht die Hauptstraße.

Ein Land Rover kommt auf ihn zu. Er rennt laut schreiend darauf zu.

24. Tag: Freitag

Karla

Ich springe von Kamera zu Kamera, von Straße zu Straße, inzwischen wahllos. Wenn ich zwei Gestalten zusammen sehe, mache ich eine Pause, aber sie sind es nie. Ich mache auch immer eine Pause, wenn jemand Johanssen ähnelt, obwohl er jetzt nicht allein auf der Straße sein dürfte, sie müsste bei ihm sein. Das muss auf die Minute genau getimet sein. Wo ist er jetzt?

Craigie sagt: »Was ist da los, Karla?«

Er sieht sich die Streams an und tappt genauso im Dunkeln wie ich.

»Haben Sie eine Entscheidung getroffen?«, fragt er.

»Noch nicht.« Ich sage es ganz ruhig. Als würde er sich unnötig aufregen. Es kommt mir nicht so vor.

Ich verfluche mich: Ich bin eine Idiotin, dafür braucht man drei Augenpaare oder vier, ich hätte Sean mit dransetzen müssen. Und Finn auch.

Jetzt ist Johanssen durch das Netz der Überwachungskameras geschlüpft und verschwunden.

Wie er es von Anfang an vorgehabt hat natürlich. Er hätte es niemals irgendwo getan, wo die Kameras ihn beobachten konnten.

Also die Kommandoposten. Er wird sie zu einem Kommandoposten bringen, oder? Ich teile den Bildschirm – sechs Fenster, dann neun – und fülle sie mit Bildern von Panzertüren, Natodraht und Antennen …

Plötzlich sagt Craigie: »Ich habe sie.«

»Kennnummer?«

Ich trommle immer noch auf die Tasten ein, um auf die richtige Kamera zu kommen, als Craigie sagt: »Sie blutet, Karla. Warum blutet sie?«

Alles hatten wir besprochen. Wie lange es dauern würde, sie zu identifizieren. Wohin man sie bringen würde, auf welcher Route und ob es eine Polizeieskorte gäbe. Aber das nicht.

Sie dürfte nicht bluten.

Jetzt ist sie in einem gepanzerten Krankenwagen. Craigie hört den Funkverkehr ab, aber als ich frage: »Wie schlimm ist es? Lebensgefährlich?«, sagt er nur: »Wissen sie noch nicht.«

Wenn es schlimm ist, müssen wir vielleicht abbrechen. Damit die sie ins Krankenhaus bringen – *Scheiße, Scheiße, Scheiße, das nicht, das kriegen wir nicht hin.* Sie werden sie innerhalb weniger Stunden identifizieren. Die Nachricht wird sich verbreiten – trotz Ellis' Bemühungen wird sie sich verbreiten. Fielding wird herausbekommen, wo sie ist. Er wird jemand anders schicken, um den Job zu erledigen. Jemanden, den wir nicht identifizieren können. Kann ich Ellis einen Tipp wegen des Auftragsmords geben? Er könnte Schutz anordnen, alles mit Uniformierten fluten …

Und im Hintergrund immer das heimtückische Flüstern: *Das ist der Geheimdienst. Die haben Johanssen eingesetzt, weil sie im Programm war, aber jetzt kommt sie jeden Moment raus. Sie haben Graves getötet und Hamilton – ohne Fieldings Hilfe. Wenn sie ins Krankenhaus kommt, ist sie so gut wie tot.*

»Wir holen sie trotzdem raus.«

»Was?«

»Wir holen sie trotzdem raus. Warnen Sie das Team, dass sie verletzt ist. Und sorgen Sie dafür, dass der Arzt bereitsteht. Haben die sie schon identifiziert?«

Craigie schweigt. Im Hintergrund sind andere Stimmen zu hören, verzerrt und zerhackt und dann durchs Telefonnetz gejagt und am anderen Ohr wieder zusammengesetzt: Der Funkverkehr des Krankenwagens, der Security des Programms, der Polizei und so weiter

»Sie wissen inzwischen, dass sie keine Bewohnerin ist. Mehr noch nicht.«

»Was noch?«

Mehr Stimmengewirr.

»Der gepanzerte Krankenwagen hat die Unfallstation erreicht … Okay.« Pause. »Sie verlegen sie. Normaler Krankenwagen.«

»Vermutete Fahrstrecke?«

»Kommt gleich.«

»Polizeieskorte?« Bitte nicht.

»Ja.« *Scheiße, Scheiße, Scheiße.* »Karla …« Ein warnender Unterton in der Stimme. Er weiß, dass wir uns nicht auf eine Auseinandersetzung mit der Polizei einlassen dürfen.

»Wie viele Fahrzeuge? Überwachen Sie sie. Und bestimmen Sie die Fahrstrecke.«

Wieder eine Pause. Dann sagt Craigie: »Freiwillige. Sie halten sie für eine Freiwillige, die aus irgendwelchen Gründen nicht erfasst wurde.«

»Aber sie gehen kein Risiko ein, oder? Fahrtstrecke?«

»Ich bin dabei.«

Ein paar Sekunden später erscheint sie auf meinem Bildschirm: eine rote Linie, leuchtend und pulsierend wie eine Arterie, führt durch einen Kartenausschnitt. Natürlich reine Spekulation.

»Sie fahren los. Nur ein Streifenwagen. Blaulicht.«

»Sie ist eine Freiwillige. Sie braucht keine Eskorte.« Ich sage es, als könnten sie mich hören, als könnte ich sie so überzeugen. Dann: »Der Streifenwagen muss abgerufen werden.

Geben Sie ihnen was Wichtigeres zu tun. Ein Bericht über Schüsse in der Nähe der Strecke.«

»Schüsse?« Craigie klingt besorgt.

»Ja, Schüsse. Mit angeblichen Toten oder Verletzten. Scheiße, Craigie, denken Sie sich was aus.«

Ich kann nicht zusehen. Die Überwachungskameras sind ausgefallen. Dafür haben wir selbst gesorgt. Ich kann nur zuhören und die Fantasie spielen lassen.

Gestern Nacht haben wir das Manöver in einem alten Flugzeughangar in Oxfordshire mit Ersatzfahrzeugen immer wieder geprobt. Der Krankenwagen, jetzt ohne Eskorte, verlangsamt die Fahrt für eine enge Kurve, wo ihm ein Transporter auf der falschen Straßenseite entgegenkommt. Der Krankenwagen bremst scharf, versucht, das Hindernis zu umfahren – ein weiterer Transporter zieht neben ihn, ein dritter hält dahinter. Der Krankenwagen sitzt fest. Die Fahrerin greift nach dem Funkgerät. Keiner hält sie auf. Die Hilfe wird nicht rechtzeitig eintreffen.

Zwei Maskierte haben schon die Schiebetür aufgezogen und steigen ein. Einer legt dem Sanitäter eine fleischige Hand auf die Brust und sagt: »Wir werden ihr nichts tun, Kumpel.« Robbies Stimme. Der andere zerschneidet die Riemen, mit denen sie an die Trage gebunden ist, zieht die Sauerstoffmaske ab …

Dann sind sie raus, die bewusstlose Frau mit dem blutigen Verband zwischen sich. Sie legen sie hinten in einen Transporter, springen hinterher, und alle drei Fahrzeuge verschwinden in unterschiedliche Richtungen.

Craigie atmet scharf aus. Schock, Erleichterung, Stolz? Ich weiß es nicht. Er sagt: »In Ordnung, alles klar.« Und sagt es mit einer Stimme, mit der ich ihn noch nie sprechen gehört habe – der Stimme eines jüngeren, mutigeren Mannes. Ich frage mich, ob er zittert.

»Es hat geklappt, Karla«, sagt er. »Es hat geklappt.«

Das hat es. Wir haben sie rausgeholt. Die Transporter verschwinden schon von den Straßen in Werkstätten und Garagen, die Einsatzteams zerstreuen sich. Catherine liegt hinten in einem großen Mercedes mit getönten Fenstern, der zu einem verschwiegenen Haus in Nord-London unterwegs ist, während ein kleiner, ruhiger Mann sich um ihre Wunden kümmert.

Sie ist verletzt, wird aber überleben. Und wir werden miteinander sprechen.

Ich lehne mich zurück, dann greife ich zur Computermaus und schließe das Fenster mit der Karte: Die aufdringliche rote Linie verschwindet. Dahinter liegt das Fenster mit den Überwachungsstreams des Programms. Die Straße ist leer. Johanssen ist verschwunden.

Ich klicke ein paar Möglichkeiten durch. Straße für Straße, Kamera für Kamera. Er wird Whitman angerufen und seine Abholung arrangiert haben. Vielleicht ist er schon auf dem Weg zum Ausgang.

Immer noch nichts.

Aber alles ist in Ordnung, oder? Er hat es geschafft, ist in Sicherheit und kommt raus …

Ich weiß nicht, woher sie kommt, aber plötzlich habe ich Angst.

Ich klicke von Kamera zu Kamera, suche nach seinem Gesicht, seinem Gang – *ist er nicht, ist er nicht, ist er nicht.* Wo ist er? Vielleicht gab es Ärger, und er ist abgetaucht. Ich greife zum Telefon, rufe Whitman an.

»Hat er Sie angerufen?«

Whitman sagt: »Nein.«

Ein kurzer Schauer – *Weg damit.* »Okay, warten Sie nicht, holen Sie ihn einfach raus.«

Eine Pause. Dann: »Gibt's ein Problem, Laura?«

Ich weiß es nicht.

Ich beende das Telefonat. Kümmere mich wieder um die Überwachungsstreams. Ein Mann geht zielstrebig mit einer großen Werkzeugtasche. Zwei Männer und eine Frau schlendern eine Straße entlang – die Frau lacht. Ein Land Rover auf Patrouille. Ein blonder Mann bleibt am Ausgang einer Gasse stehen und sieht lächelnd hinein …

Ein kurzer Schwindel, als hätte der Boden unter meinen Füßen nachgegeben und ich würde schon fallen. Der Mann ist Brice.

Er nickt zufrieden, geht in die Gasse und verschwindet aus dem Blickfeld.

Ich rufe die Karte des Programms auf, klicke mich durch die Ebenen, bis ich beim Lageplan mit den Symbolen bin. Gelbe Quadrate sind Kameras. Da ist die Gasse. Kein gelbes Quadrat … keine Kamera.

Ich bin blind.

Zurück zu dem Anruf, der schon drei volle Tage zurückliegt. Der schreiende Mann. Sie haben sie zum Zusehen gezwungen. *Brice. Bitte nicht.*

Und dann sehe ich Johanssen.

Er geht mit schnellen Schritten, dreht den Kopf immer wieder nach links und rechts, als wüsste er, dass er gejagt wird – und als wären sie überall. Jeden Moment werden sie erscheinen …

Er geht in Richtung der Gasse.

Ich muss klar denken. Ich brauche einen Plan. Aber ich kann nichts anderes denken als: *Nein. Nein.*

24. Tag: Freitag

Johanssen

Zuerst hört er sie nur. Rennende Füße, irgendwo in der Nähe, parallel zu ihm. Wie viele? Drei Männer? Mehr?

Dann auch vor ihm. Ihr Weg kreuzt seinen. Er duckt sich in eine Nebenstraße, aber jetzt sind sie auch auf der anderen Seite, sie nähern sich, begrenzen seine Möglichkeiten.

Er muss sich verstecken, sie an sich vorbeistürmen lassen.

Hinter ihm schreit jemand.

Links von ihm öffnet sich eine Gasse. Er läuft hinein. Da steht Brice nur fünf Meter vor ihm – breitbeinig, den Kopf im Nacken, die Haare bilden einen blassen Heiligenschein.

»Ich hab Ihnen doch gesagt, dass Sie Fehler machen«, sagt er lächelnd.

Johanssen richtet sich auf, und als er das tut, erscheinen sie hinter ihm. Als er sich umdreht, sieht er, wie sie ihn umzingeln: ein Mann links, zwei weitere rechts, noch jemand …

Der erste Schlag trifft ihn am Kopf, der zweite in den Magen. Er klappt zusammen. Er wäre zu Boden gegangen, aber die Männer halten ihn fest. Noch ein Schlag, und sein Mund läuft voll: warm, salzig-metallisch. Ein vierter Schlag, dann lassen die Männer ihn los.

Er geht zu Boden, rollt sich auf die Seite, versucht, sich zusammenzukrümmen, aber sie stürzen sich auf ihn, ziehen ihn in die Länge und halten ihn so fest, während Brice auf ihn herabblickt.

Freundlich sagt er: »Sie kennen das Sprichwort. Was dich

nicht umbringt, macht dich härter? Halten Sie das für wahr?«, und plötzlich sieht Johanssen seine Hände: Er trägt blutverschmierte, glitschige Latexhandschuhe.

Später – wie viel später? Er weiß es nicht ...

Sie haben ihn an Seilen, die durch Haken in der Zimmerdecke laufen, aufgehängt und hochgezogen: so hoch, dass nur noch die Zehenspitzen den Boden berühren. Dann haben sie Seile um seine Knöchel gebunden, die durch Ringe an der Wand führen, und sie festgezogen, sodass er gespreizt in der Luft hängt. Sein eigenes Gewicht zerrt an Armen und Schultern, brennt in den Muskeln, verdreht die Gelenke, und die Seile schneiden in seine Handgelenke ein. Doch wenn Brice spricht, ist es, als seien sie allein und würden einfach nett miteinander plaudern. Er erkennt Männer, die er schon am Tor gesehen hat oder in der Klinik ... Drill ist auch da, am Rand der Gruppe: auf seinem Gesicht distanzierte Neugierde.

Und Charlie Ross. Was von ihm übrig ist. Er ist tot, aber der Tod kam zu spät. Eine Augenhöhle ist leer, an einer Hand sind nur noch Stumpen. Der Mund steht offen, die Lippen sind hochgezogen, das Zahnfleisch ist wund und blutig: Die letzten Zähne wurden herausgerissen. Der Schmerz hat seine Züge zu einer Karikatur verzerrt. Johanssen erkennt ihn trotzdem.

»Was ich nicht verstehe«, sagt Brice, »ist, warum Sie ihn am Leben gelassen haben. Warum haben Sie ihn nicht einfach umgebracht, als Sie die Gelegenheit dazu hatten? Aus *Mitgefühl*, Simon? – ich darf Sie doch jetzt Simon nennen, oder? Und diese miese Story, dass er Sie für jemand anders gehalten hat, einen Verstorbenen, der mal für ihn gearbeitet hat ... Dachten Sie wirklich, damit könnten Sie uns täuschen? Sobald er uns den Namen genannt hat, wusste ich Bescheid.

Wobei es etwas länger gedauert hat, bis er es uns bestätigt hat. Zwei Finger, bis er richtig ins Reden gekommen ist. Aber er hat mir dann doch alles erzählt. Letztendlich.

Nun denn, Simon Johanssen, der vierte Mann aus dem Farmhaus … Hier sind Sie also, nach so langer Zeit, und spazieren direkt unter Mr Quillans Nase herum. Sie haben ihn sogar dazu gebracht, Sie zu schützen. War bestimmt ein gutes Gefühl, oder? Aber gleich wird es sich nicht mehr so gut anfühlen. Auch egal, was?« Brice sieht Johanssen ins Gesicht und lächelt – eine schlechte Parodie von Mitgefühl. »Sie haben Angst, was? Sieht man in Ihren Augen. Aber das Warten ist bald vorbei«, sagt er.

Brice bewegt sich langsam, geht in einem kleinen Kreis um Johanssen herum, verschwindet aus seinem Blickfeld, erscheint auf der anderen Seite, bleibt dann wieder direkt vor Johanssen stehen und streicht mit dem Daumen über das Messer in seiner Hand.

Er sagt: »Ich habe viel Zeit gehabt, mir zu überlegen, wie diese Begegnung ablaufen könnte. Vorfreude ist ja eine der schönsten Freuden, nicht wahr?« Er legt den Kopf auf die Seite. »Oder nicht?«

Er sagt: »Ich habe alle möglichen Pläne gemacht, was ich mit Ihnen anstellen könnte. Aber … wie soll ich das sagen? Sie haben mir Gründe gegeben, noch einmal in mich zu gehen. Oh, wir werden nichts auslassen: die Finger, Kastration, die Augen … die Augen soll man sich ja, wenn möglich, immer bis zum Schluss aufheben. Aber seit ich weiß, wer Sie sind und was Sie getan haben, bin ich zu dem Schluss gekommen, dass wir es so machen könnten wie bei Terry Cunliffe vor all den Jahren.« Wieder lächelt er. »Wir werden mit Ihrer Haut beginnen.«

Er geht wieder hinter Johanssen, tritt ganz nah an ihn heran. »Spüren Sie das?«, flüstert er. Ein kalter Schmerz im

Nacken. »Das ist das Messer, mit dem ich Ihnen die Haut abziehen werde.«

Brice zieht das Messer herunter – es zerschneidet den Kragen von Johanssens Jacke –, dann führt er es in einer langen, gleichmäßigen Bewegung weiter nach unten. Mit dem zweiten Schnitt zerteilt er Johanssens Hemd. Cates Verband klebt noch auf seinem Rücken. Brice reißt ihn ab. Als er die Wunde sieht, stößt er ein heiseres *Hah* aus. »Sie hat die Wunde genäht«, sagt er. »Wie nett von ihr.« Die Messerspitze berührt die Wunde erst leicht, dann dringt sie ein. Ein weißglühendes Brennen. Johansson zuckt zusammen, und Schmerz fährt ihm in die Schultern. »Psssst«, flüstert Brice. »Pssst, ganz ruhig.«

Drill steht anderthalb Meter von ihnen entfernt und sieht zu. Sein Gesicht scheint in der Dunkelheit zu schweben, gespannt und neugierig.

»Also, dann erzählen Sie mal. Erzählen Sie uns, was Sie Terry Cunliffe vor acht Jahren angetan haben. War das so ähnlich?«

Das Messer streicht über die Wunde. Johanssen schluckt den Schmerz herunter.

»Hat Terry Cunliffe geschrien?«, fragt Brice leise. Johanssen spürt seinen Atem auf dem Rücken. »Wetten, dass er das getan hat? Ich wette, er hat gebrüllt wie ein Tier. Erinnern Sie sich noch daran? Das ist der Laut, den Sie auch gleich von sich geben werden.«

Wieder drückt das Messer leicht in die Wunde. Johanssen würgt.

Brice sagt: »Es ist, als würde man eine Apfelsine schälen: Der Trick besteht darin, so viel Haut wie möglich in einem Stück zu entfernen. Ich fang dann mal an … *hier* …«

Der Schmerz geht tiefer, wird wieder weißglühend. Brice steht hinter ihm und presst sich eng an ihn: sein flacher Atem, sein Schweiß, seine Begeisterung. Er sagt: »Machen Sie die Augen auf, Simon. Los, machen Sie sie auf. Sehen Sie, wer zum Zuschauen gekommen ist.«

Er öffnet die Augen.

Quillan steht da und mustert ihn mit seinem harten, kalten Blick. Schräg hinter ihm steht der Mann mit dem Boxergesicht. Auf der anderen Seite steht Riley.

Quillan fragt: »Simon Johanssen, warum sind Sie hierhergekommen? Sie wussten, dass das passieren würde.« Dann, zu jemand anderem: »Schneidet ihn los – ach, kommen Sie, Mr Brice, ziehen Sie nicht so ein Gesicht. Das ist doch wohl kaum ein fairer Kampf.«

Drill tritt mit einem Messer in der Hand vor. Zuerst die Seile an den Knöcheln – als sein Gewicht sich verlagert, schießt der Schmerz in seine Schultern, als hätte ihn jemand mit Benzin übergossen und es angesteckt. Die anderen Seile sind an einer Klampe an der Wand befestigt. Drill lockert sie – Johanssen wimmert, als die Gelenke sich wieder einrenken –, dann lässt er los, worauf Johanssen zu Boden fällt und liegen bleibt. Der Schmerz schnürt ihm die Kehle zu. Er muss ihn nach und nach herunterschlucken.

Quillan schlurft auf ihn zu – mit kleinen, vorsichtigen Schritten. Er sagt: »Oh, ich habe alles über Sie gehört, Mr Johanssen. Nein, nicht von ihm …«, ein kurzer Blick auf Ross' Leiche, »… ich fürchte, da war ich nicht zugegen. Aber Sully und die anderen beiden – erinnern Sie sich an sie?« Dann sagt er: »Sie haben versucht, Terry Cunliffe zu retten. Wissen Sie, ich habe die drei zum Reden gebracht, und sie haben alles versucht, um sich gegenseitig die Schuld zuzuschieben. Sie waren sich nur in einem Punkt einig, nämlich, dass Sie ihn retten wollten. Aber Sie haben versagt. Sie haben einen Riesenaufstand gemacht, aber nichts erreicht. Terry ist gestorben. Also: Sind Sie deshalb unter einer falschen Identität hier? Als Sühne?« Quillan schweigt einen Moment. »Sie sagen nicht viel.«

Er hat sich jetzt auf die Knien hochgerappelt. Er holt tief Luft: »Cate …«

»Wurde mit Stichverletzungen evakuiert. Sie hat es vor Ihren Augen getan, oder? Sie brauchen sich aber nicht geschmeichelt zu fühlen: Sie waren nicht der Grund. Sie wollte schon sterben, als sie hier ankam.« Quillan legt den Kopf auf die Seite. »Genug geredet. Es ist Zeit, die Sache zu Ende zu bringen. Stehen Sie auf. Ich sagte *aufstehen*.«

Er erhebt sich in langsamen, schmerzhaften Etappen. Schließlich steht er schwankend. Quillan schlägt sich mit einer Hand auf den Oberschenkel: *klatsch, klatsch, klatsch*, höhnischer Applaus. »Oh, sehr gut. Sie wissen, wo wir jetzt stehen, oder, Mr Johanssen?« Er lächelt sein angespanntes Lächeln, das aber sofort wieder verschwindet. »Wieder ganz am Anfang – erinnern Sie sich? Im Lager mit dieser ganzen *Angeberei*. Nun, es ist mal wieder Zeit dafür.« Dann, an die Zuschauer gewandt: »Hat jemand ein Messer für ihn?«

Riley drückt ihm eins in die Hand. Er tätschelt Johanssens Arm, sieht dabei aber schon in die andere Richtung. Brice steht auf der anderen Seite und spielt mit seinem Messer. Es ist schon blutverschmiert. Er lächelt.

Quillan sagt: »Dann mal los. *Beeindrucken Sie mich*.«

Auf der anderen Seite des Raums fängt Brice an zu kreisen.

Johanssen packt das Messer, aber sein Griff ist schwach, die Finger sind steif und taub.

Er kann das jetzt nicht – er kann es nicht. Er muss, aber er kann nicht. Er hat nichts mehr in sich.

Ihm bleibt nichts anderes übrig.

Erstens: atmen. Es sticht in den Rippen. Zweitens: Er versucht, die Schulter zu lockern, das Messer auszubalancieren, die Beine zu bewegen. *Weiter zu drittens.*

Einen winzigen Augenblick lang denkt er an Karla – wie ihre Hand in seiner lag, was er ihr alles nicht gesagt hat –, trotzdem ist es gut, jetzt an sie zu denken, weil er weiß, dass das, was jetzt kommt, alles andere aus seinem Kopf vertreiben wird, selbst sie. Dann greift Brice an.

Johanssen tritt seitwärts, versucht, nach hinten auszuweichen … zu langsam. Die Klinge trifft seinen Unterarm, heißer, stechender Schmerz. Er stolpert. Brice fährt herum. Macht noch einen Schritt, jetzt zur Seite, wedelt mit dem Messer, dieses Lächeln. *Er hat noch gar nicht richtig angefangen.*

Hinter ihm wartet Quillan, mit seinem straffen Gesicht, beobachtend wie damals …

Johanssen versucht, das Messer fester zu umklammern, doch das Blut sprudelt aus dem Stich in seinem Arm: Seine Finger werden glitschig.

Wieder greift Brice an.

Johanssen pariert den Angriff oben – trifft Brice den Bruchteil einer Sekunde, bevor der sich wieder nach hinten wirft und außer Reichweite ist, aber der Kontakt reicht aus. Das Messer rutscht Johanssen aus der Hand und schliddert durch den Raum. Er hat nur noch Luft in der Faust.

Brice atmet schwer. Das Messer in der rechten Hand, die linke seitlich am Hals. Als er die Hand wegzieht, ist sie blutig.

Er sagt: »Ich werde dir die Haut abziehen«, doch dieses Mal klingt es anders. Außerdem lächelt er nicht mehr.

Brice greift ein drittes Mal an.

Johanssen geht zu Boden.

Brice ist über ihm, hält ihn an den Haaren gepackt. Er sagt: »Zuerst breche ich dir den Kiefer, dann schneide ich dir die Zunge raus«, worauf seine Faust auf Johanssen zukommt, dieses Mal ohne Messer.

Dann werden Brice' Augen glasig, und er sackt in sich zusammen.

Johanssen liegt auf dem Boden, atmet nur und lässt den Schmerz kommen und wieder gehen. Auch Brice liegt auf dem Boden, auf dem Bauch, den Kopf Johanssen zugewandt: Seine Augen sind offen, und er atmet, aber schwer. Das Messer – es muss Johanssens sein – zittert zwischen seinen Rückenwirbeln. Seine Gedärme haben sich entleert. Es riecht nach Scheiße.

Riley kniet sehr blass und ganz still neben ihm. Er war früher bei der Army und hat mindestens einen Menschen getötet. Und vergessen, wie es war? Er sagt: »Das Schwein hatte es verdient.«

Johanssen kommt taumelnd auf die Beine. Um zur Tür zu gelangen, muss er an Quillan vorbei. Der alte Mann steht immer noch auf seinen Stock gestützt da. Er beobachtet Riley. Er murmelt: »Ich habe mich immer gefragt, was ihn dazu bringt einzugreifen.« Dann sieht er Johanssen scharf an: »Sie dachten, ich hätte es auf Sie abgesehen? Oh, ich wusste, dass Sie das nicht können. Es hat Ihnen nicht genug bedeutet.« Er nickt zu Riley. »Nicht so viel wie ihm.«

Brice liegt noch auf dem Boden. Seine Augen sind noch offen. Er atmet keuchend. Er hat sich nicht bewegt. Niemand hat ihn berührt.

Quillan sagt: »Ich glaube, er braucht einen Arzt«, klingt dabei aber desinteressiert.

Von der anderen Seite des Zimmers beobachtet Drill Brice. Er muss sein heruntergefallenes Messer aufgehoben haben. Er hält es in der Hand, streichelt die Klinge, sein Blick wirkt hungrig.

Johanssen geht durch die Tür ins helle Tageslicht.

Er wandert noch ohne Hemd und blutend durch die Kälte, als die Patrouille ihn einsammelt.

Viel später, als er zusammengeflickt, verbunden und durch Schmerzmittel gedämpft im Fond von Whitmans Wagen sitzt, hört er es im Autoradio: In Ost-London wurde eine verletzte Patientin am hellichten Tag auf offener Straße aus einem Krankenwagen entführt.

Ein Name wird nicht genannt.

24. Tag: Freitag

Powell

Fünf weitere Tage. Keine Spuren. Wohin soll das führen?

Gestern hat er Knox' Laufburschen Isidore Maksoud noch einmal holen lassen. Eine Idee des Sektionsleiters – »Und nehmen Sie ihn diesmal hart ran.« Das hat er nicht. Er hat nichts, womit er ihn hart rannehmen könnte. Das Paket, das Isidore für Knox ausgeliefert hat, enthielt einen Tipp über Geldwäsche und freundliche, junge Männer mit seltsam leerem Lächeln und Verbindungen zu Terroristen. *Was sollen wir ihm vorwerfen? Die Übermittlung von Informationen, die der nationalen Sicherheit dienen?* Außerdem ist es die falsche Vorgehensweise für Knox. Knox wird nicht auf Drohungen reagieren.

Also: mehr Tee, weitere Gespräche. Hat Isidore die Nachricht weitergegeben? »An wen? Hab Ihnen doch gesagt, ich kenne keinen Knox.« Isidore lächelt selbstzufrieden über seinen Stabreim. Als Powell mit einem Gefühl der Leere ins Büro zurückkam, traf er einen schlecht gelaunten Kingman, eine unausgeschlafene Leeson, und Bethany gab sich betont unbeschäftigt. Er schloss sich in sein Büro ein, setzte sich an den Schreibtisch und starrte auf die Unterlagen, die sein Versagen dokumentierten.

Der Fall war ihm in den Händen zerfallen.

Er weiß, was jetzt geschieht. Er schreibt seinen Bericht, in dem er sämtliche Beweise zusammenfasst, die von ihm unternommenen Schritte darlegt, mit denen er absolut nichts ermittelt oder enthüllt hatte. Dann wird er nach Washington zurückgeschickt – zu Tori, Thea und seinen Kollegen, von denen keiner weiß, dass er versagt hat.

Sein Mund fühlt sich staubig an.

Er denkt an Knox. *Sie haben mit Laidlaw gesprochen. Wollen Sie nicht mit mir sprechen?*

Aber Knox sucht sich seine Vertrauten selbst aus. Er wird sich für jemand anders entscheiden.

Und genau das ist es, oder? Das bietet Knox: das Gefühl, auserwählt zu sein. Das ist das verborgene Motiv hinter Laidlaws sorgfältig erstellten Notizen: Knox hat ihn erwählt, ihn zu etwas Besonderem gemacht. Und obwohl er versucht hat, Knox aufzuspüren, hätte er ihn niemals dem MI5 ausgeliefert oder sich Knox vom MI5 abnehmen lassen. Weil Knox *ihn erwählt* hat. Das ist ihm jetzt klar geworden.

Aber Laidlaw ist tot. Wer wird als Nächstes erwählt werden?

Der Sektionsleiter wäre es gern. Wie oft hat der Mann ihn aufgefordert, nicht mit Knox zu reden? Sobald ein Kontakt hergestellt ist, muss er sich zurückziehen, Knox in der Befehlskette nach oben weiterreichen und alles dem Sektionsleiter überlassen – und den Sektionsleiter zu Knox' Auserwähltem machen.

Doch wenn Knox sich meldet, wenn Knox *ihn* auserwählt, wird er keine Sekunde zögern und den Befehl missachten.

Als er gestern das Büro verließ, hat er wieder Leeson gesehen, dieses Mal, ohne dass sie ihn bemerkte. Sie wirkte angeschlagen. Plötzlich erfasste ihn eine Welle von Mitgefühl: *Wir sind die Versager in diesem Team, stimmt's?* Er hat sich an ihre ruhige Zurückhaltung gewöhnt. Sie stört ihn jetzt weniger. Das kurze Gespräch in der Küche hat auch geholfen. Er würde sich gern revanchieren, etwas Positives zu ihr sagen, bevor er geht. Er weiß, dass das kein ganz uneigennütziger

Gedanke ist – es würde ihm ebenso guttun wie ihr. Er muss das Gefühl haben, zumindest etwas Gutes getan zu haben, hier irgendetwas Positives bewirkt zu haben.

Allerdings muss er aufpassen, was er sagt. Es gibt so viel, was er nicht wissen dürfte.

Am besten liest er erst einmal die Akte.

Zuerst der Tipp, obwohl in dieser Akte nicht erwähnt wird, woher er kam, sondern nur, dass eine Überwachungsliste des MI5 auf dem freien Markt angeboten wurde und Bieter anzog, dass – erfolgreiche – Schritte unternommen wurden, um die Liste zu sichern und die Bedrohung zu neutralisieren. Leeson hatte den Auftrag bekommen, den Verkäufer zur Strecke zu bringen. Sie hatte ihn bald ausfindig gemacht: ein Techniker namens Fenty – klug aber reizbar, schlechte Sozialkompetenz, bei der Beförderung übergangen, daher verbittert. Er hatte keine eindeutige elektronische Spur hinterlassen, war während der ganzen Vernehmung jedoch immer wieder zusammengezuckt. Nachdem er abends nach Hause gegangen war, hatte er eine Tasche gepackt und war verschwunden. Leeson hatte Alarm gegeben und ihn verfolgt. Eine Woche später war sie mit leeren Händen zurückgekehrt. Ihre Erschöpfung hatte er aus ihrem Bericht herausgelesen.

Offiziell hat sie den Fall schon vor Monaten abgeschlossen, allerdings würde er wetten, dass sie seitdem Stunde für Stunde daransitzt: Leute um Gefallen bittet, nach Spuren sucht und überzeugt davon ist, dass Fenty irgendwo da draußen herumläuft und sie ihn eines Tages findet …

Sein Tee ist kalt. Er nimmt seine Tasse, lässt die Akte auf dem Tisch liegen und tritt auf den Flur …

Da ist sie, kommt ihm schnellen Schrittes im Mantel entgegen. Als sie ihn erblickt, sieht es kurz danach aus, als wäre sie zusammengezuckt. Seltsam.

»Leeson«, sagt er. Es klingt schon jetzt zu förmlich. Er wünschte, er könnte sich an ihren Vornamen erinnern. »Ich habe gehofft, Sie zu treffen.«

Sie ist stehen geblieben. Sie sagt: »Ich muss ganz dringend los«, sieht ihn aber die ganze Zeit an. Er hat den seltsamen Eindruck, dass sie versucht, ihn einzuschätzen, abzuwägen, wie bedrohlich er für sie werden könnte.

Er tritt in seine Bürotür zurück, um sie vorbeizulassen. Sie rührt sich nicht.

Er sagt: »Ich dachte, wir könnten mal miteinander reden«, und möchte es sofort wieder zurücknehmen, weil es so gestelzt klingt. Er versucht es noch einmal: »Am Montagabend haben wir uns – wahrscheinlich erinnern Sie sich nicht mehr – über einen Fall unterhalten, den ich bearbeite.«

Plötzlich fragt sie ganz klar: »Haben Sie den Bericht schon abgeliefert?«

»Noch nicht. Ich muss noch ein paar Kleinigkeiten klären.«

»Der Sektionsleiter ist natürlich auf dem Laufenden.« Das klingt spitz und leicht gekränkt.

Er denkt an seine eigene geplante Untreue. »Nicht im Detail.«

Etwas in ihrem Blick verändert sich. Eine kleine Neubewertung. Wieder sagt sie: »Ich muss dringend los.« Dieses Mal klingt es jedoch nachdenklicher.

Er nickt. »Dann will ich Sie nicht aufhalten.«

Sie geht an ihm vorbei den Flur entlang. Aber am Ende dreht sie sich um und sieht ihn an.

Er nimmt sein Jackett und schließt das Büro ab. Sie ist in den Fahrstuhl gestiegen, also nimmt er die Treppe. Als er unten durch die Brandschutztür kommt, atmet er schwer. Ihre Schritte hallen durch die Tiefgarage. Er hört nicht, aus welcher Richtung. Als er an den Autos entlanggeht, sieht er sie zwischen den Betonpfeilern mit dem Schlüssel ihres kleinen, roten Citroëns in der Hand. Sie sieht auf, erblickt ihn und bleibt stehen. Dann schaut sie sich um, als wären sie womöglich nicht alleine. Ihr Blick wandert hoch zur Überwachungskamera. Dies wird aufgezeichnet werden. Er weiß nicht, ob sie das beruhigt oder nicht.

Er will nicht sagen: *Ich mache mir Sorgen um Sie. Ich weiß, dass etwas nicht stimmt.* Er begnügt sich mit: »Ich muss mit Ihnen reden.«

Sie sagt: »Natürlich müssen Sie das.«

Sie entriegelt den Wagen – die Blinker leuchten auf –, steigt ein, macht die Tür zu, lässt aber den Motor nicht an.

Er geht zur Beifahrertür. Zögert, zieht sie auf. Zögert wieder. Steigt ein.

Sie starrt geradeaus.

»Wissen Sie, was unser Problem ist?«, fragt sie. »Wir müssen immer alles wissen.«

Sie lässt den Motor an.

24. Tag: Freitag

Karla

Ellis sagt: »Was zur Hölle?« Ob er beeindruckt, schockiert oder wütend ist, kann ich nicht sagen. Ich weiß nicht einmal, ob er das selbst weiß.

13:00 Uhr. Er ist in dem Haus in Nord-London: Hohe Mauern, elektrisches Tor, gute Alarmanlage. Die Nachbarschaft pflegt einen aufwendigen Lebensstil, hat Geld in komplexen Finanzprodukten im Ausland angelegt und zweifelhafte Freunde. Die stellen keine Fragen. Catherine ist in einem Hinterzimmer.

Auf allen Bildschirmen in meinem Apartment läuft das gleiche Material, ohne Ton.

»Aus einem Krankenwagen entführt? Am helllichten Tag?« Bissig ergänzt er: »Ist doch immer gut, sich ein wenig bedeckt zu halten.«

»Es war die einzige Möglichkeit, Ellis. Niemand wurde verletzt.«

»Und ich soll jetzt den Babysitter für sie spielen?«

»Ellis, in dem Augenblick, in dem das Foto auf Ihrem Schreibtisch liegt, hätten Sie sie identifiziert. Sie wären zu meinem Apartment gekommen, hätten mit Ihrem Polizeiausweis gewedelt und wissen wollen, was ich mit ihr gemacht habe. Auf diese Weise sparen wir beide viel Zeit. Oder wollen Sie sagen, dass Sie jetzt raus aus der Sache sind?«

Er schweigt einen Moment lang. Die ganze Zeit wollte er einbezogen werden. Jetzt ist er es, aber es läuft nicht so, wie er es erwartet hat. Er dachte, wenn er Catherine unter seinen Fittichen hat, könnte er bestimmen, wie es weitergeht. Das hat nicht geklappt. Und allmählich dämmert ihm, dass er schon allein durch seine Anwesenheit bis zum Hals mit in der Sache drinsteckt.

Schließlich sagt er widerwillig: »Ich sag ja nur, dass wir jetzt die ganze Metropolitan Police da dran haben. Jeden Augenblick wird jemand ihren Namen rausbekommen. Und wer wird dann wohl als Erstes angerufen? Ich werde stante pede ins Büro beordert werden.«

»Dann rufen Sie mich an. Ich werde jemanden bereitstehen haben, der das beim Haus übernimmt. Ich will, dass Sie an den Ermittlungen beteiligt sind, Ellis.«

»Damit ich das dann für Sie verbocken kann?«

»Teilen Sie Ihre Theorien mit den Kollegen. Sie hat sich im Programm versteckt. Sie wissen nicht warum, aber offensichtlich hatte sie Angst. Hamilton hat sie da untergebracht. Graves hat sie gedeckt. Die beiden wurden ermordet, weil sie sie schützen wollten. Aber im Programm konnte niemand an sie herankommen. Dann wurde sie verletzt, evakuiert, und jemand hat zugeschlagen.«

»Sollen die sie für tot halten? Und was ist mit Mark Devlin? Wie passt der in ihr hübsches Bildchen?«

»Das brauchen die nicht zu wissen.«

»Und ich auch nicht, was? Ich habe mit dem Mann gesprochen, Karla, erinnern Sie sich? Er hat sie ein paarmal gebumst, kannte sie aber kaum. Wie kommt es, dass er jetzt tot ist? Und sagen Sie nicht, dass Sie es nicht wissen. Außerdem ist immer noch jemand hinter ihr her, und da wissen selbst Sie nicht, wer das ist.«

Ich kann ihm nichts von der Geheimdienstverbindung erzählen. Er würde nur ausflippen. »Wir arbeiten dran, Ellis. Sobald ich was habe …«

Verbittert: »Ja, sowieso.« Dann sagt er: »Oder ich könnte sie selbst festnehmen. Ich könnte sagen, dass ich einen Tipp bekommen habe, zu dem Haus gefahren bin, und da war sie …«

»Dann wird sie innerhalb einer Stunde tot sein, und Sie werden nie erfahren, wer sie getötet hat.«

»Innerhalb einer Stunde? Ich nehme sie in Schutzhaft …«

»Das wird nicht reichen.«

Stille. Aber er widerspricht nicht.

»Und wie geht's ihr?«, frage ich.

»Woher soll ich das wissen. Der Doktor hat sie zusammengeflickt. Sie ist bei Bewusstsein. Aber ziemlich schräg drauf.«

»Das ist nur das Betäubungsmittel, das langsam abklingt. Hat er ihr auch Schmerzmittel gegeben?«

»Er hat's versucht. Sie hat sie nicht genommen. Irgendwas von wegen, dass sie es spüren muss.«

Was ist das nun wieder? Schuldgefühle? Masochismus? Ich frage mich, ob sie ein Geständnis ablegen wird. Ich muss zu ihr, mit ihr reden. Heute Abend? Morgen? Ein kurzer Anfall von Besorgnis. Ich weiß nicht, was er bedeutet. Johanssen ist in Sicherheit. Sie ist in Sicherheit, wir haben das unter Kontrolle …

»Na gut. Wenn's was Neues gibt, rufen Sie mich an.«

Ich will gerade auflegen, als er sagt: »Oh, die Thames Valley Police hat ein Phantombild erstellt. Die Frau, die in der Nähe von Graves' Haus gesehen wurde. Aber Sie hatten recht: Das Bild sieht Ihnen absolut nicht ähnlich.«

Ich lege den Hörer auf. Plötzlich bin ich sehr müde. Ich will in mein Schlafzimmer gehen, mir die Decke über den Kopf ziehen und schlafen – nein: Ich will Johanssen sehen, und zwar jetzt.

Wieder gehen mir die Bilder durch den Kopf. Er stolpert blutend und benommen durch eine Straße im Programm. Was hat er da durchgemacht? Whitman sagt, er wird wieder. Woher will er das wissen?

Wie lange wird es dauern, bis ich ihn sehen, mit ihm reden, ihn berühren kann. Wie lange wird es dauern, bis das sicher ist? Einen Monat? Zwei?

Und da ist sie wieder. Die gleiche Besorgnis wie eben. Ein eigenartiger Schimmer am Rande meines Gesichtsfelds. Ein unangenehmes Gefühl, das ich nicht richtig zuordnen kann, etwas, das ich einmal wusste, aber vergessen habe. So etwas passiert mir allerdings immer wieder. Erinnerungsfetzen und böse Zweifel. Kommt von Schlafmangel und Stress. Das gibt sich bald wieder.

Mein Handy klingelt. Charlottes Handy. Ich starre einen Moment lang darauf, dann gehe ich ran.

Eine Frauenstimme, vor Gefühlen bebend, sagt: »Charlotte? Charlotte Alton? Hier ist Anna – wahrscheinlich erinnern Sie sich nicht an mich – ich war eine Freundin von Mark Devlin …«

Anna. Die Frau, die an jenem Abend vorm Restaurant war. Die junge Frau von dem älteren Foto, so jung und so verliebt. Die Frau, die ihn mit anderen Frauen gesehen hat, die Frau, die ohne ihn nicht zurechtkam … Er hat gesagt, sie habe ihn nicht in ihrem Leben gewollt – *nicht so* –, aber er hat sich geirrt, sie hat nur auf eine Chance gewartet, darauf, wieder an die Reihe zu kommen.

Eine neue Erkenntnis: Das wird jetzt nicht mehr passieren.

Eine Gefühlswallung, die ich nicht stoppen kann. »Anna, es tut mir so leid …«

»Schon gut, schon gut«, sagt sie hastig. Ihre Stimme zittert. Einen Moment lang rechne ich damit, dass sie zu weinen anfängt. Dann sagt sie: »Ich versuche, mit allen, die ihn kannten, zu reden. Irgendjemand muss doch wissen, was in dieser Nacht mit ihm geschehen ist …«

Ich sage leise: »Da kann ich Ihnen wohl nicht helfen.«

»Aber wäre es in Ordnung, wenn ich einfach vorbeikomme und wir uns ein bisschen unterhalten? Wissen Sie, es hilft mir, wenn ich über ihn sprechen kann …«

Ich dürfte nicht zusagen. Nicht jetzt. »Also … na gut.«

»Heute Nachmittag? Sind Sie zu Hause? *Danke.*«

Sie legt auf. Was habe ich gerade getan? *Du fühlst dich immer noch schuldig, stimmt's?*

Kaffee. Ich brauche mehr Kaffee. Dann kommt Craigie zu unserer üblichen Freitagsbesprechung, überzeugt davon, dass wir unsere Routine durchziehen müssen. Ich war zu müde, um mich dagegen zu wehren.

Ich gehe in die Küche. Setze den Kaffee auf. Stehe einfach gedankenlos daneben, während er durchläuft. Ich muss Anna zurückrufen, eine Uhrzeit ausmachen. Ich will nicht, dass sie kommt, wenn Craigie hier ist. Ich frage mich, woher sie meine Adresse hat.

Im Küchenfernseher läuft immer noch der Nachrichtensender. Es wird zwischen mehreren Sprechern hin und her geschaltet. Dann eine Einblendung: PHANTOMBILD VON IAN GRAVES' MÖRDER.

Dann erscheint es. Das Gesicht der Frau, die an dem Abend, als er ermordet wurde, vor Graves' Haus gesehen wurde.

Ellis hatte recht. Sie sieht mir nicht ähnlich. Sie sieht aus wie Anna.

Wie viel Zeit? Wie viel Zeit?

Ich klicke auf die Überwachungsanlage meines Wohnhauses, gehe zur Kamera in der Lobby und dann auf die, die den Gehweg direkt vor der Eingangstür erfasst. Dort wartet niemand. Klicke auf die Lieferantenzufahrt hinten. Ein eng umschlungenes Paar, ganz mit sich selbst beschäftigt, ohne Blick für die Umgebung. Sonst niemand.

Wie lange dauert es, bis sie hier ist? Fünf Minuten? Zehn?

Devlins Ex, die Frau, die ihn nicht haben konnte, die, die

ihm einfach überallhin gefolgt ist – die beste Tarnung überhaupt, die enttäuschte Geliebte, die nette Frau, für die sich niemand wirklich interessiert. Meine eigene Dummheit trifft mich wie eine Ohrfeige. Charlotte Alton hat diese Karte jahrelang gespielt.

Anna ist beim Geheimdienst. Sie steckte von Anfang an hinter dieser Sache, und jetzt kommt sie hierher. Sie weiß, dass Charlotte Alton hinter Catherine Gallagher her ist. Sie weiß, dass ich bei Graves' Haus war – und auch bei Devlins Haus in der Nacht, in der er ermordet wurde. Sie glaubt, dass ich weiß, wo Catherine Gallagher sich versteckt. Diese Information will sie haben. Und dann will sie mich tot sehen.

Von den anderen Karten, die ich in der Hand habe, weiß sie nichts: Karla und Knox. Das sind meine Trümpfe. Die spiele ich erst, wenn ich bereit bin. Sie wird die Wohnung durchsuchen, aber sie wird nichts finden. Das Programm läuft schon hoch, das alles auf meinem Rechner zerstört, die Daten und alle Verbindungen zu meinem Netz auslöscht – zu Johanssen, Craigie, Whitman, Robbie, Ellis, Finn …

Angst fährt mir in die Glieder: Seit wann weiß sie es? Seit wann beobachtet sie mich? Wenn sie es schon länger als zwei Tage weiß, könnte sie über alle Bescheid wissen.

Ich habe keine Zeit, sie zu warnen.

Ich drücke auf *Ausführen*. Die Warnung blinkt rot. »Alle Daten werden gelöscht!« Ich klicke auf *Ja*. Schon entwerfe ich meinen Deal, überlege, welchen Preis Karla für ihre Kooperation verlangen wird. Außer mir geht niemand ins Gefängnis.

Ich greife nach dem verschlüsselten Handy. Zuerst eine SMS an Craigie. *Abbruch*. Dann Finn: einen Code, damit er den Telefon-Account löscht. Meine Finger drücken ein paar Tasten – *Senden* –, dann öffne ich die hintere Abdeckung und ziehe die SIM-Karte heraus. Mit einer Schere zerschneide ich sie in winzige Schnipsel, renne auf den Dachgarten, zum Geländer und schleudere die Schnipsel einundvierzig Stockwerke über der Erde in den Wind.

Zurück ins Büro. Auf dem Bildschirm läuft ein Countdown auf null: Der Bildschirm wird schwarz. Ich bin vom Netzwerk getrennt.

Jetzt raus hier.

Mantel. Tasche. Autoschlüssel – aber sie kennt den Mercedes. Zu Fuß? Ein letzter Blick aus dem großen Panoramafenster. Hat sie ihre Leute schon da draußen, gegenüber hinter den blanken, glänzenden Bürofenstern postiert? Können sie mich jetzt sehen?

Los jetzt. Hau ab.

Als ich zum Fahrstuhl renne, ist niemand im Flur, auch als sich die Tür zur Lobby öffnet, ist niemand zu sehen. Der Pförtner wendet mir den Kopf zu, lächelt, und automatisch erwidere ich das Lächeln, als ich an ihm vorbei in den Freitagnachmittag hinausgehe.

Mach, dass du hier wegkommst. So weit weg wie möglich. Dann setz dich mit Powell in Verbindung und mach einen Deal. Der Geheimdienst bekommt Knox und einen Zugang zum Netzwerk. Mein Team wird nicht angetastet.

Und Catherine?

Ich scanne die Umgebung mit meinem Blick. Wartet jemand auf der anderen Seite der hellgrünen Brücke oder zwischen den Touristen auf den Gehwegen oder hinter dem Dock, wo die Raucher sich vor den Bars versammeln? Unmöglich, das auf diese Entfernung festzustellen.

Ich drehe mich um, und da steht er, kaum zwei Meter entfernt. Ein großer Schwarzer in einem guten Anzug. Lucas Powell.

Aber Sie sind zu spät. Einundvierzig Stockwerke über uns haben sich die elektronischen Gehirne gelöscht und nur den ausgehöhlten technischen Leichnam hinterlassen, durch den die Niederspannung pulsiert wie der Herzschlag eines hirntoten Patienten an lebenserhaltenden Geräten …

Mit seltsamer Förmlichkeit hält er mir einen Ausweis entgegen. Er sagt: »Sie müssen sofort mitkommen. Bitte versuchen Sie nicht zu fliehen.« Auf seiner Augenbraue bilden sich Schweißperlen. Er dreht den Kopf ein wenig und sieht nach hinten. Zweieinhalb Meter hinter ihm steht Anna, die Hände in den Taschen ihres Regenmantels, und sieht zu, gelassen und hübsch.

Powell sagt leise: »Sie hat eine Pistole.«

Erst da wird mir klar, dass er Angst hat.

Sie geht die ganze Zeit hinter uns: unter den Betonpfeilern der Docklands-Hochbahn entlang, weg von den Hochhäusern und raus zu den normalen Straßen in Poplar. Bevor wir die Gleise erreichen, sagt Powell: »Ihnen ist doch klar, dass hier überall Überwachungskameras sind?« Er sagt es zu ihr, aber sie erwidert nur: »Ich lasse die Aufnahmen löschen.«

Wie ich, aber einflussreicher.

In diesem Moment kommen wir an einem blassen Mann in dunklem Mantel mit einer Aktentasche vorbei, der auf sein Handy starrt. Er blickt kurz auf, sieht mich, sieht Powell und konzentriert sich sofort wieder auf sein Handy, als wären wir uns nie begegnet.

24. Tag: Freitag

Powell

Er hatte versucht zu reden. Auf dem Weg nach Poplar und in der Garage, während er der Frau mit Kabelbindern die Hände hinter dem Rücken fesseln musste – Leeson hatte die Pistole auf ihn gerichtet und *»fester«* gezischt –, hatte er geredet, bis sie ihm schließlich mit Klebeband den Mund zuklebte. Und selbst jetzt, wo er auf dem Rücken im Laderaum des Transporters liegt, übt er für den Augenblick, in dem der Knebel entfernt wird, sagt sich immer wieder, dass nicht alles außer Kontrolle ist. Er hat so viele Kurse gemacht: Verhandlungen mit Geiselnehmern, Gefahrensituationen – er weiß, was in solchen Situationen zu sagen ist. *Bleib ruhig, wirke überzeugend, zeig ihr, dass du ihr helfen kannst.* Sie muss verstehen, dass es ein Missverständnis gab, aber das lässt sich klären. Sucht euch ein ruhiges Plätzchen, setzt euch hin und sprecht darüber.

Es klingt so abgedroschen und substanzlos.

Er fragt sich die ganze Zeit, wie das passieren konnte, wie er so schnell da hineingeraten konnte – als hätte er es im Rückspiegel kommen sehen müssen, bevor es knallte. Es hätte eine Vorwarnung geben müssen.

Die Frau aus den Docklands ist ziemlich klein, wahrscheinlich Mitte dreißig, elegant gekleidet. Er hat ihr sofort angesehen, wie müde sie war. Auf dem Weg zur Garage in Poplar hatte sie kaum etwas gesagt, wie gelähmt vom Schock. Aber jetzt, wo sie hier auf einem Stuhl sitzt – vermutlich in einem leer stehenden Gebäude in einem Gewerbegebiet –, sieht er den verzweifelten Blick in den weit aufgerissenen Augen über dem zugeklebten Mund. Sie muss schreckliche Angst haben.

Die Kabelbinder schneiden in seine Handgelenke und Knöchel ein. Er versucht, sich zu entspannen. Selbstbeherrschung. Irgendjemand muss hier die Fassung wahren.

Leeson tritt auf ihn zu. Reißt ihm das Klebeband vom Mund. »Wo ist sie?«

Er versteht nicht einmal die Frage.

Er spricht ruhig und gemessen. »Leeson, wissen Sie, wofür man mich geholt hat? Um eine Quelle namens Knox ausfindig zu machen. Er hat dem MI5 über den pensionierten Moskauer Agentenführer Peter Laidlaw Informationen zukommen lassen. Knox hat niemand anderem vertraut. Laidlaw ist vor drei Wochen plötzlich gestorben, der MI5 hat den Kontakt zu Knox verloren, und mein Job besteht darin …«

Leeson macht einen Schritt und schlägt die Frau ins Gesicht – ein harter Schlag mit der flachen Hand. Der Kopf der Frau schnellt zur Seite, aus dem geknebelten Mund ist aber kaum etwas zu hören.

Leeson holt tief Luft und tritt einen Schritt zurück, als wäre nichts passiert.

Sie sagt: »In der ersten Woche wusste ich nicht genau, was Sie machen. Ich habe Bethany und Mitch im Auge behalten. Ich war noch nicht darauf gekommen, dass sie nur der Ablenkung dienen. Nach einer Woche hat ein Detective Inspector der Metropolitan Police namens Joe Ellis Catherine Gallaghers Vermisstenakte angefordert. Was sollte das sein? Zufall? Ein neugieriger Bulle, der alte Akten durchforstet?«

»Ich kenne keinen Joe Ellis.«

Ein Schritt, die Ausholbewegung, die Frau versucht, sich abzuwenden, kann sich aber nicht bewegen, und der Schlag trifft sie wieder im Gesicht. Dieses Mal dringt ein kurzes, verzweifeltes Stöhnen durch das Klebeband.

Leeson sagt: »Mit Joe Ellis haben sie sich eine praktischen Strohmann besorgt, um Fragen zu stellen. Der auch noch so getan hat, als würde er in einer Mordsache ermitteln, als wäre sie wirklich tot.«

Auf dem Stuhl gegenüber blinzelt die Frau, um die Tränen zu unterdrücken. Ihre Wange ist rot angelaufen. Leeson sieht sie ruhig und leidenschaftslos an.

Sie sagt: »Von der hier habe ich bis Mittwochnacht überhaupt nichts gewusst. Sie ist sehr gut. Sie müssen stolz auf sie sein. Vor zehn Tagen ist die um Mark herumscharwenzelt, aber das haben die Frauen immer gemacht. Einem hilflosen Frauenzimmer konnte er noch nie widerstehen. Und ich habe die Einzelheiten nicht zusammenbekommen, selbst als ich Elizabeth Crow gesehen habe – Crow sieht älter, unscheinbarer, kräftiger aus. Aber am Mittwochnachmittag habe ich Ellis beschattet. Es gibt da eine Reifenwerkstatt – die kennen Sie natürlich. Am Mittwoch war sie geschlossen. Ich habe Ellis reingehen und wieder rauskommen sehen. Fünf Minuten später ist sie rausgekommen. Und ich hatte natürlich die Nummer, die sie Devlin gegeben hat, also habe ich mir sofort ihren Handyaccount angesehen. Auf halbem Weg nach Brecon hat sie ihre Mailbox abgehört – wir haben uns schon gedacht, dass sie da hinfährt. Sie wird Ihnen alles über die Beweise erzählt haben, die sie da gefunden hat. Schade, dass sie keine Fotos machen konnte.« Sie schweigt einen Moment. »Also, Lucas? Oder soll ich Sie Powell nennen. Sie nennen mich ja auch immer Leeson.«

Er will sagen: *Ich habe keine Ahnung, wovon Sie reden. Ich kenne keinen dieser Namen. Mark, Elizabeth Crow, Ellis, Catherine Gallagher* … Er betrachtet die namenlose Frau gegenüber. Sie weiß, was kommt. Das Gefühl der Machtlosigkeit schlägt über ihm zusammen.

Leeson sagt: »Sie wussten natürlich, dass Catherine am Leben ist. Sie wussten sogar, wo sie war. Vermutlich wussten Sie es auch, weil Hamilton es Ihnen verraten hat, als Sie ihn in diesem Haus untergebracht hatten. Wusste er, dass Sie ihn auch als Köder benutzt haben? Ihnen war klar, dass ich seine Anrufe zurückverfolgen kann. Sie haben nur darauf gewartet, dass ich ihn holen gehe, oder? Aber ich weiß, wie ein sicheres Haus aussieht. Schade, dass Sie ihn da nicht festhalten konnten. Als Sie ihn verloren haben, hätten sie eine Auszeit nehmen sollen. Aber Sie wollten ja alle ihre Puzzlestücke zusammenhaben, bevor Sie mit Ihrem Bericht zum Chef gingen. Deshalb haben Sie nichts gegen mich unternommen. Weil Sie sie noch nicht hatten. Bis heute Vormittag.

Worüber wollten Sie also mit mir reden? Nachdem Sie die Fenty-Akte angefordert hatten, aber bevor Sie den Bericht an den Chef fertig gemacht haben. Welche Kleinigkeiten mussten Sie noch abklären?«

Er antwortet nicht. Er weiß nicht, was er sagen soll.

Nach einer kurzen Pause sagt Leeson leise: »Sie werden mir verraten, wo Sie sie versteckt haben.« Sie wartet, und als er nicht antwortet, sagt sie: »Ich gehe davon aus, dass Sie wissen, was ich mit Fenty gemacht habe.« Sie sieht die Frau auf dem Stuhl an. »Glauben Sie nicht, dass ich mit ihr nicht das Gleiche machen würde.«

Fenty? Das geht alles um Fenty? Den Techniker, der versucht hat, diese Akte zu verkaufen …

Die fehlende Woche in Leesons Lebenslauf nach Fentys Verschwinden. Was hatte er ihr in der Teeküche gesagt? *Die Dringlichkeit, Ergebnisse zu erzielen, Zeit, die Daumenschrauben anzusetzen* – und ihre Reaktion …

Mit einem leisen Klicken rasten die fehlenden Puzzleteile ein. Sie hat Fenty nicht verloren – sie hat ihn gefunden.

Den Rest versteht er nicht – die Namen oder welche Rolle die Frau gegenüber spielt. Er ist sich aber absolut sicher, dass Fenty tot ist.

Er sagt: »Sie haben Daniel Fenty getötet?«

»Natürlich nicht. Ich wollte nur, dass er *redet*. Wo ist sie, Powell?«

»Ich weiß es nicht. Ich schwöre Ihnen, dass ich es nicht weiß.« *Ich habe nie von einer Catherine Gallagher gehört. Ich habe keine Ahnung, worum es hier geht …*

Leeson blinzelt. Sie überlegt. Das sieht er. *Glauben Sie mir, bitte glauben Sie mir.*

Sie sagt: »Es besteht die Möglichkeit, dass Sie die Wahrheit sagen. Vielleicht weiß wirklich nur Ellis Bescheid. Er hat sich noch nicht zurückgemeldet. Darum haben Sie noch gewartet.« Dann ergänzt sie: »Sie werden verstehen, dass ich das prüfen muss.«

Sie stellt sich hinter den Stuhl der Frau. Sie sagt: »Ich werde ihr jetzt die Finger brechen.«

Die Augen der Frau weiten sich. Sie versucht, Luft zu holen, das Klebeband behindert sie jedoch. Dann senkt sie den Kopf. Sie bereitet sich auf den Schmerz vor. Er sagt hastig: »Ich habe diese Frau noch nie gesehen. Ich weiß nicht, wer sie ist.«

»Wirklich nicht? Glauben Sie, ich hätte Sie nicht beobachtet? Ich muss zugeben, dass Sie sehr gut sind. Ich hätte Ihnen fast geglaubt, als sie aus dem Haus kam. Aber ich habe auch sie beobachtet. Und ihr hat man deutlich angesehen, dass sie Sie kennt.«

24. Tag: Freitag

Karla

Sie biegt einen Finger nach hinten … und dann immer weiter. Nichts kann schlimmer wehtun. Ich werde Catherine Gallagher verraten, ich mach es jetzt, auf der Stelle, nimm mir doch einfach den Knebel ab …

Ich spüre, wie es bricht.

Mir wird erst rot, dann weiß vor Augen. Es rauscht in meinen Ohren. Es tut so weh, dass ich mich übergeben werde …

Etwas kracht in der Nähe. Powell schreit. Aber er ist bedeutungslos geworden, verloren im White-out.

Schließlich erscheint der Raum wieder – seltsam kränklich und ausgeblichen. Mein Mund ist voll Galle. Ich schlucke sie herunter. Der Schmerz in der Hand ist eine Art Dröhnen im Hintergrund. Ich konzentriere mich auf meinen Atem.

Powell liegt auf dem Boden, der Stuhl liegt auf der Seite. Er fleht: »*Bitte, bitte, bitte*«, als wüsste er nicht, dass es zu spät ist. Es ändert nichts mehr.

Er sagt: »Ich weiß nicht, wo sie ist. Ich weiß es nicht …« Sein Gesicht ist verzerrt, nicht mehr wiederzuerkennen. »Warum tun Sie das, Leeson? Warum?«

Anna stellt sich vor den am Boden liegenden Mann. Sie sagt: »Sie wissen, was auf der Liste stand. Die Namen aller Männer und Frauen, die in Großbritannien überwacht werden, wie diese Überwachung im Detail abläuft – jede angebrachte Wanze, jedes abgehörte Telefon, jeder Peilsender in jedem Auto. Manche dieser Leute sind unbedeutend. Aber ein paar wollen uns Schaden zufügen, bösen Schaden, glauben aber, dass wir sie nicht auf dem Schirm haben – sie glauben, wir wüssten nicht, was sie vorhaben. Und was macht Fenty? Er will sie gegen Höchstgebot verkaufen. Aber das Gesetz schützt ihn. Er bekommt einen Verteidiger, man garantiert ihm *seine Rechte.* Wir arbeiten für die Sicherheit dieses verdammten Landes …« Sie merkt, dass sie sich in die Sache hineinsteigert. Sie bricht ab. Sie hebt den Kopf und richtet sich auf. »Diese Leute haben das Recht auf unseren Schutz verwirkt. Ich habe nur getan, was getan werden musste. Ich musste ihn zum Reden bringen. Dafür lasse ich mich nicht bestrafen.«

Sie verlässt den Raum. Als sie zurückkommt, hat sie die Klebebandrolle in der Hand. Sie kniet sich hin – er sagt: »Bitte nicht, wir müssen reden …« Sie sagt: »Ruhe, oder ich breche ihr noch einen Finger.« Sie klebt Powell wieder den Mund zu, dann steht sie auf, zieht ihr Handy heraus und geht weg, während sie ein paar Tasten drückt. Kurz bevor sie außer Hörweite ist, höre ich, wie sie mit einer anderen Stimme sagt: »Detective Inspector Ellis?«

Nach zwei Minuten kommt sie zurück. Sie sieht wieder zu Powell hinunter. Sie sagt: »Sie sollten hoffen, dass Ellis redet.« Sie geht wieder, ohne mich eines Blickes zu würdigen.

Und Karla verschwindet schon im Nichts. Ihre Spuren sind aus Charlotte Altons Apartment verschwunden. Ihr Handy ist tot. Ihre rechte Hand hat gesehen, wie sie festgenommen wurde, und wird sich jetzt selbst absichern. Das kann ich ihm nicht übel nehmen. Johanssen schläft in Whitmans Obhut im sicheren Haus in London, ohne irgendetwas mitzubekommen … ich will neben ihm liegen, seinen Atem hören, seine Wärme spüren …

Dreh jetzt nicht durch.

Nach einer Weile gibt Powell ein Geräusch von sich. Ich habe die Augen geschlossen – ich versuche immer noch, das Ganze zu durchdenken, das Loch im Zaun zu finden, durch das ich entwischen kann, auf das Manöver zu kommen, das alles zum Kippen bringt – auf diese Weise denke ich nicht an meinen Finger, was gut ist –, aber jetzt öffne ich sie. Durch den Knebel höre ich ein leises, rhythmisches Stöhnen, und bei jedem Stöhnen schlägt er den Kopf auf den Boden. Immer wieder.

Er hat Frau und Kind in Washington. Ich frage mich, ob es ihm bewusst wird: Er wird sie nie wieder sehen.

Er weiß es nicht, aber er ist in der gleichen Situation wie Daniel Fenty: Mit dem Rücken zur Wand werden ihm Fragen gestellt, die er nicht beantworten kann – während ihm niemand sein Unwissen glaubt und kein Ausweg in Sicht ist.

Craigie und ich haben herausgefunden, wer diese Liste gestohlen hat, was allerdings nicht leicht war. Sie arbeitete in der Verwaltung des MI5, war als Verbindungsfrau zwischen den Abteilungen tätig, bis wir sie kontaktiert haben. Wir haben deutlich gemacht, dass es nicht unsere Aufgabe ist, Verräter zu bestrafen – wir würden ihren Namen nicht an ihre Vorgesetzten weitergeben –, dass wir jedoch nicht ruhig dabei zusehen würden, wie sie Terroristen Geheimnisse verkauft. Wenn sie in Zukunft Informationen zu Geld machen wollte, sollte sie direkt zu uns kommen. Seitdem hatte sie sich zweimal bei uns gemeldet, wenn auch nur mit kleinen Datenschnipseln, die zwar nützlich, aber keineswegs spektakulär waren. Ich mag sie nicht – sie interessiert sich nur für das Geld –, andererseits arbeiten nur wenige Kriminelle aus Liebe zum Beruf. Es stört mich nicht weiter.

Sie erwähnte, dass sie Fenty die Sache angehängt hatten. So hatte sie sich in Sicherheit gebracht. Seine Flucht hatte seine Schuld bewiesen – er mochte schuld sein, woran, wusste ich aber nicht. Vielleicht nur daran, Anna unter die Augen getreten zu sein. Womöglich hatte das schon gereicht.

Aber Anna hatte ihn erwischt.

Ich frage mich, was sie Mark Devlin erzählt hat. Dass Daniel Fenty ein Kollege war, der bei einer Geheimoperation auf der Flucht verletzt wurde? Jemand, der ein sicheres Haus brauchte und einen Arzt, der nicht plauderte? *Hilf mir, Mark …*

Also hat Mark Devlin ihr geholfen, indem er ihr das Haus zur Verfügung stellte und ihr Catherine besorgte. Er muss in seinem Londoner Büro oder in seiner schönen Wohnung in Notting Hill gesessen und geglaubt haben, er hätte etwas Gutes getan – während Anna sich darangemacht hat, Daniel Fenty zu bearbeiten – mit Unterstützung der cleveren, ehrgeizigen, kaltherzigen, aber versierten Catherine Gallagher, für die Mark Devlin sich verbürgt hatte.

Wenn Fenty schuldig gewesen wäre, hätte er geplaudert. Er war ein Techniker – ein Fachidiot, ein Nerd. Einer intensiven Vernehmung hätte er niemals standgehalten. Anna hätte einen Gefangenen, ein Geständnis abliefern, ein Ergebnis vorweisen können. Fentys Verletzungen hätten kurzzeitig Verdacht erregt, dann wären sie unter den Teppich gekehrt worden. Catherine wäre für ihr Schweigen entlohnt worden: ein prestigeträchtiger neuer Posten, ein Forschungsbudget, alles in Anerkennung ihrer wertvollen Unterstützung. Wenn sie Zweifel hatte, hätte sie sie darunter begraben.

Fenty hätte überlebt. Wenn er schuldig gewesen wäre.

Aber Fenty war unschuldig. Daher konnte er nichts verraten.

Anna muss Devlin die Leiche gezeigt haben. *Sie hat ihm das angetan, und jetzt will sie dir die Schuld dafür in die Schuhe schieben.* Oder sie hat einfach nur an sein Bedürfnis appelliert, alles geraderichten zu wollen, das gleiche blinde Bedürfnis, das ihn dazu getrieben hat, einem heranrasenden Fahrzeug in den Weg zu treten in der Hoffnung, es aufhalten zu können.

Catherine hat diesen Mann umgebracht. Es nützt nichts, wenn wir die Polizei informieren. Wir müssen selbst für Gerechtigkeit sorgen.

Sie hatten das Haus gereinigt und die Überreste fortgeschafft. Dann hatte Anna ein Jahr lang nach Catherine gesucht. Und am Ende hatte sie sie im Programm gefunden.

Aber sie hatte sich auch nach hinten abgesichert, und als Powell auftauchte, um irgendeine geheime Untersuchung zu leiten, dachte sie, er wäre ihretwegen gekommen.

Gegenüber hat Powell aufgehört, sich zu bewegen. Ich bezweifle, dass er weiß, was vorgeht. Ich mag ihn viel lieber, als ich erwartet hatte. Ich meine schon zu wissen, wie er tickt: klug, durch und durch geradlinig. Kommt mit den Machtspielchen in den Geheimdiensten schlechter zurecht, als er glaubt. Ein ehrlicher Mensch, und die sind immer schwer zu kontrollieren. Kein Wunder, dass sie ihn nach Washington geschickt haben. Ich denke an seine Akte: Sein Kind ist eine Tochter, und sie heißt … Thea. *Gut erinnert. Kluges Mädchen.*

O ja, jetzt weiß ich alles.

Ich höre sie zurückkommen, bevor ich sie sehen kann. Als sie reinkommt, versuche ich sofort, ihr Verhalten zu deuten. Hat sie Ellis unter Druck gesetzt? Ihre Miene verrät nichts. Ich schwitze, krümme mich, schlucke, warte auf ein Zeichen, dass sie auf mich zukommt – spüre schon, wie sie meine Finger berührt, ganz sanft den gebrochenen Knochen quetscht –, der Schmerz klingt mir schon in den Ohren …

Sie kommt herüber und blickt auf Powell hinab. Einen ausgedehnten Moment lang.

Sie sagt: »Jetzt warten wir.« Sie geht wieder.

Dieses Mal wird sie mir nicht wehtun.

Ellis hat geredet.

24. Tag: Freitag

Johanssen

Johanssen tagträumt.

Er ist wieder in seiner Wohnung in Süd-London, diesmal aber allein, ohne Wächter. Er hat mitgehört, wie Whitman die beiden britischen Burschen mit einer Story über Verstärkung entlassen hat: »Und der macht mir schon keine Probleme, Sie haben ja gesehen, in welchem Zustand er ist.« Dann ist auch Whitman gegangen, wird aber zurückkommen. Er hat eine Ehefrau in Paris, hat Johanssen sogar ein Foto von ihr gezeigt, bevor er ging: eine hübsche, dunkelhaarige Frau mit rebellischem Blick. Whitman will das hier so schnell wie möglich zu Ende bringen: »Ja, wir machen das ordentlich, aber wo Laura das mit Washington abgeklärt hat …« Er zuckte die Achseln. Er hat ein Handy dagelassen, eins von Karlas Spezialgeräten. Eingeschweißt in eine weiche Plastikhülle. Johanssen hat sie aufgemacht, Fielding angerufen und über Cates Evakuierung berichtet: »Sie war verletzt, ich konnte nichts machen.« Fielding sagte: »Haben Sie gehört, dass sie entführt wurde?«, worauf Johanssen antwortete: »Ja, das kam in den Nachrichten. Der Klient?«, worauf Fielding übellaunig etwas gemurmelt hatte. Er ist genervt, glaubt, dass der Klient die Angelegenheit selbst in die Hand genommen hat und er seine Provision los ist.

Johanssen rief Karla an, aber die Leitung war tot.

Die Medikamente vernebeln ihm noch die Sinne. So spürt er nur die schattenhaften Konturen des Schmerzes: im Kopf, in den Armen, im Rücken, in den Schultern, im Bauch, am

Hals … In ein oder zwei Tagen wird er die Dosis langsam herunterfahren, aber jetzt muss er erst mal schlafen.

Der Nachmittag neigt sich dem Ende zu. Der Fernseher leiert in der Ecke vor sich hin, eine leichte Ablenkung, während er auf dem Sofa döst. Der Ton vermischt sich mit dem anderer Fernseher in den umliegenden Wohnungen, dem Raucherhusten des Kindes von nebenan und einer Frau, die draußen im Flur in ihr Handy spricht: »Ich hab's ihm gesagt. Ich hab gesagt, ich hoffe, du bist verdammt stolz auf dich.« Die Geräusche schwappen über ihn hinweg. Er gerät in eine Übergangsphase wie ein Taucher, der zu schnell aus den dunklen Tiefen aufgestiegen ist, und diese schäbige Wohnung ist seine Überdruckkammer, in der er ausharren muss, bis er wieder fit genug ist, um in die Außenwelt zurückzukehren. Die Tage werden vergehen. Er wird nicht rausgehen. Er wird den Fernseher rund um die Uhr laufen lassen. Die Wunden werden verheilen, die Blutergüsse vergilben und verblassen, die Steifheit wird abnehmen, die Schmerzen werden zu Wehwehchen. Er wird genesen. Ein paar Tage noch, dann zieht er hier aus, legt Ryan Jackson ab wie eine alte Haut und kehrt zurück in sein eigenes Leben. Und zu Karla. Karla.

Als das Handy klingelt, tastet er danach, während er plötzlich voller Hoffnung an sie denkt.

Fielding sagt: »Der Klient hat uns eine neue Adresse für die Zielperson gegeben.«

Eine Adresse. Durch den Nebel gerät die Welt ins Wanken, dann verliert er den Boden unter den Füßen, als hätte ihn jemand weggesprengt. Karla geht nicht ans Telefon.

»Woher hat er die?«, fragt er. Er hofft, dass seine Stimme normal klingt.

»Ein Bulle, der ein Auge auf sie haben sollte – privat unterwegs, die Metropolitan Police weiß von nichts. Offensichtlich ist sie allein im Haus.«

»Und wo ist dieser Bulle?«

»Entweder im Operationssaal oder im Leichenschauhaus, würde ich sagen. Es soll heute noch erledigt werden. Kriegen Sie das hin?«

Automatisch antwortet er: »Klar.«

»Sind Sie sicher? Sie klingen nicht …«

»Mir geht's gut. Ich krieg das hin.«

»Also gut. Das Haus ist eine verdammte Festung, aber unser freundlicher Bulle hat uns den Zugangscode mitgeliefert.« Fielding macht eine Pause. »Nur eins noch: Der Klient will einen Beweis. Verstehen Sie, was ich meine?«

Beweis? Zuerst versteht er es nicht, dann doch. Er fragt: »Vertrauen Sie ihm?«

»O ja. Fragen Sie Karla, wenn Sie mir nicht glauben. Sie weiß, wer das ist.«

Wieder versucht er, sie anzurufen. Die Leitung ist immer noch tot. Dann probiert er es mit der alten Nummer, bei der sich der Schotte gemeldet hat. *Er arbeitet für mich. Er ist sicher.*

Die Nummer wird nicht erkannt.

Draußen wird der Freitagabend allmählich zur Nacht. Das winterliche Licht schwindet, und es regnet. Er geht mit gesenktem Kopf und bemüht sich, nicht zu humpeln. Ein Mann, der verprügelt wurde, fällt auf. Er muss aufpassen. Aber der Regen hilft ihm: Die Leute eilen unter ihren Regenschirmen an ihm vorbei. Niemand beachtet ihn.

Er versucht, sich das Ganze zusammenzureimen – durch den Medikamentennebel, die Schmerzen, das Adrenalin. Karla ist in Gefahr. Oder verschwunden. Oder auf der Flucht. *Sie weiß, wer das ist.* Cate ist allein in diesem Haus … Der Klient will einen Beweis.

Der Wagen steht in einer Garage in Dalston. Er öffnet die Tür und setzt sich auf den Fahrersitz – der Schmerz wallt auf, dann flaut er wieder ab.

Irgendwo in seinem Hirn drängt ihn eine Stimme, die er nicht zum ersten Mal hört, zu fliehen.

Das Haus hat hohe Mauern und elektrische Tore. Er fragt sich, ob es unter Beobachtung steht, geht einmal herum, sieht nichts. *Aber das tut man heutzutage auch nicht, oder?*

Am Tor ist eine Gegensprechanlage mit Kamera und einem Tastenfeld. Er tippt den Code ein, das Seitentor klickt, und er geht hindurch, dann fällt es hinter ihm wieder zu. Er steht auf einer Zufahrt. Zu einem großen weißen Haus mit heruntergezogenen Jalousien. Ein schwarz glänzender Mercedes steht auf dem Kies. Nirgends brennt Licht.

Die Haustür ist verschlossen. Noch ein Tastenfeld. Er geht ums Haus nach hinten. Ein für den Winter abgedeckter Swimmingpool in einem seltsamen, künstlichen Türkis. Auch auf dieser Seite sind die Jalousien heruntergezogen. Er geht zurück zur Vordertür, tippt den zweiten Code ein. Stößt die Tür auf.

Sie steht im Flur, als hätte sie auf ihn gewartet. Das Gesicht weiß wie Papier, mit verzerrten Gesichtszügen – auch vom Schmerz, aber auch gedämpft –, er sieht das nicht zum ersten Mal. Eine Hand liegt auf dem Bauch. Der Verband wölbt sich unter ihrem dünnen Morgenrock.

Sie sagt: »Sie sind's.«

»Ziehen Sie sich an«, sagt er.

Sie geht zur Treppe. Mit steifen Schritten, eine unwillkürliche Schutzreaktion auf den Schmerz. Er fragt sich, was sie genommen hat. Alles Mögliche?

Am Fuß der Treppe bleibt sie stehen. »Warum sind Sie hier? Ellis ist weg. Eine Frau von Scotland Yard hat angerufen und gesagt, sie müssten sich treffen.« Dann: »Er hat gefragt, ob ich allein zurechtkomme«, als wäre es ein schlechter Witz.

»Die wissen, dass Sie hier sind«, sagt er. »Wir müssen Sie woanders hinbringen.«

Sie denkt darüber nach: »Es geht alles schief, oder?« Es klingt jedoch, als wäre es ihr egal.

Er antwortet nicht.

Sie nickt und geht langsam die Treppe hinauf.

So war sie auch in dem provisorischen Verpackungssaal gewesen, bevor er ihr die Spritze gegeben hatte. Passiv, erschöpft.

Er entdeckt unten ein Bad, zieht die Jacke aus, sieht sich im Spiegel an. Am Rücken sickert Blut durch sein Hemd.

Sie will nicht leben.

Als sie gehen, ist es dunkel. Sie fragt nicht, wohin er sie bringt.

Er führt sie zum Wagen, zwei Invaliden. Denkt: *Wir haben kein Gebet.*

Sie zieht kurz die Luft ein, als er ihr auf den Beifahrersitz hilft, aber das ist alles.

Er setzt sich auf den Fahrersitz und schließt die Tür. Sie blickt stur geradeaus.

Sie sagt: »Ellis hat mir erzählt, dass William tot ist. Sein Freund Ian auch. Und Mark Devlin.« Sie sieht ihn an. Ihre Augen sind teilnahmslos, das Funkeln ist verschwunden. »Alles meinetwegen. Weil ich mich geschmeichelt gefühlt habe. Sie hat gesagt, ich würde etwas Gutes für mein Land tun, es ginge darum, Leben zu retten. Sie sagte, er würde reden. Es würde nur ein paar Stunden dauern.« Sie bricht ab. Er sagt nichts. Sie sieht wieder nach vorn. »Am Ende des ersten Tages hat Daniel mir gesagt, was mit ihm passieren würde. Er wusste es schon, aber ich habe ihm nicht zugehört. Ich habe nicht geglaubt, dass es so weit gehen könnte. Vier Tage. Vier

Tage habe ich ihm das zugemutet, weil ich mir nicht eingestehen wollte, dass ich mich geirrt hatte. Ich hätte ihn gleich zu Anfang umbringen sollen, als er mich darum gebeten hat.«

Sie schweigt einen Moment. »Sie haben mir nicht gesagt, dass alles gut wird.«

Er sagt: »Ich überleg mir was.«

Er zieht sein Handy heraus und ruft Fielding an. Er sagt: »Ich hab sie.«

»Sie wollen immer noch einen Beweis.«

»Können sie kriegen.«

24. Tag: Freitag

Karla

Wieder zeigt sie uns ihre Pistole – neun Millimeter mit Schalldämpfer –, bevor sie uns die Augen verbindet und die Fußfesseln löst. Sie bringt Powell zuerst weg, dann holt sie mich. Sie geht neben mir her, den Arm fest umklammert, der Pistolenlauf berührt meinen Unterkiefer. Die verletzte Hand, die immer noch mit einem Kabelbinder hinter dem Rücken gefesselt ist, rührt sie nicht an, wofür ich ihr auf erbärmlichste Art dankbar bin. So wirst du also, wenn du mit der unmittelbaren Realität des Schmerzes konfrontiert bist: so fügsam, so beherrschbar.

Sie führt mich in den Laderaum eines Transporters. Meine Schenkel streifen über die Stoßstange. »Rein mit Ihnen«, sagt sie kühl. Ich hebe ein Bein, stütze das Knie auf die Schwelle, dann gibt sie mir einen Stoß, und ich lande mit dem Gesicht zuerst auf dem Boden und stoße mir die Nase. Ich schreie auf, der Knebel dämpft den Schrei. Als ich Luft hole, schmecke ich Blut.

Sie hebt meine Füße in den Transporter und schließt die Türen. Kurz darauf wird der Motor angelassen, und wir fahren los.

Powell liegt neben mir. Wir berühren uns.

Mir fällt eine andere Fahrt ein: die Rückfahrt aus Wales. Ein unbeschrifteter Transporter, eine Frau mit harten Gesichtszügen, mit zu viel Schmuck, Mark Devlin ist tot – das Elend, der Schock und die Schuld stürzen auf mich ein.

Ich fange an zu weinen.

Ich weiß nicht, ob ich wegen Devlin weine, wegen Powells kleiner Tochter oder wegen der Dinge, die ich noch nicht erlebt habe und auch nicht mehr erleben werde.

24. Tag: Freitag

Johanssen

Er kommt zu Fuß durch die Dunkelheit. Freitagnacht, und alle sind nach Hause gegangen. Die Straßenlaternen scheinen auf verlassene Gehwege, schmuddelige, alte Industriebauten und das eine oder andere Schrottauto. Die Straßen sind nass und glitschig – und sehen falsch aus. Alles ist in ein kränkliches Licht getaucht. Die Wirkung der Medikamente ist abgeklungen, und er schleppt den Schmerz wie Ballast hinter sich her – den Schmerz und das Wissen, dass er nicht hier sein dürfte – dafür ist er nicht fit genug.

Er hat keine Wahl.

Die Gegend ist immer noch mies und öde: Abfall im Rinnstein, alles sieht verlassen aus, als wäre Londons Wohlstand auf der anderen Straßenseite vorübergegangen und hätte diesen Ort hier hinter sich gelassen. Das Tor ist geschlossen, aber jemand hat das Vorhängeschloss geknackt und die Kette abgenommen. Zwischen den kaputten Karussellen im Hof steht ein nicht beschrifteter Transporter.

Er umkreist das Gelände und sucht nach der Überwachungsanlage. Dann geht er hinein.

Sie steht allein im Lagerhaus: eine brünette Frau, die manche Männer als hübsch bezeichnen würden. Sie trägt einen ordentlichen Mantel und Schuhe, die sie nicht zum Rennen angezogen hat – sie sieht aus, als käme sie direkt aus dem Büro, aber sie ist auf Zack: Sie entdeckt ihn sofort, als er noch mehrere Meter von ihr entfernt ist. Und sie hat eine Pistole.

Er bleibt stehen, damit sie ihn ansehen kann.

»Hallo«, sagt sie schließlich. Ihre Stimme klingt gebildet, ruhig, höflich.

»Dann haben Sie es gleich gefunden?«

Sie nickt. Ihre Miene ist unbewegt. Sie mustert ihn eingehend, versucht, ihn einzuschätzen. Wie viel sieht sie von seinen Verletzungen? Was kann sie sehen oder erraten?

Sie sagt: »So hatte ich mir einen Auftragsmörder nicht vorgestellt.«

»Nicht?«

»Nein.« Dann, geschäftsmäßiger: »Irgendwelche Probleme beim Haus?« Er schüttelt den Kopf. »Und … der Beweis?«

»Im Auto.«

»Und wo ist das?«

»Knapp einen Kilometer entfernt.«

Er sieht, wie sie das registriert. »Sie sind vorsichtig.«

»Anders geht's nicht. Wollen Sie ihn jetzt sehen?«

»Noch nicht.« Die Pistole hat sich nicht bewegt. Sie ist argwöhnisch. Noch ein langer Blick. Johanssen spürt, wie der Boden unter ihm wankt.

Die Frau hat es gemerkt. »Ist alles okay mit Ihnen?«, fragt sie. Berechnend.

»Nur ein paar Schwierigkeiten, als ich da raus bin.«

»Sie sind verletzt.«

»Nicht der Rede wert.« Wieder blickt er auf die Pistole, die Selbstgewissheit, mit der sie sie hält, mit der sie spricht. Die Beherrschung. Er sagt: »Man hat mir gesagt, der Klient wäre Zivilist.«

»Und das bin ich nicht.« Sie scheint es als angemessenes Kompliment aufzufassen. »Ihr Chef hat erst mit jemand anderem zu tun gehabt. Ich räume nur auf. Wissen Sie, dass Sie so etwas schon vorher für uns erledigt haben?«

»Ich weiß nicht, wer Sie sind.«

Sie sieht zufrieden aus. Sie sagt: »Ich muss den Beweis sehen. Aber vorher habe ich noch zwei im Transporter.« Ihm stockt das Herz.

Sie verlassen die Halle. Sie lässt ihn vorgehen, bleibt außer Reichweite, behält ihn die ganze Zeit im Auge. Er bemüht sich immer noch, nicht zu humpeln. Er ist sich die ganze Zeit der Pistole bewusst, die sie in der Hand hält, unbeirrt. Sein Herz schlägt sehr schnell.

Er öffnet die Hecktür des Transporters.

Zwei, gefesselt, Augen verbunden, geknebelt, beide am Leben. Ein Schwarzer in einem schmutzigen Anzug und …

Nicht das nicht das nicht das.

Die Frau sagt: »Wir müssen das drinnen machen.«

Das Leuchten der Straßenlaternen wird heller, dann wieder dunkler. *Verbock das nicht, verdammt noch mal, jetzt nicht.*

Karla zuerst. Sie liegt auf dem Bauch. Der Kopf auf der Seite, die Hände hinter dem Rücken gefesselt, ein Finger steht seltsam ab – jemand hat ihn gebrochen. Plötzlich will er zuschlagen, schnell und hart, aber die Frau hat einen Schritt zurück gemacht, hält die Pistole immer noch in der Hand – *Lass es dir nicht anmerken.* Er greift in den Laderaum, dreht Karla um – sie winselt unter dem Knebel –, hebt sie leicht an und zieht sie dann nach hinten. Als Licht auf ihr Gesicht fällt, sieht er, dass ihre Nase gebrochen ist, die Nasenflügel und der Bereich um den Knebel herum blutverkrustet sind.

Wieder wankt der Boden unter ihm.

Als sie draußen ist, nimmt die Frau Karlas Arm und drückt ihr die Pistole von unten gegen den Kiefer, aber Karla zuckt nicht einmal, daher weiß er, dass sie es vorher schon einmal getan hat.

Er greift nach dem Mann, zerrt ihn weniger sanft heraus,

dann gehen sie wieder rein: Johanssen mit dem Mann, die Frau mit Karla und der Pistole hinter ihnen. Dabei überlegt er die ganze Zeit, wie er das angehen soll. Wenn nötig, würde er den Mann als Schild benutzen, der Mann könnte die Kugel abfangen, der Mann würde ihm Zeit verschaffen …

Sie sind wieder im Haus. Die Frau lässt Karla los, tritt zurück und behält ihn im Auge. Karla steht stumm, mit gesenktem Kopf und leicht schwankend da.

Die Frau sagt: »Die Zielperson. Haben Sie eine Schusswaffe benutzt?«

Der Raum erbleicht. *Mach jetzt nicht schlapp.*

Er sagt: »Ich hatte keine Zeit, mir eine zu holen.« Karla zuckt zusammen, die Frau sieht es, und in ihren Augen flackert etwas.

»Sie zuerst«, sagt sie.

»Okay«, sagt er. Dann: »Was dagegen, wenn ich die Augenbinde abnehme? Ich seh ihnen gerne in die Augen.«

Der Schwarze stöhnt.

Johanssen streckt die Hand aus. Karla zittert, als er sie berührt. Die Augenbinde ist nur ein Stoffstreifen, hinten fest verknotet. Er zieht das Messer heraus und fängt an, ihn durchzuschneiden. *Ihre Chancen sind besser, wenn sie etwas sieht.* Er konzentriert sich aber die ganze Zeit auf die Pistole, tastet sich im Geist durch den Raum dahin vor, berechnet die Distanz, die Flugbahn, die Chancen. Drei Meter von ihm zur Waffe. Die Frau sieht aus, als könnte sie damit umgehen: Der Rückstoß wird sie nicht überraschen. Und die Reichweite ist kein Thema. Kann er ihr die Pistole abnehmen? Wie langsam wird er sein, wenn er diese drei Meter durchquert?

Die Augenbinde fällt herunter. Karla blinzelt.

Die Frau sagt: »Nun machen Sie schon.«

Karla hebt den Kopf und sieht ihn an …

Jetzt.

Er stößt Karla zu Boden.

Der erste Schuss verfehlt ihn, reißt mindestens zehn Zentimeter neben seinem Ohr ein Loch in die Luft, aber er ist schon in Bewegung: zweieinhalb Meter, jetzt zwei, aber er ist langsam, sein Blut ist träge, seine Füße reagieren nicht, und die Pistole senkt sich, zuckt nach hinten, dann der Mündungsblitz …

Etwas trifft seinen Kiefer. Es tut weniger weh, als er gedacht hätte, und dann viel, viel mehr.

Er geht zu Boden.

Er bekommt keine Luft. Sein Mund ist voller Blut, Knochen und Zähne. Er würgt.

Er blickt auf. Die Frau steht neben ihm. Die Pistole ist auf seinen Kopf gerichtet.

Bewegen, schnell – ein Blitz, grell und scharf, am Rand seines Blickfelds. Genau wie vorher.

Die Welt zerschellt in Fragmente.

Die Frau mit der Pistole wendet sich von ihm ab.

Ein heller Blutstrahl …

Und Karla neben ihm, auf den Knien. Sie versucht, durch den Knebel etwas zu sagen. Er versteht sie nicht.

Er bekommt keine Luft.

Dann nichts mehr. Weil er nichts mehr sieht.

Er spürt keinen Schmerz.

Er ist auf einem Dach, die Straßenlaternen und die Rücklichter der Autos unter ihm leuchten extrem hell, auch alles andere ist so klar und deutlich: der Regen auf seiner Haut, die Glätte der Dachziegel, die raue, körnige Steinbrüstung unter seinen Händen.

Eine einfache Aufgabe – von A nach B –, und dieses Mal werden sie ihn nicht aufhalten.

Er ist allein auf dem Dach und rennt, rennt auf das Licht

zu, und eine Frau tritt hinter dem Licht hervor und sagt mit einer ihm bekannten Stimme: »Ich glaube, es ist Zeit, dass Sie mein Gesicht sehen.«

Und dann ist er weg.

24. Tag: Freitag

Karla

Sie tritt aus den Schatten zwischen der staubigen Weihnachtsdekoration hervor. Sie ist blass und mager, ihre Haut fast grau, aber sie hat ein Messer.

Vielleicht sieht Anna es. Ich weiß es nicht. Vielleicht verrät ihr auch irgendein Instinkt, dass etwas kommt, auf jeden Fall fährt sie herum, und das ist meine Chance, weil ich wieder auf den Beinen bin und auf sie zurenne – sie sieht auch das und richtet die Pistole wieder auf mich.

Das Messer findet sein Ziel.

Blut spritzt in hohem Bogen. Sie lässt die Pistole fallen.

Sie greift nach ihrer Kehle, aber es ist zu spät, und ihre Augen verraten, dass sie das weiß. Sie dreht sich zur Seite – ich glaube, sie will Catherine etwas sagen –, und Catherine sticht ein zweites Mal zu. Ich weiß, dass es geschieht, obwohl ich es nicht sehe. Ich knie neben Johanssen auf dem Boden, den Kopf nach unten, immer noch geknebelt, die Hände hinter dem Rücken gefesselt. *Nein, nicht. Bitte nicht …*

Ich bin dabei, als er abbricht und versagt.

Daran werde ich mich später erinnern.

Johanssens Körper neben mir, starrer Blick, unbeweglich, der Kiefer von einer Kugel zerschmettert. Catherine, die verzweifelt versucht, ihm den Schlauch in die Kehle zu stecken. Rennende Schritte und jemand, der mich von ihm wegreißt. Powell, der etwas in ein Handy bellt. Ich kralle mich in das Gesicht eines Fremden (der Knebel ist ab, die Hände sind frei), ein Finger ist gebrochen, nutzlos. Jemand schreit: *»Schafft sie hier raus!«*

Und ich kämpfe, kämpfe, kämpfe die ganze Zeit.

EPILOG

55. Tag: Montag

Karla

Die ältere Dame im Coffeeshop tut sich schwer. Sie kämpft damit, ihr Tablett (ein kleiner Caffè Latte, ein Muffin, ein Glas Wasser) und ihren Stock gleichzeitig mitzunehmen, außerdem ist kein Sitzplatz frei. Doch genau in dem Moment steht ein junges, blasses Mädchen am Fenster auf und bietet ihr ihren Stuhl an: »Ich wollte sowieso gerade gehen«, und die ältere Dame nimmt dankend an. Sie setzt sich, schlürft ihren Kaffee und starrt aus dem Fenster, blickt blinzelnd auf den Verkehr, die Menschen in ihren Anzügen und die Häuser. Der Coffeeshop liegt an einer belebten Straße in Victoria: Zwischen den Ministerien liegen Wirtschaftsprüfungsgesellschaften, Anwaltskanzleien und Reisebüros. Die ältere Dame muss mit jemandem verabredet sein – vielleicht mit ihrem Sohn oder ihrer Tochter, die in einem der Häuser arbeitet. Hin und wieder scheint sie einen Blick auf eine bestimmte Tür zu richten – eine eigenartige schwarze Tür ohne Namensschild –, meistens beobachtet sie sie jedoch aus dem Augenwinkel. Sie sagt nur einmal etwas, ganz leise, zu sich selbst: »Gute Arbeit, wir haben den ganzen Tag.«

In meinem Ohrhörer sagt Robbie: »Verstanden.«

Ich werde so lange warten wie nötig. Weil er früher oder später herauskommen wird. Und ich muss mit eigenen Augen sehen, wie das ausgeht.

Dreißig Tage sind seit dem Samstagmorgen im Polizeirevier vergangen: Der Verhörraum, der Kaffee, die Fragen, der Schmerz, die Lügen. Die Art, wie sie mich angesehen haben – nachdenklich, forschend – und wie sie sich unterhalten haben, damit ich es nicht mithören konnte. Aber sie schienen sich nur darauf zu konzentrieren, wie viel ich am Tatort gehört hatte und wie groß das Risiko war, dass ich später etwas davon wiederholen könnte. Schadensbegrenzung. Schließlich war ich nur eine unschuldige Zuschauerin. Eine Frau, die, wie Daniel Fenty, zufällig auf Anna Leesons Radar geraten war. Was sollte ich sonst sein?

Also stellte ich mich dumm und schockiert, was ganz einfach war. Schließlich musste ich ihnen versprechen, dass ich mit niemandem über die Geschehnisse dieser Nacht reden würde, und sie sagten: »Sie können jetzt gehen.«

Stephen stand im Wartebereich des Reviers. Er bestand darauf, dass ich mit ihm nach Hause kam. Ich sträubte mich nicht. Zu dem Zeitpunkt konnte ich kaum noch sprechen.

Er fragte nicht nach der jungen Frau, deren psychiatrische Krankengeschichte ich ihm zum Lesen gegeben hatte. Er fragte nicht, was mit meinem Finger passiert war. Das hat er noch immer nicht, aber irgendwann wird er das tun.

Ich blieb nur eine Nacht in Strand-on-the-Green, lehnte Stephens Angebot eines Beruhigungsmittels ab und lag die ganze Nacht wach, von einem einzigen Gedanken besessen.

Am nächsten Morgen, so früh, wie es der Anstand erlaubte, rief ich ein Taxi.

Ich brauchte Craigie, ich brauchte Finn, ich brauchte Robbie und Sean, aber sie waren nicht zu erreichen. Ich war jetzt verbrannt.

Eine Stunde später erschien ein anderes Mitglied der Putzkolonne, eine Endfünfzigerin, sehr klug. Man nahm mich unter die Fittiche. Ich spielte mit.

Doch dieser eine Gedanke war wie ein Virus in mein Blut eingedrungen, und dagegen gab es nur ein Mittel.

Zwei Tage verbrachte ich allein in meinem Apartment, wies alle Besucher ab, ließ den Anrufbeantworter laufen, sah mir die offizielle Version in den Nachrichten an – eine Version, in der Anna Leeson durch ihre eigene Hand gestorben war, allein in einem Lagerhaus mit Weihnachtsdekoration und kaputten Jahrmarktskarussells – und spürte, wie die letzten Wochen wie ein Teppich aufgerollt, weggepackt und außer Sicht gebracht wurden.

Schließlich stand Craigie bei mir vor der Tür, wollte aber nur über mein Aktienportfolio und den aktuellen Stand meiner Sicherheiten reden. »Ich brauche mehr Informationen«, sagte ich ihm immer wieder, und er antwortete: »Das ist alles, was ich habe.«

Und so blieb es: neunundzwanzig Tage, ein halbes Leben voller schlafloser Nächte zwischen Kummer und Hoffnung. Bis gestern Abend, als sie den Mann zu mir brachten.

Powell

Es endet, wie es angefangen hat, im Long Room, der schalldichten Box mit Blick auf den Innenhof, allerdings bestreitet jetzt jemand anders das Gespräch. Er muss nur zuhören. Das ist ihm ganz recht: Er ist todmüde, ausgelaugt und vollkommen erledigt von den Erlebnissen der letzten beiden Tage, was er sich allerdings nicht anmerken lässt. Wenn er eins gelernt hat, dann, dass man sich so etwas nie anmerken lassen darf.

»Also gut«, sagt Anzugträger Nummer eins strahlend, »Anna Leeson hat Catherine Gallaghers Aufenthaltsort entdeckt …«

»Und bekommt keinen Zutritt zum Programm«, steuert Anzugträger Nummer zwei bei, »also lässt sie jemanden beauftragen, der den Job erledigen soll, wobei der Amerikaner Whitman ihnen Deckung gibt. Whitman hat das bestätigt, als wir ihn in Paris aufgespürt haben: Die Frau, die er unter dem Namen Laura Pressinger kannte, war eindeutig Leeson. Wir können das nicht noch einmal überprüfen – bei ihrem letzten Treffen hat sie die Überwachungsstreams irgendwie gestört und sämtliche Verbindungsdaten von ihren Telefonen gelöscht –, aber wir haben mit Langley gesprochen, und Whitman ist glaubwürdig.«

Anzugträger Nummer eins übernimmt wieder: »Auf jeden Fall wird Whitman nichts darüber verraten. Er gehört zur Familie – einem entfernten, amerikanischen Zweig – und ist ganz versessen darauf, für uns zu arbeiten. Diese Französinnen müssen teuer sein.«

Anzugträger Nummer eins und zwei unterdrücken ein schmieriges Lächeln. Er fragt sich, wer sie sind, von wo sie herbestellt wurden. Staatspolizei? MI5? Ihre Namen hat man ihm nicht genannt – vielleicht sind das Informationen, die nur an die Personen weitergegeben werden, die sie unbedingt kennen *müssen*, und irgendjemand hat entschieden, dass er nicht zu diesem Kreis gehört –, aber selbst wenn man sie ihm genannt hätte, hätte er sie sich merken können? Der Raum pulsiert um ihn herum. Er wird jeden Moment umkippen.

Anzugträger Nummer eins fährt fort: »Wir wissen nicht genau, wie Mark Devlin da hineinpasst. Er scheint das Haus zur Verfügung gestellt zu haben, in dem Fenty festgehalten wurde, ob wissentlich oder unwissentlich, können wir nicht sagen. Sein Tod könnte Notwehr gewesen sein, aber wenn er ermordet wurde …«

»… müssen wir davon ausgehen, dass Leeson beteiligt war …«

»… die wiederum ihre Spuren verwischen wollte. Na ja, es ist offensichtlich allgemein bekannt, dass Devlin und Leeson … *befreundet* waren …«, Anzugträger Nummer eins ist stolz auf die Beschönigung, »… das hilft uns aber auch: Er stirbt unter verdächtigen Umständen, der Verlust wirft sie aus der Bahn. Reden wir bei Leeson immer noch von Selbstmord?« Der Sektionsleiter nickt verhalten. »Na sehen Sie. Was die anderen bekannten Parteien angeht …«

Anzugträger Nummer zwei übernimmt. »Hamilton und Graves sind raus. Bei Graves haben wir den möglichen Raubüberfall. Und Hamilton wurde vermutlich ermordet, damit er nichts ausplaudern kann, da ist sie aber geschickt vorgegangen: Es sieht aus wie ein Selbstmord.«

»O ja, auf jeden Fall Selbstmord.«

»Und obwohl es in den Aufzeichnungen ein paar kleine Unstimmigkeiten gibt …«

»… wir können nicht sagen, wo er sich die drei Wochen vor seinem Tod aufgehalten hat …«

»… können wir das zu einem Nervenzusammenbruch hinbiegen.«

Tweedle-Dum und Tweedle-Dee. Er weiß nicht mehr, wer wer ist. Jetzt will er noch dringender ins Bett und schlafen. Er ist einfach viel zu müde für so was.

»Detective Inspector Ellis?«, fragt der Sektionsleiter aufmerksam.

»Ja, der *arme* Detective Inspector Ellis: Er hat so viel richtig gesehen, und doch war alles falsch. Denn genau genommen ist er nicht einmal in die Nähe der Wahrheit gekommen. Er dachte, er würde in einem Mordfall ermitteln. Aber dennoch böse Verletzungen. Da ist Leeson wirklich hart zur Sache gegangen – in der irrigen Annahme, er wüsste, wo Catherine Gallagher sich aufhielt. Er ist immer noch krankgeschrieben. Bisher hat er sich kooperativ gezeigt. Er hält sich für klüger als wir …«

»Aber er ist ehrgeizig. Damit können wir arbeiten.«

Wieder der Sektionsleiter: »Er wird sich nicht plötzlich an die Einzelheiten des Angriffs erinnern?«

»Da sind wir sicher, Sir.« Sie lächeln unisono.

Powell sagt: »Und Charlotte Alton? Glauben Sie, dass sie das vergisst?«, worauf die beiden ihn ansehen, als wären sie überrascht, dass er auch hier ist.

Anzugträger Nummer eins erholt sich als Erster. »Ach, auch so ein Fall von falschem Ort zur falschen Zeit. Sie kannte Devlin, wenn auch nicht besonders gut, war eine Woche vorher einmal mit ihm abendessen gegangen, und Anna hat sie zusammen gesehen. Außerdem ist sie in derselben Werkstatt Kunde wie Ellis.« Er zuckt die Achseln. »Sie ist am Tatort durchgedreht, stimmt's? Ich denke, das sagt alles. Ich glaube nicht, dass sie etwas herumerzählen wird, das wir nicht widerlegen können.«

»Allerdings hat sie einflussreiche Freunde«, mahnt Anzugträger Nummer zwei, worauf Anzugträger Nummer eins kurz innehält. O *ja*. Banker, Anwälte und diese Politikerin – eine zukünftige Innenministerin. Wirklich einflussreiche Freunde.

Anzugträger Nummer zwei sagt: »Das Wichtigste ist, dass wir sie wohl davon überzeugt haben, die Angelegenheit nicht noch zusätzlich zu *verkomplizieren*. Sie scheint sich nicht an viel zu erinnern. Die Angst, der Schock … Außerdem hat ein von uns erstelltes Profil ergeben, dass sie beeinflussbar ist. Wir sind der Ansicht, dass wir sie kontrollieren können.«

Powell denkt: *Sie ist also zu einer Fußnote geworden*. Er erinnert sich, wie angespannt sie unter ihrem Knebel war, wie ihre Augen hervortraten, als der Finger brach, und etwas in ihm zerspringt. Das ist jetzt einen Monat her, aber noch immer wacht er manchmal nachts auf, trunken von seinen eigenen Horrorvorstellungen. Geht es ihr genauso?

Der Sektionsleiter sagt: »Sollen wir uns der dritten Partei zuwenden? Dem Auftragstäter, der die Seiten gewechselt hat? Wenn ich das richtig verstanden habe, kennen wir seinen Namen immer noch nicht.«

Die Anzugträger sehen sich an. »Damit haben wir noch Schwierigkeiten.«

»Sie glauben, es könnte einer von uns gewesen sein, stimmt's? Ein Cleanskin, ein unbeschriebenes Blatt. In dem Fall weiß jemand Bescheid, verrät aber nichts. Na ja, *er* wird ganz gewiss nichts sagen.«

Wieder sehen sich die beiden Anzugträger an. Beide schweigen.

Der Sektionsleiter sagt: »Und Catherine Gallagher können

wir ruhigstellen, stimmt's? Will sie immer noch zurück ins Programm?«

Er hat sie vor drei Tagen persönlich in dem sicheren Haus in Shropshire besucht, aus dem die Wärter sie nie herauslassen. Sie haben nur kurz miteinander gesprochen. Sie sagte: »Sie werden nicht wollen, dass ich darüber rede.« Als er ihr sagte, dass er noch auf die Entscheidung warte, ob Klage gegen sie erhoben werden sollte, erwiderte sie kalt: »Wird es nicht.« Er weiß immer noch nicht, was er von ihr halten soll: Manchmal glaubt er, die Vorfälle hätten sie als leere Hülle zurückgelassen – andererseits scheint diese Hülle aus Kevlar, Titan oder einer vergleichbaren Substanz zu bestehen, die unter extremen Bedingungen geformt wurde und praktisch unzerstörbar ist … Manchmal scheint nichts mehr von ihr übrig zu sein, und manchmal findet er einfach keinen Punkt, wo er einen Hebel ansetzen könnte. Er weiß nicht, ob er Angst vor ihr oder um sie haben muss. Meistens hat er beides.

Anzugträger Nummer eins sagt: »Sie könnte weiterhin offiziell vermisst bleiben. Als Gegenleistung für ihre … Kooperation.« Er meint ihr Schweigen. »Aber soll das Programm nicht einer Revision unterzogen werden? Soll es nicht dichtgemacht werden? Trotzdem, fürs Erste …«

Powell sagt zu laut: »Und Fenty? Wie lautet da die offizielle Version?«

Die Anzugträger sehen ihn an und rutschen unbehaglich auf ihren Sitzen herum. Zum ersten Mal kommt ihm der Gedanke, dass sie auch nicht wissen, wer er ist.

Er fährt fort: »Fenty hat die fehlende Akte nicht gestohlen. Er hat sie auch nicht zum Verkauf angeboten.«

Anzugträger Nummer eins sagt leise: »Hundertprozentig sicher ist das nicht.«

»O doch, das ist es. Und das bleibt stehen. Ganz egal, was

sie tun, um das zu vertuschen, ganz egal, ob sie diese Menschen kaufen oder sie diskreditieren …«

»Bei allem Respekt«, sagt Anzug eins mit einem fast schon verlegenen Lächeln, »wir haben schon größere Sachen aus der Welt geschafft.«

Powell sagt kalt: »Haben Sie je von Knox gehört?«

Als die Anzugträger gegangen sind, sagt der Sektionsleiter: »Wir konnten nicht wissen, wie kaputt sie war.« Das ist der erste Kommentar, den er bisher über Leeson abgegeben hat. Powell denkt: O *doch, das konnten wir.* Er sagt aber nichts. Er hat es auch nicht gesehen.

»Und was machen wir jetzt?«, fragt der Sektionsleiter verbittert. »Waschen wir unsere schmutzige Wäsche in aller Öffentlichkeit? Solche Bedingungen können wir uns nicht von einer Quelle vorschreiben lassen – ist Knox das nicht klar?«

»Knox will, dass Daniel Fenty entlastet wird. Seine Eltern sind über sechzig. Als er verschwand, wurden seine Eltern nicht geschont: Ihr Sohn war ein Verräter. Das müssen wir richtigstellen.«

»Ihnen sagen, dass er tot ist?«

»Ich weiß nicht.« Die Argumente überschlugen sich in seinem Kopf. Er kann ihnen keine Leiche präsentieren, die sie begraben können: Die Suchteams hatten in den Hügeln um Mark Devlins Haus herum nichts gefunden. Und was würde es bringen, ihnen die Wahrheit über die vier Tage zu sagen, die Daniel Fenty in diesem Haus verbracht und Catherine Gallagher angefleht hatte, ihn zu töten. Vielleicht war es in diesem Fall freundlicher zu lügen: Lasst sie in dem Glauben, dass er irgendwo da draußen ist, dass er sicher ist, dass er an sie denkt und wieder nach Hause will … »Aber wir sollten ihnen sagen, dass er rehabilitiert ist.« Er schweigt einen Moment. »Und das sollten wir auch bekannt geben.«

»*Grundgütiger.*« Einen Moment lang sieht der Sektionsleiter wütend aus. »Und wenn nicht?«

»Dann geht Knox damit an die Öffentlichkeit. Mit allem. Es wird innerhalb einer Stunde auf Tausenden Webseiten erscheinen, und wir werden es ausbaden müssen. *Und* wir werden Knox verlieren. An die Amerikaner, wenn wir Glück haben. Wenn wir kein Glück haben …« Er lässt das im Raum stehen.

»Und woher weiß Knox das überhaupt?« Der Sektionsleiter mustert ihn finster. »Sagen Sie mir nicht, wir hätten eine undichte Stelle.«

»Ich guck mir das an.« Er fügt nicht hinzu: *Ich glaube, Knox weiß Dinge über diese Geschichte, von denen wir nicht mal etwas ahnen.* Es ist nur ein Gefühl – sicher ist er nicht.

»Ich dachte, wir wären gut darin, etwas unter den Teppich zu kehren.«

»Entweder das, oder Knox geht an die Öffentlichkeit. Mit allen Beweisen. So könnten wir wenigstens die Kontrolle über die Geschichte behalten. Und wir bekämen etwas dafür.«

Der Abteilungsleiter fragt: »Ist es das wert? Was meinen Sie?«

Powell antwortet nicht. Seine Gedanken sind plötzlich zwölf Stunden in die Vergangenheit gesprungen: Er sitzt mit einer Kapuze über dem Kopf in einem stark hallenden Raum, während eine durch elektronische Geräte verzerrte Stimme – eine Stimme, die für ihn ab jetzt immer Knox' Stimme sein wird – ihm detailliert erklärt, unter welchen Bedingungen eine zukünftige Zusammenarbeit vonstattengehen wird.

»Ich habe gefragt, ob es das wert ist?«

Powell schüttelt sich kurz. Er sagt: »Es ist Knox.«

Ein paar Sekunden später fragt der Sektionsleiter erkennbar unwillig: »Sind Sie sicher, dass es Ihnen gut geht? Sie hätten nicht da hingehen sollen.«

Powell möchte lächeln, unterdrückt es aber. Er sagt: »Es war nicht meine Idee.«

»Und hat Knox noch irgendetwas gesagt? Etwas, womit wir arbeiten können? Wir müssen herausbekommen, mit wem wir es zu tun haben …«

»Nichts, Sir.« Und das ist die erste kleine Lüge: die, die er, wie ihm bewusst wird, von Anfang an erzählen wollte. *Du verwandelst dich in Laidlaw.*

Der Sektionsleiter stößt einen tiefen Seufzer aus. »In Ordnung«, sagt er. »Tun Sie, was Sie tun müssen.«

Er wird die Fentys heute Abend anrufen, wenn er bereit ist – wenn er sich die Story zurechtgelegt und sich so weit erholt hat, dass er der Situation gewachsen ist und ihre Fragen beantworten kann. Aber jetzt noch nicht.

Jetzt geht er nach Hause und versucht zu schlafen … In allen Zimmern herrscht Chaos, Thea ist wie ein Wirbelsturm hindurchgefahren und hat überall rosa glitzernde Häufchen hinterlassen. Die Wohnung ist viel zu klein, denkt er und lächelt.

Sein Mietwagen steht in der Tiefgarage, aber er ist zu müde, um selbst zu fahren. Stattdessen verlässt er das Gebäude durch den Seiteneingang und winkt sich ein Taxi heran.

Und er weiß, dass er beobachtet wird.

Karla

Ein Knistern in meinem Ohrhörer: Robbie. »Er ist unterwegs.«

Ich blicke nicht direkt zur Tür, als er herauskommt, sehe ihn aber trotzdem, als er an den Straßenrand tritt und die Hand hebt, um ein Taxi anzuhalten. Er sieht müde aus. Aber er war ja auch die ganze Nacht wach.

Ich auch, aber ich bin absolut nicht müde.

Robbie fragt in meinem Ohr: »Soll ich ihn beschatten?«

Powell beugt sich durchs Fenster ins Taxi, und sein Mund formt seine eigene Adresse. Dann richtet er sich auf, sieht hoch und nickt.

Wir haben einen Deal.

Der Mann mit der Haube, der auf dem Stuhl gezittert hat, dessen Knie in einem unkontrollierbaren Rhythmus gezuckt haben. Darauf war er nicht vorbereitet – weder darauf, noch auf den 36-stündigen Vorlauf: einen 36-stündigen Antiüberwachungsdrill aus komplexen Manövern unter Berücksichtigung sämtlicher Vorsichtsmaßnahmen. Er wurde zwei Leibesvisitationen unterzogen und dann aufgefordert, von uns bereitgestellte Kleidung anzuziehen. Viermal wurde er mit verbundenen Augen woandershin gebracht – in Laderäume von Lieferwagen, Autokofferräume –, oder er musste durch dunkle, leer stehende Gebäude stolpern. Nach jeder Phase wurde ihm angeboten, die Sache abzubrechen, was er ablehnte – obwohl der traumatische Vorfall mit Anna Leeson noch nicht lange zurücklag. Das waren die Bedingungen, die Knox gestellt hatte, und er konnte es sich nicht erlauben, sie abzulehnen.

Er ist ein zäher und zielstrebiger Mann. Es wird schwer werden, ihn zu lenken. Craigie ist nicht glücklich damit. Aber ein Deal ist ein Deal ist ein Deal.

Ich wende mich ab – obwohl ich Charlotte Alton im Moment überhaupt nicht ähnele –, und das Taxi fährt los.

»Karla?«, sagt Robbie.

Die ältere Dame im Coffeeshop sagt verträumt zu sich selbst: »Lass ihn fahren.«

Gestern Abend haben wir uns über Anna Leeson, Catherine Gallagher und die Tragödie um Daniel Fenty unterhalten: lauter Dinge, von denen niemand außer Powell selbst Kenntnis haben durfte. Knox hingegen ist immer noch ein Rätsel, oder? Er wusste von der Kreißsaal-Attentäterin, der Rizin-Verschwörung, der Aiya-Napa-Schießerei, warum sollte er hierüber nichts wissen?

Dann ganz am Ende, versteckt unter dem ganzen Gerede, wurde einem Mann, der sechsunddreißig Stunden wach war, die Frage gestellt: »Der Auftragsmörder, den Leeson geschickt hatte, um Catherine Gallagher zu ermorden, der, der die Seiten gewechselt und eine Kugel in den Unterkiefer bekommen hat, der, der Ihnen das Leben gerettet hat …« Powell zuckte kurz zusammen, »… Sie haben allen erzählt, dass er tot ist. Warum haben Sie das getan?«

Er machte eine kurze Pause, bevor er antwortete, und das reichte mir.

Johanssen lebt.

Johanssen

Sie kommen mit Fragen: Zwei Männer in Anzügen, die schon lügen, als sie ihm ihre Namen nennen. Sie sitzen auf den Besucherstühlen neben seinem Bett in dem kleinen Zimmer im ersten Stock mit Blick auf den Garten, drücken ihm Stift und Papier in die Hand und bombardieren ihn mit Fragen. Als er nichts schreibt, sagen sie: »Wie wäre es, wenn Sie einfach nicken und den Kopf schütteln?« Dann versuchen sie es noch mal. Sie fragen, wie er den Auftrag bekommen, wer ihn ins Programm eingeschleust hat, wie er rein- und rausgekommen ist und wem er unterstellt war … Manchmal tut er so, als würde er schlafen, sie befragen ihn aber dennoch weiter, als würden sie es ahnen. Er hört ihnen mit geschlossenen Augen zu und spürt, dass sie auf eine Reaktion warten, zeigt aber keine.

Sie bleiben jedes Mal eine Stunde. Sie halten sich für gut, mit jedem Besuch bekommt er jedoch ein klareres Bild von den Grenzen ihres Wissens. Eins ist sicher. Seinen Namen kennen sie noch immer nicht.

Und manchmal besucht ihn auch der andere: groß, schwarz, gebildete Sprache, guter Anzug, die Hände eines Schreibtischarbeiters. Der, der mit Karla gefesselt im Transporter gelegen hatte. Der, den Johanssen als Schutzschild gegen einen Schuss benutzt hätte, was er allerdings nie erfahren wird. Auch er setzt sich immer ans Bett und redet, aber nur über das, was am Ende passiert ist, und er stellt keine Fragen.

Heute ist keiner von ihnen gekommen.

Heute kam ein anderer Besucher, von dem er aber nichts sah oder hörte – er muss geschlafen haben, als er hier war. Doch als er die Augen öffnet, liegt sie auf dem Schränkchen neben dem Krankenhausbett: eine kleine rotviolette Weihnachtsbaumkugel, die fast allen Glanz verloren hat.

Er rührt sie nicht an, lässt sie einfach dort liegen.

Draußen hinter dem Fenster hat der Wind aufgefrischt: Im Garten wirbeln Blütenblätter um die Bäume wie rosafarbener Schnee.

Sein Kiefer wurde mit Drähten fixiert und neu aufgebaut: Eine Operation nach der anderen. Er kann nicht sprechen und keine feste Nahrung zu sich nehmen. Er hat Gewicht verloren. Aber die Wunden werden verheilen, auch wenn er womöglich nie wieder ganz der Alte sein wird. Er weiß nicht, ob das eine Rolle spielt. Weiß nicht, wer oder was er sein muss, wenn er hier rauskommt. Es ist zu früh, um das sagen zu können.

Auch sonst hat sich einiges verändert. Er träumt immer noch, aber die Träume sind ruhiger. Der Mann hinter dem Schreibtisch scheint sprachlos zu sein, vorsichtig – seine Meinung ist nicht mehr so wichtig. Johanssen kehrt immer noch zum Farmhaus zurück, manchmal hört er dort auch die Schreie, aber manchmal steht er auch nur ganz allein im Flur und weiß nicht, was er dort soll. Er wertet es als zwischenzeitliche Erholung – muss an den Medikamenten liegen. So einfach lässt sich so etwas nicht reparieren.

Vom Dach hat er überhaupt nicht mehr geträumt. Von Karla schon.

Und irgendwann wird er dieses Haus verlassen und sie suchen können.

Er vertreibt sich die Zeit mit typischen Scharfschützengewohnheiten: Er reduziert die Welt auf ihre Dimensionen.

Zwei Meter bis zum Fenster. Drei Meter vom Fenster bis zum Boden.

Es dreht sich immer alles um Distanzen.

Danksagungen

Folgende Personen haben mich großzügigerweise beim Schreiben dieses Buchs an ihrem Wissen und ihrer Erfahrung teilhaben lassen: Katie Ben, Tony und Jane Lee, Gill, Gerti, Clive, Claire Mitchell und Sarah Ramsay. Riesigen Dank euch allen und entschuldigt die Fehlinterpretationen und Auslassungen, die allein der Autorin zuzuschreiben sind.

Ganz besonderen Dank an Geoff für die Erkundung von Locations und alles andere.

Dank an Frankie Edwards für nächtliche E-Mails, Feedback und Namen.

An meine ersten Leser: Jean für ihre Weisheit und ihre Ratschläge, Pat, weil sie mich ermutigt hat, es anzugehen, und besonders an Lesley, nicht nur fürs Lesen und die Kommentare, die tiefere Einsicht zeigen, als ich je aufbringen konnte, sondern auch für die freitäglichen Anrufe und die Filmsessions.

An die Moniackers im Allgemeinen, weil sie mich immer auf dem Laufenden gehalten haben. Ihr wisst, wer ihr seid.

An Alison Sage.

An Mark und Simon, weil sie mich daran erinnert haben, was ein Thriller leisten soll; an Mark besonders wegen der Strukturanalyse, an Simon wegen des *Ein Quantum Trost*-Moments und weil er mir erzählt hat, dass ich es in einen Satz packen soll.

An Judith und das Team von Greene & Heaton, Grainne von Fletcher & Co und Sally von der Cooke Agency für ihre Unterstützung.

Viele kluge und tolle Menschen waren beruflich an der Veröffentlichung dieses Buchs beteiligt. Es wäre vermessen zu glauben, dass ich sie alle aufführen könnte, eine besondere Erwähnung haben aber auf jeden Fall Barbara Heinzius vom Goldmann Verlag verdient, weil sie den Ball ins Rollen gebracht hat, und Shunichiro Nagashima von Bungei Shunju, Bill Thomas und Coralie Hunter von Doubleday und Laura Gerrard von Orion.

Und schließlich an Bill Massey, einen netten Kerl und großartigen Lektor: für seine Geduld, Intelligenz und seinen Humor, für die Bereitschaft, sich ins Minenfeld zu begeben, und weil er mich dazu gebracht hat, ein besseres Buch zu schreiben, als ich es mir zugetraut hätte.

Helen Giltrow

stammt aus dem Badeort Cheltenham in Gloustershire und hat in Oxford Moderne Geschichte studiert. Bevor sie Schriftstellerin wurde, hat sie als Lektorin bei der Oxford University Press gearbeitet. Sie wurde für den »Crime Writer's Association Debut Dagger Award« und den »Novel in a Year«-Wettbewerb des *Daily Telegraph* nominiert. Helen Giltrow lebt in Oxford, wo sie an einem weiteren Thriller mit Charlotte Alton arbeitet.

GOLDMANN
Lesen erleben